十回模擬試題練習再練習，

言語知識・讀解・聽解都不漏，

充分準備才能一試合格！

目・錄

N1考試大綱介紹與例題詳解

語言知識部分

讀解部分

聽解部分

N1考試大綱介紹與例題詳解

語言知識部分

考試時間與評分標準

語言知識部分的考試時間與讀解合計為110分鐘，各自的總分為60分。語言知識部分的最低分數要求是19分，如果低於19分，那麼就算後面的讀解和聽解部分得了滿分，也會被判定為不及格。

題型設置與測驗內容

語言知識部分由文字語彙和文法兩大部分組成。文字語彙部分主要測驗漢字讀法、前後關係、近義替換、詞彙用法四個方面的內容，考生需要掌握約15000個單字；文法部分主要測驗語法形式判斷、句子的組織和文章語法，考生需要掌握約350個文法。

例題解析與解題技巧

問題1　漢字讀法

題　目　______の言葉の読み方として最もよいものを、1・2・3・4から一つ選びなさい。

出題數量　6道

測驗內容　漢字的讀音。

例　題

それまでの常識を覆す画期的な技術として注目を集めている。 1　とりかえす 2　くつがえす　3　たがやす　　4　ゆるがす

解題技巧　答案為2。本題主要測驗漢字的讀音。在準備階段要牢記以う、く、ぐ、す、つ、ぬ、ふ、ぶ、む、る結尾的動詞。

問題2　前後關係

題　　目　（　　　）に入れるのに最もよいものを、1・2・3・4から一つ選びなさい。

出題數量　7道

測驗內容　根據句意選詞填空。

例　　題

彼女は気の強い女だから、自分の（　　　　）を見せるのが嫌だったんだろう。 1　深み　　2　弱み　　3　高み　　4　厚み

解題技巧　答案為2。本題主要測驗考生根據前後文進行選詞填空的能力。

問題3　近義替換

題　　目　＿＿＿の言葉に意味が最も近いものを、1・2・3・4から一つ選びなさい。

出題數量　6道

測驗內容　同義詞或近義詞替換。

例　　題

それについて手がかりとなりそうなことは何ひとつ知らなかった。 1　タイミング　　2　フォロー　　3　コンサート　　4　ヒント

解題技巧　答案為4。本題主要測驗同義詞或近義詞替換，可以用排除法。

問題4　詞彙用法

題　　目　次の言葉の使い方として最もよいものを、1・2・3・4から一つ選びなさい。

出題數量　6道

測驗內容　本題主要測驗詞彙的正確用法。

例　題

不意

1　そこに彼は不意な出来事を見いだして思わず足をとめてしまった。

2　もし食事に関して不意があるのなら報告しておきましょう。

3　今の彼女にとって、一番不意してるのはお金のことです。

4　一億人をターゲットとする製品に不意なのは、安さと軽さだ。

解題技巧：答案為1。本題主要測驗詞彙的正確用法，需多閱讀培養語感。

問題5　句子語法1（語法形式判斷）

題　目　次の文の（　　　）に入れるのに最もよいものを、1・2・3・4から一つ選びなさい。

出題數量　10道

測驗內容　本題主要測驗N1級別的常用文法，也會涉及N2級別的文法。

例　題

ゴールデンウィーク（　　　　）、たくさんの人が並んでいる。

1　にして　　2　にあって　　3　として　　4　とあって

解題技巧　答案為4。本題主要測驗N1級別中的常用文法，考生除了熟記N1大綱中的常考文法外，還要複習鞏固N2級別的基礎文法。

問題6　句子語法2（句子的組織）

題　目　次の文の＿★＿に入る最もよいものを、1・2・3・4から一つ選びなさい。

出題數量　5道

測驗內容　根據句意正確排序。

例　題

> 大事な試合の場合、当日初めてその現場に行き、迷ってしまった＿＿＿＿ ＿＿＿＿ ＿★＿ ＿＿＿＿前もって現場を下見したほうがいい。
>
> 1　ない　　2　という　　3　ように　　4　ことの

解題技巧　答案為1。注意文法的接續和前後邏輯。

問題7　文章語法

題　目　次の文章を読んで、文章全体の趣旨を踏まえて、41から45の中に入る最もよいものを、1・2・3・4から一つ選びなさい。

出題數量　5道

測驗內容　根據前後文選出正確的單字。

例　題

> 従業員のモチベーションを上げる秘訣
>
> 　モチベーション41、何かの目標に向かって行動する原動力のことです。会社をうまく成長させていくためには、社員のモチベーションを高めて仕事に意欲を持たせることがとても大切です。
>
> 　社員の高い意識を引き出すには、有能で、情熱的かつ実戦的なリーダーシップが重要です。マネージャーが、社員に対して、真の興味を示し、彼らのニーズや願望を理解するために時間を割くことは、社員の貢献が評価されているというメッセージ42受け取られます。
>
> 　モチベーションの高い社員は、スキルを発揮する機会を43、またそのスキルを伸ばすことを希望しています。社員のキャリアプランについて話してみましょう。現在の役割は、彼らの強みや能力を十分に発揮させるものでしょうか？彼らのキャリアは、本人が望んでいる方向に向かっているでしょうか？などについて、明確で一貫したフィードバックを提供しましょう。

積極的に参加する社員は、自分の仕事は重要であり、価値のある44と信じています。彼らは、何かやりがいのあることに貢献していると信じ、努力の結果には誇りを持っています。マネージャーとして、社員の役割の重要性をこまめに高めることが大切です。彼らの活動と会社の成功の間には、直接的な関連があることを感じられるようにしましょう。

社員がやる気を持って全力を尽くすには、彼らの努力が認められ、報われるということを知っている必要があります。彼らの努力45、定期的に感謝をすることで、彼らの勤勉ぶりを認識していることを示し、成績をあげることへの励ましになります。

41

1　には　2　うえは　3　とは　4　からに

42

1　にあって　2　として　3　あっての　4　とあって

43

1　与えさせ　2　与え　3　与えられ　4　与えさせられ

44

1　ものだ　2　までだ　3　からだ　4　のだ

45

1　に対して　2　に引き替え　3　にとって　4　にまして

解題技巧　答案為3、2、3、1、1。考生需要平時多做練習，尤其是接續詞和接續助詞相關的練習。

讀解部分

考試時間與評分標準

級別	總分		語言知識		讀解		聽解	
	總分	及格線	總分	及格線	總分	及格線	總分	及格線
N1	180	100	60	19	60	19	60	19
N2	180	90	60	19	60	19	60	19
N3	180	95	60	19	60	19	60	19

題型設置與測驗內容

新日本語能力試驗N1讀解部分的題型如以下表格所示。

	題型		題數	測驗目的
N1讀解	內容理解（短篇文章）	○	4	閱讀200字左右的文章並理解其內容，內容涉及生活、工作等。
	內容理解（中篇文章）	○	9	閱讀500字左右的文章並理解其內容，多為解說、散文、評論等，理解其關鍵點或因果關係。
	內容理解（長篇文章）	○	4	閱讀1000字左右的文章並理解其內容，多為解說、小說、散文等。
	綜合理解	◆	3	閱讀兩篇或兩篇以上600字左右的文章，再加以比較，綜合理解其內容。
	論點理解（長篇文章）	◇	4	閱讀1000字左右的抽象性或邏輯性強的評論文章，掌握整體所要表達的想法或意見等。
	資訊檢索	◆	2	從廣告、簡介、通知等700字左右的資料中，尋找答題所需資訊。

題型符號說明：◇原有題型，稍作變化 ◆全新題型 ○原有題型

透過表格不難看出，N1讀解部分的難度跟改革之前的能力考試難度相比，稍微有所提高。通過對之前幾次試題的分析可以得知，讀解部分文章的篇幅和出題數量都有大幅度的增加。需要特別注意的是綜合理解和資訊檢索是新出現的題型，考生要在平時加強練習。

例題解析與解題技巧

1. 內容理解（短篇文章）

內容理解（短篇文章）部分是N1、N2、N3三個級別中都有的測驗形式，N1級別的難度略高於舊版能力試驗中的1級。N1考試中該部分共有4篇文章，每篇文章分別設有1道題目。

內容理解（短篇文章）部分涉及的話題包括工作、生活、娛樂、社會、心理、文化等各個方面。內容豐富，體裁也是各式各樣，包含說明文、議論文、商務文書等。該部分主要測驗考生對文章中關鍵字的理解，對文章主題的概括，對作者觀點的總結。

例　題

（1）

「カエルの子はカエル」という諺をよく耳にする。何でもないセリフのようだが、人によっては気分を害する。問題は「カエルの子はカエル」にある。この諺の意味は、オタマジャクシの時は親に似ていないが、結局は、親に似てきて同じ道を歩むものだということ。ただし、単に親に似ているだけでなく、凡人だと言う条件がある。つまり、本当の意味は凡人の子は凡人に過ぎないということなのだ。だから、相手をほめる時、たとえ悪意がなくても、こういう諺を言い出したら、悪意があるかのように受け取られることになる。

1 この諺の意味とあるがどのような意味か。

1 凡人の子は凡人の親におとるはずがない。

2 凡人な親からは平凡な子しか生まれない。

3 つまらぬ所に、優れたものが現れるだろう。

4 凡人の子は平凡な親よりまさりすぐるだろう。

測驗要點：關鍵字理解

解題技巧：本題主要測驗的是考生對文章關鍵字「カエルの子はカエル」意義的理解。解題關鍵句是「つまり、本当の意味は凡人の子は凡人に過ぎないということなのだ」和「たとえ悪意がなくても……悪意があるかのように受け取られることになる」兩個句子。選項1、選項3、選項4都表達了青出於藍而勝於藍的意思，重點在表揚，而文中諺語的意思是有其父必有其子，容易給人造成誤解。所以正確答案應該是選項2。

2. 內容理解（中篇文章）

內容理解（中篇文章）部分是N1、N2、N3三個級別中都有的測驗形式。加入了評論、解說等理論性較強的文章，難度和字數都比內容理解（短篇文章）部分有所增加。

內容理解（中篇文章）N1部分共有長約500字的文章3篇，每篇文章設有3道題目。主要體裁為評論文、解説性文章和散文等，主要測驗考生對文中的因果關係及關鍵字的理解。N1、N2、N3三個級別的問題數量並非是固定的，根據實際情況會有所調整。

例　題

（1）

現代の脳科学があきらかにしたところによれば、睡眠とは能動的な、そしてたいへん重要な生理機能が脳によって営まれる時間域なのです。睡眠は生物界に広くみられる営まれる時間域なのです。睡眠は生物界に広くみられる活動と休息のリズム現象をもとに、発達してきました。そして、脳の進化とともに大きく発達した大脳をうまく休ませる機能が拡張されてきたのです。睡眠不足のとき私たちが感じる不愉快な気分や意欲のなさは身体ではなくて大脳そのものの機能が低下していて、大脳が休息を要求していることを意味しています。

睡眠がうまくとれないと、大脳の情報処理能力に悪い影響が出ます。ですから、睡眠を実行するために、そして、睡眠のあと、うまく目覚めるために、高等動物は進化の過程でさまざまな方法を開発してきました。こうして①高等動物の眠りには、浅いものから深いものまで、いろいろな段階の睡眠が分化しました。その結果、私たちの睡眠は大脳のためにあるといってもよいくらいに特殊化しています。②この大切な機能を私たちは自覚することができません。睡眠機能は私たちの意思を離れて、無意識のうちに自動的に実行されるからです。

そして、私たちがこの機能を自覚できるときはその機能になんらかの不都合が生じ、起きている時間域に悪い影響をおよぼす場合です。現代を特徴づけるストレスや時差ぼけ、不眠と過眠などの睡眠障害です。ひとくちで言えば生活の質が悪くなった時です。

睡眠は単なる活動停止の時間ではなくて、高度の生理機能に支えられた積極的な適応行動であり、生体防御技術です。とりわけ、発達した大脳をもつ高等動物にとっては、睡眠の適否が高次の情報処理能力を左右することになります。質のよい眠りをとらないかぎり、質の高い生活ができません。③「よりよく生きる」ことは、取りも直さず、「よりよく眠る」ことなのです。

1　①高等動物の眠りには、浅いものから深いものまでいろいろな段階の睡眠が分化しましたとあるが、その説明として適切でないものを一つ選びなさい。

1　授業の合間の休み時間だけでも睡眠をとることで、頭がすっきりするということ

2　夢を見る浅い睡眠か、夢を見ない深い睡眠か、自分の気持ち一つで管理できるようになったということ

3　何時間かまとめて睡眠をとらなくても短時間の睡眠を繰り返すことで睡眠時間を満たせるということ

4　日頃ごろ睡眠不足でも休日に長時間の睡眠をとることである程度の体調管理ができるようになったということ

2　②この大切な機能を私たちは自覚することができませんとあるが、この「大切な機能」とはどういう機能か、次の選択肢の中から一つ選びなさい。

1　脳を発達させる知的機能

2　情報をうまく処理する処理機能

3　大脳を進化させる進化機能

4　大脳を休ませる睡眠機能

3　③「よりよく生きる」ことは、取りも直さず、「よりよく眠る」ことなのですとあるが、なぜか。その理由を次の選択肢の中から一つ選びなさい。

1　睡眠機能は私たちの意思を離れて、無意識のうちに自動的に実行されるからです。

2　睡眠は生物界に広くみられる活動と休息のリズム現象をもとに発達してきたから。

3　睡眠は疲労を回復させ、情報処理能力を高め、健康にとても重要な要素ですから。

4　本来の睡眠は、本当に無活動の状態、つまり、空白の時間なのですから。

測驗要點：關鍵句、主旨大意

解題技巧：這篇文章主要講解了睡眠與大腦的關係，睡眠是一種主動性的行為，可以讓大腦得到充分的休息，睡眠這一行為不受人主觀能動性的控制。

問題1主要測驗不符合文章段落大意的選項是什麼，這也是JLPT測試中比較重要的題型。解題關鍵句是「睡眠機能は私たちの意思を離れて、無意識のうちに自動的に実行されるからです」。選項2中說大腦可以控制睡眠的深淺，這與解題關鍵句不符，所以選項2是本題的答案。

問題2主要測驗考生對關鍵句意思的理解，這一段主要圍繞「睡眠功能」這一主題展開，所以這句話指的是「睡眠功能」，正確答案為選項4。

問題3主要測驗考生對文中關鍵句的理解，解答這一類題目主要從上下文尋找答案。解題關鍵句是「発達した大脳をもつ高等動物にとっては、睡眠の適否が高次の情報処理能力を左右することになります。質のよい眠りをとらないかぎり、質の高い生活ができません」，正確答案為選項3。

3. 內容理解（長篇文章）

內容理解（長篇文章）是N1和N3兩個級別中出現的題型，N2當中沒有這一題型。內容理解（長篇文章）是內容理解部分篇幅最長、難度最大、小題最多的題型。該題主要測試考生對文章中關鍵字的理解及對作者主要觀點的理解。該部分既需要考生擁有迅速閱讀的能力，通讀全文後捕捉作者的主要觀點，又需要考生具備仔細閱讀和分析的能力，特別是對文中某個單字或某句話的理解。N1內容理解（長篇文章）部分是一篇長約1000字的解說文、小說或散文，設有4小題，主要測驗考生對文章概要和作者主要觀點的理解。

例　題

私は最近、先輩に誘われて「能」を見る機会に恵まれた。普段は仕事ばかりで時間に余裕がない私にとって、声を掛けて誘っていただくというのは非常に有り難いもので、大変貴重な経験をすることができた。仕事の関係で途中から観ることになったのだが、最初は能独特の台詞回しや舞台の進行に戸惑い、現代人である私はなかなか能の世界に入り込むことができずにいた。ところが、演目が進むにつれて、あることに気付いた。それは能の世界に流れる時間の遅さである。しかも、終演時間を過ぎようがお構いなしにとにかくゆっくりと動作や台詞が進行していくのだ。なぜこんなにもゆっくりなのだろうと疑問を抱かずにはいられなかった。

中世時代は乳児の死亡率が70%を超えていたこともあり、平均寿命が三十三歳で六十歳まで生きることができれば十分という時代であった。かたや現代は百歳まで生きることも珍しくない時代になり、乳児の死亡率も2〜3%まで低下している。現代よりも生きている時間の短い人々がなぜ能のような時間のかかる文化を愛したのであろうか。それには、中世と現代の時間の感覚が異なっていたことが関係している。現代に生きる我々は時間を直線的に流れるものとして考えている。そして、時間が直線的なものであると考えた時、自分に残された時間を意識するようになった。時間を「過去・現在・未来」と区別し、常に「未来」の時間が減っていくことを意識して生活するのである。そのため限られた時間を少しでも有効に使おうとして一分一秒を無駄にしていないかを気にしながら、明日のために生きるようになってしまったのである。

それに対し中世の人々は時間を曲線的に回るものとして考えていた。つまり一日一日が同じように、毎日繰り返されているという考え方である。そしてそのような考え方には「過去」「未来」という概念は存在せず、「現在」をただ生きていくという感覚しかない。もちろん、時間がもったいないという感覚がない。彼らにとってその毎日は決して同じものではなく、一日一日がかけがえのない一日なのである。一生で一度だけの一日を大切に生きる、いわば一期一会の考え方である。だから今を生きることが重要であり、能を演じる側も観る側も、時間を意識せず最高の演技と鑑賞を行おうとしていたのである。

こう考えると、能を見て時間が遅いと感じたり、上演時間を過ぎていることを気にする私はまさに時間がないとあせている現代人の象徴である。むろん、時間を意識して、守っていくことは現代社会を生きるには不可欠なことである。しかし、私たち現代人はあまりにも時間に追われ過ぎている。時には時間を気にせずに能をゆっくり楽しんでみてはいかがだろうか。

1 「最初は能独特の台詞回しや舞台の進行に戸惑い、現代人である私はなかなか能の世界に入り込むことができずにいた。」それはなぜですか。

1 私は仕事ばかりで時間に余裕がないから

2 仕事の関係で途中から観ることになったから

3 能の動作や台詞の進行がとりわけ遅いから

4 いよいよ終演時間を過ぎようとしているから

2 なぜ中世の人々は能のような時間のかかる文化を愛したのか。

1 能の歴史が長く、素晴らしい伝統文化だから
2 能独特の台詞回しや舞台の進行が遅いから
3 時間を意識せずに、「現在」を生きていたから
4 時間を「過去・現在・未来」と区別しているから

3 中世と現代の時間の感覚が異なっていたとあるがどう違うのですか。

1 現代人は時間を直線的に流れるものとして考え、時間を「過去・現在・未来」と区別している。中世の人々は「過去」「未来」を区別せず、「現在」をただ生きていた。
2 現代人は時間がもったいないという感覚がなく、一日一日がかけがえのない一日だと考えている。中世の人々は時間を曲線的に回るものとして考えていた。
3 現代人は毎日時間に追われていて、生活を楽しむことができない。中世の人々は時間に追われながら、一生で一度だけの一日を大切にしていた。
4 現代人は時には時間を気にせずに能をゆっくり楽しむことができる。中世の人々はいつも時間を少しでも有効に使おうとしていた。

4 本文の内容と合っているのはどれですか。

1 昔の人々は時間を「過去・現在・未来」と区別して、生活していた。
2 昔の人々は「未来」の時間が減っていくことを意識して生活していた。
3 現代人は今を生きることが何よりも重要なことだと考えている。
4 現代人は時間意識が強く、それを少しでも有効に使おうとしている。

測驗要點 關鍵字、因果關係、主旨大意、選詞填空

本文主要談論了古代人和現代人時間觀念的不同。在古代，人們的壽命都很短，他們非常開心地過好每一天，沒有「過去」、「現在」、「未來」的概念；而到了現代，人們的壽命延長，但是生活節奏變快，所以時間觀念很強。

問題1主要測驗作者一開始不喜歡「能」的原因，解題關鍵句是「演目が進むにつれて、あることに気付いた。それは能の世界に流れる時間の遅さである」。正確答案為選項3。

問題2主要測驗中世時期日本人的時間概念，解題關鍵句是「だから今を生きることが重要であり、能を演じる側も観る側も、時間を意識せず最高の演技と鑑賞を行おうとしていたのである」。正確答案為選項3。

問題3解題關鍵句是「現代に生きる我々は時間を直線的に流れるものとして考えている」、「それに対し中世の人々は時間を曲線的に回るものとして考えていた」。正確答案為選項1。

問題4主要測驗考生對整篇文章主旨大意的理解，解題關鍵句是「時間を意識して、守っていくことは現代社会を生きるには不可欠なことである」，正確答案為選項4。

4. 綜合理解

綜合理解是日本語能力試驗改革後N1、N2兩個級別中的新題型，需要在平時的練習中加強訓練，提高該題的得分率。綜合理解也可以理解為比較分析題，它測驗的是考生對兩篇不同的文章的理解能力和分析能力。要求考生透過對兩篇文章的迅速閱讀，抓住文章的主旨大意和作者的主要觀點，然後找出兩篇文章的相同點和不同點，進行比較分析。N1綜合理解部分由2篇或2篇以上600字左右的文章組成，設有3小題，其主要目的是測驗考生對文章異同點的把握。

例　題

A

大学生を含む若者が自分の意にはんして高額な商品を契約させられるケースが後を絶たない。自立した社会生活を送るためには、契約などに対する知識が必要となる。そのためには消費者としての自覚を促す教育を行わなければならない。

消費者としての教育は、義務教育である中学校の段階で、教育内容の一つとして行うのが妥当だと考える。早すぎるという意見もあるかもしれないが、義務教育終了後は、社会の中で自立した個人としての行動が求められて当然である。

また、昔と違い、インターネットショッピングなど簡単に物を買うことができる環境の中で育ってきていることも、早めに自覚を促す必要があると考える理由の一つである。

若者が不当な契約を結ばされたり、身に覚えのない商品の請求を受けるなどの被害に遭わないためにも、消費に関する教育を早く始めてもらいたいものだ。

B

最近、消費に関する教育が話題となり、中学校での教育に取り入れようという意見がある。若者が社会で生きていく力を身に付けることは大切であり、社会人として必要な知識を早い段階から学ぶべきであろう。

しかし、これは中学校で教えるべき内容だとは思えない。たしかに、義務教育である中学校を卒業したあとは自立すべきだから、社会人として必要な消費者教育もすべきだと考える人もいるだろう。

しかし、実際に中学校卒業後すぐに社会人になる者は少ない。消費者教育が必要ないとは言わないが、中学校で学ぶべき大切なことは他にもたくさんあると思うのだ。

早期の消費者教育は、まず普段の生活の中で行われるべきで、各家庭で一番身近な親から教えられ学ぶことが最善の方法ではないだろうか。

1 AとBのどちらの記事にも触れられている内容はどれか。

1 教育において家庭が果たす役割

2 消費に関する被害の例

3 子どもが育ってきた環境

4 消費に関する教育

2 中学校における消費教育について、Aの筆者とBの筆者はどのような立場をとっているか。

1 AもBも、批判的である。
2 AもBも、好意的である。
3 Aは批判的であるが、Bは好意的である。
4 Aは好意的であるが、Bは批判的である。

3 中学校で消費に関する教育を積極的に行う必要がないと考える理由は何か。

1 社会人になるまで知らないほうがいいから
2 中学生が学ぶには難しい内容だから
3 学校よりも学ぶのに適した場があるから
4 学校の先生より親のほうが知識が豊富だから

測驗要點 異同點

解題技巧

問題1測驗兩篇文章的共同點。文章A的最後一段和文章B的第一段都明確提到「消費に関する教育」，所以正確答案是選項4。選項1只有文章B中涉及，選項2、選項3只有文章A中涉及。

問題2問的是A、B兩篇文章對中學消費教育的看法。由文章A中的「若者が不当な契約を結ばされたり、身に覚えのない商品の請求を受けるなどの被害に遭わないためにも、消費に関する教育を早く始めてもらいたいものだ」以及文章B中的「しかし、これは中学校で教えるべき内容だとは思えない」可知，文章A的立場是「好意的」，文章B的立場是「批判的」，所以選項4為正確答案。

問題3是理由原因題。從文章B中「実際に中学校卒業後すぐに社会人になる者は少ない」、「中学校で学ぶべき大切なことは他にもたくさんある」、「早期の消費者教育は、まず普段の生活の中で行われるべきで、各家庭で一番身近な親から教えられ学ぶことが最善の方法ではないだろうか」等表述可知，作者認為有比「中学校」更適合進行消費教育的場所，所以正確答案是選項3。

5. 論點理解（長篇文章）

論點理解是讀解當中篇幅較長、難度較高的考題。文章體裁主要是社論、議論文等抽象性和邏輯性比較強的文章，需要考生具有較強的邏輯思維能力和對長篇文章的閱讀分析能力。如果想要在該部分取得高分，要點在於平時要加強議論文的閱讀，尤其是三大新聞社的社論和專欄，最好每週都能抽出三四篇品質較佳的文章來閱讀。即使一開始讀不懂也沒有關係，主要目的是訓練考生對日本人思維方式的理解並熟悉其語言的使用習慣，培養良好的日語語感，學會用日式思維來思考。

論點理解（長篇文章）只在N1和N2兩個級別中存在。N1論點理解部分是一篇1000字左右的議論文或新聞社論，文章後面設有4小題，主要測驗考生對文章主旨大意的理解。

例　題

ある特定の動物になる、あるいはその動物の身になったところを想像してみる、ということが文学の世界ではよくあります。漱石の『吾輩は猫である』やカフカの『変身』はその代表的な例です。

これらの作品を読んでいると、このような想像もそれほど突飛な話ではない気がします。その動物になってしまったら、自分の生活はどうなるのか、「どんな感じ」がするのか、 想像することは簡単な気がするでしょう。しかし、ほんとうにそうでしょうか。精密に検討してみると、このような想像が意外に困難であり、むしろ不可能に近いことが分かってきます。正確に言うと、「想像すること」自体は簡単なのですが、その妥当性を主張することが無意味なのです。

哲学者ネーゲルはこの問題をもっともきちんと提起した人です。彼はそのタイトルもずばり「コウモリになったらどんなふうか」という論文でその不可能さと無意味さを指摘しています。「コウモリの身になったらどんなふうか、その体験事実はコウモリだけに特異的なもののはずである。あまりにも特異的すぎて、それをわれわれ人間が想像できると主張することすらほとんど無意味なのだ」と彼は言います。

たとえば、自分の腕が網状に枝分かれして、その間に膜が張り、空が飛べるようになったら、どんなだろうとか、明け方や夕方の空を飛びながら虫を捕まえられたらとか、一日中洞穴や天井裏に足でつかまって逆さ吊りでいたら、などと想像することは、もちろんできます。目がほとんど見えず、超音波のエコロケーション・システムを使って、環境、世界を知覚するということも、ある程度想像することは可能だとも言えます。

しかし、そのような想像をしている限り、それは私がコウモリの身に押し込められたらという想像でしかありません。飛行機にパイロットが乗り込み操縦するように、コウモリに「私が」乗り込み、「操縦」することを想像したら、という特異なケースでしかないのです。

そこで体験されるのは飛行機（コウモリ）は確かに飛んでいるが自分の身体は操縦席に安全ベルトでしばりつけられているという体験です。飛行機は確かに宙返りして一瞬逆さになりますが、その結果、自分の身体も重力の方向に対して一瞬逆さになったという体験でしかない。仮にこの飛行機がエコロケーション・システムで障害物や地表までの距離を測っていたとしても、それを操縦士たる私が知覚するには、あくまでも計器類を見るか聞くかすること、つまりヒトとしての五感に頼るほかはないのです。

しかし、今ここで問っているのはそういうことではありません。「コウモリがコウモリとしてコウモリの身で体験する世界とはどのようなものか」という問いなのです。その問いに答えようとして想像力を働かす瞬間に、そこには「私」の「ヒト」としての制約が避けがたく、働いてしまいます。①この制約そのものがすでにしてここで要求されている課題と矛盾します。つまりどうがんばっても想像されたものはヒトの身体の経験であり、ヒトの心の経験でしかないのです。まだ納得できないと言われる方のために、もう少しがんばってみましょうか。

つまり、②ヒトとしての「過去」、ヒトとしての「記憶」がじゃまをしているということだろう。それなら先ほどの「飛行機とパイロット」のような状態でも構わない。強引に「ヒトの来歴をひきずったまま」、コウモリに「乗り込んで」、コウモリのセンサーを使い、コウモリの翼を使って飛び続けてみてはどうか。そうすればやがて、コウモリとしての「経験」、コウモリとしての「来歴」ができ、コウモリとしての「自我」さえ（もしそんなものがあるとすれば）芽生えるかもしれない。その分だけコウモリ自身の体験に近いものを体験できるのではないか。

これはかなりいい線を行っている議論だと思います。③しかしこれをさらに徹底するには人間としての感覚能力や記憶をすべて「失う」、あるいは「消し去る」というところまで推し進めないと完璧ではありません。そうでないと、完全にコウモリとしての「来歴」を獲得したことにならないのです。

ところがそうなったとすると、そこに存在するのは「私」ではなく、何の変哲もないコウモリが一匹いるだけということになりはしないでしょうか。つまり、この思考実験の前後を比べると、もとは「私」と自ら呼んでいたヒトが一人消え、コウモリが一匹増えただけという話になるのではないでしょうか。「コウモリになったとしたときの体験をありありと想像できるか」という最初の課題もどこかで蒸発してしまうことになるのです。

ただし、人間としての「脳」はまだ残っている、という反論もあるかもしれません。つまり、記憶はなくても、知覚したり思考したりする人間としての「脳」機能がコウモリの身体に残っている以上、その脳を使ってヒトとしての私がコウモリの（　　　　）体験をすることが可能なのではないでしょうか。

これがまさに議論の核心でもあるのですが、重要な難題が二つあります。

一つ目は、誰でも気づくことでしょうが、これではまたしても不徹底な話になり、ヒトの「来歴」を完全に消してコウモリの来歴を獲得したことにはならないことです。それどころか、来歴の中核をなす「脳」が丸ごと残っていることになります。

二つ目はもっと常識的で現実的な点ですが、コウモリの身体にヒトの脳をつないでも、うまく作動しないということです。それはそうです。たとえば、右手の親指を動かす運動神経を、コウモリの身体のどこにつないだらよいのか、どうつなげばうまく作動するのか、またそれを誰が判断するのか、ヒトとしての身体と知覚経験を持った動物生理学者では不適格かもしれません。

この二つ目の問題は生理学や外科手術の進歩によって解決できる技術的な問題のようでいて実はそうではありません。普通の生活をしてきたヒト（コウモリ）におけるいま述べたこの「つなぎ」、つまり神経と身体部分との適切な連絡を決めているのは何なのか、やはり「来歴」を外しては考えられないはずです。

1　（　　　　　　　）に入る語句として最も適切なものを次の選択肢の中から一つ選びなさい。

1　主観的
2　客観的
3　特異的
4　普遍的

2　①この制約そのものがすでにしてここで要求されている課題と矛盾しますとあるが、それはどういう矛盾か。その説明として最も適切なものを次の選択肢の中から一つ選びなさい。

1　コウモリの身になる自分を想像しても、ヒトはコウモリのように飛べず、他方コウモリには想像力が存在しないため、無益な仮想に終わるという矛盾
2　コウモリの身として体験する世界を想像しても、結局ヒトとしての知覚や経験に立脚しているという矛盾
3　コウモリとなって自由に飛ぶ体験を想像しても、自分の身は飛行機にしばりつけられているように不自由であるという矛盾
4　コウモリの身として体験する世界を想像しても、依然として自分はヒトの身のままであるという矛盾

3　②ヒトとしての「過去」、ヒトとしての「記憶」がじゃまをしているとあるが、それはどういうことか、その説明として最も適切なものを次の選択肢の中から一つ選びなさい。

1　ヒトがヒトではないものになった体験を想像しても、それはヒトとしての知覚を基礎につくり上げたものであり、そこから逃れられないということ
2　ヒトとしての経験や記憶は、想像力を働かせようとしてもそれを封殺してしまい、ヒトの生きる世界を限定してしまうということ

3 ヒトがコウモリのような動物になる想像は文学の世界では成り立っても、現実の世界ではそのようなことはヒトの記憶や経験にないため絵空事で終わるということ

4 ヒトがどんなに想像力を働かせたとしても、その埒外にあるコウモリのような能力は所詮獲得できないということ

4 ③これをさらに徹底するには、人間としての感覚能力や記憶をすべて「失う」、あるいは「消し去る」というところまで推し進めないと完璧ではありませんとあるが、それはなぜか。その理由として最も適切なものを次の選択肢の中から一つ選びなさい。

1 ヒトが強引にコウモリとしての経験を経た自我を持っても、どこかに人間としての認識が残っていれば、そこでの体験はヒトとして得たことになるから

2 ヒトとしての感覚や記憶がわずかでも残っていると、コウモリとしての自我とヒトとしての自我との相克から葛藤が生まれてしまうから

3 人間としての感覚や記憶を一旦消し去らないと、コウモリのような動物になったヒトという仮想現実が矛盾なく議論できないから

4 人間のセンサーとコウモリのそれは似て非なるものであり、人間の感覚を断ち切らないと、コウモリの能力を正しく見定められないから

測驗要點 關鍵字、因果關係、主旨大意

解題技巧

問題1主要測驗考生對前後句意的理解，解題關鍵句為「記憶はなくても、知覚したり思考したりする人間としての『脳』機能がコウモリの身体に残っている以上、その脳を使ってヒトとしての私が……」，所以正確答案為選項1。

問題2主要測驗考生對文中關鍵句的理解，解題關鍵句為「つまりどうがんばっても想像されたものはヒトの身体の経験であり、ヒトの心の経験でしかないのです」，所以正確答案為選項2。

問題3主要測驗考生對文中關鍵句的理解，解題關鍵句為「その問いに答えようとして想像力を働かす瞬間に、そこには『私』の『ヒト』としての制約が避けがたく、働いてしまいます」，所以正確答案為選項1。

問題4主要測驗考生對文中前後文因果關係的理解，解題關鍵句為「そうでないと、完全にコウモリとしての『来歴』を獲得したことにならないのです」，所以正確答案為選項1。

6. 資訊検索

資訊検索是日本語能力試驗改革之後新出現的題型，N1、N2、N3三個級別都有該種題型。題目測驗的是考生快速閱讀和檢索資訊的能力。文章素材主要來源於廣告、宣傳冊、商務文書等，所選文章裡大多包含多種資訊，考生需要根據要求選出適合某個特定條件的資訊。先閱讀題目，然後透過題目在文中尋找正確答案是解題的關鍵。N1級別的資訊検索題是一篇700字左右含有有效資訊的文章，設有2小題。

例　題

表を見て、次の問に対する最もよいものを1・2・3・4から選びなさい。

「最近運動不足」、「日常生活に刺激がほしい」、「ボールを蹴ってみたい」、「サッカーに興味がある」というあなたにお知らせします。2020年度「女性のためのシェイプアップサッカー教室」の募集が始まります。広いグラウンドや屋根つきのアップスペースを使って楽しく体を動かしませんか？

イベント	女性のためのシェイプアップサッカー教室
対象	富士見市在住・在勤の18歳以上から50歳までの女性
受講料	無料
定員	30名 定員を超えた場合抽選となります。
日程	9月1日から毎週の土曜日10:20～11:50（90分）、全部で6回

会場	富士見市スタジアム（富士見市向日葵区2-1-9）
申し込み方法	①富士見市市民課窓口　受付時間：9：00から17：00まで、月曜日を除く ②お電話での申し込み　受付時間：平日9：00から17：00まで参加される方の名前、年齢、生年月日、電話番号のご登録が必要になります。 ③富士見市市民イベントのページからお申し込みください。 ・ネットに不慣れな方はお電話でお申しこみください。
申し込み締め切り	2020年８月25日（火）

1　シェイプアップサッカー教室に参加できるのは次のうちのだれか。

1　富士見市の大学に勤めている30歳の男性

2　富士見市の会社に勤務している25歳の女性

3　富士見市外に住んでいる自営業の55歳の女性

4　富士見市の中学校に通っている15歳の女子学生

2　このセミナーの申し込みについて、正しいものはどれか。

1　定員が30名なので早く申し込まなければなりません。

2　窓口で申し込む場合は、月曜日の決められた時間に行く。

3　電話で申し込む場合は、個人情報の提供が必要です。

4　ネットに不慣れな方は申し込むことができません。

測驗要點　資訊檢索

解題技巧　雖然該題是新題型，但是難度並不是特別大，透過排除法一般可以選出正確答案。以上兩題的正確答案分別為選項2和選項3。

聽解部分

考試時間與評分標準

N1聽解部分的考試時間為55分鐘，分數為60分，占試卷總分值180分的三分之一。如果聽解部分得分沒有超過及格線19分，那麼其他部分即使分數再高，也會被判定為不及格。

題型設置與測驗內容

新日本語能力試驗N1試題的聽解部分主要有五大題型，分別是問題理解、重點理解、概要理解、即時應答、綜合理解。2022年12月起，題型配置更改如下：

	題型		題數	測驗目的
N1聽解	問題理解	◇	5	測驗考生能否理解具體問題的關鍵資訊，並判斷下一步該怎麼做。
	重點理解	◇	6	會預先提示某一重點，再就此重點反覆討論，測驗考生能否理解內容並找出重點資訊。
	概要理解	◇	5	測驗考生能否理解說話者的意圖或主張。
	即時應答	◆	11	聽簡短的對話，然後選出適當的答案。
	綜合理解	◇	3	聽稍微複雜且篇幅較長的內容，將多個資訊加以比較、綜合。

題型符號說明：◇原有題型，稍作變化 ◆全新題型

例題解析與解題技巧

1. 問題理解

題型分析 問題理解類題型主要測驗考生對日語的實際應用能力。考生首先會聽到一段對話，根據對話內容判斷對話中的某個人接下來會做什麼。比較常見的提問方式有「男の人は、これから、すぐ、何をしなければなりませんか」、「女の人は、まず、何をしなけ

ればなりませんか」、「二人は、これから、どうしますか」。問題理解部分的四個選項會出現在試卷上，考生可在錄音開始播放前就知道四個選項的內容，可以根據四個選項預判聽力的大致內容，錄音開始播放後，根據所聽到的內容選擇正確答案即可。

解題要點 問題理解類題型的解題技巧是先略讀選項，然後注意會話中的關鍵句。關鍵句一般會以以下形式出現：「じゃ、すぐ……」、「そのようにします」、「やっぱり……」、「じゃあ、まず……」。只要聽到相關表述，一般答案都在此類表述的後面。同時，考生需要注意表建議和命令等語氣的關鍵句。在命題時，命題者為了干擾考生，一般會在對話的開頭部分加入干擾性的表述，這些表述會出現在其他選項中，因此如果某選項的內容是在對話前半部分出現的相關表述，那麼一般情況下應該予以排除。正確答案一般在對話的後半部分。在選擇之前，考生應快速閱讀印在試卷上的四個選項，仔細聽清問題，帶著問題聽對話。聽完對話之後，也要認真地再次確認該題的問題。

例　　題

問題1では、まず質問を聞いてください。それから話を聞いて、問題用紙の1から4の中から、最もよいものを一つ選んでください。

1番

1　銀行でお金を振り込む。
2　鈴木さんに電話する。
3　藤田さんに連絡する。
4　会計課に行く。

1番　**男の人と女の人が電話で話しています。女の人はこのあとすぐ何をしますか。**

男：あ、もしもし。高橋だけど。
女：おつかれさまです。佐藤です。
男：今、仕事が終わってこれからそっちに戻るんだけど、何か変わったことはなかった？

女：あの、お客様の藤田さんという方とサニー銀行の鈴木さんからお電話がありまして、課長が戻られたら折り返しご連絡するとお伝えしました。

男：鈴木さんは振込の件だな……悪いんだけど、至急、会計課に行って、振込の記録を確認してもらえるかな？

女：はい。あの、藤田さまも早めに連絡がほしいとのことでしたが。

男：分かった。藤田さんにはこちらからすぐ電話するよ。

女：分かりました。振込の件は、確認でき次第、課長にお電話すればよろしいでしょうか。

男：ああ。頼むよ。

女：はい。それでは、また後ほどご連絡します。

女の人はこのあとすぐ何をしますか。

1　銀行でお金を振り込む。

2　鈴木さんに電話する。

3　藤田さんに連絡する。

4　会計課に行く。

▶正解：4

解題方法　找到解題關鍵句「至急、会計課に行って、振込の記録を確認してもらえるかな？」「振込の件は、確認でき次第、課長にお電話すればよろしいでしょうか」。

2. 重點理解

題型分析　重點理解部分的試題會以一段對話或獨白的形式出現，該部分主要測驗考生根據所聽到的內容把握要點的能力。該部分命題的要點是：「どうしてですか」、「どこですか」、「どれですか」、「だれですか」、「いつですか」、「何ですか」、「いくらですか」、「どのようにしますか」。該部分的選項也會出現在試卷上，在做題之前，可先略讀選項，瞭解命題者的測驗意圖。

解題要點 重點理解類題目多由「最字類」題目或「原因類」題目構成。對於「最字類」題目，考生需抓住對話中的關鍵副詞，並運用排除法來選出正確選項。需要特別注意的關鍵字是表示比較的詞，例如「何より」、「それより」、「一番」、「もっとも」。而「原因類」題目則要注意轉折詞後面的內容和表示解釋的內容，必要時可以透過排除法否定部分選項。「原因類」題目中的關鍵字主要有：「～んで」、「～ので」、「～から」、「～まして」、「なぜなら、～からだ」等。答案一般都在這些關鍵字後面。

例　題

問題2では、まず質問を聞いてください。そのあと、問題用紙のせんたくしを読んでください。読む時間があります。それから話を聞いて、問題用紙の1から4の中から、最もよいものを一つ選んでください。

1番

1　利用者が少ないから
2　ネット通販の影響を受けたから
3　値段がとても高いから
4　交通の便がよくないから

1番　**男の人と女の人が話しています。男の人は緑スーパーが潰れた原因は何だと言っていますか。**

男：緑スーパー、今月いっぱいで閉店するんだって。
女：えっ？うそ？利用者が多かったのに、どうして閉店するの。
男：さあ。
女：まあ、①ネット通販の影響は地方都市だけでなく大都市にも及んでいるのかな。それに、あそこ、②商品の品質が高いが、値段もやや高めだったしね。
男：いや、値段のことはいいんだよ。③それより、あの店は交通の便がね。僕なんてとてもあそこまで歩かないよ。商品の種類はいいんだけど。

女：確かに。私はいつも運動したつもりで通っていたんだけど。

男：道理でいいスタイルしてるんだ。

女：まあ、お世辞でも嬉しいわ。

男の人は緑スーパーが潰れた原因は何だと言っていますか。

1　利用者が少ないから

2　ネット通販の影響を受けたから

3　値段がとても高いから

4　交通の便がよくないから

▶正解：4

解題方法　本題是「原因類」考題，該題型的四個選項一般為聽力原文中出現過的四種原因。考生需要用比較等方式把其他三種原因排除，剩下的一種原因即為正確選項。此類型的題目可以用排除法來解題。

本題的主要內容是商店倒閉的原因。男女二人一共談到「①ネット通販の影響」、「② 段もやや高め」、「③それより、あの店は交通の便がね」三種原因。男生認為倒閉的原因是交通不便，正確答案為選項4。

3. 概要理解

題型分析　概要理解類題目主要測驗考生對一段文章主旨大意的理解。該類題型一般會圍繞某個問題發表説話者自己的看法，在考生聽完一段較長的獨白之後，需要選出説話者想要表達的中心思想。該問題的選項沒有印在試卷上，需要考生邊仔細聽錄音邊做記錄。獨白結束之後才會念出四個選項。考生根據所聽到的內容，選出正確答案即可。

題型要點　這類題目以敘述為主，常常先提出一些觀點加以否定，再提出自己的看法。因此轉折的接續詞是一個非常重要的標誌，表轉折的接續詞之後往往是整個題目的關鍵句。做這類題目時，一定要有技巧、有重點地去聽。

例　題

問題3では、問題用紙に何も印刷されていません。この問題は、全体としてどんな内容かを聞く問題です。話の前に質問はありません。まず話を聞いてください。それから、質問と選択肢を聞いて、1から4の中から、最もよいものを一つ選んでください。

1番　大学の卒業式で学長が話しています。

男：さて、皆さんが大学で学んで得たものは何でしょうか？具体的に、明確に心に浮かぶ人はそれで結構ですが、以下のことを心にとどめておいてほしいと思います。大学での学びは、皆さんがこれから飛び込む社会の現場ですぐに役立つスキルを主にしたものではない、ということです。もちろん、すぐに役立つものもあるでしょうが､そう実感できた場合はラッキー、と考えてください。

本日、みなさんに一番伝えておきたいのは、自らの若さを自覚し､行動してほしいと言うことです。社会の先輩から見た皆さんは間違いなく若く、その強みは失敗を恐れずにチャレンジできる力です。もちろん、時間がたくさんあることは絶対的なアドバンテージですが、それ以上に失敗を恐れずにチャレンジする、その若さを何よりも大切にして行動してください。

学長が言いたいのはどのようなことですか。

1　大学で習ったことは役に立たないこと。
2　習った知識の中にすぐに役立つものもある。
3　社会の現場でスキルをいち早くマスターする。
4　若さを自覚して、挑戦すること。

▶正解：4

解題方法：解題關鍵句為「みなさんに一番伝えておきたいのは、自らの若さを自覚し､行動してほしいと言うことです」。由此可以判斷，校長希望學生能夠成為散發青春活力、勇於挑戰的人。正確答案是選項4。

4. 即時應答

題型分析 即時應答部分主要測驗考生實際運用日語的能力。該題型的測試方式是首先播放一個人的談話內容，接著播放三個選項，要求考生從三個選項中選擇最合適的一項。透過歷年考古題分析可以看出，商務日語是該部分經常出現的題型，所以考生平時應多接觸商務類的文章和會話。J.TEST實用日本語檢定中聽力的應答問題部分有很多這類題型的測試，考生可以參考J.TEST的考古題。

解題要點 該題主要測驗考生的日語實際運用能力和現場反應能力。句子短且口語化，所以在解題的過程中應特別注意句子的語氣。新日本語能力試驗的一個難點就是要求考生要學以致用，考生平時需要多接觸商務日語和日語口語方面的文章，多做口語練習。

例　題

問題4では、問題用紙に何も印刷されていません。まず文を聞いてください。それから、それに対する返事を聞いて、1から3の中から、最もよいものを一つ選んでください。

1番　男：あのう、今月の家賃なんですけど、まだ、振り込まれていないようですが……

1　すみません、うっかりしてて。
2　えっ、何で気を遣ったんだよ。
3　では、お言葉に甘えて。

▶正解：1

解題方法：男生說：「不好意思，這個月的房租好像還沒匯過來……」所以正確答案為選項1，「抱歉，我一時疏忽忘記了」。

5. 綜合理解

題型分析 綜合理解類題型主要測驗考生綜合理解問題的能力。這一題型共有三個問題，第一題、第二題分別設有1小題，第三題設有2小題。綜合理解文章比較長、資訊量較大。兩個人的對話一般會涉及許多干擾，考生需做好筆記，用排除法解答。

解題要點 綜合理解類問題的錄音內容中會提出大量的問題和觀點，很多問題具有相似性，要特別注意加以區分。該類題型的解題技巧是聽清說話者分別談到幾個方面的問題，在所談到的問題前面標注上序號，需要考生特別注意不同問題之間的差異性。

例　題

問題5では、長めの話を聞きます。この問題には練習はありません。メモを取ってもかまいません。

1番、2番

問題用紙に何も印刷されていません。まず、話を聞いてください。それから質問と選択肢を聞いて1から4の中から、最もよいものを一つ選んでください。では、始めます。

1番　男の人と女の人が話しています。

男：これがこれからのアメリカ旅行スペシャルプランだって。ほら、安いよ。12月は「ラスベガス」。出発日は12月20日、7日間で235,000円。

女：ラスベガス……いいな、行きたいな。

男：でも、12月は休暇取れないよ。年末は忙しいから。

女：それに、クリスマスで向こうもきっと込むわね。

男：じゃあ、1月。「ロサンゼルス5日間」。232,000円。

女：ロサンゼルスは日本から直行便も多いし、最近すごい人気らしいわ。1度行ってみたいなあ。

男：あ、4月は「アメリカ西部大自然8日間」、323,000円。アメリカの西部はすばらしいよ、きっと。この値段は格安だよ。

女：でも8日間会社休めないよ。それと、30万超えるのは痛いなあ。

男：じゃ、これは？「5月のニューヨーク4日間」。

女：5月のいつごろ？

男：出発口は5月９日。

女：友達の結婚式が5月11日なの。

男：そうか。じゃ、やっぱりこれしかない。

女：じゃ、予約しておこう。

2人はどこに行くことにしましたか。

1　ラスベガス

2　ニューヨーク

3　ロサンゼルス

4　アメリカ西部

▶正解：3

解題方法：解題關鍵句為「じゃあ、1月。『ロサンゼルス5日間』。232,000円……ロサンゼルスは日本から直行便も多いし、最近すごい人気らしいわ。1度行ってみたいなあ」，所以正確答案為選項3。

全真模擬試題　第一回

★ 言語知識（文字・語彙・文法）・讀解

★ 聽解

言語知識（文字・語彙・文法）・読解（110分）

注意

Notes

1. 試験が始まるまで、この問題用紙を開けないでください。

   Do not open this question booklet before the test begins.

2. この問題用紙を持って帰ることはできません。

   Do not take this question booklet with you after the test.

3. 受験番号と名前を下の欄に、受験票と同じように書いてください。

   Write your examinee registration number and name clearly in each box below as written on your test voucher.

4. この問題用紙は全部で32ページあります。

   This question booklet has 32 pages.

5. 問題には解答番号の1、2、3…が付いています。解答は解答用紙にある同じ番号のところにマークしてください。

   One of the row numbers 1,2,3... is given for each question. Mark your answer in the same row of the answer sheet.

受験番号 Examinee Registration Number	

名前 Name	

問題1 ＿＿＿＿の言葉の読み方として最もよいものを、1・2・3・4から一つ選びなさい。

1 仕事の時の母親は、いつも<u>愛想</u>のよい微笑みを浮かべている。

1 あいせき　　2 あいそう
3 あいとう　　4 あいちゃく

2 昨日まで冗談をいえた<u>間柄</u>でも、喧嘩で、がらっと別人のようになってしまった。

1 かんがら　　2 かんへい
3 あいだがら　　4 あいだへい

3 年金生活者は<u>相次ぐ</u>物価の上がるのために、これからの生活はどうなるのかと懸念している。

1 あいつぐ　　2 そうつぐ
3 あえぐ　　4 あおぐ

4 学校教育の一々をここで論ずるには及ばないと思うが、二、三の点についてだけ、<u>敢えて</u>述べさせていただきます。

1 かつて　　2 かねて
3 あまえて　　4 あえて

5 彼は、近代国家形成の大志を抱く青年たちが<u>憧れる</u>英雄だった。

1 こじれる　　2 ねじれる
3 うぬぼれる　　4 あこがれる

6 ここ10年間、内外情勢は<u>著しい</u>変化を遂げており、我々は、我が国に課せられた期待と責務を着実に履行し、国際社会に寄与しなければならない。

1 あつかましい　　2 あわただしい
3 おびただしい　　4 いちじるしい

問題2　（　　）に入れるのに最もよいものを、1・2・3・4の中から一つ選びなさい。

7　悪質ないたずらや誤ったマスコミ報道に基づく（　　）被害が問題となっています。

1　風害　　2　風評　　3　風船　　4　風情

8　人気（　　）を起用したマーケティング戦略も、その成功の一端を担ったことは否定できない。

1　アカデミー　　2　アイドル　　3　アマチュア　　4　アンコール

9　今月、ボーナスが出て、とうとう（　　）の新車を購入しました。

1　切望　　2　欲望　　3　念願　　4　志願

10　着せようとすれば手を伸ばし、ご飯を食べさせようとすれば口をあけるという具合で、（　　）の環境のなかで育てられ、苦労をほとんど知らない。

1　いたれりつくせり　　2　みまわり
3　うけたまわり　　4　いつわり

11　交通事故が起きた場合、事故現場に（　　）関係者等による迅速、適切な応急手当が必要不可欠である。

1　まちあわせた　　2　うちあわせた
3　いあわせた　　4　いいあわせた

12　こういうホームレスの連中が店の周りを（　　）していると、お客様は店に来なくなった。

1　うじうじ　　2　うろうろ
3　いきいき　　4　いらいら

13　日本人は、話の途切れ途切れに、聞いているという印に（　　）を打つ習慣があります。

1　あいづち　　2　いいぶん
3　あいさつ　　4　いいかげん

問題3 ＿＿＿＿の言葉に意味が最も近いものを、1・2・3・4から一つ選びなさい。

14 スーパーシートの席は少ないため、エコノミーに座る選手も多い。

1 普通料金のシート　　2 自由席
3 優先席　　4 重要人物のための席

15 気持ちが落ち込むようなことがあったとき、真っ先に家族や友達に相談すればいい。

1 気持ちが滅入る　　2 気前がいい
3 落ち着きがなくなる　　4 思いも寄らぬ

16 先着30名の方には記念品として、オリジナルハンカチを差し上げます。

1 きれいで素敵な　　2 人まねでなく新しい
3 手頃で可愛い　　4 部数を限定して貴重な

17 自分で決めた留学なのに、帰国するとその居心地のよさに再渡米するのが少し億劫なようでした。

1 面倒で気が進まない様子
2 期待でわくわくしている様子
3 いらいらして待ち遠しい様子
4 望み通りにならずにがっかりする様子

18 相手との面会を断ったせいか、実家や会社にいやがらせの電話がひっきりなしにかかってくる。

1 うまい話をして相手を騙すこと　　2 相手のいやがること
3 お茶を濁すこと　　4 相手をごまかすこと

19 一進一退の繰り返しで、いつになったら退院できるのか、まったく目処がたたない状態です。

1 ますます悪化する一方
2 前へ進んだり後ろへ退いたりする
3 良くなったり悪くなったりする
4 あれこれと変更したり気が多い

問題4　次の言葉の使い方として最もよいものを、1・2・3・4から一つ選びなさい。

20　大方

1　株価の急落にも関わらず、世界経済は、大方の予想を超えた力強い成長を記録した。

2　姉の理恵がおとなしく、大方であるのに対して、妹はわがままで、負けず嫌いなところがある。

3　ちなみに、社長は後輩や部下と食事に行くと、大方に奢ってしまうタイプなんです。

4　彼が大方に給料を引き上げてくれたのも、策略の一つだったのかと疑いたくなってしまう。

21　発足

1　これから、最近発足した問題について報告します。

2　新技術を発足したおかげで、売上を伸ばした。

3　この団体は今年発足したばかりです。

4　当社では、来月、新しい週刊誌を発足する。

22　おどおど

1　このような場所が初めてなので、新入社員たちは、おどおどしている。

2　目覚めると、頭が重く、おどおどする。ガスが充満していたのだった。

3　高級ホテルともなれば、ベッドが大きいうえに、おどおどの羽毛布団が心地よさそう。

4　おどおどとした絵が出来上がり、芸術家になったような誇らしさを感じた。

第一回

23 うっとうしい

1 周辺は、昔から危険な難所といわれ、うっとうしい数の船員が海の犠牲になっている。

2 桜が散り、すぐ青葉の季節になった。ついでうっとうしい梅雨の日が続けた。

3 成人式に着るものだから、もっと、うっとうしいものにしてほしい。

4 この人工心臓は、心臓をそっくり替えるものだ。心臓病の人にはうっとうしいことだろう。

24 器

1 夕方、家族そろって器を囲んでいたとき、たまたまアイドルのことが話題になった。

2 うちの社長は、他人の前では器よくなるくせに、社員だけにけちなんだ。

3 私から見れば、彼は確かに有能な役人かもしれないが、大臣の器じゃない。

4 あいつは酒を飲むときなどは、いつも実に器よく奢ってくれたものだ。

25 エチケット

1 このパソコンのエチケットが分からないので、使えませんよ。

2 来たる日曜日に、市民館において、作文エチケットが行われる。

3 割り箸じゃなくて、彼はいつもマイ箸を持って使うから、とてもエチケットです。

4 考えてみると、現実社会でも、エチケットや礼儀正しさはかなり失われています。

問題5　次の文の（　　）に入れるのに最もよいものを、1・2・3・4から一つ選びなさい。

26　芸能界に身を置いていると、私達の仕事はお客様（　　）商売だな、と痛感することが多い。

1　あるまじき　　　2　あっての

3　きっての　　　　4　なりの

27　息子があがり症のため、大学入試がうまく行くかどうか、まことに心細い（　　）。

1　極まる　　　2　に至る

3　限りだ　　　4　とは限らない

28　「遠慮はいらない、私が面倒みてあげる」と、一度話した（　　）、もう自分の思うままにしないと気が済まない。

1　が最後　　　2　からといって

3　ところで　　4　と思いきや

29　今日は休み中のこととて、買い物（　　）、近所の公園をぶらぶらしてきた。

1　ついでに　　2　かねない

3　かたわら　　4　がてら

30　「少々お待ちを」と言う（　　）、警察に電話した。二分後サイレンを鳴らして警官が到着し、店は包囲された。

1　とたんに　　2　が早いか

3　そばから　　4　からこそ

31　そんなにたいした話じゃないが、どうもフレベクは話を大げさにしている（　　）と思う。

1　ようがある　　2　きらいがある

3　ものがある　　4　ことがある

32 人が分かってくれ（　　）くれ（　　）、自分の信じた道を進むまでだ。

1　ようにも／ないにも　　2　ようといい／ないといい

3　ようか／まいか　　4　ようと／まいと

33 人間としてのデリカシーがない人は、失礼（　　）ことを平気でしたりいったりするから、会っていて情けなくなってきちゃってイヤだ。

1　極める　　2　極めない

3　極まりない　　4　極まっている

34 落ち込んでも当然じゃないか。私の（　　）ものに、ガンなどという大敵と闘う力があるとは思えない。

1　べき　　2　まじき

3　ごとき　　4　らしき

35 容認してほしいのなら、妥協する準備が必要です。人生は与える（　　）奪うだけの一方通行では成り立たないのです。

1　ことから　　2　こととて

3　からには　　4　ことなしに

問題6　次の文の＿★＿に入る最もよいものを、1・2・3・4から一つ選びなさい。

（問題例）

あそこで＿＿＿ ＿＿＿ ＿★＿ ＿＿＿は山田さんです。

1　テレビ　　2　見ている　　3　を　　4　人

（解答の仕方）

1. 正しい文はこうです。

あそこで＿＿＿ ＿＿＿ ＿★＿ ＿＿＿は山田さんです。
1　テレビ　3　を　2　見ている　4　人

2. ＿★＿に入る番号を解答用紙にマークします。

（解答用紙）

（例）	①　●　③　④

36　＿＿＿ ＿＿＿ ＿★＿ ＿＿＿お金を貸すことはない。

1　彼に　　2　遊んで

3　ばかりいる　　4　働きもせず

37　この心理は、＿＿＿ ＿＿＿ ＿★＿ ＿＿＿はずだという。

1　きっと面白い　　2　これから見せられるものは

3　せっかく見に来た　　4　以上

38　不景気になってからというもの、長い間＿＿＿ ＿＿＿ ＿★＿ ＿＿＿会社を辞めさせられている。

1　尽くしてきた　　2　会社のために

3　非情にも　　4　管理職まで

39 私の周りには、非常に高い能力＿＿＿ ＿＿＿ ＿★＿ ＿＿＿を断念せざるを得なかった人が多数いる。

1 によって　　2 経済的な理由
3 を持ちながら　　4 大学進学

40 昔から＿＿＿ ＿＿＿ ＿★＿ ＿＿＿おしゃべりになった。

1 戦後は　　2 沈黙は金なりとした
3 確かに以前よりは　　4 日本人も

問題7　次の文章を読んで、41から45の中に入る最もよいものを、1・2・3・4から一つ選びなさい。

このごろの若い人の書く文章はなっていない。年配の人たちの口からよくこういった言葉が聞かれるが、文章が下手なのは若い人に限らない。そういうご当人たちだって、決して、立派な文章を書いている 41 。日本人はどうも一般に文章が下手なようである。

我が国では文学者自身もあまり文章がよくないのではなかろうか。もう少し立派な文章を書いてもらいたいと思うことが少なくない。例外は漫画家と科学者で、概して達意の文章を書く人が多いようである。 42 現象と言うべきであろう。

下手な文章なら書きなぐりに書いているのかというと、 43 。読んでこんな文章かと思われるようなものでも、書く方では、血のにじむような苦労をしていることが多い。小説家が書き出しを書きあぐねて、書崩しが山のようになるというような話を聞くことも珍しくない。

44 。下手だからこそ苦労するのかもしれない。日本人は文章の下手なためにどれくらい損をしているか分からない。文章がうまく書けないために、思想が充分表現できないこともあろう。新しい思考を深める妨げになることもあろう。

下手とか上手とかいうのは当たらないかもしれない。文章のバックボーンがなくて、へなへなと貧弱なのである。 45 文章で大思想を支えようというのは無理な話である。われわれは今、文章を書く修練について根本的な再検討を加えるべき時期に来ている。

41

1　わけにはいかない　　2　わけではない
3　べきではない　　4　わけがない

42

1　つまらない　　2　ゆゆしい
3　おもしろい　　4　とんでもない

43

1　きっと、そうだろう　　2　言うまでもないことです
3　絶対、それだろう　　4　決してそうではない

44

1　下手なのに苦労している
2　下手なので苦労しない
3　上手だから苦労しなくてもいい
4　上手なのに下手だと言っている

45

1　こういう　　2　こういった
3　そういう　　4　どういう

問題8　次の（1）から（4）の文章を読んで、後の問いに対する答えとして最もよいものを、1・2・3・4から一つ選びなさい。

（1）

「紅茶には何も入れずに飲むから、匙はいらないよ」と言ったら、若い人に「おやじだな」と言う顔をされた。「匙」と言う言葉が古臭いのである。確かに今ではスプーンのほうが一般的だ。しかし、若い人たちだって、料理の時には、「しょうゆ大匙二杯」などと古臭い匙を使い、決して「大スプーン」とは言わない。

そして料理以外でも匙が使われるのが、慣用句の「匙を投げる」。「ジグソーパズルをやっていたんだけど、難しくて途中で匙を投げた」のように断念する。

しかし、もとは医者が治療法がないとき、患者を見放す意味である。匙は昔の医者にとって薬を調合する大事な道具であった。

46　「匙を投げる」の意味に最も近いものはどれか。

1　医者が薬を調合するための大事な匙を投げつけること

2　救済や解決の見込みがないとして、手を引くこと

3　病人を救うため、医者がジグソーパズルに専念すること

4　ジグソーパズルが難しくて、医者が諦めてしまうこと

(2)

「ロミオとジュリエット」はシェイクスピア作の有名な戯曲です。対立した家族や周りの状況、運命の悪戯とも呼べる偶然によって、最後には二人とも死に至る、という物語。その劇中、反対の中で二人の愛は冷めることなく、さらに深まっていくのです。この「ロミオとジュリエット」から名前をつけられた、心理学的な効果があります。二人の愛が周囲に反対されることによって深まる、ということを指します。恋愛や結婚を反対された場合、祝福されて恋愛や結婚する場合よりも幸せに感じたり、愛情が上回っている、というのです。

47 筆者は「ロミオとジュリエット」という心理学的な効果をどのように説明しているか。

1 恋人の親がその恋愛に反対し、2人の仲を引き裂こうとする効果
2 特定の目的を持っている場合に、スムーズに困難を乗り越えられる効果
3 好きな人には自分のいいところを見せたいが、悪いところは隠しておきたい効果
4 恋人において何らかの妨げが生じると、却って二人の絆が強くなっていく効果

(3)

> 平成20年1月8日 株式会社 日の丸出版
>
> 取締役社長　井上やすし 様
>
> 株式会社日の丸出版
> 法務部村上朗
>
> （　　　　　　　　）
>
> 拝啓　初霜の候　貴社におかれましては益々ご清栄のこととお慶び申し上げます。
>
> この度、弊社発行の書籍『富士山巡り』で掲載の写真が、貴社ホームページに無断転載されていることを確認いたしました。これは、著作者の権益保護を定めた著作権法に抵触する行為であります。
>
> つきましては、違法掲載を即刻中止するとともに、掲載に至った経緯等詳細についてご報告いただきたく存じます。
>
> 上記の件に関して、今週までにご回答いただきますようお願い申し上げます。

48　この文書の件名として、（　　）に入るのはどれか。

1　写真掲載のお願い
2　書籍の発行延期
3　無断転載について
4　著作権法の紹介

（4）

特にマナーの悪さが目立つのは電車の中です。「大声で話す携帯電話は耳障り」と日本民営鉄道協会が大手私鉄の利用者を対象に実施した駅と電車内の迷惑調査では、携帯電話に関する苦情が4分の1を占めています。

それでは電車、映画館、美術館などといった場所では携帯電話を使えなくしてしまったらどうでしょう。技術的には簡単で同じ周波数の妨害する電波を出すことによって解決するのですが、そのようなことをしたら携帯電話の長所の一つである緊急時に連絡が取れないといったことになってしまいます。

49 「そのようなこと」とあるが、どのようなことか。

1 周りの人には迷惑だが、緊急時に連絡すること
2 邪魔な電波を発射して、通信を抑制すること
3 電波妨害の開発を進め、携帯の機能を高めること
4 電車の中で携帯を使わないように呼びかけること

問題9　次の（1）から（3）の文章を読んで、後の問いに対する答えとして最もよいものを、1・2・3・4から一つ選びなさい。

（1）

われわれの周りにあるすべての事象、現実は、自然と人為の二つに分かれる。山があり、川が流れるのは、人為の加わっていない自然である。山に植林し、川に護岸工事を施したりすれば、その部分は人為であるが、山そのもの、川そのものは自然である。

この山川を描いた絵があれば、どんなにそっくりに描かれていても、これは人為である。美しいという感情を呼び起こされたり、それを目的とした活動であれば、この人為のことをアートという。ただし、アートは芸術に限らない。およそ人為の加わったものならすべてこの名で呼ばれておかしくないのである。

言葉そのものが人間の作り上げたものである。自然について語られた言葉は、もちろん人為になる。自然を直接に表現したものが第一次的情報になる。

「○○山は南側の斜面が砂走になっている」というような言葉は第一次情報である。これに対して、「この地方の山は○○火山帯に属している」といった表現は、もちろん、[A]である。第一次情報を踏まえて、より高度の抽象を行っている。メタ情報である。さらにこれをもとにして抽象化をすすめれば、第三次情報ができる。メタ・メタ情報というわけである。

このようにして、人為としての情報は高次の抽象化へ昇華して行く。思考、知識についても、このメタ化の過程が認められる。もっとも具体的、即物的な思考、知識は第一次的である。その同種を集め、整理し、相互に関連付けると、第二次的な思考、知識が生まれる。これをさらに同種のものの間で昇華させると、第三次的情報ができるようになる。

第一回

50 「山そのもの、川そのものは自然である」理由はどれか。

1 あるがままのもので、人間に手を加えられることが無いから

2 山や川などにさまざまな工事を施しており、その部分が人為的だから

3 現実のあらゆるものは、自然と人為の二つに分けることができるから

4 あるがままのものに人間の手を加えて、破壊したから

51 [A]に当てはまるものを選びなさい。

1 第一次情報　　2 第二次情報

3 第三次情報　　4 第四次情報

52 この文章によると、メタ・メタ情報とは、どのような情報か。

1 第一次情報で、人為的でない情報

2 具体的で、即物的な思考あるいは知識

3 同じ種類のものを集め、関連づけられた情報

4 メタ情報に基づいて、さらに抽象化された情報

（2）

制服は、だれもが早く脱ぎたいと思っている。夕方になると早く終業時間にならないかと思い、最上学年になると早く卒業したいと思う。が、制服には意外に心地いい面があることも、ひそかに体験してもいる。

この本の始めのところで書いたように、僕らにとっては自分の全身はじかには見えない。つまり、自分の全身はイメージとして想像するしかないものなので、とても心もとない。そんな中で、僕らはもらった贈り物の箱をがらがら揺さぶって中身を推測するように、自分の外見をさまざまに加工することで、そのイメージを揺さぶり、自分がだれか、自分には何ができ、何ができないかを、身をもって覚えてゆくのであった。そういうときに、一義的な社会的意味と行動の規範が明示された制服は、社会の中の個人としての自分に確定したイメージを与えてくれる。服が自由すぎて、選択の幅がすこぶる大きくなると、自分を確定する枠組みが緩くなりすぎて、かえって落ち着かない。制服のほうが選択に迷わなくてかえって楽なのだ。大人になって、自分はこのブランド、この会社の服というふうに決めてしまうと、毎シーズン、買い物が楽なのと同じだ（もちろん、自由な服だと、毎日どんな服を着ていくか、それを決めるためにいろいろなことを考えるので、ファッション感覚は鍛えられる。この点、制服だと、服装についての訓練がおざなりになって、卒業してから苦労する）。

そうすると、イメージさえよければ、制服のほうがいいという気持ちになるのも当然だ。

実際、可愛い制服に憧れる少女がいっぱいいるし、制服が素敵だからという理由で受験生が殺到する高校もあるくらいだ。ちょっとうがった見方をすると、これには、単純に「あの服可愛い」といった気分だけでなく、大人の「女」になることの拒絶という、入り組んだ感情も働いているのかもしれない。あるいは、他の高校との微妙な差異を楽しむ遊びの感覚も作用しているかもしれない。

53 「制服には意外に心地いい面」とはどういう面か。

1　自分を確定する枠組みが緩くなり、何を着るのがいいか悩む面

2　服装についての訓練がおざなりになり、卒業した後に苦労する面

3　制服を着ることにより、自分のファッション感覚が鍛えられる面

4　毎日の服装に悩まされることなく、確定したイメージを与えてくれる面

54 制服を着ることのデメリットは何か。

1　ファッションセンスが鍛えられず、後で苦労すること

2　どんな服を着ればよいのか、いろいろ考えること

3　自分の全身のイメージを想像力のみに頼って形作ること

4　社会的な意味と行動の規範を人に明示すること

55 「制服が素敵だからという理由で受験生が殺到する高校もあるくらいだ」とあるが、その理由にならないのはどれか。

1　大人の「女」になることを拒絶したい感情

2　ファッションに対する感覚が鍛えられること

3　素敵で可愛い制服への受験生のあこがれ

4　他の高校との微妙な差異を楽しむ遊びの感覚

(3)

日本はいかに湿潤な国であるか、私は外国を旅するたびに、いやというほど思い知らされる。ヨーロッパと日本とではそれほど風土の差がないように思われるが、湿度が違う。だから、やたらにのどが渇く。日本人の旅行者にとって何よりつらいのは、ヨーロッパの街でレストランに入っても、カフェへ立ち寄っても、水を出してくれないことである。人々はそんなに水を飲まないのだ。それに、日本以外の国では、生の水をそのまま飲めるようなところはめったにない。だから、水はコーヒーなどよりも高い場合がしばしばある。金を払って水を飲むという発想が日本人にはないから、代金を請求されてびっくりする。私もおどろき、いまさらのように日本人は「水の民」なんだなあ、と痛感した。

そのようなわけで、日本人の魂の奥底にはいつも水音が響いているのである。日本人は水の音に限りない親しみを抱き、安らぎを覚え、懐かしさを感じるのだ。芭蕉が「古池や」の一句をもって俳聖のように仰がれ、蕪村が春の海を「のたりのたり」と表現したことで人口に膾炙されるようになったのも、決してゆえないことではない。

では、日本人の胸の奥で、水はどのような音を響かせているのであろうか。水音を表現した擬態語、擬声語が、その微妙な音をさまざまに伝えている。擬態語というのは、ものごとの状態を象徴的に音で表した語であり、擬声語というのは物音や動物の鳴き声などを写実的にとらえた語である。言語学では、それをオノマトペというが、日本語には、こうした擬声語、擬態語が極めて多い。オノマトペが日本語の特質だといってもいいほどである。このことは、おそらく日本人が音に対する極めて敏感であることを語っているのであろう。そして、それも水と深い関係があるように思われる。というのは、数多くの擬声語、擬態語のなかでも、ことに水に縁のある語が目立つからである。

実際、他の国の言葉で日本語ほど多様な水の表現をもっている例はないといってもいいのではあるまいか。だから、さきの蕪村の句を外国語に翻訳するのは至難なのである。例えば英語やドイツ語やフランス語で「のたりのたり」をどのように表現したらいいのだろう。私はさんざん苦労した挙句、ついにこの句を外国の知人に説明し得なかった。

56 「人々」は、どこの人々のことか。

1 ヨーロッパの人々
2 湿潤な国の人々
3 日本人の旅行者
4 芭蕉と蕪村

57 「日本人は『水の民』なんだなあ、と痛感した」とあるがなぜか。

1 日本がとても湿潤な国であり、どこでも安い値段で水が買えるから
2 ヨーロッパが日本と違って、どこへ行っても水を給仕してくれるから
3 ヨーロッパと日本とではそれほど風土の差がないように思われるから
4 日本では水は欠かせないもので、無料で生の水を飲むことができるから

58 「このことは」とあるが、何のことか。

1 オノマトペが日本語の特質であること
2 多様な水の表現をもっていること
3 日本語を外国語に翻訳するのが至難なこと
4 日本語には水に縁のある語が目立つこと

問題10　次の文章を読んで、後の問いに対する答えとして最もよいものを、1・2・3・4から一つ選びなさい。

私は1950年、アメリカ奨学金を得て精神医学を学ぶべく渡米した。戦後まもなくのごろとて、私はまずアメリカの豊富な物質に目を奪われ、また明るい自由に振舞うアメリカ人に深く関心したものである。

それと同時に、私自身の考え方や感じ方がアメリカ人と異なる所から来るぎこちなさも折に触れて感ずるようになった。例えば、渡米して最初のごろだったと思うが、日本の知人に紹介された人を訪ねて、しばらく話をしていると、「あなたはお腹がすいているか、アイスクリームがあるのだが」と聞かれた。私は多少腹が減っていたと思うが、初対面の相手にいきなりお腹が空いているかと聞かれて、空いていると答えるわけにもいかず、空いていないと返事をした。私には多分、もう一回勧めてくれるであろうというかすかな期待があったのである。Ａ相手は「あ、そう」といって、何のご愛想もないので、私はがっかりし、お腹が空いていると答えればよかったと内心悔しく思ったことを記憶している。そして、もし相手が日本人ならば、大体初対面の人にぶしつけにお腹が空いているかなどと聞くことはせず、何かあるものを出して持て成してくれるのにと考えたことであった。

また次のようなことも私の神経を刺激したことであった。アメリカ人の家庭に食事に呼ばれると、まず主人が、酒かソフト・ドリンクいずれを飲むかと尋ねてくる。そこで、酒と所望したとすると、次にはスコッチかブルボンかと聞いてくる。そのどちらかに決めた後、今度はそれをどうやって、どのぐらい飲むかについて指示しなければならない。私は、これがアメリカ人の丁寧な持て成し方であるということはすぐ分かった。しかし、内心ではどうだっていいじゃないかという気がしきりにした。アメリカ人はなんと小さなことで一々選択しなければならないのか、あたかもそうすることによって自分が自由であることを確かめてでもしたかのように、こんな風にも私は考えた。これは勿論私がアメリカ人との社交に馴れないことからきた戸惑いであったであろう。したがって、これはアメリカ人の習慣であると割り切ってしまえばそれですむことであったのかもしれない。それに、日本人の場合だって客の嗜好を聞くことがまったくないわけでもない。しかし日本人だったらよほど親しくなれば、お好きですかと客に聞くことはないのではなかろうか。むしろ、それほど親しくない客には、お口に合わないかもしれませんが、と言って、食べ物を差し出すのが日本人の習慣ではなかろうか。

59　「空いていないと返事をした」とあるが、なぜそう答えたのか。

1　多少、お腹が減っていただけで、今すぐ食べなくてもよいと思っているから

2　初対面のアメリカ人に冷たくされて、僕は嫌な思いをして食べたくないから

3　日本では一旦断るのが常識で、もう一度勧められてから食べるつもりだから

4　相手がぶしつけにお腹が空いているかどうかを尋ねられて、びっくりしたから

60　**A** に入る言葉として、次のどれか。

1　さらに　　2　しかし

3　そして　　4　つまり

61　これは何を指しているか。

1　アメリカ人の社交ルールに戸惑うこと

2　アメリカ人の丁寧さに馴れないこと

3　自由であることを何度も確かめること

4　いちいち客に希望を聞いてから選ばせること

62　筆者がもっとも言いたいことはどれか。

1　筆者は、アメリカ人の心のこもったもてなし方に深く感心している。

2　筆者は、アメリカ人のぶしつけで丁寧なやり方が気に入っている。

3　筆者は、アメリカ人の自由さに感心しながらも習慣の違いに戸惑っている。

4　筆者は、アメリカ人に比べて日本人はもてなし方を知らないと思っている。

問題11　次のAとBの意見文を読んで、後の問いに対する答えとして最もよいものを、1・2・3・4から一つ選びなさい。

相談者：

幼稚園から帰って来た息子に「今日、○○君に後ろから押されて転んじゃった……」と言われた。相手の男の子は、日頃から他の園児とのトラブルも耳にします。

遊びに夢中になるあまりの出来事だったのか、故意に意地悪をされたのかよくわかりませんが、園ではこのような出来事が度々あるようです。放っておいては大怪我に繋がる恐れもあると思いますし、こんなときはどのように対応するべきでしょうか。専門家の意見を聞きたいです。

回答者A：

園内で起こる子供同士のトラブルのなかでも、このようなケースはとてもありがちなケースです。そのような出来事を知らされれば、親として誰もが驚きや戸惑いを隠せないことでしょう。ですが、今のあなたが知りえた情報は、我が子からの「今日、○○君に後ろから押されて転んじゃった……」という一言のみ。たったこれだけの情報から物事を公正に判断するのは難しいことです。まずは落ち着いて、もう少しお子様と話をすること始めましょう。

まずは「今日、○○君に後ろから押されて転んじゃった……」と話してくれた我が子から、その真意を探らなくては次のステップへは進めません。それがどのようなシチュエーションで起こった出来事なのか、どんな気持ちになったのか、何故ママ（パパ）に教えてくれたのかなど、ゆっくりと話しを聞いてあげましょう。

詳しく聞いてみれば一緒に鬼ごっこをして遊んでいただけかもしれませんし、何かのはずみであったということも十分に考えられます。大切なのは、「後ろから押されて転んでしまった」という情報の断片だけにとらわれず、全体像が見えてくるまでは一方的に決め付けたりせずに、冷静に話しを聞いてあげることだと思います。

回答者B：

「これはちょっと、このまま見過ごすわけにはいかない！」と、そう思っても具体的にはどう行動していいかが分からずに悩んでしまう。これがこのようなケースでの本質的な問題ではないでしょうか。そうであるならば、毅然とした対応をするためにある程度のルールを設けておくことも必要です。

「1度くらいは大目に見るけれど、2度、3度と繰り返されるようなら先生に相談する。その後の事態が改善しないようであれば、相手の子どものお父さんやお母さんと話をする。その際、そういった行動を取る旨は事前に園にも伝えておく」といった具合に対処の過程をご家庭でルール化しておくことによって一人で抱え込むことも少なくなりますし、様々な事態においても対応をすることができるようになります。

これらのポイントは、ガイド家でも常日頃から心がけていることです。当事者が小さな子ども同士であるだけにとてもデリケートな悩みですが、断片的な情報だけで判断をすれば子供同士の関係だけでなく、親同士の人間関係もこじれてしまうかもしれません。

63 AとBの認識で共通しているのは何か。

1 親として、子供の喧嘩は大目に見たほうがいい。
2 親として、親同士の人間関係を重視すべきである。
3 親として、情報の断片だけにとらわれないほうがよい。
4 親として、子供と一緒に鬼ごっこをするべきである。

64 Bのアドバイスは次のどれか。

1 何よりもまず、子供と話をしたほうがよい、ということ
2 子供の話をゆっくり聞いてあげたほうがよい、ということ
3 このまま見過ごしたままにはしないほうがよい、ということ
4 家庭内で、どうやって対処するかのルールを決めておくこと

65 AとBは子供のけんかについて、どのような考えを持っているか。

1 Aは子供が押されて転んでからいち早く先生に相談したほうがいいと述べ、Bは子供がいじめられたまま見過ごすわけにはいかないと述べている。
2 Aは子供からその経緯を聞いてから、冷静な判断が必要だと述べ、Bはそれにどう対応すればよいかを考え、家庭でマニュアル化しておいたほうがいいと述べている。
3 Aは子供が押されて転んだのを知らされたとき、親は見過ごしてはいけないと述べ、Bは何回も繰り返されるようなら先生に相談すべきだと述べている。
4 Aは子供がいじめられたなら、親は驚きや戸惑いを隠さないほうがよいと述べ、Bは子供同士のトラブルでは親同士の人間関係もこじれてしまうと述べている。

問題12　次の文章を読んで、後の問いに対する答えとして最もよいものを、1・2・3・4から一つ選びなさい。

どうも、子供のころは、買い物をするにも、定価の決まっていない買い物が多かった。それで、店の人とうまく馴染みになって、買い物のやり取りをする要領が大事なことだった。同じものを買うにしても、要領が悪くドジだと、高い値段で買わされてしまう。普段からの付き合いだって、買い物のときになって、ものをいうのだった。

これは、ある意味で、不平等なことであった。同じものを買うのに、相手次第で値段が変わる。ドジだと、損になる。

今では、定価が決まっている。平等に、だれでも同じ値段で、買い物ができる。しかし、ときにはそれが、ちょっと味気ない気がしないでもない。何よりも、要領を身につけようと、努力することがなくなった。店の人と関係を取り結ぼうと、普段から心がけることがなくなった。平等な代わりに、冷たい関係になってしまった。

何度かドジをして、だんだんと、要領を覚えていくものでもあった。その意味では、店の人というのは、要領の先生であった。

値段の交渉をするということは、買い手のほうでも、その値段へ意思を介入することであった。与えられた定価のもとでの、買うか買わないかだけの判断ではない。そして、交渉に参加したからには、たとえそれが高い値段であったとしても、それは買い手の責任に属する。つまり、自分の意思で、自分の責任で、値段を判断する余地が残っていたのだ。

このことの逆として、自分で判断し、自分で責任を取る機会は、平等や公正の名の下に、だんだんと少なくなってきているのではないだろうか。さらにそれが、学校などで、共同で買い物をしたりするものだから、ますます自分から遠くなっているような気がする。

どんな平等や公正を保証された社会になっても、結局的に自分を守るのは、自分の判断と自分の責任だ、と僕は考えている。そして、不平等で不公正だった昔の買い物は、その判断や責任を訓練していたような気もするのだ。

普段からの関係に気を配り、要領よく振舞うのは、ずるい事だとされている。それでは、平等で、公正にならない。にもかかわらず、不平等や不公正の中で要領よく立ち回るズルサ、そのことの意味をもう一度、考え直してみてもよいのではないだろうか。要領を否定した制度は、人間の関係を信頼しないことで、平等が強制されているような気もするのだ。

66 「これは、ある意味で、不平等なことであった」とあるが、なぜ不平等か。

1 自分は買い物の要領が悪く、いつも高く買わされてしまうから
2 定価の定まっていない買い物が多く、本当の値段が分からないから
3 買い物の相手によって、商品の値段が高かったり安かったりだから
4 自分は常連客で、だんだん店の人とうまく馴染んでいるから

67 「ちょっと味気ない気がしないでもない」とあるが、なぜか。

1 だれでも同じ値段で買い物をすることができるようになったから
2 買い物をするには店の人とやりとりをしなければならないから
3 値段の交渉術や店の人との関係作りなどの必要性がなくなったから
4 与えられた定価のもとで、買うか買わないかを判断できないから

68 「それは買い手の責任に属する」とあるが、何のためか。

1 店の人はずるくて、値段の交渉ができない人に商品を高い値段で売っているから
2 買い手には、値段の交渉をして、自分の意志で値段を判断する権利があるから
3 店の人が平等や公正さを保証された社会においても、商品を高く売っているから
4 買い手は買うか買わないかを判断するだけで、値段の交渉に参加したくないから

69 この文章の内容と合っているのはどれか。

1 普段からの人間関係に気を配って要領よく振舞うのは、ずるい事なので、現代社会には適応できない。

2 今の社会では、だれでもほとんど同じ値段で買い物できるので、社会の平等や公正が実現できた。

3 たとえ平等や公正さを保証された社会であったとしても、要領よく立ち回るずるさが必要なのではないか。

4 平等で公正な世の中においては、自分で判断し、自分で責任を取る必要が少なくなってきた。

問題13　高齢者の社会参加を促進するため、市内各公共交通機関を利用できる敬老優待乗車証を交付しています。下の問いに対する答えとして最もよいものを、1・2・3・4から一つ選びなさい。

敬老優待乗車証の交付について	
対象者	市内に住所を有する70歳以上の方。 ただし、重度障害者等タクシー利用券および敬老優待乗車証以外の無料乗車証（介護人付無料乗車証等）の交付を受けている方、特別養護老人ホームに入所されている方を除きます。
手続き	70歳になる誕生月の3ヶ月前に、手続のご案内及び申請書を送付しますので、詳細を確認しお住まいの区役所保健福祉センターへ申請してください。 「敬老優待乗車証」は平成19 年9 月より磁気カードからIC カードへ変更しています。 受付後に作製し、誕生日の前月末にお届けします。ご利用は誕生月の1日からです。 遅れて申請された場合、届くまでの間は敬老優待乗車証の利用はできません。
現在カードの交付を受けている方	ICカードは、交付から5年間使用できますが、毎年1回継続利用の確認をさせていただくことになっております。 つきましてはICカードへの切替えと同様に9月生まれの方から順次誕生月前月の初旬に継続利用届（はがき）を郵送しますので、詳細を確認し大阪市内の郵便局で手続を行ってください。 ※ 継続利用の届けがない場合、敬老優待乗車証が使用できなくなりますので、必ず届けを行ってください。 ※ 敬老優待乗車証の手続きは、ご本人が行ってください。代理人の方は手続できません。

70 敬老優待乗車証を申請できるのは次のどれか。

1　市内に短期滞在している72歳の旅行者

2　無料乗車証の交付を受けている障害者

3　重度障害者などの、タクシー利用券を持つ者

4　市内に住所のある80歳のお年寄り

71 山下さんの誕生日は10月10日です。70歳になる誕生月の3ヶ月前に敬老優待乗車証を申請しました。いつから敬老優待乗車証を利用できますか。

1　7月10日　　2　10月10日

3　9月1日　　4　10月1日

聴解（55分）

注意

Notes

1. 試験が始まるまで、この問題用紙を開けないでください。

   Do not open this question booklet before the test begins.

2. この問題用紙を持って帰ることはできません。

   Do not take this question booklet with you after the test.

3. 受験番号と名前を下の欄に、受験票と同じように書いてください。

   Write your examinee registration number and name clearly in each box below as written on your test voucher.

4. この問題用紙は全部で6ページあります。

   This question booklet has 6 pages.

5. 問題には解答番号の1、2、3…が付いています。解答は解答用紙にある同じ番号のところにマークしてください。

   One of the row numbers 1,2,3... is given for each question. Mark your answer in the same row of the answer sheet.

受験番号 Examinee Registration Number	

名前 Name	

問題1

問題1では、まず質問を聞いてください。それから話を聞いて、問題用紙の1から4の中から、最もよいものを一つ選んでください。

1番

1 病院へ行く
2 田舎に帰る
3 会社に出勤する
4 お客様のところへ訪問する

2番

1 休みを取る
2 編集者に電話する
3 原稿書きを手伝う
4 編集者に原稿を渡す

3番

1 料理を作る
2 飲み物を買う
3 家を片付ける
4 弟に仲間を紹介する

4番

1 番号札を取る
2 8番の窓口へ行く
3 番号が呼ばれるまで待つ
4 申込用紙に必要事項を記入する

5番

1 廃材処理に行きます
2 内装工事を始めます
3 女の人と壁紙を買いに行きます
4 新しい見積書を作ります

6番

1 井上さんの家に行きます
2 井上さんに電話します
3 運動会に行きます
4 出張に行きます

問題2

問題2では、まず質問を聞いてください。そのあと、問題用紙の選択肢を読んでください。読む時間があります。それから話を聞いて、問題用紙の1から4の中から、最もよいものを一つ選んでください。

1番

1 涼しくて、大雨があります
2 雲ひとつない快晴の天気
3 次第に晴れてくるそこそこの天気
4 雨の降るじめじめした天気

2番

1　自分の結婚式に出席してもらう
2　課長に代わって結婚式でスピーチしてもらう
3　結婚式のスピーチを課長に代わってもらう
4　他の課の部長やお偉いさんの前で面白いことをしてもらう

3番

1　会社のしきたりを守ること
2　堅苦しい礼儀を抜きにして宴会を楽しむこと
3　敬語を使わないで社長と話をすること
4　上司の気分を害さない程度に宴会を盛り上げること

4番

1　男の人は就職に有利な資格を一つも持っていなかったから
2　男の人は入りたい企業がひとつもなかったから
3　男の人はOB訪問の意味を意味を知らなかったから
4　男の人は就職活動よりも勉強を優先していたから

5番

1　新宿駅で中央線に乗り換える
2　小淵沢駅で小海線に乗り換える
3　小淵沢駅で中央線に乗り換える
4　小海駅で小海線に乗り換える

6番

1　今週の土曜日に「鶴亭」で
2　来週の水曜日に「鶴亭」で
3　来週の水曜日に「キリン屋」で
4　来週の金曜日に「キリン屋」で

7番

1　10日の2時に佐藤の担当
2　10日の2時に中村の担当
3　10日の正午に中村の担当
4　10日の正午に武田優子の担当

問題3

問題3では、問題用紙に何も印刷されていません。この問題は、全体としてどんな内容かを聞く問題です。話の前に質問はありません。まず、話を聞いてください。それから、質問と選択肢を聞いて、1から4の中から、最もよいものを一つ選んでください。

問題4

問題4では、問題用紙に何も印刷されていません。まず、文を聞いてください。それから、それに対する返事を聞いて、1から3の中から、最もよいものを一つ選んでください。

問題5

問題5では、長めの話を聞きます。この問題には練習はありません。メモを取ってもかまいません。

1番、2番

問題用紙に何も印刷されていません。まず、話を聞いてください。それから質問と選択肢を聞いて1から4の中から、最もよいものを一つ選んでください。

3番

まず話を聞いてください。それから二つの質問を聞いて、それぞれ問題用紙の1から4の中から最もよいものを一つ選んでください。

質問1

1　課長
2　女の人
3　男の人
4　課長と女の人

質問2

1　課長
2　女の人
3　男の人
4　女の人と男の人

全真模擬試題　第二回

★ 言語知識（文字・語彙・文法）・読解

★ 聴解

言語知識（文字・語彙・文法）・読解（110分）

注意

Notes

1. 試験が始まるまで、この問題用紙を開けないでください。

   Do not open this question booklet before the test begins.

2. この問題用紙を持って帰ることはできません。

   Do not take this question booklet with you after the test.

3. 受験番号と名前を下の欄に、受験票と同じように書いてください。

   Write your examinee registration number and name clearly in each box below as written on your test voucher.

4. この問題用紙は全部で31ページあります。

   This question booklet has 31 pages.

5. 問題には解答番号の1、2、3…が付いています。解答は解答用紙にある同じ番号のところにマークしてください。

   One of the row numbers 1,2,3... is given for each question. Mark your answer in the same row of the answer sheet.

受験番号 Examinee Registration Number	

名前 Name	

第二回

問題1 ＿＿＿＿の言葉の読み方として最もよいものを、1・2・3・4から一つ選びなさい。

1 燃料を大量に輸入している会社は、円が高くなれば為替差益を得るし、円が安くなれば差損を蒙ります。

1 かわせ　　2 いたい
3 かいこ　　4 いだい

2 この辺りでは、山崩れ、土石流のケースもかなり発生している。何でもない道に見えても油断は禁物です。

1 きんもの　　2 ぎんみ
3 きんぶつ　　4 きんもつ

3 この作品は1989年度のアカデミー賞でオリジナル脚本賞に輝いた名作である。同時に、英詩を味わうのにふさわしい映画でもある。

1 かたむいた　　2 かがやいた
3 あおむいた　　4 うつむいた

4 引き下げは、比較的金利に敏感な中小企業等の設備投資に好ましい影響を与えるものと期待される。

1 のぞましい　　2 めざましい
3 このましい　　4 つつましい

5 大人になったら、自分が一旦納得したことを、後から覆すのは無理な場合が多いです。

1 きざす　　2 こがす
3 こころざす　　4 くつがえす

6 谷は川の上流に位置し、自然の清らかな流れは心を癒し、ひとときの安らぎを与えてくれます。

1 やわらか　　2 きよらか
3 うららか　　4 なだらか

問題2　（　　）に入れるのに最もよいものを、1・2・3・4の中から一つ選びなさい。

7　この法律は資本市場の一層の効率化と活性化を図り、もって国民経済の健全な発展に（　　）することを目的とする。

1　寄付　　2　寄与　　3　寄贈　　4　期待

8　しかしながら、下手のよこ好きといっても、やる気と、根気と、失敗に（　　）続けることが必要です。

1　懲りずに　　2　恐れずに
3　恐縮せずに　　4　怖がらずに

9　毎日、会社の事務室に山ほどの情報が寄せられてくる。それらの情報は大体二つの（　　）に分けられている。第一は無用の情報、第二は売り上げに役立つ情報。

1　ガレージ　　2　カテゴリー
3　カタログ　　4　カンニング

10　辛うじて探したミミズを喜んで釣り場に持っていったが、釣り方のほうが悪いから一匹も釣れずに、（　　）肩を落としました。

1　がっしり　　2　がっくり
3　きっかり　　4　きっぱり

11　映画館の行列に平気で（　　）人がいる。そういうモラル崩壊の人に、注意した方がいい。

1　割り込む　　2　打ち込む
3　落ち込む　　4　売り込む

12　国に命を捧げた英雄たちのご冥福と世界平和を（　　）して、1分間の黙祷をお願いします。

1　念願　　2　願望　　3　祈願　　4　出願

13　君はカード会社にその立て替えてもらった代金を、一括であるいは何回かの（　　）などで返済するのである。

1　月謝　　2　月賦　　3　月収　　4　月見

問題3 ＿＿＿＿の言葉に意味が最も近いものを、1・2・3・4から一つ選びなさい。

14 最近はキャリアをある程度積んだOLの海外留学も一種のブームになっている。

1　職業や生涯の経験　　2　専門的技能
3　社会人としての常識　　4　第一線で働くこと

15 自然を満喫できる憧れの別荘ライフ。自分の家だから、旅館に宿泊するのと違い、誰に気兼ねすることなく過ごせます。

1　身も縮むほど恐れ入ること　2　他人の思惑に気を使うこと
3　相手に対する言い分　　4　それとなく断ること

16 げっそりと肉のしぼんだ老人のほおには、霜柱のように白いヒゲが、まばらにのびている。

1　抜け目なく振舞う様子　　2　勢いよく元気な様子
3　ひどくやせ衰えている様子　4　集中せずに間が抜けている様子

17 幸い、母は英語がうまくなかったので、なんとか誤魔化すことができました。

1　話を逸らして、うわべを取り繕う
2　悪いことをして、人の心を引き寄せること
3　本当のことを言って打ち明けること
4　悪事をあばいて人に知らせること

18 近隣の商店や商店街が互いに結束して、他の地域に負けない魅力のある商店街、商業集積づくりに努めようじゃないか。

1　続いていた物事が完結すること
2　一丸となって団結すること
3　新店舗を作って、営業すること
4　辛さをこらえしのぶこと

19 あの二つの国は地理的には近いといえども、飲食のコントラストが印象的だ。

1　対比　　2　豊富　　3　敏感　　4　習慣

問題4　次の言葉の使い方として最もよいものを、1・2・3・4から一つ選びなさい。

20　必ずしも

1　下手クソでも一生懸命やっていれば、いつか、必ずしも、ものになります。

2　格好良くなりたいのは当然だが、整形というのは、必ずしも、最終手段です。

3　運動はした方がいいが、運動が必ずしも、体にいいとはかぎりません。

4　男として生まれて、人生で、必ずしも、することは一体何でしょう。

21　甲斐

1　読者に読んでもらえなかったら、書いた甲斐がありません。

2　サンフランシスコに行かざるを得ない甲斐になりました。

3　おかげでさらに不快なことを聞かされる甲斐になりました。

4　冷たい雨が降るし、さらに雪よりも甲斐の悪いみぞれにもなりかねません。

22　ふらふら

1　大学をやめ、短期のアルバイトをしながら、ふらふら小説を書こうと思います。

2　立ち上ろうとして、酒酔いで、少しばかりふらふらし、娘が支えてくれた。

3　西の窓から外を見ても、ふらふらと視界がひらけているわけではありません。

4　山から町の景色を見ると必ずふらふら光った煙突があるのです。

23 愚痴

1 夫はいつも事あるごとに私のことを頭が悪い愚痴だと言っています。

2 入れ歯も使っていない高齢者が愚痴になるリスクは、高いです。

3 最近不幸なカップルの破局話や愚痴ばかり聞かされています。

4 お互いに腹を割って、忌憚のない愚痴を語り合いましょう。

24 こだわる

1 危ないんだから、高校生のあなたはヤクザな世界にこだわらないほうがいいです。

2 平和は人類の夢であるにもこだわらず、世界のどこかでいつも戦争が起こっています。

3 結婚しようとした男と女が、それぞれ相手の過去にこだわるのは、人の常です。

4 御多忙中にもこだわらず、私どものために御奔走くださり、御礼申し上げます。

25 質素

1 この小説は質素で、とても分かりやすい。

2 もう少し値段の質素な腕時計はありませんか。

3 性格は質素でも、やる気のある人と友達になりたい。

4 彼は大金持ちにもかかわらず、質素な生活を送っている。

問題5　次の文の（　　）に入れるのに最もよいものを、1・2・3・4から一つ選びなさい。

26　この村の子供たちは4キロ（　　）距離を歩いて学校に通っている。

1　からして　　2　からとて
3　からする　　4　からある

27　ある日ニューヨークの付近の海水浴場へ行きました。冬の（　　）人影は二、三人しか見られませんでしたが、施設は行き届いたものです。

1　ことなしに　　2　くせに
3　こととて　　4　ことには

28　「どうしてこんないやな性格に生まれついてしまったのかしら」などと言って泣き出す（　　）だった。

1　しまつ　　2　どころか
3　ばかり　　4　ようす

29　道を歩いていく人たちは、黒（　　）のおばあちゃんの様子を不思議そうに振り返ってみていた。

1　っぽい　　2　ずくめ
3　まみれ　　4　だらけ

30　このドキュメンタリー番組は、いかに我々が恵まれているかを、実感（　　）。

1　させずにすんだ　　2　せざるをえなかった
3　させずにはおかなかった　　4　せずにはいられなかった

31　そこに、この二人の違いがあるのです。兄のヤーモスのほうは何事にも臆病で、用心深くて、のろのろして、食べたり飲んだりするとき（　　）そうなのです。

1　ではないか　　2　ですら
3　までして　　4　のではないか

32 貴方の言うように、食べる（　　）美味しく頂かないと意味がありません。心と身体はきちんとつながっていますから。

1　そばから　　　　2　かたわら
3　からこそ　　　　4　からには

33 山崩れにより、温泉が送れない状況でご迷惑をおかけ致しますが、どうかご理解（　　）、よろしくお願い申し上げます。

1　いたしたく　　　　2　差し上げたく
3　いただきたく　　　4　申しあげたく

34 今の会社に転職し（　　）、一貫して白髪が増え続けている。全く不思議だ。

1　てからでないと　　　2　てからというもの
3　たところで　　　　　4　たら最後

35 子供（　　）、実の兄弟三人で、親の残した土地や家を争っている自分が急に情けなくなってきた。

1　もさることながら　　2　をものともせずに
3　であろうと　　　　　4　じゃあるまいし

第二回

問題6　次の文の＿★＿に入る最もよいものを、1・2・3・4から一つ選びなさい。

（問題例）

あそこで＿＿＿ ＿＿＿ ＿★＿ ＿＿＿は山田さんです。

1　テレビ　　2　見ている　　3　を　　4　人

（解答の仕方）

1.　正しい文はこうです。

あそこで＿＿＿ ＿＿＿ ＿★＿ ＿＿＿は山田さんです。 1　テレビ　3　を　2　見ている　4　人

2.　＿★＿に入る番号を解答用紙にマークします。

（解答用紙）　（例）　①　●　③　④

36　人手不足で休日も出勤だ。＿＿＿ ＿＿＿ ＿★＿ ＿＿＿は我が家でゆっくりしたいものだ。

1　休日　　2　平日

3　ぐらい　　4　はともかく

37　以前は、「＿＿＿ ＿＿＿ ＿★＿ ＿＿＿」が日本の一般的な家庭像だった。

1　楽しい　　2　狭い

3　わが家　　4　ながらも

38　＿＿＿ ＿＿＿ ＿★＿ ＿＿＿メンテナンスも容易であることがうれしいです。

1　さることながら　　2　ならではの

3　美しさも　　4　美しいデザインと天然素材

39 「今からやっても、間に合わないでしょう。」
「いや、_____ _____ __★__ _____どうですか。」

1 とも限らないから　　2 やってみたら
3 間に合わない　　4 やるだけ

40 何事も_____ _____ __★__ _____失敗ではへこたれないだろう。

1 これくらいの　　2 あの人の
3 前向きに考える　　4 ことだから

問題7　次の文章を読んで、41から45の中に入る最もよいものを、1・2・3・4から一つ選びなさい。

周知のとおり、日本の都会では、原則として自分の車を勝手に放置してはいけないことになっている。私たちが車を運転しているときは、運転という仕方でそれを管理しているが、車を使っていないときも、それを別の方法で管理しなければならないのである。もちろん、私たちの持っているすべての財物についても、何らかの形で管理しなければならない。しかし、自動車の場合にはかなり特殊である。41、それはほかの動産と比較して体積が格段に大きいからである。

いうまでもなく、自動車は地上で人と物とを運ぶ輸送手段であり交通機関であるから、その使命は移動することによってはじめて果たされる。つまり、42、自動車はあるべき姿において生きているのであって、停止しているときには、それはあるべき姿をしばらくの間だけ失った。

駐車場というものは極めて非生産的で不経済な空間である。普通の乗用車一台分にすれば、かなりの空間がいる。43、駐車の平面に斜面が望ましくないし、排水も完全でなくてはならず。駐車場というものはいつも空けておかなければならない。すなわちこの置き場は自動車が現に置かれていなくても、自動車が常にそこに置かれているものと見做さざるを得ない。こう考えてみれば、駐車場というものは44しか見えない。しかし、駐車料金を取るから、不経済で非生産的に見えたという空間が別の意味で言えば高い経済性と生産性を持つことになる。

もともとは人間の利害を離れていた静かな土地も、その生産性や経済性が人々の競争的な関心を呼べば、たちまち取引や投機の対象となるし、それによって、価格が上昇し続けるものだ。我が国における地価高騰の異常な状況は国土の狭隘によるもので、したがって、駐車料金の高騰現象は45。

41

1　というのは　　　2　したがって

3　だからこそ　　　4　だからといって

42

1　車だからこそ　　　2　動いているときこそ

3　便利だからこそ　　　4　輸送手段だからこそ

43

1　それで　　　2　しかし

3　しかも　　　4　ただし

44

1　メリット　　　2　メカニズム

3　デリケート　　　4　デメリット

45

1　けしからんです　　　2　とんでもないです

3　理解にかたくないです　　　4　あってはならないです

問題8　次の（1）から（4）の文章を読んで、後の問いに対する答えとして最もよいものを、1・2・3・4から一つ選びなさい。

（1）

「狭い日本そんなに急いでどこへ行く」

一昔前、この標語が全国で有名になった。日本は狭く、どんなに急いでも、行ける範囲には限界がある。だからゆっくり行こうではないかという意味である。

しかし、私は猫の手も借りたいほど忙しい。いつも急いでいる。朝起きたら、スクールバスに急ぎ、学校について、すぐ授業の準備、学生の宿題のチェック、模擬試験の採点などがある。昼は学食で昼食を取り、ちょっと休みを取る。午後はまた終わりのない会議や学会など私を待っている。放課後、家について、すぐ夕食の支度、翌日の弁当の用意をしなければならない。日本は狭い？それが何？

たとえだれに「そんなに急いで……」と言われても、このような私の人生だから、しかたがあるものか。

46　筆者が言いたいことは何か。

1　日本は狭いので、急がないでゆっくりしたほうがよい。

2　その標語は正論のよう思えるが、忙しい自分には無縁だ。

3　日本は狭いので、行ける範囲には限界がある。

4　マスコミではよく使われる言葉なので、覚えておきたい。

（2）

商品やサービスに不満がある顧客のうち、実際にクレームを言う顧客は10%未満といわれています。90%以上の顧客は、不満があっても黙っています。ほとんどの場合、顧客はクレームも言わずに黙って競合他社のもとへ去っていきます。一方、ある企業の調査によると、クレームが適切に解決された場合、顧客の再購入率は80%を超えることが分かっています。クレームは、顧客との関係を深めるきっかけにもなり得るのです。

47 筆者の考えに合っているのはどれか。

1 ほとんどの顧客はクレームを言わないので、深刻に考えなくてもよい。
2 クレームへの対応に満足すると、顧客は競合他社のもとへ去っていく。
3 苦情を適切に処理することにより再購入率の向上や客との関係作りが期待できる。
4 クレームを処理することは潜在的な離脱者に対して、必ずしも有効ではないようだ。

(3)

上司の重要な役割に、「部下の育成」がある。育成のためには、部下の仕事の結果を見極めて、ほめたり叱ったりするわけだが、これが難しい。「部下を叱ったら会社を辞めてしまった」、「辞められることを考えると、叱ることを躊躇してしまう」という悩みを抱えている上司も多いことだろう。そこで、部下を成長させる「ほめ方」や「叱り方」について、「上司のための戦略的ほめ方・叱り方」という本を書いたわけです。

48 「辞められる」とあるが、だれがだれに辞められるのか。

1　部下が上司に辞められる。

2　上司が部下に辞められる。

3　ほめた人がほめられた人に辞められる。

4　叱られた人が叱った人に辞められる。

（4）

人には、ほめられた行動を繰り返し、叱られた行動を減らす性質があります。実際の方法は、自社の目標達成に対して好ましい行動であれば『ほめる』、好ましくなければ『しかる』。これを具体的な行動に即して行うほど効果的です。次第に、目標達成に必要な行動が増えて、必要ない行動が減っていき、部下の仕事の能力が高まっていきます。また、人が仕事をサボるのは、目先の快楽を優先する心理が働くからです。仕事の快楽は、達成感などの形で最後にやってくるものであり、人は評価されない行動を継続することができないものです。そこで、仕事の途中でほめて、部下に快楽を与えることを、 好ましい行動を成果があげられるまで継続させてあげるのです。

49 自社の目標を達成するにはどうすればいいか。

1 評価されないような行動を部下に無理やりにさせるべきではない。

2 好ましくない行動をした部下に速やかに達成感を感じさせればよい。

3 目標を達成するには、部下に目先の快楽を優先して与える必要がある。

4 目標達成に繋がらない行動を叱り、目標達成につながる行動をほめる。

問題9　次の（1）から（3）の文章を読んで、後の問いに対する答えとして最もよいものを、1・2・3・4から一つ選びなさい。

（1）

今ここで改めて、歴史とは何か、という問いをたてることにする。大きすぎる問いなので問いを限定しなくてはならない。「書かれなかった事は、無かったことじゃ」と断定的に答えがちだがその言い方がどうかと思う。たとえ、確かに書かれなくても、言い伝えられ、記憶されていることがある。書かれたとしても、散逸し、無に帰してしまうことがある。

たとえば私が生涯に生きたことの多くは、仮に私自身が「自分史」などを試みたとしても、書かれずに終わる。そんなものは歴史の中の微粒子のような一要素にすぎないが、それがナポレオンの一生ならば、もちろんそれは歴史の一要素であるどころか、歴史そのものということになる。ナポレオンについて書かれた無数の文書があり、これらもまだ推定され、確定され、新たに書かれる事柄があるだろう。「書かれなかった事は、無かったことじゃ」と断定することはできない。

さしあたって歴史は、書かれた事、書かれなかったこと、あったこと、ありえたこと、なかったことの間に跨っており、画定することのできないあいまいな霧のような領域を果てしなく広げている、というしかない。歴史学がそのようなあいまいな領域をどんなに排除しようとしても、歴史学の存在そのものが、この巨大な領域に支えられ、養われている。

50 「その言い方がどうかと思う」とあるが、なぜか。

1 歴史書に書いていないので、信頼性にかけているから
2 人間は言い伝えをもとにして、歴史を記述できるから
3 書かれることによって、みんながそれを忘れられないから
4 記述されなかったり、確定されていないことがあるから

51 筆者は「自分史」について、どう述べているか。

1 ナポレオンのものほど立派ではないが、大切な歴史の一要素である。
2 歴史の流れの中では、自分の生涯はたった一つの要素にすぎない。
3 自分の生涯は歴史の一要素であるだけではなく、歴史そのものでもある。
4 生涯で起きたことの多くは歴史として記述することに足るのである。

52 「歴史学の存在そのものが、この巨大な領域に支えられ、養われている」とあるが、どういう意味か。

1 歴史学は、事実かどうかを学問的に確認できない無数の出来事が存在してはじめて、学問として可能となる。
2 あいまいな領域を排除し、不確実な出来事を削除するのが歴史の役割である。
3 推定され、確定され、新たに書かれる事柄があるので、歴史学はそれを研究したほうがよい。
4 歴史学は散逸し、無くなってしまうことを追及することにより、社会の発展に寄与できる。

（2）

子どもがいないので老後のことを随分と心配しておられる方がある。ところが一方では子どもがいるのだが、何のかのと言って、親を老人ホームに入れてしまって、面会にもやってこない。子どもの方は自分の家族や友人たちと楽しく暮らしている。そんなのを聞くと腹が立ってきて、電話でイヤミでも言いたくなる。すると子どもは、またおじいちゃんからのいやがらせの電話と思うので、ロクに聞いてもくれない。こんなことなら「いっそうのこと子どもなどいないほうがよかった」、「なまじ子どもがいるので腹が立つことが多い」ということになる。

夫婦の間でもそうである。夫婦でも年をとってから相手がいてくれてよかったと思っている人と、「この相手さえいなかったら……」と思っている人とある。一人だったら好きなことができるのに、なまじ相手がいるので気を遣ってしまう。そして、二人で顔を合わすと何だかトゲトゲとしてきて、腹が立つようなことを言い合ってしまうのである。

このような夫婦で、片方が亡くなられ、残された方はそれ以後、元気で楽しく……と思っていたら、その方も相ついで亡くなられるような例が割りにある。「いない方がいい」と思っている相手に、実のところは無意識に依存していることが大きかったのである。前に「文句を言っているうちが華である」と、述べたが、夫婦の場合もそうであることが多い。お互いに文句を言いながら、実はよりかかり合い、支えあっているのである。だから、文句を言う相手がいなくなると、自分の方もガックリと参ってしまうのである。

一人で楽しく生きている人は、心のなかに何らかのパートナーを持っているはずである。もちろん、そのパートナーは人によって異なる。「内なる異性」のこともあろう。母なるもの、父なるもの、かも知れない。「もう一人の私」と表現されるかも知れない。ともかく「話し相手」がいるのである。人間は自分の考えを他人と話し合うことによって、随分と楽しむことができるし、客観化することもできる。一人で生きてゆくためには、そのような意味で「二人」で生きてゆくことができねばならない。

53 「イヤミでも言いたくなる」とあるが、だれがだれにイヤミを言うか。

1　親が老人ホームに
2　親が自分の子供に
3　老人ホームが家族に
4　家族が子供の友人に

54 「いっそうのこと子どもなどいない方がよかった」とあるが、なぜか。

1　親が子供にいやがらせの電話をしょっちゅうするから
2　子供のいない親が老後のことを随分と心配しているから
3　子供が親の面倒を見ないで自分だけで楽しく暮らしているから
4　子供が親からのいやがらせの電話を聞いて腹が立つことが多いから

55 「その方も相ついで亡くなられるような例が割りにある。」とあるが、理由はどれか。

1　普段、無意識に依存している相手がいなくなると、自分の方もガックリと参ってしまうから
2　二人で顔を合わすと何だかトゲトゲした雰囲気になり、腹が立つようなことを言い合ってしまうから
3　片方が亡くなられ、残された方はそれ以後、元気で楽しく生きられるから
4　一人だったら、好きなことができるのに、相手がいるとかえって気を遣ってしまうから

(3)

「ウチ」と「ヨソ」の意識が強く、この感覚が先鋭化してくると、まるで「ウチ」の者以外は人間ではなくなってしまうと思われるほどの極端な人間関係のコントラストが、同じ社会に見られる。知らない人だったら、突き飛ばして席を獲得したその同じ人が、親しい知人（特に職場で自分より上の）に対して、自分がどんなに疲れていても席を譲るといった滑稽な姿が見られる。

実際、日本人は仲間と一緒にグループでいるとき、ほかの人々に対して、実に冷たい態度をとる。相手が自分たちより劣勢と思われる場合には、特にそれが優越感に似たものとなり、「ヨソモノ」に対する非礼が大っぴらになるのが常である。この態度が慣習的となって極端に現れる例は、離島といわれる島の人たちや、山間僻地に住む人々などに往々にして示される冷たさや疎外の態度である。

どの社会にも、もちろん「私たち」という特別の親愛関係、同類意識を表す社会学的概念がある。しかし、それは「私たち」の内容を説明する必要性のあるときに使われるものであり、他人から自分たちを故意に区別したり、排他性を誇示するために使われるものではない。むしろ排他性を出すのを極力させようとするマナーすら発達している社会も少ない。

他の諸社会における「私たち」というものは、それ以外の人々（ヨソモノ）という区別にも使われうるが、それと同時に、社会には「私たち」に対応する同じような集団がいくつもあり、その中のひとつが自分の属する特定の「私たち」であるという認識があり、「私たち」はこれら他集団との円滑関係を持つことによって、社会生活がつつがなく行われていくという解釈になっている。したがって、日本人の「ウチ」の概念のように孤立性が強くならず、また現実行動における極端な排他性も見られない。

56　「同じ人」とあるが、それはどの人のことか。

1　知らない人

2　目上の人

3　目下の人

4　席に座った人

57　「滑稽な姿が見られる」とあるが、なぜか。

1　人々に対して、実に冷たい態度をとるから

2　山間に住む人々に対して、疎外するような態度をとるから

3　自分も草臥れているというのにウチの者に席を譲るから

4　排他性を極力させようとするから

58　「私たち」について、筆者の考えと合っているのはどれか。

1　日本には、「私たち」という特別な親愛関係、同類意識を表す社会学的概念がないため、日本人はだれに対して、実に冷たい態度をとる。

2　日本における「私たち」という概念には「ウチ」の概念のように孤立性が強くあり、また現実の行動においては極端な排他性も見られる。

3　日本の場合と違って、ほかの諸社会における「私たち」という概念は他人から自分たちを故意に区別したり、排他性を誇示するために使われるものである。

4　日本の場合と違って、他の諸社会における「私たち」という概念は、ほかの人々（ヨソモノ）を区別するためには使われていない。

第二回

問題10　次の文章を読んで、後の問いに対する答えとして最もよいものを、1・2・3・4から一つ選びなさい。

もう間もなくMさんがやってくるころだ。僕は彼が来るのを楽しみにしながら待つ反面、恐ろしがっている。彼が置いていく請求書の金額を見るのが恐ろしいからだ。Mさんは、十数年前から、年に一度わが家に訪ねてくるようになった輸入図書のセールスマンである。僕のほうから年に一度と望んだわけではない。むしろ三、四回に分けて来たほうが、結果的に多く買うことになると思うのだが……

彼のセールスの仕方にどんな哲学があるのか知らないが、一年に一度現れると言うのは、面倒だから、一回で済まそうということではなさそうである。いつも彼から、「お伺いしたいのですが、ご都合のいい日を教えていただければ……」と電話がかかってきて、日時を約束する。彼が来るようになる前は、三人のセールスマンが入れ替わり来ていた。僕が新参のMさんに惚れて、彼だけを待つようになったのは、<u>それなりの理由がある</u>。

第一回目に来たときの彼は僕の仕事の周辺を考慮したつもりか、さまざまな美術書を持ってきた。彼は、僕が本に示す関心や興味の範囲が目茶苦茶だったのでかなり驚いていたようだ。だから、失礼にもこの人はあまり期待できないと思った。

ところが違ったのだ。二度目に来たとき、三つのトランクに詰まった本のほとんどが僕のほしがりそうな種類のものばかりだったのである。あまりの見事さに驚いてわけを聞いたら、「最初、お伺いしたとき、お求めのものが大体分かりましたので」と言った。僕の興味の傾向や、呟くような小声の独り言まで、彼は黙って聞きながら、すべて記憶していたらしい。以後持ってくる本は的確を極めた。単に建築関係というだけではなく、いろんな本を探してくれたことに驚いた。

そのどれも僕のほしがる本だったからたまらない。アシスタントは「この本はいいですね。買っておきましょうよ」と、トランクの中から出てくる本を、次々、右側に積み上げていく。左側に積むのは買わない本だが、右側に積むのは欲しい本だ。僕は、「気楽に右側に積むなよ」といいながらかなわないと苦笑した。というのはぼくの生き形見分けを知っているからだ。本やコレクションなどを申告すればいいことになっている。僕がその人の名を書きサインするとOKなので、アシスタントという場を活かし、この際とばかりにそれを活用するのだ。

「お前さん、僕のアシスタントなのか、それとも、Mさんのアシスタントなのか。どうやら、本屋さんの回し者だな」と牽制したりしてみるが右側の本の山はどんどん高くなっていく一方だ。一段落すると、本の山を見て、僕は悔しがって、なんとか本の山を崩そうとするのだが欲しい本ばかりなので、とうとうできなかった。

寡黙なMさんはそれを見ながら、いつもにこにこしていた。「河童さんのところへお伺いするのが楽しみなんです」と言ったのは、そんな師弟の攻防を見物するのが面白かったからかもしれない。

第二回

59 「それなりの理由がある」とあるが、どのような理由か。

1 「ぼく」の目茶苦茶な関心や興味をよく理解して、いつも欲しがる本を持ってきてくれるから
2 「ぼく」がほしい本を選ぶのを、いつも黙ってにこにこと見ていてくれるから
3 「ぼく」の職業をよく理解して、初めからそれに関係する本を持ってきてくれるから
4 「ぼく」の反応を気にせずに「自分」が探し出した本をたくさん持ってきてくれるから

60 「僕は悔しがって」とあるが、「ぼく」はなぜ悔しく思ったか。

1 アシスタントが僕の気持ちを考えずに余計な本をたくさん選んだから
2 アシスタントが本屋の回し者のように関係のない本を選んだから
3 アシスタントが選んだ本はどれも欲しい本ばかりで、買わずにはいられないから
4 アシスタントが僕を牽制するにもかかわらず、僕が彼のいうことを聞かないから

61 「それ」とあるが何を指しているか。

1 本屋の回し者
2 師弟の攻防
3 本やコレクション
4 トランクに詰まった本

62 この文章から分かるMさんの人柄を次から選びなさい。

1 正直・おだやか・こだわりが強い
2 誠実・ひかえめ・物覚えがいい
3 博学・おおらか・欲深い
4 わがまま・しっとぶかい・淑やか

問題11　次のAとBの意見文を読んで、後の問いに対する答えとして最もよいものを、1・2・3・4から一つ選びなさい。

A

私は海外在住ですが、時々日本に帰るときはレンタルの携帯電話を使います。短期間の滞在の中で、できるだけ多くの人に会えるよう計画していて、一日に横浜から東京まで移動しながら、ばらばらの場所で3人くらいに会うという日もありました。そういうときに、移動中の電車の中で連絡が取れないというのは、とても苦痛に思いました。日本人は、決められたことは右並べのように、きちんと守ることができる素晴らしい民族だと思いますが、マナーを守るというルールにしばられすぎて、携帯電話の目的さえも奪われているように感じました。携帯電話は、緊急の時に特に使いたいものだと思います。緊急の時に、メールのできない電話から、電車に乗って仕事に向かう人にどうしても連絡をしたい時だってあると思います。それなのに、マナーを守るというルールのために、電車内で電話を受けてもらえず、結局その人が会社に到着する時間に、会社に電話をすることになるのだったら、携帯電話の意味がなくなってしまうのではないでしょうか。周りに迷惑をかける人はよくないと思います。電車内でのマナーのルールが先行してしまうのも、どうかと思います。

B

マナーモード設定をし忘れて、たまに着信音がなる程度なら別に目くじら立てるほどのことはないと思います。でも中には、バカでかい音で着うたを鳴らしてる人もいませんか？そういう周りの人に迷惑をかける人ってどうなんでしょう。

一度なら設定し忘れと理解してあげることもできますが、何度も鳴らして、電車内なのにその都度通話。しかも通話してない間は誰かからの電話を待ってるのか、折りたたみ式携帯を開けたり閉じたり気ぜわしい。そんな人いますよね。

今はマナーとして着信音や通話が制限されているのでまだマシなのかもしれません。「気にならない人が多いから」といって解禁したら、朝は遅刻連絡、昼間は取引先との連絡、帰りは家族への連絡等々で常に何人もの人が「もしもし～」と会話しているような状況になるのは目に見えています。聞きたくない音を聞かされるのは気分のよいものではありません。

公共の場所で、しかも個室のような場所だったら、少しでも人が嫌がるような可能性のある行為はすべきではない、と私は思います。いろんな価値観のある人が居合わせる場所だから。

63 Aが批判しているのはどのようなことか。

1 ルールに縛られすぎること
2 緊急時に携帯を使う行為
3 周りの人に迷惑をかける行為
4 ルールを守らないこと

64 Bが批判しているのはどのようなことか。

1 マナーのルールが先行してしまうこと
2 公共の場所で、人が嫌がる行為をすること
3 マナーモードへの切り替えを忘れる人のこと
4 たまに着信音が大きな音で鳴ること

65 AとBの認識で共通しているのは何か。

1 周りの人に迷惑をかけるのはよくないということ
2 いろんな価値観を持つ人がいることは素晴らしいということ
3 着信音や通話が制限されるべきだということ
4 着信音や通話を解禁するべきだということ

問題12　次の文章を読んで、後の問いに対する答えとして最もよいものを、1・2・3・4から一つ選びなさい。

恥ずかしいことながら、地球の形を球ではなくて、ひしゃげた、たとえば、夏みかんの形として理解していた私は——そのことを、常識的には球形と考えられているがそれは幼稚な考えであって学問的に正解にいうと、ボールではなくて、夏みかん型だという形で受け取っていた私は痛棒を受けた。しかし、私と同じように、地球の形について学問的に正しい事実を完全に間違った形で受け取ったり、しかもその間違いを学問的に正確にいうという形で確信している例は、今でも案外多い。面白半分に人をとっつかまえて聞いてみると、そろいもそろって夏みかん党である。中には高名の学者もある。高校生である私の娘もそうであって、教科書を持ち出して私の言葉を否定する彼女に、間違いを事実の間違いではなくて、事実の間違い受け取り方の間違いを正すには、三十年以上前の中谷博士のこの文章を読んで聞かせることが必要であった。

試みに手元の『理科年表』で数字をあたってみると、エベレストの高さは1943年版で8,882メートル、73年版で8,848メートル、エムデン海溝は43年版10,793メートル、73年版10,400メートルで最深の海溝をマリアナ11,034メートルに譲っている。そして赤道半径も極半径も、6,378・3,880キロメートルと6,356・9,619キロメートルから、6,378・160キロメートルと6,356・775キロメートルへとそれぞれ変わっている。これらの数字の意味や性格や根拠について私は知らない。ともあれ、掲げられた数値のこの変化の背後には、三十年間における諸学問の大変な気の遠くなるような、そして、その努力の跡の一つ一つを辿ることは、われわれの学問の妙味を満喫させてくれるであろうような深化と協働があったに違いない。しかし、それにもかかわらず、巧みにその狙いとするところからすれば極めて正確に、大づかみな数字を用いたこのエッセイの趣旨には、本質的な点では訂正を要するところがない。

読み返しながら、私はこういう学問の深化の跡を味わいうる能力を持ちたいと思い、それはもう手遅れであるから、少なくともこれからの人には持ってほしいと切に思った。しかしそれにもまして私の関心を強く引いたのは、三十年前のこのエッセイが今でも有効に啓蒙の意味を持っているという事実、すなわち、本来、正確な事実であるところのものから、受け取りようによっては、完全に正しくない像の形成に結果する危険を蔵している、という事実である。

66 「恥ずかしいことながら」とあるが、筆者はなぜ恥ずかしいと感じたのか。

1 長年、地球を球形だとする常識的な考え方をしてきたから
2 長年、地球の形が夏みかんのような形だと思い込んでいたから
3 地球の形を娘に理解してもらえず、親として立場がなかったから
4 面白半分に人をつかまえて聞いてみると、夏みかん党が多いから

67 「それ」とあるが、何を指していますか。

1 地球の形は球形だという考え
2 地球の形は夏みかん型だという考え
3 地球はひしゃげた形をしているという考え
4 地球の形はボールの形ではないという考え

68 「深化と協働があったに違いない」とあるが、筆者の気持ちはどのようなものか。

1 学問の進歩や諸学問の相互協力に対する作者のジレンマ
2 学問の進歩や諸学問の相互協力に対する作者の戸惑い
3 学問の進歩や諸学問の相互協力に対する作者の反発
4 学問の進歩や諸学問の相互協力に対する作者の驚き

69 この文章で筆者が最も言いたいことはどれか。

1 「学問としての正確さを追い求めること」と「本当の意味での正確さ」との間にはほどよいバランスが必要である。
2 「学問としての正確さを追い求めること」を実践すると、時として、思わぬ恥を掻く危険性がある。
3 「学問としての正確さを追い求めること」によって、逆に、「本当の意味での正確さ」から、遠ざかる可能性がある。
4 「学問としての正確さを追い求める」には、時には、小学生の考え方に耳を傾ける必要がある。

問題13　ある幼稚園で運動会が行われます。次のお知らせを読んで、質問に答えなさい。

運動会のお知らせ
平成21年度の運動会を、下記により行います。楽しい日となりますようご協力をお願いいたします。
記
1.　日　　平成21年10月03日（土曜日） 延期の場合は10月10日（土） 時間　　午前9時00分～12時 集合　　8時50分 場所　　河輪幼稚園園庭 服装　　体操服、赤白帽子
2.　子供たち ・服装は、体操服・赤白帽子です。体調によりご家庭で調整してください。 ・園に来たら、園児待機場所に来てください。出欠確認をします。 ・暑さが予想されます。学校給食で、水筒だけをご用意ください。園児待機場所に来るときお持たせください。園児席にて預ります。中身については、ご家庭でご判断ください。
3.　保護者の皆様 ・親子競技があります。放送の指示により集合をお願いします。競技2番前にはご用意をお願いします。親子競技には、保護者の方の参加をお願いします。園児以外のお子様は、保護者席で観ていてください。 ・保護者席は、別紙会場図にて確認ください。大きなスペースがありません。譲り合ってご覧ください。 ・ブルーシートとすのこを用意しました。こちらでは座って観覧ください。 ・座布団代わりのシートは構いませんが、広範囲に占拠しないでください。 ・喫煙禁止となっております。

70 運動会の当日、子供たちは何をしなければなりませんか。

1 当日、10時に幼稚園に集合すること

2 体操服を着て、青色帽子をかぶること

3 9時10分前に幼稚園に集まること

4 各自で水筒と弁当などを持参すること

71 運動会の当日、保護者たちがしてはいけないのは次のどれか。

1 写真を撮ること

2 水筒を用意すること

3 親子競技に参加すること

4 タバコを吸うこと

聴解（55分）

第二回

注意

Notes

1. 試験が始まるまで、この問題用紙を開けないでください。

   Do not open this question booklet before the test begins.

2. この問題用紙を持って帰ることはできません。

   Do not take this question booklet with you after the test.

3. 受験番号と名前を下の欄に、受験票と同じように書いてください。

   Write your examinee registration number and name clearly in each box below as written on your test voucher.

4. この問題用紙は全部で7ページあります。

   This question booklet has 7 pages.

5. 問題には解答番号の1、2、3…が付いています。解答は解答用紙にある同じ番号のところにマークしてください。

   One of the row numbers 1,2,3... is given for each question. Mark your answer in the same row of the answer sheet.

受験番号 Examinee Registration Number	

名前 Name	

問題1

問題1では、まず質問を聞いてください。それから話を聞いて、問題用紙の1から4の中から、最もよいものを一つ選んでください。

1番

1　モノレールに乗ります
2　バス13号を利用します
3　電車に乗り換えます
4　地下鉄に乗ります

2番

1　場所の確保をします
2　会費を集めます
3　電話で出席の確認をします
4　メールで出欠の確認をします

3番

1　廃棄処理します
2　返金します
3　再発送料金を振り込みます
4　再配達日を指定します

4番

1　見積もります
2　出荷します
3　納品します
4　上司に聞きます

5番

1　番号案内104番に電話します
2　ロードサービスセンターに電話します
3　メンテナンスのスタッフに電話します
4　玲子さんに電話します

6番

1　1月20日
2　1月21日
3　1月23日
4　1月24日

問題2

問題2では、まず質問を聞いてください。そのあと、問題用紙の選択肢を読んでください。読む時間があります。それから話を聞いて、問題用紙の1から4の中から、最もよいものを一つ選んでください。

1番

1　携帯です
2　電子辞書です
3　買い物カードです
4　何もあげません

2番

1　出社します
2　休みます
3　欠席します
4　出張します

3番

1　火曜日です
2　水曜日です
3　木曜日です
4　金曜日です

4番

1　老人のほうが多くなるのに、十年もかからない
2　老人のほうが多くなるのに、十年はかかる
3　子供のほうが多くなるのに、十年もかからない
4　子供のほうが多くなるのに、十年はかかる

5番

1　カラーコピーをすることです
2　パソコンがが使えないことです
3　コピー機が1台しかないことです
4　コピー機を換えてもらえないことです

6番

1 コンビニとかファミレス
2 クリエーティブな仕事
3 メジャーで、オシャレで、ギャラのいい仕事
4 広報部のイラストレーター

7番

1 賃金が低いから
2 人間関係が複雑だから
3 上司に不満があるから
4 給料が低いから

問題3

問題3では、問題用紙に何も印刷されていません。この問題は、全体としてどんな内容かを聞く問題です。話の前に質問はありません。まず、話を聞いてください。それから、質問と選択肢を聞いて、1から4の中から、最もよいものを一つ選んでください。

問題4

問題4では、問題用紙に何も印刷されていません。まず、文を聞いてください。それから、それに対する返事を聞いて、1から3の中から、最もよいものを一つ選んでください。

問題5

問題5では、長めの話を聞きます。この問題には練習はありません。メモを取ってもかまいません。

1番、2番

問題用紙に何も印刷されていません。まず、話を聞いてください。それから質問と選択肢を聞いて1から4の中から、最もよいものを一つ選んでください。

3番

まず話を聞いてください。それから二つの質問を聞いて、それぞれ問題用紙の1から4の中から最もよいものを一つ選んでください。

質問1

1　6錠
2　5錠
3　4錠
4　3錠

質問2

1　2錠
2　3錠
3　4錠
4　6錠

第二回

全真模擬試題　第三回

★ 言語知識（文字・語彙・文法）・読解

★ 聴解

言語知識（文字・語彙・文法）・読解（110分）

注意

Notes

1. 試験が始まるまで、この問題用紙を開けないでください。

   Do not open this question booklet before the test begins.

2. この問題用紙を持って帰ることはできません。

   Do not take this question booklet with you after the test.

3. 受験番号と名前を下の欄に、受験票と同じように書いてください。

   Write your examinee registration number and name clearly in each box below as written on your test voucher.

4. この問題用紙は全部で30ページあります。

   This question booklet has 30 pages.

5. 問題には解答番号の1、2、3…が付いています。解答は解答用紙にある同じ番号のところにマークしてください。

   One of the row numbers 1,2,3... is given for each question. Mark your answer in the same row of the answer sheet.

受験番号 Examinee Registration Number	

名前 Name	

問題1　＿＿＿＿の言葉の読み方として最もよいものを、1・2・3・4から一つ選びなさい。

1　「電気、消してよ」こういう言い方は<u>指図</u>になり、とてもあたたかい関係をはぐくむものとはいえません。

1　しと　　　2　ゆびと
3　しず　　　4　さしず

2　帰宅したらなんとなく体調悪いようです。鼻水は出るし、頭は痛いし、<u>寒気</u>はします。

1　かんき　　　2　かんけ
3　さむけ　　　4　けはい

3　経済が豊かなら文化が<u>栄える</u>というのが常識でしたが、逆に文化で経済を栄えさせるという発想もあります。

1　うったえる　　　2　さかえる
3　そびえる　　　4　こごえる

4　いくら教師が子ども好きでも、保護者に評価されないのは<u>切ない</u>ものです。

1　さりげない　　　2　せつない
3　ぎごちない　　　4　つたない

5　まして、天を欺き、人の道に<u>背いた</u>からには、神様もお助けにならないのは言うまでもない。

1　そむいた　　　2　おもむいた
3　たたいた　　　4　すみついた

6　この邸宅では優雅な夫人が、彼を<u>淑やか</u>に迎えてくれたばかりでなく、二人の姪たちも揃って出迎えました。

1　すこやか　　　2　しとやか
3　しなやか　　　4　すみやか

第三回

問題2　（　　）に入れるのに最もよいものを、1・2・3・4の中から一つ選びなさい。

7　保険の売り込みで、実際は夫だけが乗り気というケースが少なくない。そこで、妻への（　　）が最大の課題となる。

1　納得　　2　説得　　3　損得　　4　買得

8　応募作品は返還しません。掲載された方には記念品を（　　）します。

1　交付　　2　恵贈　　3　進呈　　4　追贈

9　開会式の際、イベントの偉大さを物語るためには映像も言葉も、（　　）のペースにあわせて速度が落とされ、通常では考えられない美的な配慮が要請される。

1　セレモニー　　2　セメント
3　ストライキ　　4　ストロー

10　この店は、まだまだ奥が深そうで、もう一度来て、（　　）と、ここならではの味を堪能してみたい。

1　じっくり　　2　しっとり
3　すんなり　　4　しんなり

11　コラムで家庭内暴力を（　　）ところ、たくさんのお便りが寄せられた。

1　取り締まった　　2　取り上げた
3　取り外した　　4　取り寄せた

12　もし最終電車に乗り遅れたら、タクシーに乗るしかなくなり、かなりの（　　）を覚悟しなければなりません。

1　資金　　2　資産　　3　出費　　4　実費

13　海外市場へ進出するにあたっては、（　　）計画を立てる必要がある。

1　零細な　　2　綿密な　　3　繊細な　　4　濃密な

問題3　＿＿＿＿の言葉に意味が最も近いものを、1・2・3・4から一つ選びなさい。

14　A国は世界最大の銅輸出国であり、B国の銅の相場はA国の銅が左右していたのである。

1　取引価格　　2　市場の乱高下

3　世間一般の評価　　4　大体の見当

15　保険者名を記載することを原則とするが、必要のない場合は記載を省略しても差し支えがありません。

1　さまたげとなる　　2　あからさまになる

3　さかさまになる　　4　なにげない

16　僕はどんなに忙しくても、毎晩、丹念に新聞に目を通す。

1　ぼうっと　　2　ちらっと

3　真心をこめる　　4　ざっと

17　これといった取り調べもなく、パスポートにスタンプを押してもらっただけで、すんなり出国手続きは終わってしまった。

1　順調に進んだ　　2　物事がはかどらない

3　あっという間に　　4　驚くほどもたつく

18　もっとも医薬品などの不足は、現地ではたしかに切実な問題であったし、私たちもできるかぎりのことはしてあげたかった。

1　間違いのないこと　　2　差し迫って来ること

3　本当にあったこと　　4　危なげなく行われること

19　今になって思えば、父が母をぞんざいに扱っているとか、男尊女卑的に扱っているとか、そんなことは全くなかったんです。

1　荒っぽく粗末に　　2　忌憚のない態度で

3　生真面目で　　4　容易に従わなく

問題4　次の言葉の使い方として最もよいものを、1・2・3・4から一つ選びなさい。

20　細心

1　初めて一人で貧乏旅行をしたときは、細心の思いをした。
2　アクセントは似ているが、細心のところではニュアンスが異なる。
3　ガラス製品の運搬には、細心の注意を払う必要がある。
4　事件の経緯は伺いましたが、細心の説明はまだです。

21　全快

1　獣に襲われる弱い生きものは、生き抜くためには全快に危険を察知する必要がある。
2　私を悩ましていた足の凍傷は、仲間の人情、好天気の恵みによりほとんど全快した。
3　彼の反応は全快で、あたかも鋭敏なアンテナが頭の後ろにピンと立ち、周囲の電波をキャッチしてしまうようだ。
4　火災が発生した場合、全快に十分な消防力の投入を行うとともに、被害を最小限に抑えるべきだ。

22　ずばり

1　「ゴミを語る町・市民のずばりの会」では、いかにゴミを少なくするかを討議している。
2　設立以来、職種や地域を越えて多くの人たちがずばりにして、教育にかかわる様々なことがらについて話し合った。
3　携帯電話を耳にし、ずばりにうなずきながら駅の方に向かって歩きはじめた。
4　「今日は彼女と会うの？」ずばりと言い当てられ、隆明は耳まで赤くなった。

23 ずらっと

1 いずれにせよ、化学調味料を使えば、たしかに料理の味がまろやかになり、ずらっとおいしく感じられる。

2 金持ちどもときたら、ずらっと並べた魚や肉の料理も、ちょろっと箸をつけただけで、棄ててしまう。

3 お付き合いしてみたいと思ったら、ずらっとプレゼントなど持って、お食事に誘ってみたら？

4 親が、自分自身や親子関係を変えたいと願っても、ずらっと変えることはむずかしい。

24 心中

1 改札を抜けるときには心中がどきどきして、汗が出てしかたありませんでした。

2 結婚したばかりの男が他の女性と心中したというだけでも、スキャンダラスなことです。

3 耳を澄ませても、心中の音どころか、呼吸音ひとつ聞こえていません。

4 カッとなって、一時的に頭に血が集まって、心中に負担がかかり、血圧が上がりました。

25 すらすら

1 子供の頃と同じ、すらすらする心を持ち続けていたいです。

2 彼女がなかなか帰ってこないので、すらすらしている。

3 あの少女は、すらすら10歳ぐらいだったと思います。

4 外国語を勉強した以上、すらすら話さないわけにはいかないです。

問題5　次の文の（　　）に入れるのに最もよいものを、1・2・3・4から一つ選びなさい。

26　自分の中でとりわけ楽しみだったのが学校の給食体験。最後に給食を食べたのが20年ほど前（　　）、感慨も深いです。

1　にあって　　　　2　とあって

3　とあいまって　　4　とあれば

27　男たちはぼろぼろの服を着て、タバコをふかしていた。みんなまだ二十歳（　　）。こんな若いうちからタバコを吸うなんて。

1　というべきだろう　　2　といったはずだろう

3　ということだろう　　4　といったところだろう

28　なんであんな汚い本に高いお金を出すんだろうと思われるかもしれないが、実は長い間探していた本が手に入った時のうれしさ（　　）。

1　にすぎない　　　2　にほかならない

3　といったらない　4　でなくてなんだろう

29　弟が「おしっこ」と言うと、トイレに駆け込んだりするのはしょっちゅうだった。ようやく落ち着いた（　　）、妹たちは不機嫌で、機嫌をとるのに大変だ。

1　と思いきや　2　ともなると

3　とはいえ　　4　とあれば

30　社長（　　）専務（　　）この会社の幹部は古臭い頭の持ち主ばかりだ。

1　なり/なり　2　といい/といい

3　とも/とも　4　というか/というか

31　夏休みに入っている（　　）、どこに行く予定もなく、私の生活は普段とそんなに大きく変わっていません。

1　ところだった　2　とはいうものの

3　までもなく　　4　あげく

32 うちの女房（　　）、僕がお酒に触っただけでもうるさくてね。やむなくこうやって外で飲んでるのさ。

1　ときたら　　　2　といったら
3　とはいっても　　　4　ともあろう

33 男はそこにいた従業員と一言二言中国語で言葉を交わすと、自分の仕事は終わった（　　）車に取って返した。

1　ともなしに　　　2　ものか
3　ばかりか　　　4　とばかりに

34 （　　）壊し、（　　）壊ししながら、やっと満足のいく作品を作りあげた。

1　作るなら/作るなら　　　2　作れば/作れば
3　作っては/作っては　　　4　作っても/作っても

35 彼は社長である以上、今世間を騒がせている会社の不祥事を自分は知らなかった（　　）。

1　ではすまされないだろう　　　2　ならそれまでだろう
3　ことは想像にかたくない　　　4　といわんばかりだ

第三回

問題6　次の文の＿★＿に入る最もよいものを、1・2・3・4から一つ選びなさい。

（問題例）

あそこで＿＿＿ ＿＿＿ ＿★＿ ＿＿＿は山田さんです。

1　テレビ　　2　見ている　　3　を　　4　人

（解答の仕方）

1. 正しい文はこうです。

あそこで＿＿＿ ＿＿＿ ＿★＿ ＿＿＿は山田さんです。
1　テレビ　3　を　2　見ている　4　人

2. ＿★＿に入る番号を解答用紙にマークします。

（解答用紙）

（例）	①　●　③　④

36　美容整形は＿＿＿ ＿＿＿ ＿★＿ ＿＿＿賛否両論、世間はどよめいた。

1　カメラの前に出ることは　　2　外国でも

3　当たり前の　　4　まだまだタブーで

37　この構想は＿＿＿ ＿＿＿ ＿★＿ ＿＿＿すぐには実現しなかった。

1　あっては　　2　当時に

3　困難な面が多く　　4　まだ技術的に

38　いよいよ大学に入ってから最初の春休みです。英語学習が始まってから二ヵ月の間＿＿＿ ＿＿＿ ＿★＿ ＿＿＿有頂天になった。

1　遊びらしい　　2　例年にもまして

3　遊びをしていなかった　　4　僕は

39 人間の子どもは＿＿＿ ＿＿＿ ＿★＿ ＿＿＿すらできない。

1 生き延びること　　2 手厚い保護

3 数日を　　4 なくしては

40 「あたしが＿＿＿ ＿＿＿ ＿★＿ ＿＿＿は……」

「分かってる。分かってるんだ、あの幸運がすべて偶然かも知れないことは。だけどもう他に、頼れるものがない。」

1 治るかどうか　　2 したって

3 お父さんが　　4 この前みたいに

問題7　次の文章を読んで、41から45の中に入る最もよいものを、1・2・3・4から一つ選びなさい。

物を移すとき、一番易しいのは、物理的移動である。これは任意のときに任意の場所へ移すことができる。移されたものは前の場所と新しい場所の差などから、41影響を受けることはない。ヨーロッパから運ばれてきた机は、着いた瞬間から机としての機能を発揮する。明治以来、我々の国は夥しい品物を外国から輸入した。外国で流行していたり、重視されていたりする学問や芸術があると、早速、42そのまま持ってくる。人々は次第に、文化が無生物ではなくて、生命をもった有機体であることを忘れた。

文化のような生き物を移すのは、43、すなわち、移植でなければならない。どんな小さなきでも、移すとなれば、品物を動かすように簡単にはゆかない。移植の前にまず移植できるかどうかを予め考える必要がある。そして、移すには、根をなるべく大事に掘り起こしてやる。最後、移植の場所、時期を考えなければならない。文化においても、同じことが44だろうか。

明治以来、ずいぶん無理な文化移動を重ねて来た。移植した木が根もおろさず、新芽も出さないうちに、もう次の木をすぐ隣に移してくる。八年45、三年も待っていては時代に遅れてしまうように思う。掘っては埋め、また掘り返して、また新しいものを持ってきて据える。これでは植木屋ではなくて、土方である。

由来、島国という文化風土は、なかなか外来のものを受け入れない性格を持っている。

41

1　あらゆる　　2　すべて
3　からには　　4　ほとんど

42

1　うっかり　　2　そっくり
3　てっきり　　4　うんざり

43

1　植物的移動　　2　物理的移動
3　動物的移動　　4　時間的移動

44

1　言われはしない　　2　言われはする
3　言われても　　4　言っても

45

1　はもちろん　　2　はいうまでもなく
3　はおろか　　4　はいる

問題8　次の（1）から（4）の文章を読んで、後の問いに対する答えとして最もよいものを、1・2・3・4から一つ選びなさい。

（1）

列車に乗る時はまず禁煙車両があるかないかが大問題になる。あれば何をおいてもその車両に乗る。禁煙車両がない場合は、ただもうたばこのみが隣に来ないことを祈りつつ窓ぎわの席に座る。

たばこを吸うか吸わないかは好みの問題でもあるし、愛煙家の好みは尊重したい。吸う本人の寿命がちぢまろうとちぢまるまいと、人それぞれの勝手、というものだろう。だが同時に、非喫煙者の好みも尊重されるべきだろう。たばこの煙で気分が悪くなる、頭が痛くなるという人が世の中には少なくないのだ。

46　本文の内容に合っているのはどれか。

1　タバコを吸うか吸わないかは個人の勝手だ。

2　喫煙者の寿命がタバコの煙で縮まるに違いない。

3　非喫煙者は喫煙者の気持ちを考慮すべきだ。

4　喫煙者だけでなく、非喫煙者の立場も考えるべきだ。

（2）

インターネットでは、不特定多数の人に一方的に情報を流して、それを受け取るというテレビやラジオのような受動的なものではなく、ホームページなども含めて情報を流す側とそれを受け取る側のコミュニケーションで成り立っています。自然と特定の話題の掲示板にはその話題に興味がある人が集まり、確実に知りたい人に情報を伝えることができます。そして、チャットの中では色々な人がいます。実社会以上に、様々な人と会話できます。実社会で接することのできる人々には限界がありますが、チャットの上では、実社会ではなかなか接することのないような人々と話すことが可能です。

第三回

47 筆者が考えるインターネットとはどのようなものか。

1　不特定多数の人に一方的に情報を流す世界
2　テレビと同じように受動的に情報を受ける世界
3　ユーザーたちがお互いにやりとりできる世界
4　受け取る側が一方的に情報を手に入れる世界

(3)

平成病院

子供支援センター　ご担当者　様

社会法人健康協会

総務部　高田太郎

（　　　　　　）

謹啓　春暖の候　貴職におかれましては益々ご清祥のこととお慶び申し上げます。

さて、先般ご依頼いたしました「乳幼児医療実態調査」については、社会的要請の高まりを受け、各関係機関より予想数を超えるご回答をいただいております。今秋の結果公表に向け、当会では現在、統計、分析など諸作業を進めている段階です。

つきましては、貴職におかれましても是非とも本調査にご協力いただきたく存じます。なお、本状が調査票と行き違いとなりました場合は、ご容赦いただきますようお願い申し上げます。

ご多用中誠に恐れ入りますが、何卒ご高配賜りたくお願い申し上げます。

48　この文書の件名として、（　　）に入るのはどれか。

1　各関係機関からのご注文

2　調査回答についてのお願い

3　今秋の結果公表のお知らせ

4　書類の行き違いに関するお詫び

（4）

戦後の日本は欧米諸国に追い付け追い越せと、豊かさを求めて急成長してきました。女性は専業主婦に、男性は長時間労働に、縦割りの分業は当時の日本経済を成長させるために最も適したスタイルであり、戦略的に形成されました。そして経済大国となったこの国の代償は大きく、その一つが少子化です。経済的には豊かでも、人間的に決して豊かでないことに気付かされたのです。そして、サラリーマン時代は、頻発する深夜残業のせいで男性は会社に張り付け、たまの休みに家族で出掛ける程度で家事育児をやる余裕はまったくなし、子供の顔も忘れちゃう程でしたから、もはや子育てには完全ノータッチ状態でした。

第三回

49 縦割りの分業について、筆者はどう思っているか。

1 日本が急成長して、豊かになったので、育児に専念できる。

2 日本とは違い、縦割り分業は欧米諸国にとって最適なスタイルである。

3 少子化が進んだが、深夜残業のおかげで経済的に豊かになった。

4 経済的に豊かになったが、夫婦や家族の時間が取れなくなった。

問題9　次の（1）から（3）の文章を読んで、後の問いに対する答えとして最もよいものを、1・2・3・4から一つ選びなさい。

（1）

日本人は謝ることが大好きだ。というのが言いすぎなら、謝ることをそれほど苦にしない、と言いかえてもよろしい。おそらくそれは、この国の社会が同質的であり、お互いに気心が知れているからであろう。そこで謝りさえすれば許してもらえる、と、つい、そう思ってしまうのである。事実、謝らないと、争いはいよいよこじれ、外国とは逆に、取り返しがつかないことになる。日本人は事の是非よりも、むしろ当事者の「誠意」のほうを問題にする。「論より証拠」などというが、証拠を詮索するより、情に訴えるほうを選ぶ。だから「論より情」というほうが当たっている。

もうずいぶん前のことだが、何かのゲームをしていたとき、私はヘマをやった。「ごめん、ごめん」といって許してもらおうと思ったら、相手の一人が「ごめんで済むなら警察はいらない」といった。そのころ、そんな文句が常套語になっていたのである。また、私は改めて、なるほどと思った。たしかに、謝ってすべてが許されるなら、世話は無い。この言葉は謝り好きの日本人の甘えに対して、冷水を浴びせた名言というべきであろう。しかし、そう言いながらも、「ごめん」が通用するところに、日本の社会の、よく言えば寛容さがあり、悪く言えば、「いい加減さ」があるのではあるまいか。

50　筆者は日本では、謝らないとどうなると述べているか。

1　謝罪の言葉を述べないと、争いが起こり、思いがけないことになると述べている。

2　謝らなければ、相手が自分の無礼さを法に訴えるかもしれないと述べている。

3　謝らなければ、だれが責任を取るのか、分からなくなると述べている。

4　謝罪の言葉を述べないと、相手があれこれ証拠を探すしかないと述べている。

51　私は改めて、なるほどと思ったとあるが、何を思ったのか。

1　相手がこちらの謝罪を受け入れないので、情けない人だと思った。

2　謝りさえすれば、たぶん自分が許されるだろうと思った。

3　自分の間違いを認めたので、争いが起こらないだろうと思った。

4　「ごめん」が決まり文句に過ぎないので問題の解決ができないと思った。

52　「いい加減さ」があるのではあるまいかとあるが、筆者はどう考えているか。

1　相手の気持ちを考えて謝ることで相手に許してもらいたいと考えている。

2　相手の気持ちを考えずに、自分が許されるだろうと思うのは甘いことだと考えている。

3　日本社会が同質社会なので、お互いに気心が知れおり、謝らなくてもいいだろうと考えている。

4　警察が面倒を見てくれるから、失礼なことをしても大したことではないだろうと考えている。

(2)

一般に、情報は日々刻々変化し続け、それを受け止める人間の方は変化しない、と思われがちです。情報は日替わりだが、自分は変わらない、自分にはいつも「個性」がある、という考え方です。しかし、これもまた、実はあべこべの話です。

少し考えて見ればわかりますが、私たちは日々変化しています。ヘラクレイトスは「万物は流転する」と言いましたが。人間は寝ている間も含めて成長なり老化なりをしているのですから、変化し続けています。

昨日の寝る前の「私」と起きた後の「私」は明らかに別人ですし、去年の「私」と今年の「私」も別人のはずです。しかし、朝起きるたびに、生まれ変わった、という実感は湧きません。これは脳の働きによるものです。

脳は社会生活を普通に営むために、「個性」ではなく、「共通性」を追求します。これと同様に、「自己同一性」を追求するという作業が、私たちそれぞれの脳の中でも毎日行われている。それが、「私は私」と思い込むことです。こうしないと、毎朝毎朝別人になっていてはだれも社会生活を営めない。では、逆に流転しないものとは何か。実はそれが情報なのです。ヘラクレイトスはとっくに亡くなっていますが、彼の残した言葉「万物は流転する」はギリシャ語で一言一句変わらぬまま、現代にまで残っている。

53 それを受け止める人間の方は変化しない、と思われがちですとあるが、なぜか。

1　情報は日々変化しているが、自分は変化しないから
2　人間が変わっても、生まれ変わった実感がないから
3　情報は流転するものであり、人間より変化しやすいから
4　人間にはそれぞれ個性があり、情報ほどには流転しないから

54 脳の働きについて、この文章で分かることはどれか。

1 脳は外部からの情報を受け取り、それを分析する作業を行います。

2 脳は流転する情報と流転しない情報とを区別する働きを持っている。

3 脳は「個性」ではなく、「自己同一性」を求める作業を毎日行う。

4 脳は「自己同一性」ではなく、社会生活を営む働きを持っている。

55 本文の趣旨に合っているのはどれか。

1 人間が変わらないことと情報が常に変わることを自覚したほうがいい。

2 人間にはそれぞれ個性があり、いつまでも変わらない特性がある。

3 脳の働きにより、人間は自分で意識していなくても日々変わっている。

4 「万物は流転する」ものであり、人間も情報も日々変化している。

(3)

昼前の東京・山手線の電車。座席はほぼいっぱいで、立っている人がちらほら。と、私の斜め前の席に座っている若い女性が、コンビニの袋から弁当と缶入りのお茶を取り出し、悠々と食べ始めた。あたかも自宅の茶の間にいるがごとし。

車内で化粧バッグを開けて、一から本格的に取り組む人もいる。他人の目など、まったく気にしていない。下校時の電車で、身をくねらせて、制服の上着を脱ぎかえる女子高校生を見た同僚もいる。昔は駅のトイレがこの種の更衣室だったものだが、と彼の妙な嘆息。

むろん、男性にもいくたの類例あり。彼らは自分の周りに見えない障壁を張り巡らせている。透明な殻の中に一人ひとりが閉じこもり、外の世界との接触を絶っている。座った彼もしくは彼女の前に、かりに疲れた老人が立っても、彼らの目には映らない。だから、席も譲らない。

(中略) この間まで、日本には以下のことばが存在したように思う。「人目がうるさい。人目を忍ぶ。人目を避ける。人目をはばかる。人目を盗む……」そして、人目を引いたり、人目に立ったり、人目についたりすることは、人目がうるさいから、と戒める風があった。

人目ばかりを気にかけばならない社会はむろん息苦しい。①といって、②人目にあまる振る舞いが横行する世の中も、もう少し何とかしたいと思う。

56 この文章のテーマとして、どれが一番適切か。

1 電車内のマナー　　2 年寄りに席を譲ろう
3 電車内で化粧しないで　　4 透明な殻の中の一人

57 ①といってと言い換えられる表現は次のどれか。

1 だから　2 それから　3 そして　4 しかし

58 ②人目にあまる振る舞いとあるがどのようなことか。

1 電車の中で新聞を読むこと
2 年寄りが立っていても、見ぬふりをすること
3 駅のトイレで着替えをすること
4 人目を感じて、息苦しくなること

問題10　次の文章を読んで、後の問いに対する答えとして最もよいものを、1・2・3・4から一つ選びなさい。

昔から伝わる言葉に、「失敗は成功のもと」、「失敗は成功の母」という名言があります。失敗しても、それを反省して、欠点を改めていけば、必ずや成功に導くことができるという[A]な意味を含んだ教訓です。

私は大学で機械の設計について指導していますが、設計の世界でも、「よい設計をするには経験が大切だ」などということがよく言われます。私はその言葉を「創造的な設計をするためには、多くの失敗が必要だ」と言い換えることができると考えています。なぜなら人が新しいものを作り出すとき、最初は失敗から始まるのは当然のことだからです。人間は失敗から学び、さらに考えを深めていきます。これは何も設計者の世界だけの話ではありません。営業企画やイベント企画、デザイン、料理、その他アイディアを必要とするありとあらゆる創造的な仕事に共通する言葉です。つまり、失敗はとかくマイナスに見られがちですが実は新たな創造の種となる貴重な体験なのです。

今の日本の教育現場を見てみますと、残念なことに「失敗は成功のもと」、「失敗は成功の母」という考え方がほとんど取り入れられていないことに気づきます。それどころか、重視されているのは決められた設問への解を最短で出す方法、「こうすればうまくいく」、「失敗しないこと」を学ぶ方法ばかりです。

それでは創造力を得るにはどうすればいいでしょうか。創造力を見につける上でまず第一に必要なのは、決められた課題に解を出すことではなく、自分で課題を設定する能力です。今の日本人の学習方法では、真の創造力を身につけることはできません。

実際、負のイメージでしか語られない失敗は、情報として、伝達されるときにどうしても小さく扱われがちで、「効率や利益」と「失敗しないための対策」を秤にかけると、前者が重くなるのはよくあることです。人間は「聞きたくないもの」は「聞こえにくいし」、「見たくないもの」は「見えなくなる」ものです。

しかし、失敗を隠すことによって、起きるのは次の失敗、さらに大きな失敗という。失敗から目を向けるあまり、結果として、「まさか」という致命的な事故が繰り返し起こるとすれば、失敗に対する見方を変えていく必要があります。すなわち、失敗と上手に付き合っていくことが、今の時代では、必要とされているのです。

59 [A] に当てはまる言葉を選びなさい。

1 深遠　　2 重厚
3 真剣　　4 浅薄

60 創造的な設計をするためには、多くの失敗が必要だとあるが、なぜだか。

1 失敗から始まるのは設計者の世界だけの話でほかの分野では失敗がないから
2 失敗が、人間が学び、考えを深め、新たな創造の種となる貴重な体験だから
3 負のイメージでしか語られない失敗がどうしても小さく扱われがちだから
4 失敗と上手に付き合っていくことが、今の時代では、必要とされていないから

61 今の日本人の学習方法では、真の創造力を身につけることはできませんとあるが、どうしてか。

1 今の日本人にとって「見たくないもの」は「見えなくなる」ものであり、日本人がそれを見ようともしないから
2 失敗を隠すことによって「まさか」という致命的な事故が繰り返し起こるから
3 今の日本人は「失敗しないこと」を学ぶばかりで、自ら創造力を身につけようとしないから
4 失敗は創造的な仕事に共通する言葉だが、それにもかかわらず、今の日本人がこの言葉を使わないから

62 筆者の考えと一致するものを選びなさい。

1 「失敗は成功のもと」であるので、後先考えず、とにかく繰り返して、失敗することが大切である。

2 子供ならまだしも、社会人になったら、失敗している姿を他人にはあまり見せないほうがよい。

3 「失敗」を「成功」に変えるためには、決められた設問への解を最短で出す方法を勉強するのが何よりも重要である。

4 「失敗」そのものの見方や扱い方を改善できていれば、「失敗」を「成功」に変えることができる。

問題11　次のAとBの意見文を読んで、後の問いに対する答えとして最もよいものを、1・2・3・4から一つ選びなさい。

A

　現実社会で、内気な方や気の弱い方で自分の意見をはっきりと表明できない方が大勢おられます。そのような方々にとって、この匿名性は非常にありがたいものです。匿名で意見を書くのは卑怯だとかけしからんとか言われる方もおられますが、匿名だからこそ言えることも多いと思っています。それによって正しい意見、弱者の意見、少数派の意見が見えてくるのではないでしょうか？ただし、当然のことですが、匿名だから何を言ってもいいというわけではありません。誹謗中傷はもちろん、無責任な言動はやはり謹んでいただきたい。その区別が難しいんですよね、受け取り側にとっては。

B

　インターネットの性質として誰でも情報を世界に発信することができる、個人情報を公開しなければ発信者の匿名性はある程度守られているというものがあります。個人が分からないので人間の心理から情報の発信がしやすくなります。責任の追求が難しくなるので発言がしやすく、思ったことを素直に書き込むことができます。

　しかし、この匿名性とそれから派生する情報の信用性、拡散性という問題がTVや新聞より大きくなっています。これにより意図せずとも被害を受ける可能性が高くなります。例えば、匿名で書き込まれた情報には個人情報がないため責任の追及が難しく、また情報の信用性が下がる場合もあるため「デマ」である可能性も高くなります。不適切な発言が拡散してしまえば多くの人に知れ渡り、人生を台無しにされてしまうこともあります。

63 AとBが共通して問題だと指摘していることは何か。

1 匿名であるがゆえに、責任の追求が難しくなること
2 だれもが情報を世界に発信できること
3 情報発信するときに責任を持ち、気をつけること
4 個人情報がないため責任を追及することができないこと

64 ネットの匿名性についてAとBはどのように述べているか。

1 AもBも誰でも情報を世界に発信できるから、個人情報が公開されれば、現実社会では言えないことを言えるようになると述べている。
2 AもBも匿名で、なおかつ個人情報がないため責任の追及が難しいので、何を言ってもいいだろうと述べている。
3 Aでは匿名性のために、弱者の意見、少数派の意見が見えてくると述べ、Bでは匿名性で情報の信用性が下がる場合もあると述べている。
4 Aではネットでは、内気な人でも自分の意見を表明できるから、匿名性が重要だと述べ、Bでは受け取り側によって中傷かどうかの判別が難しいと述べている。

65 匿名性のメリットについてAとBはどのように考えているか。

1 AもBも匿名だと現実社会では言えないことでも言いやすくなると述べている。
2 AもBも匿名性なので正しい意見、弱者の意見、少数派の意見に耳を傾けるべきだと述べている。
3 Aでは匿名性によって個人情報が守られるべきだと述べ、Bでは匿名性を盾にした無責任な言動はやめるべきだと述べている。
4 Aでは個人情報がないため、無責任な言動の特定が難しいと述べ、Bでは匿名で意見を書くのは卑怯だから良くないと述べている。

第三回

問題12　次の文章を読んで、後の問いに対する答えとして最もよいものを、1・2・3・4から一つ選びなさい。

故郷へは「帰る」、東京へは「A」――いつの間にか、そんなふうに動詞を使うようになってきた。

数年前に故郷の私の部屋はなくなり、今は弟のパソコンルームと化している。暮れに帰省すると、食卓の椅子が三つ、モーニングカップも三つ、そして歯ブランも三つ。そこには、父と母と弟に日常がいやというほどあふれて、私は一瞬、はじきとばされたような思いを抱く。そのせつなさ。父にも母にも弟にも見えない青い空気の層をまとって、自分が立っているような気分になる。

年を送り迎えるという特別の時間は共有できても、歯を磨くというような当たり前の時間を、共有することはもうなくなってしまったんだなあ……コップに仲良く並んでいる三本の歯ブラシを見つめて、私は洗面所にたたずんでしまうのである。

東京で一人暮らしをはじめて七年になる。学生のころから私のホームシックは有名で、今でもそれは変わらない。

バスを降りるとき、たいていの子供たちが言う「ありがとう」という挨拶。これを聞くとひとまず福井に帰ってきたなあという気になる。東京ではありえない。なぜなら、ほとんどのバスは一律料金で、乗車するときに運賃を払うからだ。降りるときは勝手に後ろのドアから降りる。運転手さんに「ありがとう」と言いたくても言えない。B ではあるが、何か寂しいしくみである。

海を見に行く。日本海が好きだ。そして私は、また、福井に帰ってきたなあという気になる。

おそばがおいしくて、雪が降って、水仙が咲く。足羽山の茶店、足羽河原の桜並木、二両編成の路面電車。福井はあまりにも「ふるさと」だ。こんなに故郷らしくしていいんだろうか、と思ってしまうぐらい「ふるさと」だ。故郷しすぎて怖い――そんな思いを、私は一方で抱く。

だから東京にいる。ホームシックのくせに。福井がすきでたまらないくせに。東京にいる。自然の懐で暮らしてきた日本人が、長く「自然」という言葉を持たなかったように故郷に包まれてしまうと、そのとたんに故郷がみえなくなってしまうような、そんな気がするのだ。幸せすぎると幸せが当たり前になる。あたたかすぎるとあたたかさに鈍感になってしまう。東京には、いろんな人間がいていろいろな出会いがある。おもしくて寂しくてものがよく見える。

選択肢二つ抱えて大の字になれば左右対称の我……

左は故郷、右は東京である。私の心にはY字形の亀裂があって、それが歌を作るエネルギーになっているようだ。心はいつも引き裂かれている。故郷に帰りたくて、東京で生きてゆきたくて。

第三回

66 A に入る言葉は次のどれか。

1 参る　2 立つ　3 帰る　4 上る

67 東京ではありえないとあるが、何がありえないか。

1 乗る時ではなく、車を降りる時、運賃を払うこと
2 バスから降りる時に、運転手に感謝すること
3 運転手が降りる乗客に一言挨拶をすること
4 ホームシックで何となく福井に帰りたくなること

68 B に入る言葉として正しいのは次のどれか。

1 機械的　2 効率的　3 感動的　4 生産的

69 この文章の内容に合うものは次のどれか。

1 故郷を離れて、その良さを再認識しながらも、都市の新鮮さに惹かれる。
2 人間はそれぞれ、過去と現実の中を彷徨いながら、精一杯生きている。
3 都会がとても便利なので、人間の能力が衰えている。
4 故郷の生活とは異なる都市での生活になじめず、苦しんでいる。

問題13　ある学校の健診のお知らせです。表を見て、次の問に対する最もよいものを1・2・3・4から選びなさい。

2011年度　学生定期健康診断についてのお知らせ	
説明	定期健康診断は、全学生が対象となり、毎年受けなければならないものです。各自の該当日時に必ず受けて下さい。やむを得ない理由で受診できない又はできなかった場合は、必ず早急に保健センターまで申し出てください。 この健康診断を受けない場合、他の医療機関で自費にて受診し、結果を提出していただくことになります。また、健康診断書を発行することは、できません。 今年度から血液検査に脂質検査（HDL・LDLコレステロール）が加わります。
健診場所	大学体育館、各検診車（保健センターではありません）
注意事項	（1）　学生証と黒ボールペンを必ずご持参ください。健診終了時、学生証裏面に「受診済」のわかる印を押印します。 （2）　胸部レントゲンについて 大学1年・大学院1年以外の学生で受診を希望しない方は保健センター職員に必ず申し出ること。 妊娠、または妊娠の可能性のある方は受診せず、保健センター職員に必ず申し出て下さい。 （受けなかった場合、健康診断書の発行は出来なくなります） （3）　貧血・抗体反応検査について 採血をします。過去に採血中または後で気分が悪くなったことがある方は、検査の際に申し出て下さい。 （4）　視力検査について 眼鏡で矯正している場合は眼鏡、コンタクトレンズ使用の場合は装着のこと。

	(5)　服装について 胸部レントゲンと心電図受診時は無地のＴシャツ。ブラジャー・ストッキング・ネックレス等は着けない。 (6)　靴袋を持参し、靴・荷物（なるべく持ち込まないこと）は各自で管理のこと。盗難紛失注意。 (7)　体育館及び検診車内では携帯電話の電源は切ること。 (8)　原則的に、所属キャンパス以外では受診できません。
健診の結果について	結果通知書は各学科を通じて配布されます。各自総合所見の結果に従って下さい。保健指導の必要な場合は、掲示板等により呼び出します。

70　受診できない場合、どうすればよいか。

1　次回、別のキャンパスで受診を申請する。
2　保健センターに健康診断書を提出する。
3　各学科を通じて、もう一度受診を申し込む。
4　必ず保健センターまで連絡する。

71　この検診のお知らせについて、正しいものはどれか。

1　事情があって受診できない場合、保健センターに連絡しなくてもいい。
2　他の病院で自費で受診しても、学校から健康診断書がもらえない。
3　体育館および検診車内では携帯電話の電源を切る必要がない。
4　眼鏡、コンタクトレンズのままで、健診を受けることができない。

聴解（55分）

注意

Notes

1. 試験が始まるまで、この問題用紙を開けないでください。

   Do not open this question booklet before the test begins.

2. この問題用紙を持って帰ることはできません。

   Do not take this question booklet with you after the test.

3. 受験番号と名前を下の欄に、受験票と同じように書いてください。

   Write your examinee registration number and name clearly in each box below as written on your test voucher.

4. この問題用紙は全部で6ページあります。

   This question booklet has 6 pages.

5. 問題には解答番号の1、2、3…が付いています。解答は解答用紙にある同じ番号のところにマークしてください。

   One of the row numbers 1,2,3... is given for each question. Mark your answer in the same row of the answer sheet.

受験番号 Examinee Registration Number	

名前 Name	

問題1

問題1では、まず質問を聞いてください。それから話を聞いて、問題用紙の1から4の中から、最もよいものを一つ選んでください。

1番

1　3時です
2　2時半です
3　3時半です
4　6時ぐらいです

2番

1　将棋をします
2　麻雀をします
3　トランプをします
4　繁華街に出かけます

3番

1　葉の大きい植物を買います
2　葉の小さい植物を買います
3　サボテンを買います
4　何も買いません

4番

1　学校で試験などのいやなことがあるからです
2　体の調子がよくないからです
3　お弁当を作ってもらえないからです
4　厳しい言い方はしないからです

5番

1　ＣＭやＴＶに出るべきではない
2　水泳のために恋愛を犠牲にすべきだ
3　積極的に応援すべきだ
4　人並みの生活を経験すべきだ

6番

1　32万円
2　48万円
3　24万円
4　40万円

問題2

問題2では、まず質問を聞いてください。そのあと、問題用紙の選択肢を読んでください。読む時間があります。それから話を聞いて、問題用紙の1から4の中から、最もよいものを一つ選んでください。

1番

1　いろんなことを学んだこと
2　いい友達ができたこと
3　物事を見ることができたこと
4　出世ができたこと

2番

1　紙の量を減らす
2　紙コップを使う
3　コピーの裏用紙を使う
4　専用カップを使う

3番

1　食べ物に慣れること
2　人間関係
3　資格受験
4　早口な先生のレッセン

4番

1　3万円
2　6万円
3　9万円
4　12万円

5番

1　去年よりかなりいいです
2　去年と大体同じです
3　去年よりだいぶ悪いです
4　ほとんど取れません

6番

1　仕事が暇だからです
2　ガールフレンドができたからです
3　給料が上がったからです
4　車を買ったからです

7番

1　本が今届いたから
2　本のページが破れていたから
3　本が汚れたから
4　本の1ページが白紙だから

問題3

問題3では、問題用紙に何も印刷されていません。この問題は、全体としてどんな内容かを聞く問題です。話の前に質問はありません。まず、話を聞いてください。それから、質問と選択肢を聞いて、1から4の中から、最もよいものを一つ選んでください。

問題4

問題4では、問題用紙に何も印刷されていません。まず、文を聞いてください。それから、それに対する返事を聞いて、1から3の中から、最もよいものを一つ選んでください。

問題5

問題5では、長めの話を聞きます。この問題には練習はありません。メモを取ってもかまいません。

1番、2番

問題用紙に何も印刷されていません。まず、話を聞いてください。それから質問と選択肢を聞いて1から4の中から、最もよいものを一つ選んでください。

3番

まず話を聞いてください。それから二つの質問を聞いて、それぞれ問題用紙の1から4の中から最もよいものを一つ選んでください。

質問1

1　社会志向マーケティングコンセプト
2　飢餓と貧困という国際的な社会状況
3　企業の利益、消費者の満足
4　社会全体の福祉を保持・向上させる

質問2

1　自らの企業の利益を明確にすること
2　企業と顧客との関係に集中すること
3　ターゲット市場のニーズとウォンツだけを考えること
4　消費者と社会全体の満足を他社よりも能率よく提供すること

全真模擬試題　第四回

★ 言語知識（文字・語彙・文法）・読解

★ 聴解

言語知識（文字・語彙・文法）・読解（110分）

注意

Notes

1. 試験が始まるまで、この問題用紙を開けないでください。
   Do not open this question booklet before the test begins.

2. この問題用紙を持って帰ることはできません。
   Do not take this question booklet with you after the test.

3. 受験番号と名前を下の欄に、受験票と同じように書いてください。
   Write your examinee registration number and name clearly in each box below as written on your test voucher.

4. この問題用紙は全部で31ページあります。
   This question booklet has 31 pages.

5. 問題には解答番号の1、2、3…が付いています。解答は解答用紙にある同じ番号のところにマークしてください。
   One of the row numbers 1,2,3... is given for each question. Mark your answer in the same row of the answer sheet.

受験番号 Examinee Registration Number	

名前 Name	

問題1 ＿＿＿＿の言葉の読み方として最もよいものを、1・2・3・4から一つ選びなさい。

1 国境警備員は、三、四人が事務所に坐って、船客が桟橋を渡ってくるのを退屈そうに待っていた。

1 たいくつ　　2 たいぐつ

3 だいく　　4 たいきゅう

2 鉄道の開通は、当時としては画期的な交通革新でしたが、当時の技術で、脱線事故を起こすなどの問題が発生しました。

1 だったい　　2 だっせん

3 だつせん　　4 だっしゅつ

3 弟は手際よく荷物をトランクに詰め、さらに入りきらない分は後ろの座席に詰め込みました。

1 てさい　　2 てぎわ

3 てごろ　　4 てま

4 人の命を奪ったものは、ちゃんと、死をもって、その罪を償うべきです。

1 ただよう　　2 つくろう

3 つぐなう　　4 ためらう

5 特に夜間は足元が見づらく、ちょっとしたことで躓いたり、転んだりする。

1 つぶやいたり　　2 つらぬいたり

3 たどりついたり　　4 つまずいたり

6 彼の葬式は生花と大勢の人で埋まり、廊下にも階段にも人々の列が続いた。雨の中に傘をさして佇む姿が多かった。

1 たちすくむ　　2 たたずむ

3 つつしむ　　4 たしなむ

問題2　（　　）に入れるのに最もよいものを、1・2・3・4の中から一つ選びなさい。

7　多くの犠牲によって得られた成果は、それ自体絶対的な価値を持ち、これに異議を（　　）批判を加えたりすることは一切許さない。

1　整えたり　　2　唱えたり
3　途絶えたり　　4　携えたり

8　最近、やたらに夢を見る。会社の倒産も、夢を招くプレッシャーなのだ。（　　）の合わない、嫌な夢ばかり見る。

1　粗筋　　2　消息筋　　3　辻褄　　4　鉄筋

9　CDと違ってレコードは本当に（　　）です。細心の注意を払って発送してください。

1　トレンド　　2　ターゲット
3　ターミナル　　4　デリケート

10　A国においては、（　　）ではなく、建前で他人と話をしたり、我慢することや堪え忍ぶことを美徳とされる。

1　本音　　2　本気　　3　弱音　　4　弱気

11　少年非行への対策を推進するに当たって警察が早急に（　　）べき課題として、次の4 本の柱を掲げて、現在その積極的な推進に努めている。

1　積み込む　　2　落ち込む　　3　取り組む　　4　付け込む

12　領土問題を解決して平和条約を（　　）することにより両国間に真の友好協力関係を確立できる。

1　提携　　2　締結
3　調印　　4　提起

13　昔のプロペラ機の様に推力無しの飛行が出来ない為、エンジンの力が落ちると（　　）してしまいます。

1　墜落　　2　堕落
3　落成　　4　脱落

問題3　＿＿＿＿の言葉に意味が最も近いものを、1・2・3・4から一つ選びなさい。

14 いじめられる程度ならともかく、一度だけの人生を<u>台無しにする</u>ような仕打ちをされたら、相手に恨みを抱くのは無理もないことである。

1　めちゃくちゃになる　　2　ちやほやになる
3　ちらほら　　4　めきめき

15 あの上品な仕草からして、彼女の父親は、<u>てっきり</u>実業界の大物だと思っていた。

1　その可能性がある　　2　間違いなく確かである
3　注意が行き届かない様　　4　念入りに物事をする様

16 数多くの各種団体の尽力によって、<u>着実に</u>住んでよかったと思える町に近づきつつあると自負しています。

1　手堅く、危なげのない　　2　真剣に考える
3　実際に行う　　4　適当にやる

17 最初から、<u>手厚い</u>サービスの受けられる施設に入るのがいいとは限らない。

1　抜け目がある　　2　真面目で真剣に
3　心のこもった扱い　　4　気の置けないこと

18 旬の食材を使った家庭的な手づくり料理が自慢で、夕食は主菜5品の和食。朝食は<u>定番</u>の和定食だ。

1　とても簡単な　　2　定評のある
3　サービスのいい　　4　人気のない

19 この演説はいささか矛盾をはらんでいるから、それを一応、<u>棚上げ</u>しなければならない。

1　物事の処理にけじめをつけること
2　他を差しおいて先にすること
3　面倒な手続きを抜きにすること
4　物事の決定を見合わせること

第四回

問題4　次の言葉の使い方として最もよいものを、1・2・3・4から一つ選びなさい。

20　妥結

1　双方の主張の隔たりはなお大きいが、妥結には至らないまでも一定の進展を期待する。

2　時給1,600円は、高い？　安い？　派遣が初めてなので妥結かどうか教えてください。

3　新品のノーブランドのカバンは、いくらくらいが妥結な金額でしょうか。

4　返品が可能であれば、販売者に修理費を負担してもらうのが妥結だと思う。

21　短気

1　若い人がシルバーシートに大きな顔をして座っているので、短気を起こして怒ってしまった。

2　離婚した人は、死別や配偶者がいる場合より、早く死んで、わりと短気だと言われる。

3　新製品の開発に力を入れたが、いずれも短気に終わりオイルショックで倒産寸前の危機に見舞われた。

4　皆さん、買い物のとき、小銭を持っていけば、レジ待ちの時間はかなり短気されると思う。

22　ダメージ

1　血圧が高いと動脈にダメージをあたえ、血液の安定した流れが阻害される。

2　一方、供給量を増やせる三菱にとっても十分なダメージがあり、両社にとって意義深い提携になる。

3　この国では、人件費が安くて、海外の会社にとって、魅力のあるダメージである。

4　新聞記者としての彼は、外国にいるというダメージを活かして多角的に情報を集めている。

23 陳謝

1 仕事とは、私たちが生きる上で受けている数多くの恩恵に対して陳謝し、その恩恵に報いることである。

2 「非人道的な扱いをして、死なせたことを深く陳謝する」と改めて謝罪をして、賠償金を支払うことで決着したいと申し出る。

3 デザイン事務所を経営できるのも、あのとき先生のアドバイスがあったからこそと陳謝しております。

4 こういう取引が増えることを望む人間はみんな、彼に陳謝しなくてはならない。

24 堪能

1 さすがに実物の絵は迫力がありますね。素晴らしい山岳風景を堪能させてもらいました。

2 なにぶん子供のことでございますから、多少の失礼はご堪能してください。

3 今回参加して頂きました皆さんには不手際があったかと思いますが、何卒、堪能してください。

4 激しい気性の父にはすぐに堪能されてこの家を追いだされるだろう。

25 調達

1 新しい事業のために、資金を調達しなければならない。

2 インターネットで奨学金の申請方法を調達した。

3 希望の職種に就くためには、早めに必要な資格を調達したほうがいい。

4 環境問題に対する各国の若者の意識を調達した。

第四回

問題5　次の文の（　　）に入れるのに最もよいものを、1・2・3・4から一つ選びなさい。

26　うちの旦那さんは帰る（　　）ダイニングのソファーに座る。テーブルの一辺は彼の陣地と化し、本当に一歩も動かない。

1　なり　　2　そばから

3　と思いきや　　4　とたんに

27　高校の美術教師（　　）、DIYの腕前はプロ並みで、デザインセンスも抜群で、友達に頼まれることもあるそうだ。

1　のみならず　　2　であれ

3　ものを　　4　というだけあって

28　傷つくことも人には必要なんですから一度も傷ついたことのない人間なんて、想像する（　　）恐ろしいです。

1　から　　2　だに

3　こそ　　4　にや

29　危ない（　　）お助けくださり、ほんとうにありがとうございました。

1　ところが　　2　ところは

3　ところを　　4　ところに

30　どんなに悲惨な状況であっても、人間というものは娯楽（　　）生きていけないということも、私はそのとき身にしみて知ったのでした。

1　なしには　　2　のいたりで

3　のおかげで　　4　にもまして

31　実際、今回の事件はテレビ業界（　　）さまざまな著作権ホルダーや著作権団体からも注目を集めており、ＮＨＫなどには問い合わせが相次いでいるという。

1　にわたる　　2　にかんする

3　における　　4　にかかわる

32 彼が好奇の目で見られ、多くの人が彼の話を聞きたがったことは想像（　　）。

1　にあたらない　　2　にかたくない
3　におよばない　　4　にこしたことはない

33 自分より若い世代の考え方が自分たちと違うからといって、驚く（　　）。

1　にすぎないでしょう　　2　にはあたらないでしょう
3　わけにはいかないでしょう　　4　わけではないでしょう

34 そんなうそをついてもすぐわかるに（　　）から、正直に話した方がいい。

1　限っている　　2　限ったことではない
3　決まっている　　4　決まったことではない

35 理由次第では、手を貸さ（　　）。

1　ないものでもない　　2　ないことには
3　ないわけだ　　4　ないはずでもない

第四回

問題6　次の文の＿★＿に入る最もよいものを、1・2・3・4から一つ選びなさい。

（問題例）

あそこで＿＿＿ ＿＿＿ ＿★＿ ＿＿＿は山田さんです。

1　テレビ　　2　見ている　　3　を　　4　人

（解答の仕方）

1.　正しい文はこうです。

あそこで＿＿＿ ＿＿＿ ＿★＿ ＿＿＿は山田さんです。 1　テレビ　3　を　2　見ている　4　人

2.　＿★＿に入る番号を解答用紙にマークします。

（解答用紙）

（例）	①　●　③　④

36　＿＿＿ ＿＿＿ ＿★＿ ＿＿＿よく喧嘩をする。

1　会ったで　　2　寂しいが
3　会ったら　　4　会わなかったら

37　今回の土砂崩れは二次災害を＿＿＿ ＿＿＿ ＿★＿ ＿＿＿。

1　対策を　　2　急がねばならない
3　ものであり　　4　引き起こしかねない

38　町で会ったから、彼女に声を＿＿＿ ＿＿＿ ＿★＿ ＿＿＿。

1　あんな嫌な顔を　　2　かけただけなのに
3　たまったものではない　　4　されては

39 当時の中国は＿＿＿ ＿＿＿ ＿★＿ ＿＿＿力を入れ、その分野に労働力を投入していた。

1　とばかりに　　2　先進国

3　に追いつけ　　4　鉄鋼生産などに

40 子供を叱っただけで、その親にさんざん文句を言われた。＿＿＿ ＿＿＿ ＿★＿ ＿＿＿と痛感させられることがあまりに多い。

1　あり　　2　にして

3　この親　　4　この子

第四回

問題7　次の文章を読んで、41から45の中に入る最もよいものを、1・2・3・4から一つ選びなさい。

我々はこれまで、物事を記憶するのは人間でなくてはできないように考えてきた。41、この常識は、記憶のできる機械コンピューターの出現によって、あっけなく崩れ去ってしまった。コンピューターが正確無比に、何度でも、いつまででも、記憶していることを再生できる点で、到底人間はかなわない。記憶人間の価値は暴落したかに見える。博覧強記、記憶力のよさを誇ることが、42 確かである。その代わりかどうか、創造的思考が必要だというようなことが言われだした。

いったん覚えたことを、そのままの形で再生する記憶を、かりに機械的記憶と呼ぶならば、人間が機械的記憶において、コンピューターに 43 ことははっきりした。しかし、記憶には機械的記憶しかないのか。それが問題である。そして、その前に、そもそも記憶とは何であるか。

コンピューターのできたおかげで、記憶には機械的記憶のほかに、どんなコンピューターが発達しても、当分は機械にはできそうにない別種の記憶があることに、我々の注意が向くようになった。それをかりに、機械的記憶に対して、44 と呼ぶことにする。

機械の記憶は正確に原型を再生するし、機械が壊れない限り、いつまでも再生を行うことができる。それに比べて、人間の記憶は不確かである。覚えたつもりでいても胴忘れする。試験の前に一夜漬けで暗記したことなどは、数日もすると嘘のように忘れてしまう。いつの間にか、人間は忘れることを恐れている。

しかし、もし、人間らしい記憶ということに注目するならば、忘却を 45 。忘れることがあって初めて、人間的記憶が可能になる。日常生活において、無意識に行われている人間的記憶には、自然の忘却作用が働いており、それで精神の健康を維持している。忘れることの重要性を近代人が忘れているのは、大きな片手落ちというほかはない。

41

1　ところで　　2　ところが
3　ただし　　4　それにしても

42

1　少なくなってきたのは　　2　多くなってきたのは
3　珍しくなってきたのは　　4　一段と強くなってきたのは

43

1　言うまでもなく勝っている　　2　優れるに違いない
3　とうてい及ばない　　4　及ばないものでもない

44

1　機械的記憶　　2　人間的記憶
3　抽象的記憶　　4　具体的記憶

45

1　恐れざるを得ない　　2　恐れずにはおかない
3　恐れなくてはならない　　4　恐れてはならない

問題8　次の（1）から（4）の文章を読んで、後の問いに対する答えとして最もよいものを、1・2・3・4から一つ選びなさい。

（1）

「カエルの子はカエル」という諺をよく耳にする。何でもないセリフのようだが、人によっては気分を害する。問題は「カエルの子はカエル」にある。この諺の意味は、オタマジャクシの時は親に似ていないが、結局は、親に似てきて同じ道を歩むものだということ。ただし、単に親に似ているだけでなく、凡人だと言う条件がある。つまり、本当の意味は凡人の子は凡人に過ぎないということなのだ。だから、相手をほめる時、たとえ悪意がなくても、こういう諺を言い出したら、悪意があるかのように受け取られることになる。

46　筆者の考えでは、ほめる時、何を注意しなければならないのか。

1　凡人の子供をほめすぎないようにすべきだ。

2　親の気持ちを考えて、その子供をほめるほうがいい。

3　諺は本当の意味を理解してから使うべきだ。

4　悪意を持って、相手をほめてはいけない。

（2）

新興国の今後の発展を考える上では、いわゆる「かえる跳び（leapfrog）型」発展という発想が重要である。これまで日本を含む先進国は、まず経済成長とともに環境を破壊し、エネルギーを浪費し、その結果豊かな社会を築いた後に少しだけ賢くなった。つまりエネルギー浪費型、高炭素型の経済を経て、今「快適でありながらも省エネ型の低炭素経済」の段階に進もうとしているわけである。しかし、すべての新興国、途上国が同じ道を歩んだのでは、とても地球環境は持たない。もちろん先に豊かになった先進国が、新興国の開発を阻止することもできない。だとすれば、先進国の後に続こうとする国々には、可能な限りエネルギー浪費型の経済をスキップして（かえる跳びで）、快適な低炭素社会へと一気に到達してもらう必要がある。

第四回

47 新興国の発展について、筆者のアドバイスはどれか。

1 エネルギーを費やしても、先進国へと発展するべきだ。
2 高炭素型の経済を経て、低炭素型の経済の段階に進むべきだ。
3 すべての先進国は新興国の発展を手伝うべきだ。
4 高炭素型をスキップして、低炭素社会に進むべきだ。

(3)

（　　　　　　）

拝啓

春暖の侯、いよいよご清祥のこととお喜び申し上げます。

さて、私こと、このたび名古屋支社勤務を命じられました。神戸本社在任中は、格別のご愛顧をいただき、誠に感謝致しております。神戸の地を離れますが、今後とも従来同様のご指導ご支援を賜りたく、よろしくお願い申し上げます。

なお私の後任としては山下健一が就任いたしましたので、なにとぞ私同様お引き立てくださいますよう、併せてお願い申し上げます。

とり急ぎ書面にてご挨拶申し上げます。

敬具

48 この文章の件名として（　　　　　　）に入るのはどれか。

1　転任のごあいさつ
2　問合せ先の変更について
3　社屋移転のお知らせ
4　新製品展示会のお知らせ

（4）

日本の職場は、まだまだ労働時間が長い傾向にあります。無闇に社員に残業時間を延ばさせて、本当に売り上げにプラスになるのか。私はもう少し考え直す余地があると思います。サラリーマンである私と、経営者の考えることはおそらく一致しておりません。しかし雇用契約を結んだビジネスパートナーであることには間違いないのです。経営者も社員も共に会社を存続させるためには、必要な人材です。もっとお互いを理解して主観を一致させることが、労働時間を効率化させる近道ではないかと思いました。

49 会社を存続させるには、まず何が必要だと述べているか。

1　会社のイメージを大切に思い、社員のことを考えること
2　経営者が残業時間を減らして、売り上げに力を入れること
3　経営者も社員も相互理解を深め、考えを統一すること
4　労働時間を効率化させて、雇用契約を考え直すこと

問題9　次の（1）から（3）の文章を読んで、後の問いに対する答えとして最もよいものを、1・2・3・4から一つ選びなさい。

（1）

都市の景観が語られるのは、旅行者のためであることが多い。1872年の銀座煉瓦街計画は、船で横浜に上陸した外国人たちが、汽車で新橋に着いて東京の街に入る時に、真っ先に通る銀座通りを西欧に劣らない洋風の街にした。住むもののためではなく、彼らに見せるためだった。幕末に結ばれた不平等条約を改正するには、来訪外国人に日本も欧米並みの文明国であることを示したい。都市景観は日本の地位を高める外交手段だった。

一方で、都市は生きた人間の生活のためにあるから、景観が市民にとってどのような意味を持っているかが問題だ。観光都市の場合には、生活者の多くが直接・間接に観光業に絡んでいて、旅行者にとって好ましい景観は、観光業にとっても好ましいし、生活者にも好ましいものとして直結する。だが、一般都市の場合には、来訪者にとって好ましく思えることが、生活者にも好ましいとは限らない。

旅行者にとっては、普通では見られない珍しい景観が好ましいだろう。その地域の伝統的な珍しい景観が、生活者にも好ましいなら問題はないが、生活者は世の中一般に流行している便利な生活にも憧れる。そのために、流行のものを取り入れると、従来の個性がなくなって景観が損なわれ、来訪者をがっかりさせる。かといって生活者に不便を強いるのは問題だ。こうして、旅行者と生活者では景観に関する考え方にズレが生ずる。

50　銀座通りを西欧に劣らない洋風の街にしたとあるが、目的はどれか。

1　地域の生活者に好ましい生活をしてもらうため
2　珍しい景観を導入し、外国人の注目を集めるため
3　日本のよさを外国人に見せ、日本の地位を高めるため
4　日本の伝統景観を外国人に見せ、評価してもらうため

51 景観が市民にとってどのような意味を持っているかが問題だとあるが、理由はどれか。

1 旅行者にとって好ましい景観は生活者にとっても好ましいものだから
2 生活者にとって好ましい景観は、観光業にも都合のよいものだから
3 旅行者にとっては、普通では見られない珍しい景観が好ましいから
4 来訪者と生活者が好ましく思うことには違いがあるかもしれないから

52 この文章の内容と合っているのはどれか。

1 生活者は伝統的な景観を守るために、流行のものを排除しなければならない。
2 旅行者のみならず、生活者のことも考えた上での街づくりが大切である。
3 見られない珍しい景観を導入するのは街づくりでは何より大事なことである。
4 来訪外国人に日本も欧米並みの文明国であることを見せなければならない。

（2）

美術館に行って絵を見ていると、周りの人々のふるまいの中に、顕著な行動パターンが二つあることに気づく。誰しもお目当ては絵である。だがその絵の傍らの壁には、作者名と作品のタイトルその他の書かれた小さなプレートが貼られている。名詞を羅列しただけの無愛想な表示なのだが、これがなかなか気になる代物で、このプレートに対する態度で、観衆たちは二群に分かれるように見える。この二群の人々を仮に、教養派と審美派と名づけることにしよう。

教養派とは、絵を見るよりも早く、真っ先にプレートを覗き込み、だれが画いた何という絵なのかを確かめる。うるさい観客ならば、更に制作年代にも注目するだろう。教養派の人々とは、これらを頭に入れた上で、おもむろに絵に取り掛かる。プレートから得られるこれらの知識が、その絵を理解し鑑賞する上で不可欠のものと考えているからに違いない。

それに対して、審美派はプレートには目もくれない。静かに絵だけを見つめ続ける。そして次の絵に移ってゆく。作者やタイトルは既に知っていたのかもしれない。しかし、どの絵の前でもその態度は変わらない。つまり、明確な意志なのだ。教養派の姿を目にした後では、審美派の禁欲的姿勢は意気地とさえ見える。

53　「顕著な行動パターン」とあるが、筆者は何が顕著だと思うのか。

1　作者名と作品のタイトルなど書かれたプレートが貼られていること
2　絵を見ている周りの人々はだれしもが絵にしか注目しないこと
3　壁に貼られているプレートの表示が名詞ばかりで、無愛想なこと
4　教養派と審美派が絵を見る時、それぞれで注目するところが違うこと

54 筆者が考える教養派の行動とはどのようなことか。

1 絵の制作年代に強く関心を持ち、明確な意志で絵を味わい、鑑賞する。

2 絵のタイトルを無視して、自由な空想を展開し、絵の鑑賞を始める。

3 作者の意図に興味があり、絵そのものにはあまり関心を持っていない。

4 最初に絵そのものではなく、絵の周辺の情報を見てから、絵の鑑賞を始める。

55 教養派と審美派について、この文章から分かることはどれか。

1 審美派は作品の理解に不可欠な知識を得てから、作品の鑑賞に取りかかる。

2 教養派は作者の製作意図やプレートから得た知識に頼って、絵を味わう。

3 審美派は作者に対する礼儀を重んじ、明確な意志で静かに絵を楽しむ。

4 教養派は作品の製作意図や作者名に注目するが、明確な意志が欠ける。

(3)

学校に行かなければならないと分かっていても行けない。そんな状況に置かれている登校拒否児が一向に減らない。毎年記録を塗り替え、小中学生あわせて五万人に迫る勢いを見せている。

文部省の専門家会議が、この問題について中間報告をまとめた。その内容には、一つの点で重要な意義が認められる。

つまり、登校拒否はどの子どもにも起こりうるものだとする新たな視点を打ち出したことである。「子どもがある程度共通して潜在的に持ちうる『学校に行きたくない』という意識の一時的な表れの場合もある」とまで言い切っている。

文部省の学校現場のこれまでの認識は、特定の性格傾向の子に起こるというのが主流だった。この、「問題児ではない」と見る姿勢への転換は高く評価したい。どんな子も、好き好んで不適応を起こしているわけではないからだ。

だが、登校拒否を減らしていくには、何よりも、現実に子どもたちのいる学校での適切な取り組みが欠かせない。報告は「真の児童生徒理解に立った指導の展開」を強調し、そのために、一斉授業だけでなく個別学習、チームティーチングの導入、自然教室やボランティア学習などを通じた「豊かな人間関係作り」、教育相談などの充実をうたっている。

さらに、登校拒否の前兆を見逃さないよう、日ごろから子どもの様子や変化に気をつけること、再登校した子を、できるだけ自然な形で迎え入れ、支え、励ますよう配慮することについても言及している。

56 そんな状況とあるが、どういう状況か。

1 学校に行かなければいけないと分かっているのに行けない状況
2 登校拒否の学生が増え続け、毎年その記録を塗り替えている状況
3 『学校に行きたくない』という意識が一時的に表れている状況
4 登校拒否の学生が自分から適応しないでいる状況

57 これまでの認識とあるが、どういう認識か。

1　登校拒否は子供がある程度共通して持ちうる行為であるという認識
2　登校拒否は特定の性格傾向の子にしか起こらないという認識
3　登校拒否は特定の性格傾向の子には起こらないという認識
4　登校拒否はどの子どもにも起こりうるものだという認識

58 登校拒否を減らしていくための手段として、正しくないのはどれか。

1　再登校した子を、できるだけ自然な形で迎え入れ、励ます。
2　登校拒否の前兆を見逃さないよう、子供の変化に気をつける。
3　個別学習、チームティーチングを導入するなどの対策を講じる。
4　登校拒否、登校拒否をしようとする子供を厳しく取り締まる。

問題10　次の文章を読んで、後の問いに対する答えとして最もよいものを、1・2・3・4から一つ選びなさい。

僕は新番組の企画書を出す時は、A4用紙2枚以内に収めるようにしています。だから分量的にはかなりぺらぺらで薄いものです。でも、そのほうが通る可能性が高いと思っています。

なぜ分厚い企画書よりも、薄い企画書がいいのか。それは企画書を見る側の心理を考えればよく分かると思います。分厚い企画書が手元に届けられたとして、それをどこまで本気で読むか。かなり怪しいものです。その一本しか提出されていないのならば、話は別ですが、たいていは数多くの企画と競合するわけで、それらを全部熟読できるはずがありません。だから、要点が短くはっきり分かるように書かれていたほうがいいのです。

「こんなこともできる」「こんなこともやりたい」とたくさん書けば、それだけ熱意は伝わるはず、と思うかもしれませんが、<u>これも違う</u>と思います。例えば、企画書の中に、10本の「やりたいこと」「できること」が書いてあったとします。けれど「10本も面白いことが書かれていて、素晴らしい！」とはならない。なぜなら、見る側は、どうしても［　　　］で見てしまうからです。「①−③は面白いけど、後はマイナスだな」というふうに、批評を始めてしまう。すると、「3本面白いことが書いてあった企画書」ではなく、「7本ダメなことが書いてあった企画書」という印象になるのです。下手したら、10本のうち9本素晴らしくて1本ダメな場合でも、全体的にダメという認識を持たれてしまう可能性だってある。

それならば、面白そうな概要だけを書き、後は読む側に想像してもらう。相手に「こんな面白いこともあるかもしれない」と思わせる、企画書の「余白」を作るのです。そして、最後に「詳しくは後日改めて」と書いてしまえば、よい印象だけが残ります。もちろん、ただ中身が薄いだけじゃダメです。「何をやりたい（見せたい）企画なのか」、「何が面白いのか」をどれだけ短く、しかもきちんとアピールできるかがポイントになるのだと思います。

59 この文章によると、なぜ薄い企画書より分厚い企画書のほうが通りにくいのか？

1 分厚い企画書よりも、薄い企画書のほうが持ち歩きやすいから
2 見る側がその厚さを見ただけで読む気が失せることもあるから
3 分厚い企画書は要点が分かるように書かれていないから
4 分厚い企画書は一本しか提出できないからという規則で決っているから

60 これも違うとあるが、何のことか。

1 厚い企画書よりも、薄い企画書が良いこと
2 企画書を出す前に、読む側の心理をよく考えること
3 長い企画書のほうが熱意が篭っていて良いと思うこと
4 企画書の面白いところを短くはっきりとまとめること

61 前後の文脈を読んで、［　　　］に適当な語句を選びなさい。

1 減点方式
2 加点方式
3 満点方式
4 要点方式

62 この文章では、筆者の言いたいことについて、正しいのはどれか。

1 企画書を書く時、薄い企画書より、分厚い企画書のほうが熱意がある。
2 数多くの企画と競合するから、内容や発想を細かく書いたほうがいい。
3 読む側に良い印象を残すために、「やりたいこと」を10本出したほうがいい。
4 読む側の心理を考えて、要点を短く分かりやすく書いたほうがいい。

問題11　次のAとBの意見文を読んで、後の問いに対する答えとして最もよいものを、1・2・3・4から一つ選びなさい。

A

いままで当たり前のように公共が担ってきた事業が、今度も当たり前のように次から次へと民営化が進んでいる。私は民間でできるものを民間運営にすべきだと思う。

「民営化」ということが、錦の旗のようにもてはやされている。しかし、「民営化」のメリットについて、多くの人は抽象的にしか理解していないのではないか。

民営化のメリットとして抽象的に言われるのは、行政のスリム化により国の財政が健全化されるという事である。しかし、もっと具体的に説明してくれなければ、よく分からないだろう。

具体的な説明として考えられるのは、①民営化によって、公務員の人員削減ができること、②民営化した事業を行う企業が収入を得られるので、公共事業類似の経済的な効果があること、③民営化により、競争原理が働き、安いコストで良いサービスを消費者が得ることができることであろうか。

新聞では、民営化のメリットの具体的な説明がなされていない。その為、民営化に関し私達は十分な判断をしづらい。新聞は力不足である。

民営化の具体的なメリットを知ろうとすれば、官公庁のホームページで調べなければならないだろう。

B

私は国営事業のものをむやみに民営化する必要はないと思う。企業ともなれば利益を追求する必要があるので、赤字部門は切り捨てる必要があるためこうした問題が出てくるわけである。

もちろん、国営だとサービスが悪くても国民は利用せざるを得ないというデメリットもある。民営化すると、目に見えるほどサービスは改善するかもしれない。しかし、国営事業の民営化は、いくつかの問題を内包している。料金の大幅な値上げや質の低下、外国企業による株式取得を始めとして、不採算地域の切り捨て等。民間企業は自社や株主のために利益を追求する立場にあるので、利益確保のために料金の値上げを行うことは当然とも言える。そして、いったん値上げが行われれば、住民は、その言い値で使用するしかない。このような問題を抱えつつも、民営化されるメリットもまた、無視できないものがある。サービスという視点から、より革新的な向上へと飛躍を遂げる可能性もある。

第四回

63 AとBで共通して述べられていることは何か。

1 公共事業を民営化すると、住民が言い値で使用すること
2 公共事業を民営化すると、サービスがよくなること
3 公共事業を民営化すると、料金が大幅に値上げされること
4 公共事業を民営化すると、料金が大幅に値下げされること

64 Bはなぜ民営化に反対しているのか。

1 値上げや質の低下などの問題が生じるから
2 民営化のメリットもまた、無視できないから
3 民営化について知るには、新聞では力不足であるから
4 行政のスリム化により財政が健全化されるから

65 民営化について、AとBはどう述べているか。

1 Aは民営化により人件費やコストの削減、よいサービスの提供などが可能だと述べ、Bは民営化により、サービスが改善されるが値上げかもしれないと述べている。

2 Aは民営化によって、公務員の人員削減ができると述べ、Bは値上げによる収入で公共事業類似の経済的な効果があると述べている。

3 AもBも国営だとサービスが悪くても国民は利用せざるを得ないというデメリットもあり、民営化によって、国営は倒産する恐れがあると述べている。

4 AもBも国営事業の民営化は、いくつかの問題を抱えており、料金の大幅な値上げや質の低下を招くが、国民は利用せざるを得ないと述べている。

問題12　次の文章を読んで、後の問いに対する答えとして最もよいものを、1・2・3・4から一つ選びなさい。

物を買う、という行為は、この国ではなぜかあまり褒められない行為のようにうけとられています。〈浪費癖〉だとか〈衝動買い〉だとか〈無駄遣い〉だとか、そういう言葉に表現されるように、必要以外のものを買う人間はあまりかんばしい評判を得られません。しかし、以前から思っていることなのですが、物を買うということは、決してただお金を浪費し虚栄心を満足させるだけのことではないような気がするのです。何かいやなことがあって、むしゃくしゃした気分を抑えるためにショッピングをする人がいます。必要のないものにお金を遣うなんて愚かしい行為だと理性的な人は言うでしょうが、それでも人間の精神のバランスをとるために費用をかけたと思えば、それはそれでいいんじゃないでしょうか。

人間は大人になって死ぬまでの間、お金のことで苦労しながら生きてゆきます。生まれながらにして無限の富を与えられた人は別ですが、ほとんどの人はお金の苦労というものでエネルギーをすり減らすことになります。そんな中で一瞬ふっと、お金のほうが主役で、自分はそれによってふり回されているつまらない存在のように感じられることがあります。お金のことで苦労し、血と汗を流している人ほど、どういうものか無駄遣いすることがあるのです。一見、逆のようですが、それはお金に対する人間性のささやかな反抗とでもいえるんじゃないでしょうか。お金を浪費する、やけっぱちになって紙屑のように遣う、そのことでもって、こちらのほうが主人なんだぞ、お金に使われてるんじゃないぞ、と心の中でうっぷんを晴らしているのかもしれません。お金に復讐することで人間性を回復しようとしているのです。さて、あらためて考えてみますと、物を買う、ということは実に難しいことです。お小遣いをはじめてもらった時から今日まで五十年以上もずっと物を買い続けてきました。それにもかかわらず、買うという行為が上達したとは全然、思えないのです。物を買うたびに後悔はつきまとう、本当に納得がいき、そしてあとで思い返してみても会心の物の買い方というものは、年に数えるぐらいしかありません。みごとに物を買うことのできる人は、人生の達人であろうと思います。度胸がなければ物は買えません。良いものは必ず高い。

66 物を買う、という行為は、この国ではなぜかあまり褒められない行為のようにうけとられていますとあるが、その理由は次のどれか。

1 買い物は虚栄心を満足させるだけだから
2 必要以上に物を買いがちになるから
3 買い物は褒めるべきことだとされているから
4 買い物はストレスの発散になるから

67 それはそれでいいんじゃないでしょうかとあるが、どう理解すればいいか。

1 お金を浪費し虚栄心を満足させるためのことだからよくない。
2 必要のないものにお金使うことは愚かな行為だ。
3 お金は大切に使うべきで、浪費してはいけない。
4 精神のバランスをとるためにお金を使ってもよい。

68 お金のことで苦労し、血と汗を流している人ほど、どういうものか無駄遣いすることがあるのですとあるが、なぜなのか。

1 お金のことで苦労し、血と汗を流している人ほど、金持ちだから
2 血と汗を流している人ほど、金の大切さが分からないから
3 お金に逆らって復讐することで人間性を回復しようとしているのだから
4 自分は金持ちだということを周りの貧しい人々に宣言したいから

69 物を買う、ということは実に難しいことですとあるが、どうしてですか。

1 五十年以上もずっと物を買い続けてきたから
2 買うという行為が上達したと思えたから
3 手ごろな値段で良いものを買うことはできないから
4 今までずっと安いものを買うばかりだったから

問題13　ある学生は、今回このコンクールに応募しようと思っている。下の問いに対する答えとして最もよいものを、1・2・3・4から一つ選びなさい。

第7回　「ニッサン童話と絵本のグランプリ」創作童話・絵本の作品募集要項	
テーマ	構成、時代などテーマは自由で、子どもを対象とした未発表の創作童話、創作絵本に限ります。
応募規定	<童話> 400字詰め原稿用紙に縦書きで5枚～10枚。HB以上の濃い鉛筆か黒いインクを使用してください。ワープロの使用可。（但し20字×20行で印字） <絵本> ★ 構成はタイトルページ1頁と本文11見開きまたは15見開き（計23頁または31頁）とし、綴じないでください。タイトルページには作者氏名を書かないでください。 ★ 画材・技法・大きさ・版型は自由です。 ★ 文章は原稿用紙に清書し、対応する絵がわかるよう、頁数を記入してください。文章を必要としない場合は「文なし」と明記してください。絵と文の共作でも可。絵、文とも自作未発表の作品に限ります。絵は原画を提出してください。 （コピーは不可とします）
応募資格	年齢、性別、職業などの制限はありません。作品を商業的に出版されたことのないアマチュアの方に限ります。
応募方法	日産／（財）大阪国際児童文学館ホームページよりダウンロードした応募票もしくは別紙に(1)住所(2)氏名(3)電話番号(4)年齢・性別(5)職業または学校名・学年(6)作品タイトル(7)応募のきっかけ(8)応募回数(9)出版経験の有無を記入のうえ応募してください。封筒には童話または絵本作品（点数も）在中と記入、四角枠で囲ってください。なお、絵本作品はゆうパックまたは簡易書留にてご応募ください。
締め切り	平成22年10月31日（日）　当日消印有効。
入賞発表	平成23年3月中旬 日産及び児童文学館ホームページにて発表。メールおよび窓口での問い合わせには応じられません。

70 以下の作品のうち、応募できるものはどれか。

1 お年寄りを大切にという主旨の作品

2 赤いインクで書いた童話

3 未発表で1,000字程度の童話

4 子供を対象とした未発表の創作絵本

71 入賞したかどうか知るには、どうしたらいいか。

1 3月中旬日産、児童文学館のHPを見る。

2 3月中旬に日産会社にメールで尋ねる。

3 4月中旬まで日産からの連絡を待つ。

4 4月いっぱいに表彰式に出席する。

聴解（55分）

注意

Notes

1. 試験が始まるまで、この問題用紙を開けないでください。

   Do not open this question booklet before the test begins.

2. この問題用紙を持って帰ることはできません。

   Do not take this question booklet with you after the test.

3. 受験番号と名前を下の欄に、受験票と同じように書いてください。

   Write your examinee registration number and name clearly in each box below as written on your test voucher.

4. この問題用紙は全部で6ページあります。

   This question booklet has 6 pages.

5. 問題には解答番号の1、2、3…が付いています。解答は解答用紙にある同じ番号のところにマークしてください。

   One of the row numbers 1,2,3... is given for each question. Mark your answer in the same row of the answer sheet.

受験番号 Examinee Registration Number	

名前 Name	

問題1

問題1では、まず質問を聞いてください。それから話を聞いて、問題用紙の1から4の中から、最もよいものを一つ選んでください。

1番

1 店の掃除をする
2 スープを温める
3 テーブルをセットする
4 花を買いに行く

2番

1 部屋全体との調和
2 テレビとソファーの距離
3 テレビの高さ
4 最適視聴距離

3番

1 地下鉄です
2 バスです
3 自転車です
4 歩いていきます

4番

1 英語の辞書を取りに行きます
2 パソコンを取りに行きます
3 ボールペンを買います
4 プリントをコピーします

5番

1　携帯のインターネットを利用します
2　猪俣君に電話をかけます
3　すぐ猪俣君に電報を打ちます
4　何もしません

6番

1　叱り方についての話です
2　話術についての話です
3　健康についての話です
4　太った女についての話です

問題2

問題2では、まず質問を聞いてください。そのあと、問題用紙の選択肢を読んでください。読む時間があります。それから話を聞いて、問題用紙の1から4の中から、最もよいものを一つ選んでください。

1番

1　出張のため
2　友達の結婚式に参加するため
3　単身赴任をするため
4　お葬式に参加するため

2番

1　道路ができるから
2　議員が反対してるから
3　道路ができないから
4　自然を破壊するから

3番

1　昼間、勉強ができないからです
2　昼寝ができないからです
3　上階の子供がうるさいからです
4　上階の犬がうるさいからです

4番

1　洗濯機の水が漏れたから
2　部屋の掃除をしたから
3　漫画を読んだから
4　夜遊びに行ったから

5番

1　100％綿で、洗濯できるから
2　家でアイロンをかけることができるから
3　形態安定性で、しわがつきにくいから
4　価格が手ごろで、防しわ性が高いから

6番

1　あまい
2　みずみずしい
3　崩れやすい
4　ぱさぱさ

7番

1　体に悪いから
2　娘に言われたから
3　医者に言われたから
4　体調を崩したから

問題3

問題3では、問題用紙に何も印刷されていません。この問題は、全体としてどんな内容かを聞く問題です。話の前に質問はありません。まず、話を聞いてください。それから、質問と選択肢を聞いて、1から4の中から、最もよいものを一つ選んでください。

問題4

問題4では、問題用紙に何も印刷されていません。まず、文を聞いてください。それから、それに対する返事を聞いて、1から3の中から、最もよいものを一つ選んでください。

問題5

問題5では、長めの話を聞きます。この問題には練習はありません。メモを取ってもかまいません。

1番、2番

問題用紙に何も印刷されていません。まず、話を聞いてください。それから質問と選択肢を聞いて1から4の中から、最もよいものを一つ選んでください。

3番

まず話を聞いてください。それから二つの質問を聞いて、それぞれ問題用紙の1から4の中から最もよいものを一つ選んでください。

質問1

1　腕時計
2　財布
3　香水
4　アクセサリー

質問2

1　値段が高い
2　珍しくない
3　実用性が足りない
4　アクセサリー性が足りない

全真模擬試題　第五回

★ 言語知識（文字・語彙・文法）・読解

★ 聴解

言語知識（文字・語彙・文法）・読解（110分）

注意

Notes

1. 試験が始まるまで、この問題用紙を開けないでください。

   Do not open this question booklet before the test begins.

2. この問題用紙を持って帰ることはできません。

   Do not take this question booklet with you after the test.

3. 受験番号と名前を下の欄に、受験票と同じように書いてください。

   Write your examinee registration number and name clearly in each box below as written on your test voucher.

4. この問題用紙は全部で30ページあります。

   This question booklet has 30 pages.

5. 問題には解答番号の1、2、3…が付いています。解答は解答用紙にある同じ番号のところにマークしてください。

   One of the row numbers 1,2,3... is given for each question. Mark your answer in the same row of the answer sheet.

受験番号 Examinee Registration Number	

名前 Name	

問題1　＿＿＿＿の言葉の読み方として最もよいものを、1・2・3・4から一つ選びなさい。

1　東京の空は昨夜の豪雨の名残もなく晴れ渡り、真夏の太陽がぎらついている。

1　なじみ　　2　なごり

3　めいざん　　4　なこうど

2　詳しく内容の説明を加えるなど、読者が判断に苦しむことがないように配慮してほしい。

1　はいりょう　　2　はいりょ

3　はんじょう　　4　はいぶん

3　一般市民を人質にして、要求が入れられなければ殺害すると脅迫することは、全く許されない行為だ。

1　じんじつ　　2　にんじつ

3　ひとじち　　4　ひとしち

4　彼は前髪を軽く払いのけると、鋭い瞳で僕を睨んだ。「俺のせいじゃないのに」と言わんばかりの顔だった。

1　にらんだ　　2　なごんだ

3　にじんだ　　4　ひがんだ

5　利用する人のことを考えてアイデアを練ったり、ものづくりをすることがデザインの基本です。

1　なじったり　　2　ねったり

3　はばかったり　　4　ひきいたり

6　我が国にとって、世界の平和を維持し、国際社会の繁栄を確保するため、その国力に相応しい役割を果たすことは重要な使命である。

1　ふさわしい　　2　ほこらしい

3　なごりおしい　　4　はなはだしい

第五回

問題2 （　　）に入れるのに最もよいものを、1・2・3・4の中から一つ選びなさい。

7 小さな町は大きな自治体と（　　）余裕はないし、専門のスタッフを獲得できても、長く留まってくれる保証はない。

1 張り切る　2 張り合う　3 張り付ける　4 張りこむ

8 翌日の献立を頭の中で組み立てて、朝食、夕食をつくるのが彼の（　　）となった。

1 中身　2 日課　3 日付　4 日和

9 アカデミー賞に（　　）されたこの映画は、泣ける作品というほどではなかったが、昔を思い出させる2時間を越える良作と言っても過言ではない。

1 ネーミング　2 ノミネート
3 ノイローゼ　4 ナレーター

10 僕が大学の四年生だった頃、夏休みまでに卒業後の就職先が決定するか、あるいは（　　）を取りつける学生が、たくさんいた。

1 内緒　2 内実　3 内定　4 内職

11 経験豊富なくせに何事に関しても断定や明言を避け、優柔不断な（　　）態度でしばしば部下を苛立たせる。

1 煮え切らない　2 煮え立たない
3 煮えあがらない　4 煮えたぎらない

12 所得と自由時間の増大や高学歴化を背景として、何らかの形で（　　）が社会に参加することに生きがいを見いだそうとする人々が増加している。

1 親身　2 肉親　3 自ら　4 自ずから

13 取りあえず受験さえ通過すればいいと考えているから、実際に必要な場面では英語を使う（　　）がなく、自由に話せないのではないかと思います。

1 把握　2 自信　3 信心　4 確信

問題3　＿＿＿＿の言葉に意味が最も近いものを、1・2・3・4から一つ選びなさい。

14　「事業者団体相談ガイド」を作成し、事業者、一般消費者等に広く配布したい。

1　広く配る　　2　広く知らせる

3　広く集める　　4　まとめて提出する

15　自分のパソコン内のディスクやファイルのアクセス履歴を常に留意することで、不審に気づく可能性が高まる。

1　ひとしいこと　　2　うたがわしいこと

3　はなはだしいこと　　4　ひさしいこと

16　あらかじめ質問をメールで送っておいたのでインタビューは思った以上、捗った。

1　動きが途中で止められる　　2　支障が生じて進まない

3　滑らかに運ばない　　4　スムーズに仕上がっていく

17　家並みも密集して防災上も危険であり、この改造は長年の悲願であった。

1　強く反発すること　　2　どうしても成し遂げたいこと

3　とても悲しい思い出　　4　必ずなくてはならないこと

18　巨人・中日戦は24日、東京ドームで行われ、延長十二回の末に引き分けに終わった。

1　惨めに負けたこと　　2　容易く勝つこと

3　勝っても劣らないまま　　4　勝負がつかないまま

19　この福祉施設に、ある大学の卒業生Mさんがいました。就職試験も、一度落ちて、補欠募集で受かったそうです。

1　不足数をおぎなうこと　　2　不十分なところをおぎなうこと

3　損害を金などで償うこと　　4　場所を変えて再び会を催す

第五回

問題4　次の言葉の使い方として最もよいものを、1・2・3・4から一つ選びなさい。

20　フォーマル

1　今夜六時半から高杉さんのお通夜ですので、フォーマルな服装をして行かなければならない。

2　ある職業によっては、芸名、画号、フォーマルといったふうにもう一つの名前が必要な種類の人達もいます。

3　本当の名前に限らず、フォーマルもＯＫですが、必ず住所、氏名、年齢を忘れずに。採用作品には粗品を進呈します。

4　船内はなかなか豪華でピアノを聞きながらフランス料理のフォーマルが食べられる。

21　閉口

1　ここに来て五年目ですが真夏の猛暑、真冬の極寒に閉口します。

2　彼は「うるさい、閉口しろ」と言わんばかりに僕を睨み付けた。

3　説明会を開催しますので、応募する団体は必ず閉口してください。

4　ただ、あなたは悪い人ではないから、閉口すれば刑は軽くしてあげる。

22　ぼろぼろ

1　怒ったそぶりで受話器をフロントマンに返し、フロントマンは恐縮しきった顔でぼろぼろ頭を下げる。

2　この程度のことはぼろぼろ会議を開かなくとも誰でも思いつくだろう。

3　レインを心から愛していたから、彼に裏切られ離婚したことで、身も心もぼろぼろになった。

4　心配しすぎると体を壊しますよ。娘は元気でぼろぼろしているから、どうかご安心ください。

23 本格的

1 いつもの彼は、めそめそと本格的に考えるほうではない。だいたいが楽天的な性格なのだ。

2 2階は、さまざまな企画展示やイベント、講座などを開催できる本格的スペースとしている。

3 辞書を見ても説明が本格的でわからなかったので具体的に教えてください。

4 紅葉もそうだが、桜の葉がところどころ赤くなり、本格的な秋の到来を告げているように見える。

24 本場

1 ときには、外国人になったつもりで為替の本場を眺めてみてもいいでしょう。

2 九州に旅行に行きます。そこで是非本場の熊本ラーメンを食べたいと思っている。

3 本校では、休み時間に本場でサッカーをしている子がたくさんいる。それが体力に結びついている。

4 一緒に給食を食べたり、本場で遊んだりしているうちに、お互いすっかり仲良しになった。

25 翻弄

1 勝手に人のバッグの中身を翻弄するのは常識や礼儀に欠ける行為でもある。

2 1人でおもちゃを翻弄することを好み、自分の遊びに介入されることを嫌がる。

3 仕事に全力投球したあとは、誰でも思いきり翻弄する権利があるよ。

4 地震が始まってからもう一年、人々は余震に翻弄され、疲れはてていたのだった。

第五回

問題5　次の文の（　　）に入れるのに最もよいものを、1・2・3・4から一つ選びなさい。

26　幼い子供が朝から晩まで通りで物乞いをしている姿は見るに（　　）。

1　たりない　　　　　2　かたくない

3　たえない　　　　　4　あたらない

27　祥子がずっと独身でいるのに（　　）、香苗は二回目の離婚を、つい、この間したばかりだ。

1　ひきかえ　　　　　2　とどまらず

3　先立って　　　　　4　かわり

28　今年は例年（　　）とても暑い夏休みでした。それにもかかわらず参加した子供の数は過去最高でした。

1　にかぎって　　　　2　にもまして

3　にかけては　　　　4　において

29　本日、このような晴れの舞台に立つことができ、光栄（　　）と存じます。

1　に至り　　　　　　2　は至り

3　が至り　　　　　　4　の至り

30　人のアイディアを盗むなど、独創性を重んずる芸術家に（　　）行為だ。

1　あるべき　　　　　2　あるまじき

3　あるまい　　　　　4　ありそうな

31　困った。この町にはホテル（　　）、レストランさえないし、次の町までかなり距離がある。運がないときはこんなものか。

1　はおろか　　　　　2　というより

3　ぬきで　　　　　　4　はいわないまでも

32 法律の修正は未成年（　　）、社会全体の問題である。

1 までもなく　　2 をおいて

3 なくして　　4 のみならず

33 中田さんの演奏は、すばらしかった。さすが本場で修行してきた（　　）と思った。

1 ばかりだ　　2 たる

3 だけのことはある　　4 どころではない

34 あなたの気持ちも（　　）、ここはお子さんの意志を一番に考えてください。

1 わかるわけがない　　2 わかるわけにはいかない

3 わからないわけではないですが　　4 わかるわけではない

35 博士号を修得する（　　）、毎日睡眠時間も削って論文に取り組んでいる。

1 べからざる　　2 べくして

3 べからず　　4 べく

第五回

問題6　次の文の ★ に入る最もよいものを、1・2・3・4から一つ選びなさい。

（問題例）

あそこで＿＿＿ ＿＿＿ ＿★＿ ＿＿＿は山田さんです。

1　テレビ　　2　見ている　　3　を　　4　人

（解答の仕方）

1. 正しい文はこうです。

あそこで＿＿＿ ＿＿＿ ＿★＿ ＿＿＿は山田さんです。 **1　テレビ　3　を　2　見ている　4　人**

2. ＿★＿ に入る番号を解答用紙にマークします。

（解答用紙）

（例）	①　●　③　④

36　新しいパソコンを買ったが＿＿＿ ＿＿＿ ＿★＿ ＿＿＿とされる。

1　がゆえに　　2　携帯型

3　である　　4　性能が低い

37　あそこに交番があることが、＿＿＿ ＿＿＿ ＿★＿ ＿＿＿のです。

1　あった　　2　私の計画には

3　必要でさえ　　4　かえって

38　先生に呼ばれたので、また＿＿＿ ＿＿＿ ＿★＿ ＿＿＿。

1　めずらしく　　2　と思いきや

3　ほめられた　　4　叱られる

39 それがクラスの子どもたちにとって取り組みやすく、価値が＿＿＿＿ ＿＿＿＿ ＿★＿ ＿＿＿＿資料を作る過程に意味がある。

1　もさることながら　　2　教師にとっては

3　あるものかどうか　　4　という点

40 ＿＿＿＿ ＿＿＿＿ ＿★＿ ＿＿＿＿、その魅力に心が奪われてしまった。

1　見る　　2　見ている

3　うちに　　4　ともなく

第五回

問題7　次の文章を読んで、41から45の中に入る最もよいものを、1・2・3・4から一つ選びなさい。

人間にとって睡眠が大事なことはいうまでもありません。もし、眠れない日が続くとすれば、それは心配なことです。一般的なビジネス生活をしている人は、夜になって静かな環境で布団に入れば、41 はずです。しかし、眠れないとしたら、困ったことになります。

もちろん、眠れない原因が、心身の問題とは無関係な場合もあります。たとえば、病気やケガなどによる一時的なストレスがあったり、会議の前の夜に興奮したり、心配事のために眠れなくなってしまう場合などは、42 。

問題なのは、そうした原因がないのに眠れない場合です。特別な悩みも身体の異常も、43 環境の変化もないのに、眠れない状態が一ヶ月以上も続いているなら、「不眠症」という病気と判断すべきです。

不眠症になると、昼間の生活に支障が出てくるのは当たり前ですが、44 、だんだん「うつ病」にまで進むことがあります。

うつ病になる人の多くは、45 、物事にこだわる性格です。とにかく、仕事に対して人一倍頑張ってしまうようです。睡眠時間を削っても頑張るわけですがもちろん寝不足の状態では、能率も上がらないでしょう。仕事は順調にいかなくなります。しかし、責任感も強いので自分を責め、そして熟睡できなくなり、精神的に「うつ」の状態になっていきます。こうした状態を避けるためにも、自分の睡眠をチェックして、悪い点はしっかり改めましょう。

41

1 なかなか眠れない　　2 自然に眠くなる
3 あれこれ考える　　4 一日の仕事を整理する

42

1 気にする必要はありません
2 すぐ医者に診てもらったほうがいい
3 寝ないようにすればいい
4 ストレスが原因でしょう

43

1 それで　　2 そして
3 そこで　　4 それなら

44

1 それからというもの　　2 それにとどまらず
3 それこそ　　4 それだけは

45

1 そそっかしくて　　2 無頓着で
3 だらしなくて　　4 まじめで

問題8　次の（1）から（4）の文章を読んで、後の問いに対する答えとして最もよいものを、1・2・3・4から一つ選びなさい。

（1）

テレビ番組の低俗化が叫ばれて久しいが、一体、最近の番組内容はどうなっているのだろうか。目を覆いたくなるのは、食べ物をゲーム感覚で扱う、いわゆる「早食い、大食い競争」のたぐいだ。

夏休み特集だとかで、何と小学生が「回転寿司を全部食べ切れたら百万円」という企画で、親の声援をバックに、目を白黒させながら寿司を無理やり口に押し込めていた。そして、飲み込めなくなると、吐き出すと言う光景が画面いっぱいに映し出されていた。

この地球上に飢餓で苦しむ人々が数え切れないほどいるし、いろいろな国では食糧不足が深刻な社会問題になっている。大人は子供たちに、もっと食べ物の大切さを教えてやるべきではないだろうか。

46　筆者は「早食い」という番組をどうとらえているか。

1　テレビ局の企画で、親からの声援もあり、何とも言えない。

2　食べ物をゲーム感覚で扱うから、ストレスがなくなる。

3　食べ物に飢えている人々にお金を寄付すべきだ。

4　子供に食べ物のありがたさや大切さを伝えてほしい。

(2)

10年ほど前、私の大切な通勤道具の自転車が、数人の少年グループに盗まれた。あれからずっと、私の心の奥底で何かがもやもやしていた。最近になって、やっとそれが何か分かってきた。

悪いことをしたら、迷惑を掛けた人の前に出て「ごめんなさい」と頭を下げるのが当たり前のことではないのか。善悪の判断のつく中学生にもなったら、自分の行動に責任を持ち、起こした過ちに対しては、実名をもって罰を受け、罪を償うべきだと思う。それが、本人のためにもなるはずだ。今年こそ、少年法を見直していただきたい。

47 やっとそれが分かってきたとあるが、何が分かったのか。

1 数人の少年グループに自転車を盗まれたこと

2 人のものを盗んではいけないということ

3 自分の行動に責任を持ち、過ちをしないということ

4 事件を起こした少年に対する処分が甘いこと

(3)

(　　　　　　)

拝啓

　いつも弊社に対しましては格別のお引き立てをいただき、ありがとうございます。

　さて、このたびご注文をいただいたパソコン／プリンタBP－50について、納期が大変に遅れてしまい、誠にご迷惑をおかけしております。

　なにぶんBP－50は新商品ということで、この時期に注文が集中しまして、ラインをフル稼働しても追いつかない状態となりました。社内では可能な限り、納期を早めるよう一生懸命努力しておりますので、あと10日ほどお待ちください。

　なお、今後このような不手際がおこりませんよう注意いたしますので、お許しくださいますようお願い申しあげます。

　とり急ぎ、お詫びまで。

敬具

48 手紙の用件は何ですか。

1　納品遅れのお詫び
2　代金未払いに対する抗議
3　見積書送付のお願い
4　損害賠償の拒否

（4）

登校拒否や不登校になってしまったという人の中には、小学生から不登校になってしまった方がいたり、大抵の人の場合は、中学校に入ってから不登校になってしまった方がいたりと、結構幼いうちから不登校になってしまった場合が多いようです。

登校拒否や不登校になってしまう原因やきっかけというのは、実に人によって様々でしょう。人間関係がうまく築けない子、勉強についていけなくなって学校に行きたくなくなった子。また、いじめにあってしまって学校に行けなくなってしまった子、あるいは、家の期待が大きすぎて学校に行けなくなってしまった子など、実に不登校の生徒の数だけ理由があると言ってもいいくらいでしょう。

49 実に不登校の生徒の数だけ理由があると言ってもいいくらいでしょうとはあるが、どういう意味か。

1 不登校の背景には、いろいろな原因がある。

2 親の期待に応えられず、学校へ行かなくなる。

3 人間関係がうまく築けない子は不登校になりやすい。

4 勉強についていけないので学校に行かなくなる子が多い。

問題9　次の（1）から（3）の文章を読んで、後の問いに対する答えとして最もよいものを、1・2・3・4から一つ選びなさい。

（1）

　作家の藤沢周平さんは若いころ、郷里の山形で中学教師をした。戦後間もなくのこと、教師は地域で「無条件に尊敬されるか敬遠されるか」の存在だったと回想している。外部から雑言が聞こえることは、まずなかったそうだ。いまは、理不尽な要求をする一部の親が、先生を追いつめていると聞く。気兼ねなく学校に物を言うのは大切なことだ。だが「ある子の学校での様子を、毎晩1時間半も電話で説明させられた」といった多くの実例からは、先生の悲鳴が聞こえてくる。「モンスター親」と、教育の現場ではひそかに呼ぶ。そんな親たちいわく、能力不足の担任を替えろ／部活動のユニホームは学校で洗って／うちの子を正選手にしろ……これを執拗にやられては、先生は参ってしまう。教委も対応に乗り出した。岩手県は、注文の多い親を「溺愛型」、「（プライドの高い）自己愛型」、「愉快犯型」など10に分類して処する手引書を作った。刺激せず、ていねいに。お客様相手さながらの慎重なマニュアルから、ことの深刻さが浮かび上がってくる。「学校は自分が40分の1だと初めて学ぶ場所」と、作家の高村薫さんが他紙で語っていた。みんなで成長するための大事な公共空間である。そのことを親も一緒に学ぶ必要があろう。藤沢さんは、当時の学校を「バリアーに包まれた閉鎖社会」だったと書いている。風通し良く外部から聞こえる雑音は、学校にとって貴重な羅針盤だろう。だがそれも「騒音」となれば、耳をふさぎたくなるだけである。

50　「モンスター親」とはあるが、どのような親か。

1　先生を無条件に尊敬し、気兼ねなく学校にアドバイスするような親

2　先生とのコミュニケーションを重んじ、夜中でも先生に電話するような親

3　学校側にときどき文句を言うが先生たちの悩みを聞いてくれるような親

4　学校や先生にあれこれ注文をつけ、わがままな要求ばかりしてくるような親

51 先生は参ってしまうとはあるが、どういう意味か。

1　親からの悩みや苦情を聞き、相談に乗り、アドバイスをする。

2　親の種類を分類して、気兼ねなく学校に親の苦情を訴える。

3　無理な要求をする親に追い詰められ、途方に暮れてしまう。

4　皆で成長するため、毎年、親たちと一緒に神社に参拝する。

52 この文章の内容と合っているものは次のどれか。

1　「モンスター親」が学校に貴重な意見を出し、それは学校にとって、ありがたいものである。

2　「モンスター親」が先生に理不尽な要求をするが、それは先生たちの今後の成長に役立つ。

3　教委は親たちの要求を聞き入れ、能力不足、責任感の無い先生を交代させるべきだ。

4　よい意見が学校にとっての羅針盤だが、わがままな注文をつけられると教育者は困ってしまう。

第五回

（2）

青春とは人生のある時期をいうのではなく、心のあり方をいうのだ、と言われる。よく似た意味で、老人には三つのタイプがあるとも言われる。すなわち、まだまだ若い人、昔は若かった人、そして一度も若かったことのない人。いまの若者は、老いて、どのタイプになるのだろう。財団法人「日本青少年研究所」などが日米中韓の4国の高校生を調べたら、いま一つ覇気に欠ける日本の若者像が浮かび上がった。「偉くなりたい」は他国の約3分の1。逆に「のんびり暮らしたい」は43％と他の14～22％を断然、引き離していた。情けないと嘆く人、それも良しと肯く人、考え込んでしまう人。感慨はそれぞれだろう。クラーク博士の「青年よ大志を抱け」は死語になったかと、ため息をつく人がいるかもしれない。調査ではまた、「自分の会社や店を作りたい」が他の半分以下に沈む一方、「多少退屈でも平穏な生涯を送りたい」は上回った。立身出世に血道を上げることもないけれど、若くして閑居を望む声が多いのはどうしてなのかなあ。「青年は決して安全な株を買うな」と言ったのは、フランスの詩人コクトーである。作家の沢木耕太郎さんは、生命保険に加入したときに人は青年時代を終える、と書いている。向こう見ずは青年の美徳、とまで言うと、少し言葉が過ぎるだろうか。調査をした団体によれば、学級委員でさえ最近はなり手が減っているそうだ。「いまどきの若者は……」と言いかけた口をつぐんで、そっと不安をのみ込むことにする。

53 今日の日本の若者について、筆者はどう思っているか。

1 日本の若者はやる気満々で、平穏な生涯を送ることができる。

2 日本の若者には勝気が足りないから、大きな志を持ってほしい。

3 日本の若者は情けないから、生命保険に加入したほうがよい。

4 日本の若者は偉くなりたいので、血のにじむ努力が必要だ。

54 ため息をつく人がいるかもしれないとはあるが、なぜか。

1 今の若者はやる気がないので、老いてからどのタイプになるか分からないから

2 今日の若者のタイプを見て、自分が一度も若かったことのない人だから

3 今日の若者は人生がまだ長いのに、既に生命保険に入っているから

4 今の若者は何かを積極的に進めようとしなく、立派になりたくないから

55 口をつぐんでとはあるが、何のためか。

1 若者たちには多少退屈でも平穏な生涯を送ってほしいから

2 生命保険に加入している向こう見ずな若者たちに感心したから

3 若者が立身出世に頑張ることなく、成功を手に入れたから

4 やる気がなく、既に老いてしまったような若者に不安を感じるから

(3)

米国勤務から戻って間もないころ、エレベーターの中で舌打ちされたことがある。乗って行き先のボタンを押し、そのまま立っていた。すると、若い背広姿が「チェッ」と言いながら、脇から腕をぐいと伸ばして扉を閉じるボタンを押した。米国では、ボタンを押さずに扉が閉まるのを待つ。それに慣れていたのだが、ここは日本でした。人が降りたときも、誰かがすぐさま「閉」を押す。「時間の無駄」と言わんばかり。待っても2、3秒だろうに、どうもせっかちである。バスの中で高齢者が転ぶ事故が増えている、と聞いた。お年寄りは動作が遅い。迷惑をかけるのを案じ、止まる前に席を立つ。あげくに転ぶ例が多いと国土交通省は説明する。もたつくのを責める冷ややかな空気が、この国には濃いようだ。冷ややかさは、自分が迷惑をかけたくない気持ちの裏返しでもあろうと、作家の藤原智美さんは見る。たとえばレジで順番を待ちながら財布の小銭を調べる。そんな人ほど、遅々とした高齢者がいると、いら立つのではないかと言う（『暴走老人！』文芸春秋）。米国は老若男女がおおらかだった。財布など、値段を聞いてからおもむろに取り出す。飛行機を降りるときも、前の人が歩き出してようやく自分の手荷物を下ろす。だからだろう。他人のモタモタにも寛容だ。国交省は「高齢者がゆとりをもって乗降車するのを社会が当然のことと容認する」べきだと提言している。翻訳するなら、お年寄りには堂々ともたつく権利がある、ということである。

56 エレベーターの中で舌打ちされたことがあるとあるが、なぜか。

1　米国勤務から帰国して何も分からないから

2　若い背広姿が「時間の無駄」と言わんばかりだから

3　お年寄りは若者より降りるのが遅いから

4　ボタンを押さず扉が閉まるのを待っていたから

57 それとあるが、何を指しているか。

1　ボタンを押さずに閉まるのを待つこと

2　扉が閉じてから、ボタンを押すこと

3　どうもせっかちであること

4　もたつくのを責めること

58 この文章の内容と合っているものは次のどれか。

1　米国では老若男女ともにおおらかで、日本人はそれを勉強したほうがいい。

2　アメリカ人はレジで順番を待つ時、遅々とした高齢者がいると、苛立ちやすい。

3　日本人は人がもたついていることに理解を示し、許容する態度で接するべきである。

4　日本と違って、アメリカでは、老人はゆっくりする権利がない。

第五回

問題10　次の文章を読んで、後の問いに対する答えとして最もよいものを、1・2・3・4から一つ選びなさい。

私はファーブル『昆虫記』という本を読んだことがある。『昆虫記』第二巻にはさまざまな狩り蜂の生態が叙述され、それが実に衝撃的なのである。

狩り蜂は獲物をつかまえると針で刺し、動けなくしておいてから巣の中に運び込んで卵を産む。孵った幼虫は獲物の体の中に首を突っ込み、中の肉を食べて育っていく。獲物はだんだんとしなびていき、その反対に蜂の幼虫は丸々、つやつやと肥っていく。そしてとうとう、獲物が皺だらけで空っぽの袋のようになった頃、幼虫は充分に成長してさなぎになり、皮を脱いで蜂になるのである。

ファーブルは、蜂の行動をきわめて詳細に観察し、考察し、実験した。

まず、蜂が刺したとたん、獲物はどうして一瞬で動けなくなるのか。ファーブルの先達にあたるレオン・デュフールという学者は、蜂は特別な、学界にもまだ知られていない防腐剤を注射するのだ、と論文に書いた。

しかしファーブルは獲物を調べてそれを疑い、微弱な電流を通すと反応することなどから、それがまだ生きていることを証明する。そして、蜂が刺すのは運動神経の中枢であることを発見するのである。

蜂はまさにその一点を刺し、獲物を生きたまま動けなくする。卵からかえったの幼虫は、したがって新鮮な、それどころか生きている生肉を食って育つ。

蜂が刺す場所を間違ったらこうはいかないし、幼虫も誤って獲物の生命にかかわる部分にかみついたら、相手は死んで腐りはじめるから、育つことは出来ない。

こんなことを、蜂とその幼虫はいったい、自分の頭で考えてやっているのか、いや、そうではあるまい。すべてはコンピューターのようにはじめからプログラムに込み組まれており、昆虫は次々に反応していくのだろうと考え確かめ、「本能の賢さ」について彼は詳しく述べている。

一方で、「本能の驚くべき愚かさ」についても実験している。

獲物のコバネギス（キリギリスモドキ）と運んでいくとき、ラングドックアナバチという狩り蜂は、必ず獲物の触角をくわえて引っ張る。

ファーブルが触角を根元からハサミでチョキンと切ってやると、蜂はくわえることがなく、困ってしまって、コバネギスのつるつるすべる頭をあんぐりくわえようと試みたあげく、諦めて飛んで行ってしまう。コバネギスの肢でも何でも、くわえて引っ張るところはいくらでもあるのに、せっかくつかまえた獲物を棄ててしまうのである。

59 衝撃的とあるが、なぜか。

1　狩り蜂の捕獲技術と獲物の保存術が見事であるから
2　筆者が蜂の体に運動神経の中枢を発見したから
3　蜂と幼虫は自分の頭で考えることができるから
4　蜂の頭がコンピューターのように複雑であるから

60 それとありますが、具体的に何を指しているか。

1　蜂が生きていること　　2　微弱な電流を通すこと
3　防腐剤を注射すること　　4　運動神経の中枢を刺すこと

61 「本能の賢さ」を説明したものとして、もっとも相応しいものは、次のどれか。

1　コンピューターのように行動が決められ、考えずに自然にできること
2　次にどうするか、自分の頭でよく考えてから、また行動すること
3　人間にもまだまだ証明しきれない物質を注射していること
4　獲物を運ぶときには、銜えるところが決まっていること

62 ファーブルの説によると、蜂が刺したとたん、獲物はどうして一瞬で動けなくなるのか。

1　まだ知られていない防腐剤を注射されたから
2　獲物の運動に関与する中枢神経を刺されたから
3　獲物の生命にかかわる部分を刺されたから
4　獲物の触角を根元から切ってしまうから

第五回

問題11　次のAとBの意見文を読んで、後の問いに対する答えとして最もよいものを、1・2・3・4から一つ選びなさい。

A

大学生がアルバイトするのは当然だと思います。自分で学費や生活費を払っているので勉強には意欲が持てました。逆に学びたいから苦学ができるのかもしれません。成績も奨学金の基準になりますので大切です。

バイトをするとどうしても自宅学習の時間が少なくなるため、授業内で覚えこむように集中して講義を聴きノートを工夫していました。学生時代ならではの仕事もできるし、様々な人と出会え、社会勉強になったので勤務先の方々へ感謝しています。

私は体が丈夫なほうではないので過労で病気になり、就職・結婚後再発して今は苦学の成果を活かしています。

幼い我が子がどう生きるかはまだわかりませんし、甘やかしになるかもしれませんが、母親としては子供の健康を守れるようにそっと支えたい気持ちです。年金や社会不安もあり、その頃にかじらせてあげられる「脛」があるかどうかは不明ですが。でも夫は教育に関してはアメリカタイプの考え方で、12歳には精神的自立・成人過ぎたら自分で進学しなさいとはっきり言っています。

B

大学生がバイトをして当然ってのはちょっと違うなと思います。文系や偏差値の低い大学ならともかく、一流大の理系学部はかなり忙しいから、生活費を賄えるほどバイトで稼ぐのは大変ですよ！　家庭の金銭的な問題がなければ、バイトは単なる趣味の世界ではないでしょうか。奨学金制度だってあるのだし。私自身は親からバイトを禁止されてました。学生の本分は勉学だから、バイトがよくない、と思います。もちろん自宅通い、必要なお小遣いはその都度もらい（月額4～5万）、被服費などは別途もらってました。

社会勉強になるから、自分はバイトしてみたかったですが、親がかりで親の庇護下にあるうちは親の言うことを聞くのが当然、という両親だったし、わざわざ反抗してまで苦労したくもなかったので、1から10まで面倒みてもらってましたよ。

父はまあ高収入なほうで、母は専業主婦、東京郊外一戸建て、兄弟3人全員、中高一貫私立から、付属大学もしくは国立行きました。全ての費用は父持ち、全員バイト禁止です。

63 AとBの認識で共通しているのは何か。

1 大学生がバイトをするのは当然のことである。
2 アルバイトは単なる趣味の世界に過ぎない。
3 アルバイトをすることにより、学習意欲を持つことができる。
4 学生にとって、アルバイトは、社会勉強の手段である。

64 Aは、なぜ、アルバイトを勧めているのか。

1 将来、自分の子供にかじらせてあげられる「脛」があるかどうかは不明だから
2 自分で学費や生活費を払うことができるばかりではなく、社会勉強になるから
3 親に頼っているうちは親の言うことを聞かせざるをえないから
4 一流大学の学部はかなり忙しくて、生活費を賄えるのにアルバイトせざるを得ないから

65 アルバイトについて、Bが批判しているのはどのようなことか。

1 アルバイトのために勉強が支障をきたすこと
2 親の言うことを聞くのが当然であること
3 アルバイトせず、親の脛をかじること
4 わざわざ親に反抗して苦労をしたくはないこと

問題12　次の文章を読んで、後の問いに対する答えとして最もよいものを、1・2・3・4から一つ選びなさい。

人間は、自分が知覚する世界を本当だと思っているが、実はその世界はそれほど確実なものではないようだ。

われわれは、自分が世界をそのまま経験していると思っており、感覚は現実を正確に表すと思っている。[A] それは幻想だ。そしてその幻想は、他のたくさんの幻想を生み出すもととなっている。われわれは、詳細まできっちりと描写された、アングルが描く絵のような世界に生きていると思っているが、実際には、ポスト印象派のような、空白の空間や抽象で一杯の世界に生きている。それは、曖昧さで満ちており、常に解釈され続けることが必要な世界だ。

こうした「感覚の幻想」に関して、私が一番関心を持っているのは、実際の生活のなかでの例だ。先ごろ『Cognition』誌に発表された、巧みな研究について見てみよう。

この研究は、スウェーデンルンド大学のLars Hall氏が率いたもので、2005年のPetter Johansson氏らによる研究を発展させたものだ。

先行研究（PDF）では、男性被験者に2人の女性の顔写真を見せ、より魅力的だと思うほうを選ばせた。被験者が写真を選択した後、研究者たちは、あるいたずらを仕掛けた。トランプ手品の技を使って、選んだ写真を、もう一方の写真とすり替えたのだ。その直後に、写真をより近くで見せられたとき、<u>それ</u>が自分の選んだ写真と違うことに気付いた人は3割以下だった。つまり、目で見たときには好みがあるかもしれないが、心がそれを覚えているとは限らないのだ。

このような、「意思決定において、意図と結果の違いを検出できない」現象は、「choice blindness」（選択盲）と呼ばれる「似た現象に、途中で変化に気がつかないchange blindness（変化盲）がある」。今回の研究ではこの現象が、別の感覚（嗅覚と味覚）に対象を広げて調べられた。今回の方法は、消費者にジャムの味とお茶の香りをそれぞれ2種類ずつ試してもらい、どちらの製品が好みかを答えさせるというものだ。

実験はスーパーマーケットで行なわれ、180人の客が被験者になった（研究者たちは「ジャムやお茶の品質を調査するコンサルタント」に扮していた）。被験者たちはそれぞれ、ジャムの味やお茶の香りに集中してから、好みのほうを選択した。

被験者たちが選んだ製品は、実験の途中でひそかにもう一方とすり替えられたのだが、すり替えを認識した人は、やはり全体の3分の1に満たなかった。つまり、自分が意図した決定と、決定が実際にもたらした結果との違いに、過半数の消費者は気付かなかったのだ。

われわれは、製品に関する自分の好みや選択にこだわり、そのことに非常に多くの時間を費やしている。私もつい最近、グアテマラのコーヒー豆とインドネシアのコーヒー豆の違いについて10分間も議論したことがある。しかしこの実験結果は、そうしたこだわりなどエネルギーの無駄遣いにすぎないことを示唆している。こんなことなら、私も『Sanka』〔カフェインレスコーヒーのブランド〕でも飲んでいればよかった。どうせ私の嗅覚は、どこの豆だろうと違いが分からないのだから。

しかし、何より落ち着かない気分にさせられるのは、われわれの知覚が全く当てにならない、ということ自体に、われわれが気がついていないことだ。たとえば今回の研究では、2つのジャムやお茶の違いを識別するのは簡単なことだ、と消費者たちは信じきっていたのだが、実際には間違えた。ちょうど私が、自分はコーヒー豆の違いを正しく識別できると信じ込んでいたように。われわれはみな、自分の「選択盲」自体が見えていないのだ。

第五回

66 A に入る言葉として、もっとも適当なものはどれか。

1 そのため　　2 なお

3 しかし　　4 それに

67 それとあるが、具体的に何を指しているか。

1 もう一方の写真　　2 被験者に選ばれた写真

3 被験者が選んだ写真　　4 魅力的な写真

68 文章によって変化盲は次のどれか。

1 何かに注意を向けることで、他のことには注意が向けられないため、途中の変化を見えているはずなのにちゃんと見ていない。

2 好みの男性（女性）を選んでもらって、瞬間的に入れ替えても入れ替えた写真についてその魅力をとうとうと述べる人がほとんどである。

3 青・赤・緑の3つある視物質遺伝子のうち、いずれかの変異が発生、残る2つの視物質を使って、かなり広範囲の色が見分けられるが、一部とても見分けにくい色もある。

4 水晶体の細胞同士の接着力が弱まったり、水分の通りが悪くなったりして、物がかすんだりぼやけて見えたりするようになる。

69 エネルギーの無駄遣いにすぎないとあるが、どうして無駄遣いですか。

1 多くの時間を費やしているから

2 自分の好みや選択にこだわりすぎるから

3 途中でひそかにもう一方とすり替えられたから

4 いずれにせよ、その違いを識別できないから

問題13　井上さんは、今回このコンクールに応募しようと思っている。下の問いに対する答えとして最もよいものを、1・2・3・4から一つ選びなさい。

北九州市学生コンクール作品募集	
部門	大学生、中高生、小学生以下の3部門
ジャンル	書、写真、文章（600字程度）、切り紙、絵画など山を題材にするものなら何でも可。
応募期間	2013年1月20日―2013年3月20日
応募資格	誰でも応募できます。一人に一点だけ応募できます。作品は必ず未発表で本人の創作とします。類似、流用等他の著作権に抵触するものは審査の対象外とし、表彰後でも受賞を取り消します。
注意	必ず作品の裏面に作者本人の郵便番号、住所、氏名、年齢、電話番号を記入してください。封筒に応募作品を入れて郵送する場合も、作品の裏に住所、氏名等を御記入ください。
その他	応募作品は返却しません。また、選考経過のお問合せには一切応じません。応募作品のすべての著作権は、創作者に帰属します。応募者の個人情報は、本事業以外には使用しません。
発表	2013年3月（予定）　入賞者に通知するとともに、ホームページに掲載します。

70　井上さんが制作した以下の作品のうち、応募できるものはどれか。

1　山を題材にした600字程度の文章
2　昨年別のコンテストに入賞した写真
3　未発表の文章と絵画
4　有名な作品をまねて作った版画

71　応募作品を郵送するとき、注意しなければならないものはどれか。

1　住所を明記の上、返信用封筒を用意すること
2　作品の裏面に本人の印を押すこと
3　選考経過を手紙で問い合わせること
4　作品の裏に個人情報を記入すること

聴解（55分）

注意

Notes

1. 試験が始まるまで、この問題用紙を開けないでください。

   Do not open this question booklet before the test begins.

2. この問題用紙を持って帰ることはできません。

   Do not take this question booklet with you after the test.

3. 受験番号と名前を下の欄に、受験票と同じように書いてください。

   Write your examinee registration number and name clearly in each box below as written on your test voucher.

4. この問題用紙は全部で6ページあります。

   This question booklet has 6 pages.

5. 問題には解答番号の1、2、3…が付いています。解答は解答用紙にある同じ番号のところにマークしてください。

   One of the row numbers 1,2,3... is given for each question. Mark your answer in the same row of the answer sheet.

受験番号 Examinee Registration Number	

名前 Name	

問題1

問題1では、まず質問を聞いてください。それから話を聞いて、問題用紙の1から4の中から、最もよいものを一つ選んでください。

1番

1　ゴルフをして楽しむ
2　沖縄出張のスケジュールを確認する
3　臨時の役員会議を開く
4　人員削減に関する資料に目を通す

2番

1　夕飯の支度をする
2　宿題をする
3　洗濯物を取り込む
4　猫に餌をあげる

3番

1　支払いの期限を延期してもらう
2　すぐに支払いを済ませる
3　取引先の上司と相談する
4　向こうのお返事を待つ

4番

1　赤いドレス
2　青いワンピース
3　白いワンピース
4　黄色いワンピース

5番

1　携帯電話を買いに行きます
2　銀行に口座を作りに行きます
3　外国人登録証を申請しに行きます
4　ハンコ屋さんに行きます

6番

1　懐中電灯・携帯用ラジオ
2　飲み水・非常用食料
3　手袋・雨具
4　手袋・小型の救急箱

問題2

問題2では、まず質問を聞いてください。そのあと、問題用紙の選択肢を読んでください。読む時間があります。それから話を聞いて、問題用紙の1から4の中から、最もよいものを一つ選んでください。

1番

1　経済・金融危機の影響を受けたから
2　経営不振だから
3　責任者がいないから
4　お客様に迷惑をかけたから

2番

1　儲かるから
2　ペットがとても可愛いから
3　ペットの世話が好きだから
4　家庭の影響を受けたから

3番

1　交通と通信
2　便利な生活
3　脳の疲れ
4　パソコンの使いすぎ

4番

1　肥料をやりすぎだから
2　水を毎日やったから
3　水が足りなかったから
4　日当たりが足りなかったから

5番

1　電車の事故について話をしています
2　遅延証明について話をしています
3　連休について話をしています
4　電車の故障について話をしています

6番

1　低騒音効果
2　省エネ効果
3　低価額
4　あらゆるメーカーに対応

7番

1　ボーナスがないから
2　人間関係が複雑だから
3　上司に指揮力がないから
4　給料が低いから

問題3

問題3では、問題用紙に何も印刷されていません。この問題は、全体としてどんな内容かを聞く問題です。話の前に質問はありません。まず、話を聞いてください。それから、質問と選択肢を聞いて、1から4の中から、最もよいものを一つ選んでください。

問題4

問題4では、問題用紙に何も印刷されていません。まず、文を聞いてください。それから、それに対する返事を聞いて、1から3の中から、最もよいものを一つ選んでください。

問題5

問題5では、長めの話を聞きます。この問題には練習はありません。メモを取ってもかまいません。

1番、2番

問題用紙に何も印刷されていません。まず、話を聞いてください。それから質問と選択肢を聞いて1から4の中から、最もよいものを一つ選んでください。

3番

まず話を聞いてください。それから二つの質問を聞いて、それぞれ問題用紙の1から4の中から最もよいものを一つ選んでください。

質問1

1 タイへ行きます
2 国内旅行をします
3 どこへも行きません
4 イギリスへ行きます

質問2

1 小学1年生
2 中学1年生
3 高校1年生
4 大学1年生

全真模擬試題　第六回

★ 言語知識（文字・語彙・文法）・読解

★ 聴解

言語知識（文字・語彙・文法）・読解（110分）

注意

Notes

1. 試験が始まるまで、この問題用紙を開けないでください。
   Do not open this question booklet before the test begins.
2. この問題用紙を持って帰ることはできません。
   Do not take this question booklet with you after the test.
3. 受験番号と名前を下の欄に、受験票と同じように書いてください。
   Write your examinee registration number and name clearly in each box below as written on your test voucher.
4. この問題用紙は全部で32ページあります。
   This question booklet has 32 pages.
5. 問題には解答番号の1、2、3…が付いています。解答は解答用紙にある同じ番号のところにマークしてください。
   One of the row numbers 1,2,3... is given for each question. Mark your answer in the same row of the answer sheet.

受験番号 Examinee Registration Number	

名前 Name	

問題1　＿＿＿＿の言葉の読み方として最もよいものを、1・2・3・4から一つ選びなさい。

1　子育てが終わり、時間的にも経済的にもゆとりを持って、自分たちの生活を満喫できるようになった。

1　まんかい　　2　まんさい
3　まんきつ　　4　まんじょう

2　法律や、秩序を守ることは勿論のこと、非常事態の発生の場合は、真心を捧げて、国の平和と安全に奉仕しなければならない。

1　しんじん　　2　まごころ
3　しんけん　　4　ましん

3　今後、人口高齢化に伴い増大する福祉ニーズを賄うために、適切な費用負担の導入は重要となってこよう。

1　まかなう　　2　よそおう
3　わかちあう　　4　もみあう

4　今は風は余りないが、上空の雲は、北から南へ忙しく流れる中、眩しい輝く太陽が上がった。

1　むなしい　　2　めめしい
3　みぐるしい　　4　まぶしい

5　清潔なシーツや、快適な灯り、温度などに気づかい、熟睡できる環境を整えて、安らかな眠りが明日の肌の美しさを約束します。

1　やわらか　　2　ふくらか
3　やすらか　　4　ほこらか

6　その時代の労働者は、自由意志による移住ではなく、拉致や誘拐によって大農園や鉱山に送りこまれていたのである。

1　らち　　2　らくさ
3　らじ　　4　らくご

問題2　（　　）に入れるのに最もよいものを、1・2・3・4の中から一つ選びなさい。

7　この人たちは、外国にいくには（　　）やビザがいるのだということを全く知らないからである。

1　旅行　　2　旅券　　3　旅情　　4　旅程

8　（　　）で生活を楽しんでいる人よりも、努力して業績をあげ出世していく人が評価されるのです。

1　ミサイル　　2　マイペース
3　メカニズム　　4　モチベーション

9　人間は自分をよりよく見せようと、ついつい（　　）を張ってしまうものである。

1　見本　　2　見物　　3　見出し　　4　見栄

10　この方はいつも、（　　）黙って店に入り、置いてあるメニューに指差すだけで、注文する。

1　むっくり　　2　むっつり
3　めっきり　　4　やんわり

11　前社長に（　　）、社長になった自分は技術者であり、営業はやったことなく、売上も落ちてきていて困っている。

1　見込まれ　　2　見積もられ
3　見舞われ　　4　見合わせられ

12　振り込み手数料は銀行によって（　　）ですが、一般にATMは窓口より簡単に済みます。

1　まるまる　　2　まちまち
3　おどおど　　4　はらはら

13　この大学は1822年に設立されました。その歴史は、オックスフォード大学やケンブリッジ大学に次ぐ（　　）ある大学です。

1　由来　　2　由緒　　3　優位　　4　結納

問題3 ＿＿＿＿＿の言葉に意味が最も近いものを、1・2・3・4から一つ選びなさい。

第六回

14 彼は強い競争心と攻撃心を持ち、負けず嫌いの頑張り屋で、仕事は人生そのものである。

1 ちょっとした物事にもおそれること
2 負けないと言い張ったりすること
3 他人に負けることをいやがる性質
4 他人に負けない人のこと

15 車は、両側にまばらに家の建つ道を進み、突き当りに侘しいレストランがあった。

1 建てこんでいるさま
2 数が少ないこと
3 確率が低いこと
4 体裁の悪いこと

16 実は、これから秋にかけて「大丈夫」と思うその油断が下痢につながるのです。

1 あれこれと気を使うこと
2 あまり心配しないこと
3 相手の機嫌を取ること
4 注意を怠ること

17 確かに我々は目覚しい経済発展によって「豊かさ」を手にした。しかし地球温暖化も疎かにしてはいけません。

1 予想よりいくぶん遅いこと
2 驚くほどすばらしい
3 物価水準が持続的に騰貴すること
4 物価が持続的に下落すること

18 やむを得ない事情がある場合には、労働者・雇い主双方とも、いつでも解約を<u>申し入れる</u>ことができる。

1　こちらの希望を相手に進んで言う

2　前もって約束する

3　裁判の決定を宣告する

4　事情・理由を説明する

19 あの二人は不釣合いだと思います。しかし、世の中には<u>理屈</u>では分からないことが多いのです。

1　物事のすじみち

2　道理にあわない議論

3　むき出しになること

4　かたくなで意地っ張りなこと

問題4　次の言葉の使い方として最もよいものを、1・2・3・4から一つ選びなさい。

20　まして

1　小学生の時に海外に行って試合をするということはまだ少なくて。まして単独チームで行くということはなかったのです。

2　グローバル化したまして、日本人のアイデンティティとは何かを、もう一度よく理解しておかなければならない。

3　この鉄道の建設には、高い山を横切ることが必要です。まして、費用が嵩むことを覚悟しなければならない。

4　老齢化の問題は、まず第一に、すでに「老齢」に達した人々の問題なのだろうか、まして、まだ老齢に達していない人々の問題なのだろうか。

21　塗れる

1　大学時代、世界地図を広げて、自分の行きたい場所にペンで印を塗れていた。

2　親の目が険しくなった。「みっともないだろ退学なんて。僕の顔に泥を塗れる気か。」と怒鳴った。

3　素人判断で薬を塗れることは、絶対に避けなければならない。骨折したと思われる場合、いち早く獣医師に診てもらおう。

4　血に塗れた姿をしてはいるが、迅速に応急手当が施されたので、命には別状はありません。

22　魅了

1　妙なことに痛みさえほとんどありませんでした。私は何だか狐に魅了されたような気分でした。

2　変化に富み、大自然に恵まれた大地で育ったこの料理が、人々を魅了しないはずがない。

3　小学一年生の男児が身代金目的の男に魅了された事件があった。警察は約二十二時間ぶりに児童を無事救出した。

4　地元にこれといった産業がないんです。工場を魅了しようにも土地がないのでできません。

23 物足りない

1 子供へのイライラが募ると、つい「遊び終わったらお片づけでしょ！　本当に物足りないんだから」などのように、行為だけでなく人格や存在までしかりがちです。

2 物足りないお願いですが、読解の中の難しい漢字に振り仮名をつけていただけませんか。

3 事故の原因など、より深く踏み込んだ質問ができないなど、物足りないインタビューになってしまいます。

4 講師の多くは海外で学んだり、働いたりして、キャリアが物足りなく、さまざまな知識や多彩な文化を教えております。

24 ややもすれば

1 とにかく、上達するにはややもすればいいか教えていただけませんか。素人の質問ですみません。

2 自然環境の保全や大都市の汚染防止は経済の拡大期において、ややもすれば見失われがちです。

3 思いやりのある優しい看護で、一時は四十度近くあった熱もややもすれば平常に戻りつつあった。

4 国家の威信をかけたアメリカは、1969年、ややもすれば月着陸船イーグルで人類の偉業を達成した。

25 猶予

1 たびたび申し上げて失礼でございますけれども、暫時御猶予を願いたいと重ねてお願いいたします。

2 新抗がん剤を認可した厚生省が最近、批判の高まりを猶予したか、その使用に警告を発しました。

3 滑走路等の運用方式あるいは環境面、いろいろ影響等を猶予しなければなりませんので、今後とも検討をしていかなければならない。

4 異民族間の結婚が行われる場合は、宗教、習慣、食事などの違いを猶予しなければならない。

問題5　次の文の（　　）に入れるのに最もよいものを、1・2・3・4から一つ選びなさい。

26　ここの雑草は伸びるのが早い。抜いた（　　）生えてくる。

1　きり　　2　や否や
3　そばから　　4　次第

27　今回の第二次OA化計画は、会社全体の予算の半分を投ずる（　　）重要な計画だ。

1　に足る　　2　にしては
3　に限る　　4　にたえる

28　園子が生きていれば、自分もすぐ会いに行った（　　）と思うと、胸が裂かれるようだった。

1　ものだ　　2　ものを
3　ものの　　4　ものか

29　国際交流協会では、今月のスピーチ大会を（　　）各種のイベントを予定している。

1　からして　　2　皮切りに
3　先立って　　4　おいて

30　やれるものなら、（　　）。

1　もうやりたくない　　2　やりたいわけではない
3　やるわけにはいかない　　4　やってごらん

31　周囲の批判（　　）、彼女は自分の信念を貫き通した。

1　ものとして　　2　をものともせず
3　ものとならず　　4　ものながら

32　「全員の協力（　　）すれば、恐いものはないなんてかっこうのいいこと言ったのは、どこの誰だっけ？」

1　をけいきに　　2　をよそに
3　に従って　　4　をもって

33 賀平がわが家に来ると聞くなり、母は跳び上がら（　　）喜んだ。

1　まいばかりに　　2　ないばかりに
3　んばかりに　　4　んばかりか

34 企業というのは、（　　）多少の行為をするのもやむをえないものなんだと彼は言い訳をした。

1　生き残らんがためには　　2　生き残るまいがために
3　生き残らぬために　　4　生き残らないために

35 「競争のグローバル化」や情報技術などの新展開は、企業に組織を再編成して効率的な経営を追求すること（　　）。

1　を余儀なくされる　　2　をせざるをえない
3　を余儀なくさせる　　4　を禁じえない

問題6　次の文の＿★＿に入る最もよいものを、1・2・3・4から一つ選びなさい。

（問題例）

あそこで＿＿＿ ＿＿＿ ＿★＿ ＿＿＿は山田さんです。

1　テレビ　　2　見ている　　3　を　　　4　人

（解答の仕方）

1. 正しい文はこうです。

あそこで＿＿＿ ＿＿＿ ＿★＿ ＿＿＿は山田さんです。 1　テレビ　3　を　2　見ている　4　人

2. ＿★＿に入る番号を解答用紙にマークします。

（解答用紙）　| （例） | ①　●　③　④ |

36　＿＿＿ ＿＿＿ ＿★＿ ＿＿＿なかった自分が情けない。

1　言われ　　　　2　あんなひどいことを

3　言い返せ　　　4　っぱなしで

37　＿＿＿ ＿＿＿ ＿★＿ ＿＿＿信用できなくなるらしい。

1　財産が　　　　2　ちょっとした

3　人を　　　　　4　あると

38　昔はいくらでも飲めるのに、最近はビール1 本でも酔ってしまう＿＿＿ ＿＿＿ ＿★＿ ＿＿＿です。

1　ほんとうに　　2　とは

3　かぎり　　　　4　さびしい

39 披露宴の司会を＿＿＿＿ ＿＿＿＿ ＿★＿ ＿＿＿＿自信がない。

1　こととて　　　　2　ものの

3　頼まれた　　　　4　慣れぬ

40 翻訳というものは＿＿＿＿ ＿＿＿＿ ＿★＿ ＿＿＿＿なおさらだろう。

1　ましてや　　　　2　ただでさえ

3　古典ともなれば　　　　4　難しいものなのに

問題7　次の文章を読んで、41から45の中に入る最もよいものを、1・2・3・4から一つ選びなさい。

人間は、「内発的動機」から行っていた行動に「外発的動機」を与えられると、「41」をすっかり失って、「外発的動機」によってしか行動しなくなる。42、その「外発的動機」まで失うと、行動まで中止して思考停止状態に陥ってしまう、というわけである。

では、この状態から抜け出すにはどうしたらいいのか。

現在の子供たちの場合で言えば、最も手っ取り早い方法は、「いい大学を出て、いい会社に入って、いい生活をする」という「外発的動機」を与えてやることである。そうすれば、たとえ「内発的動機」はなくても、子供たちはとりあえず「43」だろう。

そもそも「ゆとり教育」と「構造改革」によって、その「外発的動機」まで奪われてしまったからこそ、子供たちは「しっかり勉強して立派な大人になる」ことを止めてしまったのである。44、「ゆとり教育」と「構造改革」は加速する一方であり、事実上、社会状況の改善はまったく期待できない。かといって、子供たちは本来の「内発的動機」を取り戻そうにも、大人たちは45のだ。

41

1　外発的動機　　　2　内発的動機
3　自制的動機　　　4　他動的動機

42

1　むしろ　　　2　まして
3　さらに　　　4　さりとて

43

1　ゆうゆうと遊ぶ　　　2　しっかり勉強する
3　外発的動機が稼動する　　　4　内発的動機が稼動する

44

1　しかし　　　　　　　　2　しいて

3　しろうとしない　　　　4　しかも

45

1　何でも教えてくれる　　　2　何も教えてくれない

3　何かできるかもしれない　4　何も困らない

問題8　次の（1）から（4）の文章を読んで、後の問いに対する答えとして最もよいものを、1・2・3・4から一つ選びなさい。

（1）

私達人間には怒りという感情があり、失礼な扱いをされた時、侮辱された時、行動や思考を邪魔された時。そんな時に怒りが発生します。私達が何かをしようとしたとき、他人の行動によってそれができなくなった場合、コントロール感が失われてしまいます。人は、コントロール感を奪われそうになったり、奪われてしまったりすると、状況をコントロールできないことに対して恐れや不安を感じ、コントロール感を取り戻そうと防御反応を示します。それが怒りです。要するに、自分の思い通りにならないと頭にくるのです。

46　筆者の考えでは「怒り」とは何か。

1　失礼な扱いをされたときの気持ち
2　目的を達成できなかった時の気持ち
3　恐れや不安を感じたときの気持ち
4　防御反応を示したときの気持ち

(2)

感性とは感ずる能力あるいは働きだが、何よりもまず、これを直接的知覚と区別することが必要である。知覚とは、視覚で言えば、「あの木は緑だ」とか、「けやきだ」という認識がそれであり、味覚で言えば、「この柿は渋い」という例を挙げることができよう。これらを感性から区別すべき理由は、この時誰も「感ずる」とは言わない、ということにある。なぜ「感ずる」と言わないのか、そのわけは、これらの認識が対象についてのものであり、その種類や属性を捉えることに集中しているからではなかろうか。それに対して、「感ずる」のは、常に「私」である、対象認識としての知覚において、「感ずる私」を徹底して排除しなければならない。「感ずる」とは、すなわち、感覚的な刺激が私の中に引き起こす反響である。

47 「感性」とはどのようなものか。

1　認識が対象についての認識であり、直接的知覚である。

2　外側の刺激が「私」の中に引き起こす内なる反響。

3　感性は常に「私」であり、物の種類や属性に集中する。

4　感性は視覚や味覚のように対象認識を目的とする。

(3)

お客様各位

平素は、弊社事業に対し格別のご高配を賜り、厚く御礼申し上げます。

このたび弊社は、火力燃料費の増加等により、やむを得ず、ご家庭や商店など低圧の電気をお使いいただいているお客さまの電気料金につきまして、経済産業大臣に値上げを申請いたしますとともに、工場やビルなど高圧・特別高圧の電気をお使いいただいている自由化分野のお客さまの電気料金につきましても、値上げをお願い申し上げることといたしました。

お客さまには、昨年来、節電に多大なるご協力を賜り、大変なご不便とご迷惑をおかけしておりますことに加え、厳しい経済情勢の中、電気料金の値上げにより、お客さまの生活や産業活動に多大なるご負担をおかけすることとなり、誠に申し訳なく、深くお詫び申し上げます。

48 この文章の主旨は次のどれか。

1　平素、お客様の協力への感謝
2　お客様の節電に対する感謝
3　電気料金値上げのお知らせ
4　高圧・特別高圧電気のご注意

(4)

現在の日本では、何かを知らないということは、恥にはならなくなってきている。本当は恥と感じて勉強をする方がお互いに伸びるのだが「知らなくたって別にいいじゃない」という安易な方向に皆が向かうことで、総合的なテンションが落ちている。

大学時代、友人と話していて知らない本の話が当たり前のように出てきたときに当然知っているかのように話を合わせておいて、あとで慌てて読むという、けなげな努力を私もよくした。そうしていると、その集団の中で一番高いものに皆が合わせるようになっていく。

49 けなげな努力とはどうようなことか。

1 友人の薦めた本を一生懸命に読むこと
2 集団の中でよく読まれる本を読むこと
3 友人が話していた、知らない本を読むこと
4 友人がまだ知らない本を読むこと

問題9　次の（1）から（3）の文章を読んで、後の問いに対する答えとして最もよいものを、1・2・3・4から一つ選びなさい。

（1）

読書を必要ないとする意見の根拠として、読書をするよりも体験することが大事だと言う論がある。これは根拠のない論だ。本を読む習慣を持っている人間が多くの体験をすることは、まったく難しくはない。むしろいろいろな体験をする動機付けを読書から得ることがある。

たとえば、旅行の本を読んで、世界を旅したくなる若者がいる。あるいは考古学の本を読んで、実際に遺跡掘りの手伝いに行く者もある。読書がきっかけとなって体験する世界は広がってくる。

それ以上に重要なことは、読書を通じて、自分の体験の意味が確認されると言うことだ。本を読んでいて、「自分と同じ考えの人がここにもいた」という気持ちを味わうことは多い。生まれも育ちも違うのに、同じ考えを持っている人に出会うと、自分の考えが肯定される気がする。自分ではぼんやりとしか分からなかった自分の体験の意味が、読書によってはっきりとすることがある。また、言語化しにくいけれどもなんとなく体で分かっているような事柄は、私たちの生活には数多い。ある日、そうした事柄が、優れた著者の言葉によってはっきりと言語化される。こうした文章を読むと、共感を覚え、線を引きたくなる。

50　これは根拠のない論だとあるが、なぜか。

1　体験することは、読書することとまったく矛盾しないから
2　読書することよりも、いろいろ体験することが大事だから
3　人間は体験することが多くて、本を読む時間がないから
4　本を読む人は、体験しなくても本から知識が得られるから

51 読書の働きについて、この文章で分かることはどれか。

1 他の人が書いた文章を読んで、いつのまにか自分も書きたくなる。

2 読書を通じて、自分の体験の意味を他の人に知ってもらうことができる。

3 他の人の文章を読んで、共感を覚えたり、動機付けを得たりできる。

4 読書を通じて、素晴らしい考えを持っている人に出会うことができる。

52 本文の内容と合っているのはどれか。

1 読書により、体験の世界が広がり、自分の体験の意味を深めることができる。

2 本に書かれていることを確認するには、旅に出なければならない。

3 体で分かっているような事柄を本の世界に求め、言語化しなければならない。

4 優れた著者の言葉は示唆に富んで、それを読んだ時は線を引いたほうがいい。

第六回

(2)

人間には、身体的なエネルギーだけではなく、心のエネルギーというものもある、と考えると、ものごとがよく理解できるようである。同じ椅子に一時間座っているにしても、一人でぼーと座っているのと、客の前で座っているのとでは疲れ方がまったく違う。身体的に同じことをしていても、「心」を使っていると、それだけ、心のエネルギーを使用しているので疲れるのだ、と思われる。

そこで、人間はエネルギーの節約に努めることになる。仕事など必要なことに使うのは仕方ないとして、不必要なことに、心のエネルギーを使わないようにする人がある。そういう人間が何となく無愛想になってきて、生き方に潤いがなくなってくる。これとは逆に、エネルギーがあり余っているのか、と思う人もある。仕事に熱心なだけではなく、趣味においても大いに活躍している。いつも元気そうだし、いろいろと心遣いをしてくれる。

では、人間にはエネルギーをたくさん持っている人と、少ない人とがあるのかな、と思わされる。実はそうではない、人間の心のエネルギーは多くの「鉱脈」の中に埋もれていて、新しい鉱脈を掘り当てると、これまでとは異なるエネルギーが供給される。このような鉱脈を掘り当てることなく「手持ち」のエネルギーだけに頼ると、それを何かに使用すると、その分だけどこかで節約しなければならない。

53 疲れ方がまったく違うとあるが、なぜか。

1 客がいるかいないかで、エネルギーを使う度合いが違うから
2 心のエネルギーを使うことは、身体的エネルギーを使うことより、疲れるから
3 人間にはエネルギーをたくさん持っている人と、少ない人とがあるから
4 客がいるとき、人間はエネルギーの節約に努めることになるから

54 エネルギーがあり余っている人はどのような人か。

1 さまざまな活動をして、たくさんのエネルギーの量を持っている人
2 他の人に無愛想で、できるだけエネルギーを節約しようとする人
3 エネルギーを沢山持っていて、生き方に潤いがなくなっている人
4 不要なことにエネルギーを使うことをしないで、いつも元気そうな人

55 この文章を通じて、分かることはどれか。

1 人間は、エネルギーを節約するために、不要なことに心のエネルギーを使わないほうがいい。
2 人間は、エネルギーを使うと、身体的エネルギーの量が少なくなり、疲れる。
3 エネルギーの量には個人差がなく、大量に使っても新たなエネルギーが供給される。
4 心のエネルギーと身体的なエネルギーをバランスよく使うように心がけるべきである。

(3)

現代社会を特徴づけるのは、「この先どうなるか分からない」という「偶有性」である。よい大学を出れば、それで人生安泰などというフィクションは、今時、だれも信じていない。一生スキルアップを図って、自分自身を変えていかなければ、時代の変化に取り残されてしまうし、幸せな人生も送れない。そんな急迫観念にだれもが取り付かれている。

だからこそ、自分の脳をどう使ったらいいか分からないというので、「脳ブーム」が起こっていて、生涯教育が盛んになっているのである。人が生涯に渡り、何かを学び、学習を続けることはますます重要になる。

その一方で特に小さな子供の世界においてお受験が過熱していることは一見、不思議な現象である。よい学校を出ても人生万全といかないことは分かっているのに、公立学校では心配だ、やはり私立の進学塾に入れなければという親の思惑だけが先行している。学校のパフォーマンスがどう測られるか、といえば、有名大学や医学部の進学実績、世の中は変わりつつあるのに「よい学校に入れたい」という思いだけが、ますます強固になる。これは少しでも安心できる何かを手に入れたいという親の願いの表れだろうか。

56 筆者が考える現代社会の特徴とはどのようなものか。

1 よい学歴があれば、今後の人生は保証される。
2 公立学校ではなく、私立の進学校に入るともてる。
3 子供をどうしても一流大学に入れたい親が多い。
4 時代の変化がはやいので、常に腕を磨かねばならない。

57 よい学校を出ても人生安泰ではないと分かっているのに、親たちはどうして子供をよい学校に入れたいのか。

1 公立学校では心配で、私立の進学塾なら、安心できるから

2 受験戦争が過熱していて、よい学校に入れないと、勉強についていけないから

3 よい学校では、優等生が多く勉強するには良い雰囲気であるから

4 変わっていく社会に不安を感じ、とにかく安心できるものを確保したいから

58 筆者の考えと合っているのはどれか。

1 よい学校を出ないと、時代の変化に取り残され、幸せな人生も送れない。

2 幸せな人生を送るには、私立の進学塾に入るのが一番の早道だ。

3 目まぐるしく変わる社会では、生涯にいろいろな技能を身につけるべきだ。

4 親の希望にこたえるには、成績のよい優等生にならなければならない。

問題10　次の文章を読んで、後の問いに対する答えとして最もよいものを、1・2・3・4から一つ選びなさい。

日本の自殺率は世界でもかなり高く、2008年にはその数は3万人を超えている。もはや「頑張る病」は死に至る病なのか。藤田保健衛生大学の宮川剛教授は、「遺伝子的に考えると、日本人の多くにとって頑張り過ぎは危険」だという。人間の脳内には、不安や恐怖などをコントロールするセロトニントランスポーターというたんぱく質が存在する。その数は遺伝子によって、多い少ないがあると判明。

「頑張れ」と対のように日本人の口から出てくる言葉が、「申し訳ない」だ。謝罪の意味で使われる時もあるが、別段、謝る必要もない時でも「申し訳ない」と口走っていることはないだろうか。ビジネスなどでは、それが顕著である。「お忙しい中を大変申し訳ありません」など、読むのに相手の時間をわざわざ割いてもらうのだから、とそれに対する謙虚な気持ちを表明する言葉。そう受け取ることもできる。だが、それにしても、あまりに屈託なくそこかしこで「申し訳ない」が使われていることに、私は日本人の不思議さを感じざるを得ない。

何に対しても申し訳ないのか。対象がはっきりしている場合もあるが、漠然と相手が見えない時も、私たち日本人は「申し訳ない」と取り合えず言っている。この「申し訳ない」という言葉は、他者との関係性の存在を前提にした言葉であると言えるだろう。他者がいる場合、まずは関係を築く入り口で申し訳ないと謝っておく。いや、謝った形式を取っておく。この場合、自分の心の中では、実は申し訳ないとは思っていないのが通例である。

こうした無意識の「申し訳なさ」を感じる背景には、日本社会の特徴が隠されているのではないだろうか。言うまでもなく、日本は大きな「村」社会である。いくら核家族化が進み、個人主義が欧米並みになってきていると言っても、日本人は何かしらの「村」に属し続ける。これらは欧米社会におけるコミュニティとはいささかニュアンスの違うものではないかと思う。欧米のコミュニティはまず「個」があり、その自立性を前提に人々が集まっているものだろう。それに対して、日本の社会には「個」が確立されているとは未だ言い難い。最初に「村」ありき、であり、そこに「個」が確立余地は、将来的にも少ないのではないだろうか。

大多数の日本人は、「個」の確立よりも「村」の優れた構成員となることに汲汲としているのではないか。優れた「村」構成員とは、「村」の役に立つ人材である、ということだ。労働力として「村」にどれだけ貢献できるかにかかってくる。「村」に貢献できない人は「村」から排除される。

59 筆者は「申し訳ない」という言葉をどうとらえているのか。

1　謝る必要がある時には、謝罪しなければならない。

2　「申し訳ない」という言葉は日本人の美徳を表している。

3　日本人は必要以上に「申し訳ない」という言葉を使っている。

4　日本では、個人主義が欧米並みに拡大している。

60 相手がいようがいまいが、日本人はとにかく「申し訳ない」と言っているのはなぜか。

1　相手がわざわざ時間を割いてくれるから

2　自分の心の中で、気がすまないと思っているから

3　相手が自分より「村」のために貢献したから

4　他者との関係を築く手がかりとなるから

61 無意識の「申し訳なさ」の背景として正しいのは次のどれか。

1　日本は自立性を前提にして人々が集まった社会である。

2　日本人は「個」より「村」の優れた構成員でありたい意識が強い。

3　「村」に貢献できる人こそ自分の自立を確保することができる。

4　「村」構成員でない人は大多数の日本人から排除される。

62 筆者の考えと合っているのはどれか。

1　日本人が悪いことをしたら、素直に謝るのに対して、欧米人は謝らない。

2　日本人は自立性を大切に思い、欧米人は「個」のコミュニティを重視する。

3　日本では核家族化が進み、個人主義も欧米より強くなった。

4　「申し訳ない」と頻発する日本人の考えには村意識が潜んでいる。

問題11　次のAとBの意見文を読んで、後の問いに対する答えとして最もよいものを、1・2・3・4から一つ選びなさい。

A

本当の「知」とは何か？　正面きってそう尋ねられると、教師稼業をしている私でもたやすくはこたえられません。

ただ少なくとも、それは単なる百科事典的な知識断片ではない、ということだけは確かでしょう。いまでは「ウィキペディア」のようなウェブ事典もあるし、キーワードを打ち込んでグーグルで検索すればさまざまなデータが瞬時に手に入ります。もはや暗記している知識断片の量だけでは教師がメシを食える時代は終わりつつあります。

むろん、正確なデータや知識を熟悉していることは大切なのですが、さらに重要なのはそれらを迅速・的確に組み合わせ、まとめあげて、いま焦点となっている問題を解決に導く大局的・総合的な能力、といったものです。

B

知識は、憶えることで蓄えていく。知恵は、考えることで生まれてくる。昨今では知識より知恵が大事というが、本当だろうか。インターネットとパソコンの普及で、知識の位置は以前より低下したのは間違いがない。知識や情報が、手軽にそして瞬時に手に入る世の中になったからこそ、考えること・知恵が大事になるというのである。しかし、そうだろうか。いくら天賦の頭脳があろうとも、考えるべき材料となる知識やデータがなければ、よき結論、優れた判断、見識にたどり着くことはできない。

知識があるから考えることができる。そして、よく考えることができるのである。また、さらによく考えるには、新しい知識が要求されてくる。知識がなければ考えられず知恵も湧かないのである。

63 AとBが共通して述べていることは何か。

1 知識やデータを迅速・的確に組み合わせ、問題を解決する能力が重要である。

2 知恵より、考える材料となる知識やデータを持つことがより大事である。

3 知恵が無ければ、いくら知識の量が多くとも、役には立たない。

4 今の情報化社会では、知識や情報などが、簡単に手に入れる。

64 AとBは知識と知恵について、どのような考えを持っているか。

1 Aは昔より知識やデータの入手が安くなり、知恵の重要性が下がっていると述べ、Bは知恵がないと、いくら知識を蓄積しておいても時間の無駄だと述べている。

2 Aは知識やデータをどう分析し、生かすのがもっと重要であると述べ、Bはよい結論にたどり着くには、材料となる知識やデータが欠かせないと述べている。

3 Aは「知」とは単なる百科事典的な知識断片にすぎないと述べ、Bは考えることによって、新しい知恵が生まれると述べている。

4 Aは先生という仕事は単なる知識の量だけではやっていけなくなると述べ、Bは知恵の重要性は以前より低くなったと述べている。

65 Bの考えと合っているのは次のどれか。

1 よく考えるには、知識や情報をウェブで瞬時に入手できる能力が大切である。

2 知識の重要性が下がったとはいえ、考える材料となる知識がなければ知恵も湧かない。

3 パソコンやインターネットの普及のおかげで、人間は以前より楽になった。

4 単なる百科事典的な知識断片ではだめだから、先生の仕事は大変である。

問題12　次の文章を読んで、後の問いに対する答えとして最もよいものを、1・2・3・4から一つ選びなさい。

喫茶店で人を待っていたときのことだった。隣の席に座ったカップルの、男の子のほうが、こんなことを言いはじめた。

「おい、おまえ、情けは人のためにならずって、どういう意味か知ってる？」

「えー、ヘタに同情したりすると、本人のためにならないってことじゃないの？」

「だろ？　そう思ってたんだよ、オレも。でも違うんだって。」

「ふーん、どういう意味なの？」

「えーっと、だから情けは人のためにならず、だろ。だから情けは人のためにならないってことだから……あれ？」

思わず彼の応援をしたくなるのを、ぐっとこらえる。デートの時にこういう話題を持ち出す若い男の子（二十歳前後だった）がいるとは、それだけでもうれしいではないか。私の個人的な好みではあるけれど、言葉の話を楽しくできる人というのは、とても素敵だ。

映画の話でも、スポーツの話でも、幼いころの話でも、将来の話でも、つまりすべての会話は（あたりまえのことだけれど）言葉でなされる内容が大切なのはもちろんだが、その言葉が貧しいと魅力も半減してしまうような気がする。そして普段から、言葉そのものについて話ができるというのは楽しいことだ。（中略）

大好きな人が変てこな言葉遣いをするのを聞いて、がっかりしてしまうこともある。以前憧れていた人が、何人かのグループで私の部屋に遊びにきたことがあった。

「いやー、意外ときれいにしてるんだね。あいた口がふさがらないよ。」

ただ、その人は、ほめてくれたのだ。私がとても部屋をきれいにしているということを、「びっくりしたよ」というぐらいの軽い気持ちで使ったのだろう。

A 「あいた口がふさがらぬ」とは、あきれかえる様子をいう。部屋がめちゃくちゃ散らかっていて、驚きあきれた場合なら、登場してもおかしくない言葉なのだけれど……私の中で、すーっと何かがひいていくのを感じた。

そんな細かいことでいちいちうるさい女だと思われるかもしれないが、これは性分だからしかたがない。靴下を二日つづけてはいているのが許せなかったり、時間にルーズなことに耐えられなかったり、と、気になる点というのは、人によってさまざまだろう。私の場合は、言葉が大きなウエイトをしめる。

さて、寄り道が長くなってしまった。冒頭の「情けくん」の話にもどろう。結局彼は、そのことわざの正しい意味を思いだせずに、首をひねったままだった。

そもそも、「情けは人のため『に』ならず」と覚えてしまっていたことが、間違いの始まりだ。正しくは「情けは人のためならず」。情けを人にかけておけば、めぐりめぐって自分によい報いがくる、という意味である。つまり、親切なおこないをするというのは、結局は人のためではなく、自分のためなのだ。ということ。それが、「ためならず」のところが誤解されて、冒頭で女の子が言っていたように「人のためにならない」という誤用が、かなり広まった。

誤用は誤用だが、私はなかなかいい解釈だな、と思う。その場限りのヒューマニズムや、安易な同情で、親切にしても、かえって本人のためにならないことは、確かに多い。甘えた根性を、びしっと断ち切ってやることだって必要だ。

一方、本来の意味のほうは、私などには、偉いエゴイズムのように感じられる。人に親切にするときぐらい、見返りなんか忘れたい、と思う。いつかは自分のためになるんだと思って親切にするなんて、ずいぶんせこい発想ではないだろうか。もちろんここには、「因果関係」という仏教の考え方が、あることがわかるのだが。その考えかた自体も現代社会ではかつてほどポピュラーではなくなってしまった。そのことも、誤用のほうが普及する生地となっているのかもしれない。

第六回

66 思わず彼の応援をしたくなるのを、ぐっとこらえるとあるが、なぜですか。

1 女の子の前で出鱈目なことを言って、物知りのように振舞う姿がいやだから

2 一人でも多くの若い人に言葉の正しい意味を教えてあげたいから

3 日ごろ、言葉の使い方に関心を持ち、それを会話に取り上げている人を好ましく思っていたから

4 何も知らないのに、女の子を騙そうとする姿にむかついて、若者を注意しようと思っていたから

67 [A]に入る言葉として、もっとも相応しいのは次のどれか。

1 ちなみに　2 しかし　3 なぜなら　4 それでも

68 私の場合は、言葉が大きなウエイトをしめるとあるが、どういう意味か。

1 私にとっては、言葉が大きな負担である。

2 私にとっては、言葉とはとても難しいものである。

3 私にとっては、言葉とはとても退屈なものである。

4 私にとっては、言葉が大きな重要性を持っている。

69 本来の意味のほうは、私などには、偉いエゴイズムのように感じられるとあるが、なぜか。

1 人に情けをかけておくと、巡り巡って結局は自分のためになるので、情けをかけようと思うから

2 人に情けをかけて助けてやることは、結局はその人のためにならないので、情けをかけてはいけないと思うから

3 人によっては、情けをかけられても、当然であるかのように何食わぬ顔をしている人もいるから

4 恩を売られたほうは、借りができて、恩人に頭が上がらなくなるので、恩を売られたほうにとっては、よくないから

問題13　下のページは、野村財団外国人奨学生募集要項である。下の問いに対する答えとして最もよいものを、1・2・3・4から一つ選びなさい。

2013年野村財団外国人奨学生募集要項	
助成対象：	国際社会における真の相互理解の実現のために、日本と諸外国との架け橋となる人材として期待される外国人留学生に対して奨学金の交付を行います。
応募資格：	奨学生に応募できる者は、2013年4月1日現在で、日本の下記指定大学の大学院に在学し、社会科学または人文科学の修学を目的とする外国人留学生のうち、留学生活上、経済的援助を必要とすると認められ、学業成績が優秀な者とします。ただし、国費留学生及び他から月額5万円（年間60万円）を超える奨学金や研究助成金など（名目または名称のいかんを問わず経済的支援とみなせるもの）を受けている者は除かれます。年齢は原則として2013年4月1日現在で35歳までの者とします。
指定大学：	東京大学・一橋大学・京都大学・大阪大学・早稲田大学・慶應義塾大学
提出書類：	・当財団所定の申請書、指定大学各担当部署当へ請求する。 ・最終成績証明書（現在大学院に在籍している場合はもっとも直近に作成された証明書）。 母国の証明書でも可（英語以外の場合は日本語訳を添付）。 ・指導教授の推薦状、未開封のもの。推薦状の書式は自由ですが、指導教授の直筆の署名および捺印（またはサイン）が必要です。 ・返信用封筒、定形封筒（長型3号：長さ約23.5cm、幅約12cmの封筒）に返信先を記入してください。

その他：	・2013年4月より正規大学院生として入学予定の留学生は応募できますが、その場合、合否発表予定日を記入してください。 ・正規大学院生として不合格だった者は、奨学生から除かれます。 ・既に合格している場合は、合格証のコピーを添付してください。
＜記入上の注意＞	・申請書（4枚つづり）はすべて自筆で日本語でご記入ください（パソコンあるいはワープロ入力は不可）。 ・申請書は4枚つづりでご送付ください（両面印刷で2枚にまとめるのは不可）。

70 次の四人の大学院生のうち、現段階で2013年野村財団外国人奨学生の応募条件を満たしているのは誰か。

名前	年齢	大学・専門	国籍	他の奨学金
ジョン	36	東京大学・哲学	アメリカ	国費留学生月に6万円
朴天真	30	岡山大学・比較文学	韓国	なし
アドルフ	25	京都大学・日本語教育	ドイツ	月額2万円
レオナルド・チン	27	大阪大学・工学	日本	なし

1 ジョンさん　　2 朴天真さん
3 アドルフさん　　4 レオナルド・チンさん

71 ジョイスさんは早稲田大学大学院2年の留学生で応募条件を満たしている。応募の段階で何をしなければならないですか。

1 提出書類として、合格証のコピーを添付しなければならない。
2 スペイン語の成績証明書に日本語訳を添えなければならない。
3 月額5万円を超える奨学金や研究助成金などを申請しなければならない。
4 大学院名、指導教授名、合否発表予定日を記入しなければならない。

聴解（55分）

注意

Notes

1. 試験が始まるまで、この問題用紙を開けないでください。

   Do not open this question booklet before the test begins.

2. この問題用紙を持って帰ることはできません。

   Do not take this question booklet with you after the test.

3. 受験番号と名前を下の欄に、受験票と同じように書いてください。

   Write your examinee registration number and name clearly in each box below as written on your test voucher.

4. この問題用紙は全部で6ページあります。

   This question booklet has 6 pages.

5. 問題には解答番号の1、2、3…が付いています。解答は解答用紙にある同じ番号のところにマークしてください。

   One of the row numbers 1,2,3... is given for each question. Mark your answer in the same row of the answer sheet.

受験番号 Examinee Registration Number	

名前 Name	

問題1

問題1では、まず質問を聞いてください。それから話を聞いて、問題用紙の1から4の中から、最もよいものを一つ選んでください。

1番

1 小山先生に手紙を書く
2 小山先生に電話をする
3 小山先生に会いに行く
4 先輩に紹介してもらう

2番

1 すぐ他の店に行く
2 二週間待つ
3 夕方に商店街の店に行く
4 後でまたこの店に来る

3番

1 男の人の会社に行く
2 男の人に新しい携帯電話を買う
3 男の人の服を洗濯する
4 家で男の人を待つ

4番

1 駅が遠いから
2 うるさいから
3 狭いから
4 値段が高いから

5番

1　かわいいから
2　演技がいいから
3　新人だから
4　歌が上手だから

6番

1　発表の参考文献を読みます
2　友達のところへ行って本を借ります
3　県立図書館へ行って参考文献を探します
4　学校図書館へ行って参考文献を探します

問題2

問題2では、まず質問を聞いてください。そのあと、問題用紙の選択肢を読んでください。読む時間があります。それから話を聞いて、問題用紙の1から4の中から、最もよいものを一つ選んでください。

1番

1　寝坊したからです
2　アルバイトがあるからです
3　レポートを書きたいからです
4　歯医者に行ったからです

2番

1　彼女とケンカしたから
2　取り締まりにあったから
3　彼女と別れたから
4　車が故障したから

3番

1　砂糖を入れすぎたから
2　だしを入れすぎたから
3　塩を入れすぎたから
4　醤油を入れすぎたから

4番

1　ほっとできるから
2　料理が上手だから
3　妻が優しいから
4　しっかりしているから

5番

1　いろいろなことを学んだこと
2　出世ができたこと
3　さまざまな角度から物事を見ること
4　異文化を体験できること

6番

1　紙の量を減らす
2　紙コップを使わない
3　コピーの裏用紙を使う
4　専用カップを使う

7番

1　カラオケが苦手だから
2　借金があるから
3　部長が音痴だから
4　カラオケが嫌いだから

問題3

問題3では、問題用紙に何も印刷されていません。この問題は、全体としてどんな内容かを聞く問題です。話の前に質問はありません。まず、話を聞いてください。それから、質問と選択肢を聞いて、1から4の中から、最もよいものを一つ選んでください。

問題4

問題4では、問題用紙に何も印刷されていません。まず、文を聞いてください。それから、それに対する返事を聞いて、1から3の中から、最もよいものを一つ選んでください。

問題5

問題5では、長めの話を聞きます。この問題には練習はありません。メモを取ってもかまいません。

1番、2番

問題用紙に何も印刷されていません。まず、話を聞いてください。それから質問と選択肢を聞いて1から4の中から、最もよいものを一つ選んでください。

3番

まず話を聞いてください。それから二つの質問を聞いて、それぞれ問題用紙の1から4の中から最もよいものを一つ選んでください。

質問1

1　メニューを持って行く
2　係りの人を回す
3　客を他の部屋に移らせる
4　荷物の整理を手伝う

質問2

1　食事に行くから
2　係りの人を待っているから
3　他の部屋がないから
4　荷物の整理が面倒だから

全真模擬試題　第七回

★ 言語知識（文字・語彙・文法）・読解

★ 聴解

言語知識（文字・語彙・文法）・読解（110分）

注意

Notes

1. 試験が始まるまで、この問題用紙を開けないでください。

   Do not open this question booklet before the test begins.

2. この問題用紙を持って帰ることはできません。

   Do not take this question booklet with you after the test.

3. 受験番号と名前を下の欄に、受験票と同じように書いてください。

   Write your examinee registration number and name clearly in each box below as written on your test voucher.

4. この問題用紙は全部で32ページあります。

   This question booklet has 32 pages.

5. 問題には解答番号の1、2、3…が付いています。解答は解答用紙にある同じ番号のところにマークしてください。

   One of the row numbers 1,2,3... is given for each question. Mark your answer in the same row of the answer sheet.

受験番号 Examinee Registration Number	

名前 Name	

問題1　＿＿＿＿の言葉の読み方として最もよいものを、1・2・3・4から一つ選びなさい。

1　これは私と彼との間の暗黙の了解事項だ。

1　あらすじ　　2　あんま

3　あんもく　　4　あんど

2　読者にとっては、それは煩わしいことかも知れない。

1　わずらわしい　　2　まちどおしい

3　たけだけしい　　4　とげとげしい

3　そのことなら、ちっとも気を揉むには当らぬ。

1　へこむ　　2　もむ

3　ひるむ　　4　はらむ

4　もとより、これが彼の究極の目的ではない。

1　きゅうょう　　2　きゅうきょく

3　きゅうさい　　4　きゅうしゅつ

5　母が、あきらかに回復の兆しをみせはじめている。

1　きりだし　　2　くりかえし

3　きざし　　4　こがらし

6　蝶が花のあいだを軽やかに飛びまわる。

1　ひややか　　2　たおやか

3　つややか　　4　かろやか

問題2　（　　）に入れるのに最もよいものを、1・2・3・4の中から一つ選びなさい。

7　私たちのチームは（　　）に輝くことができた。

1　栄光　　2　栄転　　3　栄養　　4　栄進

8　当方のやや（　　）なスケジュールにご対応いただき、感謝しております。

1　イラスト　　2　スマート

3　アジェンダ　　4　タイト

9　当時は（　　）な人気を誇っていたが、その後18 世紀の忘れられた画家として低い評価を受けた。

1　絶大　　2　膨大　　3　過大　　4　重大

10　「本当に大切なゲストだけを招待したい」「費用をなるべく抑えたい」などの理由により、（　　）人数での結婚式を行うカップルが増えています。

1　僅か　　2　稀　　3　少　　4　多

11　私はM 少年の話を聞いているうちにも、頭が（　　）するのをどうしても抑えることができなかった。

1　いらいら　　2　うろうろ

3　がやがや　　4　がんがん

12　あなたも知っているとおり、銀の皿やら黄金やらが（　　）つまっている。

1　ぎっしり　　2　ずらり

3　きっぱり　　4　じっくり

13　主人の死を冷静に（　　）にはまだ当分時間が必要かと思います。皆様には申し訳ございませんが、静かな時間を過ごさせて下さいますよう、よろしくお願いします。

1　受け持つ　　2　受け入れる

3　受け継ぐ　　4　受け付ける

問題3 ＿＿＿＿＿の言葉に意味が最も近いものを、1・2・3・4から一つ選びなさい。

14 辛うじて女子の声だというのは分かるけど、人物の特定はできそうにない。

1 なぜか　　2 何とか
3 すぐに　　4 たまたま

15 私はかねがね思うのだが、大阪弁ほど文章に書きにくい言葉はない。

1 直接　　2 ぜひ
3 早速　　4 以前から

16 所詮時代の流れに抵抗してもそれは、はかない努力であり、徒労であると思う。

1 果たして　　2 どうにか
3 結局　　4 何でも

17 私どもの計画していたこともすっかり無駄となって、落胆致しました。

1 びっくりした　　2 がっかりした
3 動揺した　　4 疑問を持った

18 お客様が来社されたとき、あなたは自信を持ってスマートな対応ができていますか。

1 手際よい　　2 賢明な
3 ハイカラな　　4 高性能な

19 あせってはならない、将来に対して布石をしなければならないと思った。

1 相手に確かめる　　2 何といってもやはり
3 予め注意すること　　4 将来のために配置しておく備え

第七回

問題4　次の言葉の使い方として最もよいものを、1・2・3・4から一つ選びなさい。

20　比例

1　凶悪犯罪の増加に比例して、警察官の死亡率も上がっている。
2　前と比例すると、交通マナーがずっとよくなっている。
3　領地を与えられた騎士でこそないが、その影響力の大きさは比例がない。
4　英語を勉強するときに、他人と比例するのではなく過去の自分と比べなさい。

21　脚光

1　それから半月ほどの間に、原稿紙にして約百枚の脚光を書くことになった。
2　彼の父親の発表した論文は、国の枠を超えて世界で脚光を浴びていた。
3　日本一の名優にとっても、あの脚光はずいぶん演じにくかったそうです。
4　この頃より全く霧が晴れて広い平原が脚光に展開されてきた。

22　稼働

1　太郎が自分の稼働で大家族を養っているだけでも大したものだと思う。
2　そんな弱い神経ではこういう稼働はつとまらないと笑っている。
3　なぜこの稼働に足を踏み入れたのか、その理由を彼は語ろうとしない。
4　日本風力開発の関連会社により、市内には多数の風力発電が稼働している。

23 寄与

1 三四郎の家では、年に一度ずつ村全体へ100 万円寄与することになっている。

2 私は親戚の家に寄与して、市内の中学に通い、休暇の間だけ生家に帰った。

3 これらの地震計が今日の地震学の発展に大きく寄与している。

4 執筆家としても多数の著書があり、雑誌への寄与・連載なども多くしている。

第七回

24 昨今

1 昨今の若い社員は、その程度のクレームさえ自力で片づけようとしない。

2 昨日と昨今の労働の時間は専らテーブルの製作に使われた。

3 まる一年間、昨今、星の問題だけを調べさせていたのであった。

4 彼らは昨今という日を使って、休養に出かけた。

25 画一

1 もちろん、法律上は成人というものを画一的に定義しなければならない。

2 日本文学史上でも、その異質性においても、画一的な作品だとされている。

3 映像は総合テレビと同じで、画一は総合テレビと比べると少し荒い。

4 デジタル画像の画一はフィルム式カメラと同様様々な要因で決定される。

問題5　次の文の（　　）に入れるのに最もよいものを、1・2・3・4から一つ選びなさい。

26　高齢者の多くは、（　　）限り働きたい、生活保護は受けたくないと考えている。

1　働けず　　2　働いた

3　働こう　　4　働ける

27　どうして、こんな物を持って帰ってきてしまったのかと思うと、今更ながらに一昨日のことが悔やまれて（　　）。

1　ならない　　2　やまない

3　過言ではない　　4　かぎらない

28　この町を全部見ようと思ったら、一週間（　　）足りないと思います。

1　に応じて　　2　にわたって

3　までは　　4　では

29　女房は、家事を（　　）しないで、いつも家でテレビを見てばかりいる。

1　いっさい　　2　一時

3　きっと　　4　まさか

30　この危険（　　）旅に、自分はひとりで出かけるのだということを、二人に理解してもらいたかったのだ。

1　でならない　　2　極まりない

3　ではいられない　　4　に越したことはない

31　常に心の中に成し遂げたい目的という太陽を持ち続ける必要があるのです。私の心は私のもの。他の誰にも、何者にも、（　　）しない。

1　縛れは　　2　縛られは

3　縛られては　　4　縛られることは

第七回

32 今回、関係各位に大変ご迷惑をおかけしましたことを衷心より（　　）。大変申し訳ございませんでした。

1 わびていただきます　　2 わびていらっしゃいます
3 おわびいただきます　　4 おわび申し上げます

33 おじいさんのカメラはとても古いが、古いカメラ（　　）味のある写真が撮れる。

1 ごときの　　2 がらみの
3 ほどまでの　　4 ならではの

34 昨年に続くうなぎ価格の高騰（　　）、消費者、うなぎ店の双方から悲鳴の声が上がっている。

1 を受けて　　2 に即して
3 に応えて　　4 を通じて

35 （インタビューで）

A「化粧品の開発で一番気をつけていることは何ですか」
B「製品の安全性です。お客様に化粧品を（　　）、生産から消費まですべての段階における安全性の確保と品質水準の向上を図り、消費者に安全で良質な化粧品が提供できるよう努めています」

1 お出しになる以上　　2 お出しになるうえ
3 お出しする以上　　4 お出しするうえ

問題6　次の文の ＿★＿ に入る最もよいものを、1・2・3・4から一つ選びなさい。

（問題例）

あそこで＿＿＿ ＿＿＿ ＿★＿ ＿＿＿は山田さんです。
1　テレビ　　2　見ている　　3　を　　4　人

（解答の仕方）

1.　正しい文はこうです。

あそこで＿＿＿ ＿＿＿ ＿★＿ ＿＿＿は山田さんです。 1　テレビ　3　を　2　見ている　4　人

2.　＿★＿ に入る番号を解答用紙にマークします。

（解答用紙）

（例）	①　●　③　④

36　申し訳ございませんでした。私が＿＿＿ ＿＿＿ ＿★＿ ＿＿＿ことになりまして。

1　ご迷惑をかける　　2　みなさんに
3　遅刻した　　4　ばかりに

37　だいたい選挙の結果が、候補者である彼に＿＿＿ ＿＿＿ ＿★＿ ＿＿＿です。

1　伝わっていない　　2　あやしい
3　こと　　4　からして

38 A：「『知らぬが仏』という諺があるがどういう意味ですか」

B：「それは、たぶん『知らなければ平静な心でいられる』＿＿＿ ＿＿＿ ★ ＿＿＿」

1 ような　　2 だろう

3 という　　4 意味だった

39 大学で「障害者教育概論」という講義を担当し、そこにはたまたま＿＿＿ ＿＿＿ ★ ＿＿＿手話をつかった講義をしました。

1 学生　　2 がいた

3 聴覚障害の　　4 こともあって

40 ＿＿＿ ＿＿＿ ★ ＿＿＿従業員は英語が堪能なようだった。

1 アパート　　2 外国人

3 専用の　　4 だけあって

第七回

問題7　次の文章を読んで、41から45の中に入る最もよいものを、1・2・3・4から一つ選びなさい。

「寅さん」の渥美清さんとヤクザ映画の高倉健さんを並べてみたくなる。

（中略）

健さんが、義理と人情をはかりに 41 「義理が重たい男の世界」と詠嘆すれば、寅さんは、男というもののつらいもの、顔で笑って腹で泣く、とサラリと歌った。笑わない寡黙な健さんと「空笑い」をする 42 な寅さんと。

あの時期、ヒーローが交代したのだった。

43-a から 43-b へ。廃れた流行語でいえば、かっこいい健さんからダサい寅さんへ。怒りをにえたぎらせる健さんから、ほれっぽくてはにかみの寅さんへ、と。

山田洋次監督が落語と浪花節について書いている。浪花節は「暗い生活を背景にして育った、うらみつらみの呪いの歌のようなもの」といい、「落語における笑いとは、人間をリアルに客観的に描いたときにおきる共感の喜びのようなもの」と。

44 、かつての健さんの映画は 45-a 型で、寅さんは 45-b 型ということらしい。

しかし、こうやって、くだくだと理屈をならべていると、寅さんのセリフが耳元で聞こえてくる。

「俺のことは忘れて達者に暮らしてくれよな。さようなら」と寅さんが言っても、簡単には忘れられない。

41

1　つけて　　　2　つれて

3　かけて　　　4　かかって

42

1　ユーモア　　　2　無口

3　頑丈　　　4　饒舌

43

1　二枚目　三枚目　　　2　三枚目　二枚目

3　三枚目　一枚目　　　4　二枚目　一枚目

44

1　なにとぞ　　　2　あたかも

3　それにしても　　　4　どうやら

45

1　落語　浪花節　　　2　浪花節　落語

3　落語　落語　　　4　浪花節　浪花節

問題8　次の（1）から（4）の文章を読んで、後の問いに対する答えとして最もよいものを、1・2・3・4から一つ選びなさい。

（1）

平成24年12月に発足した第二次内閣では、女性活力・子育て支援担当大臣が設けられた。男女が共に仕事と子育てを両立できるような環境整備や、仕事で活躍している女性も家庭に専念している女性も、それぞれのライフステージに応じて輝けるような取組が、内閣を挙げて進められている。日本経済再生のために若者や女性の雇用問題等に対して処方箋を提示することが喫緊の課題とされ、若者や女性の活躍促進のための対応策を検討するため、25年2月からは若者・女性活躍推進フォーラムが開催された。

46　第二次内閣が行われていることはどれか。

1　女性活力の支援担当大臣が設けられること
2　女性の仕事と子育てを両立させるための環境を整備すること
3　女性の雇用問題に対する解決策を提示すること
4　女性活躍推進フォーラムが開催されること

（2）

中国の説話集『列子』に、斧を隠して持っているんじゃないかと隣の息子を疑ったが最後、歩き方まで斧を盗んだかのように見えてしまう男が描かれています。結局、斧は別の場所から出てきたのですが、そうなると、息子の態度も別段怪しく見えなくなっていました。

二千年以上も前の説話ですが、一度裏切られると人を信じられなくなるという（注1）トラウマなどにもかかわっているため、心理学の説明などにもよく登場します。人間の（注2）業は何年たってもほとんど変わらない。

（注1）トラウマ：心的外傷
（注2）業：身体・言語・心による人間の働き・行為

47 この説話の意味とは、何だろう。

1　一度裏切られると人を信じられなくなる。
2　斧を持っている隣の息子を疑うのはよくない。
3　いくら疑心があっても目に鬼は見えない。
4　疑う心があれば暗闇には鬼が潜んでいるように見える。

(3)

お手紙拝見いたしました。ご苦境充分にお察し申し上げます。

何とかお役に立ちたく家内とも相談いたしましたが、私のほうも春の出費で蓄えがほとんどない有り様で、どうしてもご用立てがかないません。二、三の心当たりに融通を頼んでもみたのですが、いずれも徒労に終わる始末で、実に申し訳なく存じております。

長年のご厚誼にそむく結果で、まことに心苦しい次第です。事情がお察しくださいますようお願いいたします。肝心のときにお役に立てぬ自分が実に情なく、お許しを請うばかりです。

取り急ぎご返事まで。

48 何のためにこの手紙を書いたのか。

1　手を貸すために
2　手を借りるために
3　借金を頼むために
4　借金を断るために

(4)

日本の王朝国家では平安時代末期から、中央の貴族や寺社が各地に所有する領地（注1）（荘園（しょうえん））の現地管理者であった者が、次第に力を持って武装権力となり、事実上の在地領主となっていく流れが生まれました。この在地領主が武士の起こりであり、彼らは中央から自立した地方権力として各地で武士団を形成していきました。

また、古代日本では天皇の血筋にある有力貴族を、地方を治める長官として派遣していましたが、彼らは任期を過ぎても中央へ帰らず、そのまま土着して地方権力化していきました。やがて、彼らの中から源氏や平氏などの有力な武士団の統括者が出現していったのです。これは中央の力がそれだけ弱かった日本ならではのことで、大陸や半島ではなかったことでした。

（注1）荘園（しょうえん）：奈良時代末以降、貴族や寺社が諸国に私的に領有した土地をいう。

49 なぜ日本には武士が生まれたのか。

1　日本は地方権力の育つ余地がなかったから
2　日本は島国で、あまり外敵の侵入を気にしなくてもよかったから
3　日本は全国を統一支配する王朝国家の力が弱かったから
4　日本は全国を統一支配する王朝国家の力が強かったから

第七回

問題9　次の（1）から（3）の文章を読んで、後の問いに対する答えとして最もよいものを、1・2・3・4から一つ選びなさい。

（1）

こう見てくると奥の手の左手、未来を知らせる左眉と、日本人にとって左は神々などの神聖な領域に触れる側であり、右は日常生活に使う側であると大まかに言える、と思います。葬式などの儀式に（注1）左回りなど左を重視するのも、死が不浄という以前に非日常的営為であるから左を重視したとも考えられます。

左を不吉で縁起でもないと考える傾向は、おそらく左を神聖視するあまり、日常では使ってはならない（注2）サイドだったので、やがてマイナスの意味が加重されていったためと考えられます。右を重視する中国からの影響は大きいかもしれません。

最後に独断ですが、結婚指輪についての考察を（注3）ひとくさり。日常生活である結婚という形態に入ったのに、右手の指ではなく左手の指にはめるのが結婚指輪。ならば、左右の論理と矛盾するのではないかと思われますが、結婚生活が日常の右ならば、恋愛という日常を超えた夢のような（注4）ふわふわした抽象的な世界が左といえます。右手ならば、その内、日々の結婚生活でその感動が（注5）すり減ってしまうので、奥深く、遠くに置いて来た恋愛の楽しかった日々を忘れないためにも左手に指輪をする、と考えてはいかがでしょうか。

皆さんのお力で本書がたくさん売れて（注6）「左団扇」で暮らしていけることを夢みながらこの項を閉じます。ああ、左は夢のように遠い世界でしたね。左様なら。

（注1）左回り：時計の針と反対の方向にまわること
（注2）サイド：側面
（注3）ひとくさり：謡い物・語り物、また話などのまとまった一区切り
（注4）ふわふわ：心が落ち着かず浮いているさま
（注5）すり減る：少しずつなくなる
（注6）左団扇：安楽な生活を送ること

50 「恋愛」の説明として正しくないものはどれか。

1 日常を超えた夢のようなものだ。
2 左右の論理と矛盾するものだ。
3 ふわふわした抽象的なものだ。
4 奥深く、遠くに置いて来たものだ。

51 文章の内容と合っているのはどれか。

1 結婚指輪を右手の指にはめるのは不吉だ。
2 日本の左右文化は中国とまったく違っている。
3 左手に指輪をするのは恋愛の楽しかった日々を忘れないためなのだ。
4 日本人にとって右は神々などの神聖な領域だ。

52 この文章で筆者の言いたいことはどれか。

1 左のマイナスの意味
2 左右の論理の由来
3 右を重視する中国からの影響
4 左は不吉とされた理由

（2）

ねぶた祭は、毎年八月二日から七日までの六日間、青森市で開催されるお祭りで、秋田市の竿灯まつりと仙台市の七夕まつりと合わせて東北三大まつりと呼ばれています。

たくさんの市民が、威勢のいいかけ声とともに、華麗な人形灯籠の山車を引いて夜の街を練り歩く様子は、見ているだけでわくわくしてきます。

この青森ねぶた祭が外国人に人気の理由も、日本人が感じていることとそれほど変わらないと思います。まず「ねぶた」の大きさに驚かされ、そして（注1）ダイナミックでありながら細部までたいへん丁寧につくりこまれている技術に感心させられます。

ねぶたのテーマは神話や歴史的人物が多く、勇壮なサムライの姿をよく見かけます。その日本独特の絵柄（えがら）が、外国人にとってはたいへん魅力的に映るのです。芸術作品のように感じている人もいます。夜、ねぶたに灯りがともると、さらに華やかさが（　　）されます。

なにより、お祭りの雰囲気がいい。雰囲気を盛り上げる大事な要素に「音」がありますが、あのお囃子（はやし）の音、リズム、「ラッセラー、ラッセラー」のかけ声に、欧米の人たちは一瞬で心を惹きつけられます。

自分の国にある音とはまったく質が異なるのですが、リズムには乗れてしまう。そんな不思議な一体感を味わっているようです。

またねぶた祭は、夏祭り特有の解放的な雰囲気があり、人々はリラックスして楽しんでいますし、露店がたくさん出ているので、いろいろな「お祭りフード」が試せます。

地元の人と一緒にお祭りに参加して飲食をともにした時間は、旅先のうれしくて忘れられない思い出になるでしょう。

（注1）ダイナミック：力強く、活気のあるさま

53 ねぶた祭が外国人に人気のある最大の理由は何か。

1 細部まで丁寧につくりこまれている技術に感心させられるから
2 日本独特の絵柄を芸術作品のように感じるから
3 夏祭り特有のいい雰囲気に心を惹きつけられるから
4 いろいろな「お祭りフード」が食べられるから

54 「ねぶた祭り」についての説明は正しくないのはどれか。

1 かけ声が耳障りで魅力はない。
2 青森市にある東北三大まつりの一つ。
3 テーマは神話や歴史的人物が多い。
4 リラックスできる解放的な雰囲気がある。

55 （　　）に入る最も適当な言葉はどれか。

1 クリック
2 プラス
3 アリペイ
4 イラスト

（3）

関東の気風は東京に代表させることができるが、関西となると、京都、大阪という二大都市、古都と商都とを無視するわけにはいかない。

隣接する古い都市でありながら、多くの面で性格を異にしており、両者を一緒に論ずるのは難しい。

京都人から見ると、大阪人は万事（注1）あけっぴろげで、あまりくよくよしないところがあり、必然的に前向きの姿勢で生きているように感じるらしい。気持ちの面では、大阪人に親近感を持ちながら、閉鎖的でしめっぽいところのある京都人は、気質の点で、かなり違和感を感じるはずである。

京都人は近江からの転入者が多く、ついで若狭、越前、加賀などの北陸、山陰人になっている。しかし、彼らは、おくれて京に入ってきた人で、経済的地位も「近江商人」を除いては主流を占めることができず、末端的立場でしかなかった。

大阪人は紀州や瀬戸内海沿岸、四国などからの移住者を主体とし、さらに九州にまで門戸をひらいている。ところが、京都は山陰や北陸のいわば出店であって、その先は常に、大阪商人に道をふさがれていた。

瀬戸内に向ってひらけた明るい海洋性の大阪に対して、京都は日本海的で、北陸、山陰型である。

江戸、東京という一つの地域に集中し、求心的に働く関東に比べて、関西は、二つの拠点を持ち、楕円的な構図である。

しかし、江戸という東の代表地域の性格を述べるには、大阪のほうが対比性がはっきりしているので、本書では、京都を西の（注2）副次的な存在として、考えていきたい。

（注1）あけっぴろげ：つつみ隠すところがなく、ありのままであるさま
（注2）副次的：二次的

56 大阪の性格に合っていないものはどれか。

1 大阪人は万事あけっぴろげで、おくれて京に入ってきたのだ。

2 大阪人はあまりくよくよしないで、必然的に前向きの姿勢で生きている。

3 大阪は西の代表地域で、東京との対比性がはっきりしている。

4 大阪人は瀬戸内海沿岸や四国などからの移住者を主体として、明るい海洋型だ。

57 大阪人に親近感を持ちながら、閉鎖的でしめっぽいところのある京都人とあるが、「ながら」の使い方と同じものはどれか。

1 この子は生まれながらにして優れた才能に恵まれている。

2 こちらでお菓子でも食べながら花見しましょう。

3 狭いながら楽しい我が家が大好きだ。

4 リンゴを皮ながら食べるのは禁止されるところがあるそうだ。

58 この文章のタイトルとして最も適当なものはどれか。

1 関東人と関西人の相違点について

2 京、大阪、二つの気風を形作ったもの

3 関西地方の主な都市について

4 大阪人が前向きの姿勢で生きている性格

問題10　次の文章を読んで、後の問いに対する答えとして最もよいものを、1・2・3・4から一つ選びなさい。

ある外国人があきれて言った。

「日本人は大学を出ても、鉄道の駅の名前も読めない」

彼などには考えられないことだろう。仮名書きしている言語では、どんな地名でもとにかく発音できる。ところが、日本の地名は全部漢字を使っている。仮名の地名というのはない。先年来、つくば市、さいたま市などが現れたが、なお例外である。小地区の名前では「ひばりが丘」というようなものもないではないが、駅の名前はなおほとんどが漢字である。

となれば、分からなくてもおかしくはない。日本人同士、東北本線の駅名が読めなくても、その人の知性を疑うようなことはしない。漢字はいく通りもの読み方があって、どれかを決める法則がない。まったく慣用によっている。ずいぶん不便なはずだが、その割には不自由をしていない、というのも面白い。

そういえば、人名だって同じことである。端山俊一という人がいる。ハジヤマシュンイチと読むのか、ハヤマトシカズと読むのか分からない。森谷さんという人に電話をかけた人がいた。名刺をもらっていただけでよく知っていたわけではなかったから、多少は不安であったが、モリヤさんいらっしゃいますか、ときいたら、そんな人はいません、という返事である。それで、モリとタニと書くのですが……と説明すると、モリタニさんですね、モリタニさんならいらっしゃいます、とつないでくれた。あとで森谷さんから聞いた話によると、関東ではモリヤと呼ぶが、関西へ行くとモリタニと読むのが普通だ、そうだ。

「荒城の月」を作った土井晩翠という詩人の姓はツチイと読むのが正しい。ところが世間がみんなドイと言う。そうではない、ツチイだと、いくら本人が（注1）力んでみても、やはりドイと言う。多勢に無勢、とうとう（注2）根負（こんま）けして、しまいには自分でもドイと名乗っていたといわれる。

（中略）

それで、このごろは、いたるところで、名前にふりがなをつけようと言われる。愛読者カード、同窓会名簿カード、履歴書などなど。名刺にもかなをつけている人がいる。ある出版社の編集にハナブサさんという人がいる。これが何と纐纈と書くのである。これではかなをふっておいてもらわないと誰にも読めない。こういう名をもった人は漢字をうらめしいと思うことがあるのではあるまいか。小学生のとき名前を書くのが大変だったろうと想像する。

漢字は見た目はまとまって美しいが、読むのが厄介である。画のようなものだから、音声的要素が曖昧である。ことに音調には何通りもの読みがあるからなおさらである。

そこで考えられたのがルビ、漢字の右側に小さなかなをふる。これなら読めない字はなくなる。意味が分からなくても、とにかく音には出せる。

（注1）力む：息をつめて力を入れる
（注2）根負け：相手より続かず、張り合うのをやめること

59 日本人は大学を出ても、鉄道の駅の名前も読めないのはなぜか。

1　仮名書きしている言語で、読みにくいから
2　駅の名前の読み方は複雑で覚えにくいから
3　漢字も多ければ、読み方と法則も多いから
4　駅名の読み方はまったく慣用によっているから

60 文章の内容と合っていないのはどれか。

1　名刺をもらっても名前が読めないことさえある。
2　ルビとは漢字の右側にふる小さなかなだ。
3　「端山」と「森谷」は読み方が二通りで、「土井」は一通りだ。
4　駅名が読めるかどうかは人の知性と関係はない。

61 「多勢に無勢」という熟語の意味はどれか。

1 大勢に対しては少人数には敵対しがたいこと

2 余計なことをすると人から憎まれる

3 勢いのあるものにさらに勢いをつける

4 敵はないけど、味方の数が少ないこと

62 「こういう名をもった人は漢字をうらめしいと思うことがあるのではあるまいか」とあるが、「まい」の使い方と同じものはどれか。

1 あの人にはもう二度と会うまい。

2 行こうと行くまいと君の勝手だ。

3 これから絶対にタバコを吸うまい。

4 この天気で海で泳ぐ人もあるまい。

問題11　次のAとBの意見文を読んで、後の問いに対する答えとして最もよいものを、1・2・3・4から一つ選びなさい。

第七回

A

日本語を学ぶ外国人からよくいわれるのは、日本語には曖昧な表現があるから難しい、ということである。

欧米人もアラブ人も、自分の思うことをはっきりいい、自分の要求をはっきり主張することに慣れているため、当然のように、そういった表現をするのだが、それは日本語にすると失礼な物いいになったり、相手にとってきついいい方になったり、ずうずうしいいい方になったりする。

学校で（注1）ディベート教育が取り入れられ、自己主張的なコミュニケーションの練習をさせられている今の若者たちでさえ、話し合いの場で自分の意見を主張するのが苦手な者が多い。

学生に聞いても、グループで話し合うワークを取り入れる授業で、よく知らない人たちに対して自分の意見をいうのは難しくて、ごく一部の人が話しているだけで、他の人は適当にお茶を濁している感じだという。

なぜ、よく知らない人に対して意見をいうのが苦手なのか。それは、相手の考えや感受性がよく分からないため、配慮するのに失敗するかもしれないからだろう。

B

日本人がなるべく言わないほうがいいと考えてきたこと、その重要なもののひとつに、「自分の意見を出すな」ということがあった。

堀川直義氏が言われたが、日本人が一座してしゃべっている場合には、周囲がみんな自民党で、自分だけ社会党だというようなとき、意見が出しにくくなってとかく黙ってしまう。祖父江孝男氏によると、アメリカでは、そういう場合、ひとりひとり意見をちゃんと述べて、しかもそのあと喧嘩になるようなことはないという。羨ましいことである。

東大講師ネラン氏によると、フランス人は、何人かで話をするとき、すぐ相手に賛成したら話が進まないから、わざと反対することがあると言う。芝居である。そうすると（注2）興が湧いて話に活気が出るという。

（注1）ディベート：特定のトピックに対し、肯定・否定の二組に分かれて行う討論

（注2）興：心に感じる楽しさや面白み

63 筆者Aと筆者Bの共通している意見はどれか。

1 日本人は知り合いに対して意見を出さず、黙ってしまう人が多い。

2 日本では間接表現は失礼な物いいで、ずうずうしい言い方だと思われる。

3 アメリカ人は自分の意見をはっきり主張することに対して、日本人は自分の意見をできるだけ出さない。

4 アラブ人もフランス人もわざと相手に反対の意見を提案することがある。

64 学校でディベート教育が取り入れられ、自己主張的なコミュニケーションの練習をさせられている今の若者たちでさえ、話し合いの場で自分の意見を主張するのが苦手な者が多いとあるが、それはなぜか。

1 相手の考えや感受性が分からないため、配慮するのに失敗するかもしれないから

2 よく知らない人たちに対して自分の意見をいうのは難しいから

3 すぐ相手に自分の意見を出したら話が進まないから

4 曖昧な表現があれば喧嘩になりやすいから

65 ごく一部の人が話しているだけで、他の人は適当にお茶を濁している感じだというとあるが、「お茶を濁す」とはどういう意味か。

1 お茶を濁るようにする。

2 いいかげんなことを言ってその場をごまかす。

3 なんでも賛成する。

4 興が湧いて話に活気が出る。

問題12　次の文章を読んで、後の問いに対する答えとして最もよいものを、1・2・3・4から一つ選びなさい。

それに対し日本人が好むリーダー像は、コツコツ真面目に努力した人や苦労してきた人、あるいは悲運に見舞われた人などです。特に病気や障害、貧しさに負けずがんばってきた人にはぐっときて、「応援したい」と人気が出ます。

逆に、優れた人、立派な人、強い人には反発する傾向があります。これは日本人の克服すべき悪いところだと思います。

現在の日本のリーダーは民主党のトップですが、党内でトップの（注1）足を引っ張る動きがしばしば見られます。野党というのは、そもそも責任ある立場の人を批判するのが仕事なので、民主党は長年の野党時代のクセが染みついてしまっているのかもしれません。それにしても、3・11から半年の間、自分たちのトップを批判して引きずり下ろそうとしている光景には、「この国難に何をやっているのか」と呆れる人が多かったのではないでしょうか。

ここぞというときには、与党のみならず野党も一致団結してリーダーを支えるべきなのに、今の日本にはその気概が足りません。ついて行きたくなるような強いリーダーがいないことも残念ですが、リーダーの足を引っ張ることにエネルギーを費やすのではなく、よいフォロワーシップを発揮してほしいものです。大統領制をとる国々では基本的に任期中の大統領の地位は安定し、リーダーシップが保障されます。

「リーダーの足を引っ張る」ということに関して、私は以前から気になっていることがあります。それは、野党だけではなく、マスコミも大学人、知識人も、批判をするだけで、建設的な政策提言、体系的な代替案を考える人が少ないことです。大人たちがリーダーの批判ばかりしているので、子供たちも将来リーダーになることに魅力を感じず、「（注2）まったり」「（注3）そこそこに」生きていきたいと望むようになっていくのです。

日本人の弱い者に同情し手をさしのべる「お互い様」の精神は美しいのですが、反面、「みんな一緒で平等が一番」という考えが強すぎるとも言えます。だから、ちょっと優れている人、力のある人には嫉妬の炎を燃やし、「あいつは威張っている」とか「実はこんなスキャンダルがあるんだ」「こんな失敗があるのだ」などと悪口を言って足を引っ張るのです。

「出る杭はうたれる」という現象は、日本が克服しなければならない最大の弱みだと思います。何もかも「みんなで一緒に考えよう」などと言っていては、優れた創造性をもったリーダーが育ちません。それでは、震災後の日本の復興はもとより、二十一世紀の混沌とした世界を生き抜いていくのは難しいでしょう。

（注1）足を引っ張る：仲間の成功、勝利、前進などの邪魔をする
（注2）まったり：あわてず、ゆとりのあるさま
（注3）そこそこ：そのことを十分に済ませたとは言えない段階で切り上げ、次の行動に移る様子

66 「この国難に何をやっているのか」とあるが、「国難」とは何か。

1 阪神大震災
2 3・11大震災
3 トップの足を引っ張ること
4 フォロワーシップを発揮できないこと

67 ここぞというときにはとあるが、どういうときか。

1 リーダーを支えるとき
2 リーダーを批判するとき
3 スキャンダルがあるとき
4 震災後の復興のとき

68 なぜ日本では優れた人、立派な人、強い人の足を引っ張る傾向があるのか。

1 弱い者に同情し手をさしのべる「お互い様」の精神は美しいから

2 長年の野党時代のクセが染みついてしまっているから

3 「みんな一緒で平等が一番」という考えが強すぎるから

4 リーダーシップが保障されないから

69 筆者がこの文章で一番言いたいことは何か。

1 「出る杭はうたれる」という風潮は、日本が克服すべき最大の弱みだ。

2 リーダーを批判ばかりしてはいけない。

3 優れた創造性をもったリーダーを育てたい。

4 日本人が好むリーダー像は人気が出る。

問題13　以下は、対馬市が主催する「対馬の歴史講座生」の募集の案内である。阿比留さんは、今回この講座生に応募しようと思っている。下の問いに対する答えとして最もよいものを、1・2・3・4から一つ選びなさい。

大陸文化の窓口として、固有の文化遺産を育んできた「対馬」。その歴史を学び、輪を広げ、未来へつないでいきましょう。

開 講 日　　平成25年9月26日（木）19：30～
開催日時　　毎週木曜日（全10回）19：30～21：00
対　　象　　一般成人
参 加 費　　無料
実施場所　　対馬市交流センター3階　　大会議室
募集期間　　平成25年8月19日（月）～9月20日（金）
主　　催　　対馬市
主　　管　　対馬芳洲會

開催日	講義内容	講師（敬称略）
9／26	開講式	
9／26	仏教史から見る韓半島と対馬の交流	鄭永鎬（韓國檀國大學名譽教授　対馬市國際諮問大使）
10／3	日韓交流と倭館の成立	小島武博（芳洲会事務局長）
10／10	「たけくらべ」と「十三夜」から観た樋口一葉	酒井勝記（元九州産業大学非常勤准教授）
10／17	文化八年（1811）対馬易地聘礼後の朝鮮通信使	斎藤弘征（対馬市文化財保護審議會委員）
10／24	江戸時代の住民登録	永留史彦（交隣舎出版企画代表）
10／30	古式捕鯨と対馬の鯨組	吉本誠一（対馬古文書研究会会員）
11／7	享保弐年の幕府巡検使「御巡検使御尋併二御答書」を読んで	早田和文（対馬市文化財保護審議會委員）
11／14	遺跡から見た城下の姿	尾上博一（対馬市教委文化財課学芸員）

11／21	倭寇の掠奪品か—対馬の仏像と経典	小松勝助（芳洲会副会長）
11／28	現代の私たちが学ぶべき朝鮮通信使から雨森芳洲の事跡	松原一征（芳洲会長）
	閉講式	

申込・問い合わせ　　観光物産推進本部　0920（53）6111

第七回

70 小説家樋口一葉によって書かれたものはどれか。

1 十三夜／走れメロス
2 にごりえ／地獄変
3 たけくらべ／浮雲
4 たけくらべ／十三夜

71 案内の内容に合っていないものはどれか。

1 対馬と韓国との交流に関する講座は開講式が終わってから始まる。
2 会社員の阿比留さんは電話で観光物産推進本部に申し込めばいい。
3 どの方でも無料でこの歴史講座に参加できる。
4 日本人の先生のみならず韓国からいらっしゃった先生もいる。

聴解（55分）

注意

Notes

1. 試験が始まるまで、この問題用紙を開けないでください。

   Do not open this question booklet before the test begins.

2. この問題用紙を持って帰ることはできません。

   Do not take this question booklet with you after the test.

3. 受験番号と名前を下の欄に、受験票と同じように書いてください。

   Write your examinee registration number and name clearly in each box below as written on your test voucher.

4. この問題用紙は全部で6ページあります。

   This question booklet has 6 pages.

5. 問題には解答番号の1、2、3…が付いています。解答は解答用紙にある同じ番号のところにマークしてください。

   One of the row numbers 1,2,3... is given for each question. Mark your answer in the same row of the answer sheet.

受験番号 Examinee Registration Number	

名前 Name	

問題1

問題1では、まず質問を聞いてください。それから話を聞いて、問題用紙の1から4の中から、最もよいものを一つ選んでください。

1番

1　ファックスを送ります
2　ファックスを読みます
3　電話をします
4　電話を待ちます

2番

1　盲導犬の訓練
2　社会福祉の勉強
3　ボランティア
4　介護の仕事

3番

1　名札
2　プリント
3　アンケートの結果
4　まとめた案

4番

1　窓にかぎがかかっていなかったので、そこから入ったのです
2　部屋の窓を破って入ったのです
3　ドアにかぎがかかっていなかったので、そこから入ったのです
4　部屋のドアを破って入ったのです

5番

1 16,000円
2 18,500円
3 20,000円
4 22,000円

6番

1 会社
2 銀行
3 郵便局
4 自宅

問題2

問題2では、まず質問を聞いてください。そのあと、問題用紙の選択肢を読んでください。読む時間があります。それから話を聞いて、問題用紙の1から4の中から、最もよいものを一つ選んでください。

1番

1 うちでのんびりします
2 友達と食事会をします
3 ドライブに行きます
4 旅行に行きます

2番

1　警察署で再発行の手続きをします
2　警察署で住民票をとります
3　市役所で紛失届を出します
4　市役所で再発行の手続きをします

3番

1　人間関係を無視することです
2　一つの会社で働き続ける能力を養うことです
3　いつでも独立できるように準備しておくことです
4　不況を乗り越えるために会社から離れることです

4番

1　日本人は外国語が苦手ですから
2　日本人はカタカナ言葉をよく使いますから
3　英語は日本語より難しいですから
4　日本語に翻訳しませんから

5番

1　1階
2　2階
3　3階
4　4階

6番

1　22231
2　22221
3　22136
4　12222

7番

1　楽しい瞬間を永遠に残せること
2　大勢の友達に見せること
3　いろんな写真が楽しめること
4　まわりの小さなものにも興味が湧いてくること

問題3

問題3では、問題用紙に何も印刷されていません。この問題は、全体としてどんな内容かを聞く問題です。話の前に質問はありません。まず、話を聞いてください。それから、質問と選択肢を聞いて、1から4の中から、最もよいものを一つ選んでください。

問題4

問題4では、問題用紙に何も印刷されていません。まず、文を聞いてください。それから、それに対する返事を聞いて、1から3の中から、最もよいものを一つ選んでください。

問題5

問題5では、長めの話を聞きます。この問題には練習はありません。メモを取ってもかまいません。

1番、2番

問題用紙に何も印刷されていません。まず、話を聞いてください。それから質問と選択肢を聞いて1から4の中から、最もよいものを一つ選んでください。

第七回

3番

まず話を聞いてください。それから二つの質問を聞いて、それぞれ問題用紙の1から4の中から最もよいものを一つ選んでください。

質問1

1　お金をあまりかけません
2　防音壁はありません
3　防音ガラスを入れています
4　よく飾り付けています

質問2

1　朝食付きで一泊4,500円からだ
2　全室シングルルームである
3　外観にお金を使うようにしている
4　内装は非常に簡単である

全真模擬試題　第八回

★ 言語知識（文字・語彙・文法）・読解

★ 聴解

言語知識（文字・語彙・文法）・読解（110分）

注意

Notes

1. 試験が始まるまで、この問題用紙を開けないでください。

   Do not open this question booklet before the test begins.

2. この問題用紙を持って帰ることはできません。

   Do not take this question booklet with you after the test.

3. 受験番号と名前を下の欄に、受験票と同じように書いてください。

   Write your examinee registration number and name clearly in each box below as written on your test voucher.

4. この問題用紙は全部で33ページあります。

   This question booklet has 33 pages.

5. 問題には解答番号の1、2、3…が付いています。解答は解答用紙にある同じ番号のところにマークしてください。

   One of the row numbers 1,2,3... is given for each question. Mark your answer in the same row of the answer sheet.

受験番号 Examinee Registration Number	

名前 Name	

問題1 ＿＿＿＿の言葉の読み方として最もよいものを、1・2・3・4から一つ選びなさい。

1 旅に出るだけの金も、工面すればできないはずはなかった。

1 こうめん　　2 こうさく
3 くめん　　4 こうぼう

2 先般、あの劇場でお話ししたことを覚えていらっしゃるでしょう。

1 せんぱん　　2 せんやく
3 せんせい　　4 せんけつ

3 どんな過程があるかは問わない、ただその結果を尊び、感謝する。

1 よび　　2 さけび
3 しのび　　4 とうとび

4 せめて一週間ぐらいの献立は、料理名だけでも考えておきたいものです。

1 けんりつ　　2 こんだて
3 けんじょう　　4 けんげん

5 こう急いで宥めると、彼女は思いのほかきれいに涙を収めてくれた。

1 さだめる　　2 あらためる
3 なだめる　　4 いましめる

6 その大きな額には皺もなく、その滑らかな顔は子供のようだった。

1 ほがらか　　2 たいらか
3 うららか　　4 なめらか

問題2　（　　）に入れるのに最もよいものを、1・2・3・4の中から一つ選びなさい。

7　あてにもならないことをあてにしているうちに、時は（　　）なくたってゆく。

1　猶予　　2　披露
3　一括　　4　油断

8　複雑な社会で自分の（　　）を実現し、目標を設定する。権利を行使して責任を取る。

1　アイデンティティー　　2　クライアント
3　コミュニティー　　4　コンセプト

9　今回の講演では個人情報の（　　）を未然に防ぐための対策についても解説します。

1　展開　　2　発散
3　流出　　4　転向

10　私は魚なら何でも好きだが、（　　）サーモンが大好きだ。

1　ともかく　　2　まさしく
3　いっそ　　4　とりわけ

11　走っていったら（　　）間に合った。

1　からから　　2　ざあざあ
3　くすくす　　4　ぎりぎり

12　世界の絶望を一身に引き受けたかのように、その場で（　　）と膝をつく。

1　てっきり　　2　うっとり
3　がっくり　　4　きっぱり

13　彼女に恨まれるなんて、少しも（　　）ところがない。

1　思い込む　　2　思い切る
3　思い当たる　　4　思い詰める

問題3 ＿＿＿＿の言葉に意味が最も近いものを、1・2・3・4から一つ選びなさい。

14 ピアノは十歳から習いはじめ、高校の頃にはかなりの腕前になっている。

1 心構え　　2 手腕

3 見栄え　　4 器量

15 そのスケールの大きい景観は、日本にいることを忘れさせるものがある。

1 見掛け　　2 規模

3 土台　　4 基盤

16 新学期が始まり、すがすがしい表情で生徒が登校していきました。

1 ほっとした　　2 むっとした

3 さわやかな　　4 真剣な

17 余計な心配しないで、さっさと寝たほうがいいよ。

1 ぐずぐず　　2 素早く

3 のろのろ　　4 しきりに

18 人間、どんな些細なことでも自信を持つということはいいことである。

1 重要な　　2 新たな

3 小さな　　4 深刻な

19 彼の実力を持ってすればそれを手に入れるのはいたって簡単な事だろう。

1 わりに　　2 意外に

3 非常に　　4 たしかに

第八回

問題4　次の言葉の使い方として最もよいものを、1・2・3・4から一つ選びなさい。

20　合意

1　十五分くらいたってようやく売り手と買い手との間に<u>合意</u>が成立した。

2　マクロ経済学では経済全体の消費を<u>合意</u>して総消費と呼ぶ。

3　僕はそのお心に<u>合意</u>することは出来ませんが、理解することは出来ます。

4　私は道徳家ではないが、そういう利己的な愛情にはあまり<u>合意</u>できない。

21　根性

1　その理論は<u>根性</u>から間違っている。

2　解決に向けては、表層的なものでなく<u>根性</u>課題に向き合うことが重要だ。

3　あなたは<u>根性</u>が無いわけではありません、ただ好きな事が見つかってないだけ。

4　駐車秩序を守るために、政府は法律・条例を<u>根性</u>に自転車の撤去を行っています。

22　作法

1　数分後には安全装置が<u>作法</u>して、機関を停止し深海へと沈んでいくことだろう。

2　食事の<u>作法</u>というと、まず頭にうかぶのは西洋料理の食べ方らしい。

3　あなたが装置に入って数秒後、コンピュータが<u>作法</u>し始めました。

4　昨夜の事件の報告書を<u>作法</u>するのに時間がかかって、ほとんど眠っていない。

23 最中

1 不況の<u>最中</u>でもうちの会社はボーナスが支給された。

2 与えられた条件の中で<u>最中</u>の努力をするのが私たち教師の仕事ですな。

3 やると約束したからには私たちは、<u>最中</u>を尽くさなければいけない。

4 二人一緒に暮らせるようになったといっても、その生活ぶりは<u>最中</u>だった。

24 助言

1 それ以降の政府は、外国貿易を<u>助言</u>する方針を維持している。

2 そんなことをすれば、部長のいう通り、市民の不安感を<u>助言</u>するだけだろう。

3 その人は今回の件、どうするのがベストだとか<u>助言</u>はくれなかったか？

4 <u>助言</u>にまでなったとはいえ、これといった功績も何も残してはいない。

25 洗練

1 彼は歩くとき、猫のように音をたてないし、物腰は<u>洗練</u>されている。

2 手に持った際にはすぐに手を<u>洗練</u>し、直接口や食物に触れるべきではない。

3 使用後のスーツは水で、必要があれば適切な洗剤を使用して外部を<u>洗練</u>する。

4 砲火の<u>洗練</u>こそ受けなかったが、この村の状態は悲惨なものであった。

第八回

問題5　次の文の（　　）に入れるのに最もよいものを、1・2・3・4から一つ選びなさい。

26 この仕事、まだ半分もできていないから、今日中には終わり（　　）。

1　そうだ　　　　2　そうにない
3　にちがいない　　4　ようだ

27 スミスさんは英会話の学校で務める（　　）、週末は日本語学校で日本語を学んでいる。

1　そばから　　2　こととて
3　かたわら　　4　それなり

28 いくら頼んだ（　　）、清水さんは引き受けてはくれないだろう。

1　ところで　　2　ところを
3　ところが　　4　どころか

29 医者（　　）者は最新の医学の発達についていくべきだ。

1　ある　　2　なる
3　だの　　4　たる

30 世界的に有名な彼と握手できて感激の（　　）だ。

1　かぎり　　2　きわみ
3　しだい　　4　まみれ

31 ここからは私（　　）創り上げた成功に関する考えを述べたいと思います。

1　だけに　　2　なりに
3　ごとき　　4　ゆえに

32 文学（　　）音楽（　　）、芸術には才能が必要なのだ。努力だけではだめなのだ。

1　とあって／とあって　　2　でもって／でもって
3　を問わず／を問わず　　4　であれ／であれ

33 あの日のことを1日（　　）忘れたことはない。

1　といえば　　2　とはいえ

3　たりとも　　4　ただでさえ

34 父はとても重病で、手術せ（　　）。

1　ずにすむ　　2　ずにはいられない

3　ずにはすまない　　4　ずにはおかない

35 高学歴であれば仕事ができるとは、（　　）は言えない。

1　一度　　2　一向に

3　一切　　4　一概に

第八回

問題6　次の文の＿★＿に入る最もよいものを、1・2・3・4から一つ選びなさい。

（問題例）

あそこで＿＿＿ ＿＿＿ ＿★＿ ＿＿＿は山田さんです。

1　テレビ　　2　見ている　　3　を　　4　人

（解答の仕方）

1.　正しい文はこうです。

あそこで＿＿＿ ＿＿＿ ＿★＿ ＿＿＿は山田さんです。 1　テレビ　3　を　2　見ている　4　人

2.　＿★＿に入る番号を解答用紙にマークします。

（解答用紙）

（例）	①　●　③　④

36　松村先生はあなたの恩人です。今の＿＿＿ ＿＿＿ ＿★＿ ＿＿＿ことです。

1　あっての　　　　2　あるのも

3　あなたが　　　　4　先生

37　作物をだめにする害虫は、＿＿＿ ＿＿＿ ＿★＿ ＿＿＿撲滅しよう。

1　残さない　　　　2　ように

3　たりとも　　　　4　一匹

38　試験までもう1週間しかないのだから、今ごろ＿＿＿ ＿＿＿ ＿★＿ ＿＿＿ならない。それなら最初からもっと努力すべきだったのだ。

1　ところで　　　　2　どうにも

3　後悔した　　　　4　になって

39 彼女の涙は、僕の同情を誘おうとしているかのようで、______ ______ __★__ ______です。

1　堪えなかった　　2　に

3　の　　4　見る

40 このサボテンは生命力がとても強いので、______ ______ __★__ ______ちゃんと育ちますよ。

1　水やりを　　2　さえ

3　しなければ　　4　忘れ

第八回

問題7　次の文章を読んで、41から45の中に入る最もよいものを、1・2・3・4から一つ選びなさい。

書かれた文字や、人から聞く話でしか物事を伝えられない時代には、見たことがないものの実際の姿については、想像するほかなかった。絵画も、実際の姿を 41 に描いたのではなく、それ自体、想像にもとづいて描かれたものも多かっただろうし、人びとが多くの絵画を自由に見られるわけでもなかった。ところが、写真や映像がやりとりされるようになると、 42 、想像力には出番がなくなってくる。産業的に大量生産されたイメージをあまりに大量に与えられすぎると、人間は自分で 43 をつくり出す力を次第に使わなくなっていってしまうんだ。イメージの過剰が、かえってイメージの貧困という事態を生み出しているということなんだね。

想像力の貧困は、イメージが過剰なことだけじゃなくて、たとえばテレビを通じて、みんなが同時に同じイメージを受け取っていることからも生じている。どんなイメージも 44 ような世界では、あらゆることが「あ、あれね」「知ってる、知ってる」「もう分かってるよ」で済まされてしまうことになる。そこでは、それぞれの人がもつ単独性は 45 、みんなが、誰でもない、なんとなく「みんな」みたいな存在になってしまう。

41

1　神話的　　2　写実的
3　抽象的　　4　象徴的

42

1　かえって　　2　よって
3　ただし　　4　すなわち

43

1　文字　　2　絵画
3　イメージ　　4　写真や映像

44

1　共有されている　　2　共有されていない
3　共有させない　　4　共有しがたい

45

1　保たれて　　2　失われて
3　作られて　　4　生まれて

問題8　次の（1）から（4）の文章を読んで、後の問いに対する答えとして最もよいものを、1・2・3・4から一つ選びなさい。

（1）

鹿や狼に比べると、北海道名物の熊は、割合に数の減り方が徐々であるらしい。熊は狼のように群居せず生活をしているから、人間を向こうにまわしても、せいぜい親子もろとも撃ちとられる位で、一度に多数が捕獲されるということがなく、また彼らは雑食性で、木の実、草の根、さまざまの農作物のような植物性のものから、昆虫、魚、はては牛馬、時には人間まで、手あたり次第に飢えては食を選ばないから、鹿や狼のように深刻な食糧難に陥るおそれが少なく、その方面から繁殖を制限されることもないらしい。

46　熊は「繁殖を制限されることもない」とあるが、なぜか。

1　熊は群居性の動物で、捕獲されにくいから
2　熊は雑食性で、食糧難に陥るおそれが少ないから
3　鹿や狼に比べて、熊は数の減り方が徐々であるから
4　鹿や狼と違って、熊は植物性のものしか食べないから

（2）

都会の象徴といえば、天空にそびえたつ超高層ビルを思い浮かべる人も多いかと思います。「超高層ビル」という定義は世の中には存在しませんが、日本における超高層ビルの第一号といわれるのが、東京、千代田区霞が関にある霞が関ビルといわれています。このビルは1968年4月の竣工ですが、地上36階建てで高さは147メートルに及びます。それまでの日本の建築物は建築基準法の規定に則り、高さは31メートル、階数にしておよそ9階建てが限界といわれていました。ところが、1961年の都市計画法の改正によって生まれた特定街区制度を使って、高さの制限が緩和され、日本にも超高層ビルが誕生するようになったのでした。

47 超高層ビルについて、この文章から分かることは何か。

1 霞が関ビルは世界初の超高層ビルだった。

2 霞が関ビルは当時の建築基準法の規定に違反した。

3 日本では9階建て以上のビルは超高層ビルとされている。

4 1968年に日本における超高層ビルの第一号といわれるビルができた。

(3)

(　　　　　　)

中央区は外国籍の方が人口の約1割を占め、100カ国以上もの人たちが、日々ともに暮らしています。

普段の暮らしの中で外国籍の方となかなか接する機会が無く、お喋りしてみたいという方、海外の暮らしや文化に興味のある方、自分の国の文化を紹介したい方など、この機会にぜひご参加ください。

日本での生活やさまざまな文化について、外国のおいしいお茶やお菓子を楽しみながら、みんなでおしゃべりしませんか？

日時
　平成26年2月16日(日)　13時30分～16時　（受付13時～）

場所
　海外移住と文化の交流センター5階ホール（山本通3-19-8）

参加費用
　無料

申込み
　電話か、FAXに参加者全員の住所・氏名・電話番号を記入し下記へ。
　平成26年2月7日（金）必着。

問い合わせ・申込み先
　中央区まちづくり推進課「多文化交流カフェ」係
　電話：078-232-4411（内線212）　FAX：078-242-3599

48 このお知らせのタイトルとして、（　　）に入るのはどれか。

1　中央区の人口構成について
2　海外に移住したい方へ
3　多文化交流カフェを開催します
4　おいしいお茶を楽しみましょう

（4）

良い演奏とは、聴衆と演奏との間で、音楽の深い交流が行われる時にはじめて生れる。だから、公衆に特定の審美感の質がない時には、その演奏は不完全でしかない。東京の批評家が、世界中の名手の演奏に不満な所以であり、これは当方の失格を意味する以外の何ものでもない。

だから、公衆の未熟なところからは、良い演奏家は生れ得ないし、未発達な国ほど批評家は、音楽以前のところで、冷たくきびしい。

以上を考えれば、個性のない演奏が意味のないこともはっきりする。そうして、現代日本には、本当の意味で個性のある演奏家が出現するのは、極度に困難であること、また優秀な技術をもった青年たちが、ヨーロッパでかえって、成功することの理由も、明らかになってくる。そこには、演奏家から、個性ある演奏を要求し、引きだす環境、つまり特定の文化の質をもつ公衆がいるのである。

第八回

49 筆者の考えに合うのはどれか。

1 日本には良い批評家はいるが、良い演奏家はいない。
2 ヨーロッパでの演奏経験がない人は良い演奏家にはなれない。
3 日本には個性のある演奏家はいるが、ヨーロッパより技術的に劣っている。
4 良い演奏は、特定の審美感の質をもつ公衆と個性ある演奏の間で生れるものである。

問題9　次の（1）から（3）の文章を読んで、後の問いに対する答えとして最もよいものを、1・2・3・4から一つ選びなさい。

（1）

ヨーロッパでできた近代科学というのは、もともとお金や時間に恵まれた人たちや、そういう援助を受けられた人たちがつくりだしたものだ。その人たちは根っから自然や物事を探求するのが好きで、それがもとになって科学ができた。そういう人たちは、「アマチュア」と呼ばれた。今ではアマチュアというと、素人という意味になる。プロに対して、たんなる素人ということで、なんだか軽蔑されているように聞こえる。

でも、アマチュアという言葉のもともとの意味は、「愛する人」ということだ。自然を、学問を愛する人が、アマチュアなのである。そういう人たちが、自分のお金や、王様とか貴族とかお金持ちに援助してもらったお金で研究をしたことで、科学ができたのである。だから、科学や学問は、そういうふうに自分の好きなことをできる人が、その関心のおもむくままに発展させたからこそできたとも言える。

いまでも、趣味で鳥を研究したり、虫を調べたりする人たちはたくさんいる。プロの研究者より、そういう人たちのほうがくわしいことも少なくない。そんなふうに、自分にできる範囲で好きなことを研究するのなら、何をやったっていいのだ。

だが、日本だけでなく、世界でも、「科学者」と呼ばれる人たちの大部分は、大学や研究所にいる。その人たちの研究は、みんなが出す税金で支えられているのだ。みんなの税金を使ってやるのだから、ただ自分の好きなことをやる、というのではなく、ほんとうにみんなが大事だと思うことを研究すべきだし、そういうことにまずお金を使わなければならない。だが、今の科学は、はたしてそうなっているだろうか。

50 筆者によると、近代科学はどのようにできたのか。

1 プロの研究者たちが王様とか貴族とかお金持ちに援助してもらったお金で研究をして作り出したのだ。

2 趣味で鳥を研究したり、虫を調べたりする人たちがみんなの税金を使って研究をして作り出したのだ。

3 大学や研究所にいる「科学者」と呼ばれる人たちが、みんなの税金を使って研究をして作り出したのだ。

4 自然や物事を探求するのが好きな人たちが、自分のお金や援助してもらったお金で研究をして作り出したのだ。

51 アマチュアという言葉について、筆者はどのように述べているか。

1 昔も今も「素人」という意味で、軽蔑されているように聞こえる。

2 もともとは「愛する人」という意味である。

3 今自然や学問を研究する人は「アマチュア」と呼ばれている。

4 みんなの税金を使って自分の好きなことをやる人のことである。

52 そういう人たちとあるが、どのような人たちか。

1 プロの研究者

2 趣味で研究する人たち

3 「科学者」と呼ばれる人たち

4 お金や時間に恵まれた人たち

（2）

誰にでも苦手な人、相性の悪い人がいる。あなたにも、具体的にどこがどうだということはないのに、「どうもあの人とはウマが合わない」とか「上司とソリが合わなくて」という悩みがあるのではないだろうか。

「ウマ」とは、文字どおり馬のことである。馬は乗り手を選ぶ動物だ。相性が合わないと、乗り手を平気で振り落としてしまう。反対に相性が合えばきわめて従順になり、乗り手の技量以上の力を発揮してくれる。

「ソリ」とは日本刀の反り、つまりカーブのことだ。刀と鞘の反りが合わないと、刀は鞘に収まらないし、無理に入れれば抜けなくなる。ぎくしゃくした人間関係そのものだ。

しかし、考えてみれば、こうした関係は①決して絶対的なものではない。

人間が馬の性格をよく観察し、手なずけたり、馬に合わせたりすれば、相当のじゃじゃ馬でも乗りこなせるだろう。とくに、目をしっかり見て、やさしく首すじをなでられる関係までもっていけば、たいてい楽に乗りこなせるようになるという。

刀と鞘のカーブが合わないのなら、鞘をつくり直せばいい。ただそれだけのことではないか。

けれども、とかく人間は、相手を嫌いなあまり「あの人の性格が悪いからだ」と決めつけたり、仕事上の評価まで低くしまいがちだ。

こうなると、もういけない。相手もこちらを嫌いになり、人間関係は泥沼化してしまう。人間関係で失敗する原因の大半がここにあるといってもよい。

人間の相性を英語で「グッド・ケミストリー」「バッド・ケミストリー」という。直訳すれば②「よい化学反応」「悪い化学反応」という意味になる。たしかに人間関係は化学反応なのだ。水素ど酸素が結びついて水になるように、小川さんと大川さんが出会えば反応が起こり、新しい関係がつくられる。同じ小川さんでも、相手が鈴木さん、森さんと変われば、反応はまるで違ってくる。

人間関係というのは、ことほどさように変化に富むものなのだ。

人間である以上、多少の好き嫌いはやむを得ない。私にもそれはある。だが、好き嫌いを善悪や、価値の高い低いに結びつけるのは避けよう。

53 ①決して絶対的なものではないとあるが、なぜか。

1 人間は、相手を嫌いなあまり「あの人の性格が悪いからだ」と決めつけるから

2 刀と鞘の反りが合わないと、刀は鞘に収まらないし、無理に入れれば抜けなくなるから

3 馬は乗り手を選ぶ動物で、相性が合わないと、乗り手を平気で振り落としてしまうから

4 馬の性格を知ったら乗りこなせるようになるし、鞘をつくり直せば刀に合うから

54 ②「よい化学反応」とはどういうことか。

1 ウマが合わないということだ。

2 ソリが合わないということだ。

3 相性が合うということだ。

4 ぎくしゃくした人間関係。

55 人間関係について、筆者の考えを表しているのはどれか。

1 人とウマが合わない時、相手の性格が悪いからだと思えばいい。

2 人間は好き嫌いがあるから、人間関係が泥沼化してしまうのだ。

3 好き嫌いを善悪や仕事上の評価に結びつけるのは避けたほうがいい。

4 人間関係は変化に富むもので、嫌いだった人を好きになったこともよくある。

第八回

(3)

眺めていると、東京の空には意外にたくさんの鳥が飛んでいる。カラスやスズメばかりではない。カモメもいるし、ぼくには種類のよく分からない鳥もいる。それらは町や人家に「適応」した都市鳥ではなく、野生の鳥である。そのような鳥が、コンクリートのビルの上を何事もないように飛び、何の屈託もなく、ビルの一角にとまる。まるで森や林の木の枝にとまるように。

ビルの立ち並ぶ都会は、少しは木々の緑もあるけれど、全体としては灰色であり、緑の森とは景観がまったくちがう。けれど、鳥たちはそんなことを意に介しているとは思えない。むしろ、食物はあるし、恐ろしい敵はいないし、天然の森よりずっといいと思っているのかもしれない。禁猟区に指定はされていないが、今では町で鳥を撃つ人はいない。

ツバメが人家の軒先に巣をつくるのは、スズメを避けるためだということを明らかにした研究がある。スズメはふだんはあまり人間を恐れないが、ひなを育てるときは人間を避ける。そして、人がひんぱんに出入りする店先などには巣をかけない。ツバメはそれを利用する。そういう店先の軒に巣をつくれば、嫌なスズメはやってこない。昔、ツバメがたくさん巣をかけると、店は繁盛するといわれた。話は逆であって、繁盛している店にツバメが集まってくるのである。

今、大都市にはツバメがめっきり少なくなった。かつてのように、どの通りを歩いていても、子育てのために餌を持ち帰るツバメが飛び交う姿は見られなくなった。おそらくツバメたちは、町そのものの作りや、人間の存在が嫌いになったのではないだろう。町が人工的にきれいになりすぎて、餌にする虫があまりにも減ってしまったので、町ではひなも育てられなくなったから、都会には棲まなくなったのである。

こういう事例を見ていると、自然保護とか自然との共生ということについて、少し考え直す必要があるのではないか、という気がしてくる。

56 それを利用するとあるが、何を利用するか。

1　スズメがふだん人間を恐れること
2　人家や店には子育てのための餌があること
3　ツバメがたくさん巣をかけると、店が繁盛すること
4　人がひんぱんに出入りする店先にスズメが巣をかけないこと

57 今、大都市にはツバメがめっきり少なくなったとあるが、なぜか。

1　町そのものの作りや、人間の存在が嫌いになったから
2　町が人工的にきれいになりすぎて、餌にする虫が減ったから
3　禁猟区に指定されていなく、都市では撃たれる恐れがあるから
4　野生の鳥がたくさん飛んで来て、食べ物を奪い合う競争相手が多くなったから

58 筆者の考えに合うのはどれか。

1　野生の鳥は天然の森の中で暮らしていけなくなっている。
2　ツバメやスズメが多すぎて、町の住民が迷惑している。
3　鳥と人が共生する環境を取り戻すべきだ。
4　ツバメを守るために、スズメを追い払うべきだ。

問題10　次の文章を読んで、後の問いに対する答えとして最もよいものを、1・2・3・4から一つ選びなさい。

大分県別府市。ここは古くからの温泉地として、たいていの日本人ならその名前ぐらいは「知っている」街です。この地を観光都市として発展させるのに尽力した明治から昭和初期の実業家、油屋熊八は、「山は富士、海は瀬戸内、湯は別府」というキャッチフレーズを記した標柱を、富士山をはじめ全国に建立して回りました。

この地に2000年に産声を上げたのが、立命館アジア太平洋大学（APU）です。この大学の建学の理念については、ホームページ上で、次のような3つの表現で記されています。

「自由・平和・ヒューマニズム」

「国際相互理解」

「アジア太平洋の未来創造」

この大学は世界84カ国から優秀な学生を集めることに成功し、今では就職戦線において、老舗の有名大学に勝るとも劣らぬ人気大学として名乗りを上げています。

大学の誘致にあたっては、県や市が積極的にアプローチし、大学敷地は無償で大学側に提供されたということです。教員の半数は外国籍。学生数（学部生）は2016年5月現在で、5,948名。そのうちの5割近い2,942名が外国人留学生です。

授業は英語と日本語の2カ国語体制で行われており、留学生の約95%が中国、韓国、ベトナムなどのアジアの国々からの留学生で占められています。

①大学が街にやってきた効果は至るところで感じることができます。留学生の父母は比較的富裕層が多いため、頻繁に別府市を訪れます。そのたびに市内に宿泊しますし、食事や買い物などで消費をしてくれます。

また、学生も市内のホテルや旅館でバイトをします。最近は別府市内でもインバウンドが増加傾向にありますので、中国語や韓国語、英語が堪能な②APUの学生は重宝するのです。

別府市の悩みは、APUの学生たちが卒業後の進路として「別府市内に留まる」ことがほとんどないということだそうです。彼らが働く場所、活躍できる機会を提供できれば、もっと市の発展に貢献してくれるはずなのですが、今の市内には彼らが満足するような就業機会がないのが実情です。

大学誘致によって、学生を「呼び込む」手法は昔からありました。東京の八王子市では、都心部の地価高騰と、学生が育つ住宅地が都心部の発展とともに郊外部へスプロール化する現象に着目して、大学を誘致しました。これに対して、別府市の取り組みは、学生をアジアなどの外国に門戸を開く形で、これまでとは異なる新しい国際交流を目指したところにあります。

59 APUの誘致にあたって、別府市はどんなことをしたか。

1 町を観光都市として発展させた。
2 世界各国から優秀な学生を集めた。
3 大学敷地を無償で大学側に提供した。
4 学生たちが活躍できる機会を提供した。

60 ①大学が街にやってきた効果とあるが、どのような効果か。

1 市内のホテルや旅館が増加した。
2 別府市は温泉地として、日本人に知られるようになった。
3 留学生の約95％がアジアの国々からの留学生で占められている。
4 留学生の父母は別府市を訪れ、宿泊、食事や買い物などで消費をしてくれる。

61 ②APUの学生は重宝するのですとあるが、なぜか。

1　学生たちは温泉旅行に行くから

2　学生たちは消費をしてくれるから

3　学生たちは卒業後別府市内に留まるから

4　学生たちは外国語が堪能でインバウンドに対応できるから

62 筆者は別府市の取り組みをどのようにとらえているか。

1　これまでとは異なる新しい国際交流を目指した。

2　市内には学生たちが満足するような就業機会ができている。

3　市内の地価が高騰し、学生が育つ住宅地が郊外部へスプロール化する。

4　「山は富士、海は瀬戸内、湯は別府」というキャッチフレーズを作った。

問題11　次のAとBの意見文を読んで、後の問いに対する答えとして最もよいものを、1・2・3・4から一つ選びなさい。

A

　地球は、昼は太陽の熱によって暖められ、夜は熱を宇宙に逃がして、全体としてほぼ一定の気温に保たれていました。しかし、人間の活動によって温室効果ガス（二酸化炭素、メタン、フロンなど）が空気中に増加し、地球全体を包んでしまった結果、熱が宇宙に逃げにくくなり、地球の気温がだんだん高くなってきています。これを「地球温暖化」といいます。

　地球温暖化が進むと、氷河が溶けて海の水の量が増え、海面からの高さの低い島国などが海に沈んでしまう心配や、これまで熱帯地方でしか生きられなかった病原菌や害虫などが日本のような温帯地方にも移ってきて、人間に病気を引き起こしたり農作物の生育をさまたげたりするおそれがでてくると考えられています。

B

　地球の表面は窒素や酸素などの大気で覆われ、その中には「温室効果ガス」とされる気体も含まれています。地球は太陽から届いた熱によって暖められ、夜になると蓄えられた熱が宇宙に放出されて気温が下がります。

　この際、地球の気温が下がり過ぎないように熱を程よく吸収して地表に止めているのがこの温室効果ガスです。これによって、地球の平均気温は15度前後に保たれています。

　逆に、大気中の温室効果ガスがまったくなければ地球の平均気温はマイナス18度にまで下がり、生き物が地球上で暮らしていくことは出来ません。そのため、温室効果ガスは地球にとってとても大切な気体なのです。

第八回

ところが、近年、温室効果ガスは必要以上に増加しています。増加した温室効果ガスがより多くの熱を吸収、地球に放出するようになり気温が上がってしまったのです。地球がセーターを着て厚着している状態といえば、わかりやすいでしょう。

こうして、地球の気温が少しずつ上昇していくことを、「地球温暖化」と言います。

63 地球温暖化について、AとBが共通して述べていることは何か。

1 温室効果ガスが地球温暖化の原因であること

2 地球の平均気温はマイナス18度にまで下がること

3 地球温暖化が進むと、人類は滅亡すること

4 地球がセーターを着て厚着していること

64 Bは温室効果ガスがなければどんなことがおこると述べているか。

1 氷河が溶けて海の水の量が増える。

2 地球はほぼ一定の気温に保たれる。

3 海面からの高さの低い島国などが海に沈んでしまう。

4 生き物が地球上で暮らしていくことはできなくなる。

65 温室効果ガスについて、AとBはどのように述べているか。

1 Aは地球の表面は温室効果ガスだけで覆われていると述べ、Bは地球の表面は窒素と酸素などで覆われていると述べている。

2 Aは地球は温室効果ガスによって一定の気温に保たれていると述べ、Bは地球は昼も夜も太陽の熱によって暖められていると述べている。

3 AもBも温室効果ガスが増加していると述べている。

4 AもBも温室効果ガスは地球にとって不可欠ではないと述べている。

問題12　次の文章を読んで、後の問いに対する答えとして最もよいものを、1・2・3・4から一つ選びなさい。

私の住んでいる住宅団地は約百二十戸ほどある。東西に抜ける路地が五本、南側よりそれぞれ一組から五組となっている。この集落で自治会を構成、桜苑自治会と呼んでいる。各組には輪番で任期一年の組幹事がいる。私の家は五組である。

八月下旬、夕方庭の花木に水遣りをしていると、組幹事のＫさんが回ってきて、

「五組だけの話し合いがありますので、七時公民館に集まってください」とのこと。

家内と嫁にその旨を話すと家内が、

「何の話だろう。何か言ってなかった？」

「うん、何も言ってなかった」

三月より同居している次男家族が二匹の室内犬・トイプードルと猫を連れてきた。はじめ、二匹の犬と猫は二階に、生後間もない孫と次男、嫁は一階で寝起きしていた。孫の首も据わったので彼らは二階に、犬と猫は階下の縁側に移した。犬は二匹別々のケージに入れ、猫はマーキングの癖があるのでリードを付けて固定している。二階にいたときは不透明のガラス戸だったので外は見えなかったが、縁側は素通しのガラスなので外がよく見える。

庭に野良猫が見えたり、郵便屋さん、宅配人さん、電気・ガスなどの検針員さんはじめ、来訪者があると二匹が一斉に「ワンワンワン、ワンワンワン」吠え出す。前の家や隣の家でも来訪者が見えると同様に吠え出す。家内が、

「犬の鳴き声がやかましくて苦情でも出たんだろうか。とにかく行ってくる」

飼い主である①嫁は心配そうな面持ちである。

会合は一時間たらずで済み、話は野良猫に関する件だった由。

帰りがけ親しくしているＡさんに、

「ごめんよう、家の犬がやかましくて……」

「犬よりもあんたの声のほうがよっぽど大っきいが」

会合の模様を聞いて②嫁はほっとした様子である。

二日後くらいに自治会長よりの回覧がまわってきた。

桜苑自治会の皆様へ

〔お願い〕

「ねこの飼育管理」について

八月十八日ごろから、桜苑五組で子ねこの放置がみつかりました。

世話をされていないため、大量のノミが発生し、近隣の人が大変迷惑しています。

（保健所では、ねこのトラブルは対応できません）

野良猫への餌やりは厳禁です。

飼い猫については、自己責任において屋敷内で飼育してください。

ご協力よろしくお願いします。

我が家の周囲に来る猫で確認できているものでも四、五匹はいる。プランターや花壇に糞をしてくれるので始末に悪い。プランターには金網などを置き対応している。野良猫がお腹を空かして可哀相だと餌をやる人がおり、体質には合わなかったのかどうか分からないが、車庫や門前などに嘔吐物の置き土産もある。

九月二十五日付山陽新聞に——殺処分から犬猫の命を救いたいと保護、里親探しに取り組むNPO法人「犬猫愛護会わんぱーく」が、会社員や主婦をメンバーに活動している。県動物愛護センターは「殺処分回避の強力な支援団体」と評価する。——「わんぱーく」のような支援団体なのかどうかは分からないが、野良猫を捕獲してくれるという。

ある日、朝早く面識のない男性が門前に二人来て、「向こうの方で先日二匹捕獲しました。明日あたり、近くの庭にかご（捕獲器）を置きますのでよろしく」。

我が家の猫たちは室内飼いであるが、時々家人の隙を狙い、外出する。が、遠出はせずに比較的短時間で帰ってくる。

中一日置き、早朝③かごの中を見ると二匹が入っていた。野良猫騒動は一段落した。

生き物を飼う人は最後まで責任を持って付き合って欲しいものと切に願う。

66 ①嫁は心配そうな面持ちであるとあるが、なぜか。

1　嫁の声が大きいから
2　庭に野良猫がいるから
3　飼い猫は時々外出するから
4　犬の鳴き声がやかましいから

67 ②嫁はほっとした様子であるとあるが、なぜか。

1　野良猫騒動は一段落したから
2　会合は野良猫の話だったから
3　会合は一時間たらずで済んだから
4　犬よりしゅうとめの声のほうが大きいから

68 ③かごの中を見ると二匹が入っていたとあるが、その二匹とは何か。

1　我が家の猫たち
2　二匹の室内犬
3　ネズミ
4　野良猫

69 筆者の考えを最もよく表しているのはどれか。

1　野良猫に餌をあげることは違法になる。
2　野良猫を殺処分するのもやむを得ないことだ。
3　生き物を飼う人は最後まで責任を持って欲しいものだ。
4　生き物を飼う人は室内で飼育できるペットを選んだほうがいい。

問題13　以下は、東京2020大会都市ボランティア募集の案内である。下の問いに対する答えとして最もよいものを、1・2・3・4から一つ選びなさい。

東京2020大会　都市ボランティア募集について

東京2020大会において東京都が運営し、観客の方々をお迎えするなど開催都市の顔となる都市ボランティアについて、下記のとおり募集しますのでお知らせします。

1．応募期間

平成30年9月26日（水曜日）13時00分から12月5日（水曜日）正午まで

※応募は先着ではありません。

2．募集人数

20,000人程度

3．対象

次の3つに当てはまる方が応募可能です。

①2002年4月1日以前に生まれた方

②日本国籍を有する方又は日本に居住する資格を有する方

③日本語による簡単な会話（意思疎通）ができる方

4．応募方法

（1）ホームページで応募する場合

「東京ボランティアナビ」ホームページ内に平成30年9月26日13時00分よりオープンする応募ページから、必要事項を記入して応募してください。

（2）ファクスで応募する場合

申込用紙に必要事項を記入の上、事務局まで送信してください。

【事務局】

東京2020大会　都市ボランティア募集事務局

ファクス番号　03-6271-9078

（3）郵送で応募する場合

申込用紙に必要事項を記入、切手を貼付の上、事務局まで送付してください。（当日消印有効）

【郵送先】

東京2020大会　都市ボランティア募集事務局宛

郵便番号　105-8335

東京都港区芝3-23-1　セレスティン芝三井ビルディング12階

※郵送・ファクスで応募するための申込用紙は、平成30年9月26日より都庁案内コーナーで入手又は「東京ボランティアナビ」ホームページからダウンロードできます。また、申込用紙の郵送をご希望の方は、下記5の事務局までお問合せください。

5. 応募に関するお問合せ

応募される方々のご質問・ご相談に対応するための窓口を設置し、電話・メールにてご質問等を受け付けております。

東京2020大会　都市ボランティア募集事務局

電話

0570-05-2020（平日9時00分～18時00分）

（IP電話・国際電話の場合）050-3786-0320（平日9時00分～18時00分）

メール

Info2020@city-volunteer.tokyo

第八回

70 次の4人のうち、応募条件を満たしているのは誰か。

名前	国籍	現住所	生年月日	日本語の可否
佐藤	日本	東京	2002年9月26日	可
パク	日本	東京	1990年3月12日	可
ジョン	イギリス	ロンドン	1998年4月10日	可
カリナ	アメリカ	東京	2001年12月30日	否

1　佐藤さん
2　パクさん
3　ジョンさん
4　カリナさん

71 鈴木さんはボランティアに参加するつもりだ。郵送で応募する場合、どうしなければならないか。

1　「東京ボランティアナビ」ホームページ内に平成30年9月26日13時00分よりオープンする応募ページから、必要事項を記入して応募する。

2　平成30年9月26日より都庁案内コーナーで申込用紙を入手、必要事項を記入、東京2020大会都市ボランティア募集事務局に持参する。

3　平成30年9月26日より「東京ボランティアナビ」ホームページから申込用紙をダウンロードし、必要事項を記入、ファクスで東京2020大会都市ボランティア募集事務局に送信する。

4　平成30年9月26日より「東京ボランティアナビ」ホームページから申込用紙をダウンロードし、必要事項を記入、切手を貼付の上、東京2020大会都市ボランティア募集事務局まで送付する。

聴解（55分）

注意

Notes

1. 試験が始まるまで、この問題用紙を開けないでください。

   Do not open this question booklet before the test begins.

2. この問題用紙を持って帰ることはできません。

   Do not take this question booklet with you after the test.

3. 受験番号と名前を下の欄に、受験票と同じように書いてください。

   Write your examinee registration number and name clearly in each box below as written on your test voucher.

4. この問題用紙は全部で6ページあります。

   This question booklet has 6 pages.

5. 問題には解答番号の1、2、3…が付いています。解答は解答用紙にある同じ番号のところにマークしてください。

   One of the row numbers 1,2,3... is given for each question. Mark your answer in the same row of the answer sheet.

受験番号 Examinee Registration Number	

名前 Name	

第八回

問題1

問題1では、まず質問を聞いてください。それから話を聞いて、問題用紙の1から4の中から、最もよいものを一つ選んでください。

1番

1 加藤さんに手紙を書く
2 先生と病院へ行く
3 職員室へ手紙を取りに行く
4 清水さんのお見舞いに行く

2番

1 患者が来るのを待つ
2 贈り物をもらう
3 ほかの患者を見に行く
4 主任を呼んでくる

3番

1 女の人に絵を見せる
2 花の写真を撮る
3 旅行に行く
4 女の人に絵をあげる

4番

1 クリスマスの歌を歌う
2 クリスマス会の歌とプレゼントを考える
3 ギターを弾く
4 プレゼントを配る

5番

1　バスと地下鉄で来ました
2　車と地下鉄で来ました
3　バスと車で来ました
4　歩いて来ました

6番

1　学校に来る目的をはっきりさせること
2　生徒の私語をやめさせること
3　学校のシステムを改革すること
4　先生が魅力ある授業をすること

問題2

問題2では、まず質問を聞いてください。そのあと、問題用紙の選択肢を読んでください。読む時間があります。それから話を聞いて、問題用紙の1から4の中から、最もよいものを一つ選んでください。

1番

1　トイレに起きたから
2　心配なことがあったから
3　枕が低すぎたから
4　枕がなかったから

2番

1　お父さんに笑われたから
2　お父さんにそっくりだと言われたから
3　みんなに笑われたから
4　イベントに無理やり連れて行かれたから

3番

1　転出証明書を持っていないから
2　転出証明書の有効期限が切れたから
3　転入証明書を持っていないから
4　新しい住所に引っ越してきていないから

4番

1　試験に合格する人が多いから
2　試験に合格する人が少ないから
3　国が考えたより試験を受ける人が多いから
4　国が考えたより試験を受ける人が少ないから

5番

1　地元の人は外国語ができないから
2　観光客は日本語が分からないから
3　観光客のマナーが悪くて困るという相談が多いから
4　観光客が多すぎて困るという相談が多いから

6番

1　東大の女子学生は評判が悪いから
2　東大の女子学生はかわいくないから
3　女性の価値と成績のよさは一致しているから
4　女性の価値と成績のよさとのあいだにねじれがあるから

7番

1　風邪を引きそうだから
2　いつもたくさん食べるから
3　風邪の薬を飲んだから
4　男の人がご馳走するから

問題3

問題3では、問題用紙に何も印刷されていません。この問題は、全体としてどんな内容かを聞く問題です。話の前に質問はありません。まず、話を聞いてください。それから、質問と選択肢を聞いて、1から4の中から、最もよいものを一つ選んでください。

問題4

問題4では、問題用紙に何も印刷されていません。まず、文を聞いてください。それから、それに対する返事を聞いて、1から3の中から、最もよいものを一つ選んでください。

問題5

問題5では、長めの話を聞きます。この問題には練習はありません。メモを取ってもかまいません。

1番、2番

問題用紙に何も印刷されていません。まず、話を聞いてください。それから質問と選択肢を聞いて1から4の中から、最もよいものを一つ選んでください。

3番

まず話を聞いてください。それから二つの質問を聞いて、それぞれ問題用紙の1から4の中から最もよいものを一つ選んでください。

質問1

1 暗証番号を紙に書く
2 ATMで暗証番号を確認する
3 銀行口座を開く
4 身分証明書を見せる

質問2

1 口座の通知とお届けの印鑑、身分証明書
2 口座の通帳とお届けの住所、身分証明書
3 口座の通帳とお届けの印鑑、学歴証明書
4 口座の通帳とお届けの印鑑、身分証明書

全真模擬試題　第九回

★ 言語知識（文字・語彙・文法）・読解

★ 聴解

言語知識（文字・語彙・文法）・読解（110分）

注意

Notes

1. 試験が始まるまで、この問題用紙を開けないでください。

   Do not open this question booklet before the test begins.

2. この問題用紙を持って帰ることはできません。

   Do not take this question booklet with you after the test.

3. 受験番号と名前を下の欄に、受験票と同じように書いてください。

   Write your examinee registration number and name clearly in each box below as written on your test voucher.

4. この問題用紙は全部で32ページあります。

   This question booklet has 32 pages.

5. 問題には解答番号の1、2、3…が付いています。解答は解答用紙にある同じ番号のところにマークしてください。

   One of the row numbers 1,2,3... is given for each question. Mark your answer in the same row of the answer sheet.

受験番号 Examinee Registration Number	

名前 Name	

問題1 ＿＿＿＿の言葉の読み方として最もよいものを、1・2・3・4から一つ選びなさい。

1 花子は彼に心酔し、彼に尊敬と愛情を感じていた。

1 しんきょう　　2 しんしょ

3 しんすい　　4 しんぷく

2 わたしは警部になったばかりで、どうしても手柄を立てたかったのだ。

1 しゅくめい　　2 えんかく

3 しんてい　　4 てがら

3 基本的には原作小説を踏襲しているが、主に以下の変更点が存在する。

1 とうしょう　　2 とうしゅう

3 としょう　　4 としゅう

4 黒帯の資格をとるために、集中的に稽古に励んでいる。

1 かさんで　　2 からんで

3 はばんで　　4 はげんで

5 それは驚くほど厳かな場面であって、私の心に奇妙な感じを起させた。

1 おごそか　　2 おろそか

3 なごやか　　4 はなやか

6 人々の顔つきは皆真剣で、脇目もふらず仕事をしている様子が頼もしい。

1 はなばなしい　　2 めざましい

3 たくましい　　4 たのもしい

第九回

問題2　（　　）に入れるのに最もよいものを、1・2・3・4の中から一つ選びなさい。

7　人工知能は人間に危害が及ぶ可能性を（　　）してはならない。

1　看過　　2　厄介
3　折衝　　4　克明

8　いくら訓練や（　　）を重ねたとはいっても、実戦経験はないのだ。

1　サプリメント　　2　シミュレーション
3　タスク　　4　トレンド

9　僕は、何かうまくいかない事があると、（　　）映画を見たくなる。

1　ひたむきに　　2　むしょうに
3　かたくなに　　4　いちずに

10　両者は交渉のテーブルについたが、互いの主張はしばらく平行線を（　　）。

1　つねった　　2　たばねた
3　たどった　　4　とどこおった

11　（　　）笑いすぎてお腹が痛くなった。

1　げらげら　　2　ごろごろ
3　さらさら　　4　ずるずる

12　（　　）とした鎖の重みは、それを手に持っているだけで安定感があった。

1　こってり　　2　じっくり
3　たっぷり　　4　どっしり

13　休養後、グループはスタジオに戻り、新しいアルバムの制作に（　　）。

1　取り上げる　　2　取り合わせる
3　取り替える　　4　取り掛かる

問題3 ＿＿＿＿の言葉に意味が最も近いものを、1・2・3・4から一つ選びなさい。

14 いかなることがあっても自分の方が誤ってるとは承認したくなかった。

1 これほど　2 どんな
3 些細な　4 あくまで

15 軍人としての心構えと国を愛する気持ちを持っている。

1 覚悟　2 細心
3 思いやり　4 心根

16 旅という商品を売る、そのノルマは厳しく各支店に割りあてられている。

1 要求　2 仕事量
3 基準　4 評価

17 相手が強敵だと、突然卑屈になり、弱腰になるのは、みっともない。

1 機嫌を取る　2 気が知れない
3 やる気がない　4 態度が弱い

18 到着した新しい車両は、入念な検査と試運転が行われる。

1 故障などを検査する　2 万が一のために備えて
3 念のために確かめる　4 細かな点にもよく注意する

19 あれは僕の眼の錯覚で、本当の蜃気楼じゃなかったんでしょうね。

1 懐疑　2 勘違い
3 焦燥　4 油断

問題4　次の言葉の使い方として最もよいものを、1・2・3・4から一つ選びなさい。

20　弱音

1　病は気から、弱音になってしまうと治る病気も治らないんですからね！

2　わたしは、自分を弱音のままにまかせておいたことを恥ずかしく思った。

3　ぼくはやはり弱音で、めそめそすることが多かったのだろう。

4　みんなの前では弱音を吐かなかった中村がとうとう、諦めの言葉を口にした。

21　随時

1　仮定は人々の随時であり、また時によって研究上必要の活力でもある。

2　航空会社は事故が判明した直後より、随時情報を更新している。

3　用のない時には、散歩なんかする時には、随時長く歩くこともあります。

4　父が旅行が好きなので、伴われて私も随時各地の景色を、見て歩きました。

22　途方

1　どうせぼくたちはこれから先どうするのか途方にくれるばかりだったのだ。

2　外界との連絡が途方していることが、人々の不安をいっそうかきたてた。

3　陸上の道はなお一般には通行規制され、冬場では完全に途方する。

4　私は、ほんとうに偶然、途方で昔の友に行きあったような思いがした。

23 安静

1 今私は北海道の地に来て、安静で深い秋のけはいの中に沈んでいる。

2 この時点でもう、市民たちは完全に安静な判断力を失っていた。

3 手術は完全に成功したが、体が弱っていたので安静が必要だった。

4 夏の夕方はかすかに暗く、部屋のなかは安静で何も動いていない。

24 是認

1 次郎は頷いたが、若者の言うことを是認したふうでもなかった。

2 国内経済格差を是認するために、江戸幕府はこの改良に取り組んだ。

3 彼らは出版社に働きかけ、差別的な表現を是認するように申し入れた。

4 これだけは是認とも日本人として、はっきりと知っていなければならぬ。

25 素性

1 どんな世界でも、素性はあっても努力しない人間はモノにならないの。

2 その人たちが、僕には冒険者の素性があるって言ってくれたんだ。

3 それに名門の男が、素性もよく分からない娘を好きになるとも思えない。

4 今後再び、ああいう素性な飾りのある家を見ることはできないだろう。

問題5　次の文の（　　）に入れるのに最もよいものを、1・2・3・4から一つ選びなさい。

26　二度目の結婚（　　）、披露宴はごく親しい友人だけを招待した。

1　にあって　　　2　とあって
3　とあいまって　　　4　こととて

27　彼は実力もあるし、リーダーシップもあるし、社長になって（　　）。

1　かなわない　　　2　しかるべきだ
3　およばない　　　4　それまでだ

28　27歳の若さで亡くなるなんて残念（　　）。

1　にすぎない　　　2　にほかならない
3　といったらない　　　4　でなくてなんだろう

29　作業は、昔に比べれば簡単になった（　　）、誰でも失敗なしにできるというところにまでは至っていない。

1　と思いきや　　　2　ともなると
3　といえば　　　4　とあれば

30　学長（　　）教師（　　）この学校の者は古臭い頭の持ち主ばかりだ。

1　なり／なり　　　2　といい／といい
3　とも／とも　　　4　というか／というか

31　地下鉄に近い（　　）、歩いていくと、１５分くらいかかります。

1　といえども　　　2　とは
3　までもなく　　　4　あげく

32　うちの犬（　　）、飼主の顔も覚えてないんだよ。悲しくなるなあ。

1　ときたら　　　2　といったら
3　とはいっても　　　4　ともあろう

33 課長はこれ以上言うな（　　）、山口さんの方を睨んだ。

1　ともなしに　　2　どころか

3　ばかりか　　4　とばかりに

34 好きな人にラブレターを（　　）破り、書いては破りして、なかなか書き上げられない。

1　書くなら　　2　書けば

3　書いては　　4　書いても

35 責任者である以上、そんな大事なことを知らなかった（　　）。

1　ではすまされないだろう　　2　ならそれまでだろう

3　ことは想像にかたくない　　4　といわんばかりだ

問題6　次の文の＿★＿に入る最もよいものを、1・2・3・4から一つ選びなさい。

（問題例）

あそこで＿＿＿ ＿＿＿ ＿★＿ ＿＿＿は山田さんです。

1　テレビ　　2　見ている　　3　を　　4　人

（解答の仕方）

1.　正しい文はこうです。

あそこで＿＿＿ ＿＿＿ ＿★＿ ＿＿＿は山田さんです。
1　テレビ　3　を　2　見ている　4　人

2.　＿★＿に入る番号を解答用紙にマークします。

（解答用紙）

（例）	①　●　③　④

36　お金の＿＿＿ ＿＿＿ ＿★＿ ＿＿＿。借りたものを返すのは当たり前だから。

1　ないではすまない　　2　都合が

3　返せ　　4　つかないから

37　趣味を持つのは良いことだと思いますが、家庭を犠牲＿＿＿ ＿＿＿ ＿★＿ ＿＿＿、それはちょっと問題です。

1　となる　　2　まで

3　と　　4　にして

38　証拠となる書類が＿＿＿ ＿＿＿ ＿★＿ ＿＿＿自分の罪を認めた。

1　発見される　　2　彼は

3　やっと　　4　にいたって

39 高齢化問題は、＿＿＿ ＿＿＿ ＿★＿ ＿＿＿の問題だ。

1 東京　　2 のみならず
3 ひとり　　4 日本全体

40 実験の＿＿＿ ＿＿＿ ＿★＿ ＿＿＿可能性もある。

1 研究を　　2 いかんによっては
3 中止する　　4 研究結果

第九回

問題7　次の文章を読んで、41から45の中に入る最もよいものを、1・2・3・4から一つ選びなさい。

まずコミュニケーションにおいて、キホン的なことは何かというと、話すことより聞くことが先、ということです。私たちがこの世に生まれ落ちたときのことを考えてみましょう。

人間は最初から言葉を話せた 41 。人の話を繰り返し聞いて、それでようやく話すようになる。社会というものは、自分が生まれ落ちる前にもう出来上がっています。他人は自分に関わりなく生きています。その他人のことを知って、 42 の中に自分が加わっていくために、赤ん坊は人の話を聞いています。自分が社会や世界を作っているわけではないのです。そこを勘違いしてはいけません。

43 自分の頭の中では自分のワールドが存在していますが、社会はそれとは別に動いています。ですからそこをきちんと理解して、どういう角度でそこに入って 44 ということを小さい頃から学ぶわけです。

赤ん坊を取り巻く環境にはまず両親があります。そして、その両親を取り巻く環境もあります。その中に生み落とされ、赤ん坊はすべてを聞いて育ちます。その際何をどのように聞くかによって、話す言葉や話し方が違ってきます。 45 、日本人の両親の子供なら日本語を話す子になるでしょうし、知的な両親の子供なら、論理的な話し方をする子になるかもしれません。聞くという環境で得られたことが、やがて話す内容につながっていく、という順序になります。まずそれが本質的な「話す」と「聞く」の関係です。

41

1　わけにはいきませんね　　2　わけがありませんね
3　ものではありませんね　　4　わけではありませんね

42

1　他人　　2　社会
3　世界　　4　環境

43

1　まさか　　2　きっと
3　たしかに　　4　もしかして

44

1　いけばいいのか　　2　いかなければならない
3　いくつもり　　4　いってもいい

45

1　なぜなら　　2　ところが
3　たとえば　　4　つまり

問題8　次の（1）から（4）の文章を読んで、後の問いに対する答えとして最もよいものを、1・2・3・4から一つ選びなさい。

（1）

人の心は記憶の集積である。そして、記憶とは体験そのものである。多くの知識は五感のうち視覚と聴覚によって体得する。それは言語として記憶される必要があるからだ。

だが、なぜ私たちの記憶はこんなに多様で、たくさんのことを覚えているのか。しかも、それを言語として再生することができる。「プルースト効果」といわれる現象がある。マルセル・プルーストが『失われた時を求めて』の冒頭で書いているエピソードだが、主人公が紅茶にマドレーヌをつけて食べているうちに、過去のできごとが走馬灯のように浮かんできて、回想が始まるというものだ。紅茶とマーマレードの味の再生が引き金になって過去の記憶がよみがえる。こうしたことは意外と多い。（　　　　　　　　　　　　　　　　）。

46　文の最後の（　　）のところに入れる内容として最も適当なものはどれか。

1　味やにおいと一緒にものごとを記憶していることは決してまれではない

2　味やにおいと一緒にものごとを記憶していることは可能かも知れない。

3　味やにおいと一緒にものごとを記憶していることはありえることか。

4　味やにおいと一緒にものごとを記憶していることには疑問を抱く。

（2）

「首を傾げる」のは単純なしぐさだが、真似れば大きな効果がある。ファッション雑誌のグラビア写真に、独特の「雰囲気」が醸し出されるかどうかは、モデルの首のわずかなかしげ具合によって決まる。

モデルの顔たちももちろん大切だが、メッセージを伝えるのは、じつは首の角度なのである。たとえば、かわいらしく「誘惑する」ような効果を狙った広告のモデルは、首を左か右にちょこっと傾げていることが多い。

そのほか、名医や名カウンセラーと呼ばれる人は、自然に相手に合わせて首をかしげたり、うなずいたりしている。そうしたしぐさで、声には出さなくても、「ええ、聞いていますよ。私には、あなたの話も、気持ちもよく分かりますよ」と伝えているのだ。これにより、患者やクライアントからの安心や信頼感を勝ち取っているのである。

第九回

47 著者が一番言いたいことは何か。

1 首のかしげ具合によって、いろいろな効果が得られる。

2 モデルを選ぶときは、首が可愛いかどうかが大事である。

3 首を傾げるしぐさから、医者の患者に対する態度が大事だということが分かる。

4 医者は普段患者になるべく慰めの言葉を言ってあげるべきである。

（3）

もし交渉相手が自分の思うようにことが運ばないのにしびれを切らして、あなたを脅かしたり、侮辱したり、責めたりしてきたら、どう対応するべきであろうか。どのようにしたら相手からの攻撃を「再構築」し、焦点をあなた自身から問題へと移していけるのだろうか。ひとつの方法は、相手からの攻撃をまったく気づいていないふりをして、平然と問題に焦点を当てながら話し合いを進めていくことである。たとえば、あなたが労働組合のリーダーで、もし自分の言うとおりの賃金カットに応じないと全労働者の半分の首を切るぞ、強硬な態度で脅かしをかけてきている難物の上司と賃金交渉を行わなければならないとする。その脅迫に焦点を当てて反応すると、相手を問題解決に向けて後戻りさせることが難しくなる。

48 文の中の労働組合のリーダーはどんな言い方をしたら「平然と問題に焦点を当てながら話し合いを進めていく」ことができるのか。

1 「馬鹿なことは言わないでください。そんなことできるわけないじゃないですか！」

2 「人件費削減は会社のコスト削減としては、一番手っ取り早く効果的ですが、安易に行うと、会社への悪影響が生まれます」

3 「現在われわれが置かれている状況について一体どれだけ分かっているんですか」

4 「それは絶対無理です。どうしても納得できません」

（4）

美術品を見きわめる目を持っている人を「目利き」という。どんな目利きの人も、最初から素晴らしい鑑定眼があるわけではない。

文芸評論家小林秀雄なども、骨董にだまされないようにするにはとにかく目の練習が必要で、見つづけないとダメだと言っている。たくさんいいものを見て、ときには失敗もしながら鑑賞力がそなわって「見る目」ができていくのが、「目が肥える」ことだ。この「目を肥やす」というのも最近使われなくなった表現だ。たくさんの経験を肥料、いわば肥やしにする。それが成長のための栄養となり、判断能力が上がっていく。その力がすぐれていき、もののよしあし、真贋の区別が的確に見分けられると、「目が高い」人、「目が利く」人になる。

第九回

49 著者は「目が利く」人になるには何が必要だと言っているのか。

1 目にいい栄養をたくさん取ることだ。

2 骨董品などをたくさん買って真贋の区別が見分けられるように練習することだ。

3 だまされることを繰り返しながらも経験を積んでおく必要がある。

4 失敗も含めて、たくさんの練習や経験を重ねていくことだ。

問題9　次の（1）から（3）の文章を読んで、後の問いに対する答えとして最もよいものを、1・2・3・4から一つ選びなさい。

（1）

われわれ一人一人が自由で平等だということを、誰が認めているのでしょうか。神様？　それとも、政府？　どちらでもない。また誰か特別な人がそれを認めているのではない。重要なのは、近代社会では、人々が他人の自由と平等を、お互いに認め合っている、ということ、つまり「自由」を相互に承認している、ということです。

これは社会をゲームだと考えるととてもよく分かります。いま何人かの人がみなでゲームをはじめようとします。するといくつかのことをはじめの前提として認めあう必要がある。みなの合意でルールを決めること、みなが平等にルールに従うこと、ルールに従わないとゲームが成立しないので、違反したときには罰を科すことがあること、等々です。

つまり、ルールのもとのプレーヤーの平等（対等）ということが前提で、これが守られなければ、ゲーム自体が成りたたない。だから各人がこの原則を守ろうという意志をもつ。

そんなことをそれほど意識はしていないけれど、ゲームをするときには、そういう原則が必ず成立している。この原則を守らない人がいると、もうゲームは成り立たないのです。

こう考えると、近代社会以前の社会はどんな社会だったのかということも見えてくる。それはひとことで言って「普遍闘争」の社会、そして「普遍支配」の社会です。ホッブズという哲学者はそれを「万人の万人に対する戦争」と呼びました。

中国や日本の戦国時代を思い出してください。ある一定の地域に、強力な権力が打ちたてられないと、そこは戦乱状態になってしまいます。戦国大名や三国志の時代です。その結果はどうなるか。あちこちで戦いがあり、弱い者は打ち負かされ、だんだん少数の強者が生き残り、最後の決戦があって、覇者がきまります。それが徳川家康だったり、秦の始皇帝だったりするわけです。

50 ゲームをするときには、そういう原則が必ず成立しているとあるが、「そういう原則」とはどのようなことを指すか。

1　みなの合意でルールを決める原則

2　みなが平等にルールに従う原則

3　違反したときには罰を科す原則

4　ルールのもとにプレーヤーの平等という原則

51 近代社会と近代以前の社会はどう違うのか。

1　近代社会ではさまざまなゲームがあるから、ルールを守ることをみな知っているが、近代以前の社会はゲームがなくて、戦争が多かった。

2　近代社会では自由と平等の原則のもとに、社会生活を営んでいるが、その以前の社会では強者が戦いで勝ち、生き残っていた。

3　近代社会ではゲームをする時には、必ずルールを作っていたが、その以前の社会ではルールがなかった。

4　近代社会ではゲームはいろんなところで見られるが、その以前の社会はゲームがなかった。

52 文章の内容と合っているものは次のどれか。

1　自由で平等な社会はゲームがなければ成り立たない。

2　近代社会以前の社会はゲームがなかったので、戦争ばかりしていた。

3　ゲームのルールを守るのと同じように互いの自由と平等への認めが近代社会を成す根本である。

4　ゲームをたくさんやれば、社会のルールが分かるようになる。

(2)

かつては、人は年をとっていけばいくほど、知能が衰えていくと考えられていた。しかし、近年の研究の結果から、高齢になってもそれほど衰えない知能のあることが分かってきた。人の知能には、「流動性知能」と「結晶性知能」のふたつがあり、この一方の結晶性知能が高齢になっても衰えにくいことがわかった。

流動性知能は新しいことを学習したり、環境に適応したりする能力で、ピークは30代。その後は60歳くらいから急速に低下していくと言われている。

一方、高齢になってもその能力を維持しているのが結晶性知能である。この知能は判断力や理解力など経験の蓄積によって磨かれていくもので、60歳前後でもまだまだ鍛えることができる。しかし、高齢になってもそれほど衰えない知能のあることが分かってきたとはいえ、高齢になった人すべてが結晶性知能に優れているかというとそんなこともない。年をとって結晶性知能が伸びていく人もいれば伸びない人もいる。その違いは何なのだろうか。

結晶性知能のもとともいえる扁桃体（物事に対する興味や感動を司る脳）は早い人では50 代からその機能が低下していくと考えられている。

以前は海馬や大脳新皮質の機能が低下することで、扁桃体にも影響が及ぼされていると考えられていた。記憶力や思考力が落ちることで興味や感動も薄れていくと思われていたのだ。

［　A　］最近の研究の結果、それは順番が逆で、扁桃体の機能低下、つまり興味や感動が薄れていくことで、記憶力や思考力も低下していくことが分かった。

こういった結果から踏まえると、年をとっても興味や感動を失わなければ結晶性知能は伸びていくと考えられる。結晶性知能のもとである扁桃体を退化させず、いつまでも若々しくいるためには好奇心を失わず、みずみずしい感情を持ち続けることが大切である。

53 知能が衰える根本的な原因は何か。

1 流動性知能と結晶性知能が共に衰えていくから

2 結晶性知能だけが衰えていくから

3 扁桃体の働きが退化していくから

4 年を取れば取るほど興味や好奇心が薄くなるのは当たり前だから

54 [A]にあてはまる最もいいものは次のどれか。

1 その上

2 しかし

3 それにしても

4 そのため

55 文章の内容と合っているものはどれか。

1 興味や好奇心を持ち続けることで脳の機能を活躍させ、根本的に衰えないようにしたい。

2 結晶性知能は誰もが高齢になっても衰えない。

3 判断力や理解力などを絶えず鍛えればどんな環境にも適応できる。

4 流動性知能を衰えさせないためにいつまでも好奇心や感動を失わないようにする必要がある。

第九回

(3)

文章を書くにあたって、自分の考えをうまく言葉にできないという経験は誰にでもあるでしょう。自分の感情をなかなか文字にできません。楽しい気持ちを表すのに「～をして楽しかった」ではあまりに芸がないし、どのように楽しかったのかをもっと詳しく表現したい。ところが、頭に浮かんでくるのはふわふわと形にならない、言葉ができる前の何かであり、いくら考えても具体的な言葉が出てこずに、結局はありきたりな文章になってしまいます。

これを解決するために、例えば読書をするというのは最も知られている方法です。読書によって文章にふれ、言葉を学ぶわけです。特に、名作として広く読まれている作品には深い表現が多く見られます。また、読書は作者の体験を「追体験」するものとも言われています。読書という行為で他人の体験を間接的に自分のものとして吸収することができるわけです。

その他にも様々な提案はできますが、まずは自らが言葉を学ぼうという意志や関心を持つことです。そうすれば日常のあらゆる所にヒントが転がっています。さて、文章を書く前に先ほど記した「体験」について少し述べましょう。体験というと大げさに聞こえますが、何も大層なものではありません。これは世の中とふれあうことに他なりません。たとえば新しい友達ができて、自分とはタイプが違っていて興味を持った、雨上がりの土を掘（ほ）りかえしたらむせるようなにおいがした、力いっぱい運動をした後の夕ご飯は格別だった……など直接に経験したことで、これを言葉にすると説得力のある文章になります。いわば［ B ］と言えます。

56 「<u>これ</u>」は何を指しているのか。

1 自分の考えをうまく言葉にできない。
2 頭に浮かんでくるのはフワフワと形にならない。
3 体験したことを詳しく表現できない。
4 結局ありきたりな文章になってしまう。

57 [B]にあてはまる最も適当な内容は次のどれか。

1 体験は文章を書くための唯一の要素である。
2 体験なしでは文章は書けない。
3 体験は文章を書くための大きな材料のひとつである。
4 体験をたくさん積むと必ずいい文章が書ける。

58 著者の言いたいことは何か。

1 文章がうまく書けなくても焦らずに方法を探すのが大事である。
2 文章がうまく書きたければ、読書を通して作者の体験を自分も体験してみるといい。
3 自分が体験したことを直接文章に書けば、真実ないい文章が書ける。
4 文章をうまく書くには他人の体験、自分の体験のもとに、学ぶ意志や態度を持つのが大事である。

問題10　次の文章を読んで、後の問いに対する答えとして最もよいものを、1・2・3・4から一つ選びなさい。

自然と人間社会のあいだを行き来して、自然環境を肌で学ぶ。そうすれば、環境に対する感覚がいわば鋭敏になる。自然環境になにか変なところがあると、なにか違和感を覚える。大切なことは、その違和感をずっと忘れないことである。

私には三十年以上かかって、やっと疑問が解けたという経験がある。二十七歳のとき、解剖学教室に入って初めての学会があり、新潟に行った。

ちょうど五月で、虫が出てくるころだったので、学会をさぼって佐渡島に旅行に川かけた。ドンデン山という高さが九〇〇メートルぐらいの山に登りながら、虫をとった。虫をとりながら登って、頂上に着くと、頂上には草原が開けていた。

このぐらいの高さの山では、登るほどに林が深くなり、頂上は木に覆われているはずである。なぜ頂上が禿げているのか、疑問に思った。そのときは答えが分からないままに下山した。

三十年後、また佐渡を訪ねる機会があった。東大出版会の旅行で出かけたのである。そのとき佐渡博物館に立ち寄ると、大正時代に撮られた、佐渡の風景の乾板写真が保存されていた。それを博物館でべた焼きしたアルバムがあった。ページをめくっていくと、ドンデン山を撮った写真が出てきた。その写真には、なんと牛と馬が写っていた。ドンデン山の頂上は、かつて牧場だったのである。

いまなら、草原にアセビが多いことに気づき、以前は牧場があったのだなとすぐにわかったと思う。アセビは漢字で「馬酔木」と書くとおり、馬や牛は酔うので食べない。だから馬や牛がいるところでは、アセビばかりが残る。しかし、ドンデン山に登ったとき、若かった私には、そういう常識がなかった。なぜ頂上が禿げているのか、疑問に思っただけである。ただその疑問は、長年心の底に残っていた。だから、三十年後に牛馬の写真を見た瞬間に、その疑問が解けたのである。

別にどうという話ではない。しかし私の仕事の原点は、こうしたさまざまな違和感を抱え続けたことにあると思っている。たまに、「なぜそんなにいろいろなことを考えるのですか」と訊かれることがある。「疑問を忘れないでいると、年中考えるしかないじゃないですか」そう答える。最近の学生を見ていて思うのは、ひっかかることがあっても、それを頭のなかで「丸めてしまう」傾向が強いことである。「丸める」とは、疑問に思ったことを、それ以上悩まなくてすむように、とりあえず自分のなかでなだめてしまうことである。「山の頂上なら、禿げていることも当然あるだろう」そう答えを出して、納得してしまえば、それ以降疑問は生じない。その疑問に煩わされることがなくなるから、気分が楽になる。

［　A　］、疑問を丸めることは重要である。相手のやることに疑問を抱き続け、「それはおかしい」といちいち指摘すれば、人間関係はぎくしゃくし、喧嘩が絶えないことになる。だから、［　B　］話を丸める癖をつけるほうが大切である。

第九回

59　私には三十年以上かかって、やっと疑問が解けたという経験があるとあるが、筆者はなぜ自らの経験を取り上げているのか。

1　自然環境に関する問題は、人間が長い時間をかけて取り組む必要があるということを示すため

2　筆者の経験は、科学者としてあるべき姿勢の基本が何であるかを示すのに適当な事例だから

3　直接自然に接することによって、多くの疑問や発見につながるということを述べるため

4　筆者の実際経験したことを取り上げるのはもっと説得力があると思うから

60　人が「疑問を丸めてしまう」理由は次のどれか。

1　年中疑問を抱えて考え続けることは時間の無駄だから

2　すぐに答えが出るほど簡単な問題だから

3　ずっと疑問を抱えて悩むことなく、負担感が生じないから

4　人間関係をぎくしゃくしたくないから

61 [A]にあてはまる最も適当な言葉は次のどれか。

1 社会生活を営むうえでは

2 通常の規範・規則のうえでは

3 公的な利益を優先するうえでは

4 工科学の発展を目指すうえでは

62 [B]にあてはまる最も適当な言葉は次のどれか。

1 ついに

2 むしろ

3 かわりに

4 さらに

問題11　次のAとBの意見文を読んで、後の問いに対する答えとして最もよいものを、1・2・3・4から一つ選びなさい。

A

自由がない時代には、多くの人が自由は何物にも代えがたい、素晴らしいものだと考えていました。古代ローマの自由を求めて戦っていた奴隷たちにとって、身体の自由は命かけても手に入れたい夢でした。自由を求め、実現するのは民衆の利益に関わる共同な要求であり、目標でした。

現代でも国民が自由を最大の目標として、時に命をかけて求めている国は多いし、民主国家であっても、さまざまな分野で自由をさらに推し進めようとする運動が続いています。

また、技術や科学の発展につれ、個々の能力や努力によって、経済的に豊かになれる社会が訪れています。力いっぱい知恵を使い、働き、生活の上で不自由しないようにみな頑張っているわけです。

B

自由がしばしば不自由を生みだす原因となることも私たちは知っていなければならないでしょう。個人や企業の自由な経済活動を進めれば、さまざまな物が流通し安くなり、全体として豊かさをもたらす可能性がある反面、強い人、成功する人と、弱い人、失敗する人との格差を広げてしまう可能性もあります。強者にとってはまさに素晴らしい自由なのですが、弱者にとっては生活がいっそう不自由になる原因となるかもしれません。

経済のような難しい話でなくても、人をなぐったり人の物を盗んだりするようなことを自由にされたのでは、私たちの生活が不自由になることは火を見るよりも明らかでしょう。

第九回

63 AとBの共通点は何か。

1 身体の自由を得るために命をかけてでも頑張る必要がある。

2 自由はかえって不自由をもたらすことがあるので、知っておく必要がある。

3 自由を目的としたすべての努力は正当である。

4 自由な社会環境は多様性に富んだ豊かな社会の実現に繋がる。

64 AとBの主な観点はそれぞれ何か。

1 Aでは、自由がもたらす意義について述べ、Bでは、他人に不自由をもたらす自由があってはいけないと述べている。

2 Aでは現在自由をさらに推し進めようとする運動が続いていると述べ、Bでは人をなぐったり人の物を盗んだりするのはよくないと述べている。

3 Aでは経済的に豊かになるために頑張る必要性を述べ、Bでは強い人と弱い人の格差を出すのはよくないと述べている。

4 Aでは生活の上で不自由をしないべきだと述べ、Bでは自由が不自由を生みだす原因を述べている。

65 自由について、B が批判しているのはどのようなことか。

1 人々は自由がしばしば不自由を生みだす原因となることを知らない。

2 一方だけの利益を求めることによって他方に不自由をもたらすことを知らない。

3 人を殴ったり、ものを盗んだりして被害者の生活を不自由にさせることを知らない。

4 企業等が経済活動を進めることによって、貧しい人が増える可能性があることを知らない。

問題12　次の文章を読んで、後の問いに対する答えとして最もよいものを、1・2・3・4から一つ選びなさい。

車の運転をするほどの人なら、だれでも、車間距離の大切なことは知っている。つめて走っていれば、思わぬトラブルがおこる。車によって自分が拡大されるのであろうか。歩いていてまわりの人をうるさいと感じるよりずっとつよくほかの車の近さが気になる。

人間同士でも同じこと。まわりの人と目に見えない車間距離をしっかりとっていないと、おもしろくないことがおこりやすい。車のことならよく分かっているくせに、つき合いの上での距離にはまるで無関心というのがすこしも珍しくないのはおもしろい。人間という文字に間があるからというのはたんなるこじつけだが、人と人との間には人間距離というものがあってしかるべきものである。

そうは言っても、親しくなれば、その距離も小さくなって当り前、その間を感じさせないのが親しさであるともいうことができる。そうすると、うっかりしていれば、衝突である。遠い存在であるのにぶつかったりするわけがない。仲がよいからケンカにもなる。ならずものでもないかぎり、知らない人間と争いをおこすのはまれであるが、心を許すほどの親密な間柄になると、案外に些細なことで、びっくりするようなまずいことになったりする。

ある人が、学校のときの友だちと、何十年ぶりで会った。たちまち意気投合した。学校ではほとんど交渉のなかった二人は新しい友情に興奮気味で、しきりに会うようになった。はじめのうちは、いくらかよそ行きの言葉をつかっていたのが、またたくまに、ぞんざいな口をきくようになった。やがてある時、一方が何気なく頼みごとをしたところ、相手が、押しつけがましくて、人をバカにしていると怒り出して、言い合いになり、結局、それでケンカ別れになってしまった。なれなれしくし過ぎたのがいけなかった。旧友は反省したそうである。「親しき仲にも礼儀あり」というのは、このなれなれしさを戒める。親しくないものの間に遠慮、つつしみがあるのは当り前のことである。知らない人に失礼なことをしてはいけないのはだれでも知っている。しようとしてもできるわけがない。ていねいな口をきき、控え目につき合うにきまっている。

そのつつしみが消えるのは、親しい仲である。車間距離、人間距離がつまって、衝突の危険が大きい。このことわざは、親しい人同士の間にも礼儀がある、という実際をのべたものではない。親しくなると、礼儀が欠けるようになりやすい。心して礼を失わないようにしたいものだと教えているのである。「親しき仲に［ A ］礼儀」としてもよいところだ。

66 つき合いの上での距離にはまるで無関心というのがすこしも珍しくないのはおもしろいとあるが、どういうことか。

1 車間距離をとることは意識するのに、人とは衝突をまねくような関わり方をしてしまうことを皮肉っている。

2 車間距離と人間関係に必要な距離はどちらも大切なのに、片方がおろそかになることを批判している。

3 車間距離に人間関係上の距離をなぞらえ、衝突を防ぐ必要性をなぜ意識しないのか疑問を呈している。

4 車間距離には注意するのに、人と人との距離を考慮しない人間の習性に対して興味を抱いている。

67 心を許すほどの親密な間柄になると、案外に些細なことで、びっくりするようなまずいことになったりするとあるが、なぜなのか。

1 親しくなると、礼儀が欠けるようになり、遠慮やつつしみを忘れがちになるから

2 親しい間柄だから些細なことは当たり前やってくれるだろうと思うのにそうでないから

3 親しくなれば、その距離も小さくなって相手の欠点をすぐ見出すから

4 親しいものの間にも遠慮、つつしみがあるのは知りながらぞんざいな口の利き方をする時があるから

68　「ぞんざいな口をきく」とはどのような動作を表しているか。最も適当なものを、次の１・２・３・４から選びなさい。

1　礼儀正しいものの言い方をする。

2　礼を失したものの聞き方をする。

3　不満げなものの聞き方をする。

4　無作法なものの言い方をする。

69　［ A ］にあてはまる最も適当な言葉は次のどれか。

1　さえ

2　すら

3　なら

4　こそ

第九回

問題13　次はW大学の東京国際交流館入居募集要領の一部である。下の問いに対する答えとして最もよいものを、1・2・3・4から一つ選びなさい。

東京国際交流館　入居募集要項

独立行政法人日本学生支援機構が管理・運営する「国際研究交流大学村東京国際交流館」の外国人留学生入居者を下記の要領にて募集致します。

1．応募資格　以下の条件を全て満たしている方

（1）W大学に在籍する修士1年生以上の優秀な外国人留学生（正規生）で、在留資格「留学」を有している方。

（2）修業年限（修士2年、博士3 年）を超えて在籍していない方。ただし、兵役による者はこの限りではない。

（3）交流館からの通学が可能な者。交流館が実施する各種交流イベント等へ積極的に参加できる者。※入学前のお申し込みはできません。

2．館費およびその他費用について

（1）館費　単身用A棟：月額35,000円
単身用B棟：月額52,000円
夫婦用C棟：月額74,500円
家族用D棟：月額86,500円

（2）入館費：入館時に館費1ヵ月分を徴収し、返金はしません。

（3）その他：光熱水料および電話料金は全て自己負担

3．入居条件について

（1）入居期間：入居時の身分に対する修業年限の範囲内とし、かつ3年以内。

※今回申込みの入居期限は入居日から1年間。
（その後、イベントへの参加状況や入居中の生活状況等により1年毎の更新。）
※ただし、W大学に在籍期間中であること
（注意）退学、就職、助手

（2）申込み締切日

2019年3月22日（金）17時　応募締切

（今回の募集は、入居日2019年6月1日～6月30日が対象）

※1回のみ申し込むことができます。

※残室状況によって、締切前に募集を停止する場合がありますのでご了承ください。

4. 応募方法

提出書類

応募書類はホームページよりダウンロードしてください。

70 日本の大学・大学院に在学している次の学生のうち、この交流館に応募できるのは誰か。

名前	国籍	2019年4月時点の在籍年次	在籍有無
アテン	日本	修士3年	在籍
キム	韓国	修士1年	在籍
チャン	中国	修士半年	在籍
野村	日本	学部4年	在籍

1　アテンさん　　2　キムさん

3　チャンさん　　4　野村さん

71 C棟に入館する人は6月に入居する場合、いくら払わなければならないか。

1　74,500円　　2　35,000円

3　86,500円　　4　149,000円

聴解（55分）

注意

Notes

1. 試験が始まるまで、この問題用紙を開けないでください。

   Do not open this question booklet before the test begins.

2. この問題用紙を持って帰ることはできません。

   Do not take this question booklet with you after the test.

3. 受験番号と名前を下の欄に、受験票と同じように書いてください。

   Write your examinee registration number and name clearly in each box below as written on your test voucher.

4. この問題用紙は全部で6ページあります。

   This question booklet has 6 pages.

5. 問題には解答番号の1、2、3…が付いています。解答は解答用紙にある同じ番号のところにマークしてください。

   One of the row numbers 1,2,3... is given for each question. Mark your answer in the same row of the answer sheet.

受験番号 Examinee Registration Number	

名前 Name	

問題1

問題1では、まず質問を聞いてください。それから話を聞いて、問題用紙の1から4の中から、最もよいものを一つ選んでください。

1番

1 講演者が早めについたこと
2 パワーポイントの書式
3 質疑応答の時間
4 講演者の休憩時間

2番

1 キャラクターの衣装の色の修正をしてもらう
2 文字の排列型に関するメールを送る
3 包装の件を伝える
4 男の人と向こうの会社へ行く

3番

1 売上を伸ばすためにかき氷が作れる人を雇う
2 売上を伸ばすためにかき氷が作れる人を探す
3 かき氷が作れる人を探すために広告を出す
4 かき氷の広告を作る会社を探す

4番

1 ボディーラインをきれいに映してくれるもの
2 女性らしい雰囲気があるもの
3 軽くて持ちやすいもの
4 女性らしい雰囲気があって、実用的なもの

5番

1　晩餐会の場所を変える
2　ホテルの料理について電話で確認する
3　和食の店を探す
4　移動手段を確認する

6番

1　掃除をしたり、ドアを開ける機能を持つロボットを開発する
2　老人ホームなどで年寄りと話をする機能を持つロボットを開発する
3　娯楽機能を持つロボットを開発する
4　人の気持ちを悟ってそれに反応してくれる機能を持つロボットを開発する

問題2

問題2では、まず質問を聞いてください。そのあと、問題用紙の選択肢を読んでください。読む時間があります。それから話を聞いて、問題用紙の1から4の中から、最もよいものを一つ選んでください。

1番

1　ある人を忘れるために旅に出るのです
2　日常生活からしばらく解放されるために旅をするのです
3　リラックスのために旅に出るのです
4　日常生活をより豊かにするために旅をするのです

2番

1 卒業生の就職への意志が高まっているため
2 政府の努力で就職に関する政策が施されたため
3 親に頼って生きる現象を批判しているため
4 検討会などを通して、自立精神を生徒たちに教えているため

3番

1 春
2 夏
3 秋
4 冬

4番

1 歌が上手かどうかで決まる
2 顔や声がきれいかどうかで決まる
3 才能があるかどうかで決まる
4 格好いいかどうかで決まる

5番

1 自己閉鎖状態の人ががますます多くなっていくこと
2 住居付近のコンビニなど以外、殆ど家を出ない人
3 長い期間社会活動に加わらない人
4 携帯とかで外とは連絡取ったりしない人

6番

1　雨で道が滑るから
2　妻の家事を手伝うことになったから
3　いっしょに走っていた人が転勤したから
4　一人では寂しいから

7番

1　旅館の値段や規模を調べます
2　室内風呂付きの旅館を新しく探します
3　露天風呂付きの旅館を新しく探します
4　旅館の近くで露天風呂を探します

問題3

問題3では、問題用紙に何も印刷されていません。この問題は、全体としてどんな内容かを聞く問題です。話の前に質問はありません。まず、話を聞いてください。それから、質問と選択肢を聞いて、1から4の中から、最もよいものを一つ選んでください。

問題4

問題4では、問題用紙に何も印刷されていません。まず、文を聞いてください。それから、それに対する返事を聞いて、1から3の中から、最もよいものを一つ選んでください。

問題5

問題5では、長めの話を聞きます。この問題には練習はありません。メモを取ってもかまいません。

1番、2番

問題用紙に何も印刷されていません。まず、話を聞いてください。それから質問と選択肢を聞いて1から4の中から、最もよいものを一つ選んでください。

3番

まず話を聞いてください。それから二つの質問を聞いて、それぞれ問題用紙の1から4の中から最もよいものを一つ選んでください。

質問1

1 子供の部屋の改装
2 子供が怒り出すこと
3 窓の大きさを変えること
4 材料の価格

質問2

1 家全体のカラー
2 玄関の大きさ
3 子供の部屋の大きさ
4 客間の窓の大きさ

全真模擬試題　第十回

★ 言語知識（文字・語彙・文法）・読解

★ 聽解

言語知識（文字・語彙・文法）・読解（110分）

注意

Notes

1. 試験が始まるまで、この問題用紙を開けないでください。

   Do not open this question booklet before the test begins.

2. この問題用紙を持って帰ることはできません。

   Do not take this question booklet with you after the test.

3. 受験番号と名前を下の欄に、受験票と同じように書いてください。

   Write your examinee registration number and name clearly in each box below as written on your test voucher.

4. この問題用紙は全部で32ページあります。

   This question booklet has 32 pages.

5. 問題には解答番号の1、2、3…が付いています。解答は解答用紙にある同じ番号のところにマークしてください。

   One of the row numbers 1,2,3... is given for each question. Mark your answer in the same row of the answer sheet.

受験番号 Examinee Registration Number	

名前 Name	

問題1　＿＿＿＿の言葉の読み方として最もよいものを、1・2・3・4から一つ選びなさい。

1　自分の権威を固辞できたり、相手にとっての価が高まる場合もあるのです。

1　こくじ　　2　こうじ
3　こじ　　4　かくし

2　能力がない自己愛者は、より退行した形で他者からの是認を求めようとする。

1　ぜにん　　2　ごかく
3　にゅうねん　　4　じゅうたい

3　橋本選手の活躍で、なんとかピンチを逃れた。

1　のがれた　　2　はなれた
3　それた　　4　まぬがれた

4　この辺りは視界を遮る物が何もない。

1　さまたげる　　2　さえぎる
3　せばめる　　4　へだてる

5　駅前の店はどこも繁盛している。

1　びんしょう　　2　びんじょう
3　はんしょう　　4　はんじょう

6　何事も初めが肝心だ。

1　たんしん　　2　かんしん
3　たんじん　　4　かんじん

問題2　（　　）に入れるのに最もよいものを、1・2・3・4の中から一つ選びなさい。

7　これからの社会では、既存の成功モデルの（　　）ではなく、新たな価値の創造が求められています。

1　拘束　　2　撤廃
3　裕福　　4　踏襲

8　会社の現状と将来に対し、夢や（　　）があり、経営、上司に魅力がある。

1　フレームワーク　　2　ビジョン
3　ボトルネック　　4　モチベーション

9　地域の（　　）に合った医療のシステムが求められている。

1　実情　　2　実況
3　実権　　4　実在

10　その選手は、十年に一人の（　　）だと言われている。

1　玄人　　2　大家
3　巨匠　　4　逸材

11　日本語を1年勉強したけれど、まだ（　　）話せません。

1　だぶだぶ　　2　つるつる
3　すらすら　　4　へとへと

12　先方に協力を依頼したが、（　　）断られてしまった。

1　しんなり　　2　やんわり
3　うんざり　　4　ひんやり

13　交渉が（　　）進み、無事に契約することができた。

1　しとやかに　　2　しなやかに
3　円滑に　　4　性急に

問題3　＿＿＿＿の言葉に意味が最も近いものを、1・2・3・4から一つ選びなさい。

14 今回の研修会は、出席者がまばらだった。

1　多かった　　2　少なかった
3　まじめだった　　4　ふまじめだった

15 昨日は一日中どんよりした天気だった。

1　曇っていて暗かった
2　晴れていて明るかった
3　風が吹いて涼しかった
4　雨が降って蒸し暑かった

16 父は毎朝、丹念に新聞に目を通す。

1　ぼうっと　　2　ちらっと
3　じっくりと　　4　ざっと

17 最近、仕事がはかどっている。

1　予想外に遅れている
2　順調に進んでいる
3　徐々に減っている
4　急激に増えている

18 検討の結果、この計画は見合わせることになりました。

1　承認する　　2　実施する
3　変更する　　4　中止する

19 激しい雨のため、やむをえず試合は延期することになった。

1　しかたなく　　2　まもなく
3　思いがけなく　　4　限りなく

第十回

問題4　次の言葉の使い方として最もよいものを、1・2・3・4から一つ選びなさい。

20　意地

1　彼は何がやりたいのか、意地がはっきりしない。
2　そう意地を張らずに、すなおに謝ったほうがいいよ。
3　会議で、この調査の意地を説明した。
4　わが社は顧客の意地に沿った商品開発を目指している。

21　ブランク

1　2年のブランクがあり心配だったが、先月から職場に復帰した。
2　15分ほどブランクにしませんか。みんな疲れたようだし。
3　プレゼンの最中は緊張しちゃって、頭がブランクだったよ。
4　大事なデータをブランクしてしまった。

22　調達

1　新しい事業のために、資金を調達しなければならない。
2　インターネットで奨学金の申請方法を調達した。
3　希望の職種に就くためには、早めに必要な資格を調達したほうがいい。
4　環境問題に対する各国の若者の意識を調達した。

23　連携

1　学校は地域と連携して生徒の安全を守っている。
2　複数の社員で一台のプリンターを連携して使っている。
3　最近の株価は、為替レートと連携して上下している。
4　登山のときには、必ず地図を連携してください。

24 ほどける

1　ねじがほどけて、イスがぐらぐらしている。

2　靴のひもがほどけないようにしっかりと結んだ。

3　シャツのボタンがほどけているから、とめた方がいいよ。

4　グラスに浮かぶ氷がみるみるうちにほどけた。

25 怠る

1　昨日、会社を怠って映画を見に行ってしまった。

2　忙しいときは料理を怠って、買ってきた弁当で済ますこともある。

3　彼はどんな苦労も怠らずに、いつも積極的に仕事に取り組んでいる。

4　成功を勝ち取るためには、日々の努力を怠ってはいけない。

問題5　次の文の（　　）に入れるのに最もよいものを、1・2・3・4から一つ選びなさい。

26 不正な取引が明らかになり、その取引に関わった会社役員は辞職（　　）。

1　を禁じえなかった　　2　を余儀なくされた
3　には及ばなかった　　4　にあずからなかった

27 子どものためを（　　）、留学の費用は子ども自身に用意させたのです。

1　思いがてら　　2　思えばこそ
3　思ったまで　　4　思うがまま

28 ウイルスの感染経路を明らかに（　　）調査が行われた。

1　すまじと　　2　すべく
3　するはおろか　　4　すべからず

29 今年は景気が非常に悪く、ボーナスが出なかった。しかし、給料がもらえる（　　）。

1　だけましだ　　2　までのことだ
3　かいがある　　4　ほどではない

30 物置の隅で、ほこり（　　）になっている古い人形を見つけた。

1　ぐるみ　　2　がらみ
3　まみれ　　4　ずくめ

31 友人の家でごちそうになった料理は、家庭料理（　　）素朴な味わいだった。

1　めく　　2　ごとき
3　ばかりか　　4　ならではの

32 新しいダムの建設には住民の反対も大きい。国は計画を中止するとは（　　）、もう一度見直さざるを得ないだろう。

1　言わないまでも　　2　言うまでもなく
3　言うに及ばず　　4　言わないことではなく

33 新しく住宅開発を進めるなら、この地域（　　）ほかにはない。

1　はおろか　　2　ときたら
3　にそくして　　4　をおいて

34 この精密機械は水に弱い。水が（　　）。

1　かかって当たり前だ　　2　かかろうとも平気だ
3　かかるぐらいのことだ　　4　かかればそれまでだ

35 天まで届け（　　）、声をかぎりに歌った。

1　っぱなしで　　2　というところが
3　とばかりに　　4　ながらも

問題6　次の文の＿★＿に入る最もよいものを、1・2・3・4から一つ選びなさい。

（問題例）

あそこで＿＿＿　＿＿＿　＿★＿　＿＿＿は山田さんです。

1　テレビ　　2　見ている　　3　を　　4　人

（解答の仕方）

1.　正しい文はこうです。

あそこで＿＿＿　＿＿＿　＿★＿　＿＿＿は山田さんです。 **1　テレビ　3　を　2　見ている　4　人**

2.　＿★＿に入る番号を解答用紙にマークします。

（解答用紙）

（例）	①　●　③　④

36　いったん仕事を引き受けた＿＿＿　＿＿＿　＿★＿　＿＿＿最後までやり通すに違いない。

1　彼の性格　　　　2　からして

3　からには　　　　4　責任感の強い

37　ちょっと考えれば、さっきの話が冗談＿＿＿　＿＿＿　＿★＿　＿＿＿、単純な彼は簡単に信じてしまった。

1　分かるだろう　　　　2　だって

3　に　　　　4　ことくらい

38 こんな田舎でも、＿＿＿＿ ＿＿＿＿ ＿＿＿＿ ＿★＿よ。気をつけてください。

1　ない　　　　2　かぎらない

3　とも　　　　4　恐ろしい犯罪が

39 ＿＿＿＿ ＿＿＿＿ ＿★＿ ＿＿＿＿、ものを創るという能力をもっています。

1　にして　　　　2　ながら

3　人は　　　　4　生まれ

40 主催者は「＿＿＿＿ ＿＿＿＿ ＿★＿ ＿＿＿＿、国の内外に友好の輪を広げていかれることを期待しております」とあいさつした。

1　参加者　　　　2　通じて

3　双方の交流を　　　　4　深めることを

問題7　次の文章を読んで、41から45の中に入る最もよいものを、1・2・3・4から一つ選びなさい。

「時間には使い方がある」ことを意識するようになると、知らず知らずのうちに、時間の使い方を工夫できるようになる。

たとえば、長時間の残業をして仕事が終わらなかったときのケースを考えてみよう。「時間には使い方がある」と 41 は、「もしかしたら、仕事の仕方が間違っているのではないか」「別のやり方をしたら、もっと短い時間でできるのではないか」という発想になる。仕事の仕方を見直し、時間の使い方を検証してみると、何らかのヒントが見えてくるものだ。工夫 42 、より効果的な仕事の仕方が見つかる。

一方、「時間には使い方がある」と気づいていない人は、時間の使い方を工夫するという発想が出てこない。「ああ、今日も疲れたな」と思うだけで終わってしまう。次の日も同じように残業を繰り返して、さらに疲れを増していく。

43 「自分は努力不足だ」と考える人がいるかもしれない。工夫することを考えず、根性論に走り、「もっと努力しなければ」と自分を追いつめ 44 。それでも時間内に終わらないと、「自分は、なんて仕事ができない人間なのだろう」と自己評価まで下げてしまう場合もあるかもしれない。「自分は仕事ができない」と思ったら、本当に 45 。疲れがたまって能率が悪くなるばかりか、自己評価まで下げてしまうのは、非常にもったいないことだ。（中略）こうした意識の違いが、長い人生ではとてつもなく差を生んでしまう。

41

1　意識しない人　　2　意識できない人
3　意識している人　　4　意識すべき人

42

1　をすれば　　2　をするよりも
3　をすることなく　　4　ができなくても

43

1　なにしろ　　2　かえって
3　さもないと　　4　中には

44

1　ていく　　2　てみた
3　ていくのか　　4　てみたのか

45

1　できなくなるのだろうか
2　できなくなってしまう
3　できないのか
4　できないはずだ

問題8　次の（1）から（4）の文章を読んで、後の問いに対する答えとして最もよいものを、1・2・3・4から一つ選びなさい。

（1）

人はなぜ働くのか。誰もが自問するはずだ。働くことで自分の人生をより豊かにし、かつ社会貢献をするため——そう考える人は多いだろう。だが、私は労働とはまず、生活の糧を得るための行為であると考える。いくら人生を豊かに、社会貢献をと望んでも、雨露をしのぐことが出来ず、その日の糧にありつけなければ、それは実現しない。まずは自分の生活を不足のないものにするための対価として、労働をする。家族と食卓を囲んだり、好きなことに打ち込んだりする時間が持てるようになれるのは、この対価の積み重ねによる。これが、私の考える働くことの意義である。

46 筆者の考える働くことの意義と合うのはどれか。

1　働くことを通して、自分の人生を豊かにし、社会貢献をする。

2　労働はお金のためであって、人生を豊かにしたり、社会貢献をしたりするためではない。

3　自分の生活基盤を整えるのに必要なお金を得るために働く。

4　家族や趣味など、自分が大切にしているものにお金を使いたいから働く。

（2）

新しい医療機器の開発には、新しい発想が不可欠である。それは現場の医師の声であったり、僕たち技術屋の持つ創造性であったりする。どちらが欠けても革新的な機器は生まれないのだが、エンジニアは医療の分野ではあくまで素人で、その機器に必要なものを真に知っているのは使用者である医師たちだ、ということを常に心に置くようにしなければならない。うちの会社では、図面を作る人が直接医師とコンタクトをとり、必ず現場も見せてもらうという形をとっている。現実に根差した、ごく実用的なひらめき、発想力が求められる仕事といえる。

47 筆者によると、「新しい発想」とはどのようなものか。

1　実際に治療段階にある患者の視点に立った発想
2　だれも思いつかないようなユニークな発想
3　医師が求める機能を現実のものにするための発想
4　現場の問題の根本を突く、素人ならではの発想

第十回

（3）

情報技術（IT）の進歩に伴い、IT を使いこなせる人とそうでない人の間で得られる情報量の違い、いわゆる「情報格差」が生まれている。この情報格差は、IT 化とは別の側面からも生じ得る。その一つが、外国人などが言語の問題で情報を入手できないことだ。その対応策として、多言語による情報提供が進められている。例えば東日本大震災の際にもインターネットやラジオを通してさまざまな多言語情報が発信されたが、現在の課題は、その「伝達方法」である。いくら情報を発信しても相手に届かなければ意味がない。情報が届くには、発信メディアが日頃から外国人住民に広く認知され、信頼されるものになっていなければならない。

48 この文章によると、多言語による情報提供の現在の課題は何か。

1 英語や中国語などメジャーな言語に限らず、より多くの言語で対応すること

2 インターネットやラジオだけではなく、多様な情報技術を活用すること

3 ITに精通している人が簡単に情報が得られるようにすること

4 発信メディアを外国人住民に知ってもらい、情報を彼らに伝達すること

（4）

心理学の用語で「知覚の選択性」というものがある。私たちは、外界の情報をすべて知覚しているわけではなく、無意識のうちに自分に必要な情報だけを取り込み、処理しているということだ。これを例えば、騒々しいパーティー会場でも話し相手の声は聞き取れることと関係している。一方、会議の様子を録音したものを聞くと、周囲の雑音がすべて入っているため、かなり聞きづらい。

それでは、自分に必要な情報は何かと言えば、それは知覚主体の知識・期待・欲求・注意などの要因によって異なる。それらの要因で無意識に情報が取捨選択されているのだ。

49 「知覚の選択性」に関連するものはどれか。

1 子どもがいくら「早く寝なさい」と言われても、聞いていないふりをすること
2 周りの話し声が煩わしいので、電車やバスの中でイヤホンをすること
3 車の免許を取ると、それまで目に入らなかった道路標識の存在に気がつくこと
4 たくさんのチラシが並んでいる時に、カラフルなデザインのものに目が行くこと

問題9　次の（1）から（3）の文章を読んで、後の問いに対する答えとして最もよいものを、1・2・3・4から一つ選びなさい。

（1）

和食の一つの典型的な形が1950年頃に一般の家庭で食べられていた食事で、ご飯に味噌汁、香の物、そしてお菜という四点構造になっています。「一汁三菜」という言い方がありますが、お菜の数は場合によって変わります。主菜が焼き魚だったら、副菜には野菜の煮物や和え物、納豆や卵などがつくという感じでしょうか。肝心なのは、常にご飯が主食だということです。この和食は質素ながらも栄養バランスが理想的で、動物性油脂が少ないため健康にもとてもいいことが分かっています。日本人の伝統的な食文化である和食によって、今の日本の長寿社会は実現したのです。私たち専門家は今、和食に対して危機感を持っています。なぜなら、和食を食べない日本人が増えているからです。さらに、家族別々に食事をする「孤食」や家族が別々の料理を食べる「バラバラ食い」なども問題です。これだけグルメ番組が盛んで大勢の人が食に夢中な国だというのに、一番基本的な家庭での食文化が空洞化しているのが日本の現状です。

もちろん、一つの国にいながら世界各国の料理が食べられるのは幸せなことです。でも、それは日本人の根幹である和食の良さをきちんと分かっていることが前提でしょう。百人のうちの十人でも二十人でもいい、和食の良さをきちんと分かっている人がいることが肝心であり、それを礎に次の世代へ継承していくことが大事だと思います。

50　和食の典型的な特徴は何か。

1　よく刺身を食べること
2　お菜の数がよく変わること
3　主食はご飯を食べること
4　家族が別々に食事をすること

51 本文は現代の日本の食事について何が問題だと述べているか。

1 質素でも栄養がある和食を知らない日本人がいること

2 グルメ番組で紹介されるような料理ばかりが人気であること

3 食事の内容や家庭での食事の食べ方が変わってきていること

4 自分が好きなものだけを食べる日本人が多いこと

52 筆者がこの文章で最も言いたいことは何か。

1 長生きするためには伝統的な和食を食べたほうがいい。

2 現代の日本人はもっとたくさんご飯を食べる必要がある。

3 和食だけでなく世界各国の料理が食べられるのは幸せなことである。

4 いろいろな料理を食べるのはいいが、和食の良さを理解しておくべきだ。

(2)

新石器時代に家が出現した。家の出現は、人々の日々の暮らしに安らぎといこいをもたらす。冬は暖かくて、夏は涼しく、陽が落ちて暗くなっても炉には火が燃えている。家のなかには風も雨も雪も入ってこないし、腹のへったクマやトラやライオンに襲われる心配もない。家族の絆もさぞ強まったことだろう。でも、家の効果はそうした日常的なことや実際的なことだけではなかった。人の心や精神にとって、きわめて重要な役割を果たした。自分が修学旅行や夏休みの休暇で長期に家を空けた時のことを思い出してください。

「懐かしい」と思う。どうしてそう思うのか。もし自分がいない間に作り替えられていたら、ガッカリしこそすれ懐かしさはない。逆にわけの分からない怒りがこみ上げるかもしれない。家が変わっていなかったからこそ懐かしいという気持ちが湧いてきたのだった。懐かしいという心の働きは、喜怒哀楽の感情とはちがう不思議な感情で、人間にしかない。犬は古い犬小屋を振り返ってシミジミするようなことはしない。人間が、昔のものが変わらずにあるシーンに出会った時に、この感情が湧いてくる。

その時、自分の心のなかでは何が起きているんだろう。おそらくこうなのだ。久しぶりに見た家が昔と同じだったことで、今の自分が昔の自分と同じことを、昔の自分が今の自分まで続いていることを、確認したのではあるまいか。自分はずっと自分である。

人間は自分というものの時間的な連続性を、建物や集落の光景で無意識のうちに確認しているのではないか。

新石器時代の安定した家の出現は、人間の自己確認作業を強化する働きをした。このことが家というものの一番大事な役割なのかもしれない。

53　家の出現が人々にもたらした変化として、本文の内容に合うものはどれか。

1　快適な環境で生活し、家族と一緒に過ごす時間も増えた。
2　仲間意識が高まり、みんなで食べ物を分け合うようになった。
3　快適な環境になっただけでなく、休暇を楽しむようになった。
4　安心を得ることで心が穏やかになり、仲間同士の争いが減った。

54　自分というものの時間的な連続性とは、どのような意味か。

1　先祖から自分へと、代々、命が受け継がれていること
2　昔も自分も、自分の性格や特徴は変わらないということ
3　過去の自分が今の自分へと途切れることなくつながっていること
4　過去の経験があったからこそ、今の自分があるということ

55　筆者の考えによると、家が果たした最も重要な役割は何か。

1　人間が自分という存在を確認できるようになったこと
2　一人一人バラバラの生活から家族中心の生活へ変えたこと
3　外界の危険から身を守る環境を人間に与えたこと
4　人間がそれぞれ帰るべき場所を持つようになったこと

(3)

これから起こる可能性のある失敗について考えるとき、ふつうは時系列や原因から結果という因果関係に従って、「どんなときにどんな失敗が起こり得るか」を想定します。①「逆演算」の場合は、これとは反対のものの見方をします。まず具体的にどんな失敗が起こるかという結果を思い浮かべて、そこから遡りながら、その失敗を誘発する原因を検討していくのです。

もちろん、失敗のシナリオは、原因から結果を見ていく順方向の見方を使っても考えることができます。しかし、この方法では起こり得るすべての可能性を、同じような価値のものとして検討していかなければならないので、莫大な作業が必要となり、結果として必ず②想定漏れの問題が出てきます。

これに対し逆演算の見方だと、最初に具体的な結果を想定して、そこから遡って原因を考えることができるので、真っ先に自分が一番避けたい大きな失敗をピックアップすることができます。

つまり、逆演算を使うことで、自分が最も起こってもらっては困ると考える致命的な失敗をまず検討できるのです。まず重大な失敗を想定し、それが起こり得る状況をつぶさに検討することで、仮に失敗した場合でも被害を最小限に抑えることも可能なのです。

56 ①「逆演算」の場合、最初に考えることは何か。

1 これからどうしたら失敗しないか。

2 これからどのような失敗をするか。

3 いつもどうして失敗するのか。

4 いつもどのようなときに失敗するか。

57 ②想定漏れの問題が出てくるのはなぜか。

1　失敗の原因になり得ることを予想しきれないから

2　失敗を誘発する原因がなかなか思い付かないから

3　すべての失敗を同じ価値で検討することができないから

4　これまでに経験した失敗が少なすぎて考えられないから

58 筆者が述べている「失敗への対処法」とはどのようなことか。

1　今までに経験した失敗の中から重要な失敗を選んでおくこと

2　失敗の可能性がどのぐらいあるか計算し、心の準備をしておくこと

3　ある状況が失敗につながるかどうかをできるだけ細かく検討しておくこと

4　自分にとって最も避けたい失敗を想定した上でその原因を考えておくこと

問題10　次の文章を読んで、後の問いに対する答えとして最もよいものを、1・2・3・4から一つ選びなさい。

学生が農村調査などに出かけると、農家の人たちは、学生さんが来た、というのでしばしば丁重に扱ってくれたりする。しかし、そういうときが、実はいちばん危険なのだ。丁重に扱われることによって、学生は自分たちのほうが偉いのだ、という錯覚におちいる。そしてその錯覚のゆえに、教えを乞う、という謙虚なこころをいつのまにか失ってしまう。学生だって、大学教授だって、本当はちっとも偉くなんぞありはしない。知らないことだらけなのである。知らないからこそ、人に会って教えてもらおうとしているのである。肩書きがどうであろうと、教えを乞っているかぎりは学ぶ立場にいる。その学ぼうとする謙虚なこころが、人に話を聞くときの基本的心がまえでなければならぬ。相手が農民であろうと、たばこ屋のおばあさんであろうと、取材する相手は、大げさにいえばわれわれにとっての教師なのだ。人にものを聞くときには、いささかなりとも尊大な気持ちをもってはいけない。尊大な取材をする人は、決して真実の情報を手に入れることもできないだろうし、そういう人にはおよそ知的な進歩も期待できない。

このことはジャーナリストにとってもあてはまる。新聞社の名刺を出せば、いわゆるコワモテ、というやつで、どこにでもかなり自由に出入りできる。そのことから、ジャーナリストは不当な自負心をもち、尊大になりがちだ。しかし、それはジャーナリストにとっての最大の①<u>ワナ</u>なのである。そのワナにひっかかったが最後、そういう人物は②<u>決して大成できない</u>と知るべきであろう。

実際、わたしはこれまでの体験のなかで、大記者、名記者といわれる人たちにたくさん会ったが、そういう人はひとりの例外もなく、柔和で、謙虚な人々であった。肩ひじ張って眼光するどい――そういうタイプの人はテレビの記者ものには登場するがそれは決して実際の名記者のイメージではないのである。本当の名記者は、静かで、楽しい人物たちなのである。その人がらが、すばらしい取材能力を決定している、といってもさしつかえないだろう。彼は人に話を聞くにあたっての基本的な作法、つまり、謙虚さを人がらの中に備えているのである。

人に教えを乞うという態度――それは当然、感謝の念とつながってゆく。そして、なんらかの形で感謝のこころをあらわす、ということが、自然とものを聞く作法の中に反映されてゆくのである。話を聞いたあとで、たとえハガキ一本であろうと、こころがこもっていればそれでも十分だ。教えを受けたことに対する感謝――そのこころを素直にもてるかもてないか、いささか道徳的な藩士になってしまったが、そのこころ構えがものを聞く作法の基本条件だ、とわたしは考えている。

59 筆者が学生の農村調査について危険だと感じるのはどのようなことか。

1 自分たちのほうが立場が上であると勘違いすること
2 農家の人たちと学生との間で意見が対立すること
3 正確な情報が手に入りにくくなること
4 農家の人たちに精神的な負担をかけてしまうこと

60 ①ワナとは何の意味を指すか。

1 失敗
2 だまされること
3 落とし穴
4 障害

61 ②決して大成できないのはなぜか。

1 新聞社に勤める自分が優れていると錯覚した結果、取材相手に感謝の気持ちを示さないようになり、悪い評判がつくから
2 新聞社に属することに甘えて、謙虚さを忘れ、その結果、相手から情報を引き出せず、よい取材できないから
3 どこでも自由に出入りでき、何もしなくても基本的な情報が得られるので、つい努力を怠ってしまうから
4 社会的信用のある新聞記者といえども、見た目が怖く、冷たい印象の人は相手から警戒され、取材がうまくできないから

第十回

62 筆者が考える大記者、名記者とはどんな人物か。

1 自分が何も知らないことを自覚して、知的な進歩を続ける、誰からも尊敬される人物

2 いつも穏やかで、相手が誰であっても謙虚な姿勢で取材をし、感謝のこころをきちんと示せる人物

3 真実を追究する情熱と、ほかの人にはたどり着けない情報をキャッチできる鋭い感覚を持っている人物

4 謙虚で優しい人がらから誰にも好かれ、取材の後も個人的に付き合いたいと思わせる人物

問題11　次のAとBの意見文を読んで、後の問いに対する答えとして最もよいものを、1・2・3・4から一つ選びなさい。

A

大学生を含む若者が自分の意にはんして高額な商品を契約させられるケースが後を絶たない。自立した社会生活を送るためには、契約などに対する知識が必要となる。そのためには消費者としての自覚を促す教育を行わなければならない。

消費者としての教育は、義務教育である中学校の段階で、教育内容の一つとして行うのが妥当だと考える。早すぎるという意見もあるかもしれないが、義務教育終了後は、社会の中で自立した個人としての行動が求められて当然である。

また、昔と違い、インターネットショッピングなど簡単に物を買うことができる環境の中で育ってきていることも、早めに自覚を促す必要があると考える理由の一つである。

若者が不当な契約を結ばされたり、身に覚えのない商品の請求を受けるなどの被害に遭わないためにも、消費に関する教育を早く始めてもらいたいものだ。

B

最近、消費に関する教育が話題となり、中学校での教育に取り入れようという意見がある。若者が社会で生きていく力を身に付けることは大切であり、社会人として必要な知識を早い段階から学ぶべきであろう。

しかし、これは中学校で教えるべき内容だとは思えない。たしかに、義務教育である中学校を卒業したあとは自立すべきだから、社会人として必要な消費者教育もすべきだと考える人もいるだろう。

しかし、実際に中学校卒業後すぐに社会人になる者は少ない。消費者教育が必要ないとは言わないが、中学校で学ぶべき大切なことは他にもたくさんあると思うのだ。

早期の消費者教育は、まず普段の生活の中で行われるべきで、各家庭で一番身近な親から教えられ学ぶことが最善の方法ではないだろうか。

63 AとBのどちらの記事にも触れられている内容はどれか。

1 教育において家庭が果たす役割

2 消費に関する被害の例

3 子どもが育ってきた環境

4 消費に関する教育

64 中学校における消費教育について、Aの筆者とBの筆者はどのような立場をとっているか。

1 AもBも、批判的である。

2 AもBも、好意的である。

3 Aは批判的であるが、Bは好意的である。

4 Aは好意的であるが、Bは批判的である。

65 中学校で消費に関する教育を積極的に行う必要がないと考える理由は何か。

1 社会人になるまで知らないほうがいいから

2 中学生が学ぶには難しい内容だから

3 学校よりも学ぶのに適した場があるから

4 学校の先生より親のほうが知識が豊富だから

問題12　次の文章を読んで、後の問いに対する答えとして最もよいものを、1・2・3・4から一つ選びなさい。

現代においては、社会人として一人立ちするまでに吸収すべき知識が非常に多くなってきている。そのうえ、他人よりも少しでも有利な地位や、上の地位につきたいと思うと、学習しなくてはならないことが非常に多い。しかも、親が自分の子どもの幸福について考えるとき、どうしても、自分の子どもが社会的に優位な地位につくことがそれに直結するという考えに傾くので、子どもに知識のつめ込みを強いることになる。つまり、①子どもは、うっかりすると相当に早くから、このような知識のつめ込みにさらされてゆく。実際、幼稚園の段階から、英語などを「教える」ところが親に大いにもてることは、驚くべきものがある。

このような状態は、端的に言えば、子どもを育てるうえでの「自然破壊」なのである。子どもが「自然に育つ」過程に対する干渉が、あまりにも多すぎるのである。子どもの数が少なくなったこと、経済的に豊かになったことが、この傾向に拍車をかけている。小学生が塾や習い事のために、ほとんど毎日放課後の時間を拘束されていて遊ぶ時間がないとか、一人の中学生に家庭教師が何人もついていたりする状況がある。

個性を尊重するためには、個人のもつ可能性が顕在化してくるのを待たねばならない。ところが、できるだけ多くの知識を効果的に吸収させようとすると、それはむしろ個性を破壊することになる。しかも、評価を「客観的」にするという大義名分のために、「正答」がきまっている問題をできるだけ早く解く訓練をすることは、ますます個性を失わせることにつながる危険性をもつ。

②これらのことによって、「自然」の成長を歪まされている子どもたちに対して、もう一度根本にかえって、自ら「育つ」ことのよさを体験してもらうことが、現代の教育においては必要となってきているのである。考えてみると、「自然」なのだから、何も工夫はいらないようなのだが、その点について考えたり、工夫したりしなくてはならないところに、現代の教育の難しさがあると言っていいだろう。

第十回

教育ということを「研究」するときに、どうしても「科学的」に研究することが望ましいと考えられる。人間が学習を行ってゆく過程や、成長発達してゆく過程は、ある程度客観的に捉えられ、それを研究することができる。これを基にして、効果的な教授法が考え出されたり、発達の段階が設定されたりすることは、子どもを全体としてと捉え、それにいかに教えるかを考えるうえで、相当に有効である。しかし、これをもってすべてであるとは考えないことが大切だ。

66 ①子どもは、うっかりすると相当に早くから、このような知識のつめ込みにさらされてゆく理由は何か。

1 自分の子どもの幸福ばかりを考え、他の子どもの幸福を全く考えない親が多いから

2 よい地位につくためには知識が必要で、よい地位を得れば幸せになれると親は考えるから

3 親は子どもが自分より幸せになるように、早くから子どもに学習させたいと考えるから

4 幼いうちでないと知識を吸収することができないと社会全体に信じられているから

67 ②これらのことは何を指しているか。

1 教育に多くの費用をかけることや、外国語学習を重視するようになったこと

2 子どもの数が少なくなったことや、社会の経済状況がよくなったこと

3 大量の知識を吸収させることや、決められた答えを早く探す練習をさせること

4 遊ぶ時間をなくして習い事をさせることや、自然に触れて遊ぶ機会を減らすこと

68 筆者は現代の教育の難しさがどんな点にあると述べているか。

1 子どもの成長過程に関する研究結果はすべての子どもには当てはまらない点

2 子どもが自然に育つことが難しいため自然の成長を促す工夫が必要である点

3 子どもが自ら成長していることを実感できるような自然環境が破壊されている点

4 子どもが自然に育つためには科学的な視点で研究することが不可欠である点

69 本文で筆者が最も言いたいことは何か。

1 親によって成長をゆがめられている子どもたちに、親の力を借りずに成長することのよさを体験させることが必要である。

2 教育の科学的研究はかなり進んでいるが、子どもの自然な成長にかんする効果的な教授法はいまだに考え出されていない。

3 子どもが育つ家庭を客観的に評価し研究していくことは、子どもの個性を奪う危険性もあわせ持っている。

4 子どもが成長するためには多くの知識を身につけさせることよりも、子どもが自ら自然に育とうとする過程を見守ることが重要である。

問題13　以下は、懸賞論文の募集要項である。下の問いに対する答えとして最もよいものを、1・2・3・4から一つ選びなさい。

第7回サンシャイン学生懸賞論文募集要項

◆ 趣旨

21世紀における社会のあり方について、さまざまな角度から論じ提言を行う場とする。

◆ 応募資格

○10月31日現在、大学、大学院に在籍する学生。

○過去に本懸賞論文に入選された方の応募はできません。

◆ 応募期間

8月1日（木）～10月31日（木）消印有効

◆ 応募規定

○テーマ「少子化社会における労働」

○応募作品は本人によるもので、未発表かつ日本語で書いたものに限ります。

○A4用紙を使用し、1枚につき800字以上1,200字以内とする。

（総字数は8,000字以上12,000字以内。添付資料字数に含まない。）

◆ 提出方法

○郵送のみ受け付けます。窓口、メールでの提出は認めません。

○提出に必要な書類は当社ホームページよりダウンロードしてください。

◆ 表彰・賞金

○大賞　　　　1編　　賞金100万円

○特別優秀賞　2編　　賞金30万円

○優秀賞　　　10編　　賞金10万円

（応募規定、提出方法に合致した方には、記念品を贈呈します。）

◆ 審査結果

○当社ホームページにて1月16日（木）正午に発表します。

○入賞者には1月27日（月）に表彰式の案内を郵送します。

○電話やメールによる問い合わせには一切応じられません。

◆ 表彰式

2月15日（土）入賞者全員に賞状、賞金及び記念品を授与します。

◆ 審査員（敬称略）

山田太郎（高田大学教授）、伊藤学（新宿大学大学院教授）、田中花子（落合大学教授）

◆ 応募先・問い合わせ先

〒530-0060 ○○市○○区×-×-× サンシャイン株式会社「学生懸賞論文募集係」

電話：06-7123-456（月～金　10:00～17:00）
メールアドレス：ronbun@sunshine.jp

◆ その他

○応募作品は返却しません。

○応募作品の著作権は主催者に属します。

◆ 主催：サンシャイン株式会社

第十回

70 大学生が執筆した以下の論文のうち、募集できるものはどれか。

1 子供の医療問題について12,000字で書いた論文で資料の添付がないもの

2 少子化社会における雇用について10,000字で書いた論文で資料の添付がないもの

3 若者の住環境について9,000字で書いた論文に4,000字の資料を添付したもの

4 若者の労働について7,000字で書いた論文に2,000字の資料を添付したもの

71 入賞したかどうかを確認するにはどうしたらよいか。

1 1月下旬に主催者から送られるメールを見る。

2 1月下旬に主催者から郵送される結果通知を見る。

3 1月中旬に主催者のホームページを見る。

4 1月中旬に主催者に電話して聞く。

聴解（55分）

注意

Notes

1. 試験が始まるまで、この問題用紙を開けないでください。

   Do not open this question booklet before the test begins.

2. この問題用紙を持って帰ることはできません。

   Do not take this question booklet with you after the test.

3. 受験番号と名前を下の欄に、受験票と同じように書いてください。

   Write your examinee registration number and name clearly in each box below as written on your test voucher.

4. この問題用紙は全部で6ページあります。

   This question booklet has 6 pages.

5. 問題には解答番号の1、2、3…が付いています。解答は解答用紙にある同じ番号のところにマークしてください。

   One of the row numbers 1,2,3... is given for each question. Mark your answer in the same row of the answer sheet.

受験番号 Examinee Registration Number	

名前 Name	

問題1

問題1では、まず質問を聞いてください。それから話を聞いて、問題用紙の1から4の中から、最もよいものを一つ選んでください。

1番

1　銀行でお金を振り込む
2　鈴木さんに電話する
3　藤田さんに連絡する
4　会計課に行く

2番

1　ハンコを作る
2　パソコンの使い方を習う
3　案内状のサンプルを用意する
4　パソコンで案内状を作る

3番

1　面接を受ける
2　筆記試験を受ける
3　待合室で待機する
4　履歴書を書く

4番

1　本を予約する
2　一度返却して改めて借りる
3　インターネットで延長の手続きをする
4　本を借りるのをやめる

5番

1 家のつくり
2 食文化
3 ことば
4 身振り手振り

6番

1 研究内容を考える
2 研究室を調べる
3 研究科案内を読む
4 教授に連絡する

問題2

問題2では、まず質問を聞いてください。そのあと、問題用紙の選択肢を読んでください。読む時間があります。それから話を聞いて、問題用紙の1から4の中から、最もよいものを一つ選んでください。

1番

1 2年生がきちんと片付けをしなかったから
2 2年生がまじめに練習をしないから
3 2年生が1年生をしっかり指導していないから
4 2年生が1年生より先に帰ってしまったから

2番

1　友人が増えたこと
2　仕事の能力が上がったこと
3　健康な食生活ができること
4　気分転換ができること

3番

1　たまには休みを取ってほしい
2　有給にどこかへ連れて行ってほしい
3　今のプロジェクトを辞めてほしい
4　健康診断に行ってほしい

4番

1　児童それぞれに好きな本が増えた
2　児童が本に関心を持つようになった
3　児童に集中力がついた
4　児童の語彙や表現が豊かになった

5番

1　よく考えないで個人情報を公開すること
2　インターネットのサービスが危険だということ
3　個人情報を手に入るサービスが増えたこと
4　個人情報を守るための法律がないこと

6番

1　電力を節約できること
2　乾燥を防ぐ機能があること
3　価格が安いこと
4　臭いを消す機能があること

7番

1　若者の雇用を確保すること
2　子育て世代を呼び込むこと
3　医療にかかる予算を削減すること
4　高齢者福祉を充実させること

問題3

問題3では、問題用紙に何も印刷されていません。この問題は、全体としてどんな内容かを聞く問題です。話の前に質問はありません。まず、話を聞いてください。それから、質問と選択肢を聞いて、1から4の中から、最もよいものを一つ選んでください。

問題4

問題4では、問題用紙に何も印刷されていません。まず、文を聞いてください。それから、それに対する返事を聞いて、1から3の中から、最もよいものを一つ選んでください。

問題5

問題5では、長めの話を聞きます。この問題には練習はありません。メモを取ってもかまいません。

1番、2番

問題用紙に何も印刷されていません。まず、話を聞いてください。それから質問と選択肢を聞いて1から4の中から、最もよいものを一つ選んでください。

3番

まず話を聞いてください。それから二つの質問を聞いて、それぞれ問題用紙の1から4の中から最もよいものを一つ選んでください。

質問1

1　赤
2　黄色
3　白
4　緑

質問2

1　赤
2　黄色
3　白
4　緑

全真模擬答案解析
第一回

★ 言語知識（文字・語彙・文法）・読解

★ 聴解

第一回

言語知識（文字・語彙・文法）・読解

問題1

1 **答案：2**

譯文：媽媽在工作時，總會露出和藹可親的微笑。

選項1 相席（あいせき）：同坐一桌

選項2 愛想（あいそう）：態度親切

選項3 哀悼（あいとう）：哀悼

選項4 愛着（あいちゃく）：留戀，愛戀

2 **答案：3**

譯文：直到昨天還是能開玩笑的關係，打架後突然形同陌路了。

選項1 無此詞

選項2 無此詞

選項3 間柄（あいだがら）：交際，交情

選項4 無此詞

3 **答案：1**

譯文：物價持續上漲，靠年金生活的人不由得擔心起今後的生活來。

選項1 相次ぐ（あいつぐ）：接連不斷

選項2 無此詞

選項3 喘ぐ（あえぐ）：苦於，掙扎

選項4 仰ぐ（あおぐ）：仰望

4 **答案：4**

譯文：關於學校教育，我認為在此不必詳細議論，僅就兩三點發表一下我的看法。

選項1 曾て（かつて）：過去，曾經

選項2 予て（かねて）：以前，早先

選項3 甘えて（あまえて）：恭敬不如從命

選項4 敢えて（あえて）：硬是，非要

5 **答案：4**

譯文：對於立志建設現代化國家的青年人來說，他是一位英雄。

選項1 拗れる（こじれる）：執拗

選項2　捩れる（ねじれる）：彆扭
選項3　自惚れる（うぬぼれる）：自以為是
選項4　憧れる（あこがれる）：崇拜

6　**答案：4**
譯文：這十年間，國內外形勢變化顯著。我們一定要不負重托，完成任務，為國際社會作出貢獻。
選項1　厚かましい（あつかましい）：厚臉皮
選項2　慌ただしい（あわただしい）：匆忙
選項3　夥しい（おびただしい）：數量多
選項4　著しい（いちじるしい）：顯著

問題2

7　**答案：2**
譯文：惡意的搗亂和錯誤的媒體報導使造謠中傷成為一大問題。
選項1　風害（ふうがい）：大風造成的災害
例 風害で稲が倒れた。／稻子被大風吹倒了。
選項2　風評（ふうひょう）：謠傳，多指不好的小道消息
例 好ましくない風評が立つ。／謠言四起。
選項3　風船（ふうせん）：氣球
例 ゴム風船／橡膠氣球
選項4　風情（ふぜい）：情趣，樣子
例 風情のある庭／有情趣的院子

8　**答案：2**
譯文：當然，不可否認，起用人氣偶像這一市場戰略也是成功的一大關鍵。
選項1　アカデミー：學會，學院
例 アカデミー賞（オスカー賞）／奧斯卡金像獎
選項2　アイドル：偶像
例 彼は一躍若者のアイドルとなった。／他一躍成為年輕人的偶像。
選項3　アマチュア：業餘愛好者，非職業選手
例 アマチュアゴルフ連盟／業餘高爾夫聯盟
選項4　アンコール：要求再唱一曲，安可
例 ファンたちのアンコールにこたえて、もう一曲演奏した。／應粉絲的要求，又演奏了一曲。

9　**答案：3**
譯文：這個月發了獎金，我終於買到了夢寐以求的新車。

選項1　切望（せつぼう）：期盼，衷心期望

例 世界の平和を切望してやまない。／衷心希望世界和平。

選項2　欲望（よくぼう）：欲望

例 欲望が深い。／欲壑難填。

選項3　念願（ねんがん）：夢寐以求的，一直想要的

例 念願のビデオを手に入れた。／
終於把一直想要的錄影帶弄到手了。

選項4　志願（しがん）：自願，志願

例 彼女は小学教員を志願している。／她立志當小學教師。

10　**答案：1**

譯文：（他）衣來伸手，飯來張口，在（被照顧得）無微不至的環境下長大，幾乎不知人間疾苦。

選項1　至れり尽くせり（いたれりつくせり）：周全的，無微不至的

例 至れり尽くせりの接待を受けた。／受到盛情的款待。

選項2　見回り（みまわり）：「見回る」的連用形。巡視，監督

例 警備員が学校を見回る。／警衛人員在校園巡邏。

選項3　承り（うけたまわり）：「承る」的連用形。知道，聽說

例 委細承りました。／知悉詳情。

選項4　偽り（いつわり）：「偽る」的連用形。假裝，欺騙

例 病気と偽る。／裝病。

11　**答案：3**

譯文：交通事故發生時，在現場的相關人員有必要進行迅速、恰當的應急救助。

選項1　待ち合わせる（まちあわせる）：碰頭，見面

例 彼と駅前で待ち合わせることにした。／約定和他在車站前見面。

選項2　打ち合わせる（うちあわせる）：商量，商談

例 彼女と旅行の日程を打ち合わせた。／和女朋友商量旅行日程。

選項3　居合わせる（いあわせる）：恰巧在場

例 たまたま事故現場に居合わせる。／碰巧在事故現場。

選項4　言い合わせる（いいあわせる）：約好，商量好

例 みんなが言い合わせたように集まった。／
大家不約而同地聚到一起。

12　**答案：2**

譯文：這些無家可歸的傢伙在店鋪周圍走來走去，客人都不來了。

選項1　うじうじ：舉棋不定，磨磨蹭蹭

例 うじうじするなよ。／別磨磨蹭蹭的。

選項2　うろうろ：彷徨，徘徊，轉來轉去；驚慌失措

例 場所が分からず、うろうろしている。／因為不知道地點，所以一直在徘徊。

選項3　いきいき：生機勃勃，栩栩如生

例 いきいきした表情／充滿活力的表情

選項4　いらいら：焦躁的，著急的

例 待ち人が来なくていらいらする。／等的人遲遲未到，心裡很著急。

13　**答案：1**

譯文：日本人在談話過程中，經常會隨聲附和對方，表示自己在聽。

選項1　相槌（あいづち）：應和

例 相槌を打つ。／隨聲應和。

選項2　言い分（いいぶん）：主張，不滿

例 言い分があってもがまんしなさい。／即使有意見也忍著點。

選項3　挨拶（あいさつ）：問候，打招呼

例 先生に会ったら必ず挨拶する。／見到老師必須打招呼。

選項4　いい加減（いいかげん）：適當；模糊，敷衍

例 彼の答弁はすこぶるいい加減なものだった。／他的答辯頗為敷衍。

問題3

14　**答案：1**

譯文：頭等艙座位比較少，很多選手選擇了經濟艙。

考　點　エコノミー：經濟的，實惠的

選項1　一般價位的座位

選項2　自由座

選項3　博愛座

選項4　特為重要人物準備的席位

15　**答案：1**

譯文：意志消沉的時候，最好跟家人、朋友談談。

考　點　落ち込む（おちこむ）：意志消沉

選項1　意志消沉

選項2　大方

選項3　不淡定

選項4　意想不到

16 **答案：2**

譯文：首30名客人，將贈送獨家手帕作為紀念品。

考 點　オリジナル：原創的，獨創的

選項1　漂亮好看的

選項2　創新、不學人的

選項3　大小適中又可愛的

選項4　限量且貴重的

17 **答案：1**

譯文：雖然是自己選擇了留學的道路，但是每次回國感受到國內的舒適，都不願意再去美國。

考 點　億劫（おっくう）：嫌麻煩，不情願

選項1　嫌麻煩，不積極

選項2　期待萬分

選項3　焦躁的，翹首以待

選項4　未實現願望，大失所望

18 **答案：2**

譯文：也許是拒絕了跟對方見面的緣故吧，不斷地有騷擾電話打到公司和家裡。

考 點　嫌がらせ（いやがらせ）：討人嫌，討厭的

選項1　用花言巧語欺騙對方

選項2　對方討厭的事情

選項3　糊弄過去

選項4　欺騙對方

19 **答案：3**

譯文：時好時壞的，完全不知道何時能夠出院。

考 點　一進一退（いっしんいったい）：時好時壞

選項1　逐漸惡化

選項2　進進退退

選項3　時好時壞

選項4　搖擺不定

問題4

20 **答案：1**

譯文：雖然股市行情下跌，但是世界經濟增長迅速，超出了一般人的預想。

第一回

考 點　大方（おおかた）：大多數
選項1　正確選項
選項2　替換為：気前がいい（慷慨的）
選項3　替換為：気前がいい（慷慨的）
選項4　替換為：気前がいい（慷慨的）

21　**答案：3**
譯文：這個團體今年剛成立。
考 點　発足（ほっそく）：（團體、組織）新設立，開始活動
選項1　替換為：発見（發現）
選項2　替換為：開発（開發）
選項3　正確選項
選項4　替換為：出版（出版）

22　**答案：1**
譯文：新員工第一次經歷這種場合，有點緊張。
考 點　おどおど：提心吊膽，忐忑不安
選項1　正確選項
選項2　替換為：がんがん（頭痛欲裂）
選項3　替換為：ふわふわ（柔軟的）
選項4　替換為：いきいき（栩栩如生）

23　**答案：2**
譯文：櫻花散落，綠樹成蔭，緊接著是讓人鬱悶的梅雨時節。
考 點　うっとうしい：鬱悶的，陰鬱的
選項1　替換為：夥しい（很多）
選項2　正確選項
選項3　替換為：華々しい（華麗的）
選項4　替換為：相応しい（適合的）

24　**答案：3**
譯文：在我看來，他的確是有能力的公務人員，但不是當國務大臣的料。
考 點　器（うつわ）：能力，器量
選項1　替換為：食卓（餐桌）
選項2　替換為：気前（慷慨）
選項3　正確選項
選項4　替換為：気前（慷慨）

25 **答案：4**

譯文：仔細想想，現代社會中也有很多禮節和禮儀正不斷失傳。

考 點　エチケット：禮儀，禮節

選項1　替換為：マニュアル（操作説明）

選項2　替換為：コンクール（比賽）

選項3　替換為：エコ（環保）

選項4　正確選項

問題5

26 **答案：2**

譯文：置身演藝圈中，我深切地感受到我們的工作乃是觀眾至上。

選項1　「～に＋あるまじき＋名詞」接在人物後，表示某種行為是處於該立場或具有某種身分的人所不應有的。

例 警察にあるまじき行為だ。／員警不該有的行為。

選項2　「～あっての」表示有了前項後項才得以成立，即「有……才……」、「沒有……就沒有……」。

例 共産党あっての新中国だ。／沒有共產黨就沒有新中國。

選項3　「～きっての」接在名詞後，表示「在某範圍內最……」。

例 この町きっての美人だ。／小鎮裡最漂亮的人。

選項4　「～なりの」接在名詞後，表示與此相應的狀態。

例 子供には子供なりの悩みがある。／小孩子有小孩子的煩惱。

27 **答案：3**

譯文：兒子怯場，所以他大學考試能否順利通過，我心裡很沒底。

選項1　「形容動詞語幹＋極まる」表示「極其……」。

例 失礼極まる。／太無禮了。

選項2　「名詞＋に至る」表示「到達……」。

例 交渉が深夜に至る。／交涉到深夜。

選項3　「～限りだ」接在表示感情的形容詞後，表示「……至極」、「……極了」。

例 寂しい限りだ。／很寂寞。

選項4　「～とは限らない」常與「必ずしも」相呼應，表示「未必……」。

例 努力すれば必ず成功するとは限らない。／努力未必會成功。

28 **答案：1**

譯文：「無須客氣，我來照顧你」這話一旦說出口，若不按自己所想的去做，我心裡就會很不舒服。

選項1　「～が最後」接在動詞た形後面，表示如果前項發生，就必然會產生後項不好的結果，相當於「一旦……就……」。

例 マイクを握ったが最後、なかなか他人に渡さない。／拿到麥克風就不輕易讓給別人。

選項2　「～からといって」表示轉折，意為「雖説……」。

例 先生だからといって、学生より優れているわけではない。／雖説是老師，但未必比學生優秀。

選項3　「～ところで」接在動詞た形後面，相當於「即使……也不能……」。

例 いまさら悔やんだところで始まらない。／事到如今，再後悔也無濟於事。

選項4　「～と思いきや」表示原本以為會出現前項的事態，但卻出現了與此相反的結果，一般譯為「原以為……」。

例 怖い先生だろうと思いきや、優しい人だ。／本以為會是一位嚴厲的老師，沒想到是個很和藹的人。

29　**答案：4**

譯文：因為今天休息，所以買東西時順便在旁邊的公園逛了一圈。

選項1　「名詞＋の＋ついでに」表示「順便……」。

例 買い物のついでに散歩してきた。／購物時，順便去散步了。此處「買い物」不可以直接加「ついでに」，所以排除。

選項2　「動詞ます形＋かねない」表示「有可能……」。

例 小さな病気でも、大きな病気になりかねない。／小病也可能變成大病。

選項3　「名詞＋の＋かたわら」表示工作或活動之餘，利用空餘的時間做某事，經常用於長時間的行為。

例 勉強のかたわら、アルバイトする。／一邊上學，一邊打工。

選項4　「名詞＋がてら」表示「順便……」。

例 散歩がてら、本屋へ行く。／散步時，順便去了書店。

30　**答案：2**

譯文：剛説完「請稍等」就報警了。2分鐘後警笛鳴響，警員很快將商店包圍起來。

選項1　「～とたんに」接在動詞た形後面，表示前項動作剛完成就發生了意料之外的另一件事。

例 教室に入ったとたんに、ベルが鳴った。／剛進教室，鈴聲就響了。

選項2　「～が早いか」接在動詞原形後面，表示前後兩個動作相繼發生，譯為「剛一……就……」。

例 飛行機から降りるか早いかファンたちはやってきた。／剛下飛機，粉絲們就蜂擁而至。

選項3　「～そばから」接在動詞原形或た形後面，表示同一事情或行為反覆出現，譯為「這邊剛……那邊就……」。

例 給料をもらうそばから、使ってしまう。／薪水一發就花光。

選項4　「～からこそ」表示「正因為……」。

例 好きだからこそ、あなたのことを心配しているのだ。／正因為喜歡（你），所以才為你擔心。

31　**答案：2**

譯文：其實沒什麼大不了的，我覺得是弗萊貝克總喜歡誇大其詞。

選項1　「～ようがある」無此用法。

選項2　「～きらいがある」表示「有……的傾向」，多被用於形容不好的傾向。

例 最近の若者は何でも甘く考えるきらいがある。／最近的年輕人總是想得太天真。

選項3　「～ものがある」表示「有價值」，多用於好的方面。

例 彼の発想は新しいものがある。／他的想法很有新意。

選項4　「～ことがある」前接動詞原形，表示「有時……」。

例 残業することがある。／有時要加班。

32　**答案：4**

譯文：不管人們能否理解，我都會邁開腳步朝自己堅信的方向前進。

選項1　無此句型，相近的為「動詞未然形（よ）うにも＋～動詞可能形のない形」，此句型前後為同一動詞，表示「儘管非常想，但沒辦法」。

例 行こうにも行けない。／想去也沒辦法去。

選項2　「～といい／～といい」一般接在名詞後面，列舉兩個例子，表示「不論是……還是……」。

例 性格といい、成績といい、申し分のない生徒だ。／無論是性格還是成績，這名學生都無可挑剔。

選項3　若改成「～ようが／～まいが」，則也符合題意。

選項4　「～ようと／～まいと」表示無論採取什麼樣的行動，後項都不受其影響，照樣成立。

例 行こうと行くまいとあなたの自由だ。／去不去是你的自由。

33 答案：3

譯文：有些人不具備做人所應有的體諒他人之心，總是若無其事地做粗魯的事情、說不禮貌的話。碰到這類人的時候總是為他們感到丟人，並且十分討厭他們。

選項1　「極める」無此用法。

選項2　「極めない」無此用法。

選項3　「～極まりない／～極まる」接在形容動詞後，表示達到極點，譯為「極其……」。

例 遺憾極まりない（極まる）。／極其遺憾。

選項4　「極まっている」無此用法。

34 答案：3

譯文：會失落不也是理所當然的嗎？像我這種人絕對沒有鬥志來對抗癌症這樣的勁敵。

選項1　「べき」表示「應該」。

例 学生は勉強すべきだ。／學生就應該學習。

選項2　選項2一般以「～にあるまじき＋名詞」的形式出現，因此也可排除。

選項3　「～ごとき」表示「像……」，相當於「ような」。

例 春のごとき天気／像春天一樣的天氣

選項4　「～らしき」前面直接接名詞。

例 春らしき天気です。／春意盎然。

35 答案：4

譯文：要想為人接受，就得做好妥協的準備。一味獲取而無絲毫付出的人生是不存在的。

選項1　「～ことから」表示「看來……」、「根據……」。

例 電気がついていることから、まだ起きていることが分かりました。／燈還亮著，看來人還沒睡。

選項2　「～こととて」表示原因、理由，多用於較鄭重的場合。

例 休みのこととて、町は静かです。／因為是假日，所以街上很安靜。

選項3　「～からには」前接動詞た形，表示「既然……就應該……」。

例 やると決めたからには最後までやるべきだ。／既然決定要幹，就要堅持到底。

選項4　「～ことなしに」表示「不……」、「一直沒有……」。

例 休むことなしに作業を続ける。／無間斷地工作，沒有休息時間。

問題6

36 **答案：3**

原句：4 働きもせず　2 遊んで　3 ばかりいる　1 彼にお金を貸すことはない。

譯文：他這個人只知道玩，從不幹活，沒必要借錢給他。

解析：「～てばかりいる」表示某種行為持續進行且說話者對此不以為然，可譯為「淨……」、「只是……」。答題時可先將選項2、選項3結合後再進行排序。

37 **答案：2**

原句：この心理は、3 せっかく見に来た　4 以上　2 これから見せられるものは　1 きっと面白いはずだという。

譯文：人總有這樣一種心理暗示，認為都特地來看了，那麼接下來展示的東西一定會很有趣。

解析：「～以上」接在表示責任或決心的動詞後，意為「既然……就（應該）……」。答題時可先將選項3、選項4結合後再進行排序。

38 **答案：4**

原句：不景気になってからというもの、長い間2 会社のために　1 尽くしてきた　4 管理職まで　3 非情にも会社を辞めさせられている。

譯文：經濟不景氣的現狀下，連一直以來為公司盡心盡力的管理階層員工也被無情地辭退了。

解析：本題可採用倒推法。首先，可推測「3非情にも」是修飾「被辭退」的，與句末「会社を辞めさせられている」的修飾關係最為緊密。剩餘三項中，1與2明顯用於修飾被辭退的主體「管理職」，由此得出本題答案為4。

39 **答案：1**

原句：私の周りには、非常に高い能力3 を持ちながら　2 経済的な理由　1 によって　4 大学進学を断念せざるをえなかった人が多数いる。

譯文：我身邊有很多人自身能力很強，卻因經濟狀況不佳而被迫放棄上大學。

解析：本題應首先確定首尾項，能與「能力」搭配的一般為「3持ちながら」，表示擁有能力。透過後半句的「断念」來確定尾項為「大学進学」。如此一來，剩下中間兩項就不難推測了，為「経済的な理由によって」，用於提示原因、理由。

40 **答案：1**

原句：昔から2 沈黙は金なりとした　4 日本人も　1 戦後は　3 確かに以前

よりはおしゃべりになった。

譯文：就連自古信奉「沉默是金」的日本人，到了戰後也比過去能聊多了。

解析：解答本題時首先確定2和4、1和3的捆綁關係，然後透過句意，判斷出2、4兩項在前，1、3兩項在後，推出正確答案為1。

問題7

41 **答案：2**

選項：1 不能　2 並非　3 不應該　4 不可能

譯文：就連他們自己，都寫不出漂亮的文章。

解析：「～わけにはいかない」前接動詞原形，表示「不能……」。「～わけではない」前接動詞或形容詞，表示「並非……」、「並不是……」。「～べきではない」表示社會情理上不允許，即「不應該……」。「～わけがない」表示「不可能……」。

42 **答案：3**

選項：1 無聊的　2 嚴重的，重大的　3 有趣的　4 不合情理的，不像話的

譯文：漫畫家和科學家是個例外，他們大多都能寫出意思通達的文章，可說是個有趣的現象。

解析：根據前後文可知，作家寫不出好的文章，反而漫畫家、科學家寫得出來，是種有趣的現象。

43 **答案：4**

選項：1 一定是那樣的吧　2 是不言而喻的事　3 絕對是那樣的　4 絕非如此

譯文：糟糕的文章是作者亂寫出來的嗎？絕非如此。

解析：填空時，一般相同意思的選項要排除，所以1、3排除。再根據緊隨其後的關鍵句「即便是那些讀完之後，讓人覺得怎麼寫得這麼差的文章，也大多是作者絞盡腦汁寫出來的」，可以推斷出正確答案是選項4。

44 **答案：3**

選項：1 明明很差，卻很努力　2 因為很差，所以不努力　3 因為很擅長，所以無須努力　4 很擅長，卻說很差

譯文：因為（文章）寫得好的話，就無須努力；正因為寫得不好，所以才需要下苦功。

解析：根據後半句「正因為寫得不好，所以才需要下苦功」，可以推斷出正確答案為選項3。

45 **答案：3**

選項：1 這樣的　2 這樣的，此類的　3 那樣的　4 什麼樣的

譯文：文章少了「脊梁骨」就會內容貧瘠，依靠那樣的文章很難支撐起偉大的思想。

解析：1、2意思相同，可同時排除掉。4不符合前後邏輯，也可以排除。正確答案是選項3。

問題8

46 **答案：2**

解析：「ジグソーパズル」指拼圖，解題關鍵句為「もとは医者が治療法がないとき、患者を見放す意味である」，由此可以推斷出正確答案是選項2。選項1是「匙を投げる」的字面意思，醫生把配藥的重要工具扔掉，可排除。選項3的意思是「為了救病人，醫生研究拼圖」，不符合題意，也可以排除。選項4的意思是「拼圖很難，醫生玩到一半後放棄了」，文中並未提及，故排除。

47 **答案：4**

解析：題目是「文章是如何闡述『羅密歐與茱麗葉效應』的？」文中給出的答案是「愛情越是遭受阻擋就越牢固」。選項1的意思是「戀人的父母反對，企圖拆散他們的效果」，不符合題意。選項2是誘答選項，擴大了「羅密歐與茱麗葉效應」的定義。選項3文中沒有提到。選項4的意思是「如果戀人之間有什麼阻礙的話，兩人的感情反而會更深」，為正確答案。

48 **答案：3**

解析：本題是商務信函類考題，商務信函類的文章一般是三段式，第一段為問候，第二段為信函的主要內容，第三段多為表示客套或委託的固定禮貌用語。一般「さて」、「このたび」、「つきましては」等提示詞的後面是文章的關鍵內容。解題的關鍵句是「違法掲載を即刻中止するとともに、掲載に至った経緯等詳細についてご報告」，所以選項3為正確答案。

49 **答案：2**

解析：本題是指示詞類的題型。一般而言，「それ」、「そういう」、「そのような」等指示前面的內容，解題時在指示詞前面找答案。解題關鍵句為「周波数の妨害する電波を出す」，而選項2的意思是「發射干擾電波，抑制通訊」，與關鍵句意思一致，為正確答案。

問題9

50 **答案：1**

解析：本題是理由原因類題型。選項1與關鍵句「山があり、川が流れるのは、人為の加わっていない自然である」相符，為正確答案。選項2的意思是「對山川河流等進行施工，這部分是人為的」。而題目問的是為什麼是「自然」的，明顯答非所問。選項3不是理由。選項4的意思是「人工會破壞大自然」，本文不涉及破壞大自然的問題，故排除。

51　答案：2

解析：本題需要根據前後文作出推斷。「第一次情報」是客觀事實，「第二次情報」是在客觀事實的基礎上作出的推斷。「第三次情報」是進一步的提煉和總結。解題關鍵句為「これに対して（與此相對應）」，前半句講了「第一次情報」，「與此相對應」必然指的是與「第一次情報」相對應，那麼就是「第二次情報」。

52　答案：4

解析：本題測驗考生根據文章內容進行推理的能力。選項1和選項2都是最原始的資訊，屬於「第一次情報」。選項3是在資訊的基礎上進行的整理和思考，屬於「第二次情報」。選項4是在「第二次情報」的基礎上，進一步抽象化的資訊，明顯屬於「第三次情報」，為正確答案。

53　答案：4

解析：文章討論了制服的優點和缺點，而本題問的是「制服好的一面是什麼」。選項1是不穿制服有可能造成的後果，首先排除。選項2是穿制服的缺點，也可排除。選項3與文章表述相反。選項4與文章中的關鍵句「制服は、社会の中の個人としての自分に確定したイメージを与えてくれる」相符，為正確答案。

54　答案：1

解析：本題測驗穿制服的缺點。選項1同解題關鍵句「制服だと、服装についての訓練がおざなりになって、卒業してから苦労する」相符合，為正確答案。選項2是不穿制服產生的後果，與本題無關。選項3同是否穿制服無關，故排除。選項4是穿制服的優點，故排除。

55　答案：2

解析：本題測驗考生閱讀題目的認真程度。選項1、選項3、選項4都是考生蜂擁而至的原因，只有選項2與題目無關。所以，選項2是正確答案。

56　答案：1

解析：本題是指示詞類題型。指示詞類題型一般在題目的前後文找答案，根據解題關鍵句「そんなに水を飲まないのだ」可以知道，歐洲人是不太喝

水的，所以選項1正確。而選項2和選項3都是指日本人離不開水。選項4與題目無關。

57 **答案：4**

解析：本題測驗考生對通篇文章的理解。選項1應改為在日本無須花錢買水，選項2應改為在歐洲不會免費提供水，選項3應改為歐洲跟日本風土有差異，選項4為正確答案。

58 **答案：1**

解析：本題為指示詞類題型。此類型題一般從前後句找答案。選項1與關鍵句「オノマトペが日本語の特質だ」相符，為正確答案。選項2、選項3、選項4雖然意思正確，但是與題目無關。

問題10

59 **答案：3**

解析：本題是理由原因類題型。選項1的意思是「因為只是肚子有點餓了而已，無須馬上用餐」，後半句文中沒有提到，故排除。選項2錯在美國人並不是對「我」冷淡，而是美國人的習慣是只問一次。選項4錯在文中並沒有講到美國人的禮貌問題，也沒有提到「我」嚇了一跳。

60 **答案：2**

解析：本題測驗的是考生對前後句關係的理解，接續詞的選擇是考試的重點。前後句有因果（だから、したがって、それで）、遞進（そして、さらに、それに）、轉折（しかし、だが、けれども）、選擇（それとも、もしくは、あるいは）、總結（つまり、要するに）等關係。選項1和選項3都表示遞進關係，同類選項可一併排除。選項4表示總結關係，此處不符合題意。原文提到「我」期待美國人第二次邀請「我」的時候再吃，沒想到他沒邀請，前後句是轉折關係，所以選項2為正確答案。

61 **答案：4**

解析：指示詞類題型。選項1錯在其上升到了社交規則，擴大了範圍，本文只講到了餐飲方面。選項2錯在並非不適應美國人的客套，而是覺得沒必要這麼客套。選項3錯在不是屢次確認是否自由，而是確認喝什麼及喝法。選項4與關鍵句「アメリカ人はなんと小さなことで一々選択しなければならないのか」表述相符，為正確答案。

62 **答案：3**

解析：文章主旨類題型。選項1、選項2只談到好處，沒講到困惑，作為同類選項可一併排除。選項3既談論了作者對美式做法的讚歎之處，又提到了

自己的困惑，與文章中關鍵句「また明るい自由に振舞うアメリカ人に深く関心した」、「私がアメリカ人との社交に馴れないことからきた戸惑いであったであろう」相符，為正確答案。

問題11

63 答案：3

解析：對比分析類題型。選項1在文章A、文章B中都沒有涉及。選項2錯在文章A中沒有提及父母關係。選項4在文章B中沒有涉及。

64 答案：4

解析：選項1、選項2是文章A的建議，故排除。選項3是對孩子被欺負的態度，並不是對策。選項4與關鍵句「対処の過程をご家庭でルール化しておく」相符，為正確答案。

65 答案：2

解析：本題測驗的是考生對文章細節的理解。一般有以下四種模式：「○○」、「××」、「○×」、「×○」，即「前後兩個句子都正確」、「前後兩個句子都錯誤」、「前對後錯」、「前錯後對」。選項1、選項3前半部分在文章A中沒有提及，選項4的前半部分與文章A不符。

問題12

66 答案：3

解析：選項1主詞不對，買高價東西的不一定是作者，而是不懂交涉的人。選項2、選項4不是不平等的原因。選項3與「同じものを買うのに、相手次第で値段が変わる」相符，為正確答案。

67 答案：3

解析：選項1是原因，選項3是結果，選項3這樣的結果（無須殺價），讓作者感到若有所失。選項2指過去沒有統一標價的時候。選項4與題目無關。

68 答案：2

解析：問題是「為什麼買到高價的東西，自己也有責任？」選項1、選項3把責任歸罪於店方，所以排除。選項2與文中「つまり、自分の意思で、自分の責任で、値段を判断する余地が残っていたのだ」相符，為正確答案。選項4錯在不是不想議價，而是根本不懂得如何議價。

69 答案：3

解析：選項1、選項4與文章意思不符，故排除。選項2雖然陳述了客觀事實，但不是作者的觀點。選項3與關鍵句「どんな平等や公正を保証された社会になっても、結局的に自分を守るのは、自分の判断と自分の責任だ」相符，為正確答案。

問題13

70 **答案：4**

解析：選項1為短期停留，故排除。選項2、選項3已經持有其他免費乘車證件，故排除。選項4符合條件，為正確答案。

71 **答案：4**

解析：根據關鍵句「ご利用は誕生月の1日からです」可知「從生日當月的1號可以開始使用」，山下的生日在10月份，所以選項4正確。

聴解

問題1では、まず質問を聞いてください。それから話を聞いて、問題用紙の1から4の中から、最もよいものを一つ選んでください。

1番 **電話で女の人と男の人が話しています。女の人はこの後、何をしなければなりませんか。**

女：課長、おはようございます。小林です。あの、実は、昨日、田舎の父が入院しまして。

男：それは大変だね。

女：それで、1週間ほど、田舎に帰りたいんですが。

男：1週間か。いつから？

女：できれば今日から休みたいんです。

男：今日か。今日はみんながお客様のところへ訪問する日じゃないか。留守番がいないと困るなあ。きみのほうがよければ、明日からにしてもらえると助かるんだが。

女：わかりました。父の手術の日があさってなので、それまでに帰りたいんです。

男：すまんな。じゃ、今日は頼む。

女：次の水曜日に戻って、木曜日から出勤します。

男：わかった。

女の人はこの後、何をしなければなりませんか。

1　病院へ行く

2　田舎に帰る

3　会社に出勤する

4　お客様のところへ訪問する

▶正解：3

解題關鍵句： 留守番がいないと困るなあ。きみのほうがよければ、明日からにしてもらえると助かるんだが。

2番　会社で男の人と女の人が話しています。男の人はこの後、まず何をしますか。

男：どうだい。原稿、できた？

女：それが、その……連休の間にもう少し書いておけばよかったんですが。まだ、半分ぐらいしか……

男：なんだって、あと1日しかないんだぞ。

女：はい、そうなんですが。あの、すこし締め切りを延ばしていただけないでしょうか。

男：どれぐらいあれば書けるの。

女：あと3日ほどあれば……

男：しょうがないなあ。じゃ、編集者に電話してみるか。いや、3日後は土曜日だな。休みが入っちゃうから、もう2日延ばしても同じことだよ。

女：そうですか。それなら助かります。

男：じゃ、それで頼んでみるよ。

女：はい、お願いします。

男の人はこの後、まず何をしますか。

1　休みを取る

2　編集者に電話する

3　原稿書きを手伝う

4　編集者に原稿を渡す

▶正解：2

解題關鍵句： じゃ、編集者に電話してみるか。

3番 **男の人と女の人が話しています。女の人はこの後、何をしなければなりませんか。**

男：ねえ、今晩のコンパ、きみの家でなんてどうだい？

女：えー、わたしの家？　みんなが来るには狭いわよ。居酒屋のほうがいいと思うけど。

男：でも、きみの家のほうが、時間を気にせず遊ぶことができるから。

女：やっぱり、居酒屋のほうがいいよ。わたし、料理下手だもん。

男：料理は持ち寄りにすればいいよ。

女：だって、片付けも面倒くさい。それに、たまには高級レストランなんか、どう？

男：そんなのもったいないよ。

女：あの、実は、弟が来てるのよ。変な友達がいるなんて思われたくないし。

男：ちょうどいいよ。前から翔平君に会いたかったんだ。

女：しょうがないなあ。じゃ、先に帰るわ。みんなが来る前に、家を片付けなくちゃ。

男：じゃ、ぼく、飲み物買ってくる。

女の人はこの後、何をしなければなりませんか。

1　料理を作る

2　飲み物を買う

3　家を片付ける

4　弟に仲間を紹介する

▶正解：3

解題關鍵句：<u>じゃ、先に帰るわ。みんなが来る前に、家を片付けなくちゃ。</u>

4番 **市役所で女の人と男の人が話しています。女の人はこの後まず、何をしなければなりませんか。**

女：パスポートの申し込みをしたいんですが。

男：パスポートですね。8番の窓口です。

女：あそこですか。

男：はい、その前に、まず番号札をお取りください。

女：どこですか。

男：あのドアの隣の機械です。それから、そのそばに申込用紙がありますから、それに必要事項を記入してください。

女：必要事項？

男：はい、お名前とかご住所とか。お書きになりましたら、番号が呼ばれるまで、おかけになってお待ちください。

女：わかりました。ありがとうございます。

女の人はこの後まず、何をしなければなりませんか。

1　番号札を取る

2　8番の窓口へ行く

3　番号が呼ばれるまで待つ

4　申込用紙に必要事項を記入する

▶正解：1

解題關鍵句：その前に、まず番号札をお取りください。

5番　男の人と女の人が話しています。男の人はこれから何をしますか。

男：おはようございます。内装工事のお見積りをお持ちしました。

女：わざわざありがとうございます。

男：ご説明したいことがありますので、今お時間よろしいでしょうか。

女：はい、こちらでお願いいたします。

男：ありがとうございます。ええと、廃材処理のことについてですが、25万円払っていただかないと、処理が無理なんです。

女：えー！　前回は20万円でしたよ。

男：はい。実は今年から廃棄物処理の規制が強化されまして、その処理代が大変高くなっているんです。他社も同様だろうと思いますが。

女：そうですか。そうなると、予算オーバーですね。

男：そうだったら、内装の壁紙をすこし値引きさせていただきます。いかがですか。

女：じゃあ、もう一度見積もり書をお願いいたします。次はメールでかまいませんので。

男：かしこまりました。

男の人はこれから何をしますか。

1　廃材処理に行きます

2　内装工事を始めます

3　女の人と壁紙を買いに行きます

4　新しい見積書を作ります

▶正解：4

解題關鍵句：じゃあ、もう一度見積もり書をお願いいたします。

6番　男の人と女の人が話しています。男の人はこれから何をしますか。

男：はい、田中です。

女：あ、田中さん？　井上ですけど、どうしたんですか。きのうも電話したのに、留守で。

男：ごめんなさい。実は、出張で京都に行きまして、さっき戻ってきたばかりです。

女：そうだったんですか。実はこの前お貸ししたデジカメ、必要になったので、返してもらえないかと思って。

男：あ、そうでしたか。

女：明日息子の学校の運動会なんですよ。

今日もいらっしゃらなかったら、どうしようかと思ったんですよ。あー、よかった。

男：じゃ、これからすぐ持っていきますから。

女：すみません。お願いします。

男の人はこれから何をしますか。

1　井上さんの家に行きます

2　井上さんに電話します

3　運動会に行きます

4　出張に行きます

▶正解：1

解題關鍵句：じゃ、これからすぐ持っていきますから。

問題2では、まず質問を聞いてください。そのあと、問題用紙の選択肢を読んでください。読む時間があります。それから話を聞いて、問題用紙の1から4の中から、最もよいものを一つ選んでください。

1番 アナウンサーが天気予報を伝えています。明日はどんな天気ですか。

アナウンサー：では関東地方の天気予報をお伝えします。今夜は秋雨前線が弱まりながら東日本をゆっくり南下しそうですから、関東地方ではまだ雲が多く、一部で弱いにわか雨が残る見込みです。しかし明日は秋雨前線が南の海上ですっかり弱まり、かわって高気圧に覆われますので曇りがちながら、晴れ間が広がるまずまずの天気になりそうです。明日の最高気温は30度くらいになるでしょう。また、最低気温は今朝より低い21度くらいの見込みです。なお明後日から週末にかけては雨の降るあいにくの天気になりそうです。

明日はどんな天気ですか。

1 涼しくて、大雨があります

2 雲ひとつない快晴の天気

3 次第に晴れてくるそこそこの天気

4 雨の降るじめじめした天気

▶正解：3

解題關鍵句：曇りがちながら、晴れ間が広がるまずまずの天気。

2番 男の人が会社の先輩に電話で相談事をしています。男の人は先輩にどんなお願いをしましたか。

後輩：先輩におりいってお願いがあるんですが。

先輩：え、どうしたの、改まって。

後輩：あのう、今ですね、私たちの結婚披露宴のプログラムを作っているんですけど、ぜひ先輩にスピーチをお願いしたいと思いまして。

先輩：え、俺がやるの。だって披露宴には課長も出席するんだろうし、本来なら俺よりも課長にスピーチをお願いするもんだろう。

後輩：それがですね、課長はご親戚の法事が急に入ったとのことで残念ながら当日はご出席できないようでして、そうなると、うちの課でお願いできるのは先輩しかいないんですよ。彼女のほうからも是非、先輩にスピーチをお願いしたいと申しておりますので。

先輩：うーん、そうか。分かった。なんかプレッシャーを感じるけどがんばってみるよ。そのかわり面白い話は期待しないでくれよ。それじゃなくても他の課の部長やお偉いさんの集まる場所なんだから。

後輩：先輩、そんなにかたくならなくても大丈夫ですよ。では当日はよろしくお願いいたします。

男の人は先輩にどんなお願いをしましたか。

1　自分の結婚式に出席してもらう

2　課長に代わって結婚式でスピーチしてもらう

3　結婚式のスピーチを課長に代わってもらう

4　他の課の部長やお偉いさんの前で面白いことをしてもらう

▶正解：2

解題關鍵句：ぜひ先輩にスピーチをお願いしたいと思いまして。

3番　先輩と後輩が話をしています。先輩がいう無礼講とはどういうことですか。

先輩：今年の忘年会のことだけど、新入社員の君たちは必ず参加してくれよ。

後輩：えっ、そうなんですか。必ずですか。

先輩：そうだよ、会社のしきたりだからね。それと忘年会の時によく社長が「無礼講だから大いに楽しんでくれ」とおっしゃるんだ。でも君たちはその言葉を真に受けて上司に失礼なことをしたりタメ口を使ったら後が大変だからね。

後輩：でも無礼講というのは堅苦しい礼儀を抜きにした宴会のことですよね。僕たちのような新入社員は社長とお酒をともにする機会なんて滅多にないんだから敬語を使わないでプライベートなことをどんどん訊いてみたいですよ。

先輩：うん、気持ちはわかるけど。ここでいう無礼講とは上司の気分を害さない程度に宴会を盛り上げるという意味なんだ。だから、お酒に酔ったからといって社長にタメ口を使ったりプライベートなことを訊いても君に何の得もないからね。

後輩：本音と建前をわきまえることが大事なんですね。

先輩：うん、そういうことだね。

先輩がいう無礼講とはどういうことですか。

1　会社のしきたりを守ること

2　堅苦しい礼儀を抜きにして宴会を楽しむこと

3　敬語を使わないで社長と話をすること

4　上司の気分を害さない程度に宴会を盛り上げること

▶正解：4

解題關鍵句：ここでいう無礼講とは上司の気分を害さない程度に宴会を盛り上げるという意味なんだ。

4番　大学で女の人と男の人が就職の話をしています。女の人は、なぜ男の人にいらだっていたのですか。

女：ここ数年は景気が上がる見込みもないし、早めに就職活動の準備をしておいたほうがいいわね。

男：そうかなあ、まだ3年生になったばかりだし、そんなに焦らなくてもいいんじゃない？

女：いや、今、就職活動をしている4年生の先輩は3年になったらすぐに準備を始めたほうがいいって言ってたわ。

男：具体的にはどんなことをするの。

女：自分が入りたい企業の分析やOB訪問、それに就職に有利な資格もたくさん取っておいたほうがいいわね。

男：OB訪問って何？

女：もし自分が志望している企業にこの大学の卒業生がいたらその先輩にお会いして顔と名前を覚えてもらうのよ。少しでもその企業とのつながりを保っておけば面接のときに有利に働く可能性が高いからね。

男：なるほど。でもそんなに早く就職活動したら勉強する時間がなくなるんじゃ……

女：就職難の時代にそんなのんきなことを言ってるのはあなただけよ。

女の人は、なぜ男の人にいらだっていたのですか。

1　男の人は就職に有利な資格を一つも持っていなかったから

2　男の人は入りたい企業がひとつもなかったから

3　男の人はOB訪問の意味を知らなかったから

4　男の人は就職活動よりも勉強を優先していたから

▶正解：4

解題關鍵句：でもそんなに早く就職活動したら勉強する時間がなくなるんじゃ……就職難の時代にそんなのんきなことを言ってるのはあなただけよ。

5番 **駅員に女の人が話を聞いています。目的地の清里駅まで行くにはどこの駅でどの電車に乗り換えますか。**

女　：あのう、すみません。新宿から清里駅まで行きたいんですけど。どの電車に乗ってどこで乗り換えるか教えてもらえますか。

駅員：清里というのは山梨県の清里駅でよろしいですか。

女　：はい、そうです。

駅員：新宿駅から下りの中央線に乗っていただいて小淵沢駅で降りてください。それから小海線に乗りかえてください。清里駅は小淵沢駅から数えて4つ目の駅です。

女　：あ、分かりました。ありがとうございました。

目的地の清里駅まで行くにはどこの駅でどの電車に乗り換えますか。

1　新宿駅で中央線に乗り換える

2　小淵沢駅で小海線に乗り換える

3　小淵沢駅で中央線に乗り換える

4　小海駅で小海線に乗り換える

▶正解：2

解題關鍵句：小淵沢駅で降りてください。それから小海線に乗りかえてください。

6番 **会社の休憩時間に二人の女の人が飲食店の情報誌を見ながら話をしています。今度の飲み会はいつどこで開催される予定ですか。**

女1：ねえ、今度の飲み会はいつにする？

女2：そうねえ、今週の土曜日までなら「鶴亭」のクーポンが使えるわよ。

女1：ごめん、週末はいつも実家に帰ることにしているの。

女2：そうかあ、じゃあ来週の水曜日はどう？

女1：その日なら大丈夫。時間は何時にする？

女2：最近は残業も少ないし夕方の6時から始めましょう。

女1：分かった。場所はどうする？

女2：駅前の「キリン屋」なら来週の金曜日までクーポンが使えるわ。私、ここに行ってみたい。

女1：分かったわ。それなら夕方6時に「キリン屋」で決定ね。他の人にも連絡しておいてくれない？

女2：いいわよ。

今度の飲み会はいつどこで開催される予定ですか。

1　今週の土曜日に「鶴亭」で

2　来週の水曜日に「鶴亭」で

3　来週の水曜日に「キリン屋」で

4　来週の金曜日に「キリン屋」で

▶正解：3

解題關鍵句： じゃあ来週の水曜日はどう？
その日なら大丈夫。時間は何時にする。
それなら夕方6時に「キリン屋」で決定ね。

7番　女の人が電話で美容室の予約を入れています。女の人はいつ、誰の担当で予約を入れましたか。

男：お電話ありがとうございます。ヘアーサロン駅前店の佐藤と申します。

女：あのう、10日の午後2時にカットの予約をしたいのですが。

男：10日の午後2時にカットのご予約でございますね。ありがとうございます。お客様、担当者のほうはご指名なされますか。

女：はい、中村さんをお願いします。

男：申し訳ございません。あいにく、その時間帯に中村は他のご予約が入っておりますもので、恐縮ではございますが、他のお時間にご変更していただけないでしょうか。

女：分かりました。じゃあ10日の正午にお願いします。

男：かしこまりました。ではそのお時間にご予約を承りました。失礼ですがお客様のお名前をフルネームでお願い致します。

女：武田優子です。

男：武田優子様でございますね。では10日の昼12時にお待ちしております。ありがとうございました。

女の人はいつ、誰の担当で予約を入れましたか。

1　10日の2時に佐藤の担当

2　10日の2時に中村の担当

3　10日の正午に中村の担当

4　10日の正午に武田優子の担当

▶正解：3

解題關鍵句： 中村さんをお願いします。
じゃあ10日の正午にお願いします。

問題3では、問題用紙に何も印刷されていません。この問題は、全体としてどんな内容かを聞く問題です。話の前に質問はありません。まず、話を聞いてください。それから、質問と選択肢を聞いて、1から4の中から、最もよいものを一つ選んでください。

1番 大学の先生が話しています。

男：今日から新学期ですのでこの授業について少し説明をします。私の授業では毎回出席を取ります。出席日数が全体の3分の2以下の人は学期末のテストを受けることができません。もちろんテストを受けなければこの授業の単位はもらえません。また授業が始まったら教室に入ることはできません。そして、授業の後には毎回レポートを出してもらいます。このレポートとテストの成績で皆さんを評価したいと思います。基本的に教科書は使いませんが、授業ごとにプリントを渡しますので、それを大事に取っておいてください。テストはそのプリントの中から出題します。説明は以上ですが何か質問はありますか。

この先生はどんな説明をしていましたか。

1 この授業では学生全員の3分の2以下の人しかテストを受けられない
2 教室に入れなかった人はあとでレポートを出してもらう
3 学生たちは出席回数とレポートとテストで評価される
4 テストはプリントと教科書の中から出題する

▶正解：3

解題關鍵句： このレポートとテストの成績で皆さんを評価したいと思います。

2番 これから出発する電車の中で男の人の車内アナウンスが流れています。

男：この電車は成田空港行きです。停車駅は日暮里、空港第2ビル、終点の成田空港です。この電車は全席指定席です。お手持ちの特急券に記載されております乗車番号と座席番号をお確かめの上、指定されたお席におかけください。また、デッキ、サービスコーナーを含めて全車両禁煙です。携帯電話での通話はデッキにてお願いいたします。お手洗いは5号車、サービスコーナーは4号車にございます。では、まもなく発車いたします。

この電車ではどんなことに注意しなければならないですか。

1　特急券に記してある番号と同じ座席に座る

2　4号車以外でタバコを吸うことはできない

3　携帯電話は全車両で使用できる

4　携帯電話は5号車と4号車で使用できる

▶正解：1

解題關鍵句：お手持ちの特急券に記載されております乗車番号と座席番号をお確かめの上、指定されたお席におかけください。

3番　テレビで評論家が今の学校の問題について解説しています。

男：現在、日本の小学校や中学校ではモンスター・ペアレントが問題になっております。モンスター・ペアレントとは学校に対して理不尽な要求をしてくる親のことをいいます。例えば、子供が学校から帰ってきたら服が汚れていたので学校で洗濯してくれとか、自分の子供が運動会で一等になれなかったのは教師のせいだ、などと苦情を入れてくる親のことです。モンスター・ペアレントは年々増加していて学校の教師たちは対応に苦労しています。教師の中にはそのストレスで学校を辞めてしまったり、病気で入院する人も少なくありません。この問題に関して決め手となる対応策は今のところありませんが、子供の問題は家庭や学校だけじゃなく社会全体で考えていかなければならないと思っています。

この評論家はどんなことを言っていましたか。

1　モンスター・ペアレントは学校だけの問題だ

2　モンスター・ペアレントは社会全体の問題だ

3　モンスター・ペアレントは子供のストレスが原因だ

4　モンスター・ペアレントは親のストレスが原因だ

▶正解：2

解題關鍵句：子供の問題は家庭や学校だけじゃなく社会全体で考えていかなければならないと思っています。

4番　日本語学校でフィリピン人の女の人が自己紹介をしています。

女：私は看護師の仕事をするためにフィリピンから来ました。昼はこの近くの病院で働いています。日本語をしっかり勉強するためにこの学校に来ました。母国でも日本語を学んでいましたし職場では同僚と毎日日本語で会話しているのでコミュニケーションには不自由しませんが、3年以内に看護師の国家試験に合格しなければなりません。合格すると、そのあとも日本で働くことができます。私はできるだけ長く日本で働きたいと思っています。病院の仕事をしていると難しい漢字をたくさん見かけますし仕事の記録も漢字で書かなければなりません。看護師の国家試験にも多くの漢字が出てきます。私はこの学校で漢字をたくさん勉強して看護師の試験に合格したいと思っています。

この女の人の目標は何ですか。

1　日本語の会話がうまくなること

2　日本語を勉強して3年以内にフィリピンに帰ること

3　看護師の仕事をして3年後に母国に帰ること

4　看護師の資格を取ること

▶正解：4

解題關鍵句：私はこの学校で漢字をたくさん勉強して看護師の試験に合格したいと思っています。

5番 **テレビの討論番組で女の人が解説しています。**

女：今、この国で深刻な問題のひとつに少子化問題があります。政府は一刻も早くこの問題に手をつけなければならないと思っております。その対策として保育所の数を増やす必要があります。今、この国には保育所の数が足りません。保育所に子供を預けることができない母親は仕事を辞めて子育てに専念しなければなりません。子供を保育所に預けられるようになると、安心してこれまでの仕事を続けることができるし、子供を増やすことも可能になります。子育てしやすい環境を整えれば近い将来、少子化にも歯止めがかかるでしょう。

女の人はどう考えてますか。

1　国は保育所で働く人の数を増やすべきだ

2　国は保育所の数を増やすべきだ

3　母親は子育てに専念すべきだ

4　母親は子育てよりも仕事をすべきだ

▶正解：2

解題關鍵句： その対策として保育所の数を増やす必要があります。

6番　ラジオで女の人が話しています。

女：水族館にはいろいろな種類の魚や海の生物がいますが、イカは見たことありますか。見たことがないという人はほとんどじゃないでしょうか。水族館にいてもよさそうですが、実際はイカを飼育しているところは少ないんだそうです。イカは神経質なので、小さい音にも反応して、墨を吐いて、水を黒くしてしまうというんです。それだと、鑑賞するのには不向きですよね。もともと寿命も短く、一年ぐらいしか生きないそうです。水族館が敬遠するのも分かりますね。

女の人は何について話していますか。

1　イカを飼育する水族館が少ない理由

2　イカを鑑賞する時の注意点

3　イカを水族館で飼うという取り組み

4　水族館のイカが長生きしない原因

▶正解：1

解題關鍵句： それだと、鑑賞するのには不向きですよね。もともと寿命も短く、一年ぐらいしか生きないそうです。水族館が敬遠するのも分かりますね。

問題4では、問題用紙に何も印刷されていません。まず、文を聞いてください。それから、それに対する返事を聞いて、1から3の中から、最もよいものを一つ選んでください。

1番　冷めないうちに召し上がってください。

1　いいえ、どういたしまして。

2　そんなことありませんよ。

3　では早速いただきます。

▶正解：3

2番　先生、今朝から喉が痛くてちょっと熱があるみたいなんで、診てもらえますか。

1　いや、そんなはずはありません。

2　そうですか、ではお口を開けてください。

3　そうですか、それでは帰って休んでください。

▶正解：2

3番　そこのコピー機を使ってもよろしいですか。

1　今、修理しているので構いませんよ。

2　紙が詰まっているので5分だけ待ってください。

3　あなたには関係がありません。

▶正解：2

4番　50円切手2枚と80円切手を1枚ください。

1　はい、では合計で130円でございます。

2　はい、では合計で210円でございます。

3　はい、では合計で180円でございます。

▶正解：3

5番　さっき、旅行の本、見てたけど今度の夏休みにどこかに行くの？

1　うん、友達と軽井沢にでも行こうと思って。

2　いいえ、でも着ていく服がないの。

3　夏は暑いし虫が多いのであまり好きじゃないのよね。

▶正解：1

6番　明日は早朝から取引先でのプレゼンがあるから、今日は早く帰ってゆっくり休みなさい。

1　はい、では何を贈るかゆっくり検討してみます。

2　はい、では朝はゆっくり眠らせていただきます。

3　はい、ではそうさせていただきます。

▶正解：3

7番　いらっしゃいませ。お客様、おタバコはお吸いになられますか。

1　はい、吸いません。

2　いいえ、吸いません。

3　はい、お吸いになります。

▶正解：2

8番 **今だから言うけど、小学校の時、お前の机に落書きしたのは俺なんだよ。**

1　その時、助かりました。今も感謝してる。

2　いいよ、もう気にしてないから。

3　もっともっと書いてください。

▶正解：2

9番 **冷蔵庫にはじゃがいもと人参と玉ねぎがあるわ。**

1　じゃあ、これからホットケーキを作りましょう。

2　牛肉とカレー粉を買ってきてカレーライスを作りましょう。

3　私は包丁を研いだことがありません。

▶正解：2

10番 **店長、すみませんが、明日の午後、病院に行きたいので早退させてください。**

1　え～え、急にそんなこと言われてもねえ。

2　病院に行ったこともないの？

3　じゃあ、明日の午後なら戻ってこられるんだね。

▶正解：1

11番 **ねえ、夕飯の支度をする前にちょっとコーヒーでも飲んでいかない？**

1　やっぱり朝のコーヒーは格別よね。

2　賛成。じゃあ、この前奢ってもらったから今度は私の番ね。

3　夕食の後、コーヒーを飲むと眠れなくなるよ。

▶正解：2

12番 **課題のレポートは進んでいますか。**

1　ええ、今ひととおり資料を調べている途中です。

2　そうですね、時々、先生の授業が恋しくなります。

3　ええ、先生も頑張ってください。

▶正解：1

13番 もうすぐお彼岸ですね。

1　健康診断ではどこも異常無かったはずなんですけど。

2　お供え物、どこで買おうかしら。

3　では、よいお年を。

▶正解：2

14番 すみません、この服を着てみてもいいですか。

1　ええ、試着室はあちらにございます。

2　いらっしゃいませ、何かお探しでしょうか。

3　はい、一着3,000円でございます。

▶正解：1

問題5では、長めの話を聞きます。この問題には練習はありません。メモを取ってもかまいません。

1番、2番

問題用紙に何も印刷されていません。まず、話を聞いてください。それから質問と選択肢を聞いて1から4の中から、最もよいものを一つ選んでください。

1番 ゴルフクラブで店員と女の人が話しています。

女　：あのう、ゴルフを始めようと思っていますが、何から準備すればいいんですか。

店員：お客様はゴルフを勉強したいんですね。では、ご紹介します。

女　：はい、お願いします。

店員：はい、分かりました。失礼ですがお客様は以前ゴルフをされたことがありますか。

女　：いいえ、全くの初心者です。

店員：そうなんですか。早く上達したいならレッスンに通ったほうがいいでしょう。

女　：そうですか。どのようなレッスンがありますか。

店員：そうですね。こちらのパンフレットをご覧下さい。当クラブには、個人レッスン、グループレッスン、スクールレッスンがあります。個人レッスンの場合、マンツーマンで集中して練習できるので上達が早いです。グループレッスンの場合、同レベルの仲間と一緒に上達できます。スクールレッスンは10～15名程度の大人数で取り組むレッスンプログラムです。

女　：じゃあ、みんなでやるのが楽しいから、それにしましょうか。

店員：多人数で練習するので、個人練習の時間が短くなりますが、よろしいですか。

女　：えっ、そうなんですか。初心者なので、悪いクセがついてしまうと、なかなか直すことができませんね。マンツーマンのほうがいいかしら。

店員：それはそうですよ。上達スピードを早めるためには、このレッスンに通うのが早道ですよ。

女　：あのう、料金のことなんですが、教えてください。

店員：はい、個人レッスンの場合、1回当たりの費用が10,000円ぐらいです。グループレッスンなら、1回当たりの費用が3,000円ぐらいです。

女　：1回で10,000円ですか。ちょっと痛いですね。まあ、今日から必死に食事代を節約しますから、思い切ってこのレッスンにしましょう。

店員：はい、ありがとうございます。

女の人はどんなレッスンにしましたか。

1　グループレッスン

2　団体レッスン

3　個人レッスン

4　スクールレッスン

▶正解：3

解題關鍵句：今日から必死に食事代を節約しますから、思い切ってこのレッスンにしましょう。

2番　帰宅途中、自転車に乗っている男の人が警察官に止められて質問を受けました。

男1：ちょっとすみません。

男2：はい、何でしょうか。

男1：自転車のライトが点いていませんがどうしたんですか。

男2：この前、電球が切れたのですが、忙しくて付け忘れていました。

男1：夜に無灯火での運転は大変危険なのでやめてください。ところでこの自転車はあなたのものですか。

男2：はい、そうですけど。

男1：念のために防犯登録番号を照合してもよろしいですか。

男2：ええ、構いませんが。

男1：番号は63312497ですね。あなたのお名前と住所をお聞きしてもよろしいですか。

男2：小島たけし。住所は新宿区新宿6－5－19です。

男1：では、確認しますのでここでお待ちください。

（確認中）

男1：いま確認が取れました。あなたの自転車で間違いないようですね。でも無灯火で自転車に乗ることは出来ない規則なのでこのまま押して歩いて行ってください。

男2：はい、分かりました。

男1：車に気をつけてお帰りください。

この男の人はこのあと、どうやって帰りますか。

1　自転車に乗って帰ります。

2　自転車を置いて歩いて帰ります。

3　自転車を押して歩いて帰ります。

4　警察に家まで送ってもらいます。

▶正解：3

解題關鍵句：でも無灯火で自転車に乗ることは出来ない規則なのでこのまま押して歩いて行ってください。

3番　まず話を聞いてください。それから二つの質問を聞いて、それぞれ問題用紙の1から4の中から最もよいものを一つ選んでください。

3番　会社で課長と女の人と男の人が仕事の話をしています。

課長：明後日の会議で使う企画書がまだ整理できていないんだ。悪いけど、これから少し残業していてくれないか。

女　：ええ、私は構いませんよ。

第一回

男　：僕も明日は取引先でのプレゼンがあるので、その準備が終わり次第お手伝いしますよ。

課長：ありがとう、助かるよ。できるだけ、早く終わらせるようにするから。

男　：そんなに気を使わないでくださいよ、課長。

女　：そうですよ、今回の課長の企画はこの会社の社運がかかっているんですから、私たちが手伝うのは当然ですよ。

課長：君たちにそういってもらえると心強いよ。じゃあ、会議が成功したらおいしいものでもご馳走するから、あとで君たちが行きたい店を探しておいてくれ。

男　：本当ですか。今夜は徹夜する覚悟で頑張ります。

課長：おいおい、無理はしないでくれよ。とりあえず、コーヒーでも飲んでから仕事にとりかかろう。

女　：ではコーヒーは私が入れてきましょう。

課長：いや、今回は私の仕事を手伝ってもらうんだ。二人ともここに座っていてくれたまえ。

男　：え、いいんですか。じゃあお言葉に甘えさせていただきます。

質問1　コーヒーは誰が入れてきますか。

1　課長

2　女の人

3　男の人

4　課長と女の人

▶正解：1

解題關鍵句：いや、今回は私の仕事を手伝ってもらうんだ。二人ともここに座っていてくれたまえ。

質問2　店を探すのは誰ですか。

1　課長

2　女の人

3　男の人

4　女の人と男の人

▶正解：4

解題關鍵句：あとで君たちが行きたい店を探しておいてくれ。

全真模擬答案解析
第二回

★ 言語知識（文字・語彙・文法）・読解

★ 聴解

第二回

言語知識（文字・語彙・文法）・読解

問題1

1 **答案：1**

譯文：日圓升值的話，對於大量進口燃料的公司來說，能靠匯率差額獲益；反之，日圓貶值則受損。

選項1　為替（かわせ）：匯兑
選項2　遺体（いたい）：遺體
選項3　解雇（かいこ）：解雇
選項4　偉大（いだい）：偉大

2 **答案：4**

譯文：這附近經常發生山崩、土石流，即使是看起來平坦的道路，也不可掉以輕心。

選項1　無此詞
選項2　吟味（ぎんみ）：品味
選項3　無此詞
選項4　禁物（きんもつ）：忌諱，大忌

3 **答案：2**

譯文：這部作品是獲得了1989年奧斯卡最佳原創劇本獎的名作，同時也是一部適合用來品味英文詩作的電影。

選項1　傾く（かたむく）：傾斜
選項2　輝く（かがやく）：榮獲
選項3　仰向く（あおむく）：仰面朝天
選項4　俯く（うつむく）：俯首

4 **答案：3**

譯文：中小企業對利率比較敏感，期待貨幣貶值能為其帶來設備投資方面的利多消息。

選項1　望ましい（のぞましい）：最理想的
選項2　目覚しい（めざましい）：顯著的
選項3　好ましい（このましい）：可喜的
選項4　慎ましい（つつましい）：謹慎的

5　答案：4

譯文：長大成人之後，一旦接受的事情，很難再次推翻。

選項1　兆す（きざす）：有預兆，有前兆

選項2　焦がす（こがす）：燒焦

選項3　志す（こころざす）：立志於……

選項4　覆す（くつがえす）：推翻，顛覆

6　答案：2

譯文：山谷位於河流的上游，清澈的河水讓心靈得以放鬆，給予我們片刻的安寧。

選項1　柔らか（やわらか）：柔軟的

選項2　清らか（きよらか）：清澈的

選項3　麗らか（うららか）：明媚的，晴朗的

選項4　なだらか：坡度緩的；流暢的

問題2

7　答案：2

譯文：這部法律的目的在於謀求資本市場更高的效率化和活性化，以此來促進國民經濟的健康發展。

選項1　寄付（きふ）：捐獻

例 被災地に寄付するパソコンだけに、取り扱いに要注意！／正因為是捐往災區的電腦，所以請務必小心輕放。

選項2　寄与（きよ）：作出貢獻

例 世界平和のために寄与する。／為世界和平作出貢獻。

選項3　寄贈（きぞう）：贈送

例 蔵書を図書館に寄贈する。／把藏書捐贈給圖書館。

選項4　期待（きたい）：期待

例 若い世代に期待する。／寄望於年輕一代。

8　答案：1

譯文：雖說純屬愛好，但是也需要幹勁、耐性，還得不懼失敗、持之以恆。

選項1　懲りる（こりる）：不敢再嘗試

例 失敗に懲りず。／不怕失敗。

選項2　恐れる（おそれる）：害怕（前接「を」）

例 失敗を恐れる。／害怕失敗。

選項3　恐縮する（きょうしゅく）：惶恐，不敢當

例 お茶を注いでいただき恐縮です。／勞煩您給我斟茶，真是惶恐。

選項4　怖がる（こわがる）：害怕（前接「を」）
例 地震を怖がる。／害怕地震。

9　**答案：2**

譯文：每天公司的事務所都會收集到大量的資訊，這些資訊大概可以分為兩種類型：第一是無用資訊，第二是對公司銷售有用的資訊。

選項1　ガレージ：車庫
例 車をガレージに止めた。／把車子停在車庫。

選項2　カテゴリー：範疇
例 情報をカテゴリーして整理する。／對資訊分類整理。

選項3　カタログ：商品目錄
例 商品のカタログを送る。／寄送商品目錄。

選項4　カンニング：作弊
例 カンニングしてはいけない。／考試不要作弊。

10　**答案：2**

譯文：我好不容易找到一條蚯蚓，興高采烈地跑去釣魚，但是方法不對，一條也沒釣到，大失所望。

選項1　がっしり：結實的，健壯的
例 がっしりした建物／結實的建築物

選項2　がっくり：洩氣，失望
例 死刑を言い渡され、がっくりした。／被判了死刑後，癱倒在地。

選項3　きっかり：正好，恰好
例 8千円きっかり受け取りました。／收到8000日圓整。

選項4　きっぱり：斷然，乾脆
例 きっぱりと拒否した。／斷然拒絕。

11　**答案：1**

譯文：在電影院排隊等候時，有人毫不在乎地插隊。對於這些沒有公德心的人，應該提出警告。

選項1　割り込む（わりこむ）：插隊
例 誰も気づかないうちに行列に割り込んだ。／神不知鬼不覺地插進隊伍當中。

選項2　打ち込む（うちこむ）：釘入，打入
例 釘を壁に打ち込んだ。／把釘子釘進牆裡。

選項3　落ち込む（おちこむ）：消沉，垂頭喪氣
例 落ち込むなよ。／別洩氣。

選項4　売り込む（うりこむ）：兜售，推銷

例 売り込むコツを先輩に教えてもらった。／
向前輩請教了推銷的技巧。

12 **答案：3**

譯文： 請各位默哀1分鐘，替那些為國家獻身的英雄祈福，並祈求世界和平。

選項1 念願（ねんがん）：夙願

例 長年の念願が叶った。／實現了多年的夙願。

選項2 願望（がんぼう）：心願

例 願望を実現する。／實現願望。

選項3 祈願（きがん）：祈禱，祈求

例 合格を祈願する。／祈禱（考試）及格。

選項4 出願（しゅつがん）：申請，填志願

例 専門学校に出願したけど、大学を諦めきれません。／雖然報考了專門學校，但仍無法捨棄大學夢。

13 **答案：2**

譯文： 你要分期或一次付清信用卡公司替你墊付的錢。

選項1 月謝（げっしゃ）：學費

例 息子の月謝を払っていけるか不安でしかたないんです。／非常擔心能不能支付得起兒子的學費。

選項2 月賦（げっぷ）：分期付款

例 3か月月賦で払う。／分3個月付清。

選項3 月収（げっしゅう）：月收入

例 月収が少ない。／月收很少。

選項4 月見（つきみ）：賞月

例 9月といったら、お月見ですね。／說到9月，就不能不提賞月吧。

問題3

14 **答案：1**

譯文： 最近，粉領族在累積一些工作經驗後赴海外留學，已經成為一種潮流。

考 點 キャリア：職業經驗

選項1 職業經驗或人生經驗

選項2 專業技能

選項3 社會人的常識

選項4 在第一線工作

15 **答案：2**

譯文：夢寐以求的別墅生活，能夠充分享受大自然。而且因為是在自己家裡，跟在外住宿不同，不必顧慮他人。

考 點　気兼ねする（きがねする）：顧及，照顧，考慮

選項1　惶恐至極

選項2　顧忌別人的想法

選項3　對他人的不滿、抱怨

選項4　斷然拒絕

16　**答案：3**

譯文：老人消瘦的臉上，稀稀疏疏地長著霜柱般的白鬍子。

考 點　げっそり：消瘦

選項1　滴水不漏，精明

選項2　精力充足

選項3　骨瘦如柴

選項4　心不在焉

17　**答案：1**

譯文：幸運的是媽媽英語不好，總算是蒙混過關了。

考 點　誤魔化す（ごまかす）：糊弄，蒙混

選項1　顧左右而言他

選項2　做壞事以引人注意

選項3　講述實情

選項4　揭老底

18　**答案：2**

譯文：讓附近的商店和商業街相互團結起來，一起打造不遜色於其他地區的商業街和商業區吧。

考 點　結束（けっそく）：團結

選項1　持續的事情結束

選項2　同心協力

選項3　開新店鋪做生意

選項4　忍受苦難

19　**答案：1**

譯文：兩個國家雖然地理上比較接近，但是飲食方面對比明顯。

考 點　コントラスト：對比，對照

選項1　對比

選項2　豐富

選項3　敏感
選項4　習慣

問題4

20　**答案：3**
譯文：運動是必要的，但運動未必對身體有好處。
考 點　必ずしも：未必（後接否定表達方式）
選項1　替換為：必ず（必定）
選項2　替換為：あくまでも（畢竟）
選項3　正確選項
選項4　替換為：必ず（必定）

21　**答案：1**
譯文：如果沒有讀者去讀，那就沒有寫的價值。
考 點　甲斐（かい）：價值，效果
選項1　正確選項
選項2　替換為：こと（事情）
選項3　替換為：はめ（困境）
選項4　替換為：気持ち（心情）

22　**答案：2**
譯文：（我）想要站起來，但因酒勁上來了，搖搖晃晃的，女兒攙扶住我。
考 點　ふらふら：搖搖晃晃
選項1　替換為：ぽつぽつ（慢慢地）
選項2　正確選項
選項3　替換為：くっきりと（清楚地）
選項4　替換為：ぽつぽつ（零零星星）

23　**答案：3**
譯文：最近聽了一堆不幸戀人的分手經過和牢騷。
考 點　愚痴（ぐち）：牢騷，抱怨
選項1　替換為：ばか（傻瓜）
選項2　替換為：認知症（阿茲海默症）
選項3　正確選項
選項4　替換為：話（談話）

24　**答案：3**
譯文：打算結婚的男女糾結於對方的過去，這是人之常情。
考 點　拘る（こだわる）：拘泥於

選項1　替換為：関わらない（別扯上關係）
選項2　替換為：にも関わらず（儘管）
選項3　正確選項
選項4　替換為：にも関わらず（儘管）

25　**答案：4**

譯文：他雖然非常有錢，但是生活很簡樸。

考 點　質素（しっそ）：簡樸
選項1　替換為：簡単（簡單）
選項2　替換為：手頃（合適的）
選項3　替換為：弱気（懦弱）
選項4　正確選項

問題5

26　**答案：4**

譯文：這個村莊裡的孩子們每天都要走4公里的路程通學。

選項1　「～からして」是判斷依據，表示「從……判斷」。
例 あいつは言葉遣いからして生意気だ。／從談吐上看，他很傲慢。
選項2　「～からとて」是「～からといって」的縮略形式，表示「雖說……但是……」。
例 相手が弱そうに見えるからとて、決して油断するな。／雖然對方看起來弱不禁風，但是決不可疏忽大意。
選項3　「～からする」前接價格，表示「價值……」。
例 3万円からする時計／價值3萬日圓的手錶
選項4　「～からある」前接距離、重量、高度，表示「遠達……」、「重達……」、「高達……」。
例 1メートルからあるへび／長一米多的蛇

27　**答案：3**

譯文：有一天，我去了紐約附近的海水浴場。由於正好是冬天，在那裡只隱約見到了兩三個人影，但是設施都非常完善。

選項1　「～ことなしに」表示「沒有……」。
例 休むことなしに働き続けた。／沒休息，持續工作。
選項2　「～くせに」用於表示後項事態與前項發生的事不相符，後項多為負面評價，含有說話者的不滿、指責、輕蔑等語氣，可譯為「……卻……」。
例 子供のくせに大きな口を言う。／小孩子家，口氣倒不小。

選項3　「～こととて」表示原因、理由，多用於書面語。可譯為「因為……」。

例 慣れぬこととて、かなり時間がかかった。／因為不習慣，所以費時較多。

選項4　「～ことには」接在動詞否定形後面，表示不先做好前項，就無法進行後項。

例 食べてみないことには、おいしいかどうか分からない。／不先嚐一嚐，就不知道是否好吃。

28　**答案：1**

譯文：「為什麼我生來就是這樣一種令人討厭的性格？」（他）說完後便哭了起來。

選項1　「～しまつ」一般用於講述結果竟然到如此惡劣的地步，表示某行為使說話者感到為難或麻煩，一般都是不好的結果或事態，譯為「最後竟然……」。

例 借金に借金を重ねたあげく、倒産の始末になった。／債臺高築，最後竟然破產了。

選項2　「～どころか」表示別說這麼高級的前項了，就連最基本的後項也無法保證。譯為「別說……就連……也……」。

例 牛乳どころか、水道水も不足している。／別說牛奶了，連自來水都不夠用了。

選項3　「～ばかりだ」與表示變化的詞連用，表示事態一味地朝壞的方向發展，含貶義。譯為「越發……」、「一直……」。

例 悪化するばかりだ。／不斷惡化。

選項4　「ようす」無此語法。

29　**答案：2**

譯文：馬路上的行人們都轉過身來，一臉不可思議地看著那個穿著一身黑的老太太。

選項1　「～っぽい」接在名詞或動詞連用形後面，表示「有……的感覺、傾向」之意，多為負面評價。

例 子供っぽい／孩子氣

選項2　「～ずくめ」表示全是這些東西的意思，譯為「清一色的……」，類似題中的「黒ずくめ」已成為一種固定的表達方式。

例 いいことずくめ／全是好事

選項3　「～まみれ」表示沾滿污垢或全面附著讓人感覺骯髒的東西的狀態，前面可接的名詞比較有限，常見的有「血／泥／ほこり」。

例 泥まみれ／渾身是泥

選項4　「～だらけ」表示充滿或是到處都是的狀態，多用於說話者給予負面評價的場合。

例 間違いだらけです。／到處都有錯誤。

30　**答案：3**

譯文：看了這個紀實節目，我切實地感受到了我們是多麼幸運。

選項1　「～ずにすんだ」表示沒有做前項動作就解決了。

例 今日は残業せずに済んだ。／今天沒有加班。

選項2　「～ざるをえない」表示除此之外別無選擇之意，多用於表示迫於某種壓力或某種情況而違心地做某事，譯為「不得不……」。

例 病気で休みたいが社長命令で出社せざるをえない。／生病想請假，但是社長有令，所以我不得不去上班。

選項3　「～ずにはおかない」

①必然，一定。例 抗議せずにはおかない。／不得不抗議。

②必然觸發某種感情。例 この映画は見る人を感動させずにはおかない。／這部電影讓觀眾深受感動。

選項4　「～ずにはいられない」表示某種行為、思考、感情是自然而然形成的，無法用自己的意志力進行控制，屬於感情的自然流露，譯為「不由得……」。

例 感動せずにはいられない。／不禁感動不已。（該小題主詞為「紀錄片」，無法「実感」，所以選項4為錯誤選項）

31　**答案：2**

譯文：在那一點上兩人有所不同。哥哥亞摩斯處理任何事情都很膽小，總是小心翼翼的，是個慢郎中，甚至在吃吃喝喝時都是如此。

選項1　「～ではないか」表示「難道不是嗎」之意。反語，表示強烈的肯定、質問或驚訝。

例 李さんは来なかったじゃないか。／小李不還是沒有來嗎？

選項2　「～ですら」表示連該事都尚且如此，其他的就不必說了，多含有說話者輕視、蔑視的語氣。

例 自分の名前ですら書けない。／連自己的名字都不會寫。

選項3　「～までして」用於舉出極端的例子，表示「甚至」。

例 借金までして手に入れた絵／不惜借錢買來的畫

選項4　「～のではないか」表示自己覺得應該是這個樣子，作出委婉的斷定。

例 やればできるのではないか。（やればたぶんできるだろう）／要做應該就能做到吧。（去掉「の」意為「想做的話一定能做到」，表示不滿、批評或質問）

32 答案：4

譯文：正如您說的，要吃就要好好品味；因為身心是連在一起的。

選項1　「～そばから」接在動詞原形後面，強調同一事情或行為反覆出現，譯為「這邊剛……那邊就……」。

例 母が天ぷらを作るそばから、食べてしまう。／媽媽一做完天婦羅，馬上就被我吃光了。（強調媽媽一直做，我反覆吃）

選項2　「～かたわら」一般表示在工作或主要的活動之餘做某事，經常用於習慣性的、長時間的行為。

例 会社につとめるかたわら、副業をやっている。／一邊上班，一邊做副業。

選項3　「～からこそ」是特別強調原因或理由的表達方式，表示「正是因為……」，強調主觀心情。

例 困難なことだからこそやる価値があるのだ。／正因為難做，才有做的價值。

選項4　「～からには」接在表示某種責任或某種決心的動詞後，表示「既然……就（應該）……」。

例 やるからには、完璧にやりましょう。／要做就要做得完美。

33 答案：3

譯文：由於山崩，無法提供溫泉服務，還請見諒。

選項1　「いたしたく」是「いたします」的變形，表示「想」，動作執行者是說話者。

例 こちらでいたします。／由我們來處理。

選項2　「差し上げたく」是「あげる」的自謙語，表示「給您」。

例 この花をあなたに差し上げます。／這束花給您。

選項3　「いただきたく」表示「希望對方做……」，動作執行者是聽者。

例 ご説明いただきたいです。／希望您做出說明。

選項4　「申し上げたく」是「言う」或「する」的自謙用法，動作執行者是說話者。

例 ご説明申し上げます。／為您說明。

34 答案：2

譯文：自從跳槽到現在這家公司以後，長出好多白髮，實在不可思議。

選項1　「～てからでないと」表示要實現某事所必須具備的條件，可譯為「不……就不能……」。

例 上司に聞いてからでないと、決めかねます。／不先詢問一下上司，便無法決定。

選項2　「～てからというもの」表示「自從……以後」，前後發生了很大的變化，含有說話者驚異於該變化的感情色彩。

例 子供が生まれてからというもの、夫婦だけの時間がほとんどない。／孩子出生以後，就幾乎沒有夫婦兩人的獨處時間了。

選項3　「～たところで」表示即使成為前項所敘述的那樣，也不能得到所期待的結果，譯為「即使……也……」。

例 今出発したところで間に合うまい。／即使現在出發，恐怕也來不及了。

選項4　「～たら最後」表示如果前項發生，就必然會產生後項的結果，多表示說話者絕望的心情，譯為「一旦……就……」。

例 そのおかしい話を聞いたら最後、忘れられなくなる。／一旦聽了那個奇怪的故事，就忘不掉了。

35　**答案：4**

譯文：又不是小孩子了，親兄弟三人卻在不停地爭奪父母留下的土地和家產，這讓我忽然感到很可悲。

選項1　「～もさることながら」表示肯定前項的同時，列舉出更應該肯定的後項，可譯為「……就不用說了……更是如此」。

例 値段もさることながら、味もいい。／價格實惠，味道也不錯。

選項2　「～をものともせずに」表示明知條件艱難或環境惡劣，但仍然毫不畏懼地去做某事，可譯為「不顧……」、「冒著……」。

例 足の怪我をものともせずに、走り続けた。／不顧腳上的傷，堅持跑下去。

選項3　「～であろうと」連起來使用，表示「無論……還是……」。

例 学生であろうと、社会人であろうと、約束を守るべきだ。／不論是學生，還是社會人，都應該遵守諾言。

選項4　「～じゃあるまいし」表示「又不是……」，常用於批評或忠告的場合。

例 子供じゃあるまいし、泣かないで！／又不是小孩子，別哭了！

問題6

36　**答案：1**

原句：人手不足で休日も出勤だ。2 平日　4 はともかく、1 休日　3 ぐらいは我が家でゆっくりしたいものだ。

譯文：由於人手不夠，連假日也得上班。平日姑且不說，假日我還是希望能在家裡悠閒地度過。

解析：此題中出現的句型「～はともかく」，表示暫且不把前項作為議論的對象，優先表述更為重要的後項，可譯為「姑且不論……」。

37 **答案：1**

原句：以前は、「2 狭い　4 ながらも　1 楽しい　3 わが家」が日本の一般的な家庭像だった。

譯文：在過去，日本普通家庭看上去是「雖小尤樂（自己的家雖小，但卻其樂融融）」。

解析：此處的「ながら」接在形容詞後面，表示轉折之意，一般譯為「雖然……」。

38 **答案：3**

原句：4 美しいデザインと天然素材　2 ならではの　3 美しさも　1 さることながら、メンテナンスも容易であることがうれしいです。

譯文：暫且不說這種好的設計和天然材料帶來的美感，連保養起來也很方便，這實在是令人驚喜。

解析：「～ならでは」前項接表示人物或組織的名詞，後項一般是表示高度評價或感歎的詞語，意思是「正因為是……才會這麼好」、「不是……就不可能……」。「～もさることながら」表示肯定前項的同時，列舉出更應該肯定的後項，意思是「前項就不用說了，後項更是如此」。

39 **答案：4**

原句：「今からやっても、間に合わないでしょう。」
「いや、3 間に合わない　1 とも限らないから、4 やるだけ　2 やってみたらどうですか。」

譯文：「現在開始做已經來不及了吧？」
「不，未必趕不上，試著努力一下吧？」

解析：「～とも限らない」表示「未必……」，常與「必ずしも」相呼應。此處的「だけ」表示程度。

40 **答案：4**

原句：何事も　3 前向きに考える　2 あの人の　4 ことだから、1 これくらいの失敗ではへこたれないだろう。

譯文：他這個人一向樂觀積極，應該不會因為這麼點小小的失敗氣餒吧。

解析：此題中有個句型「～ことだから」，主要接在表示人物的名詞後，通常說話者和聽者都熟知該人物的性格、行為習慣，基於這種性格、行為習慣而作出某種判斷，可譯為「一向」、「總是」。

問題7

41 **答案：1**

選項：1 之所以這麼說　2 因此　3 正因為如此　4 話雖如此

譯文：之所以這麼說，是因為跟其他動產相比，汽車的體積特別大。

解析：「というのは」與「からだ」一起使用，對前文「汽車比較特殊」進行解釋說明。選項2、選項3都表示因果關係，可以一起排除掉。選項4前後兩個句子必須是轉折關係，故排除。

42 **答案：2**

選項：1 正因為是車　2 正因為行駛著　3 正因為方便　4 正因為是運輸工具

譯文：汽車的使命透過移動而實現，也就是說，正因為運動著，汽車才保持著應有的姿態，靜止時，則失去了其功能。

解析：「つまり」是對前文的歸納總結，再根據「停止しているとき」可以推斷出，此處應該是「行駛」著。

43 **答案：3**

選項：1 為此　2 但是　3 而且　4 需要補充的是

譯文：停車場最好不是斜坡，並且排水要好。

解析：接續詞類考題是此類題型中的重中之重。接續詞主要表示前後句間存在的邏輯關係，前文說一輛汽車需要佔用很大空間，後文緊接著說停車場最好不是斜坡，並且排水要好，前後文是遞進關係。所以選3。

44 **答案：4**

選項：1 優點　2 機制　3 敏感的　4 缺點

譯文：這樣思考的話，停車場看起來好像只有缺點了。

解析：前文談到了停車場的眾多缺點，因此選項4是正確答案。

45 **答案：3**

選項：1 豈有此理　2 不像話　3 不難理解　4 不應該有

譯文：我國地價高昂這一異常現象是源於國土面積狹小，所以停車場收費暴漲也就不難理解了。

解析：選項1、選項2、選項4意思相近，可以一起排除。

問題8

46 **答案：2**

解析：選項1是寫標語的初衷，不是作者的想法。選項2與文章最後一句相符，為正確答案。選項3在陳述客觀事實，不是作者意見。選項4後半句與文章無關。

47 **答案：3**

解析：最後一句是解題關鍵句：處理好了客戶投訴，不但能拉攏回頭客，還能建立良好的人際關係。選項3包含這兩點。選項1、選項4的後半句不正確，選項2恰恰說反了。

48 **答案：2**

解析：本題屬於「迷惑の受け身」類題型。也即A的動作行為給B方帶來了麻煩，B方又無可奈何，不得不承受。常見的有「子供に泣かれる」（被孩子哭得心煩）、「親に死なれる」（失去了父母），此處指員工自說自話地辭職，讓上司損失慘重。

49 **答案：4**

解析：選項1的意思是「不應強行讓下屬做無用功」，文中沒有提到。選項2的意思是「對於做出不受歡迎舉動的員工，應儘速讓他得到成就感」，文中沒有提及。選項3後半句有失偏頗。選項4的大意是「批評和表揚兼用」，全面包含了文章的主旨大意，為正確答案。

問題9

50 **答案：4**

解析：本題是理由原因類題型。作者認為「書かれなかった事は、無かったことじゃ」這種說法不妥當，因為歷史事件包含史書中記載的、未記載的、存在過的、可能存在的種種情況，解題關鍵句為最後一段第一句。選項4比較全面，為正確答案。

51 **答案：2**

解析：作者的「自我史」只不過是歷史長河中微乎其微的一部分，也不能構成歷史。選項1、選項3後半句不對，選項4錯在作者的一生不足以被作為「歷史」來進行記錄。選項2為正確答案。

52 **答案：1**

解析：正因為存在無數的未知，歷史學研究才有其存在的意義。選項1符合文章最後一段的中心思想，為正確答案。歷史無法排除，也無法刪除，選項2本身說法不正確。選項3前半句不正確，歷史不能僅僅研究已知事件。選項4錯在文章未涉及社會發展。

53 **答案：2**

解析：解題關鍵句為「そんなのを聞くと腹が立ってきて」，「そんな」指的是兒女只顧自己快活，不考慮老人，所以老人要向兒女抱怨。選項2為正確答案。

54 **答案：3**

解析：老人覺得還不如沒有孩子，因為子女從來不關心他們。解題關鍵句為「ロクに聞いてもくれない」，所以選項3為正確答案。選項4是誘答選項，後半句不對，生氣的是老人，不是兒女們。

55 **答案：1**

解析：老伴死後，活著的那一方也會很快死去，原因是「無意識に依存していることが大きかったのである」。選項1與該句相符，為正確答案。選項2、選項3、選項4意思恰恰相反，一方死去，活著的一方很快樂，這不符合文章主旨。

56 **答案：4**

解析：解題關鍵句為「突き飛ばして席を獲得した」，該句子是後面「同じ人」的連體修飾，所以選項4為正確答案。

57 **答案：3**

解析：「自分がどんなに疲れていても席を譲るといった」是解題關鍵句，為「滑稽的樣子」的連體修飾，即自己無論多麼累都會讓座。選項3的意思是「自己明明很累，卻會把位子讓給所屬群體中的其他人」，同關鍵句相符，為正確答案。

58 **答案：2**

解析：選項1正好說反了，前半句不對。文中提及在日本存在區分親疏關係、具有排他性的「我們」這一概念，而選項3中主詞則變成了其他國家。選項4與文章最後一段第一句不相符，故排除。

問題10

59 **答案：1**

解析：解題關鍵句為「三つのトランクに詰まった本のほとんどが僕のほしがりそうな種類のものばかりだった」，選項1與此句相符，為正確答案。選項2是無關陳述。選項3錯誤，第一次帶來的書並非都是作者想要的。選項4前半句不正確。

60 **答案：3**

解析：解題關鍵句為「なんとか本の山を崩そうとするのだが欲しい本ばかりなので」，選項3與此相符，為正確答案。選項1、選項2意思相近，都與原文描述相反。選項4前半句不正確。

61 **答案：2**

解析：解題關鍵句為「そんな師弟の攻防を見物するのが面白かった」，書商期待到作者家裡，因為能看到師徒兩人有趣的攻防戰，所以選項2為正確答案。選項1不正確，「書商派來的間諜」只是比喻。選項3、選項4意思相近，可一併排除。

62 **答案：2**

解析：每次書商帶來作者喜歡的書籍，從不強行推銷；看到師徒兩人的攻防戰，只是微笑旁觀；第一次時不知道作者的興趣，而第二次帶來的書，作者幾乎都喜歡。綜合以上三點，選項2「誠實、低調、記憶力好」為正確答案。

問題11

63 **答案：1**

解析：文章A主張在緊急時刻，應該允許在車內打電話，不要被規則限制得太死。如果為了遵守規則，緊急時刻也無法打電話，那麼手機存在的意義也就沒有了。選項1為正確答案。第一篇文章最後一句也可以驗證選項1是正確的。

64 **答案：2**

解析：文章B主張不在車內打電話，偶爾一次忘了設置靜音尚可原諒，但多次響起電話鈴聲就很不好了。在公共場合，不要做讓別人討厭的事情。最後一段闡明了文章B的觀點，選項2符合文章主旨。選項3、選項4的行為偶爾為之可以原諒。

65 **答案：1**

解析：兩篇文章都是關於車內能不能接電話的討論，其共同的主張是最好不要給周圍的人添麻煩。選項1為正確答案。選項2兩篇文章都沒有涉及，選項3是第二篇文章的觀點，選項4是第一篇文章的觀點，故排除。

問題12

66 **答案：2**

解析：解題關鍵句為「夏みかんの形として理解していた私は」，連體修飾語修飾「私は」，由此可以得知作者以前一直認為地球是橘子形狀的。選項1是地球的實際形狀，不是作者的觀點。選項3不正確，因為跟女兒無關。選項4是其他人，跟作者無關。

67 **答案：1**

解析：可用排除法。選項2、選項3都認為地球是橘子形狀的，可以同時排除。

選項1、選項4意思相反，必定有一個是正確答案。解題關鍵句為「常識的には球形と考えられているが」，指示詞一般指代前項內容，所以選項1為正確答案。

68 **答案：4**

解析：解題關鍵句為「諸学問の大変な気の遠くなるような、そして、その努力の跡の一つ一つを辿ることは、われわれの学問の妙味を満喫させてくれるであろうような」，由此可知作者對科學家的付出很驚歎，選項4為正確答案。

69 **答案：3**

解析：解題關鍵句是文章最後一段的最後一句，由於對事物本來面貌的理解方式不同，有時可能會形成與這一事物完全不同的印象。選項3後半句「可能會偏離本來的真相」與文章主旨相符，為正確答案。

問題13

70 **答案：3**

解析：選項1集合時間不對，選項2帽子顏色不對，選項4不需要自己帶便當，故都排除。選項3「9時10分前」是「差10分9點」的意思，為正確答案。

71 **答案：4**

解析：問題是「家長不能做的是什麼」，通知的最後一句是「禁止吸菸」，所以選項4為正確答案。

聴解

問題1では、まず質問を聞いてください。それから話を聞いて、問題用紙の1から4の中から、最もよいものを一つ選んでください。

1番 駅のアナウンスで、電車が止まった説明をしています。男の人はこれから何をしますか。

アナウンサー：お急ぎのところ、大変ご迷惑をおかけしております。台風18号の接近に伴う強風の影響で、県内の鉄道各線は8日未明から運休や遅れが相次ぎ、幹線道路も通行止めとなるなど、朝の通勤に大きな影響が出ました。それで万が一のために、

当駅から山の手方面は運転を見合わせております。ほかの路線への振り替え輸送を行っておりますので、山の手方面の方はご利用ください。山の手までの振り替え輸送はタクシーかモノレールがご利用になれます。また、山の手より先にいらっしゃる方は、バスの13号をご利用ください。なお、運転再開は2時間後の見込みです。

男：えっつ！急いでるときに限って。会社は山の手よりずっと先だから、バスじゃ、間に合わないなあ。まあ、とりあえず山の手まで行こうか。そのうち、何とかなるかも。

男の人はこれから何をしますか。

1 モノレールに乗ります

2 バス13号を利用します

3 電車に乗り換えます

4 地下鉄に乗ります

▶正解：1

解題關鍵句：山の手までの振り替え輸送はタクシーかモノレールがご利用になれます。

2番 学校で先生と学級委員が同窓会について話しています。学級委員はこれから何をしなければなりませんか。

先生：栗山君、例の同窓会の件だけど、どうなってるの。

学級委員：はい。まず卒業時の連絡先に電話をかけて、現住所の確認作業をいたしました。

先生：全員と連絡が取れた。卒業してみんなばらばらになっちゃって。電話番号と住所、変わった人いたでしょう。

学級委員：そうですよ。「うちには木村っていう人がいないけど」とか、「間違い電話ですよ」とか、言われて、ああ、さすがに疲れました。

先生：それはご苦労様。電話じゃなくて、メールで連絡してみたら、メールアドレスしょっちゅう変わるもんじゃないから。

学級委員：ああ、そうですね。さすが先生です。

先生：いや、いや。あと、場所なんだけど、年末だから、早く確保しなくちゃ。

学級委員：場所は例年の松山館を予定しようと思います。なんといっても定評のあるレストランですから、みんな喜んでくれると思います。

先生　　：うん。落ち着いていいレストランね。喜んでくれると思うよ。

学級委員：それから、会費と恩師への花束贈呈式ですね。

先生　　：そうだね。

学級委員：じゃあ、もう一回整理します。場所の確保、会費と恩師への花束贈呈式ですね。

先生　　：大体問題ないけど、何より連絡が取れない人にメールで出席するかどうか確認するのは急務じゃない？

学級委員：はい、そのようにします。

学級委員はこれから何をしなければなりませんか。

1　場所の確保をします

2　会費を集めます

3　電話で出席の確認をします

4　メールで出欠の確認をします

▶正解：4

解題關鍵句：何より連絡が取れない人にメールで出席するかどうか確認するのは急務じゃない。

3番　店の担当者が話しています。賞味期限に余裕のある商品を再発送してもらいたいとき、どうしなければなりませんか。

男：お届け時にご不在の場合、配送業者の不在伝票を投函させていただきますのでお早めに最寄の配送営業所へ再配達日のご指定をお願いします。期日中にご連絡をいただけない場合、当店に返送となります。その場合、賞味期限を過ぎる商品につきましては、廃棄処理とさせていただきます。廃棄させて頂いた場合も商品代金は返金できませんのであらかじめご了承下さい。賞味期限に余裕のある商品に限り、ご希望の場合のみ再配送させていただきます。その際の再配送料金につきましては、お客様のご負担となりますのでご了承ください。ただし、再発送する前に、当社の銀行口座に再発送料金をお振り込みください。

賞味期限に余裕のある商品を再発送してもらいたいとき、どうしなければなりませんか。

1　廃棄処理します

2　返金します

3　再発送料金を振り込みます

4　再配達日を指定します

▶正解：3

解題關鍵句：賞味期限に余裕のある商品に限り、ご希望の場合のみ再配送させていただきます。その際の再配送料金につきましては、お客様のご負担となりますのでご了承ください。

4番　製菓株式会社の男の人が取引先の女の人と話しています。男の人はこのあと、どうしますか。

男：いかがでしょうか。このチョコレートの口当たりなんですけど。

女：ああ、最高ですねえ。口全体で溶けていくのを実感できます。今までのとは抜群に違う口当たりです。

男：そうでしょう。当社ならではの技術で、この独特な感じが出るんですよ。

女：そうですか。もう少し具体的にお伺いできますか。

男：はい、小麦粉の使用をできるだけ控えます。小麦粉の使用量が少ないため、とろけるような柔らかさが出るんです。

女：なるほど。あとは枚数だけど、お客様のさまざまなニーズにこたえるため、各種枚数をご用意できますか。

男：ご希望をおっしゃっていただければ、ご対応できます。

女：それから、納品なんですけど……

男：ああ、納品について、まず見積もり・最終打ち合わせの内容をよくご検討いただいてから、契約します。契約してから、本生産に向けての手配や準備に入ります。決定した仕様をもとに、品質と安全には特に配慮し、当社の厳しい品質管理を徹底し、仕上げてまいります。

女：分かりました。あとは価格ですが、お宅の価格は私たちの希望と大きな隔たりがあります。双方の出した値段の差額を双方で半分ずつ分担したら、いかがでしょうか。

男：お客様、ご無理をおっしゃらないでください。これでは、とても話になりません。

女：ああ、そうですか。そうですと、難しいわ。

男：私の一存では決めかねますので、上司に電話で確認しないと。

女：じゃあ、お返事をお待ちします。

男の人はこのあと、どうしますか。

1　見積もります

2　出荷します

3　納品します

4　上司に聞きます

▶正解：4

解題關鍵句：私の一存では決めかねますので、上司に電話で確認しないと。

5番　男の人と女の人が話しています。二人はこのあと、どうしますか。

女：車のエンジンがかからないの……

男：あらら？　バッテリーかな？　ライトは点く？

女：分からないよ。昨日まではちゃんと動いてたのに。なんでいきなり動かなくなっちゃうんだろう。

男：今日は市ノ瀬まで行かなきゃならないから車使えないと困るのに。

女：前に乗ってた車はこんなこと無かったのに。こんなのに買い替えなきゃよかった。

男：そんなことより、まずどうすればいいか考えたほうがいいんじゃない？

女：じゃあ、まず玲子さんに電話をかけて、今日はちょっと遅れるって。

男：妹の披露宴だから、遅れるわけには行かないだろう。

女：じゃあ、どうすればいい？

男：まず、ロードサービスセンターに電話して、メンテナンスのスタッフやレッカー車が付近の拠点から、迅速に駆けつけてくれると思う。

女：でも、電話番号、知ってる？　電話帳に登録してないと思うけど。

男：あっ、しまった。本当にないねえ。どうしよう。困ったな。

女：番号案内104番で調べてみない？

男：そうだね。

二人はこのあと、どうしますか。

1　番号案内104番に電話します

2　ロードサービスセンターに電話します

3　メンテナンスのスタッフに電話します

4　玲子さんに電話します

▶正解：1

解題關鍵句：番号案内104番で調べてみない？

6番　学生が先生と話しています。学生の論文はいつまでに提出しなければならないのですか。

学生：先生、論文の締め切りを一週間のばしていただけないでしょうか。

先生：それは困ります。1月20日の期限は変えられません。添削もあるし、卒論の答弁会の準備もあるからね。

学生：先生、私は少々事情がありまして。

先生：そう言われても困ります。ほかの人は皆、期限は同じですから。

学生：実は、父が急に病気で倒れまして、看病のため、なかなか時間がとれないんです。

先生：それは大変ですね。それでは三日だけ延期してあげましょう。

学生：助かりました。ありがとうございます。

学生の論文はいつまでに提出しなければならないのですか。

1　1月20日

2　1月21日

3　1月23日

4　1月24日

▶正解：3

解題關鍵句：それは大変ですね。それでは三日だけ延期してあげましょう。

問題2では、まず質問を聞いてください。そのあと、問題用紙の選択肢を読んでください。読む時間があります。それから話を聞いて、問題用紙の1から4の中から、最もよいものを一つ選んでください。

1番　女の人と男の人が友だちにあげるプレゼントについて話しています。二人は、何をプレゼントすることにしましたか。

男：プレゼント、何にしようか。

女：本人は何がいいって言ってたっけ。

男：たしか、電子辞書がほしいとか。

女：でも、そういうのって色の好みがいろいろだし。

男：まあ、そうだよね。

女：それより、携帯のほうがいいんじゃない？

男：いや、それも、好みがあるでしょ。

女：そうかぁ。でも、お買い物カードをあげるわけにもいかないしね。

男：そうね、冷たい感じがするよね。

女：じゃあ、どうしよう。困るね。

男：やっぱり、本人の希望が第一かな。

女：そうね。

二人は、何をプレゼントすることにしましたか？

1　携帯です

2　電子辞書です

3　買い物カードです

4　何もあげません

▶正解：2

解題關鍵句：やっぱり、本人の希望が第一かな。

2番　課長と女性社員が話しています。女性社員は、明日どうしますか。

女性社員：課長、おはようございます。

課長　　：あ、おはよう。あれ、顔色が悪そうだね。

女性社員：ええ、実は風邪を引いちゃって、熱があるんです。

課長　　：ああ、そうか。

女性社員：あのう、明日会社を休みたいんですが。

課長　　：えっ、また休み？　先週風邪を引いたって休んだばかりじゃない。

女性社員：はーい。

課長　　：まあ、最近金融危機だし、しっかりと働いてもらわないとねえ。

女性社員：はい、分かりました。

女性社員は、明日どうしますか。

1　出社します

2　休みます

3　欠席します

4　出張します

▶正解：1

解題關鍵句：まあ、最近金融危機だし、しっかりと働いてもらわないとねえ。

3番　授業の後、学生と先生が話しています。学生は何曜日に先生に会いますか。

学生：あっ、先生、質問があるんですが、後で先生の部屋に伺ってもよろしいですか。

先生：今日は午後会議があるからちょっと無理だな。水曜日はいつも午後あるんだよ。

学生：そうですか。いつならよろしいでしょうか。

先生：明日も一日中会議だけど。昼休みなら少し時間あるよ。

学生：出来れば、ゆっくり分からないところをお聞きしたいのですが。

先生：うん。じゃあ、金曜日の午後はどう。

学生：すいません。金曜はアルバイトがあるんです。でもやっぱり明日の昼休みにお願いしてもよろしいですか。なるべく質問を少なくしますので。

先生：ああ、いいよ。じゃ、待ってるから。

学生：はい。ありがとうございます。よろしくお願いします。

学生は何曜日に先生に会いますか。

1　火曜日です

2　水曜日です

3　木曜日です

4　金曜日です

▶正解：3

解題關鍵句：でもやっぱり明日の昼休みにお願いしてもよろしいですか。なるべく質問を少なくしますので。

4番 **男の人と女の人が話しています。男の人は老人と子供の数について、どうなると言っていますか。**

男：この頃近所で、子供たちを見なくなったね。

女：ええ、子供の数が減っているそうよ。

男：益々この傾向は強くなってくるんだよな。

女：そうね。その代わり元気な老人増えていくんでしょうね。

男：この統計見てよ。今はまだ子供の数のほうが多いけど、十年もしないうちに子供と老人の割合が逆転するんじゃないかと思うよ。

女：ええ？　やっぱりそうなのね。

男の人は老人と子供の数について、どうなると言っていますか。

1　老人のほうが多くなるのに、十年もかからない

2　老人のほうが多くなるのに、十年はかかる

3　子供のほうが多くなるのに、十年もかからない

4　子供のほうが多くなるのに、十年はかかる

▶正解：1

解題關鍵句： この統計見てよ。今はまだ子供の数のほうが多いけど、十年もしないうちに子供と老人の割合が逆転するんじゃないかと思うよ。

5番 **会社で女の人と男の人が話しています。女の人は何に不満を持っていますか。**

女：ああっ、どうしよう。また動かなくなっちゃった。

男：何？　またコピー機か、具合悪いの？

女：そうなのよ。午後の会議に使う資料をコピーして準備しなければならないのに、まったく。

男：ぜんぜん動かないのか。

女：必ずカラーコピーにしなさいと言われたから、もう、いったい、いつになったら取り換えてくれるのかしら。これ1台しかないから早くしてよ、1ヶ月も前から言ってるのに、まったくもう！

男：まあまあ。とりあえず、サービスセンターに連絡してみようよ。えっと、電話番号は……

女の人は、何に不満を持っていますか。

1　カラーコピーをすることです
2　パソコンが使えないことです
3　コピー機が1台しかないことです
4　コピー機を換えてもらえないことです

▶正解：4

解題關鍵句：もう、いったい、いつになったら取り換えてくれるのかしら。これ1台しかないから早くしてよ、1ヶ月も前から言ってるのに、まったくもう！

6番　男の人と女の人が話をしています。男の人は女の人にどんな仕事を紹介しますか。

男：で、何かしないのか仕事。
女：だって、いい仕事なんてないんだもん。
男：コンビニとかファミレスとかいくらでも求人してるんだろう。
女：私はもっとクリエーティブな仕事が向いているの。
男：クリエーティブ、そんな仕事したことあるのか。
女：カメラマンとかイラストレーターとか、ずっと、フリーでやってたの、後、ライターもね。
男：うちの広報部にイラストレーターとか、そういう仕事があるかも。
女：じゃ、聞いてみてよ。メジャーで、オシャレで、ギャラのいい仕事だったらもっといいけどね。
男：贅沢言うなよ。でも、一応聞いておくよ。
女：ありがとう。当てにしてるわ。

男の人は女の人にどんな仕事を紹介しますか。

1　コンビニとかファミレス
2　クリエーティブな仕事
3　メジャーで、オシャレで、ギャラのいい仕事
4　広報部のイラストレーター

▶正解：4

解題關鍵句：うちの広報部にイラストレーターとか、そういう仕事があるかも。

7番 **二人の女の人が話をしています。女の人はなぜ会社を辞めましたか。**

千賀子：昌子、新しい職場にはもうなれたの？

昌子　：うん、慣れたといえば、慣れたのかもしれないけど、まぁね、まだ1ヶ月だから。

千賀子：そうだよね。突然仕事やめるって言い出して、前の会社辞めちゃったじゃない。

昌子　：うん。

千賀子：あの時やめたらって言ったものの、内心、言わなきゃよかったなあって、実は、思ったんだけどね。でも、すぐに仕事見つかってよかったね。

昌子　：うん。あの時はありがとう。前の会社は、本当に、上司が最悪だったんだよ。仕事できないくせに、えらそうにしているし、一番いやなのは、問題が起きたら、すぐ人のせいにすること、もう。

千賀子：そういうのって頭くるよね。毎日愚痴ばかりだったもんね。

昌子　：うん、それだけじゃなくて、不景気でさあ、ボーナスもでなくなってたし。

千賀子：ボーナスが出ないなんて、悲しすぎるよね。

昌子　：うん、そうだよね。

千賀子：で、今度のところはどうなの？

昌子　：うん、今のところは、いい感じ。みんな親切にしてくれるし、人間関係は文句なしってところかな。

千賀子：じゃ、会社変わって正解だね。

昌子　：うん、やめようって決心して本当によかったよ。で、あんたのとこは、どうなの？

千賀子：うち、うちは相変わらず。

女の人はなぜ会社を辞めましたか。

1　賃金が低いから

2　人間関係が複雑だから

3　上司に不満があるから

4　給料が低いから

▶正解：3

解題關鍵句：前の会社は、本当に、上司が最悪だったんだよ。仕事できないくせに、えらそうにしているし、一番いやなのは、問題が起きたら、すぐ人のせいにすること、もう。

問題3では、問題用紙に何も印刷されていません。この問題は、全体としてどんな内容かを聞く問題です。話の前に質問はありません。まず、話を聞いてください。それから、質問と選択肢を聞いて、1から4の中から、最もよいものを一つ選んでください。

1番　高校の先生が話しています。

男：みなさん、これから進路についての紙を配ります。大学に進学する人はこの紙に文系と理系のどちらに進学するのかを書いてください。大学で文学や法律や芸術などを勉強したい人はこの紙に文系と書いてください。大学で数学や物理学、生物学などを勉強したい人はこの紙に理系と書いてください。医者になりたい人も理系と書いてください。大学の受験をする時、文系と理系では試験科目が違うことがありますので注意してください。

先生はどんな話をしていましたか。

1　大学はたくさん問題をかかえている

2　進路の書き方についての注意点です

3　医者になりたい人は文系と理系に進む

4　文系よりも理系のほうが受験料が高い

▶正解：2

解題關鍵句：これから進路についての紙を配ります。大学に進学する人はこの紙に文系と理系のどちらに進学するのかを書いてください。

2番　部長が朝礼で話しています。

女：いよいよ、本日より夏の売り上げ強化キャンペンが始まります。2月同様、この時は年間を通して売り上げが一番落ちる時です。今度の活動で、各売り場の売り上げトップには社長賞が送られ、さらに、売上高上位4名には三泊四日の豪華海外旅行と社員割引券がプレゼントされます。皆さん、是非頑張ってください。それでは、本日もよろしくお願いします。

部長は何について話していますか。

1　海外旅行のコース

2　先月の売り上げとボーナス

3　社員割引券とその使い方

4　売り上げランキング上位者への褒美の仕方

▶正解：4

解題關鍵句：今度の活動で、各売り場の売り上げトップには社長賞が送られ、さらに、売上高上位4名には三泊四日の豪華海外旅行と社員割引券がプレゼントされます。

3番　大学の授業で先生が話しています。

男：ええ、では、最後に期末レポートについて説明します。まず、テーマなんですが、「中国進出日系企業の競争力について」書いてください。ええと、横35文字、縦40行の書式、A4サイズで、5枚程度でお願いします。もし、グラフとかアンケート用紙とかありましたら、後ろに添付してください。もちろん、レポートは添付資料を入れずに5枚です。後、大切な注意点ですが、他人の内容を引用する時は、必ず作者、本の題名、出版社、ページなどを明記すること。そうじゃないと盗作になりますんで、零点とします。必ず気をつけてください。

先生は、レポートのどこを強調していますか。

1　レポートのテーマ

2　レポートの書式

3　レポートの参考文献

4　レポートの枚数

▶正解：3

解題關鍵句：後、大切な注意点ですが、他人の内容を引用する時は、必ず作者、本の題名、出版社、ページなどを明記すること。そうじゃないと盗作になりますんで、零点とします。必ず気をつけてください。

4番　ニュースでバッグ売り場の店員が話しています。

女：これまでは、ナイロンや綿などのバッグは若い人たちにしか人気がありませんでしたが、今年の春、ナイロン製バッグの売り上げは革製バッグを上回りました。昔は、ナイロン製バッグだと安いイメージがしました。今は、デザインも色もいい高級ブランド品がたくさん出ているので、中高年の女性にまで気軽に季節や服に合わせてコーディネートできるようになりました。また、同レベルの革製バッグに比べると、値段も手頃だし、軽いという魅力的なところがあるからなのではないでしょうか。

バッグ売り場の店員は何について話していますか。

1　バッグの歴史

2　ナイロン製品のメリットとデメリット

3　ナイロン製バッグが人気ある原因

4　バッグの種類

▶正解：3

解題關鍵句：これまでは、ナイロンや綿などのバッグは若い人たちにしか人気がありませんでしたが、今年の春、ナイロン製バッグの売り上げは革製バッグを上回りました。

5番　不動産会社の担当者がある学生にアパートの説明をしています。

男：こちらの物件は駅からちょっと遠いですが、ご予算よりは500円ほど安くなります。部屋は日当たりのいい南向きで、割りに広めです。布団を頻繁に干したり、洗濯の好きな人には良いですね。近くに、大きなデパートは無いけど、スーパーや料理屋さんやコンビニや公園などはあるんです。この辺りは静かで勉強するのにもいいんですね。何といっても、ここでしたら学校から歩いて10分程度ですからね。どうでしょうか。

担当者は、このマンションのどこを強調していますか。

1　予算より安いこと

2　学校から近いこと

3　日当たりがいいこと

4　静かなこと

▶正解：2

解題關鍵句：何といっても、ここでしたら学校から歩いて10分程度ですからね。

6番 テレビで女の人が話しています。

女：人工知能が搭載された人型ロボットを街やニュースで見かける機会も多くなってきました。人工知能の進歩に伴い、より生活が豊かになることが期待される一方、新しいテクノロジーに対する不安はまだ払拭されていません。今後、人工知能の利用方法や人間とロボットの共存についてさらなる議論が必要であり、その議論のために人工知能の基礎知識やロボットを動かすアルゴリズムを学習しておくと良いでしょう。インターネット・アカデミーでは人工知能の基礎となるプログラミングから人工知能の発展的な知識まで、さまざまなことに関する講座を開催しています。興味がある方はぜひ無料体験レッスンにご参加ください。

女の人は何について話していますか。

1　人工知能に対する不安

2　人工知能の利用方法

3　人間とロボットの共存についての議論

4　人工知能に関する知識などの学習

▶正解：4

解題關鍵句：今後、人工知能の利用方法や人間とロボットの共存についてさらなる議論が必要であり、その議論のために人工知能の基礎知識やロボットを動かすアルゴリズムを学習しておくと良いでしょう。

問題4では、問題用紙に何も印刷されていません。まず、文を聞いてください。それから、それに対する返事を聞いて、1から3の中から、最もよいものを一つ選んでください。

1番 午後からお客さんが来るので、ここを掃除しておいてください。

1　分かりました。じゃあ午後から掃除しても大丈夫ですね。

2　はい、ではお客さんが帰った後に掃除をいたします。

3　分かりました。ではすぐに取り掛かります。

▶正解：3

2番 彼は首相の器じゃないよね。

1　そうだね。これといった取り柄がないからね。

2　そうだね。素晴らしい方だからね。

3　そうだね。首相に相応しい方だね。

▶正解：1

3番　何だ、このあり様は？　部屋中、散らかしっ放しじゃないか。

1　ええ、この有様でいいですね！

2　ごめん、すぐ片付けるから。

3　へえ、広い部屋ですね。

▶正解：2

4番　今回のレコード即売会は出かけたかいがあったよ。念願のビートルズの古いアルバムが手に入ったからね。

1　えっ、本当ですか。宿願がかなったね。

2　えっ、本当ですか。残念ですね。

3　えっ、本当ですか。私も食べたいなあ。

▶正解：1

5番　話し方に注意しないと、誇り高い彼のことですから、やめかねませんよ。

1　ええ、やめるかもしれません。

2　ええ、やめないかもしれません。

3　ええ、やめたらどう？

▶正解：1

6番　お前って、本当にかわいげのない女だな。

1　本当ですか。ありがとう。

2　そんな言い方は失礼ですよ。

3　ええ、可愛いでしょう。

▶正解：2

7番　毎日遅くまで残業させられたんじゃたまらないよなあ。

1　残業させられる人の身にもなってほしいものだわ。

2　残業しなくてもかまいません。

3　残業しようがしまいが勝手です。

▶正解：1

8番 **夜中の3時にまた間違い電話で起こされちゃった。**

1　それはありがたいですね。

2　それは困りましたね。

3　それは惜しかったね。

▶正解：2

9番 **あのう、申し訳ございませんが販売課の森様をお願いしたいのですが。**

1　森は私ですが……

2　森様は私ですが……

3　私は森様ですが……

▶正解：1

10番 **何でそんな顔するんだよ。**

1　だって僕のケーキを食べただろう。

2　ただで済むんじゃない。

3　謝るもんじゃない。

▶正解：1

11番 **明日引っ越すことになってさ。**

1　そうか、残念だな。うれしくなる。

2　そうか、残念だな。紛らわしくなる。

3　そうか、残念だな。寂しくなる。

▶正解：3

12番 **ねえ、俺日焼けしたかな。**

1　真っ黒でびっくりしちゃった。

2　真っ青でびっくりしちゃった。

3　真っ先でびっくりしちゃった。

▶正解：1

13番 **悪いな、奢ってもらって。財布、だれかに盗まれたみたいでさ。**

1　大丈夫、ぼくに待たせて。

2　大丈夫、ぼくに言わせて。

3　大丈夫、ぼくに持たせて。

▶正解：3

14番 **ごめん、ノート写させてもらっていい。**

1　うん、別にいいよ。

2　うん、別に悪いよ。

3　うん、別にするよ。

▶正解：1

問題5では、長めの話を聞きます。この問題には練習はありません。メモを取ってもかまいません。

1番、2番

問題用紙に何も印刷されていません。まず、話を聞いてください。それから質問と選択肢を聞いて1から4の中から、最もよいものを一つ選んでください。

1番 **小栗さんと森さんが話しています。**

森　：小栗さん、ちょっといいですか。

小栗：はい、何ですか、森さん？

森　：実は日本人の先生からお茶の席に誘われたんですが、どんな服装で行けばいいのかって悩んでいます。

小栗：そうですね、正式には正装で行くのがいちばんいいんですが。まあ、森さんは外国人ですから、普通の着物で結構でしょう。

森　：そうですか。そのほかにまた何か注意点がありますか。

小栗：それに、お菓子を渡されてから食べ始めるタイミングです。「お菓子をどうぞ」と言われたら食べます。渡されてからすぐ口にすると、躾が悪いと思われますね。

森　：はい、気をつけます。

小栗：ああ、それに、正座をするから、スカートやジーンズなどはやめといてくださいね。

森　：はい、分かりました。どうもありがとうございました。

森さんはどんな服装で行きますか。

1　スカートで行きます

2　普通の着物で行きます

3　晴れ着で行きます

4　ジーンズで行きます

▶正解：2

解題關鍵句：そうですね、正式には正装で行くのがいちばんいいんですが。まあ、森さんは外国人ですから、普通の着物で結構でしょう。

2番　**男の人が事務所・店舗の選び方について話しています。事務所・店舗を構えるとき、何が一番大切ですか。**

男：みなさんは事務所・店舗を構えるとき、借りるか購入するか、どちらにしようと考えていますか。よほど資金に余裕があれば別ですが、一般的には、不動産会社などを通じて事務所を借りて商売を始めるのが普通でしょう。

事務所・店舗は、どの場所に開くかによって大きく商売に影響を及ぼします。とりわけ、店舗の場合、商売が成功するかどうかは場所によって成否の7割が決まってしまうなどといわれますので、場所選びには細心の注意が必要となります。あとは家賃です。物件によっては礼金がいらなかったりする場合もあるので、複数の不動産業者をあたって、なるべく多くの物件を見て、納得のいく条件の物件を選びましょう。

保証金や家賃などの費用負担を抑えたいのであれば、レンタルオフィスや、ベンチャー企業などを入居対象にしたインキュベーション施設を利用するのも、ひとつの方法です。いずれも一般的に保証金や賃料が安価に設定されています。都心などのビジネスに便利な場所に、比較的安い費用で事務所等を構えることができますので、一考の価値はあると思います。

事務所・店舗を構えるとき、何が一番大切ですか。

1　場所です

2　家賃です

3　資本金です

4　店員です

▶正解：1

解題關鍵句：事務所・店舗は、どの場所に開くかによって大きく商売に影響を及ぼします。とりわけ、店舗の場合、商売が成功するかどうかは場所によって成否の7割が決まってしまうなどといわれますので、場所選びには細心の注意が必要となります。

第二回

3番　まず話を聞いてください。それから二つの質問を聞いて、それぞれ問題用紙の1から4の中から最もよいものを一つ選んでください。

3番　病院の先生が話しています。夕食後には、何錠薬を飲みますか。

先生：お薬が四種類あります。ブルーと白いカプセルは食後に2錠ずつお飲みください。一日3回です。それからこのピンクの錠剤は昼ごはんの前にご服用ください。一日1回だけです。それからこの灰色の錠剤は朝晩2回、食後に2錠お飲みください。どれも6日分ですので、飲み終わってもまだ治らないようでしたら、またお越しください。

質問1　夕食後には、何錠薬を飲みますか。

1　6錠

2　5錠

3　4錠

4　3錠

▶正解：1

解題關鍵句：ブルーと白いカプセルは食後に2錠ずつお飲みください。一日3回です。
それからこの灰色の錠剤は朝晩2回、食後に2錠お飲みください。

質問2　灰色の錠剤は一日に何錠飲みますか。

1　2錠

2　3錠

3　4錠

4　6錠

▶正解：3

解題關鍵句：それからこの灰色の錠剤は朝晩2回、食後に2錠お飲みください。

全真模擬答案解析
第三回

★ 言語知識（文字・語彙・文法）・読解

★ 聴解

第三回

言語知識（文字・語彙・文法）・読解

問題1

1 **答案：4**

譯文：「把燈關了！」這種講法帶有命令語氣，不利於建立和諧的人際關係。

選項1　無此詞

選項2　無此詞

選項3　無此詞

選項4　指図（さしず）：指示，命令

2 **答案：3**

譯文：回家後身體好像不太舒服。流鼻涕，頭痛，渾身發冷。

選項1　寒気（かんき）：寒冷，寒潮

選項2　無此詞

選項3　寒気（さむけ）：打冷顫

選項4　気配（けはい）：氣息

3 **答案：2**

譯文：通常人們認為經濟發展了，文化就會繁榮，但也有人持相反的看法，即以文化促進經濟繁榮。

選項1　訴える（うったえる）：控告，呼籲

選項2　栄える（さかえる）：繁榮，興盛

選項3　聳える（そびえる）：聳立

選項4　凍える（こごえる）：凍僵

4 **答案：2**

譯文：無論教師多麼喜歡學生，若得不到家長的好評，也很讓人難受。

選項1　さりげない：若無其事，毫不在意

選項2　切ない（せつない）：悲傷的

選項3　ぎごちない：拙劣的

選項4　拙い（つたない）：笨拙的

5 **答案：1**

譯文：更何況，若是背信棄義，那麼連神仙也不會幫忙了。

選項1　背く（そむく）：違背

選項2　赴く（おもむく）：前往
選項3　叩く（たたく）：揍，敲打
選項4　住み着く（すみつく）：定居

6　**答案：2**
譯文：在這所豪宅裡，優雅的夫人端莊地迎接他的到來，連兩個侄女都出來相迎了。
選項1　健やか（すこやか）：健康的，茁壯的
選項2　淑やか（しとやか）：端莊賢淑
選項3　しなやか：柔軟的
選項4　速やか（すみやか）：迅速

第三回

問題2

7　**答案：2**
譯文：賣保險時，不少情況下是丈夫先動心的，那接下來我們怎麼説服他的妻子就成為最大的問題。
選項1　納得（なっとく）：理解，信服
例 納得のいく説明／令人信服的説明
選項2　説得（せっとく）：勸説
例 説得してやめさせる。／勸阻。
選項3　損得（そんとく）：得失，利害
例 損得を考えない。／不考慮得失。
選項4　買得（かいどく）：划算
例 一山で200円なので買得だ。／一堆才200日圓，真划算。

8　**答案：3**
譯文：參賽作品不會返還，被選中將贈送紀念品。
選項1　交付（こうふ）：（國家或政府）頒發
例 免許を交付する。／發放駕照。
選項2　恵贈（けいぞう）：饋贈
例 貴重な図書を恵贈してくださった。／饋贈珍貴的圖書給我。
選項3　進呈（しんてい）：贈送
例 無料進呈／免費贈送
選項4　追贈（ついぞう）：死後加封
例 正一位（しょういちい）を追贈された。／追封為正一品。

9　**答案：1**

譯文：開幕時，為了突出活動的盛大，影像、聲音需要配合典禮的節奏放慢速度，並且要格外考慮美感。

選項1　セレモニー：典禮

例 セレモニーに出席する。／出席典禮。

選項2　セメント：水泥

例 セメントの建物／水泥建造的建築物

選項3　ストライキ：罷工

例 ストライキが起きた。／罷工了。

選項4　ストロー：吸管

例 ストローで牛乳を飲む。／用吸管喝牛奶。

10　**答案：1**

譯文：這家店很有品味，我還想再來一次，慢慢享受一下。

選項1　じっくり：慢慢地，仔細地

例 じっくりと豚肉を煮る。／慢燉豬肉。

選項2　しっとり：沉著；濕潤

例 しっとりした物腰／態度淡定自若

選項3　すんなり：順利；纖細

例 すんなり勝つ。／輕而易舉地獲勝。

選項4　しんなり：柔軟

例 野菜をしんなりする程度にゆでる。／把蔬菜燙軟。

11　**答案：2**

譯文：專欄特別報導了「家庭暴力」的問題，收到很多讀者的回饋。

選項1　取り締まる（とりしまる）：管束，管理

例 飲酒運転を取り締まる。／取締酒駕。

選項2　取り上げる（とりあげる）：報導，提出

例 新聞はその事件を一面で取り上げた。／報紙在頭版報導了那個事件。

選項3　取り外す（とりはずす）：卸下來

例 機械の部品を取り外す。／拆下機械零件。

選項4　取り寄せる（とりよせる）：送來

例 紹介資料を取り寄せた。／請對方寄介紹資料來。

12　**答案：3**

譯文：如果趕不上最後一班電車，就只能搭計程車回去了，所以要做好大量超支的心理準備。

選項1　資金（しきん）：資金

例 資金を調達して会社を作りたい。／想籌措資金開公司。

選項2 資産（しさん）：資產

例 資産のある家に生まれた。／生在富貴人家。

選項3 出費（しゅっぴ）：花費，開銷

例 物価高で出費が嵩む。／物價攀升令開支增多。

選項4 実費（じっぴ）：實際費用，原價

例 会社が実費を負担する。／由公司實報實銷。

13 答案：2

譯文：進軍海外市場需要制定周密的計畫。

選項1 零細（れいさい）：零碎，零星

例 零細な時間／零碎的時間

選項2 綿密（めんみつ）：周密的

例 綿密に捜査する。／仔細搜查。

選項3 繊細（せんさい）：細膩的

例 繊細な感覚が必要だ。／必須有細膩的感覺。

選項4 濃密（のうみつ）：濃密的

例 濃密な関係／親密關係

問題3

14 答案：1

譯文：A國是世界上最大的銅出口國，曾控制B國市場上銅的行情。

考 點 相場（そうば）：價格，行情

選項1 價格，行情

選項2 市場價格大起大落

選項3 社會評價

選項4 大體預測

15 答案：1

譯文：原則上需要寫上保險人的名稱，不需要的情況下不寫也無妨。

考 點 差し支え（さしつかえ）：妨礙，障礙

選項1 成為障礙

選項2 顯而易見

選項3 方向反了

選項4 無意間，不露聲色

16 答案：3

譯文：我無論多忙，每天晚上都會認真讀報紙。

考 點　丹念に（たんねんに）：仔細地，精心地

選項1　發呆，走神

選項2　略微，稍微

選項3　認真地，精心地

選項4　粗略地

17　**答案：1**

譯文：沒有仔細詢問就在護照上給我蓋了個章，出境手續順利辦完了。

考 點　すんなり：順利地

選項1　順利進行

選項2　進展緩慢

選項3　眨眼間

選項4　很磨蹭

18　**答案：2**

譯文：在當地，藥品不足確實也是緊迫的問題，我們想盡可能地幫助他們。

考 點　切実（せつじつ）：緊迫的

選項1　準確無疑

選項2　緊迫的

選項3　確實發生過的事

選項4　無任何危險地舉行

19　**答案：1**

譯文：現在想一想，父親既沒有粗魯地對待媽媽，也無男尊女卑的思想。

考 點　ぞんざい：粗魯地

選項1　粗魯地

選項2　毫不顧忌地

選項3　過分認真地

選項4　不輕易聽從

問題4

20　**答案：3**

譯文：搬運玻璃製品需要格外注意。

考 點　細心（さいしん）：謹慎

選項1　替換為：心細い（心裡沒底）

選項2　替換為：細部（細微部分）

選項3　正確選項

選項4　替換為：詳細（詳細）

21　答案：2

譯文：腳上一直困擾著我的凍傷，在朋友的照料和持續的好天氣下，差不多痊癒了。

考 點　全快（ぜんかい）：康復

選項1　替換為：迅速（迅速）

選項2　正確選項

選項3　替換為：迅速（迅速）

選項4　替換為：迅速（迅速）

22　答案：4

譯文：「今天要跟女朋友約會吧？」隆明被一語道破，臉紅到了耳根。

考 點　ずばり：一針見血，一語中的

選項1　替換為：集い（集會）

選項2　替換為：集まって（聚在一起）

選項3　替換為：頻り（頻繁地）

選項4　正確選項

23　答案：2

譯文：那些有錢人啊，整桌子的大魚大肉，沒吃幾口就全部扔掉了。

考 點　ずらっと：排成一排的樣子

選項1　替換為：ずっと（更加）

選項2　正確選項

選項3　替換為：ちょっとした（一點點）

選項4　替換為：急に（突然）

24　答案：2

譯文：剛結婚的男性跟其他女性殉情，僅僅這一點就已經是醜聞了。

考 點　心中（しんじゅう）：殉情

選項1　替換為：心臟（心臟）

選項2　正確選項

選項3　替換為：心臟（心臟）

選項4　替換為：心臟（心臟）

25　答案：4

譯文：既然學了外語，就必須講得流利。

考 點　すらすら：流利

選項1　替換為：天真爛漫な（天真爛漫）

第三回

選項2　替換為：いらいら（著急）
選項3　替換為：せいぜい（頂多）
選項4　正確選項

問題5

26　**答案：2**

譯文：我心中最期待的是營養午餐體驗。因為最後一次吃營養午餐已是二十多年前的事了，因此心中無限感慨。

選項1　「～にあって」表示「身處……的情況下」，與「で」、「において」有時可以互換。

例 この不況下にあって、再就職は難しい。／在不景氣的大環境下，再就業很難。

選項2　「～とあって」表示「因為……的狀況」之意，前後句子是因果關係。

例 冬休みが始まるとあって、学生たちは嬉しそうだ。／因為要放寒假了，所以學生們很開心。

選項3　「～と（が）あいまって」表示兩個因素一起相互作用，產生了某個好的結果，可譯為「……與……相結合」。

例 天分と努力とがあいまって成功した。／天分加努力，才獲得了成功。

選項4　「～とあれば」表示「如果……」、「要是……」，前後句子是假設關係。

例 あなたのためとあれば、私は死ぬことだってできる。／如果是為了你，我死也情願。

27　**答案：4**

譯文：男人們衣衫襤褸，抽著菸。看起來都才20歲左右，這麼年輕就開始抽菸可真不像話。

選項1　「～というべきだろう」表示「應該這麼說吧」。

例 この曲は「音楽の中の音楽」というべきだろう。／這首曲子可說是「音樂中的音樂」。

選項2　「～といったはずだろう」無此語法，相似語法「といったはずだ」表示「我應該說過……」。

例 来るなといったはずだ。／我記得告訴過你不要來了。

選項3　「～ということだろう」表示「也就是……」。

例 社会人になるとは責任ある大人になるということだろう。／進入社會就是要變成能承擔責任的大人吧。

選項4　「～といったところだろう」用於説明處在該階段時的狀況，表示「差不多……」、「也就是……的程度」。

例 英語ができるといっても、日常会話といったところだろう。／説是會英語，但也不過是會一些日常會話。

28 答案：3

譯文：（別人）可能無法理解為什麼要花那麼多錢在那些髒兮兮的書上，實際上找尋很久的書到手時的喜悅是難以言表的。

選項1　「～にすぎない」表示程度，含有説話者輕視的語氣，譯為「不過是……」。

例 僕の推測にすぎない。／只不過是我的推測。

選項2　「～にほかならない」表示強烈的斷定，即「不是別的，正是……」之意。

例 私たちが与え合っているのは愛にほかならない。／我們相互給予的正是愛。

選項3　「～といったらない」強調程度極端，表示「……得難以形容」、「沒有比……更……」。

例 北海道の寒さといったらない。／北海道冷得不得了。

選項4　「～でなくてなんだろう」用反問的形式表示説話者強烈的感歎、感慨，表示「不正是……嗎」。

例 命を捨てるまで彼女を救う行為は愛でなくてなんだろう。／拚命去救她的行為不正是愛嗎？

29 答案：1

譯文：每每弟弟一説要尿尿，我就要立刻帶他奔向廁所。原以為終於可以鬆口氣了，又換妹妹們鬧起脾氣，得花好一番功夫才能哄好她們。

選項1　「～と思いきや」意為「原以為……」。

例 先生が来たと思いきや、なんだ友達なんだ。／本以為老師來了，沒想到是朋友過來了。

選項2　「～ともなると」強調一到某個特殊時期或階段就出現與往常不同的狀態，譯為「如果是……的話會……」。

例 総理大臣ともなると、発言に気をつけなければならない。／如果當上了總理大臣，就得注意自己的發言。

選項3　「～とはいえ」表示後項的結果與前項中所預想或期待的事不一致，譯為「雖説……（但是……）」。

例 もう春だとはいえ、まだ寒い。／雖説已經是春天了，但還是很冷。

選項4　「～とあれば」表示假設，意為「要是……」。
例 社長命令とあればなんでもする。／
只要是社長的命令，我什麼都做。

30　**答案：2**

譯文：社長也好，專務董事也好，這家公司的幹部淨是些死腦筋的人。

選項1　「なり／なり」一般列舉兩個同屬一組的人或事物，意為選擇其中之一，稍帶有強迫的意思。譯為「或是……或是……」。
例 うどんなり、そばなり、好きなのを注文しなさい。／烏龍麵也好，蕎麥麵也好，想吃什麼隨便點吧。

選項2　「といい／といい」列舉例子中的其中兩項，譯為「不論……還是……」。
例 雰囲気といい、立地といい、とてもいい店だ。／這家店不論是氣氛還是地段都不錯。

選項3　無此語法。單個「とも」表示「當然……」。
例 行くとも。／當然要去。

選項4　「というか／というか」表示不確定，可譯為「該說……呢，還是……呢」。
例 水くさいというか、恥ずかしいというか、彼はとかく顔が赤くなるほうだ。／該說他是見外，還是該說他靦腆呢？反正他動不動就臉紅。

31　**答案：2**

譯文：雖說已經進入暑假了，但是我沒有外出的打算，生活跟平時沒有多大改變。

選項1　「～ところだった」前接動詞原形，表示「差一點……」。
例 遅刻するところだった。／差點就遲到了。

選項2　「～とはいうものの」表示與前項中所預想或推測到的事態不相符，譯為「雖然……但是……」。
例 近いとはいうものの、歩いて30分はかかる。／雖然近，但是步行也要走30分鐘。

選項3　「～までもなく」前接動詞原形，表示「不必……」。
例 言うまでもなく、日本は安全の国だ。／
日本很安全，這點無須說明。

選項4　「～あげく」前接動詞た形，一般後面接前項事態所帶來的不良結果，譯為「結果……」。
例 悩んだあげく、行かないことにした。／經過一番掙扎，最終決定不去了。

32 答案：1

譯文： 說起我老婆，只要我沾一點酒她就嘮叨個不停，我只好像這樣在外面喝了。

選項1　「～ときたら」多用於表達對對方的責難、不滿、憤怒等情緒，屬於負面評價。

例 息子ときたら、全然勉強しない。／我兒子啊，根本不念書。

選項2　「～といったら」表示提起話題時，帶有說話者感慨、吃驚、失望等語氣，類似的用法還有「というと／といえば」。

例 桜といったら、染井吉野（そめいよしの）ですね。／說到櫻花，還是染井吉野這個品種最美麗。

選項3　「～とはいっても」的類似用法有「～といえども」，表示後項內容有悖前項陳述事態，譯為「雖說……可是……」。

例 子供だとはいっても、しつけが必要だ。／雖說是孩子，但也需要教育。

選項4　「～ともあろう」表示所作所為與其具有的地位、能力等不符，帶有批評、譴責的語氣，一般用法如「大学の学長ともあろう者」，在本題中透過接續法便可排除。

例 大学の教授ともなろう者が、こんなに見事に騙されるとは。／沒想到堂堂的大學教授，竟被騙得團團轉。

33 答案：4

譯文： 男人和站在那裡的工作人員用中文說了幾句話之後又折回了車裡，像是在說自己的工作已經完成了。

選項1　「～ともなしに」前接動詞或疑問詞，表示無意中做某事或不能確定某個時間、地點、人或物等，譯為「無意中……」、「不知……」。

例 見るともなく外を見たら、昔の恋人だった。／不經意往外一看，看到了以前的戀人。

選項2　「～ものか」前接動詞原形，表示強烈的否定，譯為「豈能……」、「絕對不會……」。

例 彼なんかに分かるものか。／他豈會明白！

選項3　「～ばかりか」先提出程度較低的表述，然後再追加程度較高的表述，譯為「不僅……而且……」。

例 それはナンセンスであるばかりか、危険である。／不僅無意義，還很危險。

選項4　「～とばかりに」表示「儼然是說……」之意，後續多為表示勢頭強勁或程度很高的話語，屬於書面語。

第三回

例 妹は「待っていた」とばかりに、空港まで迎えに来てくれた。／妹妹一副期盼已久的樣子，親自到機場迎接我。

34 **答案：3**

譯文：做了又毀，毀了又做，終於做出令人滿意的作品。

選項1　「なら／なら」無此語法。

選項2　「ば／ば」無此語法。

選項3　「ては／ては」表示動作的重複。

例 食べては寝、食べては寝る。／吃了睡，睡了吃。

選項4　「～ても」表示轉折，不符合題意。

35 **答案：1**

譯文：如今在社會上引起軒然大波的公司醜聞，他身為社長可無法説自己毫不知情。

選項1　「～ではすまされない」前接動詞，表示「……的話不行吧」、「僅僅……不算完」。

例 冗談ではすまされない発言をすれば、本当の喧嘩になりかねない。／玩笑開得太過分的話，有可能真的打起來。

選項2　「～ならそれまでだ」表示如果變成前項這種情況的話，就完了。

例 せっかくの旅行も雨なら、それまでだ。／難得要去旅行，要是碰上下雨就全泡湯了。

選項3　「～にかたくない」前接假定形式，表示「不難……」。

例 想像にかたくない。／不難想像。

選項4　「～といわんばかりだ」表示雖然沒有説出口，但是神態、表情已經表現出想説的話。可譯為「那樣子好像是説……」。

例 怒った先生は「出て行け」といわんばかりに僕を睨んだ。／老師憤怒地瞪著我，好似在説「滾出去」。

問題6

36 **答案：1**

原句：美容整形は3 当たり前の　2 外国でも　1 カメラの前に出ることは　4 まだまだタブーで賛否両論、世間はどよめいた。

譯文：即使在美容整形已司空見慣的外國，整形的人還是很忌諱在鏡頭面前拋頭露面，是否贊成美容整形的討論曾在社會上掀起了軒然大波。

解析：本題中無任何特殊句型，注意「当たり前の」的位置即可。

37 **答案：4**

原句：この構想は2 当時に　1 あっては　4 まだ技術的に　3 困難な面が多く、すぐには実現しなかった。

譯文：這個想法由於當時在技術上還存在很多困難，因此沒能馬上實現。

解析：本題中出現的句型「～にあって」表示「身處……情況下」，常帶有說話者自己的主觀感受。

38 答案：4

原句：いよいよ大学に入ってから最初の春休みだ。英語学習が始まってから二ヵ月の間、1 遊びらしい　3 遊びをしていなかった　4 僕は、2 例年にもまして有頂天になった。

譯文：馬上到了進大學後的第一個春假，開始學英語後的兩個月裡，我幾乎沒怎麼玩樂，因此比往年更加興奮。

解析：此處的「～にもまして」表示與前項相比，後項程度更甚的意思，譯為「比……更……」。

39 答案：3

原句：人間の子どもは2 手厚い保護　4 なくしては　3 数日を　1 生き延びることすらできない。

譯文：人類的孩子若是少了精心的呵護連幾天都活不過。

解析：本題出現的句型「～なくしては」前接名詞，表示「如果沒有……」，後項一般是很困難的事態。相當於口語中的「～がなかったら」。

40 答案：3

原句：「あたしが4 この前みたいに　2 したって、3 お父さんが　1 治るかどうかは……」
「分かってる。分かってるんだ、あの幸運がすべて偶然かも知れないことは。だけどもう他に、頼れるものがない。」

譯文：「就算我按上次那樣來做，父親的病能否治癒還（不清楚）……」、「我明白。我知道那次或許只是運氣好。可是，除此之外也別無他法了啊！」

解析：本題中出現的句型「～にしたって」的類似用法有「～にしたところで」，表示「即使……（也）……」。

問題7

41 答案：4

選項：1 所有的　2 所有的　3 既然　4 幾乎

譯文：被移動的東西，幾乎不會因場所的變動而受到影響。

解析：解題關鍵句是後半句，從歐洲搬來的桌子，到達日本的瞬間就能發揮其應有的作用。桌子的性質未發生變化。所以選項4「幾乎不受影響」為正確選項。

42 **答案：2**

選項：1 疏忽　2 原封不動　3 必定　4 厭倦了

譯文：國外剛開始流行或受重視的學問、藝術，馬上會被照搬過來。

解析：「そのまま持ってくる」為解題關鍵句，意為「保持原狀、原封不動」，選項2符合題意。

43 **答案：1**

選項：1 植物性移動　2 物理性移動　3 動物性移動　4 時間性移動

譯文：像文化這樣有生命的東西，其移動是植物性移動，也就是說必須是「移植」。

解析：「移植」一詞是解題關鍵字，只有植物才用移植，需要在新的地方生根發芽。移動之前，還要考慮根部的完整、移植的地點和時期，所以選項1為正確答案。

44 **答案：1**

選項：1 不被說　2 被說　3 即使被說　4 即使說

譯文：在文化方面，不也是如此嗎？

解析：「ない+だろうか」表示肯定，譯為「難道不是嗎」。此處「こと」做主詞，只能用被動語態，因此正確答案為選項1。

45 **答案：3**

選項：1 理所當然　2 自不必說　3 別說　4 有

譯文：別說等8年了，等3年都會落後於時代。

解析：選項1、選項2意思相同，可以先排除。選項4是需要的意思，不符合題意。選項3「AはおろかB」表示「別說A了，就連B……」，符合題意，為正確答案。

問題8

46 **答案：4**

解析：本題測驗文章的主要觀點。解題關鍵句為「愛煙家の好みは尊重したい」、「非喫煙者の好みも尊重されるべきだろう」，不但要尊重吸菸者的愛好，也要尊重不吸菸的人的愛好。選項4兩者兼顧，為正確答案。

47 **答案：3**

解析：文中提到網路是交流的世界，不但可以接收資訊，也可以發送資訊。解

題關鍵句是「情報を流す側とそれを受け取る側のコミュニケーションで成り立っています」，由此可知正確答案為選項3。選項1、選項2、選項4只講到一個方面，故排除。

48 **答案：2**

解析：本題是商務文書類考題。重要內容一般在第二段和第三段，第二段告訴對方自己目前正在整理上次的統計資料，第三段希望平成醫院兒童支援中心的負責人協助調查，所以選項2是正確答案。選項4只是存在的可能性，不是既定事實，無須道歉。

49 **答案：4**

解析：本題測驗文章的主要觀點，文章談到日本實現了經濟上的富裕，但是與家人一起度過的時間變少。解題關鍵句為「家族で出掛ける程度で家事育児をやる余裕はまったくなし」，選項4好處和壞處都提到了，為正確答案。

問題9

50 **答案：1**

解析：本題為作者觀點態度類題型。解題關鍵句為「争いはいよいよこじれ、外国とは逆に、取り返しがつかないことになる」，由此可知，如果不道歉的話，會引起紛爭，造成無法挽回的損失。選項1符合文章主旨。

51 **答案：4**

解析：問題是「作者為什麼若有所思？」解題關鍵句為「そんな文句が常套語になっていたのである」，作者認為「對不起」這句話已經成為客套話，道歉者可能並非真的覺得內心過意不去，實際上無助於解決問題，選項4為正確答案。

52 **答案：2**

解析：本題是文章主旨類題型。選項1對應的是「寛容さがあり」這一句，故排除。選項3後半句不符合日本實際情況，故排除。選項4是個人的事情，與警察無關。「いい加減さ」指的是「自說自話」，選項2為正確答案。

53 **答案：2**

解析：本題為理由原因類題型。選項1後半句明顯錯誤，故排除。選項3關於資訊變化的速度和人變化的速度，文章未進行比較，故排除。選項4後半句不正確，故排除。選項2為正確答案。

54 答案：3

解析：選項1錯在文章未涉及大腦接收外部資訊進行分析一事，故排除。選項2同樣未涉及，故排除。選項4前半句不正確。解題關鍵句為「『個性』ではなく、『共通性』を追求します」，因此選項3為正確答案。

55 答案：3

解析：解題關鍵句是「私たちは日々変化しています」，選項3符合文章主旨，為正確答案。選項1、選項2人不變化這一說法不符合文章主旨，故排除。選項4中的「資訊每天都在發生變化」不符合文章主旨。

56 答案：1

解析：文章評論了電車內吃東西、化妝、不讓座給老人等不文明的行為，這些都屬於社會準則的範疇。選項1包含了三個方面，而選項2、選項3、選項4只是其中的一個問題，所以正確答案為選項1。

57 答案：4

解析：根據前後句的意思，判斷其邏輯關係。最後一段前半句說「必須時刻在意別人眼光的社會讓人感到壓抑」，後半句說「目前社會上一些行為氾濫，讓人瞠目結舌，應該想想辦法了」。前後句是轉折關係，選項4為正確答案。

58 答案：2

解析：本題測驗考生細讀文章的能力。選項1和選項3都是社會準則允許的正常行為，首先排除。選項4意為「看到別人的眼神，就覺得呼吸困難」，與文章無關。選項2「老人站在旁邊，卻視而不見」符合文章主旨，為正確答案。

問題10

59 答案：1

解析：「深遠」是「含義深刻」的意思，「重厚」是「沉著、冷靜」的意思，「真剣」是「認真」的意思，「浅薄」是「淺薄」的意思。綜上所述，選項1為正確答案。

60 答案：2

解析：本題為理由原因類題型。為什麼失敗是必要的？選項1、選項4的後半句不正確，故排除。選項3只是陳述客觀事實，並非解釋原因，故排除。根據解題關鍵句「実は新たな創造の種となる貴重な体験なのです」可知，選項2為正確答案。

61 **答案：3**

解析：解題關鍵句為「『失敗しないこと』を学ぶ方法ばかりです」，選項3為正確答案。選項1、選項2在陳述客觀事實，不是對原因的解釋，故排除。選項4失敗與否同是否使用「この言葉」無關，後半句不正確，故排除。

62 **答案：4**

解析：本題為文章主旨類題型。選項1誤導性比較大，但是「不管三七二十一，反覆失敗最重要」這種說法不正確，故排除。選項2後半句不正確，故排除。選項3太片面。綜上所述，選項4為正確答案。

問題11

63 **答案：3**

解析：選項1、選項2是第二篇文章中涉及的內容，第一篇沒有，故排除。選項4「沒有個人資訊，就不會追究責任」這種說法本身就不正確，不符合文章大意。選項3為正確答案。

64 **答案：3**

解析：選項1「公開個人資訊」與文章不符，故排除。選項2後半句「無論說什麼都無所謂」不正確，故排除。選項4後半部分「算不算中傷，其判別因人而異」是第一篇文章的內容。選項3為正確答案。

65 **答案：1**

解析：選項2後半句不正確，文章沒有涉及，先排除。選項3把第一篇文章的內容和第二篇文章的內容搞反了。選項4後半句不正確，故排除。根據排除法，選項1為正確答案。

問題12

66 **答案：4**

解析：從地方進東京，一般用「上京」這個說法，選項4為正確答案。「参る」為「行く」的自謙語，為無關詞彙。選項2「站起來」也是無關詞彙。文中已經有「回故鄉」的說法，可見作者家鄉不在東京，選項3可排除。

67 **答案：2**

解析：解題關鍵句為「バスを降りるとき、たいていの子供たちが言う『ありがとう』」，可見此處指的是乘客感謝司機，因此選項2為正確答案。

68 答案：2

解析：在東京所有的公車費用一様，上車時提前付費，而在作者老家，下車時付費。所以兩個地方相比較，在東京根本沒有時間向司機致謝，雖然效率高，但是人情味變得比較淡薄，選項2為正確答案。

69 答案：1

解析：解題關鍵句為「だから東京にいる。ホームシックのくせに。福井がすきでたまらないくせに。東京にいる」，作者離開故鄉到東京，在大城市格外思鄉，回到故鄉又想返回東京，故選項1為正確答案。

問題13

70 答案：4

解析：解題關鍵句為「必ず早急に保健センターまで申し出てください」，通知開始部分特別強調，無法體檢的話，請務必儘早通知保健中心，選項4符合通知內容，為正確答案。

71 答案：2

解析：解題關鍵句為「健康診断書を発行することは、できません」，根據通知內容，不參加學校體檢的話，即使自費在其他地方體檢，也無法領到體檢報告。選項2為正確答案。

聴解

問題1では、まず質問を聞いてください。それから話を聞いて、問題用紙の1から4の中から、最もよいものを一つ選んでください。

1番 **草薙さんと先生が話しています。草薙さんは何時に先生の研究室へ行けばいいですか。**

先生：草薙さん、新入生の名簿の入力が出来たから、午後、3時に研究室に取りに来てください。

草薙：はい、ありがとうございます。でも今から3時30分まで英語の授業なので……先生、今日の午後はずっと研究室にいらっしゃいますか。

先生：3時30分から会議があるから、その間2時間ぐらいいないけど。

草薙：そうですか。では、授業が終わってからすぐ伺います。あっ、でも今日は授業の後、秋祭りのスポンサーの人と約束があるんだ……

先生：会議の後、5時40分ぐらいに研究室に戻ります。時間が空いたときに来てください。

草薙：すみません、ありがとうございました。

草薙さんは何時に先生の研究室へ行けばいいですか。

1　3時です

2　2時半です

3　3時半です

4　6時ぐらいです

▶正解：4

解題關鍵句：会議の後、5時40分ぐらいに研究室に戻ります。時間が空いたときに来てください。

2番　男性と女性が話をしています。二人はこのあと、何をしますか。

男：大型連休って、退屈だな。

女：そうだね。

男：暇つぶしにちょっと本屋へ行ってみようか。

女：いいけど、でも昨日行ったばかりじゃない？

男：そうだな。じゃあ、新宿や渋谷など、繁華街に出かけてみる？

女：繁華街ねえ！　人ごみは苦手だから……

男：じゃあ、ずっと家でテレビを見るの？

女：いやだ。

男：はい……じゃあ、トランプは？　僕としては将棋か麻雀がいいんだけど。

女：トランプは昨日もやったし、もっと人がいたほうが楽しいわ。

男：そうだね、じゃ、将棋か麻雀ね。

女：そうね、将棋はよくやるけど、麻雀ってあまりやったことないし、よく分からないわ。

男：僕も麻雀はあまりやったことがないなぁ。君はどっちがしたい？

女：じゃあ、二人ともよくわかるほうにしましょうか。

男：じゃ、そうしよう。

女：そうね。私が勝たせてもらうけど。

男：そう簡単には勝たせないよ。

二人はこの後何をしますか？

1　将棋をします

2　麻雀をします

3　トランプをします

4　繁華街に出かけます

▶正解：1

解題關鍵句：じゃ、将棋か麻雀ね。
じゃあ、二人ともよくわかるほうにしましょうか。

3番　女の人が店員と話しています。女の人はどれを買いますか。

女：部屋に置く観葉植物がほしいんですが。

男：はい。どのようなのがよいでしょうか。

女：空気をきれいにして、電磁波も吸収してくれるのを。

男：はい。こんなのはいかがですか。葉の面積が広くて、二酸化炭素の吸収量が多い植物として、結構人気な観葉植物です。

女：これなんか、確かに大きいけれど、でもうちはウサギ小屋で……

男：そうですか。では、これだと。いかがでしょうか。葉の面積はそれほどでもないので。

女：うーん。葉のない植物はないんですか。

男：はい、ございます。このサボテンがパソコンのスクリーンから出る電磁波の対策に有効です。

女：じゃ、これにします。

女の人はどれを買いますか。

1　葉の大きい植物を買います

2　葉の小さい植物を買います

3　サボテンを買います

4　何も買いません

▶正解：3

解題關鍵句：このサボテンがパソコンのスクリーンから出る電磁波の対策に有効です。

4番 **ラジオの電話相談でアナウンサーが女の人の手紙を読んでいます。女の人の息子さんがよく学校を休む本当の理由は何ですか。**

女：では、次のお便りです。息子は中学三年になりますが、学校で試験など、自分のいやだと思うことがあると、その前の日当たりから落ち着かず、いらいらして、妹に当たったり、何か理由をつけて学校を休んでいます。先日の試験のときは、風邪気味とか何とか言って、休みました。お天気が悪いと言って休んだこともあります。甘い親だなと思われるかもしれませんが、息子が学校へ行かない時でも、それほど厳しい言い方はしませんが、ただただ「学校は行くものだから行きなさい」と注意するだけです。こういう息子の性格を直すにはどうしたらいいでしょうか。

女の人の息子さんがよく学校を休むほんとうの理由は何ですか。

1　学校で試験などのいやなことがあるからです

2　体の調子がよくないからです

3　お弁当を作ってもらえないからです

4　厳しい言い方はしないからです

▶正解：1

解題關鍵句： 学校で試験など、自分のいやだと思うことがあると、その前の日当たりから落ち着かず、いらいらして、妹に当たったり、何か理由をつけて学校を休んでいます。

5番 **男の人が話しています。若い水泳選手はどうするべきだと言っていますか？**

男：若い水泳選手が有名になるのはよしあしですね。注目されると応援してくれるファンも多くなるし、調子が悪いとマスコミからいろいろ言われ、非難の対象となってしまいます。若いうちは水泳に集中し、CMやTVに出るなと言われています。また、恋愛や遊びを犠牲にして水泳技術の向上に打ち込めと言う人もいますね。しかしそれでは犠牲があまりにも大きく、逆にプレッシャーとなり試合で結果が出なくなる恐れがあります。ですから有名になるのはいいですが、最低限、普通の人の生活を経験しておくべきだと思います。

若い水泳選手はどうするべきだと言っていますか？

1　CMやTVに出るべきではない

2　水泳のために恋愛を犠牲にすべきだ

3　積極的に応援すべきだ

4　人並みの生活を経験すべきだ

▶正解：4

解題關鍵句： ですから有名になるのはいいですが、最低限、普通の人の生活を経験しておくべきだと思います。

6番　**女の人が不動産屋で話しています。女の人はこのあと、いくら払いますか。**

女　　　：すみません。部屋を探したいのですが。

不動産屋：はい。どんな部屋がいいですか。ご希望を教えていただけませんか。

女　　　：静かで暖かい部屋がいいですが……

不動産屋：じゃあ、こちらの南向きの部屋はいかがですか。日当たりもよいし、風通しも良好ですよ。

女　　　：いいみたいですね。駅から近いですか。

不動産屋：徒歩で15分以内です。バスを利用すれば、5分ぐらいです。

女　　　：15分ですか。ぎりぎり徒歩圏ですねえ。雨の日なんかは大変です。

不動産屋：じゃあ、こちらは？　便利ですよ。駅から歩いて3分です。

女　　　：そうですね。ダイニングキッチンと和室が一つと洋室が二つですか。家賃は？

不動産屋：家賃は8万円ですが、初期費用は6ヶ月分です。礼金と敷金はそれぞれ2ヶ月分です。前家賃と仲介手数料はそれぞれ1ヶ月分です。

女　　　：高いですけど都心ですから仕方がありません。これにします。

女の人はこのあと、いくら払いますか。

1　32万円

2　48万円

3　24万円

4　40万円

▶正解：2

解題關鍵句： 家賃は8万円ですが、初期費用は6ヶ月分です。礼金と敷金はそれぞれ2ヶ月分です。前家賃と仲介手数料はそれぞれ1ヶ月分です。

問題2では、まず質問を聞いてください。そのあと、問題用紙の選択肢を読んでください。読む時間があります。それから話を聞いて、問題用紙の1から4の中から、最もよいものを一つ選んでください。

1番 **男の人が自分の就職活動の感想を言っています。この人が会社に入社できて一番の良かったことは何ですか。**

男：うーん、私がこの会社に入社してよかったことはいろいろありますが、まず、仕事を通じていろんなことを学べたことと、学生時代とは違い、いろんな年齢層や考え方を持った人と接し、そこそこ出世もし、職種も少しずつ変わっていき、さまざまな角度から物事を見ることが出来るようになったと言うことですかね。年齢のせいかも知れませんが、一番大きいのは生涯を通じて付き合える人ができたことかな。

この人が会社に入社できて一番の良かったことは何ですか。

1　いろんなことを学んだこと

2　いい友達ができたこと

3　物事を見ることができたこと

4　出世ができたこと

▶正解：2

解題關鍵句： 年齢のせいかも知れませんが、一番大きいのは生涯を通じて付き合える人ができたことかな。

2番 **男の人に環境問題についてインタビューをしています。環境のため男の人は何をしますか。**

女：すみません、ちょっとお時間よろしいですか。

男：あ、僕ですか。

女：はい。

男：いいですよ。

女：最近環境保護に対する意識が高まっていますが、会社ではどんなことに取り組んでいますか。

男：あ、そうですね。うちの会社では紙の量を減らすとか紙コップを使わないとかなどいろんなことをやっていますが、それがなかなか難しいですよ、たとえば、コピーの裏紙をメモ用紙に使ったり、できるだけ両面コピーをするようになっていますが、実際はみんながめんどくさかったり、どの紙がリサイクル用でどれが本当の書類かごちゃまぜになっちゃったりして、評判がよくないですよ。それで、個人的には会社での飲み物は専用カップを使って飲んでいます。ちゃんとやるんだったら、みんながやらないとって思うんですよ。

環境のため男の人は何をしますか。

1　紙の量を減らす

2　紙コップを使う

3　コピーの裏用紙を使う

4　専用カップを使う

▶正解：4

解題關鍵句：それで、個人的には会社での飲み物は専用カップを使って飲んでいます。ちゃんとやるんだったら、みんながやらないとって思うんですよ。

3番　女の人が大学時代の先生と話しています。女の人は今、何がもっとも大変だと言っていますか。

女：先生、ご無沙汰しております。

男：やあ、元気そうですね。どうですか、海外勉強のほうは。確か、東京の大学に入ったんでしたよね。初めての海外生活だと色々大変でしょう。

女：ええ。食べ物とか、人間関係とか、新しいことばかりで、慣れるのに苦労してます。それに、資格試験を受けることも義務なんですよ。毎日ひたすら勉強です。

男：そうでしょうね。周りは優秀な子ばかりですから、頑張らないといけませんねえ。

女：はい、頑張ります。しかし、担任の先生が早口で頭が痛いんです。

女の人は今、何がもっとも大変だと言っていますか。

1　食べ物に慣れること

2　人間関係

3　資格受験

4　早口な先生のレッセン

▶正解：4

解題關鍵句：しかし、担任の先生が早口で頭が痛いんです。

4番 **不動産屋での話しです。女の人はいくらお金を用意しなければなりませんか。**

不動産屋：どうですか。

メイ　　：借りようと思います。

不動産屋：じゃあ、この賃貸契約書に保証人の署名と印鑑を押してもらってください。印鑑証明書も一緒に持ってきてください。

メイ　　：お金はいくらかかりますか。

不動産屋：敷金、手数料、それに家賃がそれぞれ3万円。

メイ　　：あのう、30日には引っ越したいのですが。

不動産屋：それでは、その前に契約しましょう。その時にあなたの外国人登録証も忘れずに持ってきてください。

メイ　　：じゃあ、29日にしてください。

女の人はいくらお金を用意しなければなりませんか。

1　3万円

2　6万円

3　9万円

4　12万円

▶正解：3

解題關鍵句：敷金、手数料、それに家賃がそれぞれ3万円。

5番 **ラジオのニュースです。今年のりんごの収穫についての話題です。今年の収穫はどうですか。**

女：今年のりんごの収穫が今日から始まりました。この春先は雨が多く、気温の低い日が続いたため、一時はほとんど取れないのではないかと心配されていました。5月になってからは、暖かい日が続き、去年よりはいくぶん小さいながら、収穫量は去年とほぼ同じで、農家の人たちもほっとしているということです。

今年の収穫はどうですか。

1　去年よりかなりいいです

2　去年と大体同じです

3　去年よりだいぶ悪いです

4　ほとんど取れません

▶正解：2

解題關鍵句：去年よりはいくぶん小さいながら、収穫量は去年とほぼ同じで、農家の人たちもほっとしているということです。

6番　会社で男の人と女の人が森さんについて話しています。森さんはどうして楽しそうなのですか。

男1：おっ！　もう6時だ。じゃあお先に失礼。

女：ね、森さん、このごろずいぶん楽しそうだと思わない？

男2：そうそう。仕事が終わるとさっさと帰るだろう。

女：ガールフレンドでもできたのかな。

男2：そうじゃないよ。カーだよ、カー。あいつ最近買ったんだって。で、毎日乗り回してるらしいよ。

女：へえ。でも毎日じゃ、ガソリン代だって大変でしょうね。

男2：給料がいくら上がっても足りないなんていいながらさ。楽しそうにしてるよ。

森さんはどうして楽しそうなのですか。

1　仕事が暇だからです

2　ガールフレンドができたからです

3　給料が上がったからです

4　車を買ったからです

▶正解：4

解題關鍵句：そうじゃないよ。カーだよ、カー。あいつ最近買ったんだって。で、毎日乗り回してるらしいよ。

7番　男の人と女の人が話しています。男の人はなぜ怒っていますか。

女：新しい本を買ったの？

男：うん、インターネットで注文して買ったんだけど、今届いたばかり。それがちょっとね。

女：え、何、本がどうなったの？

男：うん、本の中がひどい状態で困ったよ、中のページが破れちゃって、もう、少しの汚れぐらいなら我慢できるけど。

女：まあ、私もこの前買ったんだけど、中の1ページが白紙だったのよ。1ページだからそのままにしたけど、そんな状態だったら換えてもらったら？

男：うん、そうするつもり、面倒だけど。

男の人はなぜ怒っていますか。

1　本が今届いたから

2　本のページが破れていたから

3　本が汚れたから

4　本の1ページが白紙だから

▶正解：2

解題關鍵句：うん、本の中がひどい状態で困ったよ、中のページが破れちゃって、もう、少しの汚れぐらいなら我慢できるけど。

第三回

問題3では、問題用紙に何も印刷されていません。この問題は、全体としてどんな内容かを聞く問題です。話の前に質問はありません。まず、話を聞いてください。それから、質問と選択肢を聞いて、1から4の中から、最もよいものを一つ選んでください。

1番　ある経営者が外国人社員に話しています。

女：最近、会社ではちょっとトラブルが起きたんですが。日本の常識では、何かトラブルが起きた時、自分が悪いと思っていなくても、まず「まことに申し訳ございません」と言ったほうがその後の人間関係がスムーズに運べます。つまり、謝る言葉は人間関係をよくする潤滑油のような作用があります。欧米などのように、先に謝ってしまうと、後で裁判になった際に法的責任を問われるというようなことはないので、ご安心ください。日本のビジネスの場では、「決して先に謝らない」という頑固な態度は傲慢な印象を与えるから、やめたほうがいいと思いますね。つまり、「郷に入っては郷に従え」ということですね。

この経営者の主張はどれですか。

1　日本の会社で仕事をする以上、日本の常識で問題に対応していかなければならない。

2　先に謝ることで法的責任を問われることがあるから、気をつけたほうがいい。

3　自分が悪いと思ったら、素直に謝る必要がある。

4　どの国においても、トラブルが起きた場合、先に謝るのが常識である。

▶正解：1

解題關鍵句：つまり、「郷に入っては郷に従え」ということですね。

2番　女の人が天気予報を伝えています。

女：それでは、天気予報をお伝えします。この一週間、東京は青空が広がり、さわやかの天気が続いていましたね。残念ですが、寒気を伴った低気圧の影響で、明日の午後からは強い雨と風になるでしょう。夕方以降は落雷に注意が必要です。あさって水曜日からは、少しずつ天気は回復に向かうでしょう。これから、朝夕の冷え込みが厳しくなる恐れがあるので、風邪など引きませんよう十分お気をつけください。

明日の天気はどうなると予測していますか。

1　午前中は雨で、午後からは上がるでしょう

2　雨が降ったりやんだりするでしょう

3　青空が広がり、さわやかな一日になるでしょう

4　午後からは強い雨で、雷を伴う恐れがあるでしょう

▶正解：4

解題關鍵句：明日の午後からは強い雨と風になるでしょう。夕方以降は落雷に注意が必要です。

3番　男の人が睡眠について話しています。

男：調査によると、睡眠時間は長くても短くても病気になりやすく、寿命が短くなります。睡眠時間をどれぐらい取ったほうが一番いいでしょうか。実は睡眠の時間が長いか短いかよりも、どれだけぐっすり眠れているかのほうが一番重要なのです。5時間寝て十分だという人もいれば、10時間以上必要だという人もいます。つまり、人に必要な睡眠時間には個人差があり、いかにして最適な時間の熟睡を守るかが大事ですね。

男の人は睡眠の何が一番大切だといっていますか。

1　熟睡のポイントです

2　睡眠の質です

3　睡眠時間の長さです

4　睡眠の姿勢です

▶正解：2

解題關鍵句：実は睡眠の時間が長いか短いかよりも、どれだけぐっすり眠れているかどうかのほうが一番重要なのです。

4番　女の人が留守番電話にメッセージを残しています。

女：あ、もしもし。洋子ですけど。今どこ？　昨日ね、恵美さんは来なくてよかったよ。あの、いつも行ってるそのレストランね、久美子ちゃんと二人で行ったんだけど、隣にね、変な親父が座ってて、気分も台無しになっちゃったわ。そこまで騒いでたわけじゃないのに、うるさいって目で睨まれるし。それに、ウエイターさんにもね、「態度が悪い」とか「料理が遅くて生ぬるい」とか細かいことにいちいち文句を言ってたよ。せっかくなのに、腹が立ってね、最悪だったわ。ああ、聞いてくれてありがとうね。すっきりしたわ。今度、時間が空いたら一緒に映画や旅行に行こうよ。じゃあ、また電話するね。

女の人は何のために電話しましたか。

1　食事に誘うため

2　映画に誘うため

3　気分がすぐれていないから、聞いてもらうため

4　昨日恵美さんが来なくてよかったことを伝えるため

▶正解：3

解題關鍵句：ああ、聞いてくれてありがとうね。すっきりしたわ。

5番　テレビで男の人が話しています。

男：インターネットの有害サイトを、短時間で検出する技術を、ＫＤＤＩ研究所と情報通信研究機構が開発しました。この技術は、サイトの色づかいや広告の数などから、青少年に有害なサイトかどうかをコンピューターが自動的に判断するものです。例えば、わいせつな画像を載せているサイトは、ピンクや黒などの色を使っていることや、広告を多く掲載していることなどに注目して、コンピューターが有害だと判断し、青少年が有害サイトを見ることができないようにすることができます。これは、これまで使っていた検出技術より、精度が高く、効率もいいです。今回の技術は青少年が安全にインターネットを利用できる環境作りに大いに役立つでしょう。

男の人は、これまでの検出方法と比べてどんなメリットがあると言っていますか。

1　有害なサイトかどうかを自動的に判断することです

2　精確率が高いのと、検出時間が短縮されたことです

3　主にわいせつな内容が載っているサイトに対応することです

4　サイトの色づかいや広告の数から判断することです

▶正解：2

解題關鍵句：これは、これまで使っていた検出技術より、精度が高く、効率もいいです。

6番　**ラジオで女の人が話しています。**

女：今回の新・三本の矢を見てみると、形としては、1億総活躍社会という新たな的を射るために新三本の矢がある、という位置づけになっています。しかし、その中味はというと、GDP600兆円にしても、出生率1.8にしても、そして、介護離職ゼロにしても、これはいずれも手段ではありません。明らかに目標です。それも非常に大きな目標です。ということは、新・三本の矢というのは、実は「矢」ではなく、むしろ「的」ということになります。

女の人は何について話していますか。

1　新三本の矢の中味のこと

2　1億総活躍社会は新三本の矢の目標だ

3　新三本の矢は実は「的」になります

4　新三本の矢の手段のこと

▶正解：3

解題關鍵句：ということは、新・3本の矢というのは、実は「矢」ではなく、むしろ「的」ということになります。

問題4では、問題用紙に何も印刷されていません。まず、文を聞いてください。それから、それに対する返事を聞いて、1から3の中から、最もよいものを一つ選んでください。

1番　**この前、家が火事になってさ、めちゃくちゃになって。**

1　それは惜しかったな。

2　それは楽しかったな。

3　それは馴れ馴れしかったな。

▶正解：1

2番 **あんたの料理って最高よね。お店出せるぐらいおいしい。**

1　そう？　本当にそう思う？　うれしい。

2　じゃ、お店に行こう。

3　じゃ、任せてください。

▶正解：1

3番 **1月に教会で式を挙げることになったんです。**

1　本当に？　おめでとう。

2　本当に？　すみません。

3　本当に？　ありがとう。

▶正解：1

4番 **この前のテスト、お前のせいで、俺の点数悪かった。**

1　勘弁してあげる。

2　カンニングしちゃいけないって先生が忠告したでしょう。

3　もっといい点数を取ってね。

▶正解：2

5番 **この前聞いたんだけどさ、バンド解散した？**

1　ああ、俺は音楽に向いてないみたい。

2　ああ、俺はスポーツマンに向いてないみたい。

3　ああ、俺は俳優に向いてないみたい。

▶正解：1

6番 **値段の件ですが、私の一存では……**

1　そこを何か。

2　そこを何とか。

3　そこをどれか。

▶正解：2

7番 **この学校は規則ずくめで、窮屈でしかたがない。**

1　ええ、面白いですね。

2　ええ、煩わしいですね。

3　ええ、華々しいですね。

▶正解：2

8番 **昇進したし、子供も生まれたし、今年はいいことずくめだった。**

1　悲しいことばかりですね。

2　めでたいことばかりですね。

3　うっとうしいことばかりですね。

▶正解：2

9番 **東京にいらっしゃる間に、一度お会いしたかったのですが、今回も会えずじまいでしたね。**

1　来月は大阪にいらっしゃるのでしょう？　そのとき、また、会いましょう。

2　今日はお会いできてうれしいです。

3　ご協力いただいて、ありがとうございます。

▶正解：1

10番 **「結婚しよう」という一言がとうとう言えずじまいだった。**

1　恥ずかしいからね。

2　甚だしいですね。

3　おびただしいですね。

▶正解：1

11番 **心配で、じっとしていられないの。**

1　じっとしてください。

2　まあまあ、落ち着いて。

3　じっとするに難くない。

▶正解：2

12番 **佐藤はこれから真理さんとデートらしいよ。それにひきかえ、俺たちは残業だもんな。**

1　やってられないね。

2　来られないね。

3　図々しいねえ。

▶正解：1

13番 君、なんってことをしてくれたんだ。

1　いえ、とんでもないです。

2　恐縮です。

3　申し訳ございません。

▶正解：3

14番 あのう、こちらで田村課長とお会いする約束なんですが。

1　お会いできてよかったです。

2　はい、少々お待ちください。

3　確かに、お約束いたします。

▶正解：2

問題5では、長めの話を聞きます。この問題には練習はありません。メモを取ってもかまいません。

1番、2番

問題用紙に何も印刷されていません。まず、話を聞いてください。それから質問と選択肢を聞いて1から4の中から、最もよいものを一つ選んでください。

1番 係員が午後の説明会について話しています。

男：今日の午後3時に二階の会議室で説明会をします。時間通りにお集まりください。その時、えーと、さきほど、一枚のパンフレットをお渡ししましたね。それを忘れずに持ってきてください。飲み物ですか。飲み物はこちらでご用意します。あ、それから、手帳もご持参ください。参加費はいいです。

午後の説明会に何を持っていけばいいですか。

1　パンフレットだけです

2　飲み物と参加費です

3　飲み物と手帳です

4　パンフレットと手帳です

▶正解：4

解題關鍵句：さきほど、一枚のパンフレットをお渡ししましたね。それを忘れずに持ってきてください。飲み物ですか。飲み物はこちらでご用意します。あ、それから、手帳もご持参ください。参加費はいいです。

2番　男の人が部下のことで相談しています。

男：実は部下の女性社員のことで……彼女は要領がよく、てきぱきと仕事を進めています。確かに有能ではあるんですが、社内でほかの部署と調整しながら仕事を遂行することができません。いつも自分の都合だけ押し付けたり、ほかの方のスケジュールを無視してすすめたりしています。いくら注意しても、耳を貸してくれません。本当に手を焼いています。

部下はどんな人だと言っていますか。

1　やる気がない人

2　負けず嫌いな人

3　協調性に欠ける人

4　お人よし

▶正解：3

解題關鍵句：社内でほかの部署と調整しながら仕事を遂行することができません。いつも自分の都合だけ押し付けたり、ほかの方のスケジュールを無視してすすめたりしています。

3番　まず話を聞いてください。それから二つの質問を聞いて、それぞれ問題用紙の1から4の中から最もよいものを一つ選んでください。

3番　経営者がマーケティングコンセプトについて話しています。

女：近年、マーケティングの概念に対して、環境破壊や資源不足、人口爆発、飢餓と貧困という国際的な社会状況を鑑み、自らの企業と顧客との関係だけを考えるのではなく、社会全体の長期的利益に合致した行動を取るべきであるという考えが広がりつつあります。

消費者のニーズやウォンツ、消費者利益といったことと、長期的社会的厚生との間には、対立や矛盾が生じることがあります。そこで従来の企業と顧客との関係に集中した顧客志向のマーケティングコンセプトをさらに発展させた、社会志向マーケティングコンセプトが提案されています。社会志向マーケティングコンセプトにおいては、企業の目的を、ターゲット市場のニーズとウォンツにとどまらず、市場全体の現在の利益と長期的な利益を明確にし、個々の消費者と、社会全体の福祉を保持・向上させるような方法で、他社よりも効率的に能率よく満足を提供することであるとしています。社会志向マーケティングコンセプトでは、企業の利益、消費者の満足、社会の利益の調和を図ることが必要とされます。この姿勢が今後は多くの企業で必要とされるのです。

質問1　何について話していますか。

1　社会志向マーケティングコンセプト

2　飢餓と貧困という国際的な社会状況

3　企業の利益、消費者の満足

4　社会全体の福祉を保持・向上させる

▶正解：1

解題關鍵句： 社会志向マーケティングコンセプトでは、企業の利益、消費者の満足、社会の利益の調和を図ることが必要とされます。この姿勢が今後は多くの企業で必要とされるのです。

質問2　社会志向マーケティングコンセプトにおける企業の目的は何ですか。

1　自らの企業の利益を明確にすること

2　企業と顧客との関係に集中すること

3　ターゲット市場のニーズとウォンツだけを考えること

4　消費者と社会全体の満足を他社よりも能率よく提供すること

▶正解：4

解題關鍵句： 社会志向マーケティングコンセプトにおいては、企業の目的を、ターゲット市場のニーズとウォンツにとどまらず、市場全体の現在の利益と長期的な利益を明確にし、個々の消費者と、社会全体の福祉を保持・向上させるような方法で、他社よりも効率的に能率よく満足を提供することであるとしています。

全真模擬答案解析
第四回

★ 言語知識（文字・語彙・文法）・讀解

★ 聽解

第四回

言語知識（文字・語彙・文法）・読解

問題1

1 **答案：1**

譯文：三四個邊防警衛員坐在辦公室，百無聊賴地等著棧橋上走過來的乘客。

選項1　退屈（たいくつ）：無聊的

選項2　無此詞

選項3　大工（だいく）：木匠

選項4　耐久（たいきゅう）：持久

2 **答案：2**

譯文：在當時，開通鐵路是劃時代的技術革新，但是那時的技術有限，發生了列車脱軌等問題。

選項1　脱退（だったい）：退出

選項2　脱線（だっせん）：脱軌

選項3　無此詞

選項4　脱出（だっしゅつ）：逃離

3 **答案：2**

譯文：弟弟俐落地把行李裝入後車箱，放不下的東西就堆在後座上。

選項1　無此詞

選項2　手際（てぎわ）：手法，技巧

選項3　手頃（てごろ）：價錢、大小正好合適

選項4　手間（てま）：時間和精力

4 **答案：3**

譯文：剝奪他人生命者，須以死謝罪。

選項1　漂う（ただよう）：洋溢著，飄著

選項2　繕う（つくろう）：修繕

選項3　償う（つぐなう）：償還，補償

選項4　躊躇う（ためらう）：猶豫

5 **答案：4**

譯文：尤其是夜間，看不清楚腳下容易被絆倒或栽跟頭。

選項1　呟く（つぶやく）：嘟囔

選項2　貫く（つらぬく）：貫徹
選項3　辿り着く（たどりつく）：好不容易走到
選項4　躓く（つまずく）：絆倒

6　**答案：2**

譯文：他的葬禮淹沒在鮮花和人海中，就連走廊、臺階上都擠滿了人，還有許多人打著傘站在雨中。

選項1　立ち竦む（たちすくむ）：呆立不動
選項2　佇む（たたずむ）：佇立
選項3　慎む（つつしむ）：謹慎
選項4　嗜む（たしなむ）：喜好，愛好

問題2

7　**答案：2**

譯文：付出許多犧牲才獲得的成果，其本身就擁有絕對價值，決不允許別人對此提出異議或加以批判。

選項1　整える（ととのえる）：整理，準備
例 夕食の用意を整える。／準備好晚飯。
選項2　唱える（となえる）：提出，提倡
例 異議を唱える。／提出異議。
選項3　途絶える（とだえる）：斷絕，中斷
例 大雨で交通が途絶えた。／交通因大雨中斷。
選項4　携える（たずさえる）：攜手
例 手を携える。／攜手。

8　**答案：3**

譯文：我最近老是做夢，公司破產的壓力也是導致做夢的原因，並且做的多是些不合邏輯的夢。

選項1　粗筋（あらすじ）：梗概，概況
例 計画の粗筋を報告する。／報告計畫的概況。
選項2　消息筋（しょうそくすじ）：消息人士
例 消息筋によれば。／據消息人士所說。
選項3　辻褄（つじつま）：條理，道理
例 話の辻褄が合う。／合乎邏輯。
選項4　鉄筋（てっきん）：鋼筋
例 鉄筋2階建て／鋼筋結構的2層建築

9 **答案：4**

譯文：跟CD不同，唱片易壞，郵寄時要格外小心。

選項1　トレンド：趨勢

例 不動産のトレンドを分析する。／分析不動產的趨勢。

選項2　ターゲット：目標

例 若者をターゲットに。／以年輕人為目標。

選項3　ターミナル：終點站

例 まもなくターミナルです。／即將抵達終點站。

選項4　デリケート：精密的；敏感的

例 デリケートな問題／敏感的問題

10 **答案：1**

譯文：在A國，真心話不受歡迎，要說場面話，忍耐和堅忍都被視為美德。

選項1　本音（ほんね）：真心話

例 本音が出た。／吐露了心聲。

選項2　本気（ほんき）：認真，當真

例 本気で働く。／認真工作。

選項3　弱音（よわね）：洩氣話

例 弱音を吐かないでください。／別說洩氣話。

選項4　弱気（よわき）：怯懦，膽怯

例 いざとなると弱気になる。／怯場。

11 **答案：3**

譯文：針對青少年犯罪，警方應及早應對的課題有以下四項，現在正積極推展相關措施。

選項1　積み込む（つみこむ）：裝貨

例 汽車に積み込んで送る。／裝上火車運走。

選項2　落ち込む（おちこむ）：失落

例 振られて落ち込んでいる。／被甩了，無精打采的。

選項3　取り組む（とりくむ）：致力於，認真對待

例 節電に取り組む。／致力於省電。

選項4　付け込む（つけこむ）：乘機，乘人之危

例 人の弱みに付け込む。／乘人之危。

12 **答案：2**

譯文：解決領土問題，簽訂和平條約，才能在兩國間建立真正的友好關係。

選項1　提携（ていけい）：協作，合作

例 外国の会社と提携する。／和外國公司合作。

選項2　締結（ていけつ）：簽訂

例 友好条約を締結する。／簽訂友好條約。

選項3　調印（ちょういん）：簽字，蓋章

例 平和条約に調印する。／在和平條約上簽字。

選項4　提起（ていき）：提出

例 訴訟を提起する。／提起訴訟。

13　**答案：1**

譯文：因為不像螺旋槳式飛機那樣可以無推力飛行，所以引擎的動力一下降就會墜落。

選項1　墜落（ついらく）：墜落

例 ヘリコプターが墜落した。／直升機墜落了。

選項2　堕落（だらく）：墮落

例 酒がもとで堕落する。／因喝酒而墮落。

選項3　落成（らくせい）：竣工

例 校舎が落成する。／校舍竣工了。

選項4　脱落（だつらく）：漏掉

例 名簿に名前が脱落している。／名單上漏了名字。

問題3

14　**答案：1**

譯文：若只是被欺負也就罷了，如果僅有一次的人生都被毀了，對此人心懷怨恨也是可以理解的。

考 點　台無し（だいなし）：弄壞，糟蹋

選項1　一團糟

選項2　受追捧

選項3　零零星星

選項4　顯著

15　**答案：2**

譯文：她的言行舉止優雅，我還以為她的父親肯定是業界的大人物。

考 點　てっきり：一定，必定

選項1　有這種可能

選項2　確定無疑

選項3　疏忽

選項4　認真

16 **答案：1**

譯文：由於各單位的努力，我們正穩步向宜居城市邁進，這讓我很自豪。

考 點　着実（ちゃくじつ）：踏實地，穩健地

選項1　踏實，穩定

選項2　認真考慮

選項3　實際進行

選項4　隨便做做

17 **答案：3**

譯文：一開始就住進服務周到的設施未必是件好事。

考 點　手厚い（てあつい）：熱情的，周到的

選項1　有遺漏的地方

選項2　認真，仔細

選項3　精心對待

選項4　無須客套、可輕鬆相處

18 **答案：2**

譯文：用當季食材製作的家常菜是本店的招牌，晚飯是五道菜的日本料理，早飯是固定的日式套餐。

考 點　定番（ていばん）：固定的；評價好的

選項1　很簡單的

選項2　評價好的

選項3　服務好的

選項4　不受歡迎的

19 **答案：4**

譯文：這場演說有矛盾之處，只好暫且擱置。

考 點　棚上げ（たなあげ）：束之高閣

選項1　收尾工作

選項2　優先處理

選項3　省略煩瑣的手續

選項4　暫且擱置

問題4

20 **答案：1**

譯文：儘管雙方意見的分歧頗大，但即便無法達成共識，仍可能取得一定的進展。

考 點　妥結（だけつ）：妥協，達成一致

選項1　正確選項
選項2　替換為：妥当（合適）
選項3　替換為：妥当（合適）
選項4　替換為：妥当（合適）

21　**答案：1**
譯文：年輕人滿不在乎地坐在博愛座上，讓我一個沒忍住發了脾氣。
考 點　短気（たんき）：性急
選項1　正確選項
選項2　替換為：短命（短命）
選項3　替換為：失敗（失敗）
選項4　替換為：短縮（縮短）

22　**答案：1**
譯文：血壓太高會損傷動脈，阻礙血液穩定流動。
考 點　ダメージ：傷害
選項1　正確選項
選項2　替換為：メリット（好處）
選項3　替換為：マーケット（市場）
選項4　替換為：メリット（好處）

23　**答案：2**
譯文：「做出如此殘忍的事，導致其死亡，對此我表示深深的歉意。」（他）再次謝罪，並希望透過支付賠償金來解決此事。
考 點　陳謝（ちんしゃ）：道歉，謝罪
選項1　替換為：感謝（感謝）
選項2　正確選項
選項3　替換為：感謝（感謝）
選項4　替換為：感謝（感謝）

24　**答案：1**
譯文：實景畫果然就是有魄力，美麗的山嶽景色讓我一飽眼福。
考 點　堪能（たんのう）：享用
選項1　正確選項
選項2　替換為：勘弁（原諒）
選項3　替換為：容赦（原諒）
選項4　替換為：勘当（斷絕關係）

25　**答案：1**

譯文：必須為新事業籌措資金。

考 點　調達（ちょうたつ）：籌集，籌措

選項1　正確選項

選項2　替換為：調べた（調查）

選項3　替換為：取った（取得）

選項4　替換為：調查（調查）

問題5

26　**答案：1**

譯文：我丈夫一回家就窩在餐廳的沙發裡，把餐桌周圍都變成他的陣地，真的連一步都懶得動。

選項1　「～なり」前接動詞原形，表示某動作剛剛做完就發生了沒有預想到的事，且必須是同一主詞的動作。可譯為「一……就……」。

例 その手紙を読むなり彼は泣いた。／剛讀完信，他就哭了。

選項2　「～そばから」同樣前接動詞原形或た形，表示重複性的行為，譯為「這邊剛……那邊就……」。

例 覚えるそばから忘れてしまう。／剛記完就又忘了。

選項3　「～と思いきや」表示原以為會出現的事態卻出乎意料地出現了與之相反的結果，譯為「原以為……」。

例 合格したと思いきや、落ちた。／本以為考上學校了，沒想到卻落榜了。

選項4　「～とたんに」前接動詞た形，表示前項動作剛一完成，就發生了不曾預料的另一件事。

例 帰ったとたんに、雨が降りだした。／剛回來就下起了雨。

27　**答案：4**

譯文：不愧是高中美術教師，DIY的技術堪稱專業，設計的審美感也非常超群，聽說有時朋友也會拜託他做些東西。

選項1　「～のみならず」表示不僅僅限於某個範圍或數量，譯為「不僅……而且……」。

例 男性のみならず、女性も参加できる。／
不限男性，女性也可以參加。

選項2　「～であれ」表示無論前項事態如何，後項一般沒有變化，譯為「無論……還是……」。

例 だれであれ、欠点は持っている。／不管是誰，都有缺點。

選項3　「～ものを」前項通常與假設連用，表示「要是……應該能……」、

「你怎麼不早點……」，主要針對已經發生的事情，目的在於埋怨、責備聽者。

例 早く教えてくれれば迎えに行ったものを。／你如果早點告訴我，我就去接你了。

選項4 「～というだけあって」表示與其所做的努力、所處的地位及所經歷的事相稱，表示對結果、能力、特長等給予高度評價，可譯為「不愧是……」、「到底……」。

例 マラソン選手というだけあって、さすがに足が速い。／不愧是馬拉松選手，速度可真快。

28 **答案：2**

譯文：受傷在一個人的成長過程中也是必要的一環。一個從未受過傷的人，光想都覺得嚇人。

選項1 「から」初級文法，表示「因為……」。

例 風邪を引くから早く上がりなさい。／別感冒了，快點進來。

選項2 「だに」相當於「だけで」，表示「僅僅」。

例 想像だに恐ろしい。／光是想像都覺得可怕。

選項3 「こそ」表示強調。

例 こちらこそ、お世話になりました。／哪裡哪裡，我才要多謝您的照顧。

選項4 「にや」較為少見，屬於古語表達形式。一般放在句末，表示一種語氣稍顯柔和的斷定，或者相當於「なのか」。

29 **答案：3**

譯文：真的非常感謝您在我危難時伸手援助。

選項1 「～ところが」表示轉折，與句意不符。

例 ところが、誰も来なかった。／但是，誰也沒來。

選項2 「～ところは」無此用法，可直接排除。

選項3 「～ところを」表示後項動作的出現阻止了前項正在發生的事情，譯為「正……之時」。

例 お話のところをすみませんが。／不好意思，打斷你們一下……

選項4 「～ところに」表示前項動作即將發生時出現了其他情況，可譯為「正要……的時候」。

例 いいところに来た。／來得正是時候。

30 **答案：1**

譯文：那一刻我深切地感受到了一點：人這種動物無論置身於怎樣的慘境中，少了娛樂都將無法生存下去。

選項1　「～なしには」一般前接動作性名詞，表示「沒有……（就不）」，相當於口語中的「しないで」。

例 努力することなしには成功はあり得ない。／沒有努力，就無法成功。

選項2　「～いたりだ」前接表示感情的名詞，表示達到極致或最高狀態的意思，譯為「無比」、「非常」。

例 光栄の至りだ。／光榮至極。

選項3　「～おかげで」表示因某種原因、理由而產生的好結果，譯為「多虧」。

例 友達のおかげで間に合った。／多虧了朋友，趕上了。

選項4　「～にもまして」表示後項程度比前項更甚，譯為「比……更……」。

例 昨年にもまして寒い。／比去年還冷。

31　**答案：4**

譯文：其實這個事件引起了影視界相關的各類版權所有者和版權團體的關注，據説NHK等電視臺不斷地收到各方諮詢。

選項1　「～にわたる」表示「在……範圍內」，形容範圍廣、規模大、時間長。

例 三時間にわたる調査／長達三個小時的調查

選項2　「～にかんする」表示話題是「與……相關的」，而並不是就事物本身的內容進行敘述。

例 地震に関する分析／關於地震的分析

選項3　「～における」接在表示場所、時代、狀況的名詞後，表示事情發生或某狀態存在的背景，「在……地點」、「在……時候」、「在……方面」。

例 大会における発言は面白い。／在大會上的發言很精彩。

選項4　「～にかかわる」表示「事關……」。

例 命に関わる問題だから、要注意。／性命攸關，要當心。

32　**答案：2**

譯文：他被大家好奇的目光包圍著，不難想像大家都很想聽他來講講。

選項1　「～にあたらない」表示「沒有必要或用不著這樣做」之意。常接「驚く／避難する」等動詞。

例 謝るにあたたらない。／不必道歉。

選項2　「～にかたくない」是較生硬的書面語，表示「不難想像」、「誰都明白」的意思，常見的搭配有「想像／理解にかたくない」。譯為「不難……」。

例 想像に難くない。／不難想像。

選項3　「～におよばない」表示「用不著」、「不必」。

例 図書館にあるから、買うにおよばない。／圖書館裡有，用不著買。

選項4　「～にこしたことはない」表示沒有比這更好的，譯為「……再好不過」。

例 お金はあることにこしたことはない。／有錢再好不過了。

33 答案：2

譯文：雖説年輕一代的觀念想法和我們有點不一樣，但也用不著那麼吃驚吧。

選項1　「～にすぎない」表示程度，意為「只不過……」、「只是……」，含有説話者輕視的語氣。

例 これは計画にすぎない。／這只不過是計畫。

選項2　「～にあたらない」一般前接「驚く／避難する」等動詞，表示「沒有必要」。用於對對方加以勸告或告誡。

例 お礼を言うにあたたらない。／用不著致謝。

選項3　「～わけにはいかない」譯為「不能……」，表示從一般常識、社會的普遍想法或過去的經驗來想行不通或不能做某事。

例 勤務時間だから、サボるわけにはいかない。／上班時間，不能偷懶。

選項4　「～わけではない」表示委婉的否定，譯為「並不是……」、「並非……」。

例 君を責めるわけではないが、これから時間を守りなさい。／並不是要責備你，但是今後請守時。

34 答案：3

譯文：撒這種謊肯定立馬就被識破了，還是老實説出來比較好。

選項1　「～に限って」①表示限定數量、時間、範圍，譯為「限於……」、「只是……」。②表示最好、最佳等意。

例 うちの子に限って、万引きなんかしません。／我家孩子才不會偷東西呢！

選項2　「～に限ったことではない」前接名詞，表示某種情況不僅限於此，還有其他的同類情況，可譯為「不限於……」、「不僅是……」。

例 光スモッグの影響は大陸に限ったことではない。／光化學煙霧的影響不僅局限於大陸。

選項3　「～に決っている」表示説話者充滿自信的肯定判斷，譯為「一定」、「肯定」。

例 最初から失敗に決っている。／一開始就註定會失敗。

第四回

選項4　無此語法。

35　**答案：1**

譯文：視你的理由，也不是不能幫你。

選項1　「～ないものでもない」譯為「並非不……」、「不是不……」。

例 許さないものでもないが君の態度次第だ。／視你的態度，也不是不能原諒你。

選項2　「～ないことには」表示「如果不……就無法……」。

例 やってみないことには分かりません。／不試試看怎麼知道。

選項3　「～わけだ」傾向於陳述理由。

例 当時彼は外国にいたから、知らないわけだ。／他當時在國外，所以不知道。

選項4　無此語法。

問題6

36　**答案：3**

原句：4 会わなかったら　2 寂しいが、3 会ったら　1 会ったでよく喧嘩をする。

譯文：不見面便覺得寂寞，見了面又動不動就吵架。

解析：本題主要測驗句型「～たら～たで」，此處為同一動詞的連續使用，表示雖然完成了此動作，但隨之又會產生其他問題，多用於口語，酌情按語境進行翻譯即可。

37　**答案：1**

原句：今回の土砂崩れは二次災害を4 引き起こしかねない　3 ものであり、1 対策を　2 急がねばならない。

譯文：這次的坍方可能還會再次引發災害，必須趕緊制定對策。

解析：本題出現的句型「～かねない」的用法需要引起注意。前接動詞的連用形，表示不確定的推測，意思是有某種可能性、危險性，一般用於消極或負面評價，譯為「很可能」。

38　**答案：4**

原句：町で会ったから、彼女に声を2 かけただけなのに、1 あんな嫌な顔を4 されては　3 たまったものではない。

譯文：在街上遇見才跟她打個招呼的，結果她卻擺出一副臭臉，真教人受不了！

解析：本題中的句型「～てはたまったものではない」一般前接動詞被動態，表示被迫做某事或遭遇某事而叫人受不了。

39 答案：1

原句：当時の中国は2 先進国　3 に追いつけ　1 とばかりに、4 鉄鋼生産などに力を入れ、その分野に労働力を投入していた。

譯文：當時中國投入大量勞動力生產鋼鐵，儼然是要趕上發達國家的架勢。

解析：本題中的句型「～とばかりに」通常前接短句，表示「儼然是……」，後續多為形容勢頭強勁或程度深的表達方式。

40 答案：4

原句：子供を叱っただけで、その親にさんざん文句を言われた。3 この親　2 にして　4 この子　1 ありと痛感させられることがあまりに多い。

譯文：只因為訓了孩子幾句，結果就被家長不停地抱怨。這樣的事時常發生，我不禁感慨真是「有其父必有其子」啊！

解析：這裡的「にして」表示限定關係，類似「だからこそ」，可譯為「只有……才……」。

第四回

問題7

41 答案：2

選項：1 話說（提出新話題）　2 但是　3 不過（補充條件）　4 即便如此

譯文：迄今為止，我們一直認為只有人類能夠記憶事物。但是電腦這種能夠記憶的機械的出現，打破了這個常識。

解析：前後句為轉折關係，選項2為正確答案。選項1一般放在句子開頭，表示提出新的話題。選項3表示對前文的補充說明。選項4表示雖有心理準備，但還是很吃驚。

42 答案：1

選項：1 變少了　2 變多了　3 變得稀奇了　4 變得更強了

譯文：因博聞強識、記憶力好而自豪的情況越來越少見。

解析：解題關鍵句為「記憶人間の価値は暴落したかに見える」，說明隨著機械存儲技能的進步，人類的記憶似乎顯得不再那麼重要了。因此選項1為正確答案。

43 答案：3

選項：1 不用說肯定勝過　2 肯定較佳　3 根本比不上　4 未必不如

譯文：在機械記憶方面，人不如機械這件事是顯而易見的。

解析：選項1、選項2、選項4意思相同，根據同類排除的原則可一併排除，選項3為正確答案。

44 答案：2

選項： 1 機械記憶　2 人工記憶　3 抽象記憶　4 具體記憶

譯文： 我們暫且將這種與機械記憶相對的記憶稱為人工記憶。

解析： 選項3、選項4為相反的一組詞彙，如果文中出現一個，則空格部分應該選另外一個，而本題當中一個也沒有出現，所以同時排除。選項2為正確答案。

45 **答案：4**

選項： 1 不得不害怕　2 不由得害怕　3 必須害怕　4 不要害怕

譯文： 可是如果要關注人工記憶，就得不害怕忘記。

解析： 選項1、選項2、選項3都是「害怕」，可一併排除，選項4為正確答案。人類大腦容量有限，只有不斷忘記舊的內容，才能記住新的內容。

問題8

46 **答案：3**

解析： 解題關鍵句為「カエルの子はカエル」，這個諺語含有「有其父必有其子」的意思，容易引起誤會，所以使用諺語時要注意其含義，以免弄巧成拙，選項3為正確答案。

47 **答案：4**

解析： 解題關鍵句為「エネルギー浪費型の経済をスキップして（かえる跳びで）、快適な低炭素社会へと一気に到達してもらう」，選項4為正確答案。

48 **答案：1**

解析： 本題是商務文書類題型。重點一般是以「さて」開頭的段落。解題關鍵句是「神戸の地を離れますが、今後とも従来同様のご指導ご支援を」，作者由神戸遷至名古屋，因此選項1為正確答案。

49 **答案：3**

解析： 解題關鍵句為「もっとお互いを理解して主観を一致させることが、労働時間を効率化させる近道ではないか」，選項3符合文章主旨，為正確答案。選項1文章沒有涉及，選項2、選項4後半句不正確。

問題9

50 **答案：3**

解析： 解題關鍵句為「来訪外国人に日本も欧米並みの文明国であることを示したい。都市景観は日本の地位を高める外交手段だった」，選項3為正確答案。

51 **答案：4**

解析：解題關鍵句為「来訪者にとって好ましく思えることが、生活者にも好ましいとは限らない」，由此可見當地居民的需求與旅行者的需求未必是相同的，選項4符合文章主旨，為正確答案。

52 **答案：2**

解析：選項1後半句不對，時髦的東西未必需要排除。選項3後半句不正確，雖然奇異的景觀受旅行者歡迎，但是未必符合當地居民的意願。選項4陳述的是很久以前的事實，現在未必如此。根據排除法，選項2為正確答案。

53 **答案：4**

解析：解題關鍵句為「このプレートに対する態度で、観衆たちは二群に分かれるように見える」，「教養派」和「審美派」關注的焦點不同，「教養派」關注背景知識，「審美派」關注繪畫本身，選項4為正確答案。

54 **答案：4**

解析：選項1後半句及選項2指的是「審美派」，選項3後半句不正確。根據排除法可知選項4為正確答案。

55 **答案：2**

解析：選項1指的是「教養派」，不是「審美派」，故排除。選項3前半句不正確，因為文中沒有涉及。選項4後半句不正確。由排除法可知選項2為正確答案。

56 **答案：1**

解析：指示詞所指示的內容一般在指示詞前後，本題的解題關鍵句是「学校に行かなければならないと分かっていても行けない」，因此選項1「明知不得不去學校，但還是沒辦法去學校」為正確答案。

57 **答案：2**

解析：解題關鍵句為「特定の性格傾向の子に起こる」，此前普遍認為「翹課只會發生在特殊學生的身上」，但實際上不是這樣的。第三段提到「無論是誰都可能厭學」，所以選項2為正確答案。

58 **答案：4**

解析：考生需要注意，題幹要求選出「不正確的選項」，根據排除法，選項4為正確答案。

問題10

59 **答案：2**

解析：解題關鍵句為「それらを全部熟読できるはずがありません」，要是企劃書太厚，審核的人看到就會覺得壓力大，不會認真讀下去，選項2為正確答案。選項1後半句「頁數少的企劃書方便攜帶」，文中沒有涉及。選項3、選項4後半部分不正確。

60 **答案：3**

解析：解題關鍵句為「それだけ熱意は伝わるはず、と思うかもしれません」，由此可知選項3為正確答案。選項1是陳述客觀事實，不是「これ」所指代的內容，故排除。選項2、選項4同樣是句子本身正確，但不是「これ」指代的內容。

61 **答案：1**

解析：解題關鍵句為「『3本面白いことが書いてあった企画書』ではなく、『7本ダメなことが書いてあった企画書』」，可見審核的人是用「扣分方式」來評選策劃書，提交的內容越多，被否定的可能性越大。選項1為正確答案。

62 **答案：4**

解析：解題關鍵句是文章最後一句「『何が面白いのか』をどれだけ短く、しかもきちんとアピールできるかがポイントになる」，把有趣的東西簡單明瞭地表達出來，這是取勝的關鍵。選項4為正確答案。

問題11

63 **答案：2**

解析：選項1、選項3是第二篇文章的觀點，第一篇文章沒有涉及。選項4是第一篇文章第三段最後一句提到的優點，第二篇文章沒有涉及這一點，故排除。綜上所述，選項2為正確答案。

64 **答案：1**

解析：解題關鍵句為「料金の大幅な値上げや質の低下」，選項1符合文章大意，為正確答案。選項3、選項4為第一篇文章中的觀點，故排除。選項2與文章主旨無關，故排除。

65 **答案：1**

解析：選項2後半句為第一篇文章的內容，故排除。選項3後半句不正確，故排除。選項4後半句是第二篇文章的內容，第一篇文章沒有涉及。根據排除法，選項1為正確答案。

問題12

66 **答案：2**

解析：解題關鍵句為「必要以外のものを買う人間はあまりかんばしい評判を得られません」，選項2符合文章大意，為正確答案。選項1、選項4只是其中一個方面，故排除。選項3與問題意思正好相反，故排除。

67 **答案：4**

解析：解題關鍵句為「人間の精神のバランスをとるために費用をかけた」，選項4符合題意，為正確答案。選項1、選項2、選項3都是對花錢行為進行的批評，屬於同類選項，可一併排除。

68 **答案：3**

解析：解題關鍵句為「お金に復讐することで人間性を回復しようとしているのです」，選項3與句子意思相符，為正確答案。選項1說法本身不妥，選項2與原文主張相反，選項4「炫富」與文章主旨無關，故都排除。

69 **答案：3**

解析：解題關鍵句為「納得がいき、そしてあとで思い返してみても会心の物の買い方というものは、年に数えるぐらい」，作者認為很難以合適的價格買到稱心的東西，選項3為正確答案。

問題13

70 **答案：4**

解析：選項1的創作題材以老年人為主題，不符合要求，故排除。選項2使用的顏色不符合要求，故排除。選項3字數不符合要求，應該在2000字～4000字之間，故排除。綜上所述，選項4為正確答案。

71 **答案：1**

解析：解題關鍵句為「メールおよび窓口での問い合わせには応じられません」，由此可以排除選項2。選項3、選項4獲獎結果頒布的時間不正確，也要排除。選項1為正確答案。

聴解

問題1では、まず質問を聞いてください。それから話を聞いて、問題用紙の1から4の中から、最もよいものを一つ選んでください。

1番 **開店前のレストランで店長と店の人が話をしています。**

男1：おはよう君たち、もうそろそろ開店する時間だが、ちゃんと準備はできてるかい。

男2：ええ、厨房のほうは材料も全部そろっていますし、スープもちゃんと温めてあるのでいつ開店しても大丈夫です。

男1：そうか、今日は常連客の予約が入っているんだ。もし足りなくなりそうなものがあったらすぐに言ってくれ。私が買いに行くから。

男2：そうですねえ、今日のサラダに使う野菜があまり新鮮じゃないので、もう少しレタスとトマトがあったほうがいいかもしれませんね。

男1：分かった。ホールの準備はもう大丈夫かい。

女　：それが、今日はアルバイトが一人休んでいるのであまり仕事がはかどらないんですよ。ちょうど今、店の掃除が終わったばかりで、テーブルのセットとコーヒーの準備がまだ残っています。

男1：そうか、できるだけ急いでくれよ。

男2：厨房の準備はもう終わったからコーヒーは僕が作るよ。

女　：ありがとう、助かるわ。

男1：じゃあ、これから店の看板の電気をつけて買い物に行ってくるから、あとはよろしく頼むよ。

女　：あ、店長。買い物に行くなら店に飾る花も買ってきてください。

男1：ああ、分かった。

女の人はこれから何をしますか。

1　店の掃除をする

2　スープを温める

3　テーブルをセットする

4　花を買いに行く

▶正解：3

解題關鍵句：<u>ちょうど今、店の掃除が終わったばかりで、テーブルのセットとコーヒーの準備がまだ残っています……コーヒーは僕が作るよ。</u>

2番 **インテリアデザイナーがテレビの置き方について話しています。テレビを置くとき、何を優先に考えなければなりませんか。**

女：テレビは現代の生活にはなくてはならないもの、そしてどんどん大型化が進み、急速に普及しています。プラズマテレビや大型液晶テレビ、買ってみたけど、あまりの存在感にお部屋の雰囲気を壊してしまいがちです。薄型・大画面・高画質を楽しむためにはただテレビを置くだけでなく、インテリアの一部として部屋全体との調和を最優先に考える必要があります。次はテレビとソファーの距離ですが、最近のハイビジョン放送は走査線が2倍近く高画質のため、近い距離で見ても違和感がありません。ハイビジョン放送での最適視聴距離は、画面の高さの約3倍とされています。そして、テレビの高さです。ソファに座った時の目の高さが110cmとすると、最適視聴距離180cmから画面の中心が目の高さから30cm～50cmぐらい下がった位置がよいとされています。

テレビを置くとき、何を優先に考えなければなりませんか。

1　部屋全体との調和

2　テレビとソファーの距離

3　テレビの高さ

4　最適視聴距離

▶正解：1

解題關鍵句：薄型・大画面・高画質を楽しむためにはただテレビを置くだけでなく、インテリアの一部として部屋全体との調和を最優先に考える必要があります。

3番　男の人と女の人が話しています。二人はどの乗り物で行きますか。

男：ええと、これからどうやって行こうか。

女：うん。タクシーがいいんじゃない？

男：タクシーか。でも、タクシーはお金がかかるよね。

女：うん。でも、地下鉄はないし、自転車は時間がかかるし。

男：まあ、歩いていくわけにもいかないしね。

女：それは、無理だよね。

男：じゃあ、バスで行こうか、って、今行っちゃたね。

女：あ！　本当。次のバスは午後5時だよ。

男：え！　会議は3時だから、それじゃ間に合わないよ。他のバスはないの？

女：もうないわよ。漕ぐのがいやだけど、仕方がないよね。

男：うん。ダイエット効果があるから、君にぴったりじゃない？
女：もーう。冗談やめてよ。

二人はどの乗り物で行きますか。

1　地下鉄です
2　バスです
3　自転車です
4　歩いていきます

▶正解：3

解題關鍵句：漕ぐのがいやだけど、仕方がないよね。

4番　大学の先生が、来週の授業の注意をしています。女の人はこれから何をしなければなりませんか。

男：来週の授業ですが、前に渡したプリントを持ってきてくださいね。今、みなさんが使っているプリントではありませんよ。先週の金曜日に渡したプリントです。わかりますね。もし、なくしてしまった人は、隣のをコピーして持ってきてください。それから、日本語の辞書は持って来てもいいですし、持ってこなくてもいいです。それから、赤いボールペンを忘れないでくださいね。えっ、パソコンですか。コンピューターのせいで学生の注意力が散漫になり、講義内容を熟考することよりも、自分の一言一句を書き写すことに没頭してしまうから、PCの使用は禁止です。
女：パソコンだめか。うん、ちょっと、チェックします。日本語の辞書とボールペンはいつもかばんに入れているから、大丈夫。あっ、これ、いつ汚れちゃった。文字が全然見えない。どうしよう。困ったな。これじゃ、複写するしかないなあ。

女の人はこれから何をしなければなりませんか。

1　英語の辞書を取りに行きます
2　パソコンを取りに行きます
3　ボールペンを買います
4　プリントをコピーします

▶正解：4

解題關鍵句：あっ、これ、いつ汚れちゃった。文字が全然見えない。どうしよう。困ったな。これじゃ、複写するしかないなあ。

5番 **テレビのニュースで、男の人が話しています。女の人はこれからどうしますか。**

男：ええ、ここで緊急速報をお伝えします。本日午後1時20分ころ、関西地方を中心とする大きな地震がありました。

女：え！　関西で！

男：地震の規模や被害につきましては、入り次第お知らせいたします。なお、この地震により関西への電話がかかりにくくなることが予想されます。緊急連絡に支障をきたすおそれがありますので、関西地方への通話はお控えください。携帯電話のインターネットを通じて安否情報をご確認ください。繰り返しお伝えします。本日午後1時20分ころ、関西地方を中心とする大きな地震がありました。地震の規模や被害につきましては、入り次第お知らせいたします。

女：えーっ、猪俣君とか大丈夫かな。心配！　電話つながらないから、じゃあ、これで試してみよう。

女の人はこれからどうしますか？

1　携帯のインターネットを利用します

2　猪俣君に電話をかけます

3　すぐ猪俣君に電報を打ちます

4　何もしません

▶正解：1

解題關鍵句：緊急連絡に支障をきたすおそれがありますので、関西地方への通話はお控えください。携帯電話のインターネットを通じて安否情報をご確認ください。

6番 **大学の先生が話しています。何についての話ですか。**

女：落語家の春風亭小朝師匠は言葉づかいに熟知しています。面白いことを言っていました。太った女の子に、かわいいけど、おデブだね。おデブだけど、かわいいね。かわいいとほめたつもりが、相手には全く違って伝わります。言葉が言葉を打ち消してしまうのです。おデブだけど、かわいいね、と言われた方が、太った女の子は嬉しいに決まっています。小朝師匠は言います。相手に愛を持って接していれば、自然な言葉が出てくると。相手もそれを感じて、きちんと言葉が伝わるのだと。無理をしてほめると、言葉が多くなってしまいます。言葉が多いと、真実味が

第四回

薄れがちになります。ホメゴロシという言葉もありますよね。なかなかに、ほめ方は難しいですね。

何についての話ですか。

1　叱り方についての話です

2　話術についての話です

3　健康についての話です

4　太った女についての話です

▶正解：2

解題關鍵句：落語家の春風亭小朝師匠は言葉づかいに熟知しています。

問題2では、まず質問を聞いてください。そのあと、問題用紙の選択肢を読んでください。読む時間があります。それから話を聞いて、問題用紙の1から4の中から、最もよいものを一つ選んでください。

1番　男の人と女の人が新幹線の中で話をしています。男の人はなぜ東京へ行きますか。

女：もうすぐ、つきますね。

男：そうですね、福岡へは出張ですか。

女：いいえ、友達の結婚式がありまして。福岡へはお仕事だったんですか。

男：え、今福岡で単身赴任中なんですよ。

女：大変ですね。お宅は東京ですか。

男：いや、大阪なんですよ、東京へは知り合いのお葬式がありまして。

男の人はなぜ東京へ行きますか。

1　出張のため

2　友達の結婚式に参加するため

3　単身赴任をするため

4　お葬式に参加するため

▶正解：4

解題關鍵句：いや、大阪なんですよ、東京へは知り合いのお葬式がありまして。

2番 **男の人と女の人が環境問題について話をしています。男の人はなぜ怒っていますか。**

女：今度の道路建設をどう思うの？

男：どう思うと聞いても、私は賛成だよな。道路ができれば生活は便利になるだろう。

女：しかし、反対する議員も多いと聞いたけど。

男：反対する人はみんな、たまにしかここへ来ない都会人だよ、そういう連中は週末か、祝日に来て、自然がいい、自然を残すべきだといっているけど。

女：ここで毎日生活する私たちの苦労は知らないくせに勝手に言わないでほしいね。

男の人はなぜ怒っていますか。

1 道路ができるから

2 議員が反対してるから

3 道路ができないから

4 自然を破壊するから

▶正解：2

解題關鍵句：反対する人はみんな、たまにしかここへ来ない都会人だよ、そういう連中は週末か、祝日に来て、自然がいい、自然を残すべきだといっているけど。

3番 **男子学生はどうして苦情を言いましたか。**

学生：あのう……3階の者なんですが。

主婦：はい。

学生：ちょっとお願いしたいことがあるんですが。

主婦：はい、なんでしょう。

学生：あと二週間で、試験なんで、勉強が大変なんです。

主婦：そうですか。

学生：それで、ですね。あの、子供のことなんですが。

主婦：子供って……うちの子供たちが？

学生：え、まあ、昼間は良いですが、夜遅くなるとちょっと。

主婦：そうでしたの？　ちっとも気が付かなくて、ごめんなさい。これから
　　　なんとかします。

学生：すいませんが、お願いします。試験が終わるまで。

主婦：はい、分かりました。

男子学生はどうして苦情を言いましたか。

1　昼間、勉強ができないからです

2　昼寝ができないからです

3　上階の子供がうるさいからです

4　上階の犬がうるさいからです

▶正解：3

解題關鍵句：え、まあ、昼間は良いですが、夜遅くなるとちょっと。

4番　男の人と女の人が話しています。女の人の寝不足の原因は何ですか。

男：どうした、顔色悪いよ。具合悪いの？

女：違う、実は昨日の夜、ほとんど寝てないのよ。

男：え、どうして、遊びに行ったの？

女：いや、夕べ、洗濯機の水が漏れてきて、大変だったのよ。まったく。そ
　　れでついでに部屋掃除もやってたんだけどさ。

男：部屋掃除はそんなにかからないでしょう。

女：うん、部屋掃除だけじゃなかったね、途中、昔の好きだった漫画を発見
　　して、それに夢中になってたら、空が明るくなっててさ。

女の人の寝不足の原因は何ですか。

1　洗濯機の水が漏れたから

2　部屋の掃除をしたから

3　漫画を読んだから

4　夜遊びに行ったから

▶正解：3

解題關鍵句：途中、昔の好きだった漫画を発見して、それに夢中になってたら、空が明るくなっててさ。

5番　男の人と女の人が話をしています。女の人はなぜこのワイシャツを選びましたか。

男：ネクタイはどんなのがいいかなぁ、無地それともチェック？

女：無地のほうがワイシャツに合わせやすいし、いいんじゃない？紳士服の売り場は5階だったような。

男：え、ネクタイだけじゃなかったけ？

女：最近開発されたこのワイシャツいいと思うよ。100％綿なのに家で洗濯しても、アイロンをかけても、全然OKですって、しかも一日着用しても、しわがつきにくいんだって。

男：え、ということは、今までの形態安定性のシャツと違うってことだね。いい値段するんでしょう。

女：ううん、そうでもないよ。何より、値段が手ごろで、防しわ性が高いからね。

男：またお金かかちゃうな。

第四回

女の人はなぜこのワイシャツを選びましたか。

1　100％綿で、洗濯できるから

2　家でアイロンをかけることができるから

3　形態安定性で、しわがつきにくいから

4　価格が手ごろで、防しわ性が高いから

▶正解：4

解題關鍵句：ううん、そうでもないよ。何より、値段が手ごろで、防しわ性が高いからね。

6番　女の人が話しています。新じゃがの特徴はなんですか。

女1：新「じゃが」を買って、普通にカレーを作ったんだけど、新「じゃが」の特徴がイマイチ分からないので、何か「新じゃが」の特徴とお薦めのレシピを教えてくれない。

女2：収穫したての新ジャガは水分を多く含んでいるので、ポテトサラダやコロッケよりも、油で揚げたり炒めたりするのがおすすめだよ。新ジャガ特有のみずみずしい風味は、皮の周辺にあるので、丸ごと食べるのがコツだよ。煮崩れを起こしにくいので煮物にも最適。また、よく洗って、そのまま蒸したり、オーブンで焼いたりするのも、新ジャガならではの調理法だよ。

新じゃがの特徴はなんですか。

1　あまい

2　みずみずしい

3　崩れやすい

4　ぱさぱさ

▶正解：2

解題關鍵句：新ジャガ特有のみずみずしい風味は……

7番　**二人の女の人が話をしています。旦那はなぜ禁煙しましたか。**

女1：最近どうしたのか分からないけど。うちの旦那突然禁煙すると言い出したよ。

女2：あ、そうか、良かったじゃん、医者に言われたの？

女1：そうでもないよ。前、体調を崩して、「たばこをやめたほうがいい」と医者にどんなに言われてもタバコやめなかったのにさ、昨日美紀に「パパ男くさいよ」っていわれて。

女2：あはは、みじめだな。

女1：うちにもいい医者がいたのね。

旦那はなぜ禁煙しましたか。

1　体に悪いから

2　娘に言われたから

3　医者に言われたから

4　体調を崩したから

▶正解：2

解題關鍵句：昨日美紀に「パパ男くさいよ」っていわれて。

問題3では、問題用紙に何も印刷されていません。この問題は、全体としてどんな内容かを聞く問題です。話の前に質問はありません。まず、話を聞いてください。それから、質問と選択肢を聞いて、1から4の中から、最もよいものを一つ選んでください。

1番　女の人が話しています。

女：皆さん、いわゆる「若者用語」について、どのように考えていますか。若者用語は現代に始まったことではなく、古くは清少納言の『枕草子』

にも当時の若者の言葉の乱れに関する記述がありました。今の若者によく使われているのは、「ウザい」「キモい」「ハズい」、誇張した表現「超」の濫用などといったことが挙げられます。こういう用語は既存の言語規範に反するために、社会的に批判されることが多いですが、私は言葉は変化するものだと考えています。多くの人が使いやすい、馴染みやすいと感じる用語が残っていくのではないのかと思います。

女の人は「若者用語」についてどう思っていますか。

1　若者用語が流行っているのは嘆くべきだ

2　言葉は変化するもので、若者用語の流行りも可笑しいことではない

3　馴染みやすい用語をどんどん減らすべきだ

4　若者用語は言語規範に反するために、批判すべきだ

▶正解：2

解題關鍵句：私は言葉は変化するものだと考えています。多くの人が使いやすい、馴染みやすいと感じる用語が残っていくのではないのかと思います。

2番　**病院で、お医者さんが患者さんの家族の方に説明しています。**

男：うつ病ですね。改善の見込みは十分にあると思います。薬は効果が出るまで時間がかかったり、慣れるまで気持ちが悪くなったりするかも知れませんが、根気よく飲まなければなりません。症状がよくなってくると、勝手に薬をやめたりして、また病気が悪化する患者さんが本当に多いので、お薬の管理は家族の方がきちんとしてあげてください。それから、病気の原因になっているストレスがあるはずですから、何よりその原因を取り除いてあげることが大切です。

うつ病を治すには何が一番大切だと言っていますか。

1　薬の飲み方をちゃんと守ること

2　家族の方が薬の管理をしてあげること

3　薬に自信を持って、飲み続けること

4　患者さんのストレスの原因を取り除いてあげること

▶正解：4

解題關鍵句：それから、病気の原因になっているストレスがあるはずですから、何よりその原因を取り除いてあげることが大切です。

3番 **留守番電話のメッセージです。**

女：こんにちは。こちらは横浜市立図書館です。荻原様がお借りになっている本の返却日が過ぎておりますので、あさってまでにお返しください。本のご返却はカウンターまでお願いします。閉館時は玄関前のブックポストに投函して下さい。なお、館内工事のため、明日、火曜日は臨時休館日とさせていただきます。また、ペナルティーとして、延滞していた日数分、貸出は受けられませんので、ご了承ください。それでは、よろしくお願いいたします。

荻原さんは本をどうしなければなりませんか。

1　今週の火曜日までに返さなければならない

2　今週の水曜日までに返さなければならない

3　今週の木曜日までに返さなければならない

4　今週の金曜日までに返さなければならない

▶正解：2

解題關鍵句：明日、火曜日は臨時休館日とさせていただきます。

4番 **金融庁のあるキャリアが話しています。**

男：日本では、株の取引は金融庁の管轄、商品取引は経済産業省の管轄なんです。ですから、株とcommodityつまり必需品を、同じ口座では取引できません。たとえば、ガソリンの値段が上がれば、石油会社の株も上がります。これと連動して同じ口座で取引できるようにすれば、投資家の利益は上がり、日本経済は今よりずっと活性化します。株とcommodityが同じ口座で一括して取引できる仕組みのためには、まず、金融庁と経済産業省の垣根を取り払わなければなりません。

この男の人が言いたいのは何ですか。

1　ガソリンの値段が上がれば石油会社の株も上がること

2　必需品と株を別々の口座で取引しなければならないこと

3　金融庁と経済産業省の垣根を取り払うためには、株と商品を同じ口座で取引しなければならないこと

4　株と必需品を同じ口座で取引するためには、金融庁と経済産業省が心を一つにして対応して行かなければならないこと

▶正解：4

解題關鍵句：株とcommodityが同じ口座で一括して取引できる仕組みのためには、まず、金融庁と経済産業省の垣根を取り払わなければなりません。

5番　アナウンサーが天気予報を伝えています。

女：それでは、台風16号の情報からお伝えします。強い台風16号は、今後も、勢力を保ちながら北上を続けて、今日の夜にかけて、関東に、最も接近する見込みです。台風の接近に伴って、急に、風が強まることがありますので、十分、警戒してください。明日は、日中は、日差しが出ますが、夜は、雨になり、気温は急に下がる恐れがあるので、風邪など引きませんよう十分お気をつけてください。

明日の天気はどうなると言っていますか。

1　日中は晴れで、夜は雨、冷え込みが厳しくなる恐れがあるでしょう

2　台風の影響で、一日中激しい風雨の天気が続くでしょう

3　台風の影響で、急に、風が強まる恐れがあるでしょう

4　台風の影響で、晴れ、時々曇りとなるでしょう

▶正解：1

解題關鍵句：明日は、日中は、日差しが出ますが、夜は、雨になり、気温は急に下がる恐れがあるので、風邪など引きませんよう十分お気をつけてください。

6番　ラジオで専門家が話しています。

男：今回のパンデミックは「Gゼロ世界」、つまり指導者なき世界で私たちが経験する最初の危機です。その結果として、この危機に各国がバラバラに対応しています。協調性が欠けます。9.11の時、アメリカはブッシュ大統領を中心に団結しました。支持率は92％まで跳ね上がり、ヨーロッパ各国はそろってアメリカを支持しました。2008（金融危機）では、ブッシュ大統領、オバマ大統領の下で団結しました。2020年の今、最も深刻な危機が発生しています。それなのにアメリカ国民は団結していません。トランプ大統領の支持率は46％、9.11の時のブッシュ大統領の半分です。ヨーロッパとの協調もありません。アメリカが欧州からの入国を禁止した時に、EUは事前に知らされておらず、アメリカを非難しました。G7の協調行動もありません。G20の協調もありません。アメリカはリーダーシップを発揮していません。経済的な打撃が大

きな問題ですが、政治的な問題はさらに大きいと思います。世界秩序が変化するでしょう。

専門家は何について話していますか。

1　パンデミックの原因

2　世界各国のパンデミックへの対応

3　パンデミックの及ぼす経済的な打撃

4　パンデミックの及ぼす政治的な危機

▶正解：4

解題關鍵句：経済的な打撃が大きな問題ですが、政治的な問題はさらに大きいと思います。

問題4では、問題用紙に何も印刷されていません。まず、文を聞いてください。それから、それに対する返事を聞いて、1から3の中から、最もよいものを一つ選んでください。

1番　**昨日、またラジオつけっぱなしで寝てたね。**

1　つけといてくれたんだね、ありがとう。

2　だって、暗いほうが好きだから。

3　ごめん、聞いてるうちに、寝ちゃったみたい。

▶正解：3

2番　**さすが人気の作家だね。**

1　期待したほどじゃなっかたね。

2　展示即売会に多くのファンが来たね。

3　え、まじですか。

▶正解：2

3番　**やるだけのことはやったし。後は、結果を待つだけだね。**

1　本当に悔しいね。

2　もう少し頑張るしかないか。

3　どきどきですね。

▶正解：3

4番 **彼女が壇上に立つや否や、会場も割れんばかりの拍手が沸き上がった。**

1　人気の歌手だからね。

2　失敗しましたね。

3　後悔は先に立たずって言うんだよね。

▶正解：1

5番 **座るが早いか、「いただきます」も言わないで夕食に食らいついたぞ。**

1　しつけが悪いですね。

2　礼儀正しいですね。

3　馴れ馴れしいですね。

▶正解：1

6番 **妹にいい就職先が見つかるかどうか心配で……**

1　まだ、五月だよ。「来年のことを言うと鬼が笑う」ってさ。

2　まだ、五月だよ。「鬼に金棒」ってさ。

3　まだ、五月だよ。「鬼の目にも涙」ってさ。

▶正解：1

7番 **社長不在のこととて、この件については日を改めてご返事させていただけませんか。**

1　はい、ではご連絡をお待ちしております。

2　はい、ではお試しください。

3　はい、ただで済まないよ。

▶正解：1

8番 **風邪気味なので休みたいのだが、社長命令では出社せざるを得ない。**

1　お気の毒ですね。

2　おめでたいですね。

3　気に入りましたか。

▶正解：1

9番 **実は予定していた人が急にこられなくなってね。君に通訳を頼めないかな。**

第四回

1　えっ？　急に言われても、私に代役が務まりますか。

2　えっ？　来られなくてかまいませんよ。

3　えっ？　来られなくて助かりました。

▶正解：1

10番 警察官ともあろう者が、暴力団に捜査情報を流していたとは。

1　ええ、許しがたいことです。

2　ええ、優しい警察官です。

3　ええ、ずばりの考えです。

▶正解：1

11番 自分のまいた種は、自分で刈ってしかるべきだ。

1　自業自得としか言いようがない。

2　自画自賛としか言いようがない。

3　自力更生としか言いようがない。

▶正解：1

12番 急な話で、申し訳ないんですが、婚約の件はなかったことにしよう。

1　では、早速結婚しましょう。

2　えっ、どうして突然に。

3　ええ、どこで結婚式をしますか。

▶正解：2

13番 あのう、タバコを吸わないから……

1　かしこまりました。禁煙席へご案内します。

2　かしこまりました。喫煙席へご案内します。

3　かしこまりました。フロントへご案内します。

▶正解：1

14番 森さんときたら、彼氏に振られたばかりで、さっきまで泣いていたかと思ったら、もう笑ってるよ。

1　立ち直りが早いよな。

2　立ち入り禁止だよな。

3　立ち飲みがいいかもな。

▶正解：1

問題5では、長めの話を聞きます。この問題には練習はありません。メモを取ってもかまいません。

1番、2番

問題用紙に何も印刷されていません。まず、話を聞いてください。それから質問と選択肢を聞いて1から4の中から、最もよいものを一つ選んでください。

1番　女の子と先輩が仕事について話しています。

女：あのう、先輩、ちょっといいですか。

男：はい、何ですか。

女：ちょっと、相談に乗ってもらいたいことが……

男：どうしたの？そんな深刻な顔をして、気分でも悪いんですか。

女：そういうわけじゃなくて、実は仕事のことで……

男：仕事のことって、君やるんじゃないですか。先週社長にほめられたんですって。

女：実は仕事をやめようかなと。

男：ええ、いきなり、どうしてですか。

女：実は激しい社内競争を余儀なくされていますので、かなり難しい立場に追い込まれまして……こういう仕事は自分には合わないかなと……

男：ああ、そういうことか。社内競争はどこの会社でも同じなんです。そんなことで、諦めることなんかありませんよ。

女：そうでしょうか。先輩も経験したことがありますか。

男：ありますよ。その時の経験が今の競合他社との競争に役立っていますし、かえって、あの時の経験で鍛えられたと思っていますねえ。

女：そうだったんですか。

男：ですから、やめることありませんよ。

女：はい、分かりました。もう少し頑張ってみます。

第四回

女性について、正しい説明はどれですか。

1　今の仕事が自分に向いていると思っています

2　これから仕事をやめます

3　会社の仕事を続けます

4　社長にほめられてうれしがっています

▶正解：3

解題關鍵句：はい、分かりました。もう少し頑張ってみます。

2番　昼ごはんについての二人の会話です。

男：あー、お腹空いたなぁ。そろそろご飯にしない？

女：もう昼食の時間か。じゃあ、お好み焼きでも買いに行く？

男：えー、面倒だなぁ。出前を頼もうよ。

女：確か、金曜日は出前屋さん休みのはずだよ。

男：そうか……分かった。じゃあ、豚カツなんかどう？

女：まぁ、おごってくれるなら、構わないよ。

男：言ってみただけだよ。それなら、パンでも買いに行く？

女：嫌だよ。パンなら昨日食べたばかりじゃない。別のものにしようよ。

男：仕方ないなぁ。じゃあちょっと面倒だけどやっぱりあれを買いに行こうか？

女：うーん。そうだな、とりあえずそれにするか。

二人は昼食に何を食べることにしましたか。

1　お好み焼き

2　豚カツ

3　パン

4　出前

▶正解：1

解題關鍵句：じゃあ、お好み焼きでも買いに行く？
えー、面倒だなぁ。
じゃあちょっと面倒だけどやっぱりあれを買いに行こうか？

3番　まず話を聞いてください。それから二つの質問を聞いて、それぞれ問題用紙の1から4の中から最もよいものを一つ選んでください。

3番 **プレゼント売り場での会話です。**

店員：いらっしゃいませ。

女　：あのう、彼氏へどんな贈り物をしようか悩んでいるんです。何かおすすめありませんか。

店員：そうですね、男性にはこれが人気です。実用性とアクセサリー性を兼ね備え、いつも・どこでも時間をチェックできます。

女　：でも、これはありきたりなもんでちょっと物足りないなあ。

店員：そうですか……ではこちらはどうでしょう。毎日持ち歩くお財布だけに彼氏のカラーにあったお財布をプレゼントしたら、きっと大切に使ってくれることでしょう。今日発売されたばかりなんです。

女　：へえ、かわいいですねえ。え、10,000円！　ちょっと高いなあ……

店員：後は……そうですねえ、こちらの今流行りの香水ですが。

女　：うーん……やっぱりさっきのにします。ちょっとありきたりけど。

店員：そうですか。ありがとうございます。

質問1　女の人は、何を買ったでしょうか。

1　腕時計

2　財布

3　香水

4　アクセサリー

▶正解：1

解題關鍵句：実用性とアクセサリー性を兼ね備え、いつも・どこでも時間をチェックできます。
やっぱりさっきのにします。ちょっとありきたりけど。

質問2　女の人は、買ったプレゼントの何が不満ですか。

1　値段が高い

2　珍しくない

3　実用性が足りない

4　アクセサリー性が足りない

▶正解：2

解題關鍵句：でも、これはありきたりなもんでちょっと物足りないなあ。

第四回

全真模擬答案解析 第五回

★ 言語知識（文字・語彙・文法）・読解

★ 聽解

第五回

言語知識（文字・語彙・文法）・読解

問題1

1 **答案：2**

譯文：東京的天空毫無昨日的暴雨痕跡，晴空萬里，盛夏的陽光格外明媚。

選項1　馴染み（なじみ）：熟人，熟客

選項2　名残（なごり）：惜別；痕跡

選項3　名山（めいざん）：名山

選項4　仲人（なこうど）：媒人

2 **答案：2**

譯文：為了不讓顧客難以判斷，希望添加詳細說明。

選項1　拝領（はいりょう）：領取

選項2　配慮（はいりょ）：關照

選項3　繁盛（はんじょう）：繁榮

選項4　配分（はいぶん）：分配

3 **答案：3**

譯文：把普通市民當人質，並威脅不滿足要求就撕票，這種行為不可饒恕。

選項1　無此詞

選項2　無此詞

選項3　人質（ひとじち）：人質

選項4　無此詞

4 **答案：1**

譯文：他稍微撥開瀏海，用尖銳的眼神瞪著我，好像在說「這不是我的錯」。

選項1　睨む（にらむ）：瞪著

選項2　和む（なごむ）：溫和，平靜

選項3　滲む（にじむ）：滲出，滲透

選項4　僻む（ひがむ）：乖僻

5 **答案：2**

譯文：考量用戶需求，反覆斟酌、精心製作是設計的根本。

選項1　詰る（なじる）：責備，責問

選項2　練る（ねる）：推敲，斟酌

選項3　憚る（はばかる）：忌憚，顧忌
選項4　率いる（ひきいる）：率領

6　**答案：1**
譯文：為世界的和平與繁榮作出力所能及的貢獻是我國重要的使命。
選項1　相応しい（ふさわしい）：相應
選項2　誇らしい（ほこらしい）：自豪的
選項3　名残惜しい（なごりおしい）：留戀
選項4　甚だしい（はなはだしい）：非常

問題2

7　**答案：2**
譯文：小城鎮沒有餘力跟大型地方自治體競爭，即使能引進專業人才，也不一定留得住他們。
選項1　張り切る（はりきる）：繃緊，幹勁十足
例 張り切って働く。／工作很投入。
選項2　張り合う（はりあう）：競爭
例 社長の椅子を張り合う。／爭奪社長的寶座。
選項3　張り付ける（はりつける）：貼上，黏上
例 封筒に切手を張り付ける。／把郵票貼在信封上。
選項4　張り込む（はりこむ）：埋伏
例 警察が張り込んでいる。／警察埋伏著。

8　**答案：2**
譯文：在腦中思考明天的菜色、準備早晚兩餐已經成為他每天的必修課。
選項1　中身（なかみ）：裡面的東西
例 カバンの中身をチェックされた。／開包接受檢查。
選項2　日課（にっか）：每日的功課
例 日課は散歩だ。／每天必去散步。
選項3　日付（ひづけ）：日期
例 手紙に日付を入れる。／在信中押上日期。
選項4　日和（ひより）：大晴天
例 今日はよい日和だ。／今天天氣不錯。

9　**答案：2**
譯文：這部入圍奧斯卡的作品雖然不是一部催淚之作，但這部片長超過兩個小時的影片能夠勾起人們的回憶，稱它為佳作一點也不為過。

第五回

選項1　ネーミング：命名
例 ネーミングの面白い商品／名字很有趣的商品
選項2　ノミネート：提名
例 候補者にノミネートされた。／被提名為候選人。
選項3　ノイローゼ：神經衰弱
例 彼は最近借金でノイローゼ気味だ。／他最近因為欠債，有點神經衰弱。
選項4　ナレーター：旁白，敘述者
例 ナレーターになるには表現力が問われる。／旁白需要較高的表述能力。

10　**答案：3**
譯文：我大四的時候，許多學生在暑假前就已經找到工作或預先錄取了。
選項1　内緒（ないしょ）：保密
例 内緒で外出する。／偷偷外出。
選項2　内実（ないじつ）：內情
例 内実は破産寸前なんだ。／實際上馬上就要破產了。
選項3　内定（ないてい）：內定
例 彼は課長に内定している。／他將被任命為科長。
選項4　内職（ないしょく）：副業
例 翻訳を内職にしている。／把筆譯當副業。

11　**答案：1**
譯文：明明經驗很豐富，但是不管什麼事情都不敢下決斷，他這種優柔寡斷、模棱兩可的態度時常讓下屬著急。
選項1　煮え切らない（にえきらない）：模棱兩可，含糊不清
例 彼の煮え切らない態度にいらいらする。／他這種模棱兩可的態度可急死人了。
選項2　煮え立つ（にえたつ）：煮沸
例 お湯が煮え立っている。／水開了。
選項3　煮えあがる（にえあがる）：煮透
例 芋が煮えあがった。／芋頭煮爛了。
選項4　煮えたぎる（にえたぎる）：煮沸
例 油が煮えたぎった。／油滾沸了。

12　**答案：3**
譯文：在收入與自由時間增多以及高學歷化的背景下，越來越多人想透過某種形式親自參與社會來尋找自身價值。

選項1　親身（しんみ）：親人，親如骨肉

例 親身になって養子の面倒を見る。／將養子視若己出。

選項2　肉親（にくしん）：親人

例 あの人は私の肉親ではない。／我跟他無血緣關係。

選項3　自ら（みずから）：自身，親自

例 自らの力で成し遂げた。／用自己的力量來完成。

選項4　自ずから（おのずから）：自然而然

例 誰がやったかは自ずから明らかだ。／是誰幹的，自然會明瞭。

13　**答案：2**

譯文：或許是因為抱著「只要通過考試就行了」的想法，所以在實際需要使用英語時才毫無自信，無法流利使用。

選項1　把握（はあく）：掌握

例 その場の状況を把握する。／把握現場情況。

選項2　自信（じしん）：自信

例 自信を持って戦おうじゃないか。／請自信地應戰吧。

選項3　信心（しんじん）：信仰

例 仏教を信心する。／信仰佛教。

選項4　確信（かくしん）：堅信

例 彼は潔白だと確信している。／我堅信他是清白的。

第五回

問題3

14　**答案：1**

譯文：我想製作「同業公會諮詢指南」，廣發給企業和一般消費者。

考 點　配布（はいふ）：分發

選項1　廣發

選項2　使周知

選項3　廣泛收集

選項4　統整提交

15　**答案：2**

譯文：經常留意自己電腦硬碟和檔案的讀取紀錄，可提高發現可疑狀況的機率。

考 點　不審（ふしん）：可疑的

選項1　相等

選項2　可疑

選項3　非常

選項4　久遠

16 **答案：4**

譯文：因事先已將提問用郵件寄給對方，採訪比預期的還要順利。

考 點　捗る（はかどる）：進展順利

選項1　動作中途停止

選項2　出了問題，停滯不前

選項3　進展不順利

選項4　進展順利

17 **答案：2**

譯文：民宅密集，難以預防災害，這次的改造是長年的願望。

考 點　悲願（ひがん）：夙願

選項1　強烈抗拒

選項2　非常想實現的事情

選項3　極為悲傷的記憶

選項4　必須有的

18 **答案：4**

譯文：24日，巨人隊與中日隊的比賽在東京巨蛋展開，延長至12局，最後以和局收場。

考 點　引き分け（ひきわけ）：打了個平手

選項1　慘敗

選項2　輕而易舉獲勝

選項3　有過之而無不及

選項4　不分勝負

19 **答案：1**

譯文：某大學的畢業生M先前在這間福利機構工作。聽説他招募時未被採用，補招時才被錄取。

考 點　補欠（ほけつ）：補充，候補

選項1　補足數量

選項2　彌補不足之處

選項3　用金錢等賠償

選項4　換個地方再度召開

問題4

20 **答案：1**

譯文：今晚六點半開始為高杉守靈，要穿正裝去。

考 點　フォーマル：正式的
選項1　正確選項
選項2　替換為：ニックネーム（暱稱）
選項3　替換為：ニックネーム（暱稱）
選項4　替換為：フルコース（全席）

21　**答案：1**
譯文：來這裡第五個年頭了，但還是受不了盛夏的炎熱和隆冬的寒冷。
考 點　閉口（へいこう）：受不了
選項1　正確選項
選項2　替換為：黙れ（閉嘴）
選項3　替換為：参加（參加）
選項4　替換為：白状（招供）

22　**答案：3**
譯文：我真心愛雷因，所以被他背叛繼而離婚後，我身心俱疲。
考 點　ぼろぼろ：碎片一般，破爛一樣
選項1　替換為：ぺこぺこ（點頭哈腰）
選項2　替換為：わざわざ（特地）
選項3　正確選項
選項4　替換為：ぴんぴん（生龍活虎）

23　**答案：4**
譯文：紅葉就不用說了，櫻樹的葉子也開始泛紅，彷彿宣告著秋天的正式到來。
考 點　本格的（ほんかくてき）：正式的
選項1　替換為：悲観的（悲觀）
選項2　替換為：広い（寬敞）
選項3　替換為：曖昧（模糊）
選項4　正確選項

24　**答案：2**
譯文：我要去九州旅行，到時一定要嚐嚐正宗的熊本拉麵。
考 點　本場（ほんば）：產地
選項1　替換為：相場（行情）
選項2　正確選項
選項3　替換為：運動場（操場）
選項4　替換為：運動場（操場）

第五回

25 答案：4

譯文：地震後的一年裡，人們深受餘震的折磨，已經疲憊不堪。

考 點　翻弄（ほんろう）：擺布

選項1　替換為：漁る（搜羅）

選項2　替換為：弄る（玩弄）

選項3　替換為：遊ぶ（玩耍，放鬆）

選項4　正確選項

問題5

26 答案：3

譯文：小孩子從早到晚在路邊行乞的身影，實在讓人目不忍睹。

選項1　「～たりない」表示「不足」，一般用於表達缺少什麼東西，多用「N が足りない」的形式。

例 時間が足りない。／時間不夠用。

選項2　「～にかたくない」表示「不難……」。

例 理解にかたくない。／不難理解。

選項3　「～にたえない」接在「聞く／見る／読む」等詞後表示情況過於嚴重，聽不下去或看不下去等意思。

例 彼の作品は読むにたえない。／他的作品讓人讀不下去。

選項4　「～にあたらない」一般接在「驚く／非難する」等動詞後面，表示「沒有必要……」、「用不著……」之意，用於勸告或告誡對方。

例 驚くにはあたらない。／不用吃驚。

27 答案：1

譯文：祥子一直都單身，而香苗卻不是，她最近才又離了第二次婚。

選項1　「～にひきかえ」表示「與……相反」之意，把兩個可以用來對照的人或事進行對比，表示後項與前項相反。

例 勉強家の兄にひきかえ、弟は怠け者だ。／哥哥學習很認真，但弟弟卻很懶。

選項2　「～にとどまらず」一般接在表示地域或時間的名詞後面，表示不局限於此範圍或時間的意思，可譯為「不僅……」、「不限於……」。

例 毎年の旅行者は二万人にとどまらない。／每年的遊客不止2萬人。

選項3　「～に先立って」表示「在……之前」、「先於……」的意思。強調「事前準備……」，因此常與「ておく」相呼應。

例 開会に先立って、社長にごあいさつをしていただきます。／在會議開始之前，先請社長致詞。

選項4　「～にかわり」前接表示人、組織、社會團體等的名詞，表示應該由其做的事，改由其他的人或組織來做。

例 担当者にかわり、僕は出張する。／我代替負責人出差。

28　答案：2

譯文：今年暑假比往年都要熱，即便如此，今年參加活動的孩子人數也是最多的。

選項1　「～にかぎって」表示「僅限於」。

例 大人に限って、入場可能です。／僅限大人入場。

選項2　「～にもまして」表示與前項相比，後項程度更甚的意思，可譯為「比……更……」，與「よりも」意義較為接近。

例 以前にもまして、美しくなった。／比以前更漂亮了。

選項3　「～にかけては」表示「關於某事」、「在某個領域」，相當於「～の分野では」。

例 数学にかけては、クラスで一番です。／（他的）數學是全班最好的。

選項4　「～において」接在表示場所、時間、狀況等的名詞後面，表示事情發生或某狀態存在的背景，很多時候可與「で」互換，但比「で」鄭重。

例 ここにおいて、万博を催す。／在這個地方舉辦世博會。

第五回

29　答案：4

譯文：今天能夠站在如此盛大的舞臺上，我感到榮幸至極。

選項1　「～に至り」表示「到達」，不符合題意。不存在類似「は至り」、「が至り」的句型，可直接排除。

例 付き合っても結婚に至りません。／只是談戀愛，還沒有結婚。

選項2　無此語法。

選項3　無此語法。

選項4　「の至り」一般接在表示感情的名詞後面，表示達到極致，相當於「最高に～の気持ちだ」，可譯為「無比」、「非常」。

例 感激の至りだ。／感激之至。

30　答案：2

譯文：剽竊別人的想法、創意等不是一個重視原創性的藝術家應有的行為。

選項1　「～あるべき」表示「應該有」。

例 職員のあるべき姿は何ですか。／職員應該是什麼樣子的呢？

選項2　「～あるまじき」一般前接「N+に／として」，表示某種行為是出於某種立場或具有某種身分的人不應有的或與之不相稱的，譯為「……不應有的……」。

例 首相にあるまじき発言です。／首相不應該說那樣的話。

選項3　「～あるまい」中的「まい」當前接「ある／いる／できる」等狀態動詞或動詞的可能形時，一般表示否定的推量，相當於「ないだろう」。

例 ミスがあるまい。／應該不會有錯誤。

選項4　「～ありそうな」表示「像是……會有的」。

例 まるで仮想空間にありそうな建物だ。／看上去就像是幻想空間裡會出現的建築。

31　**答案：1**

譯文：這下傷腦筋了。這個鎮上別說旅館了，連個餐廳都沒有，而且距離下一個城鎮還很遠。運氣不好的時候就是這個樣子！

選項1　「～はおろか」表示「不用說……就連……」的意思，前項一般為程度較低的某事，用以強調程度較高的後項，相當於口語中的「どころか」。

例 車はおろか、自転車さえありませんよ。／別說汽車了，連自行車都沒有。

選項2　「～というより」表示「比起……」。

例 美人というより、可愛いです。／與其說是美女，倒不如說是可愛型的女孩。

選項3　「～ぬきで」表示「除去……」、「撇開……」之意。

例 指導者ぬきで、飲みに行きましょう。／我們丟下指導者，自己去喝一杯吧。

選項4　「～ないまでも」表示「雖不必……但是至少……」。

例 毎日掃除しないまでも、週に一回ぐらい掃除してほしい。／雖然不必每天都打掃，但是希望一週至少打掃一次。

32　**答案：4**

譯文：法律的修訂不僅關係到未成年人，更是全社會共同的問題。

選項1　「～までもなく」表示「用不著……」。

例 借りに行くまでもなく、取り寄せたから。／不用去借了，讓他們拿過來了。

選項2　「～をおいて」表示「除……之外」，隱含最佳選擇的意思，後面常與「ほかに～ない」的形式相呼應。

例 李さんをおいて、適任者はいない。／除去小李，沒有更合適的人選了。

選項3　「～なくして」表示「如果沒有……」，後項一般是很困難的情況，相當於口語中的「～がなかったら」。

例 愛なくしてなんの人生だ。／少了愛，人生索然無味。

選項4　「～のみならず」表示不僅僅限於某個範圍或數量，相當於常用的「だけでなく」，譯為「不僅……而且……」。

例 学部生のみならず、院生もぜひご参加ください。／不僅本科生要參加，研究生也務必參加。

33　**答案：3**

譯文：中田的演奏太精彩了，真不愧是受過專業訓練的。

選項1　「～ばかりだ」前接表示變化的動詞，表示變化或事態一個勁地朝著壞的方向發展，多用於負面評價，譯為「越發……」、「一直……」。且一般前面接動詞的現在式，因此從接續也可將此項排除。

例 応募者が少なくなるばかりだ。／應聘者越來越少。

選項2　「～たる」前接名詞，表示作為這種身分、地位的人，按道理應該做某事。譯為「作為……」。

例 男たるものは、七転び八起きだ。／作為男人，就應百折不撓。

選項3　「～だけのことはある」表示與其所做的努力、所處的地位或所經歷的事情相稱之意，是一種對結果、能力、特長等的高度評價，常與副詞「さすが」相呼應，可譯為「不愧是……」、「值得……」。

例 この靴は歩きやすいです。高いだけのことはある。／這雙鞋子穿起來很舒服，不枉我花了大錢買下。

選項4　「～どころではない」表示做某事不合時宜之意，譯為「不是做……的時候」，不合題意。

例 明日大学入試だから、ゲームどころではない。／明天就是大學升學考試了，哪有時間打遊戲！

34　**答案：3**

譯文：（我們）也不是不能理解您的心情，但請把孩子的意願放在第一位。

選項1　「～わけがない」表示「不可能……」，在此處不符合題意。

例 知るわけがないだろう。／我怎麼可能知道。

選項2　「～わけにはいかない」表示「不能……」。

例 車で来たんだから、お酒を飲むわけにはいかない。／我開車來的，不能喝酒。

選項3　「～ないわけではない」表示「不是不……」之意。因此「分からないわけではないです」可譯為「並不是不能理解」。

第五回

例 行きたくないわけではないが、忙しくて。／不是不想去，實在是太忙了。

選項4　「～わけではない」前接肯定表達時，表示「並非」、「並不是」。

例 好きなわけではない。ただ好感を持っているだけだ。／並非喜歡，只是有好感罷了。

35　**答案：4**

譯文：為了拿下博士學位，每天都犧牲睡眠時間鑽研論文。

選項1　「～べからざる」否定前項動詞，後面必須加名詞。表示「不……」。

例 パソコンは欠くべからざるものとなっている。／電腦已經成為不可或缺的物品。

選項2　「～べくして」前後接同義動詞，表示「果然」、「終究」。

例 僕らは出会うべくして出会ったのかもしれない。／我們或許是千里姻緣一線牽吧。

選項3　「～べからず」前接動詞原形，表示「不應該」、「不允許」。

例 初心、忘るべからず。／勿忘初衷。

選項4　「～べく」表示目的，譯為「為了（能夠）……」，一般用於表示必須或按理應該要做的事情。

例 夢を実現するべく、芸能界に進出した。／為了實現夢想，進入了演藝圈。

問題6

36　**答案：1**

原句：新しいパソコンを買ったが2 携帯型　3 である　1 がゆえに　4 性能が低いとされる。

譯文：我買了新電腦，但是由於是可攜式的，大家認為其性能不高。

解析：本題可使用倒推法，「がゆえに」表示「正因為……」，選項2後面肯定要接選項3，選項4根據接續方式只好放在最後，所以選項1為正確答案。

37　**答案：3**

原句：あそこに交番があることが、2 私の計画には　4 かえって　3 必要でさえ　1 あったのです。

譯文：那裡的派出所反而正是我計畫中所必需的。

解析：本題中需把握好文法「かえって」，它表示「反而」的意思。切勿將「かえって」理解成「帰る」的連用形，否則將難以解題。

38 **答案：1**

原句：先生に呼ばれたので、また4 叱られる　2 と思いきや　1 めずらしく　3 ほめられた。

譯文：我被老師叫去了，原以為又要挨罵，結果難得被老師表揚了。

解析：在本題中只要正確把握句型「と思いきや」（原以為……）便不難找出答案。

39 **答案：1**

原句：それがクラスの子どもたちにとって取り組みやすく、価値が3 あるものかどうか　4 という点　1 もさることながら　2 教師にとっては資料を作る過程に意味がある。

譯文：先不提這對於班裡孩子們來說是否容易參與、是否有價值，至少對於教師來說，整個製作資料的過程本身就很有意義。

解析：本題測驗了一個句型「～もさることながら」，表示「……自不用說」。該句型常用於好的事情，是一種委婉地表達說話者意見的方式。

40 **答案：2**

原句：1 見る　4 ともなく　2 見ている　3 うちに、その魅力に心が奪われてしまった。

譯文：不經意間看了一會，就被其魅力所吸引了。

解析：此處出現了一個句型「～ともなく」，常與「見る／言う／考える」等表示感覺、知覺、思考等的意志性動詞連用，表示不帶有明確的目的或意圖去做某事，可譯為「不知不覺……」、「不經意……」。

第五回

問題7

41 **答案：2**

選項：1 怎麼也睡不著　2 自然就會入睡　3 想東想西　4 梳理一天的工作

譯文：一般的上班族，到了晚上，在安靜的環境中，只要蓋上被子，應該自然就會入睡。

解析：解題關鍵句為「しかし、眠れないとしたら」，本來應該很快睡著，但是卻睡不著，根據轉折句可以推斷出，選項2為正確答案。

42 **答案：1**

選項：1 沒必要擔心　2 最好馬上看醫生　3 別睡覺就好了　4 原因是壓力大吧

譯文：比如因生病或受傷等帶來的短暫壓力、會議前一天晚上太興奮或者心事造成的失眠，這些情況都不須擔心。

解析：解題關鍵句是「問題なのは、そうした原因がないのに眠れない場合です」，可見前者不需要擔心，後面這種情況就需要當心了。

43 **答案：2**

選項：1 因此　2 而且　3 於是　4 那樣的話

譯文：沒有煩惱，環境也沒有發生變化。

解析：根據前後句的邏輯關係推斷答案。後句是對前句的進一步補充，選項2符合此意，為正確答案。

44 **答案：2**

選項：1 從那以後　2 不僅如此　3 正是那個　4 唯有那個

譯文：不僅如此，還可能發展成憂鬱症。

解析：測驗前後句的邏輯關係。前面的句子說「失眠症會給白天的生活帶來不好影響」，後面的句子說「會發展成憂鬱症」，由此可知前後句是遞進關係，選項2為正確答案。

45 **答案：4**

選項：1 草率　2 不講究　3吊兒郎當　4 認真

譯文：大多數得憂鬱症的人都是那些認真、一絲不苟的人。

解析：解題關鍵句為「仕事に対して人一倍頑張ってしまうようです」，由此可以判斷，容易得憂鬱症的多是比較認真的人。選項4為正確答案。

問題8

46 **答案：4**

解析：本題是文章主旨類題型。解題關鍵句為「大人は子供たちに、もっと食べ物の大切さを教えてやるべきではないだろうか」，選項4為正確答案。選項1、選項2文中未涉及，選項3「捐款」一事文中未涉及。

47 **答案：4**

解析：解題關鍵句在第二段，作者認為中學生已經有是非觀念，應該對自己的行為承擔責任，犯了錯誤要接受懲罰。第二段最後一句道出了作者的心聲「今年應該重新審視少年犯罪法」，選項4為正確答案。

48 **答案：1**

解析：本題是商務文書類題型。解題關鍵句在文章第二段，「納期が大変に遅れてしまい、誠にご迷惑をおかけしております」，因訂單太多無法按期交貨，不得不向客戶道歉。因此，選項1是正確答案。

49 **答案：1**

解析：本題可用排除法，選項2、選項3、選項4在文中都有涉及，但是都是其中的某一種原因，同為並列選項。選項1符合文章主旨，對「不去學校」的原因進行了總結，也就是說，選項1囊括了其他3個選項。

問題9

50 **答案：4**

解析：本題測驗文章關鍵字的意義。解題關鍵句為「理不尽な要求をする一部の親が、先生を追いつめている」，因此「怪獸家長」指的是那些按照自己的想法、不斷向學校提出過分要求的人。選項4為正確答案。

51 **答案：3**

解析：「参る」既有「前往」的意思，也有「受不了」、「吃不消」的意思。本題測驗的是其第二個含義。對於家長們的過分要求，老師們叫苦連天，束手無策。選項3符合文章主旨，為正確答案。

52 **答案：4**

解析：解題關鍵句是文章最後一句「雑音は、学校にとって貴重な羅針盤だろう。だがそれも『騒音』となれば、耳をふさぎたくなるだけである」，好的建議對學校是鞭策，反之會添麻煩，選項4為正確答案。

53 **答案：2**

解析：選項1和選項4前半句不正確，首先排除。選項3後半句「參加保險」與文章主旨無關，故排除。選項2的意思是「現在的年輕人缺少鬥志，希望他們能胸懷大志」，符合文章主旨，為正確答案。

54 **答案：4**

解析：解題關鍵句為「若くして閑居を望む声が多い」，現在的年輕人，年紀輕輕就想過平淡的日子，缺乏雄心壯志，所以選項4為正確答案。選項1為誘答選項，句子後半句不正確，需要排除。

55 **答案：4**

解析：解題關鍵句是文章最後一句「そっと不安をのみ込むことにする」，許多老年人發出「唉，現在的年輕人呀！」的感慨，可見他們對年輕人現在的狀態不滿意，為他們感到不安，選項4為正確答案。

56 **答案：4**

解析：解題關鍵句為「脇から腕をぐいと伸ばして扉を閉じるボタンを押した」，由此可以知道，穿西裝的年輕人對作者「咂嘴」，是因為他進了電梯，沒有即時按「關」的按鈕，選項4為正確答案。

57 答案：1

解析：本題是指示詞類題型，測驗指示詞所指代的內容。指示詞指代的內容一般在前面一個句子的概率比較大。解題關鍵句是「米国では、ボタンを押さずに扉が閉まるのを待つ」，選項1符合，為正確答案。

58 答案：3

解析：本題測驗考生對文章主旨的理解。解題關鍵句是「お年寄りには堂々ともたつく権利がある」，日本整個社會都比較急躁，作者呼籲大家給別人「慢吞吞」的權利，選項3符合文章主旨，為正確答案。

問題10

59 答案：1

解析：解題關鍵句在文章第二段，作者看到工蜂高超的捕獵技巧，為之驚歎。隨後又看到直到幼蟲長大，獵物也始終不會腐爛，這讓作者感到震驚。選項1包含了這兩個方面，為正確答案。

60 答案：3

解析：本題為指示詞類題型。直接從指示詞的前一段文章中尋找答案。解題關鍵句為「レオン・デュフールという学者は、蜂は特別な、学界にもまだ知られていない防腐剤を注射するのだ」，選項3為正確答案。

61 答案：1

解析：解題關鍵句為「すべてはコンピューターのようにはじめからプログラムに込み組まれており、昆虫は次々に反応していくのだろう」，選項1與該句意思相符，為正確答案。

62 答案：2

解析：解題關鍵句在第五段，法布林給被蜜蜂捕獲的獵物通上電流，發現它有反應，由此推斷出「蜂が刺すのは運動神経の中枢である」，選項2與關鍵句意思相符，為正確答案。

問題11

63 答案：4

解析：本題可用排除法。選項1、選項3是第一篇文章的觀點，第二篇文章中並未提及。選項2是第二篇文章的觀點，故排除。選項4為正確答案。

64 答案：2

解析：解題關鍵是第一篇文章第一段、第二段的內容，作者認為透過打工不但可以支付學費，而且還可以鍛鍊自己。選項2為正確答案。

65 答案：1

解析：解題關鍵句為「学生の本分は勉学だから、バイトがよくない、と思います」，文章B的作者認為對於理科學生而言，課業很忙，打工會影響課業。選項1為正確答案。

問題12

66 答案：3

解析：本題測驗前後句的邏輯關係。「我們以為感覺本身真實地反映了客觀世界，但是那只不過是幻想」，前後句是轉折關係，選項3為正確答案。

67 答案：1

解析：本題可用排除法解答。選項2、選項3實際上是一樣的，都指被測試者選擇的照片。選項4與文章主旨無關，故排除。選項1為正確答案。

68 答案：1

解析：本題比較抽象，需要考生根據定義選擇正確答案。解題關鍵句為「似た現象に、途中で変化に気がつかないchange blindness（変化盲）がある」，由此可見選項1為正確答案。選項2後半句不正確，選項3、選項4與文章主旨無關。

69 答案：4

解析：解題關鍵句為「どうせ私の嗅覚は、どこの豆だろうと違いが分からないのだから」，選項4為正確答案。

問題13

70 答案：1

解析：選項2「曾獲獎作品」不符合要求，故排除。文中的要求是一人只能提交一份作品，選項3為兩份，故排除。選項4為模仿作品，不符合要求，故排除。所以選項1為正確答案。

71 答案：4

解析：選項1、選項2在文章中並未涉及，首先排除。根據文章關鍵句「選考経過のお問合せには一切応じません」，排除選項3。綜上所述，選項4為正確答案。

聴解

問題1では、まず質問を聞いてください。それから話を聞いて、問題用紙の1から4の中から、最もよいものを一つ選んでください。

1番 **社長と女の人が打ち合わせをしています。社長は出張に行く前に何をするつもりですか。**

女：社長、来週の沖縄出張のスケジュールが出来上がりました。こちらをご覧ください。

男：どれどれ、えーと、いつものホテルに7泊8日だね。この5日目と6日目のスケジュールが空いてるけど、何も入ってないのかい。

女：ええ、その日の予定は何も入れておりません。せっかく沖縄にいらっしゃるのですから、どうぞお好きなゴルフを満喫なさってください。

男：こんなご時世に私だけ気ままなことをしていいのかね。

女：ええ、全く問題はございません。それと大阪支店の人員削減の件ですが……

男：ああ、その件だったら私が出張から帰ったら臨時の役員会議を開くと、人事部長に伝えておいてくれ。

女：はい、かしこまりました。ではその役員会議の資料のほうをこれから作成いたしますので、沖縄へ発つ前に一度、目を通していただけますか。

男：ああ、そうしてくれると助かるよ。

社長は出張に行く前に何をするつもりですか。

1　ゴルフをして楽しむ

2　沖縄出張のスケジュールを確認する

3　臨時の役員会議を開く

4　人員削減に関する資料に目を通す

▶正解：4

解題關鍵句： ではその役員会議の資料のほうをこれから作成いたしますので、沖縄へ発つ前に一度、目を通していただけますか。

2番 **お母さんが息子に電話をかけています。男の子がこれからやることは何ですか。**

女：もしもし、お母さんだけど。まだ仕事が終らなくて帰れそうもないのよ。夕飯は冷蔵庫にしまってあるから、お父さんが帰ってきたら電子レンジで温めて一緒に食べてね。

男：お父さんも残業で帰りが遅くなるって、さっき電話があったよ。僕、そんなにおなかがすいてないし、夕飯はお母さんが帰ってきてからでも構わないよ。お母さんは何時ごろ家に着くの？

女：うーん、たぶん7時過ぎくらいね。ところで宿題は終わったの？

男：まだ終わってないよ。今、雨が降りそうだったから洗濯物を取り込んでいたんだよ。

女：ずいぶんと気が利くわね。でも、ちゃんと宿題はやらなきゃだめよ。それと、宿題のあとで構わないから猫に餌をあげてちょうだい。

男：餌もさっきあげたよ、学校から帰ってきたらすり寄って離れようとしなかったから。

女：そうなの、じゃあ餌はもうあげなくてもいいわ。お母さんもできるだけ早く帰るようにするけど、それまでにやることは分かってるわね。

男：分かってるよ。お風呂は沸かしておいたほうがいいの？

女：いや、お風呂はお母さんが帰ってから沸かすわ。

男の子がこれからやることは何ですか。

1　夕飯の支度をする

2　宿題をする

3　洗濯物を取り込む

4　猫に餌をあげる

▶正解：2

解題關鍵句：ずいぶんと気が利くわね。でも、ちゃんと宿題はやらなきゃだめよ。

3番 **女の人と男の人が話しています。女の人はこのあと何をしなければなりませんか。**

女：今日はちょっと折り入ってお願いしたいことがありまして……

男：はい、何でしょうか。

女：実は先月のお支払いの件なのですが、もうしばらくご猶予いただけないかと思いまして……

男：入金の期限はちゃんと守っていただかないとこちらとしても困るんですがね。

女：ご無理は承知の上ですが、そこを何とかお願いできないものでしょうか。

男：そう言われても私の一存では決められませんが、そちらとも長いつきあいですので上司と相談してみますよ。それで、いつまでならお支払いいただけますか。

女：今月の20日までには必ず入金いたしますので。

男：分かりました。上司とも相談した上で折り返しお電話差し上げます。

女：さようでございますか。では、お電話をお待ちしております。

女の人はこのあと何をしなければなりませんか。

1　支払いの期限を延期してもらう

2　すぐに支払いを済ませる

3　取引先の上司と相談する

4　向こうのお返事を待つ

▶正解：4

解題關鍵句：<u>さようでございますか。では、お電話をお待ちしております。</u>

4番　結婚式に着ていく服について女の人が二人で話をしています。この女の人は結婚式に何を着るつもりですか。

女1：ねえ、今度の結婚式に着ていく服はもう決まったの。

女2：それが、まだ決まってないんだ。この前、貸衣装屋さんにいってこのカタログ貰ってきたんだけど、どれも素敵なドレスばかりで目移りしちゃうのよね。

女1：え、ちょっと見せて……うわあ、きれいね。じゃあ、この赤いドレスなんかいいんじゃない？

女2：そうね、私もそれがいいかなって思ってたんだけど、花嫁より派手な衣装にならないか心配していたのよ。

女1：それもそうね。じゃあこっちの青いワンピースはどう？

女2：うーん、もしワンピースを着ていくなら、この白いのにしようって決めてたんだけど、どう思う？

女1：ああ、これは素敵ね。しかもワンピースなら衣装のレンタル料金の中にヘアメイクの料金も含まれているから、お得な感じがするわよね。

女2：いや、違うのよ。このカタログの後ろのほうにヘアメイクは黄色と青のワンピースをお求めの方のみのサービスって書いてあるのよ。

女1：なによこれ、まぎらわしいカタログね。じゃあ、やっぱりワンピースはやめてドレスにする？

女2：いや、ヘアメイクは美容室でもできるし、せっかくだからワンピースに決めるわ。

この女の人は結婚式に何を着るつもりですか。

1　赤いドレス

2　青いワンピース

3　白いワンピース

4　黄色いワンピース

▶正解：3

解題關鍵句： うーん、もしワンピースを着ていくなら、この白いのにしようって決めてたんだけど、どう思う？
せっかくだからワンピースに決めるわ。

5番　**留学生と男の人が話しています。このあと、二人はどこに行きますか。**

男1：あのう、これから携帯電話を買いに行きたいんですが。日本の携帯電話って高いってよく聞きますよね。

男2：そうだね、日本の携帯電話は他の国のと比べても高いよね。それに、外国人留学生が日本で携帯電話を買うには外国人登録証などの身分証明証と銀行口座、印鑑などが必要だよ。

男1：え、そんなに必要なんですか。私はまだ銀行口座をつくっていません。

男2：そうかあ。銀行口座を持っているといろいろと便利だからこれから作りに行こうか。

男1：あ、ちょっと待ってください。その銀行口座を作るには印鑑が必要なんですよね。私、印鑑も持っていません。そもそも外国人の印鑑なんてあるんですか。

男2：ハンコ屋さんに行けば作ってもらえるよ。ちょっと時間がかかるかもしれないけど。

男1：つまり、日本で携帯電話や銀行口座を持つには、まず印鑑が必要ということですね。

男2：そういうこと。もしこれから印鑑を作りに行くんならつき合うよ。

男1：ほんとうですか。助かります。

このあと、二人はどこに行きましたか。

1　携帯電話を買いに行きます

2　銀行に口座を作りに行きます

3　外国人登録証を申請しに行きます

4　ハンコ屋さんに行きます

▶正解：4

解題關鍵句： つまり、日本で携帯電話や銀行口座を持つには、まず印鑑が必要ということですね。
もしこれから印鑑を作りに行くんならつき合うよ。

6番　地震に備えて女の人と男の人が話しています。男の人は何を買いますか。

女：最近、地震のニュースが多いから防災用品を買おうと思っているの。

男：それはいいね。でも防災用品といってもいろいろあるよ。何が必要なの？

女：そうねえ、懐中電灯と携帯用のラジオは家にあるから、飲み水と非常用食料が必要ね。他に何かあるかな。

男：手袋や雨具もあったほうがいいよ。

女：そうね、手袋もあったほうがいいわね。でもここの雨具は色が派手だから他の店で買うわ。それと怪我をした時のために小型の救急箱が必要よね。私、今日お金いくら持ってきたかしら。あれ……信じられない。財布に2千円しか入ってない。これじゃ飲み水と非常用食料しか買えないわ。

男：ハッハッハ。じゃあ残りのものは僕が買ってあげるよ。

女：え、いいの？　ありがとう。

男の人は何を買いますか。

1　懐中電灯・携帯用ラジオ

2　飲み水・非常用食料

3　手袋・雨具

4　手袋・小型の救急箱

▶正解：4

解題關鍵句：そうね、手袋もあったほうがいいわね。でもここの雨具は色が派手だから他の店で買うわ。それと怪我をした時のために小型の救急箱が必要よね。

問題2では、まず質問を聞いてください。そのあと、問題用紙の選択肢を読んでください。読む時間があります。それから話を聞いて、問題用紙の1から4の中から、最もよいものを一つ選んでください。

第五回

1番　**次の話を聞いてください。店の閉店理由は何だと言っていますか。**

男：まずは長らく御利用頂きました、御客様に感謝の意を申し上げます。このたびの閉店につきましては最近の経済・金融危機とは、ほぼ無関係であり、一昨年の元・取締役店長解雇の影響と後任店長とレディース担当者が2008年8月に退社致しました為、責任者不在の状況での営業が続き、このままでは御客様に御迷惑をおかけしてしまうとの判断によってであります。今後も祭事的に期間限定での営業などを企画しておりますので、何卒、宜しくお願いいたします。

店の閉店理由は何だと言っていますか。

1　経済・金融危機の影響を受けたから

2　経営不振だから

3　責任者がいないから

4　お客様に迷惑をかけたから

▶正解：3

解題關鍵句：經済・金融危機とは、ほぼ無関係であり、一昨年の元・取締役店長解雇の影響と後任店長とレディース担当者が2008年8月に退社致しました為、責任者不在の状況での営業が続き、このままでは御客様に御迷惑をおかけしてしまうとの判断によってであります。

2番　男の人と女の人が話をしています。女の人はなぜペットシッターの仕事をしますか。

女：ね、私子供ができるまで、ペットシッターをやりたいんだけど。

男：え、ペットシッターって？

女：飼い主さんが旅行に行ったり、帰りの遅くなったときにペットのお世話する仕事。餌をあげたりとか、お散歩に行ったりとか。

男：よその家に入って？

女：うん。

男：でも命のあるもの預かるのは責任重いよ。

女：大丈夫だよ。病気の子は引き受けないから。人間だってそうでしょう、託児所だって病気の子を預からないもん。

男：でも、世の中にいろんな仕事があると思うけど、どうしてペットシッターにだけ執着してるんだい？　儲かるから？

女：ううん、お金はいいんだけど。

男：そうか。じゃあ、ペットが可愛くて、つい世話をしたくなるとか？

女：ううん。そうじゃなくて、実はねえ、父は獣医なの。「動物の命を救うのは獣医しかない」っていつも父が言ってるんだ。知らないうちに私もそういう仕事が好きになった。

男：ああ、そうだったのか。

女の人はなぜペットシッターの仕事をしますか。

1　儲かるから

2　ペットがとても可愛いから

3　ペットの世話が好きだから

4　家庭の影響を受けたから

▶正解：4

解題關鍵句：実はねえ、父は獣医なの。「動物の命を救うのは獣医しかない」っていつも父が言ってるんだ。知らないうちに私もそういう仕事が好きになった。

3番 男の人がストレスについて話をしています。女の人のストレスの原因は何ですか。

女：最近ストレスなのかよく分からないけど、体が疲れています。

男：体の疲れは、休息を取ったりマッサージを受けたりすることで比較的短期間で解消されますが、最近はそういったことで解消されない疲れが増えてきています。世の中は交通・通信・身の回りの生活が便利になってきていますが、便利な世の中が生み出したストレスも大きいです。特に鈴木さんみたいに一日中パソコンに向かっている人は、長時間の操作で目の奥が疲れてくる、肩こりがする、吐き気がするなどストレスになっているでしょう。

女の人のストレスの原因は何ですか。

1　交通と通信

2　便利な生活

3　脳の疲れ

4　パソコンの使いすぎ

▶正解：4

解題關鍵句：特に鈴木さんみたいに一日中パソコンに向かっている人は、長時間の操作で目の奥が疲れてくる、肩こりがする、吐き気がするなどストレスになっているでしょう。

4番 女の人と男の人が話をしています。花はなぜ枯れて死にましたか。

女：先日、ここでつつじの花を買ったんだけど、もう枯れて死んだんですよ。どうしてでしょう。日当たりのいいベランダにおいて、水は土が枯れる前にちゃんとやったんですけど。

男：あ、そうなんですか。

女：肥料もちゃんとやったんですが。

男：特に、この時期花が咲いてるときは、水分は不足しがちです。土が乾く前じゃなく、毎日やったほうがいいですよ。

女：あ、そうですか。

花はなぜ枯れて死にましたか。

1　肥料をやりすぎだから

2　水を毎日やったから

3　水が足りなかったから

4　日当たりが足りなかったから

▶正解：3

解題關鍵句： 特に、この時期花が咲いてるときは、水分は不足しがちです。土が乾く前じゃなく、毎日やったほうがいいですよ。

5番　男の人と女の人が話をしています。女の人の会社では遅刻したときはどうすればいいですか。

男：ね、この前さ、電車が遅れたため、会社に遅刻してさ、駅で遅延証明をもらったんだけど、結局会社では遅刻扱いになったんだよ。で、君の会社も同じなの？

女：うん、うちはちょっと違う、遅延証明があれば遅刻とカウントしないんだけど。

男：つまり、理由が例えば寝坊したとか、電車が遅れたとかでも大丈夫というわけ。

女：遅延証明の取り扱いは会社によって違うからね。とにかく、事故や故障による遅延や、運休により遅刻が確実になった時点で速やかに会社に連絡をし、到着の見込みを報告すること。指示を仰げば、たとえ適用外だとしても大目に見てくれるかもしれないわ。

二人は何について話をしていますか。

1　電車の事故について話をしています

2　遅延証明について話をしています

3　連休について話をしています

4　電車の故障について話をしています

▶正解：2

解題關鍵句： 遅延証明の取り扱いは会社によって違うからね。とにかく、事故や故障による遅延や、運休により遅刻が確実になった時点で速やかに会社に連絡をし、到着の見込みを報告すること。

6番 **新製品の発表会で技術者が今回開発されたエアコンについて話をしています。この新製品の大きな特徴は何ですか。**

男：今回開発されたエアコンについて紹介します。開発のポイントは主に3点あります。一つ目は、騒音発生元であるファンモーターをいかになめらかに回すか。二つ目があらゆるメーカーのエアコンに対応できる製品を開発することです。そして三つ目はできる限り低価格となるシステムによって、上記の目的を達成すること。つまり、この製品の最大の特徴は汎用的にどの製品に対しても、ある一定レベルの低騒音効果を発揮できるようになったということで、同社比で最大約35％もの低騒音化を達成できたわけです。それに今回の開発は低騒音化だけにとどまらず、効率よくモーターを回すことによる高い省エネ効果を生み出すことで、社会貢献につながることも大きなやりがいになりました。

この新製品の大きな特徴は何ですか。

1　低騒音効果

2　省エネ効果

3　低価額

4　あらゆるメーカーに対応

▶正解：1

解題關鍵句： この製品の最大の特徴は汎用的にどの製品に対しても、ある一定レベルの低騒音効果を発揮できるようになったということで、同社比で最大約35%もの低騒音化を達成できたわけです。

7番 **二人の女の人が話をしています。女の人はなぜ会社を辞めましたか。**

愛子　：亜里沙、新しい仕事、どう？

亜里沙：うん、慣れたといえば、慣れたのかもしれないけど、まぁね、まだ1ヶ月だから。

愛子　：そうだよね。突然仕事やめるって言い出して、前の会社辞めちゃったじゃない。

亜里沙：うん。

愛子　：何しろ、すぐに仕事見つかってよかったね。

亜里沙：うん。ありがとう。前の会社は、ボーナスもよければ、上司も優しくていい人だったんだけど。

愛子　：じゃあ、優しい上司がいて、いいじゃない？

亜里沙：でも、優しいだけじゃ足りないでしょう。不景気でさあ、部下を動かす力がないと、そういう会社ってうまくいかないじゃないかって思ってさ。

愛子　：で、今度のところはどうなの？

亜里沙：うん、今のところは、いい感じ、みんな親切にしてくれるし、人間関係は文句なしってところかな。何より、上の人は人を使うのが上手で。

愛子　：じゃ、会社変わって正解だね。

亜里沙：うん、やめようって決心して本当によかったよ。でも、あんたのとこは、どうなの？

愛子　：うち、ぼちぼちね。

女の人はなぜ会社を辞めましたか。

1　ボーナスがないから

2　人間関係が複雑だから

3　上司に指揮力がないから

4　給料が低いから

▶正解：3

解題關鍵句：でも、優しいだけじゃ足りないでしょう。不景気でさあ、部下を動かす力がないと、そういう会社ってうまくいかないじゃないかって思ってさ。

問題3では、問題用紙に何も印刷されていません。この問題は、全体としてどんな内容かを聞く問題です。話の前に質問はありません。まず、話を聞いてください。それから、質問と選択肢を聞いて、1から4の中から、最もよいものを一つ選んでください。

1番　女のレポーターがテレビで話しています。

女：24日、東京のあるパチンコ店の駐車場に止めてあった田村さんの車の中に、幼児が倒れており、すぐ病院に運ばれましたが、死亡しました。田村さんは子供を車に乗せて、シートベルトをつけ、エンジンをかけたままクーラーの温度を23度にし、ドアもロックして、午後1時ごろから

3時まで、パチンコをしていました。車に戻った時、子供が倒れているのをみつけました。調べた結果、クーラーのトラブルで冷風が出てこなかったのが死因だったそうです。

幼児が死亡した原因は何だと言っていますか。

1　エンジンをかけたまま出たから

2　クーラーが故障したから

3　ドアがロックされたから

4　シートベルトをつけたから

▶正解：2

解題關鍵句：調べた結果、クーラーのトラブルで冷風が出てこなかったのが死因だったそうです。

2番　大学病院の新学長が話しています。

男：これから、大学病院の使命である「教育、臨床、研究」この三つの柱を根本的に見直していきます。まずは、教育。研修医の研修先が自由に選べるようになって、優秀な人材は残念ながら、ほとんどここに集まらなくなりました。若い人材を確保するためには、まず、指導者から変わらなくてはなりません。このために、私は学閥の壁を取り除き、外部からどんどん優秀な人材を連れてきます。そして、臨床。これは……

新学長は何について話していますか。

1　外国から研修医を入れること

2　学閥の壁を取り除くこと

3　優秀な人材を確保すること

4　大学病院の改革のこと

▶正解：4

解題關鍵句：大学病院の使命である「教育、臨床、研究」この三つの柱を根本的に見直していきます。

3番　女の人が話しています。

女：「りんご3日間ダイエット」というのを聞いたことがあると思いますが、りんごダイエット中は他の食べ物を一切、口にしないで、毎晩寝る前に大さじ1杯以上のオリーブオイルを飲むものなんです。りんごに多く含まれているペクチンは、体を浄化することができるのでこの方法を大いにすすめていますが、効果がある、効果がない、と賛否両論あるようです。りんご3日間食べ続けるだけで痩せられるなら、それに越したことはないのですが、とても慎重にすすめなければいけません。やり方を間違えるとかえって体に負担がかかるのではないでしょうか。

女の人は、「りんごダイエット」についてどう考えていますか。

1　三日間りんごだけを食べるのは、ダイエットにとてもいい

2　三日間りんごだけを食べるのは、ダイエットにかえってよくない

3　「りんご3日間ダイエット法」はダイエットに必ずしもいいとは言えない

4　「りんご3日間ダイエット法」は大いに勧めるべきだ

▶正解：3

解題關鍵句：とても慎重にすすめなければいけません。やり方を間違えるとかえって体に負担がかかるのではないでしょうか。

4番　留守番電話のメッセージを聞いています。

男：木村です。部長、先日のことでお電話したんですけど。あのう、ビジネス商談会に出られなかったのは、体調不良のためと説明いたしましたが、それは事実ではありませんでした。うそをついて大変申し訳ございませんでした。実は、あの日、個人的親交のある人の容体が悪化したと病院から連絡がありまして、見取りに行ってきました。仕事の面ではみなさんにご迷惑をおかけしまして、本当に申し訳ありませんでした。では、失礼します。

この男の人はどうしてビジネス商談会に出なかったのですか。

1　個人の体調不良のため

2　よしみの看病にいったため

3　友たちが急に倒れたため

4　病院でボランティアをやっていたため

▶正解：2

解題關鍵句：実は、あの日、個人的親交のある人の容体が悪化したと病院から連絡がありまして、見取りに行ってきました。

5番 **女の人が話しています。**

女：皆さん、海外旅行をしていると、たまに不安を感じることがあるのではないでしょうか。例えば、空腹感が募ってきたりしたとき、体調が悪くなった時など、そんな時、街にはコンビニも薬局もないのです。豊かで便利な時代に生きている私たちは、「何かがない」という喪失の感覚を喪失したのではないでしょうか。コンピューターやコンビニなどに依存する日々を送りながら、せめて「喪失」への感覚は失わないでほしいです。

この女の人が言いたいのは何ですか。

1　今の豊かで便利な生活を送りながら、昔の「何かがない」生活も忘れないでほしい

2　今の便利な生活をやめて、昔の「何かがない」生活に戻ってほしい

3　ほしい物がすぐ手に入らないと不安を感じる

4　今の豊かな生活に満足して、それ以上を望まない

▶正解：1

解題關鍵句： コンピューターやコンビニなどに依存する日々を送りながら、せめて「喪失」への感覚は失わないでほしいです。

6番 **テレビで女の人が話しています。**

女：キャッシュレス決済には、電子マネーやスマホ決済アプリなどのサービスがあります。キャッシュレス決済とは、現金を使わない決済方法のことです。現金を用意する必要がなく、カードを読み込んだりスマホをかざすだけで買い物ができるので、レジでの会計がスピーディーになるというメリットがあります。また、それぞれキャッシュレス決済を使うことでポイントが還元されるので、現金を使うよりもお得になる場合が多いです。さらに、現在はキャッシュレス消費者還元事業により2%または5%分のポイントが還元されます。お得にスマートに買い物をしたい人は、キャッシュレス決済を利用するのがおすすめです。

女の人は何について話していますか。

1　キャッシュレス決済のメリット

2　スマホ決済と電子マネーの違い

3　キャッシュレス決済とスマホ決済の違い

4　電子マネーの使い方

第五回

▶正解：1

解題關鍵句：現金を用意する必要がなく、カードを読み込んだりスマホをかざすだけで買い物ができるので、レジでの会計がスピーディーになるというメリットがあります。

問題4では、問題用紙に何も印刷されていません。まず、文を聞いてください。それから、それに対する返事を聞いて、1から3の中から、最もよいものを一つ選んでください。

1番　ああ、田中さんのお父さんですか、初めまして。

1　大変ご無沙汰しております。

2　息子がお世話になっております。

3　それじゃ、この辺で失礼いたします。

▶正解：2

2番　明日、出社次第お電話をさせていただきますが、よろしいでしょうか。

1　はい、お願いします。

2　はい、お電話させてください。

3　はい、お電話します。

▶正解：1

3番　失礼ですがお名前をいただけますでしょうか。

1　大変失礼しました。

2　申し遅れましてすみません。北口と申します。

3　そう言われても仕方ない。

▶正解：2

4番　そんなこと言わないほうがいいんじゃないかな。

1　そうね。言うべきじゃないわね。

2　そうね。言うべきね。

3　そうね。行くべきね。

▶正解：1

5番 **父も先生に一度お目にかかりたいと申しておりました。**

1　私もおかかりしたいですね。

2　私もお会いしたいですね。

3　私もお目にかけたいですね。

▶正解：2

6番 **あのカップルは人目もはばからずいちゃいちゃしてますね。**

1　そうね。いつもあつあつですね。

2　そうね。いつもむしゃむしゃだね。

3　そうね。いつもごちゃごちゃですね。

▶正解：1

7番 **年末はいつからお休みですか。**

1　はい。私に聞かれても、12月27日から1月4日までお休みになります。

2　はい。誠に勝手な質問だから、12月27日から1月4日までお休みになります。

3　はい。誠に勝手ながら、12月27日から1月4日までお休みをいただく予定でございます。

▶正解：3

8番 **急で申し訳ないのですが、体調が思わしくないので今日は午後から早退させていただきたいのですが。**

1　はい。分かりました。お大事に。

2　はい、分かりました。お幸せに。

3　はい、分かりました。お気の毒に。

▶正解：1

9番 **恐れ入りますが、お電話が少々遠いようですが……もう一度おっしゃっていただけないでしょうか。**

1　はい、お電話が遠いですね。

2　はい、もう一度申し上げます。

3　はい、またご報告します。

▶正解：2

第五回

10番 恐れ入りますが、どちらにおつなぎいたしましょうか。

1　販売課にお願いします。

2　おつなぎください。

3　失礼だと思いませんか。

▶正解：1

11番 三沢商事の高木と申します。松本さんは、いらっしゃいますか。

1　松本様ですね。ただいま代わりますので少々お待ちください。

2　三沢商事の高木様ですね。ただいま代わりますので少々お待ちください。

3　申し訳ございません。松本様はあいにく席をはずしておりますが。

▶正解：2

12番 明日の朝の会議で使う資料の準備はできたか。

1　いえ、あいにくコピー機が故障して印刷が中断しておりますが、修理もあと30分ほどで終わりそうです。終わり次第、大至急まとめます！

2　はい、じゃあ、年末まで一息ですから、みんなよろしく。

3　気にしなくていいんですよ。外食しますから。

▶正解：1

13番 そこをぜひ何とかお願いします。

1　残念ながら、この線は当社としてもお譲りするわけにはまいりません。

2　残念ですが、お支払いいただく保険料に誤りがありません。

3　残念ですが、ご不明な点がございましたら、以下の電話番号までご連絡くださいますようお願いいたします。

▶正解：1

14番 申し訳ございませんが、この条件では当社としてはお受けできないので、今回は見送りということにさせていただきます。

1　そうですか。おめでたいです。

2　そうですか。ありがとうございます。

3　そうですか。残念です。

▶正解：3

問題5では、長めの話を聞きます。この問題には練習はありません。メモを取ってもかまいません。

1番、2番

問題用紙に何も印刷されていません。まず、話を聞いてください。それから質問と選択肢を聞いて1から4の中から、最もよいものを一つ選んでください。

1番 病院で風邪の診察を受けた後、薬局で薬を受け取っています。

女：田中さん、田中健一さん。

男：あ、はい、僕です。

女：はい、これ、頭痛を和らげるお薬です。お薬は2種類です。こちらのブルーのお薬は夕食後に二錠ずつ飲んでください。最後に、このカプセルのお薬が睡眠改善薬ですね。こちらのお薬は寝る前に二錠ずつ飲んでください。

男：カプセルは寝る前なんですね。間違えないようにしないとなぁ。

女：では、今回は一週間分のお薬をお渡ししますね。お会計は2,000円です。

男：はい、これでお願いします。

女：2,000円ちょうど頂戴致しますね。お大事に。

頭痛の薬はどのように飲めばよいでしょうか？

1　ブルーのお薬は食前に二錠ずつ飲みます

2　ブルーのお薬は夕食後に二錠ずつ飲みます

3　睡眠改善薬は食前に一錠ずつ飲みます

4　睡眠改善薬は寝る前に一錠ずつ飲みます

▶正解：2

解題關鍵句：こちらのブルーのお薬は夕食後に二錠ずつ飲んでください。

2番 男の人と女の人が子供のために幼稚園を選んでいます。

男：ここは料金は安いし、施設もいいけど、1クラスの人数がちょっとね……幼児期はまだある程度小規模集団のほうが望ましいなあ。

第五回

女：そうね、50人もいるとはねえ、園長先生は一人一人に目を配れないよね……

男：それに駅から遠いし……やめようか。

女：でも、経験の長い先生がいるから、子供の教育に役立つと思うけど。

男：そうか……でもここはちょっと……

女：そうだね。

この幼稚園の問題点は何ですか。

1　料金と施設

2　施設と料理

3　人数と交通の便

4　先生と人数

▶正解：3

解題關鍵句：1クラスの人数がちょっとね……
それに駅から遠いし……やめようか。

3番　まず話を聞いてください。それから二つの質問を聞いて、それぞれ問題用紙の1から4の中から最もよいものを一つ選んでください。

3番　**ある夫婦が今年の冬休みについて話をしています。**

妻：お隣の佐藤さん、今年の冬休み家族でイギリスへ行くんですって。

夫：へー、世間じゃ景気が悪いっていうのに、うらやましいなあ。

妻：もう、そんなこと言ってないで、うちも今年は海外へ行きましょうよ。

夫：おいおい、来年は息子も高校だし、ぜいたくしてる場合じゃないだろう。

妻：海外って言っても、家族3人しかいないから、そんなにしないし、来年は息子、受験勉強で大変なんだから、少しぐらい遊ばせてやったっていいんじゃない。それに、海外へ行くって、息子にとっていろんな意味でいい経験になると思うの。

夫：そりゃ、まあ、そうだけど……

妻：ねえ、行きましょうよ。アジア圏の観光でもいいから。

夫：……んー、仕方ないなあ……

妻：ね。ね。

夫：分かった。この前バンコクへ行きたいって言ってたよなあ。

妻：うん、行こう。

質問1　今年の冬休み、この家族はどうしますか。

1　タイへ行きます

2　国内旅行をします

3　どこへも行きません

4　イギリスへ行きます

▶正解：1

解題關鍵句：分かった。この前バンコクへ行きたいって言ってたよなあ。

質問2　息子は来年何年生になりますか。

1　小学1年生

2　中学1年生

3　高校1年生

4　大学1年生

▶正解：3

解題關鍵句：来年は息子も高校だし……
来年は息子、受験勉強で大変なんだから。

全真模擬答案解析
第六回

★ 言語知識（文字・語彙・文法）・讀解

★ 聽解

第六回

言語知識（文字・語彙・文法）・読解

問題1

1 **答案：3**

譯文： 孩子大了，因此時間上、經濟上都比較寬裕，可以充分享受我們自己的生活了。

選項1　満開（まんかい）：盛開
選項2　満載（まんさい）：滿載
選項3　満喫（まんきつ）：充分享受
選項4　満場（まんじょう）：全場

2 **答案：2**

譯文： 遵守法律和秩序自不用說，在緊急情況下，也須衷心地為國家的和平和安全作出貢獻。

選項1　真人（しんじん）：得道之人
選項2　真心（まごころ）：真心
選項3　真剣（しんけん）：認真，嚴肅
選項4　麻疹（ましん）：麻疹

3 **答案：1**

譯文： 今後，隨著人口老化的加劇，要提供的福利需求也隨之增加。為此，部分負擔機制的導入會越來越重要吧。

選項1　賄う（まかなう）：供給，提供
選項2　装う（よそおう）：裝飾
選項3　分かち合う（わかちあう）：分享
選項4　揉みあう（もみあう）：扭打成團

4 **答案：4**

譯文： 雖然沒有風，但天空的雲彩由北而南快速飄移，在此之中太陽升起，發出耀眼的光芒。

選項1　空しい（むなしい）：虛幻的
選項2　めめしい：懦弱的
選項3　見苦しい（みぐるしい）：寒酸的
選項4　眩しい（まぶしい）：耀眼的

5 答案：3

譯文：床單的清潔、燈光的舒適度、溫度等問題都需要注意，因為營造舒適的睡眠環境，從而獲得充足的睡眠，可以讓肌膚保持光潔。

選項1　柔らか（やわらか）：柔軟的

選項2　ふくらか：豐滿的

選項3　安らか（やすらか）：安詳地

選項4　誇らか（ほこらか）：驕傲的

6 答案：1

譯文：那個時代的勞動者不是按照自身的意願移民，而是被綁架、誘拐後，強行送去大農場或礦山的。

選項1　拉致（らち）：綁架

選項2　落差（らくさ）：落差

選項3　無此詞

選項4　落語（らくご）：單口相聲

問題2

7 答案：2

譯文：因為這些人絲毫不知道去國外需要護照和簽證。

選項1　旅行（りょこう）：旅行

例 最近何となく旅行に行きたい。／最近總想出去旅遊。

選項2　旅券（りょけん）：護照

例 旅券を見せて下さい。／請把護照給我看看。

選項3　旅情（りょじょう）：旅行者的心情

例 静かな風景に旅情が湧く。／風景靜謐，心潮澎湃。

選項4　旅程（りょてい）：旅程

例 旅程を立てる。／制定旅行計畫。

8 答案：2

譯文：與那些我行我素的人相比，那些努力做出業績而出人頭地的人更容易受到好評。

選項1　ミサイル：導彈

例 ミサイルを発射する。／發射導彈。

選項2　マイペース：我行我素，自己的節奏

例 彼はマイペースで仕事をする。／他按照自己的方式做事情。

選項3　メカニズム：結構，機械裝置；機制

例 地震発生のメカニズムを探る。／探尋地震的原理。

選項4　モチベーション：動機

例 どうしてもモチベーションが上がらないときがある。／總有無論如何也提不起幹勁的時候。

9　答案：4

譯文：人們為了展現自己更好的一面，往往容易打腫臉充胖子。

選項1　見本（みほん）：樣本

例 この辞書の見本を送ってください。／請寄一本字典的樣本給我。

選項2　見物（けんぶつ）：遊覽，參觀

例 パリ見物に行く。／去巴黎旅遊。

選項3　見出し（みだし）：標題

例 注意を引く見出しをつける。／上個醒目的標題。

選項4　見栄（みえ）：外表

例 見栄を張る。／打腫臉充胖子。

10　答案：2

譯文：這位客人每次都是默不作聲地進入店裡，用手指著菜單點菜。

選項1　むっくり：胖嘟嘟

例 むっくり肥えている。／胖嘟嘟的。

選項2　むっつり：默不作聲

例 始終むっつりとしている。／始終沉默不語。

選項3　めっきり：顯著，急劇

例 朝夕めっきり寒くなった。／早晚明顯變冷了。

選項4　やんわり：柔軟的，委婉的

例 やんわりと申し出を断った。／委婉地拒絕了申請。

11　答案：1

譯文：我被前任社長相中當上了社長，但由於我是技術人員出身，毫無業務經驗，所以營業額逐步下滑，不知如何是好。

選項1　見込む（みこむ）：預計，估計；信賴

例 能力を見込んで彼をスカウトする。／看中了他的能力，把他挖了過來。

選項2　見積もる（みつもる）：預估，估計

例 いくら少なく見積もっても3万円かかる。／再怎麼算少說也需要3萬日圓。

選項3　見舞う（みまう）：探望；遭受

例 台風に見舞われる。／遭受颱風的襲擊。

選項4　見合わせる（みあわせる）：暫停，暫時不

例 双方が納得しない以上、この件は見合わせるしかない。／既然雙方都不同意，這件事只好作罷了。

第六回

12　**答案：2**

譯文：轉帳手續費視銀行而定，但是一般來說，ATM比臨櫃方便。

選項1　まるまる：胖得圓滾滾

例 まるまるとした赤ん坊／圓滾滾的小寶寶

選項2　まちまち：各不相同

例 各人がまちまちに意見を述べる。／各抒己見。

選項3　おどおど：畏畏縮縮

例 人前ではいつもおどおどしている。／在人前總是畏畏縮縮的。

選項4　はらはら：暗暗捏一把汗

例 サーカスの芸人が見物人をはらはらさせる。／雜技演員的表演讓觀眾捏了一把冷汗。

13　**答案：2**

譯文：這座大學設立於1822年，大有來頭，僅次於牛津大學和劍橋大學。

選項1　由来（ゆらい）：由來

例 その地名の由来を調べた。／調查地名的由來。

選項2　由緒（ゆいしょ）：淵源，來歷

例 ここは由緒のある町です。／這是座歷史悠久的城鎮。

選項3　優位（ゆうい）：優勢

例 我がチームが優位に立った。／我隊佔有優勢。

選項4　結納（ゆいのう）：聘禮

例 結納はしませんでした。／沒有給聘禮。

問題3

14　**答案：3**

譯文：他好勝、帶有攻擊性，勤奮努力、討厭失敗，工作就是他的一切。

考 點　負けず嫌い（まけずぎらい）：討厭失敗

選項1　一點小事都會擔憂不已

選項2　嘴硬不認輸

選項3　討厭輸給別人

選項4　不輸給他人的人

15　**答案：2**

譯文：路兩旁住宅稀疏，汽車穿行其中，馬路盡頭是一家孤零零的餐館。

考 點　疎ら（まばら）：稀疏的，少的
選項1　建築物蓋得密集
選項2　數量少
選項3　概率低
選項4　不體面

16　**答案：4**
譯文： 其實，正是從現在到秋天應該「沒有問題」這種大意的想法導致了腹瀉。
考 點　油断（ゆだん）：疏忽，大意
選項1　格外小心
選項2　不太擔心
選項3　討好對方
選項4　不注意

17　**答案：2**
譯文： 我們確實透過經濟的快速發展「富裕」了起來，但是全球暖化這一現象也不容忽視。
考 點　目覚ましい（めざましい）：顯著的
選項1　比預期的晚
選項2　非常好
選項3　物價持續上漲
選項4　物價持續下跌

18　**答案：1**
譯文： 在不得已的情況下，雇主和員工都可以提出解約。
考 點　申し入れる（もうしいれる）：提出意見
選項1　向對方提意見
選項2　事先約定
選項3　宣告判決結果
選項4　說明原因、理由

19　**答案：1**
譯文： 我覺得那兩個人很不般配，但是人世間很多事不是靠道理能講明白的。
考 點　理屈（りくつ）：道理，事理
選項1　道理
選項2　不合理的討論
選項3　裸露出來
選項4　固執倔強

問題4

20 **答案：1**

譯文：小學的時候很少去海外比賽，單個團隊外出比賽更是沒有。

考 點　まして：更何況

選項1　正確答案

選項2　替換為：ゆえ（因為）

選項3　替換為：まず（首先）

選項4　替換為：それとも（還是）

21 **答案：4**

譯文：雖然渾身是血，但是應急措施十分及時，所以沒有生命危險。

考 點　血に塗れる：沾滿鮮血

選項1　替換為：塗って（塗上）

選項2　替換為：塗る（塗上）

選項3　替換為：塗る（塗上）

選項4　正確答案

22 **答案：2**

譯文：變化多端的豐饒大地所孕育出的這道料理，必能俘虜眾人的味覺。

考 點　魅了する：（多用於正面評價）迷倒

選項1　替換為：つまれた（被迷住）

選項2　正確答案

選項3　替換為：誘拐（拐騙）

選項4　替換為：誘致（招攬）

23 **答案：3**

譯文：如果連事故的原因都不能深入提問，那麼這將成為一次差強人意的採訪。

考 點　物足りない：讓人不滿意，美中不足

選項1　替換為：だらしない（不像話）

選項2　替換為：ちょっとした（小的）

選項3　正確答案

選項4　替換為：豊かで（豐富）

24 **答案：2**

譯文：在經濟快速增長期，保護自然環境和防止大城市污染往往容易被忽視。

考 點　ややもすれば：往往，動輒

選項1　替換為：どうすれば（該如何）

選項2　正確答案

選項3　替換為：ようやく（終於）
選項4　替換為：ようやく（終於）

25 **答案：1**
譯文：多次提出，實在抱歉，拜託您再寬限一陣子。
考 點　猶予（ゆうよ）：延期，緩期
選項1　正確答案
選項2　替換為：考慮（考慮到）
選項3　替換為：考慮（考慮到）
選項4　替換為：考慮（考慮到）

問題5

26 **答案：3**
譯文：這裡的雜草長得很快，才剛除掉就又長出來了。
選項1　「～きり」前接動詞た形，後面多用否定，多用於表現說話者失望、不滿的負面情緒，表示「自從……再也沒……」。
例 イギリスへ行ったきり、彼から何の連絡もない。／他去了英國以後，再也沒給我們任何消息。
選項2　「～や否や」表示「剛做甚至還未做的時候」，一般用於敘述已經發生的事實，句尾多為過去式。
例 壇上に上がるや否や、拍手が起きた。／剛上講壇，就響起了掌聲。
選項3　「～そばから」屬於書面語表達形式，強調同一事情或行為反覆出現。
例 作るそばから、食べてしまう。／剛做好就吃光了。
選項4　「～次第」在表示「一……就……」之意時，前面接動詞的連用形。
例 連絡が入り次第、お知らせする。／一有聯繫，馬上通知你。

27 **答案：1**
譯文：這次的第二輪辦公室自動化計畫，是一項值得投入公司50%預算的重要專案。
選項1　「～に足る」表示值得做某事的意思。
例 信頼するに足る男だ。／值得信賴的男人。
選項2　「～にしては」前項多為作出判斷所依據的標準，表示「就……而言」、「已經……」。
例 外国人にしては、日本語がうまい。／以一個外國人來說，他的日語真好。
選項3　「～に限る」表示「限於……」。
例 キャンペーンは今月に限る。／優惠活動僅限本月。

選項4　「～にたえる」前接名詞表示「忍耐」、「承受」，當前面接「鑑賞／批判／見る／聞く」等有限的幾個名詞及動詞時，表示「有……的價值」。

例 鑑賞にたえる作品が多い。／值得欣賞的作品很多。

28　答案：2

譯文：「要是園子還活著，我肯定也馬上就去見她了……」一想到這，便覺心痛欲裂。

選項1　「～ものだ」前面接動詞的過去式，表示對過去發生之事的一種回憶。

例 昔よくこの辺りを散歩したものだ。／過去經常在這附近散步。

選項2　「～ものを」表示説話者對自己的指責，即因為沒有做某事而產生了現在的結果。

例 早く予約すればよかったものを。／如果有早點預約就好了。

選項3　「～ものの」表示轉折之意。

例 習ったものの、忘れてしまった。／學過但是忘記了。

選項4　「～ものか」表示強烈的否定，意思為「豈能」、「哪能」。

例 君にはできるものか。／你肯定不行。

29　答案：2

譯文：國際交流協會本月以本次演講大賽為開端，將舉行一系列的活動。

選項1　「～からして」前面直接接名詞，表示「從……來看」之意，用於提示判斷的依據。

例 着物からして少数民族みたい。／從服裝來看，像少數民族。

選項2　「～を皮切りに」意為「以……為開端」，並含有在此之後飛速發展或者呈現出繁榮景象等意思。

例 今日を皮切りに、お祭りが三日間行われる。／祭典將從今天開始舉辦三天。

選項3　「～に先立って」表示「先於……」、「在……之前」的意思。

例 出発に先立って、忘れ物ないか、各自点検してください。／出發前請各自檢查一下，看看有沒有忘記東西。

選項4　「～において」表示動作行為發生的時間或地點，譯為「在……」。

例 2階において開催する。／在二樓召開。

30　答案：4

譯文：辦得到的話，你就做給我看啊！

選項1　不符合題意。

選項2　「～わけではない」表示「並不是……」。

例 あなたを叱るわけではない。／我不是要罵你。

選項3　「～わけにはいかない」表示「不能……」。

例 許すわけにはいかない。／不可饒恕。

選項4　「～ものなら～てご覧」前接動詞可能形，表示「要是能……的話就……給我看看」。

例 逃げられるものなら、逃げてご覧。／你若有本事逃出我的手掌心，就逃給我看看吧！

31　**答案：2**

譯文：她不顧周圍的批評，始終堅持自己的信念。

選項1　「～として」表示資格、身分、地位，譯為「作為……」。

例 学長として出席する。／以校長的身分出席。

選項2　「～をものともせず」表示明知條件艱難或環境惡劣，但仍然毫不畏懼地去做某事，一般譯為「不顧……」、「冒著……」。

例 寒さをものともせず、守衛所へ向かった。／不顧嚴寒，前往哨所。

選項3　無此文法。

選項4　無此文法。

32　**答案：4**

譯文：「『只要大家齊心協力就沒什麼好怕的了』，之前是誰說這種漂亮話的呀？」

選項1　「～をけいきに」表示「以……為契機」。

例 試合をけいきに腕を磨きたい。／以此次比賽為契機，要好好練練本領。

選項2　「～をよそに」表示「置之不顧」。

例 先生の忠告をよそに、出かけた。／不顧老師忠告，強行外出。

選項3　「～に従って」表示「隨著……」。

例 上昇に従って、気温が下がり始めた。／隨著（海拔）不斷上升，氣溫開始降低。

選項4　「～をもって」表示為進行後項事情而採取的一些具體手段、方式等，相當於「によって」。此處的「をもってすれば」可直接理解為「使えば」之意。

例 美味しい料理をもってお客様を招待する。／以美酒佳餚招待客人。

33　**答案：3**

譯文：一聽說賀平要來我們家，母親高興得都快跳起來了。

選項1　「～ばかりに」前接動詞た形，表示「就怪……」。

例 あの人を信じたばかりに騙された。／正因為相信了他，才被騙了。

選項2 無此文法。

選項3 「～んばかりに」前接動詞的未然形，表示「眼看就要……」、「幾乎……」，相當於「今にも～しそうだ」。透過接續可直接將其他選項排除。

例 泣かんばかりになった。／眼看就要哭了。

選項4 「～ばかりか」表示「不僅……」。

例 その噂はクラスメートばかりか、先生にまで広まっている。／那個小道消息不僅同學知道，還傳到了老師耳裡。

34 答案：1

譯文：他狡辯道：「企業為了生存下去，有時迫於無奈也要做一些違法的事情。」

選項1 「～んがためには」前面接動詞的未然形，相當於「動詞原形＋ために」，表示目的，譯為「為了」。

例 勝たんがために、もっと練習しなければならない。／為了獲勝，還需要努力練習。

選項2 接續不正確。

選項3 接續不正確。

選項4 接續不正確。

35 答案：3

譯文：「競爭的全球化」和資訊技術等方面的新發展迫使企業進行結構重組，以追求高效經營。

選項1 「～を余儀なくされる」表示因周圍的實際情況被迫做該動作的狀態，主詞一般是人。

例 社長は辞任を余儀なくされた。／社長被迫辭職。

選項2 「～ざるをえない」表示除此之外沒有其他選擇，多用於表示迫於某種壓力或某種情況而不得不做某事。

例 認めざるをえない。／不得不承認。

選項3 「～を余儀なくさせる」表示由於周圍的實際情況迫使別人做某事。

例 敵軍に撤退を余儀なくさせた。／逼退了敵軍。

選項4 「～を禁じ得ない」表示感情上無法抑制，一般譯作「忍不住……」、「不禁……」。

例 涙を禁じ得ない。／忍不住流下淚水。

問題6

36 答案：4

原句：2 あんなひどいことを　1 言われ　4 っぱなしで　3 言い返せなかった自分が情けない。

譯文：被説了那麼過分的話，我卻一直無法反駁，真沒出息。

解析：本題中考生需要明白「過分的話」是我被別人説，還是我反駁別人。透過最後的「情けない」一詞可以判斷出是自己被別人説了卻又無法反駁，如此一來整句話的前後關係便清晰了。

37 **答案：4**

原句：2 ちょっとした　1 財産が　4 あると　3 人を信用できなくなるらしい。

譯文：好像有了點財產就開始變得不再信任別人。

解析：本題中首先可以透過基本文法規則排列出選項1、4、3的順序，「ちょっとした」是「一點點」的意思，從語言習慣上判斷，應將其放在1前面，因為「一點點」是修飾「財產」的。

38 **答案：4**

原句：昔はいくらでも飲めるのに、最近はビール1本でも酔ってしまう2 とは　1 ほんとうに　4 さびしい　3 かぎりです。

譯文：過去怎麼喝都不會醉，可是現在光喝一瓶啤酒就醉了，真是倍感落寞。

解析：「～とは」表示説話者的驚訝之情，「～かぎり」前面接表示感情的形容詞，表示「……之極」。把握好這兩個句型便不難找出答案了。

39 **答案：4**

原句：披露宴の司会を3 頼まれた　2 ものの　4 慣れぬ　1 こととて自信がない。

譯文：受人之託擔任婚宴的主持人，可是我不習慣這種活動所以沒什麼信心。

解析：「ものの」表示轉折，「こととて」表示原因、理由，且一般用於比較鄭重的場合，「慣れぬこととて」已是一個很常見的慣用形式，若能對此有所把握，則很快便能選出答案。

40 **答案：1**

原句：翻訳というものは、2 ただでさえ　4 難しいものなのに　1 ましてや　3 古典ともなればなおさらだろう。

譯文：翻譯本身就是件很難的事情，更何況是翻譯古文呢。

解析：本題中首先可以判斷出「ましてや」與「なおさら」之間的呼應關係，兩者分別表示「更何況」、「更加」的遞進意思。同時，可以按一般的邏輯將選項1和選項3組在一起，選項2和選項4組在一起。如此一來，答案便顯而易見了。

問題7

41 **答案：2**

選項：1 外在動機　2 內在動機　3 自制動機　4 他動動機

譯文：失去內在動機，只能靠外在動機行動。

解析：在依靠內在動機進行的人類活動中，如果給予外在動機的話，人們就會失去內在動機，只能依靠外在動機。根據句子的前後邏輯，選項2為正確答案。

42 **答案：3**

選項：1 倒不如　2 更何況　3 進一步　4 話雖如此

譯文：進一步來說，如果連外在動機都失去的話，那麼連行動都會中止，思考陷入停滯狀態。

解析：本題測驗前後句的邏輯關係，前半句談到失去內在動機的後果，後半句談到失去外在動機的後果，可見前後句是遞進關係，選項3為正確答案。

43 **答案：2**

選項：1 悠然自得地玩耍　2 認真學習　3 外在動機啟動　4 內在動機啟動

譯文：即使沒有內在動機，孩子們也會認真學習吧。

解析：解題關鍵字是「そうすれば」，如果給予孩子外在動機的話，即便他們沒有內在動機的刺激，為了過上更好的生活，也會努力學習，選項2為正確答案。

44 **答案：4**

選項：1 但是　2 強迫　3 不打算做　4 而且

譯文：而且，「寬鬆教育」和「結構改革」不斷加速，讓人無法期待社會狀況會有所改善。

解析：本題也是測驗前後句邏輯關係的題型。前面一個句子說「外在動機也失去了，孩子們沒有上進心」，後半句說「社會狀況不容樂觀」，前後句為遞進關係，選項4為正確答案。

45 **答案：2**

選項：1 什麼都教　2 什麼都不教　3 可能有所為　4 什麼都不缺

譯文：但是在這樣的狀況下，孩子們即使想找回「內在動機」，大人們也什麼都不教給他們。

解析：「寬鬆教育」的後果是孩子們失去了學習的動機，在整個社會的大環境下，人們對此束手無策。選項2為正確答案。

問題8

46 答案：4

解析：解題關鍵句為「コントロール感を取り戻そうと防御反応を示します」，首先感到恐懼和不安，進一步會採取防禦措施，這個時候的心情是「怒火中燒」。選項4為正確答案。

47 答案：2

解析：解題關鍵句為「感覚的な刺激が私の中に引き起こす反響である」，選項1、選項3、選項4指的是「知覺」，應該排除，選項2為正確答案。

48 答案：3

解析：通知的主要目的在第二段，解題關鍵句為「お客さまの電気料金につきましても、値上げをお願い申し上げることといたしました」。選項3為正確答案。

49 答案：3

解析：解題關鍵句為「あとで慌てて読むという」，作者聽到同學談論的書時，假裝瞭解那本書，回家後再馬上閱讀，可見選項3為正確答案。選項1意為「朋友推薦的書」，説法不對。選項4應該是作者不知道的書，並不是朋友不知道的書。

問題9

50 答案：1

解析：解題關鍵句為「本を読む習慣を持っている人間が多くの体験をすることは、まったく難しくはない」，作者認為「讀書」和「實際體驗」相輔相成，並不矛盾。選項1為正確答案。

51 答案：3

解析：解題關鍵句為「いろいろな体験をする動機付けを読書から得ることがある」，作者認為讀書不但不會影響「實際體驗」，反而會促使讀者主動去體驗。選項3為正確答案。

52 答案：1

解析：選項2、選項3、選項4後半句不正確，解題關鍵句為「それ以上に重要なことは、読書を通じて、自分の体験の意味が確認される」，選項1為正確答案。

53 答案：1

解析：解題關鍵句為「身体的に同じことをしていくも、『心』を使ってい

る」，一個人單獨坐著時，只會「勞力」，在客人面前坐著的話，不但「勞力」，還要「勞心」，選項1為正確答案。

54 答案：1

解析：解題關鍵句為「いつも元気そうだし、いろいろと心遣いをしてくれる」，可見精力旺盛的人積極參加各種活動，選項1為正確答案。選項2、選項4前半句不正確，選項3後半句不正確。

55 答案：3

解析：解題關鍵句為「実はそうではない、人間の心のエネルギーは多くの『鉱脈』の中に埋もれていて、新しい鉱脈を掘り当てると、これまでとは異なるエネルギーが供給される」，選項3為正確答案。

56 答案：4

解析：解題關鍵句為「一生スキルアップを図って、自分自身を変えていかなければ、時代の変化に取り残されてしまうし、幸せな人生も送れない」，選項4為正確答案。

57 答案：4

解析：解題關鍵句為「これは少しでも安心できる何かを手に入れたい」，雖然有好成績未必前途就一片光明，但是至少要確保抓住眼前的東西。選項4符合文章主旨，為正確答案。

58 答案：3

解析：解題關鍵句為「人が生涯に渡り、何かを学び、学習を続けることはますます重要になる」，正因為誰都不知道「明天會怎麼樣」，所以每個人要不斷學習。選項3符合句子意思，為正確答案。

問題10

59 答案：3

解析：解題關鍵句為「あまりに屈託なくそこかしこで『申し訳ない』が使われていることに、私は日本人の不思議さを感じざるを得ない」，作者認為「對不起」已經用到了氾濫的程度，選項3為正確答案。

60 答案：4

解析：解題關鍵句為「他者との関係性の存在を前提にした言葉であると言えるだろう」，作者認為日本人不是真的感到「抱歉」，而是想以「對不起」為突破口，迅速跟對方建立關係，選項4為正確答案。

61 答案：2

解析：解題關鍵句為「大多数の日本人は、『個』の確立よりも『村』の優れた構成員となることに汲汲としているのではないか」，作者認為日本人的「村」意識是頻繁道歉的根源，選項2為正確答案。

62 **答案：4**

解析：本題可以用排除法。選項1「歐美人不道歉」說法不正確，故排除。選項2「日本人重視自立性」說法不確切，故排除。選項3後半句不正確。綜上所述，選項4為正確答案。

問題11

63 **答案：4**

解析：本題可用排除法。選項1、選項3是第一篇文章的觀點，第二篇文章沒有涉及，故排除。選項2是第二篇文章中的觀點，第一篇中沒有涉及。綜上所述，選項4為正確答案。

64 **答案：2**

解析：選項1前半句「智慧的重要性下降」不正確，故排除。選項3「智慧只不過是百科辭典中的知識碎片」不正確，故排除。選項4後半句「智慧的地位比以前低」不正確，故排除。選項2為正確答案。

65 **答案：2**

解析：解題關鍵句為「知識がなければ考えられず知恵も湧かないのである」，作者認為知識是智慧的源泉，知識越豐富，支撐智慧的根基越牢固。選項2為正確答案。

問題12

66 **答案：3**

解析：解題關鍵句為「私の個人的な好みではあるけれど、言葉の話を楽しくできる人というのは、とても素敵だ」，作者是文人，所以對於詞彙方面的話題非常感興趣，選項3為正確答案。

67 **答案：1**

解析：本題測驗前後句的邏輯關係，根據上下文可知，前後句並非轉折關係，排除選項2和選項4。「なぜなら」通常與「からだ」連用，因此可以排除選項3，所以選項1「順帶一提」為正確答案。

68 **答案：4**

解析：正如上文解析的那樣，作者是文人，對於詞彙方面的話題非常感興趣，所以詞語對作者而言非常重要。選項4為正確答案。

69 **答案：1**

解析：解題關鍵句為「親切なおこないをするというのは、結局は人のためではなく、自分のためなのだ」，這句諺語的表面意思是「好人為了好報」，而不是「好人有好報」，即為了得到報答而去幫助別人，所以作者感到這句諺語有自私的感覺，選項1為正確答案。

問題13

70 **答案：3**

解析：選項1「公費留學生」、「每月6萬日圓」不符合要求，選項2「岡山大學」不符合要求，選項4「國籍為日本」不符合要求，綜上所述，選項3為正確答案。

71 **答案：2**

解析：解題關鍵句為「母国の証明書でも可（英語以外の場合は日本語訳を添付）」，由此可知選項2為正確答案。

聴解

問題1では、まず質問を聞いてください。それから話を聞いて、問題用紙の1から4の中から、最も良いものを一つ選んでください。

1番 **男の人と女の人が話しています。女の人はこの後何をしますか。**

女：先輩は心理学の小山先生をご存知ですか。

男：ああ、小山先生か。まあ、一応授業を受けたことがあるんだけど。

女：実は、ゼミのことで、一度先生にお話を伺いたいんですが、よろしければ紹介していただけませんか。

男：うーん、いや、実は僕だって先生の授業は受けたんだけど、特に親しいわけじゃないから。やはり、先生に直接お願いしたら？　手紙で。

女：でも、それ、失礼じゃありませんか。

男：いや、大丈夫だと思うよ。まぁ、電話だと失礼だけどね。

女：はい、分かりました。

女の人はこの後何をしますか。

1　小山先生に手紙を書く

2　小山先生に電話をする

3　小山先生に会いに行く

4　先輩に紹介してもらう

▶正解：1

解題關鍵句：やはり、先生に直接お願いしたら？　手紙で。

2番　男の人と女の人が話しています。女の人はどうしますか。

女：すみません。この本を探しているんですけど。

男：ああ、すみません。もう売り切れなんです。

女：え、もうないんですか。じゃ、ほかの店は？

男：お取り寄せはできますが。

女：どのぐらいかかりますか。

男：そうですね、たぶん二週間ぐらいかかると思います。

女：えっ、そんなにかかりますか。急いでいるんですけど。

男：商店街の支店なら、まだ何冊か残っていますよ。

女：でも、商店街って遠いんじゃないですか。

男：じゃ、夕方までに商店街のほうから一冊回しますから。

女：えっ、本当ですか。ありがとう。じゃ、後で取りに来ます。

女の人はどうしますか。

1　すぐ他の店に行く

2　二週間待つ

3　夕方に商店街の店に行く

4　後でまたこの店に来る

▶正解：4

解題關鍵句：えっ、本当ですか。ありがとう。じゃ、後で取りに来ます。

3番　男の人と女の人が話しています。女の人は、これからどうしますか。

男：もしもし、俺だけど。

女：あら、どうしたの、あなた。

男：悪い、俺の携帯見なかった、今朝忘れちゃって。

女：あら、大変じゃない。ちょっと探してくるわ。

男：机の上はないかな。

女：ないわよ。

男：おかしいな、いつも置いてあんのに。

女：ちょっとかけてみるわ。あら、まあ、こんなところにあったのか。洗濯に出さなくてよかったわ。

男：あ、そうだ。昨日着替えてて……

女：それで、やっぱり会社までなの？

男：うん、頼む。

女の人は、これからどうしますか。

1　男の人の会社に行く

2　男の人に新しい携帯電話を買う

3　男の人の服を洗濯する

4　家で男の人を待つ

▶正解：1

解題關鍵句：それで、やっぱり会社までなの？

4番　**男の人と女の人が話しています。女の人はどうして物件を決めなかったのですか。**

男：こちらの物件はいかがでしょうか。駅から近いですし、いろいろと便利ですよ。

女：確かに、駅の近くじゃ、店などきっと、たくさんありますね。でも、うるさいじゃないですか。

男：いいえ、全然。周りに木がいっぱいありますので、騒音を吸収しますよ。

女：そうですか。う～ん、値段の方は？

男：7万円です。

女：ちょっと高いね。

男：値段の方は、大家さんと相談してもいいんですが。

女：ちょっと待って、これ10畳だけ？

男：ええ、そうなんですが。

女：そうか、やっぱり二人じゃ、この部屋はどうもね。やっぱりほかも見てみましょう。

女の人はどうして物件を決めなかったのですか。

1　駅が遠いから

2　うるさいから

3　狭いから

4　値段が高いから

▶正解：3

解題關鍵句：そうか、やっぱり二人じゃ、この部屋はどうもね。やっぱりほかも見てみましょう。

5番　男の人と女の人が話しています。男の人はどうしてこの映画の女優が好きなのですか。

男：あのさ、今度の日曜日、新作が上映されるんだけど、一緒に見に行かない？

女：うん、いいわよ。でもあんたにしては、珍しいね。

男：どこが？

女：だって、映画に全然興味ないじゃない。

男：ま、今回は、ちょっと訳があってさ。

女：どういうわけ？

男：実は俺、あの女優さんの大ファンなんだ。

女：道理で、まあ、それなら別におかしくないわね。確かにあの女優さん可愛いし、演技の方はまだだけど、新人にしてはね。

男：可愛いってのは認めるけど、でも一番気に入ったのは別の方だよ。

女：別って、どこ？

男：ま、今回のテーマ曲を聞いたらわかるよ。

女：え、まさか、彼女が？

男：うん、歌手でもあるしな。

男の人はどうしてこの映画の女優が好きなのですか。

1　かわいいから

2　演技がいいから

3　新人だから

4　歌が上手だから

▶正解：4

解題關鍵句：うん、歌手でもあるしな。

6番　女の人と男の人が話しています。女の人はこの後何をしなければなりませんか。

女：あら、もうこんな時間。

男：この後、バイトあるんだっけ？

女：ううん。これから、今度のゼミの発表課題をしようかなって。

男：鈴木先生の課題か？　発表のテーマはもう決まった？

女：うん。ゼミで使う本があるから、そこから一つ選んで発表すればいいんだけど、いくつか参考文献を読まなきゃいけないの。でも、学校の図書館でこのタイトルの本を探したら、もう貸し出し中だったのよ。どうしよう。

男：そうか、どれ？　この種類の本なら県立図書館にもあると思うからそこに行ってみたら？

女：あ、そう。

男：でも、もう返却してあるかもしれないから、まずは学校の図書館を確認してから、行ったほうがいいんじゃない？

女：そうだね。

男：それじゃ、発表の準備、頑張って。

女：うん。ありがとう。じゃね。

この後、女の人は何をしなければなりませんか。

1　発表の参考文献を読みます

2　友達のところへ行って本を借ります

3　県立図書館へ行って参考文献を探します

4　学校図書館へ行って参考文献を探します

▶正解：4

解題關鍵句：でも、もう返却してあるかもしれないから、まずは学校の図書館を確認してから、行ったほうがいいんじゃない？

問題2では、まず質問を聞いてください。そのあと、問題用紙の選択肢を読んでください。読む時間があります。それから話を聞いて、問題用紙の1から4の中から、最もよいものを一つ選んでください。

1番 **男の人と女の人が話をしています。男の人は、なぜゼミを休みたがっているのでしょうか。**

男：もしもし、俺だけど、あのさあ、今日ゼミ出る？

女：うん、ゼミはいつも出るけど、なにかあるの？

男：うーん、実はさあ、午後締め切りのレポートがあることすっかり忘れてて、昨日もアルバイトを入れちゃって、やる時間がなかったんだ。だから午前中しかできないし、資料もまだ集めてないんだ。

女：それはキツいねえ。で、どうすんの？　1、2限サボってレポートやるの？

男：うーん、休んでやるしかないんだけど、先週も寝坊しちゃって授業出てないからさあ。

女：私も先週は歯医者行ったから休んだけど。でもしょうがないんでしょ？

男：まあね……で、悪いんだけど、今日の授業のノート、今度貸してくんない？

女：はいはい、絶対そうくると思った。いいよ。でもその代わり、今度なんかおごってね。

男の人は、なぜゼミを休みたがっているのでしょうか。

1　寝坊したからです

2　アルバイトがあるからです

3　レポートを書きたいからです

4　歯医者に行ったからです

▶正解：3

解題關鍵句：うーん、実はさあ、午後締め切りのレポートがあることすっかり忘れてて、昨日もアルバイトを入れちゃって、やる時間がなかったんだ。だから午前中しかできないし、資料もまだ集めてないんだ。

2番 **男の人と女の人が話しています。男の人はなぜ機嫌が悪いですか。**

女：どうしたの、つよし。機嫌悪そうだけど。また彼女とケンカ？

男：実はこの間彼女と別れたんだ。

女：え。そうなの。じゃあ、またナンパに明け暮れる日々を過ごしているんだ。

男：それがね、昨日ナンパで引っ掛けた女の子と夜景見に行ったんだけど、帰りにカーがパンクしちゃって、もう。

女：大変だったね。

男の人はなぜ機嫌が悪いですか？

1　彼女とケンカしたから

2　取り締まりにあったから

3　彼女と別れたから

4　車が故障したから

▶正解：4

解題關鍵句：帰りにカーがパンクしちゃって、もう。

3番　料理はどうして食べられませんか。

女：ねえ。今日始めてだし入り玉子焼き作ったんだけど。味見しない？

男：へえ、美味しそうだな。いただきまーす。ごめん、食べられないよ。

女：どうした？　美味しくないの？

男：うん、そういうわけじゃないけど。

女：ちょっと、食べさせて、あっ、ごめん、ちょっと、塩辛いねえ。

男：だろう？

料理はどうして食べられませんか。

1　砂糖を入れすぎたから

2　だしを入れすぎたから

3　塩を入れすぎたから

4　醤油を入れすぎたから

▶正解：3

解題關鍵句：ちょっと、食べさせて、あっ、ごめん、ちょっと、塩辛いねえ。

4番 **男の人と女の人が話をしています。男の人が妻と結婚した一番の理由は何ですか。**

女：おめでとう、高橋君結婚したんだって。

男：ありがとう。

女：ずっと独身を貫くって言ったのに、何がきっかけだったの？

男：そうね。一緒にいるとほっとするっていう感じかな。長く生活をするにはそれが一番じゃないかなって思ってさ。

女：そうですね。安心感って、とても大切かもねえ。

男：料理も上手だし、ほら、僕食べるのが大好きじゃない。それから、優しそうに見えて、結構しっかりしているんだよ。

女：それじゃ100点満点だね。

男の人が妻と結婚した一番の理由は何ですか。

1　ほっとできるから

2　料理が上手だから

3　妻が優しいから

4　しっかりしているから

▶正解：1

解題關鍵句：そうね。一緒にいるとほっとするっていう感じかな。長く生活をするにはそれが一番じゃないかなって思ってさ。

5番 **男の人が自分の就職活動の感想を言っています。この人が会社に入社できて、一番良かったことは何ですか。**

男：うーん、私がこの会社に入社してよかったことはいろいろありますが、まず、仕事を通じていろんなことを学べたことと、学生時代とは違い、いろんな年齢層や考え方を持った人と接し、そこそこ出世もし、職種も少しずつ変わっていき、さまざまな角度から物事を見ることが出来るようになったと言うことですかね。年齢のせいかも知れませんが、一番大きいのは海外駐在を通じて、異なった国の文化を味わえることかな。

この人が会社に入社できて一番良かったことは何ですか。

1　いろいろなことを学んだこと

2　出世ができたこと

3　さまざまな角度から物事を見ること

4　異文化を体験できること

▶正解：4

解題關鍵句：年齢のせいかも知れませんが、一番大きいのは海外駐在を通じて、異なった国の文化を味わえることかな。

6番　男の人に環境問題についてインタビューをしています。環境のため男の人は何をしますか。

女：すみません、ちょっとお時間よろしいですか。

男：あ、僕ですか。

女：はい。

男：いいですよ。

女：最近環境保護に対する意識が高まっていますが、会社ではどんなことに取り組んでいますか。

男：あ、そうですね。うちの会社では紙の量を減らすとか紙コップを使わないとかなどいろんなことをやっていますが、それがなかなか難しいですよ、たとえば、コピーの裏紙をメモ用紙に使ったり、できるだけ両面コピーをするようになっていますが、実際はみんながめんどくさかったり、どの紙がリサイクル用でどれが本当の書類かごちゃまぜになっちゃったりして、評判がよくないですよ。それで、個人的には会社での飲み物は専用カップを使って飲んでいます。ちゃんとやるんだったら、みんながやらないとって思うんですよ。

環境のため男の人は何をしますか。

1　紙の量を減らす

2　紙コップを使わない

3　コピーの裏用紙を使う

4　専用カップを使う

▶正解：4

解題關鍵句：それで、個人的には会社での飲み物は専用カップを使って飲んでいます。

7番　男の人と女の人が話しています。男の人はなぜカラオケに行きたくないんですか。

女：今晩の飲み会行くんでしょ？

男：うーん、今日はちょっと都合悪いんだ。

女：えー？　もー、いつもそればっかり。どうせ社長のおごりなんだからいいじゃない。もしかしたら、三好君って、カラオケ苦手だとか？

男：そんなことないよ。部長も行くんでしょう？

女：うん、行くみたいだけど。

男：音痴のくせにマイク離さないんだよ。

女：歌うのが好きなんじゃないの、いいじゃん別に。

男：実はこの前三浦君に借りがあってまだ全額返してないんだ。

男の人はなぜカラオケに行きたくないのですか。

1　カラオケが苦手だから

2　借金があるから

3　部長が音痴だから

4　カラオケが嫌いだから

▶正解：2

解題關鍵句：実はこの前三浦君に借りがあってまだ全額返してないんだ。

問題3では、問題用紙に何も印刷されていません。この問題は、全体としてどんな内容かを聞く問題です。話の前に質問はありません。まず、話を聞いてください。それから、質問と選択肢を聞いて、1から4の中から、最もよいものを一つ選んでください。

1番　女の人がコミュニケーション力について話しています。

女：今は、買い物も、支払いも、読書も……すべてのことを、座ったまま、インターネットで済ませることができるようになりました。また、街角で携帯電話機を使ってメールを打っている人々が頻繁に見られます。こんなブロードバンド社会では、人と人が直接会って、言葉をやり取りし、意思疎通を繰り返すことが少なくなってきています。結局、人が他人に直接会うことに臆病になってしまう結果になったのではないでしょうか。

女の人はコミュニケーション力の低下の原因は何だと言っていますか。

1　インターネットが人々の生活に浸透したから

2　自分の意見をしっかり相手に伝えていないから

3　意思の疎通を繰り返していないから

4　携帯だけを使って人と連絡するから

▶正解：1

解題關鍵句：今は、買い物も、支払いも、読書も……すべてのことを、座ったまま、インターネットで済ませることができるようになりました。

2番　大学の先生が話しています。

男：では、特別講義の内容について、簡単に説明します。海外旅行は以前に比べると、大変行きやすい時代になりました。その訪問先では、例えば言葉だけではなく、習慣などといったように私たちの文化とは違うという意識が芽生えてくることがあります。そもそも異文化とは何でしょうか。国が違えば異文化になるのでしょうか。そのような基本的な問いから始まって、文化が違う者が交わすコミュニケーションの特徴について話をしていきたいと思います。

この講義のテーマは何ですか。

1　異文化心理学特論

2　異文化いろいろ体験談

3　海外旅行と言語のためのレッスン

4　異文化理解のためのレッスン

▶正解：4

解題關鍵句：そもそも異文化とは何でしょうか。国が違えば異文化になるのでしょうか。そのような基本的な問いから始まって、文化が違う者が交わすコミュニケーションの特徴について話をしていきたいと思います。

3番　男の人が、ある調査結果について話しています。

男：結婚したばかりのカップル2,630組を対象に、ハネムーン動向について調査したところ、92%のカップルが国内より海外を選び、これは、去年より20%も増えました。場所でいえば、やっぱりアメリカ本土がナンバーワンになりました。アメリカ本土はヨーロッパより費用が安く、新しいテーマパークやムーディなホテル、プラス、日本語が通じたりお買い物ができたり、ハネムーンカップルには嬉しい環境が備えてあるというのが、その人気の理由でした。2位はハワイ、3位はオーストラリアでした。

男の人は、どんな調査について話していますか。

1　結婚式の場所

2　アメリカ本土とヨーロッパの環境比較

3　出産の動向

4　ハネムーンの行き先

▶正解：4

解題關鍵句：ハネムーン動向について調査したところ……
場所でいえば……

4番　**男の人と女の人が話しています。男の人はどうしてアルバイトを断ったのですか。**

女：ね、太郎さん。友達の料理店でアルバイトを募集中ですけど、興味ありますか。

男：料理店ですか、でも僕、料理できないんですけど。

女：できなくてもいいですよ。接待とかの仕事ですから、きっとできると思いますよ。

男：そうなんですか。ならいいんですけど。週二回ぐらいでいいですね。でも、僕、全然経験ないんです。

女：向こうはちゃんと教えますから、大丈夫ですよ。

男：それは良かったです。ぜひやらせてください。

女：あ、でも、週二回はちょっとね、三回やってほしいんだって。何とかならないんですか。

男：でも、僕、大学の授業や研究なども忙しいし、3回はさすがにちょっと。残念ですが、今回はやはり……

男の人はどうしてアルバイトを断ったのですか。

1　料理ができないから

2　接待できないから

3　経験がないから

4　忙しいから

▶正解：4

解題關鍵句：でも、僕、大学の授業や研究なども忙しいし、3回はさすがにちょっと。残念ですが、今回はやはり……

5番 男の人と女の人が話しています。男の人はどうして自分の車を出したくないのですか。

女：ねえ、今度の旅行、中村君の車で行こうよ。

男：ええ、僕の車？　でも、あれ小さいし、みんなじゃ無理だろう。

女：いいよ、別に、そんなに詰まるわけでもないし。

男：でも運転は結構、疲れるだろう。

女：安心して、交代だからいいの。

男：でも、渋滞とかあったら困るね。明らかに電車のほうが。

女：何よ、一々うるさいわね、そんなに車出したくないの？　事情でもあるの？

男：だって、雨だったら泥で汚れちゃうだろ。買ったばかりの新車だから。

女：何それ、それじゃいつまでたっても使えないじゃない。

男：そこまでは。

女：とにかく出してよ。ものは使わないと損でしょ。

男の人はどうして自分の車を出したくないのですか。

1　小さいから

2　運転が疲れるから

3　渋滞だから

4　汚したくないから

▶正解：4

解題關鍵句：だって、雨だったら泥で汚れちゃうだろ。買ったばかりの新車だから。

6番 テレビで女の人が話しています。

女：新型コロナウイルスに感染しないように、下記のことを心がけましょう。

感染経路の中心は飛沫感染及び接触感染です。人と人との距離をとること、外出時はマスクを着用する、家の中でも咳エチケットを心がける、さらに家やオフィスの換気を十分にする、十分な睡眠などで自己の健康管理をしっかりする等で、自己のみならず、他人への感染を回避するとともに、他人に感染させないように徹底することが必要です。

また、閉鎖空間において近距離で多くの人と会話する等の一定の環境下であれば、咳やくしゃみ等の症状がなくても感染を拡大させるリスクがあるとされています。無症状の者からの感染の可能性も指摘されており、油断は禁物です。

女の人は何について話していますか。

1　咳のエチケット

2　健康管理のポイント

3　感染防止の対策

4　感染拡大のリスク

▶正解：3

解題關鍵句：新型コロナウイルスに感染しないように、下記のことを心がけましょう。

問題4では、問題用紙に何も印刷されていません。まず、文を聞いてください。それから、それに対する返事を聞いて、1から3の中から、最も よいものを一つ選んでください。

1番　**いかがでしょう。お近づきの印に、今夜お付き合い願えませんか。**

1　せっかくですが、今日はこの後、ほかの得意先回りが残っておりますので。

2　せっかくですが、喜んでご一緒させていただきます。

3　せっかくですが、喜んでお供いたします。

▶正解：1

2番　**催促して悪いんだけど、コピーはもう終わった？**

1　すみません。お先に失礼します。

2　すみません。もうすぐ終わります。

3　すみません。すぐ帰ります。

▶正解：2

3番　**ご苦労様。会場の準備は順調に進んでる？**

1　はい、遅刻しまして失礼しました。

2　あのう、佐藤は二人おりますけど。

3　はい、ほとんど終わりました。

▶正解：3

4番　昨日がご入金いただくお約束の日だったと思いますが、お忘れになったのでしょうか。

1　申し訳ございません。今日中に振り込ませていただきます。

2　申し訳ございません。今日中に納品させていただきます。

3　申し訳ございません。今日中に発注させていただきます。

▶正解：1

5番　注文した商品がまだ来ないけど、どうなってるの？　もう一週間待ってるのよ。

1　申し訳ございません。すぐ確認いたします。

2　申し訳ございません。もう注文いたしました。

3　申し訳ございません。早速会議を始めます。

▶正解：1

6番　今日もまた遅刻か。君いったいどういうつもりなんだ！

1　すみません。事故で電車が遅れたもんで……

2　すみません。また遅刻します。

3　すみません。出張中ですので……

▶正解：1

7番　早速ですが、今日わざわざお越しくださったのは、どのようなご用件ですか。

1　お忙しいところをお邪魔いたしまして、申し訳ありませんでした。実は商品のご説明に参りました。

2　油断禁物ですから、これからくれぐれも用心深くご確認ください。

3　大至急お願いしましたが、知らん顔していればこっちは困ります。

▶正解：1

8番　今夜みんなでカラオケに行くんですが、社長もご一緒にいかがですか。

1　すまん、ちょっと体の具合が悪くてね。

2　でしたら、僕たちといっしょに飲みに行きませんか。

3　みんな君に期待してるんだよ。

▶正解：1

9番　ああ、話が弾んでる。二次会に行きましょう。

1　はい、納期に間に合うように早速出荷いたします。

2　もう11時ですよ。そろそろお帰りになりませんか。

3　御社とは長いお付き合いさせていただいております。

▶正解：2

10番　実は、このたび息子が結婚することになりまして。

1　それでは、本日の話をもう一回まとめましょう。

2　申し訳ございません。今日は先約が入って。

3　それは、それは、おめでとうございます。

▶正解：3

11番　急にサンプルの問題で、お客さんから、苦情がたくさんきちゃって。頭痛いよ、まったく。

1　この頭痛薬、結構効くわよ。飲んだら。

2　社長まで遅刻したんですか。非常識ですね。

3　そうねえ、なんといってもそれが一番大変ね。

▶正解：3

12番　あの、勝手なお願いですが、商品の販売を当社にやらせていただけないかと……

1　それはもう願ってもないことでございます。

2　それはもう大変なことでございます。

3　それはもう危険なものでございます。

▶正解：1

13番　よし、今回のマラソン、優勝してみせるよ。

1　やったね。おめでとう。

2　しまったね。またかよ。

3　本当？　勝つといいね。

▶正解：3

14番 **今度の修学旅行、行きたいのは山々なんですけど。**

1　えっ、行けないんですか。

2　えっ、いらっしゃるんですか。

3　えっ、海へ行きたいんですか。

▶正解：1

問題5では、長めの話を聞きます。この問題には練習はありません。メモを取ってもかまいません。

1番、2番

問題用紙に何も印刷されていません。まず、話を聞いてください。それから質問と選択肢を聞いて1から4の中から、最もよいものを一つ選んでください。

1番 **男の人がある歌手について話しています。この歌手の作品が今若者の間でブームになったきっかけは何ですか。**

男：この山下太郎は20世紀90年代初めの歌手ですが、二十五歳でなくなったので、あまり作品は残っていません。また当時の芸能界では高く評価されていましたが、一般には知られていませんでした。ところが最近、あるドラマで彼の作品がテーマソングとして使われてから、急に人気が高まり、いまや若者の間で大ブームになっています。その要因は彼の作品が現代の若者の感覚にあっているからだといわれています。

この歌手の作品が今ブームになったきっかけは何ですか。

1　この歌手が90年代初めの歌手だったから

2　当時の芸能界では高く評価されたから

3　ドラマの主題歌になったから

4　若者の間で大ブームになっているから

▶正解：3

解題關鍵句：ところが最近、あるドラマで彼の作品がテーマソングとして使われてから、急に人気が高まり、いまや若者の間で大ブームになっています。

2番 記者会見で社長が話をしています。

男1：このたび、我が社は、8月5日、19日の両日に東海道新幹線の上下線一便ずつ限り、乗客を親子連れに限定した「ファミリー新幹線」を運行する予定です。乗客が手荷物を座席においてゆったり過ごせるように、利用する人数のほかに1～2座席を無料で使えるようにしました。ファミリー新幹線は、午前十時台に東京駅もしくは新大阪駅を出発する全席指定の臨時列車です。普通車の運賃は東京から大阪まで大人は13,200円で、子供は5,900円です。同時期の普通車指定席より大人は1,005円、子供は1,220円安いです。普通車に乗ると、親子二人乗車の料金で計3座席、3人乗車の料金で計4座席、4人乗車だと計6座席を占有することができます、しかも、車内で車両玩具があたる抽選会や、3歳児未満の乳幼児全員を対象にしたおやつセットの配布なども実施しています。

女：ねえ、結構安いね、八月だから子供も休みだし、ちょうど日曜日であなたも一緒に行けるんじゃない？

男2：そうだな。うち、4人だから普通車指定より4,500円ぐらい安くなるから大きいね。それに6席でゆったり行けるね。

女：そうよ、しかも車内で車両玩具があたる抽選会や、3歳児未満の乳幼児全員を対象にしたおやつセットの配布なども実施してるって言うことだから、子供もつまらなくなさそうだし、わざわざ子供の世話をしなくてもいいし。

男2：安いんだから、利用する人が多いと思うよ。じゃ、早めに買ったほうが、いいんじゃない？

女：分かった、八月の初めのにするね。

男の人はなぜこの「ファミリー新幹線」を利用しますか。

1　日曜日だから

2　チケットの値段が安いから

3　利用する人が多いから

4　いろんなサービスがあるから

▶正解：2

解題關鍵句：そうだな。うち、4人だから普通車指定より4,500円ぐらい安くなるから大きいね。

3番　まず話を聞いてください。それから二つの質問を聞いて、それぞれ問題用紙の1から4の中から最もよいものを一つ選んでください。

3番　ホテルで男の人がフロントに電話をしています。フロントの人はこの後何をしますか。

フロント：はい、フロントでございます。

男　　　：あのう、トイレの水の流れが悪いんだけど、後、ルームサービスのメニュー持ってきてくれないかな。

フロント：大変申し訳ございません。あの、お客様、メニューはテーブルの上の右側の引き出しの中にございます。トイレのほうは、係りの者を伺わせますので、しばらくお待ちいただけないでしょうか。

男　　　：早くしてくれるとありがたいんだけど。

フロント：それでしたら、お客様、ほかの部屋に移ることも可能ですが、

男　　　：それはいいよ、荷物を片付けるのがめんどうくさいから。

フロント：大変申し訳ございません。

質問1　フロントの人はこの後何をしますか。

1　メニューを持って行く

2　係りの人を回す

3　客を他の部屋に移らせる

4　荷物の整理を手伝う

▶正解：2

解題關鍵句：トイレのほうは、係りの者を伺わせますので、しばらくお待ちいただけないでしょうか。

質問2　男の人はなぜ他の部屋に移らないですか。

1　食事に行くから

2　係りの人を待っているから

3　他の部屋がないから

4　荷物の整理が面倒だから

▶正解：4

解題關鍵句：それはいいよ、荷物を片付けるのがめんどうくさいから。

全真模擬答案解析
第七回

★ 言語知識（文字・語彙・文法）・読解

★ 聽解

第七回

言語知識（文字・語彙・文法）・讀解

問題1

1 **答案：3**

譯文：這件事對我和他來說是不言而喻的。

選項1　粗筋（あらすじ）：概要

選項2　按摩（あんま）：按摩

選項3　暗黙（あんもく）：沉默，默默

選項4　安堵（あんど）：安心

2 **答案：1**

譯文：對讀者來說，那也許是件很煩瑣的事情。

選項1　煩わしい（わずらわしい）：煩瑣

選項2　待ち遠しい（まちどおしい）：盼望已久

選項3　猛猛しい（たけだけしい）：兇猛

選項4　刺刺しい（とげとげしい）：帶刺的，刻薄的

3 **答案：2**

譯文：不值得為那樣的事情心神不寧。

選項1　凹む（へこむ）：凹陷

選項2　揉む（もむ）：揉，搓

　　　　気を揉む：擔心

選項3　怯む（ひるむ）：膽怯

選項4　孕む（はらむ）：懷孕，孕育

4 **答案：2**

譯文：當然，這本就不是他的最終目的。

選項1　窮境（きゅうきょう）：窘境

選項2　究極（きゅうきょく）：終極

選項3　救済（きゅうさい）：救濟

選項4　救出（きゅうしゅつ）：救出

5 **答案：3**

譯文：母親的身體開始明顯好轉。

選項1　切り出し（きりだし）：開口

選項2　繰り返し（くりかえし）：反覆
選項3　兆し（きざし）：先兆
選項4　木枯らし（こがらし）：秋風，寒風

6　**答案：4**
譯文：蝴蝶在花叢中翩翩飛舞。
選項1　冷ややか（ひややか）：冷；冷淡
選項2　嫋やか（たおやか）：婀娜
選項3　艶やか（つややか）：豔麗
選項4　軽やか（かろやか）：輕快

第七回

問題2

7　**答案：1**
譯文：我們的團隊獲得了榮耀。
選項1　栄光（えいこう）：光榮，榮耀
例 勝利の栄光に輝く。／沐浴勝利的榮光。
選項2　栄転（えいてん）：榮升
例 御栄転／榮升
選項3　栄養（えいよう）：營養
例 栄養をとる。／攝取營養。
選項4　栄進（えいしん）：榮升
例 部長に栄進する。／榮升部長。

8　**答案：4**
譯文：非常感謝您配合我們緊湊的行程安排。
選項1　イラスト：插圖
例 イラスト入りの本／附插圖的書
選項2　スマート：苗條
例 スマートな体つき／苗條的身材
選項3　アジェンダ：議程
例 アジェンダを確認する。／確認議程。
選項4　タイト：緊的，緊湊的
例 タイトなスケジュール／緊湊的排程

9　**答案：1**
譯文：雖然（他）在當時人氣爆棚，但是後來卻被評為「18世紀被眾人遺忘的畫家」。

選項1　絶大（ぜつだい）：極大，無比之大
例 絶大な権力／極大的權力
選項2　膨大（ぼうだい）：膨脹，龐大
例 膨大な人員を抱える。／擁有龐大人數。
選項3　過大（かだい）：過大
例 過大評価／評價過高
選項4　重大（じゅうだい）：重大，重要
例 重大な役割／重要作用

10　答案：3
譯文：「只想邀請對自己來說非常重要的人」、「想儘量壓低開支」……因上述理由，只邀請少數人來參加婚禮的新婚夫婦不斷增加。
選項1　僅か（わずか）：僅，微少
例 わずかな日数／寥寥數日
選項2　稀（まれ）：罕見
例 稀な例／罕見的例子
選項3　少（しょう）：指數量少
例 少額／小額
選項4　多（た）：指數量、種類多
例 多義／多義

11　答案：4
譯文：在聽少年M說話的時候，我頭痛欲裂不可自制。
選項1　いらいら：焦躁，焦慮
例 騒音にいらいらする。／因噪音而心煩氣躁。
選項2　うろうろ：轉來轉去，徘徊
例 怪しい女がうろうろしている。／形跡可疑的女人正四處徘徊。
選項3　がやがや：吵吵嚷嚷
例 子供たちはがやがやと外へ出ていったらしい。／孩子們吵吵鬧鬧地出去了。
選項4　がんがん：形容耳鳴、頭疼的樣子
例 頭が割れそうにがんがんする。／頭疼欲裂。

12　答案：1
譯文：如你所知，裡面塞滿了銀盤和黃金。
選項1　ぎっしり：塞得滿滿的樣子
例 予定はぎっしりです。／行程排得滿滿的。
選項2　ずらり：人或物排列的樣子

例 会場に新車をずらりと並べて展示する。／
在會場上展出整排的新車。

選項3　きっぱり：斷然

例 きっぱりと断る。／斷然拒絕。

選項4　じっくり：仔細地

例 じっくりと考える。／仔細考慮。

13　**答案：2**

譯文：我還需要相當長的時間才能在心理上冷靜地接受丈夫的死。非常抱歉，拜託大家不要打擾我，我想安安靜靜地度過這段時間。

選項1　受け持つ（うけもつ）：擔任，負責

例 歴史の授業を受け持つ。／負責歷史課。

選項2　受け入れる（うけいれる）：接受，採納

例 反対意見を受け入れる。／聽取反對意見。

選項3　受け継ぐ（うけつぐ）：繼承

例 財産を受け継ぐ権利／繼承財產的權利

選項4　受け付ける（うけつける）：受理，採納

例 書類を受け付ける。／受理文件。

問題3

14　**答案：2**

譯文：勉強能聽出來説話的是個女孩子，但是分辨不出是誰。

考 點　辛うじて（かろうじて）：好不容易，勉強

選項1　不知為什麼

選項2　勉強，總算

選項3　馬上

選項4　偶然，碰巧

15　**答案：4**

譯文：我從以前就一直覺得，沒有比大阪腔更難用來寫文章的語言了。

考 點　かねがね：很久以前

選項1　直接

選項2　務必

選項3　火速

選項4　從前就……

16　**答案：3**

譯文：我覺得違背時代潮流的做法最終都是徒勞無功的。

考 點　所詮（しょせん）：終究，畢竟

選項1　果真

選項2　總算

選項3　最終

選項4　無論什麼

17　**答案：2**

譯文：我們的計畫完全落空，我非常失望。

考 點　落胆（らくたん）：失望，沮喪

選項1　吃驚

選項2　失望

選項3　動搖

選項4　抱有疑問

18　**答案：1**

譯文：顧客來訪的時候，你能自信從容地接待嗎？

考 點　スマート：漂亮，出色

選項1　手法高明

選項2　明智

選項3　時髦

選項4　高性能

19　**答案：4**

譯文：不要太性急，必須要為自己的將來提前做好充分準備。

考 點　布石（ふせき）：布局，準備

選項1　跟對方確認

選項2　無論如何還是……

選項3　事先提醒

選項4　為將來事先做好準備

問題4

20　**答案：1**

譯文：隨著兇惡犯罪的增加，員警的死亡率也在上升。

考 點　比例（ひれい）：正比

選項1　正確選項

選項2　替換為：比較（比較）

選項3　替換為：比類（類比）

選項4　替換為：比較（比較）

21 答案：2

譯文：他父親發表的論文打破國界，備受世界矚目。

考 點　脚光（きゃっこう）を浴びる：惹人注目

選項1　替換為：脚本（劇本）

選項2　正確選項

選項3　替換為：脚本（劇本）

選項4　替換為：脚下（腳下）

22 答案：4

譯文：在日本風力開發相關企業的建設下，市內有許多風力發電機在運轉。

考 點　稼働（かどう）：運轉

選項1　替換為：稼ぎ（收入）

選項2　替換為：仕事（工作）

選項3　替換為：業界（行業）

選項4　正確選項

23 答案：3

譯文：這些地震儀對今天地震學的發展大有貢獻。

考 點　寄与（きよ）：有助於，貢獻

選項1　替換為：寄付（捐贈）

選項2　替換為：寄寓（寄居）

選項3　正確選項

選項4　替換為：寄稿（投稿）

24 答案：1

譯文：如今的年輕員工連這種程度的投訴都不想自己去處理。

考 點　昨今（さっこん）：近來

選項1　正確選項

選項2　替換為：今日（今天）

選項3　替換為：主に（主要）

選項4　替換為：今日（今天）

25 答案：1

譯文：當然，法律上必須對成人這一詞語作出統一定義。

考 點　画一的（かくいつてき）：統一

選項1　正確選項

選項2　替換為：画期（劃時代的）

選項3　替換為：画質（畫質）

選項4　替換為：画質（畫質）

問題5

26　**答案：4**

譯文：高齡者中有很多人都想盡其所能地工作，不想在生活上受到特殊照顧。

選項1　接續不對。

選項2　接續不對。

選項3　接續不對。

選項4　「～かぎり」表示「達到最高限度」、「盡其所有一切」，接動詞時多接動詞可能形。

例 できる限りお手伝いします。／我會盡我所能。

27　**答案：1**

譯文：直到現在，每每想到為什麼那天要拿這種東西回來，我就情不自禁地對前天做過的事後悔不已。

選項1　「～てならない」接在動詞て形後面，意思是「……得不得了」，表示情不自禁產生某種感覺。其前面只能使用表示感情、感覺、欲望的詞語。

例 面接の結果に気になってならない。／十分在意面試的結果。

選項2　「～てやまない」接在動詞て形後面，意思是「……不已」，前接表示感情的動詞，表示那種感情一直持續著。

例 彼は一生そのことを後悔してやまなかった。／他一生都為那件事後悔不已。

選項3　「～過言ではない」不能接在「て」形後，故排除。

例 第二の故郷と言っても過言ではない。／簡直可以說是第二故鄉。

選項4　「～かぎらない」不能接在「て」形後，故排除。

例 何でもできるとは限らない。／未必什麼都會。

28　**答案：4**

譯文：如果要參觀整個城市，我覺得一個星期是不夠的。

選項1　「～に応じて」接在名詞後面，表示「根據」。

例 売れ行きに応じて生産量を加減する。／根據銷售情況來調整產量。

選項2　「～にわたって」接在期間、次數、場所等名詞後面，形容其規模大，表示「在……範圍內」、「涉及……」。

例 彼はこの町を数回にわたって訪れ、ダム建設についての住民との話し合いを行っている。／他幾次來到這個城鎮，就建水庫之事與當地居民進行協商。

選項3　「～までは」是「まで」與「は」的複合，「は」起強調作用，慣用搭配有「から～まで～」、「ばかりか～まで～」等。

選項4　「～では」接在表示手段、標準、時間、場所等的名詞後面，表示「在這樣的情況下」。

例 この仕事は2時間では終わらない。／這項工作兩個小時內做不完。

29　**答案：1**

譯文：我太太一點家務都不做，總是在家裡看電視。

選項1　「いっさい」表示「完全」，通常後接否定形式。

例 いっさい知らない。／全然不知。

選項2　「一時」表示「一時」、「暫時」。

例 一時の思いつき／一時心血來潮

選項3　「きっと」表示「一定」。

例 明日はきっと晴れる。／明天一定是晴天。

選項4　「まさか」表示「莫非」、「想不到」。

例 まさか彼が犯人だったなんて，信じられない。／沒想到他竟然是犯人，真令人難以置信。

30　**答案：2**

譯文：我想獨自一人去體驗這場危險至極的旅行，非常希望他們兩人能理解我的這一想法。

選項1　「～でならない」接在形容動詞詞幹後面，意思是「……得不得了」，表示情不自禁地產生某種感情或感覺，連自己都控制不了。其前面只能使用表示感情、感覺、欲望的詞語。

例 心配でならない。／十分擔心。

選項2　「～極まりない」前接形容動詞詞幹，表示達到了極限，譯為「極其」、「非常」。

例 危険極まりない。／十分危險。

選項3　「～ではいられない」接在名詞的後面，表示不能一直持續相同狀態，譯為「不能……」。

例 ずっと大学にいたいが、いつまでも学生のままではいられない。／我真想一直待在大學裡，但是也不能一輩子當學生。

選項4　「～に越したことはない」表示「莫過於」、「最好是」。

例 体は丈夫に越したことはない。／身體健壯是再好不過的了。

31　**答案：2**

譯文：有必要持續在我們的心裡定下一個想完成的目標。我就是我，不會被任何人束縛。

選項1　動詞形式不對。

選項2　「～はしない」接在動詞連用形後，用來加強否定的語氣。表示「（決）不……」。

例 努力しなければできはしない。／不努力就不可能做到。

選項3　「～ては」表示假設，後項接否定或表示消極意義的句子。

例 途中でやめてはなにもなりません。／中途放棄將一事無成。

選項4　「ことはしない」無此用法。

32　答案：4

譯文：此次給各位帶來了不便，我由衷地表示歉意，真的非常抱歉。

選項1　「動詞て形＋いただきます」表示某人為說話者做某事。

例 友達のお父さんに駅まで車で送っていただきました。／朋友的父親用車把我們送到了車站。

選項2　「～ていらっしゃいます」是「～ています」的敬語。

選項3　「お＋動詞連用形＋いただきます」是選項1中的「動詞て形＋いただきます」的更謙恭的表達形式。

選項4　「お＋動詞連用形＋申し上げます」和「お＋動詞連用形＋します」一樣都是自謙語，「お＋動詞連用形＋申し上げます」多用於書信，更謙遜。

33　答案：4

譯文：爺爺用來拍照的相機很舊，但是正是這樣的相機拍出來的照片才有它特有的韻味。

選項1　「～ごとき」是文語助動詞「ごとし」的連體形，連用形為「ごとく」。表示「似……」、「宛如……」。

例 春のごとき天気／像春天一般的天氣

選項2　「～がらみ」接在名詞的後面，表示包括在內，意思是「連……」。

例 風袋がらみの重さ／毛重（含包裝的總重量）

選項3　「ほどまでの」無此句型。

選項4　「～ならでは」接在表示人物或組織的名詞後，表示「只有……才有……」。

例 彼女ならではの素晴らしい作品／只有她才寫得出來的好作品

34　答案：1

譯文：從去年開始，鰻魚價格上漲，受此影響，消費者和鰻魚店叫苦連天。

選項1　「～を受けて」表示「遭受」。

例 台風の影響を受けて、今年も穀物が不作だ。／受颱風影響，今年的穀物也歉收了。

選項2　「～に即して」表示「根據」、「按照」。

例 法に即して解釈する。／依據法律進行解釋。

選項3　「～に応えて」表示「根據」、「回應」。

例 みんなの要望に応えて日曜日も図書館を開館することにしました。／應大家的要求，我們決定星期日也開放圖書館。

選項4　「～を通じて」表示「整個範圍」。

例 その国は一年を通じて寒い。／那個國家一年到頭都很冷。

35 **答案：3**

譯文：（採訪中）

A：您在開發化妝品時最關注的部分是什麼呢？

B：產品的安全性。既然要給顧客提供化妝品，那麼就要盡力保證化妝品的安全性及其品質，所以除了確保產品從生產到消費整個過程的安全性外，還要提高產品的品質。

選項1　「お＋動詞連用形＋になる」是尊敬語，不能形容自己，故排除。

選項2　該選項也為錯誤選項，理由同選項1。

選項3　「お＋動詞連用形＋する」是自謙語。「～以上」表示「既然……就……」。

例 生きている以上、社会のためになる仕事をしたい。／既然活著就要做有益社會的工作。

選項4　「～うえ」表示「而且」、「又」。

例 品質が悪いうえに値段が高い。／品質差，價格又貴。

問題6

36 **答案：2**

原句：申し訳ございませんでした。私が3 遅刻した　4 ばかりに　2 みなさんに　1 ご迷惑をかけることになりまして。

譯文：很抱歉，由於我遲到，給大家添麻煩了。

解析：「～ばかりに」表示「就是因為那件事才……」，後續內容多是發生了不好的事情。從接續形式來看，答題時可先將選項3排在最前面，然後結合選項4進行排序。

37 **答案：4**

原句：だいたい選挙の結果が、候補者である彼に1 伝わっていない　3 こと　4 からして　2 あやしいです。

譯文：再說，選舉結果都沒有告訴他這位候選人，這種做法非常可疑。

解析：「～からして」表示原因。答題時可先將選項3、選項4結合再進行排序。

38 答案：4

原句：「それは、たぶん『知らなければ平静な心でいられる』3 という　1 ような　4 意味だった　2 だろう」

譯文：我想大概是「眼不見心不煩」的意思吧。

解析：根據問句，答題時可先將選項3、選項1、選項4結合再進行排序。

39 答案：2

原句：大学で「障害者教育概論」という講義を担当し、そこにはたまたま3 聴覚障害の　1 学生　2 がいた　4 こともあって手話をつかった講義をしました。

譯文：我在大學裡負責「特殊教育概論」這門課程，因為課上偶爾會有聽覺障礙的學生，於是就用手語講課。

解析：此處句型「～こともあって」表示「因為……」。答題時可先將選項3、選項1、選項2結合再進行排序。

40 答案：1

原句：2 外国人　3 専用の　1 アパート　4 だけあって従業員は英語が堪能なようだった。

譯文：因為是外國人專用的公寓，所以公寓內的員工英語很流利。

解析：「～だけあって」表示「不愧是」、「到底是」。解答本題時首先把選項2、選項3結合再進行排序，然後透過句意判斷，選項4排在最後，推出正確答案為選項1。

問題7

41 答案：3

選項：1 附帶　2 帶領　3 懸掛（他動詞）　4 垂掛（自動詞）

譯文：權衡一下理與情。

解析：片語「～をはかりにかける」表示「權衡」。由此可知，正確答案為選項3。

42 答案：4

選項：1 幽默　2 寡言　3 強健　4多嘴饒舌

譯文：不苟言笑的健和強顏歡笑、多嘴多舌的寅。

解析：根據上下文，兩位人物的性格對比十分鮮明，所以答案應該是「寡默」的反義詞「饒舌」。選項4為正確答案。

43 **答案：1**

選項：1 美男子　丑角　2 丑角　美男子
3 丑角　第一枚　4 美男子　第一枚

譯文：從美男子到丑角。

解析：根據上下文可知，電影的主人公形象從美男變成了滑稽的丑角。選項1為正確答案。

44 **答案：4**

選項：1 懇請　2 宛如　3 即便如此　4 總覺得，仿佛

譯文：總覺得高倉健出演的電影屬於「浪花節型」，而寅的電影則屬於「落語型」。

解析：副詞「どうやら」和「らしい」通常搭配使用，選項4為正確答案。

45 **答案：2**

選項：1 落語　浪花節　2 浪花節　落語
3 落語　落語　4 浪花節　浪花節

譯文：總覺得高倉健出演的電影屬於「浪花節型」，而寅的電影則屬於「落語型」。

解析：兩者與上段中的「浪花節は『暗い生活を背景にして育った、うらみつらみの呪いの歌のようなもの』」和「落語における笑いとは、人間をリアルに客観的に描いたときにおきる共感の喜びのようなもの」特點分別對應。選項2符合題意。

問題8

46 **答案：2**

解析：解題關鍵句「男女が共に仕事と子育てを両立できるような環境整備や、仕事で活躍している女性も家庭に専念している女性も、それぞれのライフステージに応じて輝けるような取組が、内閣を挙げて進められている」。由此可知，選項2為正確答案。選項1和選項4是已經完成的事項。選項3是需要解決的一項緊迫課題。

47 **答案：1**

解析：解題關鍵句為「一度裏切られると人を信じられなくなる」。因此選項1是正確答案。

48 **答案：4**

解析：本題是信函類考題，這是一封回信，解題關鍵句是「私のほうも春の出費で蓄えがほとんどない有り様で、どうしてもご用立てがかないませ

ん」、「肝心のときにお役に立てぬ自分が実に情なく、お許しを請うばかりです」，所以選項4為正確答案。選項1「手を貸す」表示說明，選項2「手を借りる」表示請人幫忙。

49 答案：3

解析：本題是理由原因類題型。解題關鍵句為「これは中央の力がそれだけ弱かった日本ならではのことで、大陸や半島ではなかったことでした」，由此可知，選項3為正確答案。選項1和選項4與題意相反。選項2明顯答非所問。

問題9

50 答案：2

解析：本題測驗的是考生尋找文章細節的能力。根據關鍵句「恋愛という日常を超えた夢のようなふわふわした抽象的な世界が左といえます」、「奥深く、遠くに置いて来た恋愛の楽しかった日々を忘れないためにも左手に指輪をする」，選項1、選項3和選項4的內容是正確的，所以可以排除掉。而根據上下文可知，「左右の論理と矛盾するもの」指的是「結婚指輪」，不是「恋愛」，所以選項2符合題目要求，為正確答案。

51 答案：3

解析：本題為事實細節題。根據關鍵句「奥深く、遠くに置いて来た恋愛の楽しかった日々を忘れないためにも左手に指輪をする、と考えてはいかがでしょうか」可知，選項1的表述不正確，選項3為正確答案。選項2和選項4分別與文中的「右を重視する中国からの影響は大きいかもしれません」、「日本人にとって左は神々などの神聖な領域に触れる側であり、右は日常生活に使う側であると大まかに言える」這兩句的內容不符。

52 答案：4

解析：本題測驗考生對通篇文章的理解能力。解題關鍵句為「左を不吉で縁起でもないと考える傾向は、おそらく左を神聖視するあまり、日常では使ってはならないサイドだったので、やがてマイナスの意味が加重されていったためと考えられます」，由此判斷選項4為正確答案。

53 答案：3

解析：本題是理由原因類題型。解題關鍵句為「なにより、お祭りの雰囲気がいい。雰囲気を盛り上げる大事な要素に『音』がありますが、あのお囃子の音、リズム、『ラッセラー、ラッセラー』のかけ声に、欧米の人たちは一瞬で心を惹きつけられます」。由此句中的「なにより」可知，選項3是最大的理由，為本題的正確答案。

54 答案：1

解析：本題是事實細節題。選項2與文中的「青森市で開催されるお祭りで、秋田市の竿灯まつりと仙台市の七夕まつりと合わせて東北三大まつりと呼ばれています」意思相符。選項3與文中的「ねぶたのテーマは神話や歴史的人物が多く、勇壮なサムライの姿をよく見かけます」意思相符。選項4與文中的「またねぶた祭は、夏祭り特有の解放的な雰囲気があり、人々はリラックスして楽しんでいますし」意思相符。與文中內容不符的是選項1。

55 答案：2

解析：本題測驗考生對外來語詞彙的掌握情況。選項2「增加」的詞義與上下文的句意相符，為正確答案。選項1的意思是「點擊」，選項3的意思是「支付寶」，選項4的意思是「插圖」。

56 答案：1

解析：本題是事實細節題。題目要求我們找出不符合大阪特點的句子。解題關鍵句為「京都人は近江からの転入者が多く、ついで若狭、越前、加賀などの北陸、山蔭人になっている。しかし、彼らは、おくれて京に入ってきた人で、経済的地位も『近江商人』を除いては主流を占めることができず、末端的立場でしかなかった」。由此可以判斷，選項1的後半句是京都人的特點，所以選項1是正確答案。選項2、選項3和選項4都是大阪人和大阪的特點。

57 答案：3

解析：本題測驗「ながら」的用法。文章中的「ながら」表示轉折。選項1表示「原樣不變的持續狀態」。選項2表示「同時」。選項3表示「但是」，為正確答案。選項4表示「全部」。

58 答案：2

解析：本題測驗考生對通篇文章的理解能力。由關鍵句「関西となると、京都、大阪という二大都市、古都と商都とを無視するわけにはいかない。隣接する古い都市でありながら、多くの面で性格を異にしており、両者を一緒に論ずるのは難しい」可知，本篇短文主要是介紹京都和大阪的不同點，所以選項2為正確答案。

問題10

59 答案：4

解析：本題是理由原因類題型。解題關鍵句為「漢字はいく通りもの読み方があって、どれかを決める法則がない。まったく慣用によっている」。由此可以判斷選項3不正確，選項4為正確答案。根據關鍵句「仮名書きしている言語では、どんな地名でもとにかく発音できる」可知，選項1不正確。選項2是文中沒有提到的內容。

60 答案：3

解析：本題是事實細節題。題目要求我們選出和原文內容不符的選項。關鍵句「名刺をもらっていただけでよく知っていたわけではなかったから」和選項1的內容相符。關鍵句「そこで考えられたのがルビ、漢字の右側に小さなかなをふる」和選項2內容相符。關鍵句「日本人同士、東北本線の駅名が読めなくても、その人の知性を疑うようなことはしない」和選項4內容相符。選項3的後半句與文章內容不符，因此為正確答案。

61 答案：1

解析：本題測驗的是固定片語的意思。從介紹詩人土井晩翠姓氏讀音的那段可以看出，詩人沒有敵過眾多人的力量，最終還是妥協了，因此選項1為正確答案。

62 答案：4

解析：本題測驗的是「まい」的用法。選項1表示「否定的意志」。選項2表示「否定的意志」，「～ようと～まいと」是固定句型「無論……還是……」。選項3表示「不應該」。選項4表示「否定的推測」，為正確答案。

問題11

63 答案：3

解析：對比分析類題型。選項1在文章B中有涉及，但不是熟人。選項2在文章A中有涉及，但指的是直接表達方式。選項4在文章B中有涉及，但只提到了法國人。因此以上三個選項均可以排除，正確答案為選項3。

64 答案：1

解析：本題是理由原因類題型。由關鍵句「なぜ、よく知らない人に対して意見をいうのが苦手なのか。それは、相手の考えや感受性がよく分からないため、配慮するのに失敗するかもしれないからだろう」可以判斷出，選項1為正確答案。

65 答案：2

解析：固定片語類題型。文中的這句話是在形容日本人的說話特點「曖昧な表現がある」、「よく知らない人たちに対して自分の意見をいうのは難しくて」，所以選項2為正確答案。

問題12

66 答案：2

解析：根據問題的前半句「それにしても、3・11から半年の間、自分たちのトップを批判して引きずり下ろそうとしている光景……」可知，選項2為正確答案。

67 答案：4

解析：問題是「『重要時刻』指的是什麼？」從上一段中的「3・11から半年の間」和文章最後一句「それでは、震災後の日本の復興はもとより、二十一世紀の混沌とした世界を生き抜いていくのは難しいでしょう」可以判斷，選項4為正確答案。

68 答案：3

解析：本題是理由原因類題型。解題關鍵句為「日本人の弱い者に同情し手をさしのべる『お互い様』の精神は美しいのですが、反面、『みんな一緒で平等が一番』という考えが強すぎるとも言えます。だから、ちょっと優れている人、力のある人には嫉妬の炎を燃やし、『あいつは威張っている』とか『実はこんなスキャンダルがあるんだ』『こんな失敗があるのだ』などと悪口を言って足を引っ張るのです」，由此可以判斷出，選項3為正確答案。

69 答案：1

解析：本題測驗考生對通篇文章的理解能力。解題關鍵句為「逆に、優れた人、立派な人、強い人には反発する傾向があります。これは日本人の克服すべき悪いところだと思います」、「出る杭はうたれるという現象は、日本が克服しなければならない最大の弱みだと思います」。由此可以判斷出，選項1為正確答案。

問題13

70 答案：4

解析：根據表格內10月10日的內容可知，選項4為正確答案。

71 答案：3

解析：本題是事實細節題。關鍵字為「対象　一般成人」，所以選項3與講座募集內容不符，為正確答案。

聴解

問題1では、まず質問を聞いてください。それから話を聞いて、問題用紙の1から4の中から、最もよいものを一つ選んでください。

1番 **男の人と女の人が電話で話しています。男の人はこの後何をしますか。**

男：はい、お電話かわりました。鈴木です。

女：国際交流センターのスミスですが。いつも大変お世話になっております。実は10分ほど前に、ファックスを4枚お送りしたんですが、届いておりますでしょうか。

男：ええと、宛先は私でしょうか。

女：はい、鈴木さん宛てです。

男：分かりました。すぐ見てきますので、少々お待ちください……

男：お待たせしました。確かにいただいております。送り状を含めて、4枚ですね。

女：はい、そうです。そのフアックスをご覧になってから、今回の交流シンポジウムについて何かご意見をおっしゃってくださいませんか。

男：いいですよ。じゃ、午後5時頃までに、こちらからお電話いたします。

男の人はこの後何をしますか。

1　ファックスを送ります

2　ファックスを読みます

3　電話をします

4　電話を待ちます

▶正解：2

解題關鍵句：そのファックスをご覧になってから、今回の交流シンポジウムについて何かご意見をおっしゃってくださいませんか。
いいですよ。

2番 男の人と女の人が話しています。男の人が帰国してから何をしようと思っていますか。

男：幸子さんは休みの日に何をしていますか。

女：だいたいうちでのんびりしていますが、月に2回ぐらいボランティアで盲導犬の訓練をしています。

男：もうどうけんのくんれんって何？

女：犬の訓練を行い、盲導犬を育成することです。

男：日本はお年寄りや体の不自由な人が住みやすい国ですね。

女：そうですか。

男：ええ、たとえば、車椅子の人が電車に乗る場合には、駅員が電車とホームの間にスロープを渡してくれてスムーズに電車に乗り降りすることができます。

女：でも、まだまだそういう生活しやすい環境が整っているわけではありません。ヨウさんは社会福祉に関心を持っているんですか。

男：ええ。私はそれを勉強するためにやってきたんです。国へ帰ったら、病院や老人ホームなどの介護施設で働くつもりです。

男の人は帰国してから何をしようと思っていますか。

1 盲導犬の訓練

2 社会福祉の勉強

3 ボランティア

4 介護の仕事

▶正解：4

解題關鍵句：国へ帰ったら、病院や老人ホームなどの介護施設で働くつもりです。

3番 男の人と女の人が会議について話しています。女の人が配布資料に加えてもらいたいものは何ですか。

男：スミスさん、今度の木曜日は第一回の企画会議ですけど、もう配布するプリントなどの準備ができましたか。今回は初顔合わせということだから名札を用意したほうがいいですね。

女：はい、それはもうやりました。それから、すみませんが、ちょっとよろしいですか。

男：何でしょう。

女：今回の会議に先立って行ったアンケート調査の結果をまとめてみたのですが、何か参考になると思いますので、これも配布資料に加えていただけないでしょうか。

男：いいですね。よく気がつきましたね。

女：アンケートによって皆さんが望んでいることが少し分かってきました。それで……私もいくつか企画のアイディアを考えてみました。今度の企画会議でいろいろなアイディアが出されると思いますが、一応私の案もここにまとめてみましたので、後で見ていただけるとありがたいのですが……

女の人が配布資料に加えてもらいたいものは何ですか。

1　名札

2　プリント

3　アンケートの結果

4　まとめた案

▶正解：3

解題關鍵句：今回の会議に先立って行ったアンケート調査の結果をまとめてみたのですが、何か参考になると思いますので、これも配布資料に加えていただけないでしょうか。

4番　**男の人と女の人が話しています。泥棒はどうやって部屋に入ったのですか。**

男：田中先生の話によると、昨日隣のアパートに泥棒が入ったそうですよ。

女：ほんとうですか。何号室ですか。

男：501号室だそうです。

女：501号室と言えば、アメリカから留学に来たブラウンさんの部屋ですね。怖いですね。どうやって入ったんでしょう。

男：窓にかぎをかけずに出かけたそうで……

女：そうですか。私も気を付けなくちゃ。それで、何かとられたんですか。

男：現金を置いていなかったので、何もとられなかったって。

女：それはよかったですね。犯人はもうつかまりましたか。

男：田中先生は犯人のことについては何も触れてなかったから、まだつかまってないみたいよ。

女：一日も早くつかまるといいですね。

男：つかまらなきゃ、ゆっくり寝られませんね。

泥棒はどうやって部屋に入ったのですか。

1　窓にかぎがかかっていなかったので、そこから入ったのです

2　部屋の窓を破って入ったのです

3　ドアにかぎがかかっていなかったので、そこから入ったのです

4　部屋のドアを破って入ったのです

▶正解：1

解題關鍵句：窓にかぎをかけずに出かけたそうで……

5番　女の人が電話でホテルの予約をしています。ホテルの料金は一人いくらになりますか。

女：あの、部屋を予約したいんですが、今月の20日、お部屋空いていますか。

男：20日は水曜日ですね。空いていますけど。

女：おいくらですか。

男：通常料金は一人2万円ですが、ただ今ちょうどサービス期間なので、平日は16,000円となっています。

女：食事つきですか。

男：いいえ、ついておりません。

女：そうですか。

男：夕食がついて2万円のプランもありますけど。

女：いいわね、それにしよう。

男：この料金にはお飲み物も入っています。

女：私たちお酒は飲まないんです。

男：お食事だけなら、1,500円割引します。あのう、2万2,000円で、ナイトショーが楽しめるコースもございますが。

女：2万円以上はちょっと。

男：はい、かしこまりました。

ホテルの料金は一人いくらになりますか。

1　16,000円

2　18,500円

3　20,000円

4．22,000円

▶正解：2

解題關鍵句：夕食がついて2万円のプランもありますけど。
いいわね、それにしよう。
お食事だけなら、1,500円割引します。あのう、2万2,000円で、ナイトショーが楽しめるコースもございますが。
2万円以上はちょっと。

6番　女の人と男の人が話しています。女の人はカードをどこで受け取ることにしましたか。

女：あの、すみません、口座を作りたいんですが。

男：ご新規さまですか。

女：はい、そうなんです。

男：普通預金になさいますか。それとも定期預金になさいますか。

女：定期預金です。

男：じゃ、こちらにご住所とお名前をご記入ください。

女：これでいいですか。

男：はい、結構です。少々お待ちください。……お待たせしました。カードのほうは二、三日ぐらいでできますので、ご郵送よろしいですか。

女：そうですね、やっぱり取りに来るわ。送ってもらっても普段は留守だから、結局郵便局に取りに行かなくちゃ。面倒だし、ここだったら、会社の昼休みに取りに来られるから。

男：かしこまりました。それではできましたらお電話いたします。

女の人はカードをどこで受け取ることにしましたか。

1　会社

2　銀行

3　郵便局

4　自宅

▶正解：2

解題關鍵句：やっぱり取りに来るわ。送ってもらっても普段は留守だから、結局郵便局に取りに行かなくちゃ。面倒だし、ここだったら、会社の昼休みに取りに来られるから。

問題2では、まず質問を聞いてください。そのあと、問題用紙の選択肢を読んでください。読む時間があります。それから話を聞いて、問題用紙の1から4の中から、最もよいものを一つ選んでください。

第七回

1番　男の人と女の人が話しています。結局冬休みはどうしますか。

女：冬休みどうする？　7日ぐらいの休みが取れるよね。東北にでも行こうか。パンフレットもらってきたんだけど。ほら、ここなんか雪景色がきれいだよ。

男：のんびりしようよ。どこでも込んでるんだろ。寒いし、飛行機もなあ……

女：のんびりって？　うちでごろごろするだけ？　だらだらすれば、かえって疲れちゃうわ。

男：展覧会を見に行ったり、ドライブに行ったりしようよ。

女：そんなの土日でもできるじゃない。せっかくの冬休みなんだから。

男：あっ、久しぶりに友達を呼んで、みんなで食事会を。

女：誰が料理を作ったり、片付けるの？

男：じゃ、いいよ。俺は向こうに行ってごろごろしてるから、なるべく近いところにしよう。

結局冬休みはどうしますか。

1　うちでのんびりします

2　友達と食事会をします

3　ドライブに行きます

4　旅行に行きます

▶正解：4

解題關鍵句：俺は向こうに行ってごろごろしてるから、なるべく近いところにしよう。

2番 **男の人と女の人が話しています。女の人はどこで何をしますか。**

女：もしもし、おまわりさんですか。あの、運転免許証を落としたんですけど、どうすればいいですか。

男：それでは、まずこちらのほうへ来ていただいて、紛失届を書いてください。それから市役所へ住民票をとって、免許証の再発行の手続きをしてください。

女：再発行の手続きは市役所ですか。

男：いいえ、もちろん警察署でしてください。

女：じゃ、先に住民票をとったほうがいいですね。

男：そうですね。

女の人はどこで何をしますか。

1　警察署で再発行の手続きをします

2　警察署で住民票をとります

3　市役所で紛失届を出します

4　市役所で再発行の手続きをします

▶正解：1

解題關鍵句：再発行の手続きは市役所ですか。
いいえ、もちろん警察署でしてください。

3番 **男の人が話しています。男の人はこれからのサラリーマンにとっては何が大切だと言っていますか。**

男：えー、ご存じのように最近不況のせいで、希望退職を募る会社が多くなっています。対象は現在のところ、まだ中高年に限られているようですが、このまま、不況が進めば、たとえ若者でも放り出されかねません。ですから、サラリーマンは日ごろからそれに備えておく必要があります。会社から離れても一人でちゃんといけるという能力を身につけるし、人間関係なんかも大切にしておくことが無視されないと思います。

男の人はこれからのサラリーマンにとっては何が大切だと言っていますか。

1　人間関係を無視することです

2　一つの会社で働き続ける能力を養うことです

3　いつでも独立できるように準備しておくことです

4　不況を乗り越えるために会社から離れることです

▶正解：3

解題關鍵句：<u>会社から離れても一人でちゃんといけるという能力を身につけるし、人間関係なんかも大切にしておくことが無視されないと思います。</u>

4番　男の人と女の人が話しています。日本人は英語の発音が悪いのはなぜですか。

男：日本はカタカナ言葉が多いですね。

女：元の言葉が国の言葉の英語でも、カタカナだと時々さっぱり分かりません。

男：我が国では外来語をそのまま使わずに、中国語に翻訳します。日本も我が国のように外国からの言葉を日本語に翻訳したほうがいいと思います。

女：カタカナ言葉は使わないほうがいいと思います。悪いけど、日本人の英語の発音がよくないでしょうね。これはカタカナ言葉を使っているからだと思います。もっと英語を勉強したら、変なカタカナ言葉がなくなっていくだろうと思います。

男：じゃ、これ、分かりますか。パソコン、サラリーマン、マスコミ……

女：私たち外国人にとってカタカナ言葉は本当に難しいですね。

日本人は英語の発音が悪いのはなぜですか。

1　日本人は外国語が苦手ですから

2　日本人はカタカナ言葉をよく使いますから

3　英語は日本語より難しいですから

4　日本語に翻訳しませんから

▶正解：2

解題關鍵句：<u>悪いけど、日本人の英語の発音がよくないでしょうね。これはカタカナ言葉を使っているからだと思います。</u>

5番　男の人が話しています。デジタルカメラは何階で買えますか。

男：いらっしゃいませ。本日雨の中をご来店くださいまして誠にありがとうございます。当店一階では春恒例の在庫一掃バーゲンで、ヘアドライヤー、掃除機などを半額販売しております。2階ではテレビ、洗濯機、扇風機。3階ではデジタルカメラ、時計、いずれも2割引き、3割引きでご奉仕いたしております。なお、4階は書道の展覧会が開催されているので、あわせてご覧ください。

デジタルカメラは何階で買えますか。

1　1階

2　2階

3　3階

4　4階

▶正解：3

解題關鍵句：3階ではデジタルカメラ、時計、いずれも2割引き、3割引きでご奉仕いたしております。

6番　女の人と男の人が話しています。男の人はどういう数字を作りましたか。

女：ねえ、これ、なに？

男：宝くじ。好きな数字を八つ選んで八桁の数字を作るっていう宝くじ。作った数字が抽選で選ばれた数字と同じだったら当選。

女：今度の当選番号はなんだったの？

男：2が八つ。

女：八桁全部2だったの？

男：ええ。

女：へえ。珍しいわね。

男：そうなんだよ、驚いたよ。まさかそんな数字になるとは思わなかったなあ。

女：八桁の数字全部当たるなんて無理よ。六桁当てるのもけっこう難しいわよ。

男：六桁当たっていたら一応当選だよ。ただし、三等だけど。五桁当たっていたら四等だったんだ。

女：あら、それならすこしぐらい期待できそうね。

男：そうだろう。僕の数字は後二桁当たっていたら四等だったんだよ。惜しかったなあ。

男の人はどういう数字を作りましたか。

1　22231

2　22221

3　22136

4　12222

▶正解：1

解題關鍵句：五桁当たっていたら四等だったんだ。
僕の数字は後二桁当たっていたら四等だったんだよ。

7番　男の人と女の人が話しています。女の人は撮影の一番の魅力は何だと言っていますか。

男：いいデジタルカメラ買ったって？　どんな写真撮るの？

女：景色とか、人物とか、気になるものは何でも。町並みや花や草や人の姿なんかも、すべて面白い写真になるよ。撮った写真はラインでたくさんの友達に見てもらうんだ。

男：カメラの楽しさっていろんな瞬間を後に残せるってことなのかな。

女：それより、私はカメラを持つようになってから、夕日とかペットとか道端の小さな花とか、いままであまり気が付いていなかったものに目を向けるようになったの。

男：へえー、そうなんだ。

女：このデジカメのおかげで、毎日なんとなく充実してきて、それが、私にとってのカメラの楽しさかな。

男：カメラの魅力って、写った写真だけじゃないんだね。

女：そのとおりだよ。まあ、いい写真が撮れると、めっちゃ嬉しいけどね。

女の人は撮影の一番の魅力は何だと言っていますか。

1　楽しい瞬間を永遠に残せること

2　大勢の友達に見せること

3　いろんな写真が楽しめること

4　まわりの小さなものにも興味が湧いてくること

▶正解：4

解題關鍵句：それより、私はカメラを持つようになってから、夕日とかペットとか道端の小さな花とか、いままであまり気が付いていなかったものに目を向けるようになったの。
このデジカメラのおかげで、毎日なんとなく充実してきて、それが、私にとってのカメラの楽しさかな。

問題3では、問題用紙に何も印刷されていません。この問題は、全体としてどんな内容かを聞く問題です。話の前に質問はありません。まず、話を聞いてください。それから、質問と選択肢を聞いて、1から4の中から、最もよいものを一つ選んでください。

1番 男の人がスピーチをしています。

男：私は日本に来て明日で半年になります。週の半分は市内の中学校を訪ねています。今ようやく市の中学校の様子や町の様子が分かり始めたところです。こちらに来てとても驚いたことは、新品同様のものが捨ててあることです。国では、古いことがいいと考えるので、何回も修理して使います。だから、国で使っていたテレビは20年前のものですし、今、日本で使っているソファーはリサイクルセンターで手に入れたものなんですよ。それから、環境を汚すから車にも乗りません。日本の便利な電車やバスを利用しています。

男の人が言いたいのはどのようなことですか。

1 新品を捨ててはいけないことです
2 新品をよく利用することです
3 リサイクルをよく利用することです
4 環境保護意識が大事なことです

▶正解：4

解題關鍵句：国では、古いことがいいと考えるので、何回も修理して使います。だから、国で使っていたテレビは20年前のものですし、今、日本で使っているソファーはリサイクルセンターで手に入れたものなんですよ。それから、環境を汚すから車にも乗りません。日本の便利な電車やバスを利用しています。

2番 **テレビで男の人が話しています。**

男：最近は若い人々が使う言葉がさっぱり分からなくなっちゃって。テレビの番組を見ていても、途中で話してる言葉がどうしても理解できなくなっちゃうこともあるんです。先週の日曜の夜、中学生の孫と一緒にドラマを見てました。「さっきのはどういう意味なのか」って聞いたんですが、なんとまあ、孫もよく分かってなかったんですよ。そりゃ、孫は私よりまだましだと思うんですがね。

男の人は若者の言葉についてどのように言っていますか。

1　若者たちが何もかも分かっている

2　高校生が聞いても分からない

3　若者でさえ分からないことがある

4　年寄たちが少しだけ分かっている

▶正解：3

解題關鍵句：「さっきのはどういう意味なのか」って聞いたんですが、なんとまあ、孫もよく分かってなかったんですよ。

3番 **会社の社長が新人研修の挨拶で話しています。**

男：お客様と話をする時に大切なことは、まずお客様の言いたいことを最後まで聞くことです。私たちの仕事はお客様の文句や意見を聞くことですから、話の途中でお客様のほうに間違いがあることに気が付いても、決して説明を始めたりお話を止めたりしないようにしてください。それから、もっと大切なことは丁寧な言葉遣いです。私たちは電話で対応しますから、どんなに一生懸命お客様の話を聞いていても、言葉の使い方が悪いとお客様を怒らせてしまうことになります。では、今日と明日の二日間、この研修で練習しましょう。

社長はお客様と話すときの大切なことについてはどのように言っていますか。

1　一番大切なことはお客様の話を一生懸命聞くことです

2　何より大切なことは丁寧に言葉を使うことです

3　お客様の話を最後まで聞くだけでなく、丁寧な言葉遣いも大切です

4　途中でお客様の話を止めることは大切です

▶正解：3

解題關鍵句：まずお客様の言いたいことを最後まで聞くことです。
それから、もっと大切なことは丁寧な言葉遣いです。

4番 女の人が料理教室について話しています。

女：最近、料理教室に多くの男性が来るようになりました。もちろん年配の男性が多いのですが、このごろ若い男性の姿も見られます。そういう方に話を聞くと、奥さんに料理を手伝ってあげたいとか、夫婦共働きなので、男も料理をしなくちゃ、といったことを言いました。また、驚いたことに、料理に興味を持ってわざわざ来てくれる方が結構多いです。こういう方は、独身の方が多くて、家庭料理以外の特別な料理の作り方を習いたいと言います。女性では、そういう方は少ないですけど。

女の人はどのようなテーマで話していますか。

1　女性が料理教室に来る理由
2　男性が料理教室に来る理由
3　料理教室に来る男性の数
4　料理教室に来る男性の性格

▶正解：2

解題關鍵句：奥さんに料理を手伝ってあげたいとか、夫婦共働きなので、男も料理をしなくちゃ、といったことを言いました。
家庭料理以外の特別な料理の作り方を習いたいと言います。

5番 男の人が話しています。

男：えー、私がはじめて日本に来たのは3年前のことでした。ある日、地方の小さな町で料理屋に入りました。その店でおいしいうどんをいただいたあと、外へ出て少し歩き始めると、後ろから何か呼ぶ声が聞こえました。何だろうと思って振り返ってみると、若い女の子が汗をかいてハーハー言いながら追いかけてきて、「これ」と言って手を差し出しました。見ると、それは私がチップのつもりで置いてきたおつりの50円玉でした。たったの50円のために、汗をかいて走ってきてくれたのです。本当にびっくりしました。

男の人が言いたいのはどのようなことですか。

1　女の子を忘れられないことです
2　料理屋を忘れられないことです

3　チップの50円玉に驚いたことです

4　日本人の正直さに驚いたことです

▶正解：4

解題關鍵句：たったの50円のために、汗をかいて走ってきてくれたのです。本当にびっくりしました。

6番　男の人が話しています。

男：社内でメモを取る場面はとても多く、会議やミーティングなどその場で発言されたことや決まったことなどメモを取るべき項目もたくさんあります。

学生時代に「黒板に書いていることをすべて丸写しするのは受講ではない」と説いた先生がいました。その真意は「丸写しは思考停止」とのことでしたが、メモにも同じことが言えます。その場で交わされた会話を鵜呑みにして丸写ししていたのでは、速記官やICレコーダーと何も変わりません。それでは現場のスピードについていけないはずなので、要点や後で思い出しやすいキーワードだけをサラサラと書き留めていくのが一流のメモ術です。

男の人は何について話していますか。

1　メモの取り方

2　メモの重要性

3　メモの種類

4　丸写しのコツ

▶正解：1

解題關鍵句：要点や後で思い出しやすいキーワードだけをサラサラと書き留めていくのが一流のメモ術です。

問題4では、問題用紙に何も印刷されていません。まず、文を聞いてください。それから、それに対する返事を聞いて、1から3の中から、最もよいものを一つ選んでください。

1番　ちょっと静かにしてもらえませんか。

1　はい、いいですよ。

2　すみませんでした。

3　いいえ、無理です。

▶正解：2

2番　え？　旅行？　仕事が忙しくてまだそれどころじゃないよ。

1　はい、行きましょう。

2　楽しみにしています。

3　そうですか。残念ですね。

▶正解：3

3番　例の件、社長に伺う必要はないよ。

1　念のために、やっぱり聞いてみます。

2　聞いても分かりませんか。

3　それじゃ、言わないほうがいいですね。

▶正解：1

4番　もしもし、日中電気の佐藤と申しますが。

1　ようこそいらっしゃい。

2　いつも大変お世話になっております。

3　お元気ですか。

▶正解：2

5番　地球に優しいこと、何かやってるの。

1　ネットで買い物してる。

2　近所なら、自転車を利用してる。

3　食事を控えてる。

▶正解：2

6番　こちらの生活にすっかり慣れたみたいね。

1　ええ、郷に入っては郷に従えって言いますから。

2　ええ、習うより慣れよって言いますから。

3　ええ、手を替え品を替えって言いますから。

▶正解：1

7番　土日は卓球三昧だったよ。

1　少し勉強したら？

2　それなら残念だよね。

3　ほんとうにお好きだよね。

▶正解：3

8番　明日の食事会、お前も顔を出してくれない？

1　はい、払わせていただきます。

2　承知いたしました。参ります。

3　そう言われても無理です。

▶正解：2

9番　竹下さん一人で海外出張が決まったって、ほんとう？

1　ええ、すごいショックを受けました。

2　ええ、愚痴をこぼさないわけにはいきません。

3　ええ、一人でうまく行けるかどうか心配しています。

▶正解：3

10番　申し訳ございません、木村はただいま席をはずしておりますが。

1　何時ごろお戻りになりますか。

2　何時ごろいらっしゃってよろしいでしょうか。

3　何時ごろ席を離れても大丈夫ですか。

▶正解：1

11番　幸子のおばあちゃんって、90すぎなんでしょう？

1　でも、がんがんしててうるさいよ。

2　でも、ぴんぴんしてて記憶力もいいよ。

3　でも、いつもごろごろしてて何もしないよ。

▶正解：2

12番　じゃ、こちらに印鑑をお願いいたします。

1　ハンコでもよろしいですか。

2　スクリーンショットでもよろしいですか。

3　サインでもよろしいですか。

▶正解：3

13番 **1万円しか持ってない。どうしようかな。**

1　くずしてあげましょうか。

2　わけてあげましょうか。

3　お預かりしましょうか。

▶正解：1

14番 **市長、桜井株式会社の山下社長がお見えですが。**

1　はい、今見ます。

2　はい、今見せます。

3　はい、今行きます。

▶正解：3

問題5では、長めの話を聞きます。この問題には練習はありません。メモを取ってもかまいません。

1番、2番

問題用紙に何も印刷されていません。まず、話を聞いてください。それから質問と選択肢を聞いて1から4の中から、最もよいものを一つ選んでください。

1番 男の人と女の人が話しています。

男：うちの会社、新しい36階建てのビルに引っ越してから、体調の悪い人が多くなってるんだよ。

女：どうして。

男：僕はね、ビルの構造がよくないんじゃないかと思うんだ。

女：あんなに立派な新しいビルなのに？

男：うん、あのビルはね、1階から36階まで、全部窓が開かないようになってるから、圧迫感で病気になっちゃうんだよ、きっと。

女：高層ビルになって、いつも高いところにいることが精神的に影響してるからじゃない？

男：うん、そういうこともあるだろうね。やっぱり高いところは誰だって怖いからね。

女：うん、そうよ。ああっ、エレベーターが原因かもね、みんなしょっちゅう使うでしょう。

男：うん、でもね、高い階で働く人だけじゃなくて、低い階の人たちも同じような症状が出てるんだよ。だから、本当の原因はやっぱりあれだよ。

第七回

男の人は体の具合が悪い人が増えているのはなぜだと言っていますか。

1　ビルが高すぎるからです

2　窓が全部閉まっているからです

3　高い所が怖いからです

4　エレベーターが危ないからです

▶正解：2

解題關鍵句：あのビルはね、1階から36階まで、全部窓が開かないようになってるから、圧迫感で病気になっちゃうんだよ、きっと。
でもね、高い階で働く人だけじゃなくて、低い階の人たちも同じような症状が出てるんだよ。だから、本当の原因はやっぱりあれだよ。

2番　男の人と女の人が話しています。

女：課長、ちょっとご相談したいことがあるんですが。

男：ああ、中井さん、なに？

女：さっき田中さんから電話がかかってきて。

男：田中君は今日は梅田で行われた貿易展覧会に行ってるんだろう。

女：はい。お客様が予想以上に多く来ているそうです。

男：それはいいことじゃないか。

女：はい、それで、一人ではどうしても対応できなくなっちゃって、だれか応援に来てほしいというのですが。

男：じゃ、中田君に行ってもらおう。

女：中田さんは今日は地元物産展に行くことになっているので、無理だと思いますが。

男：そうか。君は貿易展覧会のことについてはよく分からないのね。

女：はい。

男：じゃ、君が物産展に行って、やっぱり中田君に応援に行ってもらおう。物産展のほうは君も対応できるだろう。

女：はい、そうします。

中井さんはこのあとどうしますか。

1 貿易展覧会に行く

2 地元物産展に行く

3 中田さんの仕事を手伝う

4 課長と相談する

▶正解：2

解題關鍵句：じゃ、君が物産展に行って、やっぱり中田君に応援に行ってもらおう。物産展のほうは君も対応できるだろう。

3番　まず話を聞いてください。それから二つの質問を聞いて、それぞれ問題用紙の1から4の中から最もよいものを一つ選んでください。

3番　**男の人と女の人が話しています。**

女：本日お忙しいところ、取材にご協力いただきましてありがとうございます。

男：どういたしまして。

女：早速ですが、貴社の経営するホテルでは朝食付きで一泊4,500円からだと聞きましたが、なぜこんなに安くできるんですか。

男：実は、朝食つきで3,500円も可能なんです。

女：3,500円ですか。

男：ええ、ところがそこまで下げると安全面に不安を抱くお客様がけっこういらっしゃるので、しょうがなく最低4,500円をいただくことにしているんです。

女：そうなんですか。

男：うちのホテルはそのかわりになるべく外観にお金をかけません。それから、全室シングルルームで、ビジネスの常連客にターゲットをしぼっています。

女：ツインルームは一つもないですか。

男：そうです。そうすることによってベッド一台あたりの稼働率をあげています。

女：なるほど。ホテルの内装のほうはいかがですか。

男：きわめてシンプルです。ただし、部屋と部屋との間は防音壁、窓には防音ガラスが入っています。お客様にぐっすり眠っていただけることを一番重視するので、この点にはお金をおしみません。

女：そうですか。お宅のホテルがいつも電話をかけても常に満室である理由がよく分かりました。

質問1　ホテルの内装のことに合っているものはどれですか。

1　お金をあまりかけません

2　防音壁はありません

3　防音ガラスを入れています

4　よく飾り付けています

▶正解：3

解題關鍵句：部屋と部屋との間は防音壁、窓には防音ガラスが入っています。

質問2　ホテルの状態に合っていないものはどれですか。

1　朝食付きで一泊4,500円からだ

2　全室シングルルームである

3　外観にお金を使うようにしている

4　内装は非常に簡単である

▶正解：3

解題關鍵句：うちのホテルはそのかわりになるべく外観にお金をかけません。

全真模擬答案解析
第八回

★ 言語知識（文字・語彙・文法）・讀解

★ 聽解

第八回

言語知識（文字・語彙・文法）・読解

問題1

1 **答案：3**

譯文：旅遊的錢湊一湊還是有的。

選項1　後面（こうめん）：背面，後面

選項2　工作（こうさく）：製作；工程

選項3　工面（くめん）：設法籌措，周轉

選項4　工房（こうぼう）：工作室

2 **答案：1**

譯文：前些天在那個劇院裡說的事情您還記得吧？

選項1　先般（せんぱん）：前些天，上次

選項2　先約（せんやく）：以前的約定

選項3　先生（せんせい）：老師

選項4　先決（せんけつ）：首先解決

3 **答案：4**

譯文：不問過程，只尊重最終的結果，並且心存感激。

選項1　呼び（よび）：喊，邀請

選項2　叫び（さけび）：叫喊

選項3　偲び（しのび）：回憶

選項4　尊び（とうとび）：尊敬，珍視

4 **答案：2**

譯文：如果要做一份一個禮拜左右的菜單，那麼至少要先把菜名都想好。

選項1　県立（けんりつ）：縣立

選項2　献立（こんだて）：菜單

選項3　献上（けんじょう）：進獻

選項4　権限（けんげん）：權限

5 **答案：3**

譯文：在我急急忙忙地哄勸過後，她出乎意料地停止了哭泣。

選項1　定める（さだめる）：決定，規定

選項2　改める（あらためる）：改正

選項3　宥める（なだめる）：勸解，哄
選項4　戒める（いましめる）：規勸，警戒

6　**答案：4**
譯文：寬大的額頭上沒有一絲皺紋，臉蛋光滑得跟小孩子一樣。
選項1　朗らか（ほがらか）：明朗，開朗
選項2　平らか（たいらか）：平坦，平穩
選項3　麗らか（うららか）：明媚，晴朗
選項4　滑らか（なめらか）：光滑；流暢

問題2

7　**答案：1**
譯文：在把不可靠的東西當成指望的日子裡，時間無情地流逝而去。
選項1　猶予（ゆうよ）：猶豫
例 猶予なく断行せよ。／要毫不猶豫地實行。
選項2　披露（ひろう）：宣布，公布
例 結婚の披露をする。／宣布結婚。
選項3　一括（いっかつ）：總括，一併
例 法案を一括して議会に上程する。／把法案統一提交給議會。
選項4　油断（ゆだん）：粗心，大意
例 あの人には油断をするな。／不要對那個人大意。

8　**答案：4**
譯文：在複雜的社會中實現自我，設定目標，行使權利，承擔責任。
選項1　アイデンティティー：身分，個體同一性
例 アイデンティティーカード／身分證
選項2　クライアント：委託人，客戶
例 クライアントの要望／客戶的要求
選項3　コミュニティー：社區，社群
例 コミュニティーエフエム／地區型FM廣播電台
選項4　コンセプト：概念，思想，觀念
例 コンセプトアド／概念廣告

9　**答案：3**
譯文：這次演講中還將講解如何防止個人資訊洩露。
選項1　展開（てんかい）：展開，展現
例 議論を展開する。／展開討論。
選項2　発散（はっさん）：發散，發洩

第八回

例 汗は熱を発散する。／流汗可以散熱。

選項3 流出（りゅうしゅつ）：流出，外流

例 人口の流出が著しい。／人口顯著外流。

選項4 転向（てんこう）：轉向，轉變

例 サラリーマンから小説家に転向する。／從上班族轉變成小説家。

10 **答案：4**

譯文：只要是魚我都喜歡，尤其喜歡鮭魚。

選項1 ともかく：無論如何，總之；姑且不説

例 冗談はともかく。／玩笑姑且不説。

選項2 まさしく：的確，確實，無疑

例 まさしく彼の声だ。／確實是他的聲音。

選項3 いっそ：索性，乾脆，寧可

例 敵に屈服するぐらいならいっそ死んだほうがましだ。／與其向敵人屈服，我寧願去死。

選項4 とりわけ：特別，尤其，格外

例 彼女は踊っている時の姿がとりわけ美しい。／她跳舞時的身姿特別美。

11 **答案：4**

譯文：一路狂奔，終於勉強趕上了。

選項1 からから：乾涸；空

例 財布がからからになった。／錢包空空如也。

選項2 ざあざあ：嘩啦嘩啦

例 雨がざあざあと降る。／雨嘩啦啦地下。

選項3 くすくす：竊笑

例 陰でくすくす笑う。／在背後偷笑。

選項4 ぎりぎり：最大限度，極限

例 これが譲歩できるぎりぎりの線だ。／
這是我能做出最大限度的讓步。

12 **答案：3**

譯文：似乎全世界的絕望都壓在了他身上，他當場無力地跪倒在地。

選項1 てっきり：準是，原以為一定是

例 てっきり彼だと思ったが，人違いだった。／我原以為一定是他，結果搞錯人了。

選項2 うっとり：出神，陶醉

例 うっとり（と）見とれる。／看得出神。

選項3　がっくり：頓時（垂頭喪氣），立刻（洩氣）

例 がっくり（と）首をたれる。／頓時垂頭喪氣。

選項4　きっぱり：乾脆，斷然

例 きっぱりと断った。／斷然拒絕。

13　**答案：3**

譯文：竟然遭到了她的怨恨，我真是完全想不到是怎麼回事。

選項1　思い込む（おもいこむ）：深信，確信，認定

例 嘘を本当だと思い込む。／把謊話信以為真。

選項2　思い切る（おもいきる）：下定決心

例 思い切って行くことにした。／下決心去。

選項3　思い当たる（おもいあたる）：想到，想像到

例 この手紙で思い当たることがある。／這封信使我想起一件事。

選項4　思い詰める（おもいつめる）：鑽牛角尖

例 思い詰めるほどのことでもない。／用不著那麼鑽牛角尖。

第八回

問題3

14　**答案：2**

譯文：鋼琴是從十歲開始學的，到高中的時候已經彈得相當好了。

考 點　腕前（うでまえ）：能力，本事，才幹

選項1　心理準備

選項2　才幹，本事

選項3　（顯得）好看，美觀

選項4　器量

15　**答案：2**

譯文：那片景觀的規模之大，能使人忘記自己身在日本。

考 點　スケール：規模

選項1　外觀，外表，外貌

選項2　規模

選項3　基礎

選項4　基礎

16　**答案：3**

譯文：新學期開始了，學生們都神清氣爽地去上學了。

考 點　すがすがしい：神清氣爽的

選項1　放心

選項2　怒上心頭；憋得慌

選項3　清爽，爽快

選項4　認真，一絲不苟

17　**答案：2**

譯文：不要擔心了，趕緊睡吧。

考 點　さっさと：迅速地，趕快

選項1　慢吞吞地

選項2　俐落，迅速

選項3　遲緩，慢吞吞地

選項4　頻繁地，屢次，再三

18　**答案：3**

譯文：就算只是微不足道的小事，能讓人們保持自信都是好事。

考 點　些細（ささい）な：瑣碎的

選項1　重要

選項2　新的

選項3　小的

選項4　嚴重的

19　**答案：3**

譯文：以他的實力，想要得到那個是非常簡單的事吧。

考 點　いたって：極為，非常

選項1　比較地；意外

選項2　意外，出乎意料

選項3　非常

選項4　確實是，的確是

問題4

20　**答案：1**

譯文：大約十五分鐘後，賣家和買家之間終於達成了一致意見。

考 點　合意（ごうい）：合意，雙方意見一致

選項1　正確選項

選項2　替換為：<u>合算</u>（合計）

選項3　替換為：<u>賛成</u>（贊同）

選項4　替換為：<u>賛成</u>（贊同）

21　**答案：3**

譯文：你並不是沒有毅力，只是沒有找到自己喜歡做的事情而已。

考 點　根性（こんじょう）：毅力，耐性

選項1　替換為：根底（根基）

選項2　替換為：根本（根本）

選項3　正確選項

選項4　替換為：根拠（根據）

22　**答案：2**

譯文：說到用餐禮儀，腦子裡首先浮現的似乎就是西餐的用餐方法。

考 點　作法（さほう）：禮節，禮儀

選項1　替換為：作動（發動）

選項2　正確選項

選項3　替換為：作動（發動）

選項4　替換為：作成（製作）

23　**答案：1**

譯文：即使在經濟不景氣的時候，我們公司依然發放了獎金。

考 點　最中（さいちゅう）：正在……的時候

選項1　正確選項

選項2　替換為：最善（全力）

選項3　替換為：最善（全力）

選項4　替換為：最低（最差）

24　**答案：3**

譯文：對於這次的事情，那個人沒有給點建議，告訴你怎麼做才是最好的？

考 點　助言（じょげん）：忠告，建議

選項1　替換為：助成（推動）

選項2　替換為：助長（助長）

選項3　正確選項

選項4　替換為：助役（副手）

25　**答案：1**

譯文：他走路的時候，和貓一樣不會發出聲響，舉止非常優雅。

考 點　洗練（せんれん）：講究，優雅

選項1　正確選項

選項2　替換為：洗浄（洗淨）

選項3　替換為：洗浄（洗淨）

選項4　替換為：洗礼（洗禮）

問題5

26 **答案：2**

譯文：這個工作連一半都還沒完成，看來今天不可能做完了。

選項1　「動詞連用形＋そうだ」表示「可能要……」、「快要……」。

例 ボタンが取れそうだ。／鈕扣快要掉了。

選項2　「～そうにない」表示「不可能……」、「不太可能……」。

例 この雑誌は売れそうにない。／這本雜誌感覺賣不出去。

選項3　「～にちがいない」接在動詞普通形後，表示「一定是……」、「肯定是……」。

例 試験は難しかったに違いない。／考試肯定很難。

選項4　「～ようだ」表示「好像……」。

例 風邪を引いたようだ。／好像感冒了。

27 **答案：3**

譯文：史密斯先生在英語培訓學校上班，週末在日語培訓學校學日語。

選項1　「～そばから」接在動詞原形或た形後面，表示「這邊剛……那邊就……」。

例 聞いたそばから忘れてしまう。／剛聽完就忘了。

選項2　「～こととて」表示原因。

例 まだ先のこととて何とも言えない。／因為這是將來的事情，所以現在我也沒什麼能說的。

選項3　「～かたわら」接在名詞或者動詞原形後，表示「一邊……一邊……」。

例 その店は食品を売るかたわら、日用雑貨も扱っている。／那家店在賣食品的同時還兼賣日常雜貨。

選項4　「それなり」表示「相應」、「恰如其分」。

例 努力をすればそれなりの成果はあがるはずだ。／只要努力就會取得相應的成果。

28 **答案：1**

譯文：無論怎麼拜託清水，他也不會接受的吧。

選項1　「～たところで」表示「即使……也……」。

例 到着が少しぐらい遅れたところで問題はない。／稍微晚到一會也沒關係。

選項2　「～ところを」表示「在……的時候」。

例 地震がおさまったところを、津波が襲った。／地震剛平靜下來，海嘯來襲了。

選項3　「～ところが」表示反預測，譯作「可是」。

例 一日中試験のために勉強したので全部分かっていたと思いました。ところが、成績は悪かったです。／為了考試讀了一整天書，以為自己全都會了，然而成績卻很差。

選項4　「～どころか」表示不僅沒有達到標準，甚至出現相反的結果。譯作「別說……連……」。

例 そんなものを食べていたら、ダイエットどころか、逆に太ってしまうよ。／吃那種東西，不僅不能減肥，反而會胖。

29　**答案：4**

譯文：作為醫生就應該緊跟最新的醫學發展的步伐。

選項1　無此文法。

選項2　「～なる」表示「變為……」、「成為……」。

例 お酒を飲んで顔が赤くなった。／喝了酒臉紅了。

選項3　「～だの」表示列舉。

例 市場では野菜だの果物だの、たくさん売っている。／市場上賣的東西很多，有蔬菜、有水果。

選項4　「～たる」前後接名詞，表示「作為……的……」。

例 議員たる者は商売するべからず。／當議員的人就不應該從商。

30　**答案：2**

譯文：能跟世界知名的他握手，我激動至極。

選項1　「～かぎり」表示「儘量」、「竭盡」。

例 力の限り戦う。／盡全力戰鬥。

選項2　「～きわみ」表示「極限」、「頂點」。

例 贅沢の極み。／極盡奢華。

選項3　「～しだい」直接接在名詞後面表示「全憑……」、「要看……而定」。

例 するかしないかは、あなたしだいだ。／做還是不做全看你。

選項4　「～まみれ」直接接在名詞後面表示「沾滿……」。

例 男たちは汗とほこりまみれになって、鉄道工事を急いだ。／男人們全身都是汗水與塵土，趕工修鐵路。

31　**答案：2**

譯文：接下來談談我對於自己成功的一些想法。

選項1　「～だけに」表示「正因為……」。

例 りっぱな人物だけに多くの人から慕われている。／正因為是傑出的人物，所以才被許多人敬仰。

選項2　「～なりに」表示與其相應的狀態，譯作「與……相應」。

例 これは彼なりによく考えて出した答えだ。／這是他自己認真思考後得出來的答案。

選項3　「～ごとき」表示「就像……」。

例 彼が言うごとき結果になる。／結果就像他說的一樣。

選項4　「～ゆえに」表示「由於……」。

例 貧乏ゆえに金持ちを恨んだ。／由於貧窮而憎恨有錢人。

32　**答案：4**

譯文：無論文學還是音樂，藝術都需要才華。光靠努力是不行的。

選項1　「～とあって」表示「因為……」。

例 夏休みとあって、平日なのに学生がたくさんいる。／因為還在放暑假，所以平日裡也有很多學生。

選項2　「～でもって」表示「用……」。

例 行為でもって誠意を示す。／用行動表示誠意。

選項3　「～をとわず」前面多使用表示正反意思的名詞，表示「無論……」、「不管……」。

例 昼夜を問わず作業を続ける。／不分晝夜地工作。

選項4　「～であれ」表示「無論……還是……」。

例 日本人であれ外国人であれ、法律には従わなければならない。／無論是日本人還是外國人，都必須遵守法律。

33　**答案：3**

譯文：那天發生的事情，我一天都不曾忘記過。

選項1　「～といえば」表示「說到……」、「談到……」。

例 夏休みといえば、去年の旅行は楽しかったね。／說到暑假，去年的旅行真開心啊！

選項2　「～とはいえ」表示「雖然……但是……」。

例 80歳とはいえ、まだまだ元気だ。／雖然80歲了，但是身體還很健康。

選項3　「～たりとも～ない」表示「即使……也不……」。

例 1分たりとも残業なんてしたくない。／一分鐘都不想加班。

選項4　「～ただでさえ」表示「平時就……」、「本來就……」。

例 ただでさえ覚えることが多いのに、短い時間でたくさんの新しい単語を覚えていられない。／要背的東西本來就很多了，哪有辦法短時間內背下這麼多新單字。

34　**答案：3**

譯文：父親的病非常嚴重，不得不開刀了。

選項1　「～ずにすむ」表示「不用……」。

例 いい薬ができたので手術せずにすんだ。／因為有了好藥，所以可以不用開刀了。

選項2　「～ずにはいられない」表示「靠自己的意志控制不住，自然而然就……」，譯作「不能不……」。

例 一人暮らしの娘の事を考えると、心配せずにはいられない。／一想到獨自生活的女兒，就沒法不擔心。

選項3　「～ずにはすまない」表示「不得不……」。

例 会社の失敗に社長が謝らずにはすまない。／社長不得不為公司經營失敗而道歉。

選項4　「～ずにはおかない」表示無論本人意志如何，都必然導致某種狀態或引發某種行動，譯作「必然……」。

例 あの泣ける映画は見る人を感動させずにはおかない／那部電影催人淚下，看的人都感動不已。

35　**答案：4**

譯文：不能一概而論地認為學歷高就能做好工作。

選項1　「一度」表示「一旦」。

例 一度見たら忘れられない。／一旦看過就忘不掉。

選項2　「一向に」表示「根本（不）……」。

例 何を言われても一向に動じない。／無論說什麼都不為所動。

選項3　「一切」表示「一點也（不）……」。

例 一切責任を持たない。／不負任何責任。

選項4　「一概に～ない」表示「不能籠統地……」。

例 一概に悪いとはいえない。／不能一概地說不好。

問題6

36　**答案：4**

原句：松村先生はあなたの恩人です。今の3 あなたが　2 あるのも　4 先生　1 あってのことです。

譯文：松村老師是你的恩人。有了老師的幫助才有了今天的你。

解析：此處句型「名詞＋あっての＋名詞」表示「有……才……」、「沒有……就不能……」。答題時可先將選項4、選項1結合再進行排序。

37　**答案：1**

原句：作物をだめにする害虫は、4 一匹　3 たりとも　1 残さない　2 ように撲滅しよう。

譯文：在滅殺危害莊稼的害蟲時，一隻都不能放過。

解析：此處句型「數量詞＋たりとも～ない」表示數量少也不行，譯作「即使……也不……」。答題時可先將選項4、選項3結合再進行排序。

38 **答案：1**

原句：試験までもう1週間しかないのだから、今ごろ4 になって　3 後悔した　1 ところで　2 どうにもならない。それなら最初からもっと努力すべきだったのだ。

譯文：離考試只有1週了，事到如今後悔也沒用了。應該從一開始時就更加努力。

解析：此處句型「たところで～ない」表示「即使……也不（沒）」。答題時可先將選項3、選項1結合再進行排序。

39 **答案：1**

原句：彼女の涙は、僕の同情を誘おうとしているかのようで、4 見る　2 に　1 堪えなかった　3 のです。

譯文：她的眼淚似乎勾起了我的同情，讓我目不忍睹。

解析：此處句型「～に堪えない」表示「不堪……」、「忍耐不了……」。答題時可先將選項2、選項1結合再進行排序。

40 **答案：2**

原句：このサボテンは生命力がとても強いので、1 水やりを　4 忘れ　2 さえ　3 しなければちゃんと育ちますよ。

譯文：這種仙人掌生命力很旺盛，只要別忘了澆水，就能好好生長。

解析：此處句型「さえ～ば」表示「只要……就……」。答題時可先將選項2、選項3結合再進行排序。

問題7

41 **答案：2**

選項：1 神話般地　2 寫實地　3 抽象地　4 象徵地

譯文：那時候的繪畫在作畫時很多是基於想像，而不是寫實地描繪出物體實際的樣貌。

解析：前面的詞語是「實際的樣子」，後面的詞語是「畫」，所以此處應該放入一個表示「如實」、「寫實」的詞語。

42 **答案：1**

選項：1 卻，反倒　2 因此　3 但是（補充例外情況）　4 即

譯文：然而，到了照片與影像流通的時代，想像力反倒漸漸喪失了。

解析：根據前後文，在基於想像力作畫的時代，人們沒有機會看到很多畫，然而到了照片與影像隨處可見的時代，想像力反而漸漸喪失了。

43 **答案：3**

選項：1 文字　2 繪畫　3 圖像　4 照片和影像

譯文：人們在接觸了大量商業化生產的圖像之後，自己創造圖像的能力就漸漸荒廢了。

解析：「イメージ」是前後文中唯一出現過並且頻繁出現的詞語。文章的這一部分正是在對「イメージ」進行闡述。

44 **答案：1**

選項：1 共享的（被動）　2 不共享（被動）　3 不共享（使役）　4 難以共享

譯文：在共享所有圖像的社會，人們都只會用「哦，那個啊」、「我知道，我知道」、「我早就知道了」輕輕帶過一切。

解析：只有前文選擇「共享的」，後文才會出現大家都瞭解的情況。

45 **答案：2**

選項：1 保持　2 失去　3 做出　4 產生

譯文：在這種情況下，每個人都失去了個性，最後大家都會變成同樣的人。

解析：從前後文可知，只有選擇「失去」個性，人們才會變成同樣的人。

問題8

46 **答案：2**

解析：本題的原意是「為什麼熊的繁殖不受限制」。選項1錯在熊不是群居性動物。選項2正確，熊是雜食性動物，不太會出現糧食困難問題。選項3不是原因，無法回答本問題。選項4錯在熊並非只吃植物類的食物。

47 **答案：4**

解析：本題的選項1錯在霞關大樓只是日本最早的摩天大樓，而非全世界最早。選項2錯在霞關大樓並沒有違反當時的建築法規。選項3錯在原文對於摩天大樓的定義並沒有統一的標準。選項4為正確答案。

48 **答案：3**

解析：本題是某地政府網站上的公告。公告的內容是要舉辦一個多文化交流茶會。作為公告的標題，選項3是最符合的。選項1是關於人口結構，選項2是關於移民，選項4的意思是一起喝茶，這些都跟公告的主旨無關。

49 答案：4

解析：選項1認為日本有好的評論家，但是沒有好的演奏家，不符合文章意思。選項2認為沒有在歐洲演奏經驗的人不能成為好的演奏家，這是不對的。選項3的意思是日本存在有個性的演奏家，但是技術上比歐洲差，這也是不對的。選項4的意思是好的演奏出現於有特定審美感的公眾和有個性的演奏之間。這是符合作者觀點的正確答案。

問題9

50 答案：4

解析：本題詢問近代科學是如何誕生的。選項1認為是專業的研究人員開創的，選項3認為是在大學和研究所裡的科學家開創的，這都是錯誤的。根據文章的意思，近代科學最早是由喜歡探索自然和研究相關知識的人們自費或者接受別人贊助來開創的，所以選項4是正確答案。選項2和選項3提到使用稅金做研究，這是現代的事情，並非發生在近代科學開創之初。

51 答案：2

解析：「アマチュア」這個詞語最初有「愛好者」之意，那些喜愛研究自然和學問的人被稱為「アマチュア」，並沒有輕蔑的意思，所以選項2正確，選項1錯誤。現在研究自然和學問的人既有花自己錢做研究的業餘愛好者，也有在大學和研究所裡用公款（國民交納的稅金）做研究的科學家，所以選項3是錯誤的。現在使用稅金做研究的一般是科學家，並且因為使用的是國民繳納的稅金，所以他們也不能隨性地只做自己喜歡的事情，因此選項4是錯誤的。

52 答案：2

解析：本題的解題關鍵句為「いまでも、趣味で鳥を研究したり、虫を調べたりする人たちはたくさんいる。プロの研究者より、そういう人たちのほうがくわしいことも少なくない」。「そういう人たち」就是指前句中出現的「趣味で鳥を研究したり、虫を調べたりする人たち」，所以選項2為正確答案。

53 答案：4

解析：「決して絶対的なものではない」指的是前文中提到的人跟馬的性子如果不合就沒法騎馬，刀跟鞘不合則無法入鞘，但這樣的關係並非絕對。原因在下文中解釋了，人可以研究馬的性子，跟馬打好關係，而鞘也可以重新做。選項1跟這個問題沒有關係，選項2和選項3與題意正好相反。選項4是正確答案。

54 答案：3

解析：本題的選項1、選項2、選項4都屬於「悪い化学反応」，只有選項3是「よい化学反応」。

55 答案：3

解析：本題需要對全文有較透澈的把握。選項1認為跟別人合不來是因為對方性格不好。這是作者所反對的態度。選項2説因為人們有好惡，所以才會導致人際關係一團糟。作者認為人都有好惡，不要把這種好惡與對方的人品善惡相關聯，不要把個人喜好帶到對工作和價值的評價中去就好，因此選項3是正確的。選項4的觀點文中沒有提及。

56 答案：4

解析：本題是指示詞類題型。出現「それ」的話，一般在前文中找答案。因此解題關鍵句是「それ」前面的兩句話「スズメはふだんはあまり人間を恐れないが、ひなを育てるときは人間を避ける。そして、人がひんぱんに出入りする店先などには巣をかけない」。選項4是正確答案。

57 答案：2

解析：本題測驗的句子是文章這一段的第一句。它提出了一個前文中沒有出現過的新資訊，那麼答案必定就在後文中。解題關鍵句為「町が人工的にきれいになりすぎて、餌にする虫があまりにも減ってしまったので、町ではひなも育てられなくなったから、都会には棲まなくなったのである」。選項2是對這句話的總結，因此是正確答案。選項1是在這一段中被作者否定了的推測，為錯誤選項。選項3與文章第二段的最後一句話相矛盾。選項4的內容在文中沒有提及。

58 答案：3

解析：本題可以採取排除法來回答。選項1認為野生的鳥在天然的森林中已經無法生存了，這一點文章中並未提及。選項2認為燕子和麻雀太多，給居民們帶來了麻煩，選項4認為應該驅趕麻雀來保護燕子，這兩個觀點也完全不符合作者的觀點。選項3認為應該恢復人與鳥類共處的環境，這與作者保護自然環境、與自然和諧共處的觀點一致，因此是正確答案。

問題10

59 答案：3

解析：本題的解題關鍵句為「大学の誘致にあたっては、県や市が積極的にアプローチし、大学敷地は無償で大学側に提供されたということです」。選項3是正確答案。

60 答案：4

解析：本題測驗的句子是這一段文章的第一句。它提出了一個前文中沒有出現過的新資訊，而對這個資訊的詳細解釋就在緊隨其後的文章中，即「留学生の父母は比較的富裕層が多いため、頻繁に別府市を訪れます。そのたびに市内に宿泊しますし、食事や買い物などで消費をしてくれます」。因此選項4是正確答案。

61 答案：4

解析：本題的解題關鍵句為「学生も市内のホテルや旅館でバイトをします。最近は別府市内でもインバウンドが増加傾向にありますので、中国語や韓国語、英語が堪能なAPUの学生は重宝するのです」。來別府市的外國遊客增加，因此會中文、韓語、英語的APU學生很受重視。選項4的意思是，因為學生們會外語，能應對外國遊客。因此選項4是正確答案。

62 答案：1

解析：一般而言，文章的最後一句話是全文的結論。本題的解題關鍵句即為最後一句「別府市の取り組みは、学生をアジアなどの外国に門戸を開く形で、これまでとは異なる新しい国際交流を目指したところにあります」。因此選項1是正確答案。選項2與文章內容相反。選項3說的是八王子市，而非別府市。選項4是過去油屋熊八推廣別府旅遊的廣告詞，不是別府市近年的舉措。

問題11

63 答案：1

解析：選項2僅在文章B中出現，但這裡只有半句話，沒有提到前文條件，因此句子本身是錯誤的。選項3兩篇文章中都沒有提及。選項4是僅在文章B中出現過的一個比喻，在這裡不作為比喻出現的話，句子本身也是錯誤的。正確答案為選項1。

64 答案：4

解析：選項1、選項3是文章A中出現的內容，故排除。選項2的觀點本身是錯誤的。選項4為正確答案。

65 答案：3

解析：本題測驗考生對文章細節的理解。選項一般有以下四種類型：「前後兩個句子都正確」、「前後兩個句子都錯誤」、「前對後錯」、「前錯後對」。選項1錯在前半部分，地球表面不僅只有溫室氣體。選項2後半句的觀點是錯誤的。選項4關於溫室氣體的必要性在文章A中並沒有提及，故選項4也是錯誤的。選項3是正確答案。

問題12

66 **答案：4**

解析：本題的解題關鍵句是「犬の鳴き声がやかましくて苦情でも出たんだろうか。とにかく行ってくる」。兒媳婦擔心自己養的狗吵到鄰居了。選項4為正確答案。

67 **答案：2**

解析：「会合の模様を聞いて嫁はほっとした様子である」的意思是「兒媳婦聽說了會議的內容後鬆了一口氣」。那麼我們就要找到前文有關會議內容的句子。解題關鍵句是「会合は一時間たらずで済み、話は野良猫に関する件だった由」。會議內容是關於流浪貓的，因此選項2為正確答案。選項1是後面發生的事情，跟此處無關。會議的長短跟兒媳婦擔心的事情無關，故選項3也是錯誤的。選項4是一句玩笑話。

68 **答案：4**

解析：「かごの中を見ると二匹が入っていた」後緊跟著「野良猫騒動は一段落した」。由此可以推斷兩隻流浪貓被抓了。選項4是正確答案。

69 **答案：3**

解析：選項1的觀點在文章中沒有提及，故排除。選項2錯在文章中出現了抓捕流浪貓的事情，但是作者認為有可能是流浪貓狗保護組織來抓貓，並沒有認同「捕殺流浪貓是不得已的」這一觀點，故排除。選項3來自文章的最後一句話，體現了作者的想法，是正確答案。選項4的觀點在文章中並沒有提及。

問題13

70 **答案：2**

解析：選項1年齡不符合，故排除。選項3國籍和居住地都不符合，故排除。選項4不會日語，故排除。選項2符合條件，為正確答案。

71 **答案：4**

解析：「郵送で応募する場合」的要求是「申込用紙に必要事項を記入、切手を貼付の上、事務局まで送付してください」，所以選項4正確。選項1是直接在網頁上報名的方法，故排除。選項2錯在親自送去事務所，故排除。選項3是透過傳真方式報名的方法，故排除。

聴解

問題1では、まず質問を聞いてください。それから話を聞いて、問題用紙の1から4の中から、最もよいものを一つ選んでください。

1番 職員室で生徒と先生が話しています。生徒はクラブ活動が終わったら、何をしますか。

女：失礼します。1年3組の鈴木です。田中先生はいらっしゃいますか。

男：はい、います。ここに来てください。

女：今日清水さんが欠席していましたが、その理由をご存知ですか。

男：風邪をひいてしまったそうです。申し訳ないんですけれど、加藤さんに手紙を届けてもらえますか。

女：はい、分かりました。クラブ活動が終わったら取りにうかがいます。

男：ありがとう。ところで君はクラブでかなり上達したそうですね。

女：はい、先生がおしえてくださったおかげです。

男：是非今後もがんばってください。

女：はい、ありがとうございます。

生徒はクラブ活動が終わったら、何をしますか。

1　加藤さんに手紙を書く

2　先生と病院へ行く

3　職員室へ手紙を取りに行く

4　清水さんのお見舞いに行く

▶正解：3

解題關鍵句： 申し訳ないんですけれど、加藤さんに手紙を届けてもらえますか。
はい、分かりました。クラブ活動が終わったら取りにうかがいます。

2番 病院で男の人と女の人が話しています。女の人はこれからどうしますか。

男：藤原さん、本当にお世話になりました。ありがとうございました。

女：2週間お疲れ様でした。これからが本番ですね。でも、松本さんなら大丈夫だと思いますよ。

男：はい、ありがとうございます。わたしも頑張ります。

女：あんまり頑張りすぎないでくださいね。長く続けることが大切ですから。

男：はい、ありがとうございます。あの、これ、皆さんでどうぞ。

女：お心遣い、ありがとうございます。でも、せっかくですが、いただけないんです。申し訳ありません。

男：高いものじゃありませんし、本当にほんの気持ちなんです。

女：ありがとうございます。でも、本当に。ほかの患者さんのためでもありますので。お気持ちだけいただきます。

男：まあ、そうおっしゃらずに、どうぞ。持って帰ることもできませんから。

女：では、主任を呼んで参りますので、少々お待ちいただけますか。

女の人はこれからどうしますか。

1　患者が来るのを待つ

2　贈り物をもらう

3　ほかの患者を見に行く

4　主任を呼んでくる

▶正解：4

解題關鍵句：では、主任を呼んで参りますので、少々お待ちいただけますか。

3番　男の人と女の人が話しています。絵が完成したら、男の人は何をしますか。

男：昨日から絵を描き始めたんです。

女：そうですか。何の絵をかいているんですか。

男：庭で撮った花の写真を見ながら、かいているんです。

女：そうですか。昔から絵をかいていたんですか。

男：ええ、昔はあちこち旅行して、絵をかきに行ったんです。

女：すてきですね。絵がかけるなんて。

第八回

男：なかなか思ったとおりにかけないんだけど。

女：でも、写真を撮るよりやっぱり絵をかくほうがずっと心に残りますよね。

男：ええ、そうかもしれませんね。

女：上野さん、今の絵がかけたら、見せてくれませんか。

男：ええ、喜んで。

女：楽しみにしていますね。

絵が完成したら、男の人は何をしますか。

1　女の人に絵を見せる

2　花の写真を撮る

3　旅行に行く

4　女の人に絵をあげる

▶正解：1

解題關鍵句：今の絵がかけたら、見せてくれませんか。
ええ、喜んで。

4番　店で男の人と女の人が話しています。女の人はこの後まず何をしますか。

男：山下さん、来月の25日にクリスマス会をする予定なんだけど、何かいいアイデアない？

女：ええと……そうですね。店員がサンタクロースになって、クリスマスの歌を歌うっていうのはどうでしょうか。

男：ああ、それはいいね。山下さん、歌も上手だし、ギターも弾けるから、クリスマス会のリーダーをやってみない？

女：初めてですが、大丈夫でしょうか。

男：初めてだと、少しは大変かもしれないけど、いい経験になるし、やってみたらどう？

女：ええ、ぜひやらせていただきます。

男：利用者の皆さんに楽しんでもらうには、どのようにしたらいいと思う？

女：そうですね……歌のあと、みんなでビンゴゲームをして、サンタがプレゼントを配るっていうのはどうでしょうか。

男：あ、それはいいね。それじゃあ、山下さん、どんな歌がいいか、プレゼントは何にするか、考えてみてくれる？

女：はい、分かりました。考えてみます。

女の人はこの後まず何をしますか。

1　クリスマスの歌を歌う

2　クリスマス会の歌とプレゼントを考える

3　ギターを弾く

4　プレゼントを配る

▶正解：2

解題關鍵句：それじゃあ、山下さん、どんな歌がいいか、プレゼントは何にするか、考えてみてくれる？

5番　会社で男の人と女の人が話しています。

男：どうしたの、遅かったね。

女：ごめんね。バス待ってたんだけど、なかなか来なくて。

男：今日は、どこも込んでるね。

女：うん、それで、一度家へ帰ったの。兄に車で送ってもらおうと思って。

男：同じことだっただろう。道路はだめだ、今日は。

女：そう、失敗。大通りに出たら、のろのろ運転でね。それで、地下鉄の駅のところで降りたの。

男：はじめから地下鉄にすればよかったのに。

女：でも駅から会社までずいぶん歩くのね。ああ、疲れた。

女の人は今日家から会社までどうやって来ましたか。

1　バスと地下鉄で来ました

2　車と地下鉄で来ました

3　バスと車で来ました

4　歩いて来ました

▶正解：2

解題關鍵句：そう、失敗。大通りに出たら、のろのろ運転でね。それで、地下鉄の駅のところで降りたの。

6番　学校の先生が話しています。教育改革のために、まず何をしなければならないと言っていますか。

男：最近、生徒の気質が変わってきたというか、私の学校でも授業中私語が大きな問題になっています。いや、授業中隣の人とこそこそ話をするというのは昔からあったことなんですが、最近は、こそこそ話すのはもちろん、授業なんかそっちのけなんですよ。「いったい学校に来る目的は何だ」と怒りたくなることもしょっちゅうです。しかしですねえ、生徒のほうも、先生の話に魅力があれば集中するはずです。先生の側にも大いに責任があるのではないでしょうか。先生も生徒を引きつけられないようではだめですね。教育改革はまず、こんなことから始められるべきだと思いますよ。

教育改革のために、まず何をしなければならないと言っていますか。

1　学校に来る目的をはっきりさせること

2　生徒の私語をやめさせること

3　学校のシステムを改革すること

4　先生が魅力ある授業をすること

▶正解：4

解題關鍵句：しかしですねえ、生徒のほうも、先生の話に魅力があれば集中するはずです。先生の側にも大いに責任があるのではないでしょうか。先生も生徒を引きつけられないようではだめですね。教育改革はまず、こんなことから始められるべきだと思いますよ。

問題2では、まず質問を聞いてください。そのあと、問題用紙の選択肢を読んでください。読む時間があります。それから話を聞いて、問題用紙の1から4の中から、最もよいものを一つ選んでください。

1番　**老人ホームで女の人と男の人が話しています。男の人はゆうべ眠れなかった原因は何だと言っていますか。**

女：木村さん、さっき、ゆうべ眠れなかったとおっしゃってましたね。

男：うん。2時ごろにトイレに起きたんだけど、それから全然だめだった。

女：何か心配なことがありますか。

男：特にないけど。枕がうちのと違うからかなあ。低すぎて、枕がないのと変わらないよ。

女：じゃあ、高さを調節してみましょうか。

男：お願いします。このままだと不眠症になっちゃいそうで。

女：ご自宅の枕をお持ちになってもかまいませんよ。

男：あ、そうですか。じゃあ、今日、息子に持って来てもらおうかな。

女：ええ。ほかに何か気になることはありませんか。

男：うん。今のところ、大丈夫だと思うけど。

女：そうですか。これからも気になることがあったら、何でもおっしゃってくださいね。

男：はい、ありがとうございます。

男の人はゆうべ眠れなかった原因は何だと言っていますか。

1　トイレに起きたから

2　心配なことがあったから

3　枕が低すぎたから

4　枕がなかったから

▶正解：3

解題關鍵句：<u>枕がうちのと違うからかなあ。低すぎて、枕がないのと変わらないよ。</u>

2番　男の人と女の人が話しています。子供が泣きそうになっていたのはどうしてですか。

男：この前会社のイベントで家族サービスデーみたいなのやっててさ。

女：うんうん。

男：部長が小学校くらいの娘さんを連れてきたのよ。

女：へぇー。

男：で、お父さんにそっくりだねーって言ったら。

女：うん。

男：部長がすっごいニコニコしてたのね。

女：そうなんだ。

男：でも子供見たらすげー泣きそうになってた。

子供が泣きそうになっていたのはどうしてですか。

1　お父さんに笑われたから

2　お父さんにそっくりだと言われたから

3　みんなに笑われたから

4　イベントに無理やり連れて行かれたから

▶正解：2

解題關鍵句：お父さんにそっくりだねーって言ったら……
でも子供見たらすげー泣きそうになってた。

3番　役所で男の人と女の人が話しています。男の人は転入の手続きができないのはどうしてですか。

男：あの、すみません。転入の手続きがしたいのですが。

女：はい。転入の手続きですね。

男：はい。このあいだ引っ越してきたんです。1ヵ月以内に手続きしないとだめなんですよね。

女：はい。そうですね。そのようなきまりになっております。では、転出証明書はお持ちですか。

男：いいえ。持ってませんが。

女：転出証明書がございませんと、転入の手続きはできないのですが。

男：そうなんですか。

女：ええ。それでは、まず、以前にお住まいの地域の役所に転出届を出してください。そうしますと、その証明書が発行されますので。

男：そうですか。

女：ええ。申し訳ないのですが、転出証明書をご用意いただいてから、またお越しください。

男：はい、分かりました。ありがとうございました。

男の人は転入の手続きができないのはどうしてですか。

1　転出証明書を持っていないから

2　転出証明書の有効期限が切れたから

3　転入証明書を持っていないから

4　新しい住所に引っ越してきていないから

▶正解：1

解題關鍵句：転出証明書がございませんと、転入の手続きはできないのですが。

4番 ラジオでアナウンサーが話しています。国が試験の回数を増やす原因は何だと言っていますか。

女：日本で働く外国人を増やすために、4月から14の仕事について「特定技能」というビザができました。このビザは、日本語の試験とそれぞれの仕事の試験に合格した外国人に出します。14の仕事のうち、レストランなどで働く人の試験は、25日にあります。試験の申し込みが始まった日、会場に入る人数の3倍の約1,000人が申し込みました。このため、国は26日と6月にも試験をすることを急いで決めました。ホテルなどで働く人の試験は、14日にあります。約700人が受ける予定で、7つの会場はほとんどいっぱいになります。国は試験の回数を増やすことも考えています。

国が試験の回数を増やす原因は何だと言っていますか。

1　試験に合格する人が多いから

2　試験に合格する人が少ないから

3　国が考えたより試験を受ける人が多いから

4　国が考えたより試験を受ける人が少ないから

▶正解：3

解題關鍵句：試験の申し込みが始まった日、会場に入る人数の3倍の約1,000人が申し込みました。このため、国は26日と6月にも試験をすることを急いで決めました。ホテルなどで働く人の試験は、14日にあります。約700人が受ける予定で、7つの会場はほとんどいっぱいになります。

5番 テレビでアナウンサーが話しています。鎌倉市が観光客にお願いする規則をつくった原因は何だと言っていますか。

男：神奈川県鎌倉市は、ほかの人の迷惑になることをしないように観光客などにお願いする規則をつくりました。例えば、人が大勢いる場所で食べながら歩くことや、線路の周りなど危険な場所で写真を撮ること、山の中の道で走って前の人を追い越すことなどです。鎌倉市には観光客が毎年2,000万人ぐらい来ます。観光客のマナーが悪くて困るという相談が多いため、この規則をつくりました。鎌倉市はこれから外国語でも規則を知らせる予定です。

鎌倉市が観光客にお願いする規則をつくった原因は何だと言っていますか。

1　地元の人は外国語ができないから

2　観光客は日本語が分からないから

3　観光客のマナーが悪くて困るという相談が多いから

4　観光客が多すぎて困るという相談が多いから

▶正解：3

解題關鍵句：観光客のマナーが悪くて困るという相談が多いため、この規則をつくりました。

6番　大学の先生が話しています。東大の女子学生は東大生であることを隠そうとするのはどうしてですか。

女：東大に頑張って進学した男女学生を待っているのは、どんな環境でしょうか。他大学との合コンで東大の男子学生はもてます。東大の女子学生からはこんな話を聞きました。「キミ、どこの大学？」と訊かれたら、「東京、の、大学……」と答えるのだそうです。なぜかといえば「東大」といえば、退かれるから、だそうです。なぜ男子学生は東大生であることに誇りが持てるのに、女子学生は答えに躊躇するのでしょうか。なぜなら、男性の価値と成績のよさは一致しているのに、女性の価値と成績のよさとのあいだには、ねじれがあるからです。女子は子どものときから「かわいい」ことを期待されます。ところで「かわいい」とはどんな価値でしょうか。愛される、選ばれる、守ってもらえる価値には、相手を絶対におびやかさないという保証が含まれています。だから女子は、自分が成績がいいことや、東大生であることを隠そうとするのです。

東大の女子学生は東大生であることを隠そうとするのはどうしてですか。

1　東大の女子学生は評判が悪いから

2　東大の女子学生はかわいくないから

3　女性の価値と成績のよさは一致しているから

4　女性の価値と成績のよさとのあいだにねじれがあるから

▶正解：4

解題關鍵句：なぜなら、男性の価値と成績のよさは一致しているのに、女性の価値と成績のよさとのあいだには、ねじれがあるからです。

7番 レストランで男の人と女の人が話しています。女の人は今日はどうしてたくさん食べたのですか。

男：君はふだん、なんにも食べないんじゃないか。

女：えっ？

男：今日はどうしてそんなにやたらに食べる？

女：風邪を引きそうなんです。

男：サンドイッチも風邪の薬か。

女：とにかく食べたほうがいいんです。

男：なぜ？

女：おなかがすいているといけません。

男：それでいろいろ食べた後の腹加減はどう？

女：いいです。

男：まだもっと食べようと考えていそうに見える。

女：とんでもない。もうたくさんです。

男：そうかね。

女：はあ？

女の人は今日はどうしてたくさん食べたのですか。

1　風邪を引きそうだから

2　いつもたくさん食べるから

3　風邪の薬を飲んだから

4　男の人がご馳走するから

▶正解：1

解題關鍵句：今日はどうしてそんなにやたらに食べる？
風邪を引きそうなんです。

問題3では、問題用紙に何も印刷されていません。この問題は、全体としてどんな内容かを聞く問題です。話の前に質問はありません。まず、話を聞いてください。それから、質問と選択肢を聞いて、1から4の中から、最もよいものを一つ選んでください。

1番 **ラジオでアナウンサーが話しています。**

女：世界中で服を売っている「ユニクロ」の会社は、来年の春に大学を卒業して会社に入る社員の給料を21％上げようと考えています。今は21万円ですが、25万5,000円にする計画です。給料を上げるのは、外国へ行って働く可能性がある社員です。ユニクロの会社は、値段の安い服を売る会社の中では、世界で3番目の大きさです。世界中で働く力がある人に会社に入ってもらうために、給料を上げて外国の会社や大きな貿易の会社と同じぐらいにします。来年の春に大学を卒業する学生は今、仕事を探しています。このため、ほかの会社も給料を上げるかもしれません。

アナウンサーは何について話していますか。

1　ユニクロが海外市場に進出すること

2　ユニクロが服の値段を安くすること

3　ユニクロが来年給料を上げること

4　外国の会社が給料を上げること

▶正解：3

解題關鍵句：世界中で服を売っている「ユニクロ」の会社は、来年の春に大学を卒業して会社に入る社員の給料を21%上げようと考えています。

2番 **会社で男の人がプレゼンテーションをしています。**

男：当社は、地震などの災害のとき、普通より少ない水で流すことができるトイレを作りました。普通のトイレは流すとき1回5リットルの水を使います。新しいトイレは、いつもは5リットルの水で流しますが、1リットルの水で流すように変えることができます。水が流れていく所に開いたり閉まったりするふたがあって、においも出にくくなっています。掃除もしやすくて、きれいに使うことができるようにしました。災害のとき水道が止まると、水をたくさん使うことができません。避難する人が集まる学校などでこのトイレを使ってもらいたいと考えています。

男の人は何について話していますか。

1　地震などの災害のときの対策

2　水道が止まるときの対策

3　流すとき1回5リットルの水を使うトイレ

4　災害のとき少ない水で流すことができるトイレ

▶正解：4

解題關鍵句：当社は、地震などの災害のとき、普通より少ない水で流すことができるトイレを作りました。

3番 **ラジオでアナウンサーが話しています。**

女：コンビニの店は日本に5万5,000あります。競争が激しくなって、利益が少なくなっている店が増えています。働く人が足りなくて、1日に24時間店を開けていることが難しいと言う店もあります。このためコンビニの会社は今までの計画を変えて、あまり店を増やさないことにすると言っています。ローソンは1年に700ぐらいの店を新しく作って、700ぐらいの店を閉める計画です。このため、店の数は増えなくなりそうです。セブン－イレブンは、新しく作る店を前の年より40％減らして850にします。そして、750の店を閉める計画です。ファミリーマートも、店を増やすのは100だけにする計画です。

アナウンサーは何について話していますか。

1　コンビニの会社は営業時間を短くすること

2　コンビニの会社は店をたくさん増やすこと

3　コンビニの会社は働く人をたくさん募集すること

4　コンビニの会社は店をあまり増やさないようにすること

▶正解：4

解題關鍵句：このためコンビニの会社は今までの計画を変えて、あまり店を増やさないことにすると言っています。

4番 **テレビでアナウンサーが話しています。**

男：成田空港では、飛行機をとめる場所で働く人が運転する車の事故が増えています。成田空港の会社によると、1年に119件の事故があって、前の年の1.5倍ぐらいに増えました。多いのは車と車がぶつかる事故でした。会社が調べると、事故を起こした人の半分以上は、空港で車を運転する仕事を始めてから3年になっていませんでした。空港の会社は、働く人が足りないため、新しく働く人が十分な教育を受けていないことがあると考えています。成田空港の会社は「日本へ観光に来る外国人が増えて、空港を利用する飛行機はもっと増えると思います。事故が起こらないようにしっかり教育します」と話しています。

アナウンサーは何について話していますか。

1　日本へ観光に来る外国人が増えること

2　成田空港で働く人が運転する車の事故が増えること

3　成田空港を利用する飛行機が増えること

4　日本の交通事故が増えること

▶正解：2

解題關鍵句：成田空港では、飛行機をとめる場所で働く人が運転する車の事故が増えています。

5番　**テレビでアナウンサーが話しています。**

女：ハイブリッド車は、ガソリンと電気で走る車です。ハイブリッド車を20年以上作っているトヨタ自動車は、ハイブリッド車を作る技術の特許を2万3,000件以上持っています。トヨタは、このたくさんの技術をほかの会社が無料で使ってもいいことにしました。トヨタは、ハイブリッド車を作る会社を多くして、世界でもっとたくさんのハイブリッド車が売れるようにしたいと考えています。トヨタの副社長は「ハイブリッド車や電気自動車が増えて、地球の気温を上げる二酸化炭素を少なくできるといいと思います」と話しています。

アナウンサーは何について話していますか。

1　トヨタがハイブリッド車の技術を無料で使えるようにすること

2　トヨタがハイブリッド車の開発を中止すること

3　地球の気温を上げる二酸化炭素を少なくすること

4　ハイブリッド車を作る会社が多くなること

▶正解：1

解題關鍵句：トヨタは、このたくさんの技術をほかの会社が無料で使ってもいいことにしました。

6番　**女の人が話しています。**

女：一人暮らしで食費を節約したいなら、外食を減らして自炊する必要がありますが、いきなり「毎日3食自炊」するのは難しいですよね……まずは1週間に1回、夕飯だけ自炊をするなど、少ない回数から始めて、慣れてきたら徐々に増やしていけば、無理なく習慣化できますよ。一人暮らしで仕事をしていて平日に時間がない方は、土日にまとめて料理を作り、冷蔵・冷凍保存するのもおすすめ。また、食材を安い時にまとめ買いする節約術も効果的ですが、一人暮らしの場合は食べきれないことも多々あるため注意が必要です。食材を買いすぎたら、冷凍保存して無駄にならないような工夫をしましょう。

女の人は何について話していますか。

1　外食のデメリット

2　食費の節約方法

3　健康管理のポイント

4　食材の買い方

▶正解：2

解題關鍵句：一人暮らしで食費を節約したいなら、外食を減らして自炊する必要があります。

第八回

問題4では、問題用紙に何も印刷されていません。まず、文を聞いてください。それから、それに対する返事を聞いて、1から3の中から、最もよいものを一つ選んでください。

1番 **社長のお留守に、三井の横山社長よりお電話がございまして、できれば明日お時間をいただきたいとのことでした。**

1　横山社長によろしくお伝えください。

2　横山社長ですか。じゃああしたの会議の前に会おう。

3　楽しみにしております。

▶正解：2

2番 **この前の資料の整理をしてもらえないかな？　手伝ってもらえるとたすかるんだけど。明日は忙しい？**

1　いいえ、大丈夫です。明日うかがいます。

2　どんな資料ですか。

3　どなたか手伝っていただけないでしょうか。

▶正解：1

3番 **悪いんだけど、別の仕事があるから、かわりに会議に出てもらえるかな？**

1　ええ、いいですけど、何の会議ですか。

2　ええ、どんな仕事ですか。

3　ありがとうございます。

▶正解：1

4番　吹雪のせいで飛行機が飛び立つまで四時間も待たされました。

1　雪はきれいでしょう。

2　それは楽しかったでしょう。

3　それはつらかったでしょう。

▶正解：3

5番　君、来月あたり、スキーに行かない？

1　来月にしよう。

2　いいね、僕もちょうど、行きたいと思っていたんだ。

3　じゃあ、スケートに行かない？

▶正解：2

6番　あの人、本当に来るかしらね。

1　すみません、忘れてしまった。

2　うそでしょう。

3　来ると思うわ。

▶正解：3

7番　山田君の考えはどうも分からないな。

1　そうね。時々言うことが変わるので、困ってしまうのよ。

2　教えていただけると助かります。

3　ええ、大丈夫だと思うけど。

▶正解：1

8番　いったい君はだれからそんなことを聞いたんだね。

1　誰から聞いたんでしょう。

2　信じられないですね。

3　神戸物産の常務からなんです。

▶正解：3

9番 すっかり遅くなってしまって、ごめんなさい。車が動きませんでした。

1　情けないですね。

2　どうぞ、ご遠慮なく。

3　いいですよ。お気になさらないで。

▶正解：3

10番 あいつ、ばかだな。行くなと言ったのに、行くから悪いんだ。

1　本当にな。みんなでとめたのに……

2　本当にうまくいきましたね。

3　いっしょに行くのを楽しみにしていたのに。

▶正解：1

11番 僕の上着、どこにあるか知らない？

1　じゃ、シャツがいいな。

2　ああ、あれ、きのう洗濯屋に出したよ。

3　えっ、どこにいってきたの？

▶正解：2

12番 ご結婚のお祝いを差し上げたいんですが、何がよろしいでしょうか。

1　えっ、別にそんなことないよ。

2　よろしければ差し上げます。

3　そんなに気を使わないでください。

▶正解：3

13番 わざわざいらしてくださったのね。嬉しいわ。

1　では、お言葉に甘えて。

2　どうしてもお会いしたくなったのよ。

3　どうぞ、ゆっくりしててください。

▶正解：2

14番 いつまでお化粧してるんだい？　もう時間がないぞ。

1　行かないの？

2　もうすぐ終わるから、もう少しで。

3　さあ、早く行きなさい。

▶正解：2

問題5では、長めの話を聞きます。この問題には練習はありません。メモを取ってもかまいません。

1番、2番

問題用紙に何も印刷されていません。まず、話を聞いてください。それから質問と選択肢を聞いて1から4の中から、最もよいものを一つ選んでください。

1番　男の人と女の人が話しています。

男：これがこれからのアメリカ旅行スペシャルプランだって。ほら、安いよ。12月は「ラスベガス」。出発日は12月20日、7日間で235,000円。

女：ラスベガス……いいな、行きたいな。

男：でも、12月は休暇取れないよ。年末は忙しいから。

女：それに、クリスマスで向こうもきっと込むわね。

男：じゃあ、1月。「ロサンゼルス5日間」232,000円。

女：ロサンゼルスは日本から直行便も多いし、最近すごい人気らしいわ。1度行ってみたいなあ。

男：あ、4月は「アメリカ西部大自然8日間」、323,000円。アメリカの西部はすばらしいよ、きっと。この値段は格安だよ。

女：でも8日間会社休めないよ。それと、30万超えるのは痛いなあ。

男：じゃ、これは？　「5月のニューヨーク4日間」。

女：5月のいつごろ？

男：出発日は5月9日。

女：友達の結婚式が5月11日なの。

男：そうか。じゃ、やっぱりこれしかない。

女：じゃ、予約しておこう。

2人はどこに行くことにしましたか。

1　ラスベガス

2　ニューヨーク

3　ロサンゼルス

4　アメリカ西部

▶正解：3

解題關鍵句：じゃあ、1月。「ロサンゼルス5日間」。232,000円。ロサンゼルスは日本から直行便も多いし、最近すごい人気らしいわ。1度行ってみたいなあ。

2番　病院で患者と看護師二人が話しています。

女：本田さん、江口先生から歩いてもいいと言われていますから、この次は、お手洗いまで行ってみませんか。

男：そうしたいけど、まだ痛いんだよ。

女：そうですか。痛いですか。まだ2日目ですからね。でも、歩くのは大丈夫ですよ。お手伝いしますから。

男：いや、まだ無理なんじゃないかなあ。

女：そうですか。ご心配ですか。

男：そうだね。

女：じゃあ、片道は車椅子で行くことにして、片道だけ歩くというのはどうですか。

男：そうだなあ。それで一度やってみようかな。

女：ええ。行きと帰りと、どちらを歩きますか。

男：間に合わないと困るから、帰りを歩くことにしようかな。

女：そうですね。じゃあ、行きは車椅子で行って、帰りはゆっくり歩きましょう。

患者はお手洗いまでどうやっていくことになりましたか。

1　歩いて行って、車椅子で帰る

2　行きは車椅子で行って、帰りは歩く

3　行きも帰りも歩く

4　行きも帰りも車椅子を使う

▶正解：2

解題關鍵句：行きは車椅子で行って、帰りはゆっくり歩きましょう。

3番　まず話を聞いてください。それから二つの質問を聞いて、それぞれ問題用紙の1から4の中から最も良いものを一つ選んでください。

3番　銀行で男の人と女の人が話しています。

男：あの、すみません。実は、こちらのキャッシュカードの暗証番号が分からなくなってしまったんですが、教えてもらうこととかできますか。

女：キャッシュカードの暗証番号でございますね。

男：はい。しばらく使ってなかったんで、忘れてしまって。

女：はい。お客様の口座の通帳とお届けの印鑑、身分証明書をお持ちいただければ、お調べいたしますが。

男：あ、そうですか。はい。持ってます。ええと、通帳と印鑑と運転免許証と……これでいいですか。

女：はい。暗証番号を直接お知らせすることはできませんので、こちらの紙に思い当たる番号をいくつかお書きください。

男：はい。1年以上使っていないので、よく思い出せないのですが、とりあえず書いてみました。

女：はい。では、調べますのでしばらくお待ちください。

男：はい。

女：ただいま暗証番号を照会しましたところ、お客様がいちばん上にお書きになった番号が暗証番号でございます。念のため、ATMでご確認ください。

男：ああ、そうですか。分かりました。試してみます。ありがとうございました。

質問1　男の人はこの後まず何をしますか。

1　暗証番号を紙に書く

2　ATMで暗証番号を確認する

3　銀行口座を開く

4　身分証明書を見せる

▶正解：2

解題關鍵句： 念のため、ATMでご確認ください。
ああ、そうですか。分かりました。試してみます。

質問2　暗証番号を調べるのに何が必要ですか。

1　口座の通知とお届けの印鑑、身分証明書

2　口座の通帳とお届けの住所、身分証明書

3　口座の通帳とお届けの印鑑、学歴証明書

4　口座の通帳とお届けの印鑑、身分証明書

▶正解：4

解題關鍵句： お客様の口座の通帳とお届けの印鑑、身分証明書をお持ちいただければ、お調べいたしますが。

全真模擬答案解析
第九回

★ 言語知識（文字・語彙・文法）・読解

★ 聽解

第九回

言語知識（文字・語彙・文法）・讀解

問題1

1 **答案：3**

譯文：花子醉心於他，懷著敬仰和愛慕之情。

選項1　心境（しんきょう）：心境，心情

選項2　心緒（しんしょ）：心緒，心情

選項3　心酔（しんすい）：醉心，欽佩

選項4　心服（しんぷく）：衷心佩服

2 **答案：4**

譯文：我剛當上警察，特別想立功。

選項1　宿命（しゅくめい）：宿命

選項2　沿革（えんかく）：沿革，變遷

選項3　進呈（しんてい）：奉送，贈送

選項4　手柄（てがら）：功勞，功績

3 **答案：2**

譯文：大致上沿襲了原作小說，主要有以下改編之處。

選項1　闘将（とうしょう）：猛將

選項2　踏襲（とうしゅう）：沿襲，繼承

選項3　徒渉（としょう）：徒步涉水

選項4　渡州（としゅう）：（日本舊時的）佐渡國

4 **答案：4**

譯文：為了拿到黑帶資格而集中精力努力訓練。

選項1　嵩む（かさむ）：增大，增多

選項2　絡む（からむ）：纏，繞

選項3　阻む（はばむ）：阻擋，阻止

選項4　励む（はげむ）：勤奮，努力

5 **答案：1**

譯文：那場面莊嚴得懾人，我的內心湧起奇妙的感覺。

選項1　厳か（おごそか）：莊嚴，莊重

選項2　疎か（おろそか）：敷衍，馬虎

選項3　和やか（なごやか）：平靜，柔和
選項4　華やか（はなやか）：華麗，鮮豔

6　**答案：4**
譯文：人們表情都很認真，聚精會神工作的樣子看起來十分可靠。
選項1　華々しい（はなばなしい）：華麗的，豪華的
選項2　目覚ましい（めざましい）：驚人的，異常的
選項3　逞しい（たくましい）：魁梧的，堅強的
選項4　頼もしい（たのもしい）：可靠的，可指望的

問題2

7　**答案：1**
譯文：不能忽略人工智慧對人類帶來危害的可能性。
選項1　看過（かんか）：看漏，忽視
例 看過できない事態／不可忽視的事態
選項2　厄介（やっかい）：麻煩，棘手，難辦
例 厄介をかける。／添麻煩。
選項3　折衝（せっしょう）：交涉，談判
例 折衝を重ねる。／不斷交涉。
選項4　克明（こくめい）：細緻，綿密，認真仔細
例 克明に記す。／細心記下。

8　**答案：2**
譯文：雖然反覆進行過訓練和模擬演練，但沒有實戰經驗。
選項1　サプリメント：附錄，增刊
例 雑誌のサプリメント／雜誌增刊
選項2　シミュレーション：模擬演練
例 シミュレーションの重要さ／模擬演練的重要性
選項3　タスク：課題，任務
例 タスクを完成する。／完成任務。
選項4　トレンド：傾向，趨勢
例 今年のファッションのトレンド／今年的時尚趨勢

9　**答案：2**
譯文：我遇到不順心的事，就一味地想看電影。
選項1　ひたむきに：一心一意，專心致志
例 ひたむきに努力する。／專心致志地努力。
選項2　無性に（むしょうに）：不問青紅皂白，一味地

第九回

例 むしょうに腹が立つ。／不分情由地生氣。

選項3 頑なに（かたくなに）：頑固，固執

例 頑なに口を閉ざす。／固執地保持沉默。

選項4 一途に（いちずに）：一心一意地

例 いちずに思いつめる。／鑽牛角尖。

10 **答案：3**

譯文：雙方開始面對面談判了，然而協商難以達成一致。

選項1 抓る（つねる）：掐，擰，扭

例 我が身をつねって、人の痛さを知る。／設身處地，推己及人。

選項2 束ねる（たばねる）：捆，紮，束

例 髪を束ねる。／束髮。

選項3 辿る（たどる）：探索，追尋，摸索著走

例 暗闇をたどる。／在黑暗中摸索行走。

選項4 滞る（とどこおる）：拖延，延誤，耽誤

例 事務が滞る。／業務延誤。

11 **答案：1**

譯文：笑得前仰後合，肚子都笑疼了。

選項1 げらげら：大笑不止

例 げらげら笑い転げる。／捧腹大笑。

選項2 ごろごろ：閒著無事

例 退屈してごろごろしている。／無所事事。

選項3 さらさら：乾燥清爽狀

例 さらさらした肌ざわり／乾爽的手感

選項4 ずるずる：拖延不決

例 結論をずるずる引きのばす。／遲遲不下結論。

12 **答案：4**

譯文：鐵鍊沉甸甸的，握在手裡就讓人覺得踏實。

選項1 こってり：（味道，顏色）濃重，濃厚

例 こってりした味／重口味

選項2 じっくり：慢慢地，不慌不忙地

例 じっくり考える。／慢慢考慮。

選項3 たっぷり：足足，足夠

例 まだたっぷり時間がある。／還有足夠的時間。

選項4 どっしり：沉甸甸

例 どっしりと重い荷物／沉甸甸的行李

13 **答案：4**

譯文：休養結束後，工作團隊回到工作室，著手製作新專輯。

選項1　取り上げる（とりあげる）：受理，採納

例 ぼくの意見が取り上げられた。／我的意見被採納了。

選項2　取り合わせる（とりあわせる）：調和，配合

例 同系色を取り合わせる。／調和同色系的色彩。

選項3　取り替える（とりかえる）：換，更換

例 ドルを日本円に取り替える。／將美元兌換成日圓。

選項4　取り掛かる（とりかかる）：著手，開始

例 仕事に取り掛かる。／著手工作。

問題3

14 **答案：2**

譯文：不管在什麼情況下，都不願承認自己的錯誤。

考 點　いかなる：怎樣的，什麼樣的

選項1　這種程度

選項2　什麼樣的

選項3　細微，一點點

選項4　總是，徹底

15 **答案：1**

譯文：我擁有作為一名軍人的心理準備和愛國之心。

考 點　心構え（こころがまえ）：心理準備

選項1　心理準備

選項2　細心，周密

選項3　關懷，體諒

選項4　心地

16 **答案：2**

譯文：銷售旅遊這樣的「商品」，其工作量會被嚴格分配到各個分店。

考 點　ノルマ：工作量，定額

選項1　要求

選項2　工作量

選項3　基準，標準

選項4　估價，定價

17 **答案：4**

譯文：遇上強敵，就突然變得低聲下氣，真夠丟人的。

考 點　弱腰（よわごし）：懦弱，膽怯

選項1　討好，奉承

選項2　難以捉摸

選項3　缺乏幹勁

選項4　低聲下氣

18　**答案：4**

譯文：對送到的新車仔細地進行了檢查和試車。

考 點　入念（にゅうねん）：精細，細心

選項1　檢查故障等

選項2　以防萬一

選項3　為慎重起見而進行確認

選項4　充分留意細節

19　**答案：2**

譯文：那是我眼睛出現的錯覺，並不是真的海市蜃樓吧？

考 點　錯覚（さっかく）：錯覺，誤以為

選項1　懷疑

選項2　判斷錯誤

選項3　焦慮，著急

選項4　馬虎，大意

問題4

20　**答案：4**

譯文：在大家面前沒有說過喪氣話的中村，終於說了想放棄。

考 點　弱音（よわね）：喪氣話

選項1　替換為：弱気（怯懦，消極）

選項2　替換為：弱気（怯懦，消極）

選項3　替換為：弱虫（膽小鬼）

選項4　正確選項

21　**答案：2**

譯文：航空公司自從明晰事故原因後，即刻更新資訊。

考 點　随時（ずいじ）：隨時，時時

選項1　替換為：随意（隨意）

選項2　正確選項

選項3　替換為：随分（非常，相當）
選項4　替換為：随分（非常，相當）

22　**答案：1**
譯文：總之我們束手無策，不知道接下來該怎麼辦。
考 點　途方（とほう）：方法，手段
選項1　正確選項
選項2　替換為：途絶（中斷）
選項3　替換為：途絶（中斷）
選項4　替換為：途上（中途，路上）

23　**答案：3**
譯文：雖然手術很成功，但是身體虛弱，所以需要靜養。
考 點　安静（あんせい）：病人等靜養
選項1　替換為：静か（安靜）
選項2　替換為：冷静（冷靜）
選項3　正確選項
選項4　替換為：静か（安靜）

24　**答案：1**
譯文：次郎雖然點了點頭，但也不像是肯定年輕人説的話。
考 點　是認（ぜにん）：認為對，肯定
選項1　正確選項
選項2　替換為：是正（糾正，更正）
選項3　替換為：是正（糾正，更正）
選項4　替換為：是非（務必，一定）

25　**答案：3**
譯文：而且，我也不認為出身名門的他會喜歡一個來路不明的女孩。
考 點　素性（すじょう）：身世，履歷
選項1　替換為：素質（素質，天生的能力和性格）
選項2　替換為：素質（素質，天生的能力和性格）
選項3　正確選項
選項4　替換為：素朴（樸素，純樸）

問題5

26　**答案：2**
譯文：因為是再婚，所以婚宴只邀請了關係十分親密的朋友。

選項1　「名詞＋にあって」表示某種場合、時間、狀況等，意為「遇到……」、「碰到……」。

例 交通渋滞にあって約束の時間に遅れてしまった。／因為遇上塞車，所以約會遲到了。

選項2　「名詞／常體句＋とあって」用來表示原因，意為「因為……」。

例 折から日曜日とあって、誰もいない。／碰巧是星期天，所以誰也不在。

選項3　「名詞＋とあいまって」表示互相結合、互相作用，意為「加上……」、「輔以……」。

例 好天とあいまってこの日曜は人出が多かった。／這個星期天正好趕上好天氣，街上人很多。

選項4　「～こととて」前接用言連體形，表示原因，意為「因為……」。有時也用「名詞／助詞＋の」的形式。

例 外国に来たばかりのこととて、見るものすべてが珍しかった。／由於剛來國外，看到的一切都感到新鮮。

27　**答案：2**

譯文：他既有實力又具領袖魅力，當社長實至名歸。

選項1　「～てかなわない」意為「……得受不了」。

例 暑くてかなわない。／熱得受不了。

選項2　「～しかるべきだ」前接動詞て形，意為「當然要……」、「應該……」。

例 同情してしかるべきだ。／應當予以同情。

選項3　「～およばない」表示不需要採取某種行動，或表示後項不如前項。意為「不用……」。

例 検査では何の異常も見つかりません、ご心配には及びません。／檢查結果沒有發現異常，不用擔心。

選項4　「～それまでだ」前面常與「ば」、「たら」、「と」、「なら」連用，表示「如果……就完了」之意。

例 どんなに誠意をもって交渉しても話が成立しなければそれまでだ。／就算再誠意滿滿地進行商談，可談不妥的話也沒用。

28　**答案：3**

譯文：才27歲就去世，真是太可惜了。

選項1　「～にすぎない」接在名詞和形容詞、動詞終止形後面，表示說話者對某事物、現象給予唯一的、不高的評價或結論，相當於「只不過……而已」、「僅僅是……」。

例 これはただ私個人の意見にすぎない。／這只是我個人的意見。

選項2　「～にほかならない」表示之所以這麼做或出現了某種結果，正是因為後項的存在，強調理由，意為「不外乎是……」、「無非是……」。

例 木村さんが成功したのは日々の努力の結果にほかならない。／木村之所以成功，不外乎是因為他每天都不斷努力。

選項3　「～といったらない」接在名詞、形容詞普通形後面，表示某事物的程度是無可比擬的，相當於「沒有比……更……」。

例 最近のテレビ番組はつまらないといったらない。／最近的電視節目別提有多無聊了。

選項4　「～でなくてなんだろう」接在名詞後面，表示不考慮其他情況，以「不是……又是什麼呢」的反問形式限定前項才是要說的內容。

例 彼に対する気持ちが、愛でなくてなんだろう。／對他的感情，不是愛又是什麼呢？

29 **答案：1**

譯文：原本以為在操作上比以前簡單多了，但還沒到誰都能不出錯的地步。

選項1　「～と思いきや」接在常體句後面，表示結果和預想的不一樣，有較強的意外感，意為「原以為……不料卻……」。

例 期末試験だから難しいと思いきや、案外やさしかった。／原以為期末考很難，不料卻格外簡單。

選項2　「～ともなると」接在名詞、動詞連體形後面，用於提起一個話題，常常是為後項設定一個程度，相當於「要是到了這一程度的話……」。

例 さすがに一流歌手ともなると違う。一回の出演料が数百万円だという。／一流歌手就是不一樣，據說一次出場費高達數百萬日圓。

選項3　「～といえば」用於承接某個話題，表示「說到」、「談到」。

例 近田さんと言えば、どこへ行ったのか、姿が見えませんね。／說到近田，他上哪兒去了？都不見他的人影。

選項4　「～とあれば」接在名詞、動詞普通形後面，表示如果是為了前項的人或事，可以盡最大的努力，意為「如果……」。

例 この病気が治るとあれば、なんでもやってみようと思います。／如果這個病能治好，什麼方法我都願意嘗試。

30 **答案：2**

譯文：校長也好，老師也好，這間學校淨是些食古不化的人。

選項1　「～なり～なり」接在名詞、動詞連體形後面，表示列舉，從列舉的同類詞或相反的事物中任選其一。

例 今日は天気がいいから、洗濯するなり、布団を干すなりしたほうがいい。／今天天氣好，適合洗洗衣服或曬曬被子。

選項2　「～といい～といい」接在名詞後面，表示列舉，列舉出這個主體的兩個方面並對此做出評價。

例 実力といい、性格といい、彼は理想的なリーダーである。／論實力也好，論性格也好，他都是最理想的領導者。

選項3　無此句型

選項4　無此句型

31　**答案：1**

譯文：雖說離地鐵很近，但走路過去也得花上15分鐘。

選項1　「～といえども」接在名詞、常體句後，用來表示逆接，意為「雖然……」。

例 太陽といえども永遠に輝いているわけではない。／即便是太陽也不能永遠發光。

選項2　「～とは」表示吃驚。

例 犯人はあなただとは。／沒想到犯人竟然是你。

選項3　「～までもなく」接在動詞連體形後面，表示因為都是些眾所周知的事實或顯而易見的道理，所以用不著再加以說明、解釋。

例 テレビでも生放送をするので、現場に行って聞くまでもない。／因為電視裡也會直播，所以沒必要去現場聽。

選項4　「～あげく」接在「名詞＋の」、動詞過去式後面，表示經過前項的努力後，最終導致了不希望看到的結果，意為「……的結果」。

例 彼女はさんざん悩んだあげくに、結婚をやめてしまった。／她在極其苦惱之後，決定放棄結婚。

32　**答案：1**

譯文：說起我家的小狗，牠連主人的臉都記不住，真傷我的心。

選項1　「～ときたら」接在名詞後面，表示提出一個話題，後項是對此話題的敘述或評價。常用於負面場合，多帶有不滿、批評、責備等語氣。

例 最近の若者ときたら、礼儀も知らない人が多い。／提起現在的年輕人，有很多人不懂禮貌。

選項2　「～といったら」接在名詞後面，表示在談話過程中，就大家說到的話題，想起與此話題相關聯的事情，相當於「提起……我想起了……」。

例 国際結婚の手続きと言ったら、まず複雑で面倒だというイメージを持つ。／說起國際婚姻的手續，首先會給人一種既複雜又麻煩的印象。

選項3　「～とはいっても」前接名詞或者動詞、形容詞的終止形，表示一種讓步的轉折，承認前者，但會進行某些補充説明。

例 泳げるとはいっても、5メートルぐらいです。／雖然會游泳，但只能游5公尺左右。

選項4　「～ともあろう」接在名詞後面，表示聲望較高的人或團體的所作所為與其具有的身分地位、職責等不符，後項常帶有説話者驚訝、憤怒、不滿等語氣。

例 政治家ともあろう者が、賄賂を受け取るとは驚いた。／身為政治家卻收受賄賂，真令人吃驚。

33　**答案：4**

譯文：課長瞪著山口，臉上的表情仿佛在讓山口閉嘴。

選項1　「～ともなしに」前接動詞或疑問詞，表示無意中或不能確定某個時間、地點、人或物等，譯為「無意中……」、「不知……」。

例 見るともなく外を見たら、昔の恋人だった。／不經意往外一看，看到了以前的戀人。

選項2　「～どころか」接在「名詞＋である」或用言連體形後面，表示某事物不僅具備前項，還具備超乎尋常的後項，相當於「豈止……連……」。

例 最近は子供どころか、大人もテレビゲームに夢中になっている。／最近不僅小孩迷戀電視遊戲，連大人也沉迷其中。

選項3　「～ばかりか」先提出程度較低的表述，然後再追加程度較高的表述，譯為「不僅……而且……」。

例 それはナンセンスであるばかりか、危険である。／不僅無意義，還很危險。

選項4　「～とばかりに」表示不是用語言説出來，而是透過神態、表情及動作等表現出其意思。後續多為表示勢頭強勁或程度很高的話語，屬於書面語。

例 妹は「待っていた」とばかりに、空港まで迎えに来てくれた。／妹妹一副期盼已久的樣子，親自到機場迎接我。

34　**答案：3**

譯文：給喜歡的人寫情書，寫了撕，撕了又寫，怎麼也寫不出來。

選項1　「なら／なら」無此語法。

選項2　「ば／ば」無此語法。

選項3　「ては／ては」表示動作的重複。

例 食べては寝、食べては寝る。／吃了睡，睡了吃。

選項4　「～ても～ても」表示「無論……也……」。

例 やってもやっても終わらない仕事／怎麼做都做不完的工作

35　**答案：1**

譯文：他既然身為負責人，卻不知道這麼重要的事情，這說不過去吧？

選項1　「～ではすまされない」前接動詞，表示「……的話不行吧」、「僅僅……不算完」。

例 冗談ではすまされない発言をすれば、本当の喧嘩になりかねない。／玩笑開得太過分的話，有可能真的打起來。

選項2　「～ならそれまでだ」接在用言連體形後面，表示「如果……的話，就完了」。

例 せっかくの旅行も雨なら、それまでだ。／好不容易去旅行，要是下雨的話就糟了。

選項3　「～にかたくない」表示「不難……」。

例 想像にかたくない。／不難想像。

選項4　「～といわんばかりだ」表示雖然沒有說出口，但是神態、表情已經表現出想說的話。可譯為「那樣子好像在說……」。

例 怒った先生は「出て行け」といわんばかりに僕を睨んだ。／老師憤怒地瞪著我，好像在叫我「滾出去」。

問題6

36　**答案：3**

原句：お金の2 都合が　4 つかないから　3 返せ　1 ないではすまない。借りたものを返すのは当たり前だから。

譯文：不能因為籌不到錢就不還了；借錢還錢，天經地義。

解析：此處句型「～ないですまない」表示「不做某事就無法被原諒」，可譯為「一定……」、「非……不可」。答題時可先將選項2、選項4結合再進行排序。

37　**答案：1**

原句：趣味を持つのは良いことだと思いますが、家庭を犠牲4 にして　2 まで　1 となる　3 と、それはちょっと問題です。

譯文：我認為有愛好是好事，但是如果要犧牲家庭，那就成問題了。

解析：此處句型「～となると」表示「如果……」。答題時可先將選項4、選項2結合再進行排序。

38 **答案：2**

原句：証拠となる書類が1 発見される　4 にいたって　2 彼は　3 やっと自分の罪を認めた。

譯文：作為證據的文件被找到了之後，他總算承認了自己的罪行。

解析：此處句型「～にいたって」接在名詞及動詞連體形之後，表示順接條件，相當於「直到……」。答題時可先將選項1、選項4結合再進行排序。

39 **答案：2**

原句：高齢化問題は、3 ひとり　1 東京　2 のみならず　4 日本全体の問題だ。

譯文：老齡化問題不僅是東京一個地區所面臨的問題，也是整個日本共有的問題。

解析：本題中考量的是句型「ひとり～のみならず」，接在名詞或動詞、形容詞連體形後面，表示「不僅……」。

40 **答案：1**

原句：実験の4 研究結果　2 いかんによっては　1 研究を　3 中止する可能性もある。

譯文：根據實驗的研究結果，也可能中斷研究。

解析：本題中測驗的是「いかんによっては」的用法，「いかんによっては」接在名詞後面，表示根據前項的情況來決定後項，後項會不會發生變化要取決於前項的具體情況。答題時可先將選項4、選項2結合再進行排序。

問題7

41 **答案：4**

選項：1 不能　2 不可能　3 不應該　4 並不是

譯文：人類並不是一生下來就會講話。

解析：「～わけにはいかない」前接動詞原形，表示「由於某種原因不能……」。「～わけがない」表示「不可能……」。「～ものではない」表示「不應該……」。「～わけではない」前接動詞或形容詞，表示「並非……」。

42 **答案：2**

選項：1 他人　2 社會　3 世界　4 環境

譯文：為了瞭解他人，融入社會中，嬰兒開始聽別人説話。

解析：根據前文可知，社會在自己出生之前已經形成，別人和自己並無關聯，而新生嬰兒為了加入這樣的社會中，所以才去聽別人説話。

43 **答案：3**

選項：1 莫非　2 肯定　3 的確是　4 説不定

譯文：的確，在自己的腦中存在著自己的世界，然而社會是按照自身的規律存在的。

解析：「在自己的腦中存在著自己的世界」這一點是公認的客觀現象，因此選項1和選項4是不正確的，而選項2多用於推測句中。

44 **答案：1**

選項：1 參與比較好　2 必須參與　3 打算參與　4 可以參與

譯文：因此充分瞭解這一點之後，從小開始就要學習從什麼樣的角度參與比較好。

解析：文中有「どういう角度で」的疑問詞，因此可以在選項中選出與之匹配的正確選項1「入っていけばいいのか」。

45 **答案：3**

選項：1 這是因為　2 但是　3 比如　4 也就是説

譯文：比如，如果父母是日本人，那麼孩子就會講日語。如果父母比較知性，那麼孩子的邏輯思考可能就會比較好。

解析：前文出現了「在嬰兒的周邊環境中首先有父母，而其父母的周圍也有不同的環境」這樣的表述，文章接下來透過具體的「環境」例子，襯托前文內容，因此正確答案是選項3。

問題8

46 **答案：1**

解析：本題需要根據前後文作出推斷。選項2是「可能」，選項3是「怎麼可能有呢」，選項4是「產生懷疑」。根據括弧前的句子「こうしたことは意外と多い」可知，選項1與前文意思相近，所以正確答案是選項1。

47 **答案：1**

解析：本題是文章主旨類題型。選項2、選項3、選項4分別是文章中舉的某個具體的例子，不是本文主旨，故排除。選項1的意思是「頭部不同的輕微動作能帶來各種不同的效果」，為正確答案。

48 **答案：2**

解析：本題需要根據前後文作出推斷。文中關鍵句為「相手からの攻撃をまったく気づいていないふりをして、平然と問題に焦点を当てながら話し

合いを進めていく」（對對方的攻擊裝作毫無察覺的樣子，將重心放在問題點上，淡然地將談話進行下去），選項2陳述了單純削減員工支出的害處，符合前句意思。選項1、選項3、選項4都是十分情緒化的應對方式，其結果必然是矛盾愈發激烈。

49 **答案：4**

解析：本題測驗考生對通篇文章的理解能力。「目が利く」意為「有眼光」、「有鑒賞力」。本文的關鍵字是「たくさんの経験」。選項1對「目」這一詞進行了字面上的解釋，提出對眼睛（視力等）好的方法是攝取營養，因此是錯誤的。選項2中提到「買很多古董」，而這並非是達到「目が利く」的關鍵，故排除。選項3中提到「即便反覆上當也要積累經驗」，原文中沒有這種消極的說法，與原文不符，故排除。選項4的意思是「即便失敗，也需要不斷練習，積累經驗」，與原文相符，是正確答案。

問題9

50 **答案：4**

解析：本題測驗的是指示詞的用法。「そういう原則」指代前文內容，即「ルールのもとのプレーヤーの平等（対等）ということ」，選項4是正確答案。

51 **答案：2**

解析：本題測驗考生對文章細節的理解能力。解題關鍵句為「みなが平等にルールに従うこと、ルールに従わないとゲームが成立しないので、違反したときには罰を科すことがあること」、「あちこちで戦いがあり、弱い者は打ち負かされ、だんだん少数の強者が生き残り、最後の決戦があって、覇者がきまります」。選項2全面地總結了近代社會和近代社會以前的社會的主要特點，是正確答案。

52 **答案：3**

解析：本題測驗考生對通篇文章的理解能力。選項1、選項2、選項4都是只從「ゲーム」這一詞的字面意思來進行陳述，而選項3的意思為「如同遵守遊戲規則一樣，相互對平等的認同才是構成社會秩序的關鍵」，表達了全文的中心思想，是正確答案。

53 **答案：3**

解析：本題是理由原因類題型。文中提及「人類的智慧分為『流動性智慧』和『結晶性智慧』，研究發現其中的結晶性智慧即使年老也不容易退化。

而結晶性智慧的根源——扁桃體功能的衰退，會漸漸地難以對事物提起興趣，也很難有所感動，如此一來，記憶力和思考能力也會減弱」。因此，正確答案是選項3。

54 **答案：2**

解析：前文提及「以前人們認為海馬體和大腦新皮質的功能減退影響到了扁桃體的功能。記憶力和思考能力退化導致人們難以提起興趣和不易感動」，後文緊接著提出了相反的看法，因此正確答案是選項2。

55 **答案：1**

解析：本題測驗考生對通篇文章的理解能力。選項1的意思是「保持興趣和好奇心，使大腦功能繼續活躍」，與文中「結晶性知能のもとである扁桃体を退化させず、いつまでも若々しくいるためには好奇心を失わず」的意思相近，是正確答案。

56 **答案：1**

解析：指示詞類題型。指示詞類的問題一般從前一個句子找答案。選項1與關鍵句「自分の考えをうまく言葉にできないという経験」相符，為正確答案。選項2、選項3、選項4雖然意思正確，但是都只是對關鍵句「自分の考えをうまく言葉にできない」進一步進行説明的例子而已。

57 **答案：3**

解析：前文説到「揮汗運動之後的晚飯吃起來特別香……透過直接體驗，能夠寫出有説服力的文章」。從前後文的意思可以判斷，選項3是正確的。選項1錯在「體驗是寫文章的唯一要素」，文中提到還有閱讀等方法。選項2的內容也過於極端。選項4中「必ず」是不正確的。

58 **答案：4**

解析：文章主旨類題型。選項1、選項2、選項3都是寫出好文章的部分要素，而選項4則包括原文中提到的所有要素，是最全面的，因此選項4是正確答案。

問題10

59 **答案：2**

解析：事實細節題。文章最後一段的開頭指出「別にどうという話ではない。しかし私の仕事の原点は、こうしたさまざまな違和感を抱え続けたことにあると思っている」，該句説出了作者作為科學家（解剖學者）應有的態度，對諸多現象懷著探索的意願去研究，因此選項2是正確答案。

60 **答案：3**

解析：事實細節題。文章最後一段提到，「疑問を丸める」的結果是「その疑問に煩わされることがなくなるから、気分が楽になる」（這樣就不會被那個問題搞得很煩，會變輕鬆），因此選項3是正確答案。

61 **答案：1**

解析：本題需要根據前後文作出推斷。前文提及「山頂沒有草木也沒什麼奇怪的，如果認可這一結論，從此就不會再產生疑問，從而不必被疑問弄得心煩，人也變輕鬆了」。後句中說到「如果對對方的所為不停地質疑，一一指出問題，人際關係會變僵，吵架不斷」。這裡的關鍵字是「人際關係」，因此選項1「在經營社會生活方面」是正確答案。

62 **答案：2**

解析：事實細節題。該段的意思是「在碰到問題的時候，應深入思考，繼續對問題抱著探索的態度研究下去。但在人際關係方面反而不應該『太過深究下去』，不然會把關係弄僵」，因此選項2「反而」是正確答案。選項1意為「終於」，選項3意為「代替」，選項4意為「進一步」。

第九回

問題11

63 **答案：4**

解析：對比分析類題型。選項1只在文章A中涉及。選項2只在文章B中涉及。選項3的相關內容在文章B中涉及，但這是不正確的觀點。選項4是正確答案。

64 **答案：1**

解析：事實細節題。選項2和選項3是文章A或文章B中的部分觀點，並非主要觀點，故排除。選項4中文章A的觀點是不正確的，故排除。因此選項1為正確答案。

65 **答案：2**

解析：事實細節題。選項1、選項3、選項4都是不全面的，並非主要觀點，選項2是文章B主要批判的內容，是正確答案。

問題12

66 **答案：3**

解析：解答該題的關鍵是理解原文中「車間距離」和「人間距離」之間的關係，這兩者之間是比喻關係。文章主旨是如同人們在意車距一樣，人與人之間的距離也有很多講究，不能輕視，因此選項3是正確答案。

67 答案：1

解析：選項1體現了文章主旨，即人與人之間的關係變得親密後，就會不講究禮節，容易忘記客氣和謹慎的態度，因此選項1是正確答案。

68 答案：4

解析：「ぞんざいな口をきく」的意思是說話不禮貌。選項4的意思是「講話沒禮貌」與之相符，是正確答案。選項1意為「有禮貌的講法」，選項2意為「沒禮貌的詢問方式」，選項3意為「不滿地詢問」。

69 答案：4

解析：前文提及「關係變親密後，容易忽視禮節」，這是在提醒人們要特別注意不要失禮。從前後文的意思來判斷，表示強調的選項4「正是」是正確答案。選項1意為「連……也」，選項2意為「甚至」，選項3意為「如果」。

問題13

70 答案：2

解析：選項1為日本籍，故排除。選項2符合條件，是正確答案。選項3「修士半年」不符合條件，故排除。選項4為大學生，不符合條件，故排除。

71 答案：1

解析：根據關鍵句「夫婦用C棟：月額74,500円」、「入館時に館費1ヵ月分を徴収し」可知，應付74500日圓，選項1為正確答案。

聴解

問題1では、まず質問を聞いてください。それから話を聞いて、問題用紙の1から4の中から、最もよいものを一つ選んでください。

1番 男の人と女の人が話しています。計画が変わっていないものはどれですか。

男：田中君、鈴木先生もういらしているの？

女：はい、10分前に着いて、今休憩室にいます。

男：パワーポイントの書式を変えてほしいってこと、忘れてないね。

女：はい、それと、質疑応答の時間なんですが、もし講演が5分ほど早めに終われば5分ほど返答の時間を伸ばしてもいいとおっしゃっていたので。

男：それはすでに知らせに書いてあるから、難しいよ。今回の講演会は相当の期待を持たれているからいろいろ聞かれると思うよ。

女：休憩時間は10分ということでしたが、鈴木先生おとといから風邪で、具合が悪いということもあって、15分にしようかなと思っているんですけど。

男：オケー、分かった。風邪はつらいね。

計画が変わっていないものはどれですか。

1　講演者が早めについたこと

2　パワーポイントの書式

3　質疑応答の時間

4　講演者の休憩時間

▶正解：3

解題關鍵句：それはすでに知らせに書いてあるから、難しいよ。今回の講演会は相当の期待を持たれているからいろいろ聞かれると思うよ。

第九回

2番　会社で男の人と女の人が話しています。女の人はまず何をしなければならないのですか。

女：課長、玩具の箱のデザインをメーカーからメールで送らせてもらいました。

男：お疲れ、小野君、キャラクターの衣装の色間違ったってことは伝えたんだろう。

女：はい、向こうの木村課長が確認して修正したと言っていました。それから文字の大きさも。

男：文字はもともとの3行排列から4行にしてみたけど、やっぱり3行の方がいいような感じがしたんで、変えないで欲しいと言ってくれ。

女：分かりました。

男：包装に関しては何と言ってた？

女：個別包装はコストのこともあり、困っているようですね。

男：ふん、その件は午後向こうへ行って交渉しよう、小野君もいっしょね。その前にメール入れて、文字の件。

女：はい、了解です。

女の人はまず何をしなければならないのですか。

1　キャラクターの衣装の色の修正をしてもらう

2　文字の排列型に関するメールを送る

3　包装の件を伝える

4　男の人と向こうの会社へ行く

▶正解：2

解題關鍵句：その件（コスト）は午後向こうへ行って交渉しよう、小野君もいっしょね。その前にメール入れて、文字の件。

3番　飲食店を経営している夫婦の会話です。二人はまず何をしますか。

男：夏に入ってから、客少なくなったし、売り上げ全然伸びないんだろう、それでこういう案を考えたんだよ。

女：どんな？

男：今やっているハンバーガーセットに、かき氷をサービスで出そうって。

女：今からその作り方を習おうとしたら、夏も過ぎてしまうんじゃない？

男：飲食学院を出た学生をバイトで1ヶ月間雇うのはどう？　すぐスタートできるから。

女：広告を出す、それともネットで？　今のようなネット全盛の時代に。

男：それより、こういうサービスを始めましたってチラシを先に作らないとね。印刷業者まず探そうか。

女：いとこの友だちがそれをやってるって聞いたことがある、聞いてみるわ、あたし。

二人はまず何をしますか。

1　売上を伸ばすためにかき氷が作れる人を雇う

2　売上を伸ばすためにかき氷が作れる人を探す

3　かき氷が作れる人を探すために広告を出す

4　かき氷の広告を作る会社を探す

▶正解：4

解題關鍵句：それより、こういうサービスを始めましたってチラシを先に作らないとね。印刷業者まず探そうか。

4番 **男の人と女の人が話しています。女の人はどんな婦人服がほしいと言っていますか。**

男：山下君、これ昨年冬の婦人服好評商品のリストだけど、見ると、ダウンコートがトップになってるね。

女：そうですね、何年も続けてウールのコートが一位だったのに、去年はダウンに変わっちゃいました。

男：ウールのコートはボディーラインをきれいに映してくれるから、女性の間で冬の持ち品としてされていたけどね、女性らしい雰囲気もあるし。

女：営業部でアンケート調査をしたのですが、近年冬旅行に出掛かる人が増えてきて昔のようなウールのコートより軽くて持ちやすいのが好評を受けるみたいです。

男：うん、わかる。きれいさより実用的なのがいいって意味ね。

女：でも両方合わせたものがあれば、うれしいですけどね、女性としては。

女の人はどんな婦人服がほしいといっていますか。

1　ボディーラインをきれいに映してくれるもの

2　女性らしい雰囲気があるもの

3　軽くて持ちやすいもの

4　女性らしい雰囲気があって、実用的なもの

▶正解：4

解題關鍵句：きれいさより実用的なのがいいって意味ね。
でも両方合わせたものがあれば、うれしいですけどね。

5番 **会社の人が話しています。女の人はまず何をしますか。**

女：部長、杉村社長の晩餐会のスケジュール表を作成しましたけど、ちょっと目を通していただけませんか。

男：うん、出席者の人数や役職名など分かりやすく分けてあるね、よし。場所はさ、交通の便利さを考慮して変えてほしいな。

女：分かりました。ホテルは杉村社長の秘書の指示どおり、プリンスホテルにしたんですけど。

男：そこの料理は何風なの？　社長は和食が好きだけど。

女：かしこまりました、すぐ電話で確認します。

男：もし、和食じゃなかったら新しい店を探して。移動手段は変わってないね？

女：大山さんが確認中ですけど、今日中には決まりそうです。

男：分かった、社長の食事が肝心だから、それを先にね。

女：分かりました。

女の人はまず何をしますか

1　晩餐会の場所を変える

2　ホテルの料理について電話で確認する

3　和食の店を探す

4　移動手段を確認する

▶正解：2

解題關鍵句：社長の食事が肝心だから、それを先にね。

6番　会社での話です。開発部の来年の開発目標は何ですか。

男（司会者）：それでは、小島君から今回開発した新型ロボットについて説明します。

女：はい、このロボットは主婦の家事を手伝って掃除をしたり、ドアを開けたりできるほか、老人ホームなどで年寄りと話をしたりするのも可能です。

男：いいね、歌を歌ったりはできないの？

女：そうですね、5千人にアンケートをしてみたのですが、娯楽機能がほしいという答えが多かったんです。来年の開発目標です。

男：今は一人暮らしの人が多くなってきてるから、人の気持ちを悟ってそれに反応してくれる機能があればなと思うけどね。

女：はい、これからの目標にしておきます。

開発部の来年の開発目標は何ですか。

1　掃除をしたり、ドアを開ける機能を持つロボットを開発する

2　老人ホームなどで年寄りと話をする機能を持つロボットを開発する

3　娯楽機能を持つロボットを開発する

4　人の気持ちを悟ってそれに反応してくれる機能を持つロボットを開発する

▶正解：3

解題關鍵句：娯楽機能がほしいという答えが多かったんです。来年の開発目標です。

問題2では、まず質問を聞いてください。そのあと、問題用紙の選択肢を読んでください。読む時間があります。それから話を聞いて、問題用紙の1から4の中から、最もよいものを一つ選んでください。

1番　旅行社の広告の一部です。旅の意義についてどう言っていますか。

男：人はなぜ旅をするのでしょうか。誰かを忘れるためにする旅に出る人、ただのリラックスの目的でする人、いろいろだろうと思いますが、普段の習慣や複雑な人間関係から解放されるためではないかと思います。家事でくたびれてしまった主婦たち、会社で何かのプロジェクトで頭が痛いサラリーマン、二日でも、三日でもいいから日常の生活環境を脱げるチャンスになるわけです。短いながらもこの2、3日だけは責任感や負担を忘れ、解放された気持ちになりましょう。

旅の意義についてどう言っていますか。

1　ある人を忘れるために旅に出るのです

2　日常生活からしばらく解放されるために旅をするのです

3　リラックスのために旅に出るのです

4　日常生活をより豊かにするために旅をするのです

▶正解：2

解題關鍵句：短いながらもこの2、3日だけは責任感や負担を忘れ、解放された気持ちになりましょう。

2番　大学の学長に記者がインタビューをしています。男の人は今年の卒業生の就職率が上がった理由は何だと言っていますか。

女：今年の卒業生の就職率は例年に比べてどうなっているのですか。

男：少し上昇したというか、卒業生の就職への意志が昔より高まっているようですね。

女：その原因としては例えば就職環境が前よりよくなったとか？

第九回

男：もちろん政府の努力でそれに関する政策など施したのもありますが、大学でもここ数年は生徒の精神的育成といいますか、それに注目して、検討会、感想会など、卒業を前にして、続けています。

女：具体的にはどんな内容を？

男：就職って金稼いで家買ったり、家庭養ったりするのも大事だけど、今多く出ている「親のすねをかじる」現象などを反面の例にして、人間何といっても人に迷惑をかけずに、自分一人の暮らしは個人の努力でこの世を生き抜くんだって、励ましというか、鞭撻というか。

女：なるほど。

男の人は今年の卒業生の就職率が上がった理由は何だと言っていますか。

1　卒業生の就職への意志が高まっているため

2　政府の努力で就職に関する政策が施されたため

3　親に頼って生きる現象を批判しているため

4　検討会などを通して、自立精神を生徒たちに教えているため

▶正解：4

解題關鍵句：大学でもここ数年は生徒の精神的育成といいますか、それに注目して、検討会……人間何といっても人に迷惑をかけずに、自分一人の暮らしは個人の努力でこの世を生き抜くんだって。

3番　雑誌の中の広告です。今どんな季節ですか。

女：この季節に合わせ、お客様の声によって進化した最新の商品をご紹介します。やさしい肌ざわりを実現し、コットンのシャツやこの季節にふさわしい7分袖タイプも好評発売中です。爽やかな秋の空を思わせる薄青や、薄ベージュの色で、まだ肌寒い感じの時はコートをいっしょに合わせてもよさそうですが、昼頃にはこの一枚で十分な厚さでございます。まもなくのゴールデンウイークのごろにはセールもおこないますので、ぜひ店頭までお越しください。この季節に欠かせない新しいスタイルに出会えます。

今どんな季節ですか。

1　春

2　夏

3　秋

4　冬

▶正解：1

解題關鍵句：まだ肌寒い感じの時はコートをいっしょに合わせてもよさそうですが、昼頃にはこの一枚で十分な厚さでございます。まもなくのゴールデンウイークのごろにはセールもおこないます。

4番　男の人と女の人が話しています。歌手の選抜は昔に比べて、どう変わっているのですか。

女：ねえ、昨日のテレビ見た、新しい歌手選抜の？

男：見た見た、競争激しかったね。僕は3番の歌手が上手だと思ったよ、顔も可愛いし、声もきれいだったね。

女：6番の歌手もよかったじゃない？　格好良くて、背も高くて。

男：うん、まあ、今は昔に比べて、観衆の要求というか、高くなって昔みたいに顔や声だけではちょっとね。ほら、優勝取った7番の人、作曲に作詞に、すごいんだよね。

女：いい歌作ってくれる人が多くなってきたね。

歌手の選抜は昔に比べて、どう変わっているのですか。

1　歌が上手かどうかで決まる

2　顔や声がきれいかどうかで決まる

3　才能があるかどうかで決まる

4　格好いいかどうかで決まる

▶正解：3

解題關鍵句：優勝取った7番の人、作曲に作詞に、すごいんだよね。

5番　男の人と女の人が話しています。女の人は国が何を重視すべきだと言っていますか。

女：ねえ、このアンケート調査見た？　今自己閉鎖状態の人がますます多くなっているんだって。

男：住居付近のコンビニなど以外、殆ど家を出ないって書いてるね。

女：それに長い期間社会活動に加わらないみたいよ。

男：でも携帯とかで外とは連絡取ったりするんだろう。

女：それもないらしいよ。昔もたまたまこういうことを耳にしたことがあるけど、増えていくのは国としても問題として捉えないとね。

男：疎かにできない問題だね。

女の人は国が何を重視すべきだと言っていますか。

1　自己閉鎖状態の人がますます多くなっていくこと

2　住居付近のコンビニなど以外、殆ど家を出ない人

3　長い期間社会活動に加わらない人

4　携帯とかで外とは連絡取ったりしない人

▶正解：1

解題關鍵句：今自己閉鎖状態の人がますます多くなっているんだって……増えていくのは国としても問題として捉えないとね。

6番　男の人と女の人が話しています。男の人がジョギングをやめた理由は何ですか。

女：伊藤さん、今もジョギング毎日続けているんですか。

男：いや、当分走らなくなった。

女：そうですか。最近は梅雨で雨も多くなってきて、何かいやになっちゃいますね、道も滑るし。

男：前に一緒に走ってた人がどっか転勤してしまって、やっぱり一人では寂しいんだ。

女：それでやめたんですね。

男：それもあるけど、ちょっとごめん、女房の電話……うるさいんだよ、朝ごはん手伝ってって、これでは走る気にならないんだ。

女：なるほど。

男の人がジョギングをやめた理由は何ですか。

1　雨で道が滑るから

2　妻の家事を手伝うことになったから

3　いっしょに走っていた人が転勤したから

4　一人では寂しいから

▶正解：2

解題關鍵句：女房の電話……うるさいんだよ、朝ごはん手伝ってって、これでは走る気にならないんだ。

7番 **男の人と女の人が話しています。二人は温泉のことをどう決めましたか。**

男：明日泊まる旅館って、温泉あったっけ？

女：うん、でも室内らしいよ、露天風呂のほうがいいんだけどね。

男：それじゃ、旅館の近くに露天風呂があるか調べてみる、値段や規模を見て決めようか。

女：それより、旅館を改めて探すのはどう？　露天風呂付きの旅館って一つしかないってこともないし。

男：それはそうだけど、今だとシーズンだから、多分難しいよ、それ。

女：じゃ、仕方ないね。

二人は温泉のことをどう決めましたか。

1　旅館の値段や規模を調べます

2　室内風呂付きの旅館を新しく探します

3　露天風呂付きの旅館を新しく探します

4　旅館の近くで露天風呂を探します

▶正解：4

解題關鍵句：それじゃ、旅館の近くに露天風呂があるか調べてみる、値段や規模を見て決めようか。

問題3では、問題用紙に何も印刷されていません。この問題は、全体としてどんな内容かを聞く問題です。話の前に質問はありません。まず話を聞いてください。それから、質問と選択肢を聞いて、1から4の中から、最もよいものを一つ選んでください。

1番 **写真屋さんと客が話しています。男の人はどれぐらいの費用を払わなければならないのですか。**

男：写真のプリントお願いします。これ、メモリーカードです。

女：はい、結婚式の写真ですね。何枚プリントしましょうか。

男：新郎新婦二人のは8枚、家族全員の写真は映った全員で、20枚お願いします。

女：こちらはお友達らしいんですけど、どうしますか。

男：あ、それはみんな自分の携帯で撮っているんで、要らないんです。それから、写真の右下なんかに祝福の言葉など印刷できますか。

女：ええ、その費用は1枚50円になるんですが、30枚以上プリントされると、ただでやってあげます。

男：そうですか。そうだ、結婚式に出られなかった親戚のほうも家族写真がほしいって言うので、5枚追加してください。

女：分かりました。

男の人はどれぐらいの費用を払わなければならないのですか。

1　30枚のプリント代

2　33枚のプリント代

3　30枚のプリント代＋祝福の言葉の印刷費用

4　33枚のプリント代＋祝福の言葉の印刷費用

▶正解：2

解題關鍵句：新郎新婦二人のは8枚、家族全員の写真は映った全員で、20枚お願いします。
結婚式に出られなかった親戚のほうも家族写真がほしいって言うので、5枚追加してください。

2番　男の人と女の人が話しています。女の人はまず何をしますか。

女：店長、「秋原」支店のポスターが出来上がりましたけど、ごらんになってください。

男：そうか、よし、商品の内容と説明のところはっきり書かれているね。部数は500枚か？　100枚追加して。

女：はい、印刷メーカーに連絡します。

男：うん、後でいいから、それより「秋原」は本社で相当重視している店だから、スローガンを一つ出そうと思ってさ、「いいサービス、いい食感、私たちが提供します」、客を引きつけるような効果出るんじゃない？

女：いいですね、追加します。副社長が視察に来られる時にきっとお喜びになるんでしょう。

男：これらが終わったら、副社長のスケジュール表を僕にメールで送って。

女：分かりました。

女の人はまず何をしますか。

1　部数追加のことで印刷メーカーに連絡する

2　スローガンを追加する

3　スケジュール表をメールで送る

4　副社長を迎えに行く

▶正解：2

解題關鍵句：それより「秋原」は本社で相当重視している店だから、スローガンを一つ出そうと思ってさ。

第九回

3番　女の人が本屋さんと話しています。男の人は最近愛読されているのはどんな本だと言っていますか。

女：最近はどんな本が愛読されているのですか。

男：まず主婦たちがよく買うのは、料理、子供の書籍などですが、昔とあまり変わらないんですね。お年寄りがよく読むのは健康、社会福祉に関するものが多いですね。

女：ここ数年、井上隆さんの小説が人気を呼んでいるみたいですけど、今年も変わりないですか。

男：井上さんの本は僕もはまっているんですよ。やっぱり読者を引きつける何かがあるんですね。若い人は言うまでもなく、好きだって。それと、若者は昔はアイドルの雑誌、恋愛物語を好んでいたらしかったのが、技術書、名人の伝記を読んで、自己の能力や精神を鍛えようとするのはありがたいと思いましたね。

男の人は最近愛読されているのはどんな本だと言っていますか。

1　料理、子供の書籍

2　健康、社会福祉の本

3　人気作家の本

4　技術書、名人の伝記

▶正解：4

解題關鍵句：若者は昔はアイドルの雑誌、恋愛物語を好んでいたらしかったのが、技術書、名人の伝記を読んで、自己の能力や精神を鍛えようとするのはありがたいと思いましたね。

4番 医者の話です。男の人は視力を保護のために何が一番大事だと言っていますか。

男：最近は視力が落ちてきて、病院を訪れる方が多いですが、眼病、栄養の不足、心理的障害、騒音など外的要因による発病もありますが、目を使いすぎた原因で視力が落ちる人が多いですね。われわれは普段、本を読んだり、テレビを見たり、一応目を使うことが多いですが、最近はスマートホンによる眼の疲れが大きな比率を占めるようになりましたね。保護対策としては携帯を見るなどのことをやめなさいというのではなくて、長い時間目を使わないというのが肝心で、1時間ぐらいして10分ほど、休むとか、横になるとかしたほうがいいですね。それに比べてもっと大切なのはゲームや読書に夢中になってはまってしまうことないよう自己コントロールすることですね。

男の人は視力を保護のために何が一番大事だと言っていますか。

1　長い時間目を使うことを控えることです

2　携帯を見るのをやめることです

3　目の病気、栄養の不足による発病を避けることです

4　本を読んだり、テレビを見ることを減らすことです

▶正解：1

解題關鍵句：それに比べてもっと大切なのはゲームや読書に夢中になってはまってしまうことないよう自己コントロールすることですね。

5番 大学四年生の二人が話しています。男の人が今一番したい事はなんですか。

女：渡辺君、就職決まったの？　有名企業に何回も面接に行ってたんじゃないの？

男：いや、最近は面接諦めているよ、進路が変わったというか。

女：え、何で？

男：うちの親父、二か月前から脳出血で入院したんだよ、母に手伝って父の世話をしながら、いろいろ考えたんだ。

女：お父さんの病気の世話をする？

男：うん、それもあるけど、面接の時、聞かれたのがあるんだ、人生の夢は何かって、正直僕、真剣に考えたことないんだよ、将来の計画なり何なり、それでそこからスタートしようと決めた。

女：でも、何もしないって言うのも。

男：いや、オヤジの店を当分受け継ぐことにした。

男の人が今一番したい事はなんですか。

1　お父さんの病気の世話をする

2　面接を諦めて、進路を変える

3　人生の目標を考える

4　お父さんの店を受け継ぐ

▶正解：3

解題關鍵句：人生の夢は何かって、正直僕、真剣に考えたことないんだよ、将来の計画なり何なり、それでそこからスタートしようと決めた。

第九回

6番　会社の人たちが話しています。店の客が少なくなった理由は何ですか。

男：千葉さん、昼私たちよく行っていた店行ってきたけど、客結構少なくなっていたよ。

女：え、そうですか？　先月も賑わっていましたけど、席待つにも30分かけたりして。社長が変わったかな？

男：多分社長とは関係ないと思うよ。近年売上高くなって本社でも受けられていたみたいだから。

女：値段の問題かな、ほら、定食が100円高くなったでしょう。

男：その代わりデザートをサービスしてもらうんだから。

女：なるほど、そうだ、営業部の大谷君が先週行ったけど、味が濃くなったって言ってました。

男：ああ、それね、きっと。

店の客が少なくなった理由は何ですか。

1　席を待つのに長い時間かかるから

2　社長が変わったから

3　値段が上がったから

4　コックが変わったから

▶正解：4

解題關鍵句：<u>営業部の大谷君が先週行ったけど、味が濃くなったって言ってました。</u>

問題4では、問題用紙に何も印刷されていません。まず、文を聞いてください。それから、それに対する返事を聞いて、1から3の中から、最もよいものを一つ選んでください。

1番　田中君、新製品の説明会、なかなかできてたじゃないか。

1　え？　そんなにまずかったんですか。

2　褒めていただいて自信もっと出ましたね。

3　できるだけ頑張ります。

▶正解：2

2番　オリエンテーションの準備急げよ、さぼってたんじゃない？

1　はい、あともう一息です。

2　急いでも無理だっけ。

3　準備をしなくて困っています。

▶正解：1

3番　木村さん調子悪くて早退したみたいだけど。

1　それでどうなったの？

2　大丈夫かな。

3　早退してもいいかな？

▶正解：2

4番　森君、この企画書、書き直し終わった？

1　はい、今すぐお持ちします。

2　書き直すのに時間がかかりそうですから。

3　いつ終わるか分かりませんが。

▶正解：1

5番 **優ちゃん、シャワーして片付けなさいって言ったじゃん。**

1　そんなはずがないよ。

2　ごめん、いつも忘れちゃうんだ。

3　シャワーは気持ちいいね。

▶正解：2

6番 **吉田君なくして、今回の入札は成功できなかったはずよ。**

1　いいえ、みんなで頑張ったおかげです。

2　次回みんなでやってもいいですね。

3　成功したくてやったんですから。

▶正解：1

7番 **いつからともなしに、今の開発の仕事が好きになってきてね。**

1　とうとう好きになりましたね。

2　好きでやること、それにましたことはないですね。

3　それで今も続けているんですね。

▶正解：2

8番 **今年は例年になく、売上が上昇している、よく頑張ったね。**

1　これからも引き続き力を尽くします。

2　よく頑張りました。

3　売上が上昇してよかったですね。

▶正解：1

9番 **熊野さん、コピーした資料どこにあったっけ？**

1　あ、資料ないんですか。

2　あそこに置いたって言いましたけど。

3　あ、今すぐ探します。

▶正解：3

10番 **牧野さん、向こうの社長から電話かかってきたら繋げてくれる？**

1　電話が本当にかかってきますよね。

2　わたしも後でちょっと用事があるんですけど。

3　はい、かしこまりました。

▶正解：3

11番 **仕事も大事だけど、体を崩さないようにしてよ。**

1　はい、気をつけます。

2　最近は暇がないんですよ。

3　そんなことありませんよ。

▶正解：1

12番 **小野くん、さっきの会議でちょっとひどいことを言ったけど、気にかけないでよ。**

1　ひどいとは思いましたね。

2　確かにわたしの過ちでしたから、あたりまえです。

3　まあ、仕方ないですね。

▶正解：2

13番 **このリストはいつのものかはっきり示さないとだめだよ。**

1　いつリストを示してほしいですか。

2　このリストだめですか。

3　すみません、やり直します。

▶正解：3

14番 **今日の演出、ストーリーが感動的で、よかったね。**

1　うん、ストーリーが聞きにくかったよ。

2　うん、涙が出るぐらいだった。

3　うん、感動を受けてよかったね。

▶正解：2

問題5では、長めの話を聞きます。この問題には練習はありません。メモを取ってもかまいません。

1番、2番

問題用紙に何も印刷されていません。まず、話を聞いてください。それから質問と選択肢を聞いて1から4の中から、最もよいものを一つ選んでください。

1番 **男の人と女の人が話しています。**

男：鈴木さん、うち結婚10周年になるんだけど、何かいいアイデアない？

女：そうですか。私だったらジュエリーが好きで、夫からもらったら、うれしいんですけど……

男：それがね、去年ネックレス送ったけど、男はみんな怠け者かと言われてね、毎年イヤリングだの、指輪だので飽きちゃったかも。

女：それはありますね。うん、最近はなんか新婚旅行の時行ったところを訪ねるイベントが流行っているらしいんです。「思いでめぐり――あそこに戻ろう」ってテレビ番組もでたかな。

男：新婚旅行か、けっこうロマンチックな感じがするんだね、うちはハワイへ行ってたんだ。

女：いいですね、ハワイ、今頃だとそんなに暑くもないし、いいんじゃんないですか。

男：そうだ、妻が4ヶ月前に骨折したことがあって、今はなんとか歩けるけど、旅行はたぶん無理だろうな、それも海外は……

女：そうですね、ジュエリーも思いでめぐりも奥さんと相談してからではどうですか。

男：やっぱり本人の意志によるものだね。

男の人は結婚記念日にどうしますか。

1　妻にジュエリーをあげます

2　妻にネックレスをあげます

3　妻の考えを聞きます

4　妻とハワイへ行きます

▶正解：3

解題關鍵句： そうですね、ジュエリーも思いでめぐりも奥さんと相談してからではどうですか。
やっぱり本人の意志によるものだね。

第九回

2番　男の人と女の人が話しています。

女：山下英子さんの講演行ってきたけど、感銘深かったわ。「簡潔で、節約的」なライフスタイル、いいね。

男：それって何？

女：必要でない購買や消費をやめて、余った生活用品は捨て、品物に対する欲望を控えるようにって。

男：わたしも普段買い物して帰ってみたら、そんなに必要だって思わないものを買い入れて今ときたら部屋の中が狭くなって困っているのよ。

女：例えば、長年使った生活用品とか、服もそうだけど、もう使わなくても家の中にずっと置きっぱなし、片付けるのもめんどうになってきて、気持ちもダウンしたりすることがあるんじゃない？

男：そうよ、今日は片付けよう、明日はぜひやろうって思ってもなかなか始まらないよね。

女：それを山下さんは職場とも結びつけて、生活態度が仕事の態度に影響するからまずそこから直しなさいって言うのよ。

女の人は何が仕事の態度に影響すると言っていますか。

1　片付けがうまくできない

2　品物に対する欲望を控えない

3　必要と思わないものを買い入れる

4　長年使った生活用品とか服を家の中にずっと置いている

▶正解：1

解題關鍵句：片付けるのもめんどうになってきて……それを山下さんは職場とも結びつけて、生活態度が仕事の態度に影響するからまずそこから直しなさいって言うのよ。

3番　まず話を聞いてください。それから二つの質問を聞いて、それぞれ問題用紙の1から4の中から最もよいものを一つ選んでください。

1番　男の人と女の人が話しています。

男：今回お宅の内装を承ることになりました。何か具体的なご希望とかございますか。

女：家全体のカラーは薄い緑にして、玄関をもとより大きくしてください。子供の部屋は男の子だから、ブルーにしたいと思いますが。

男：分かりました。窓はどうなさいますか。

女：客間の窓をもとの二倍にしてください。壁が小さく見えるんじゃないかな？

男：材料とかについてはどうお考えですか。

女：子供の部屋は環境にやさしい材料を使ってください。価格は予算を少し過ぎてもかまいません。

男：お子さんが研修から帰る前に終わらせたいとおっしゃっていましたけど、ご心配なく、ぜひ時間通り終わらせます。

女：それより、僕の部屋勝手に変えないでって怒られるじゃないかって。

質問1　女の人は今何が一番気になるのですか。

1　子供の部屋の改装

2　子供が怒り出すこと

3　窓の大きさを変えること

4　材料の価格

▶正解：2

解題關鍵句：それより、僕の部屋勝手に変えないでって怒られるじゃないかって。

質問2　内装で変わらないのは何ですか。

1　家全体のカラー

2　玄関の大きさ

3　子供の部屋の大きさ

4　客間の窓の大きさ

▶正解：3

解題關鍵句：家全体のカラーは薄い緑にして、玄関をもとより大きくしてください。
客間の窓をもとの二倍にしてください。

全真模擬答案解析
第十回

★ 言語知識（文字・語彙・文法）・読解

★ 聽解

第十回

言語知識（文字・語彙・文法）・讀解

問題1

1 答案：3
譯文：有時候否認權威反而能提升自己在對方眼中的價值。
選項1　告示（こくじ）：告示
選項2　工事（こうじ）：工程
選項3　固辞（こじ）：堅決推辭
選項4　隠し（かくし）：隱藏

2 答案：1
譯文：沒有實力的自戀狂想用一種頹廢的形式獲得他人的認可。
選項1　是認（ぜにん）：認可，承認
選項2　互角（ごかく）：水準相當，勢均力敵
選項3　入念（にゅうねん）：細心，精細
選項4　渋滞（じゅうたい）：停滯；堵塞

3 答案：1
譯文：多虧了橋本選手大顯身手，我們的隊伍才終於擺脱了窘境。
選項1　逃れる（のがれる）：逃跑，逃脱
選項2　離れる（はなれる）：離開
選項3　逸れる（それる）：偏，脱離
選項4　免れる（まぬがれる）：避免，逃避

4 答案：2
譯文：這一帶沒有任何遮擋視線的東西。
選項1　妨げる（さまたげる）：妨礙，阻礙
選項2　遮る（さえぎる）：阻擋，遮擋
選項3　狭める（せばめる）：縮小，縮短
選項4　隔てる（へだてる）：隔開，相隔

5 答案：4
譯文：車站前的商店生意都很興隆。
選項1　敏捷（びんしょう）：敏捷
選項2　便乗（びんじょう）：搭順風車；趁機

選項3　反照（はんしょう）：反光
選項4　繁盛（はんじょう）：興隆，繁盛

6　**答案：4**
譯文：萬事開頭至關重要。
選項1　単身（たんしん）：孤身一人
選項2　関心（かんしん）：關心，感興趣
選項3　炭塵（たんじん）：煤塵
選項4　肝心（かんじん）：非常重要

問題2

7　**答案：4**
譯文：在今後的社會，一味地去沿襲已有的成功模板是行不通的，需要想方設法不斷創新。
選項1　拘束（こうそく）：束縛，制約
例 内規に拘束される。／受內部規章制約。
選項2　撤廃（てっぱい）：取消，撤銷
例 輸入制限を撤廃する。／取消進口限制。
選項3　裕福（ゆうふく）：富裕
例 裕福に暮らす。／生活富裕。
選項4　踏襲（とうしゅう）：沿襲
例 前の方針を踏襲する。／沿襲以前的方針。

8　**答案：2**
譯文：對公司的現狀和將來抱有很大的期待，公司的經營、上司都很有魅力。
選項1　フレームワーク：框架，組織
例 フレームワーク・グルーフ／體制研究小組
選項2　ビジョン：理想，視野
例 21世紀のビジョン／21世紀的前景
選項3　ボトルネック：瓶頸，生產活動及文化活動中妨礙整體順利進行與發展的要素
例 ボトルネックインフレーション／瓶頸式通貨膨脹
選項4　モチベーション：動力
例 モチベーション・リサーチ／購買動機調查

9　**答案：1**
譯文：尋求建立與地方實情相符合的醫療系統。

選項1　実情（じつじょう）：實情，真實情況
例 実情を報告する。／報告實情。
選項2　実況（じっきょう）：實況，事物正在進行的實際狀況
例 被害地の実況を報道する。／報導受災地區的實況。
選項3　実権（じっけん）：實權
例 政治の実権を握る。／掌握政治實權。
選項4　実在（じつざい）：實際存在
例 実在の人物／實際存在的人物

10 **答案：4**
譯文：據説那位選手是十年一見的奇才。
選項1　玄人（くろうと）：內行，行家
例 玄人顔負け。／連行家也相形見絀。
選項2　大家（たいか）：大家，某方面特別優秀的人
例 書道の大家／書法大家
選項3　巨匠（きょしょう）：巨匠，指在技藝、藝術等方面有卓越成就的人
例 画壇の巨匠／畫壇巨匠
選項4　逸材（いつざい）：具有卓越才能的人
例 角界の逸材／相撲界的奇才

11 **答案：3**
譯文：日語已經學了1年了，但是説得還不流利。
選項1　だぶだぶ：（衣服等）過於寬大不合身
例 ズボンがだぶだぶになる。／褲子會變得鬆垮垮。
選項2　つるつる：光滑
例 つるつるした肌／光滑的皮膚
選項3　すらすら：流暢
例 すらすらと答える。／流利地回答。
選項4　へとへと：筋疲力盡
例 へとへとに疲れる。／累得筋疲力盡。

12 **答案：2**
譯文：請對方和我們合作，但是卻被委婉拒絕了。
選項1　しんなり：柔軟，軟
例 野菜をしんなりさせる。／使蔬菜變軟。
選項2　やんわり：委婉地
例 やんわりと断る。／委婉拒絕。
選項3　うんざり：徹底厭煩

例 雨続きでうんざりだ。／陰雨連綿，讓人很厭煩。

選項4　ひんやり：感到寒意

例 ひんやりとした高原の空気／冰冷的高原空氣

13　**答案：3**

譯文：交涉進展順利，就這樣簽約了。

選項1　淑やか（しとやか）：端莊，嫻靜

例 淑やかなお嬢さん／端莊文靜的姑娘

選項2　しなやか：溫柔，柔順而優美

例 しなやかな物腰／溫柔的態度

選項3　円滑（えんかつ）：順利，順暢

例 交渉が円滑に運ぶ。／談判順利進行。

選項4　性急（せいきゅう）：急躁，急性子

例 性急に結論を出す。／過早下結論。

問題3

14　**答案：2**

譯文：這次研修會的與會人員很少。

考 點　まばら：稀，稀疏

選項1　多

選項2　少

選項3　認真

選項4　不認真

15　**答案：1**

譯文：昨天一整天天氣都是陰沉沉的。

考 點　どんより：陰沉沉

選項1　陰沉昏暗

選項2　晴朗

選項3　颳風且涼爽

選項4　下雨且悶熱

16　**答案：3**

譯文：父親每天早上都會仔細地閱讀報紙。

考 點　丹念（たんねん）：細心，仔細

選項1　朦朧，模糊

選項2　瞥見

選項3　仔細地，慢慢地
選項4　簡略地，不仔細地

17　**答案：2**
譯文：最近工作進展順利。
考 點　捗る（はかどる）：進展順利
選項1　比預想的慢
選項2　順利推進
選項3　逐漸減少
選項4　急劇增加

18　**答案：4**
譯文：經過討論後，我們決定暫緩這個計畫。
考 點　見合わせる（みあわせる）：推遲，暫緩
選項1　同意
選項2　實施
選項3　變更
選項4　中止，暫緩

19　**答案：1**
譯文：雨下得太大，比賽不得不延期舉辦。
考 點　やむをえず：不得已，無奈
選項1　不得已，沒辦法
選項2　不久
選項3　意想不到地
選項4　無限地

問題4

20　**答案：2**
譯文：不要那樣固執己見，我覺得坦誠地道歉比較好。
考 點　意地（いじ）：意氣用事
選項1　替換為：意思（想法，打算）
選項2　正確選項
選項3　替換為：意図（意圖）
選項4　替換為：意志（意志）

21　**答案：1**
譯文：有了兩年的職涯空窗期，我心裡很擔心，不過從上個月開始我又開始工

作了。

考 點　ブランク：空窗期

選項1　正確選項

選項2　替換為：ブレイク（休息）

選項3　替換為：真っ白（空白）

選項4　替換為：削除（刪除）

22　**答案：1**

譯文：為了發展新事業，需要籌措資金。

考 點　調達（ちょうたつ）：籌措

選項1　正確選項

選項2　替換為：調べた（查找）

選項3　替換為：取得（取得，獲取）

選項4　替換為：調査（調查）

23　**答案：1**

譯文：學校和地區聯手，保證學生的安全。

考 點　連携（れんけい）：聯合，協作

選項1　正確選項

選項2　替換為：共有（共有）

選項3　替換為：連動（聯動）

選項4　替換為：持参（帶著，攜帶）

24　**答案：2**

譯文：將鞋帶綁緊，以免鬆開。

考 點　解ける（ほどける）：解開，鬆開

選項1　替換為：緩んで（鬆動）

選項2　正確選項

選項3　替換為：外れて（鬆開）

選項4　替換為：融けた（融化）

25　**答案：4**

譯文：若要成功，需要每天努力，不可懈怠。

考 點　怠る（おこたる）：懈怠，怠慢

選項1　替換為：さぼって（怠工，翹課）

選項2　替換為：作らずに（沒有做）

選項3　替換為：厭わずに（不嫌棄，不辭）

選項4　正確選項

問題5

26 **答案：2**

譯文：不正當交易一事被查明後，參與此交易的公司董事不得不集體辭職。

選項1 「～を禁じ得ない」表示「禁不住……」、「不禁……」。

例 涙を禁じ得ない。／不禁落淚。

選項2 「～を余儀なくされる」表示「不得不……」。

例 壊疽を認める場合は切断を余儀なくされる。／一旦確認有壞死的情況，就必須切除。

選項3 「～には及ばない」表示「沒有必要……」、「不需要……」。

例 遠慮するには及ばない。／不必客氣。

選項4 「～にあずかる」表示「承蒙……」。

例 お招きにあずかりありがとうございます。／承蒙邀請，不勝感激。

27 **答案：2**

譯文：正是為孩子著想，才讓孩子自己負擔留學的費用。

選項1 「名詞／動詞の連用形＋がてら」表示「順便……」。

例 客を駅まで送りがてら、買い物をしてきた。／送客人到車站，順便買東西。

選項2 「活用語の仮定形＋ばこそ」表示強調，意為「正因 ……才……」。

例 彼女の働きがあればこそ、計画が順調に進んでいるのだ。／正因為有了她的努力，計畫才會如此順利。

選項3 「動詞のた形＋まで」表示「只是……」、「……而已」。

例 当然のことをしたまでだ。／只是做了該做的事情。

選項4 「思うがまま」表示「隨心所欲」。

例 この世は人の思うがままだ。／在這個世界，人們可以隨心所欲。

28 **答案：2**

譯文：為了弄清病毒的感染途徑而展開了調查。

選項1 「まじ」是文語中的助動詞，相當於「まい」。表示否定的推測或禁止。

例 原爆許すまじ。／不允許使用原子彈。

選項2 「動詞の辞書形＋べく」表示目的，意為「為了……」、「想要……」。

例 彼女を見舞うべく病院を訪ねた。／為了探望她去了趟醫院。

選項3 「～はおろか」一般接在體言後面，表示「別說……」、「不用說……就連……也」。

例 彼は進学はおろか、食うにも困っている。／別說升學了，他連吃飯都成問題。

選項4　「動詞の辞書形＋べからず」表示禁止，意為「禁止……」、「不要……」。

例 危険！工事中につき、立ちいるべからず。／危險！施工中請勿進入。

29　**答案：1**

譯文：今年很不景氣，沒拿到獎金，但好在還能領到薪水。

選項1　「用言の連体形＋だけましだ」表示雖然情況不是太理想，但比起更加糟糕的情況，還算勉強說得過去，意為「幸好……」、「好在……」。

例 財布をとられたが、パスポートが無事だっただけましだ。／雖然錢包被偷了，但還好護照沒被偷走。

選項2　「動詞の辞書形＋までのことだ」表示某事不成也無妨，還有比較容易的做法，意為「（大不了）……就是了」。

例 壊れたら修理するまでのことだ。／壞了拿去修一下就是了。

選項3　「体言／用言の連体形＋かいがある」表示得到期待的結果，付出有所回報。

例 コンクールで優勝したなんて、一日も休まずに練習した甲斐があったね。／比賽獲得了冠軍，是這些日子不眠不休堅持練習的回報。

選項4　「～ほどではない」表示「沒有達到……程度」。

例 A：日本語お上手ですね。　B：いいえ、それほどではないですよ。／A：你日語真好啊。　B：沒有沒有，沒有那麼好。

30　**答案：3**

譯文：在倉庫的角落裡，發現了沾滿灰塵的舊玩偶。

選項1　「名詞＋ぐるみ」表示「整體全部」。

例 村ぐるみ南米に移住した。／全村移居到了南美。

選項2　「名詞＋がらみ」表示「包括……在內」。

例 風袋がらみの重さ／毛重（含包裝的總重量）

選項3　「名詞＋まみれ」表示「沾滿……」。

例 汗まみれのシャツ／沾滿汗水的襯衫

選項4　「名詞＋ずくめ」表示「清一色」。

例 この学校は規則ずくめで、嫌になってしまう。／這個學校規矩太多，讓人生厭。

31　**答案：4**

譯文：在友人家裡吃到的菜是只有家常菜才有的樸素味道。

選項1　「名詞＋めく」表示「像……的樣子」、「像……那樣」。

例 謎めいた事件が次々と起こり、近所の住民たちは不安を隠せない。／謎樣的事件相繼發生，附近的居民難掩不安。

選項2　「名詞＋の＋ごとき」表示「如……」、「就像……」。

例 彼女は白百合のごとき乙女であった。／她是個白百合花般的少女。

選項3　「動詞、形容詞の連体形／名詞＋ばかりか」表示「不僅……而且……也」，和「だけでなく」的意思基本相同。

例 考えがあまいばかりか、やり方にも問題がある。／不僅想法不成熟，而且做法也有問題。

選項4　「体言＋ならではの」表示「只有……」。

例 ふるさとならではの味わいだ。／只有在故鄉才嚐得到的味道。

32　**答案：1**

譯文：居民反對建設新水庫的呼聲也非常高，國家即使不停止計畫，也不得不重新進行考量吧。

選項1　「～ないまでも」表示「雖然沒有……但至少……」。句末多為表示義務、意志、命令、希望等的表達方式。

例 毎日とは言わないまでも、週に二、三度は掃除をしようと思う。／即使不能每天打掃，但我想至少也要每週打掃兩三次。

選項2　「～言うまでもなく」表示這是大家都知道的事，沒有必要再說。

例 私などが言うまでもなく、彼の絵は素晴らしいものである。／不用我說，（大家都知道）他的畫十分好。

選項3　「～言うに及ばず」表示「……自不必說」。

例 国内は言うに及ばず、世界的にも有名な映画監督だ。／國內自不必說，他作為電影導演在世界上也很有名。

選項4　誘答選項，不符合題意，可排除。

33　**答案：4**

譯文：要是開發新住宅區的話，除了這個地方沒有更好的選擇。

選項1　「名詞＋はおろか」表示「別說……」、「不用說……」。

例 掃除はおろか、布団を上げたこともない。／不要說大掃除了，連被子都沒疊過。

選項2　「名詞＋ときたら」表示前項提起一個話題，後項對此進行評價，意為「提起……來」、「要說……」。

例 あいつときたらどうしようもない。／說起那傢伙，真拿他沒辦法。

選項3　「名詞＋にそくして」表示「根據……」、「以……為準」。

例 現実に即して考える。／根據實際情況加以考慮。

選項4　「名詞＋をおいて」表示限定，意為「除了……之外，（沒有）……」。

例 彼をおいて、この仕事を任せられる人間はいないだろう。／除了他之外，大概沒人能夠勝任這份工作。

34 答案：4

譯文：這個精密儀器很怕水，一旦沾到水就完了。

選項1　「かかって当たり前だ」表示「當然可以沾水」，不符合題意。

選項2　「かかろうとも平気だ」表示「沾了水也無所謂」，不符合題意。

選項3　「かかるぐらいのことだ」表示「不過就是沾到一點水而已」，不符合題意。

選項4　「動詞の仮定形＋ばそれまでだ」表示假定條件，意為「……的話就完了」。

例 どんなに美しい花でも、散ってしまえばそれまでだ。／無論多美的花，一旦凋零也就不再美麗了。

35 答案：3

譯文：（她）放聲歌唱，仿佛希望歌聲可以衝破雲霄，直達天際。

選項1　「～っぱなし」前接動詞ます形。表示本該做的事情卻不去做，放任其保持原樣。

例 ゆうべはテレビを付けっぱなしで寝てしまった。／昨晚開著電視就睡著了。

選項2　「～ところが」表示逆接，可譯為「結果……」、「然而……」。

例 問題はやさしかった。ところが、時間が足りずに全部は解けなかった。／題目很簡單，然而由於時間不夠所以沒能全部寫完。

選項3　「～とばかりに」前接常體句，表示由對方的動作推測對方的心理活動，意為「好像在説……」、「看上去像……」。

例 あの子はお母さんなんか嫌いとばかりに、家を出て行っちゃった。／那個孩子離家出走了，好像在以行動表示討厭媽媽。

選項4　「～ながらも」表示「儘管……卻……」。

例 彼はまだ小さいながらも、きちんと挨拶する。／他雖然還小，但能得體地打招呼。

問題6

36 答案：1

原句：いったん仕事を引き受けた3 からには　4 責任感の強い　1 彼の性格　2 からして最後までやり通すに違いない。

譯文：一旦接下工作，從他責任感很強的性格來看，他一定會堅持做到最後的。

第十回

解析：「～からには」可與「いったん」搭配使用，表示「一旦（既然）……就要……」。「～からして」表示「從……來看（判斷）」，用在名詞後。答題時可先將選項1、選項2結合再進行排序。

37 答案：1

原句：ちょっと考えれば、さっきの話が冗談2 だって　4 ことくらい　1 分かるだろう　3 に、単純な彼は簡単に信じてしまった。

譯文：明明只要稍微想一想就能知道剛才的話是開玩笑的，單純如他居然輕易地相信了。

解析：此處句型「～だろうに」表示「明明……」。基本相當於「のに」。答題時可先將選項1、選項3結合再進行排序。

38 答案：2

原句：こんな田舎でも、4 恐ろしい犯罪が　1 ない　3 とも　2 かぎらないよ。気をつけてください。

譯文：即便是在這種鄉下地方，也可能發生可怕的犯罪事件，還是小心一點吧。

解析：「～ないとも限らない」意為「可能」、「說不定會」，解題時可先將選項1、選項3、選項2結合再進行排序。

39 答案：2

原句：3 人は　4 生まれ　2 ながら　1 にして、ものを創るという能力をもっています。

譯文：人生來就有創造力。

解析：「～ながら（に）」意為「保持……的狀態」，前接動詞連用形或名詞，所以可以將選項4、選項2、選項1結合後再進行排序。

40 答案：4

原句：主催者は「1 参加者　3 双方の交流を　4 深めることを　2 通じて、国の内外に友好の輪を広げていかれることを期待しております」とあいさつした。

譯文：主辦人在致辭中說：「透過加深參加者的交流，（我們）期待能進一步促進國內外的友好發展。」

解析：「～を通じて」表示「透過」。答題時可先將選項3、選項4、選項2結合再進行排序。

問題7

41 答案：3

選項：1 沒有意識到……的人　2 無法意識到……的人
3 意識到……的人　　　4 應該意識到……的人

譯文：意識到「時間有使用方法」的人，就會想到「是不是自己的工作方法出了錯？」、「如果換一種方法，是不是可以縮短時間？」

解析：只有已經意識到「時間有使用方法」的人才會進行反思，所以選項1、選項2、選項4都可排除，選項3為正確答案。

42 **答案：1**

選項：1 如果……　2 比起……　3 不……　4 即使不能……

譯文：只要肯花心思，就能找到更有效率的工作方法。

解析：根據前後文，此處應為肯定的假定條件，所以選項1是正確答案。

43 **答案：4**

選項：1 總之　2 反倒　3 要不然　4 其中

譯文：其中，可能會有人認為是自己不夠努力。

解析：結合上文文脈，「中には」承接上段「『時間には使い方がある』と気づいていない人」，指「沒意識到時間有使用方法的人們」。

44 **答案：1**

選項：1 一直……下去　　2 嘗試做了……
3 一直……下去嗎　4 嘗試做……了嗎

譯文：不去想辦法，卻歸因於「毅力論」，一直逼迫自己應該再努力一點。

解析：「～ていく」表示某一動作或作用一直持續下去。首先從上下文可以判斷出，該句不是疑問句，因此選項3、選項4可排除。其次，選項2的時態也不正確。所以正確答案為選項1。

45 **答案：2**

選項：1 變得不會……吧　2 變得不會……
3 不會……嗎　　　4 應該不會……

譯文：如果認定「自己工作能力差」，那麼就真的會失去工作能力。

解析：「～てしまう」表示動作的完成，也可表示令人惋惜的、不如意的結果。「仕事ができなくなってしまう」就是一種不如意的結果。所以正確答案是選項2。

問題8

46 **答案：3**

解析：由解題關鍵句「まずは自分の生活を不足のないものにするための対価として、労働をする」可知，選項3為正確答案。

47 答案：3

解析：解題關鍵句是「その機器に必要なものを真に知っているのは使用者である医師たちだ」、「現実に根差した、ごく実用的なひらめき、発想力が求められる」，所以正確答案為選項3。

48 答案：4

解析：目前的課題是「いくら情報を発信しても相手に届かなければ意味がない。情報が届くには、発信メディアが日頃から外国人住民に広く認知され、信頼されるものになっていなければならない」，所以選項4是正確答案。

49 答案：3

解析：「知覚の選択性」是指知覺主體由於主觀因素無意識選擇資訊的行為。4個選項中只有選項3「車の免許を取ると、それまで目に入らなかった道路標識の存在に気がつくこと」是根據主觀需要而選擇的資訊，所以選項3是正確答案。

問題9

50 答案：3

解析：由「肝心なのは、常にご飯が主食だということです」可知，正確答案為選項3。

51 答案：3

解析：由「私たち専門家は今、和食に対して危機感を持っています。なぜなら、和食を食べない日本人が増えているからです。さらに、家族別々に食事をする『孤食』や家族が別々の料理を食べる『バラバラ食い』なども問題です」可知，文中認為現代日本的問題在於膳食內容以及家庭用餐方式發生了變化，所以選項3為正確答案。

52 答案：4

解析：最後一段的「一つの国にいながら世界各国の料理が食べられるのは幸せなことです。でも、それは日本人の根幹である和食の良さをきちんと分かっていることが前提でしょう」、「和食の良さをきちんと分かっている人がいることが肝心であり、それを礎に次の世代へ継承していくことが大事だ」為解題關鍵句。由此可知，正確答案為選項4。

53 答案：1

解析：從第一段「家の出現は、人々の日々の暮らしに安らぎといこいをもたらす」、「家族の絆もさぞ強まったことだろう」中可知，正確答案為

選項1。選項2的情況在「家」出現之前也存在，選項3、選項4在文中沒有提及。

54 答案：3
解析：由前文「今の自分が昔の自分と同じことを、昔の自分が今の自分まで続いていることを、確認したのではあるまいか。自分はずっと自分である」可知，選項3「過去の自分が今の自分へと途切れることなくつながっている」與前文「昔の自分が今の自分まで続いている」意思一致，為正確答案。選項1「先祖」、選項2「不變的性格和特徵」、選項4「過去的經驗」與本題沒有關聯。

55 答案：1
解析：本題答案就在最後一段。解題關鍵句為「人間の自己確認作業を強化する働きをした。このことが家というものの一番大事な役割なのかもしれない」，作者認為「家」最重要的作用就是能夠讓人類確認自身的存在，所以選項1為正確答案。

56 答案：2
解析：由第一段可知，「逆演算」的情況與遵循時間順序或因果關係的普通情況正好相反。根據「まず具体的にどんな失敗が起こるかという結果を思い浮かべて」可知，正確答案為選項2，即最開始就要考慮接下來最可能會發生什麼樣的失敗。

57 答案：1
解析：從前文「しかし、この方法では起こり得るすべての可能性を、同じような価値のものとして検討していかなければならないので、莫大な作業が必要となり」來看，作者認為預測出所有失敗的可能性是一件不可能完成的浩大工程，即「予想しきれない」，所以正確答案為選項1。

58 答案：4
解析：根據最後兩段的關鍵句「最初に具体的な結果を想定して、そこから遡って原因を考える」、「真っ先に自分が一番避けたい大きな失敗をピックアップする」、「まず重大な失敗を想定し、それが起こり得る状況をつぶさに検討する」可知，「失敗への対処法」應該是事先設想最該避免的失敗，在此基礎上思考原因，所以選項4為正確答案。

問題10

59 答案：1
解析：只有選項1與下文「丁重に扱われることによって、学生はじぶんたち

第十回

のほうがえらいのだ、という錯覚におちいる」意思相近。選項2、選項4在文中沒有提及。且此處討論的不是「情報」而是「心がまえ」，所以選項3也可排除。

60 **答案：3**

解析：「ワナ」的中文意思是「圈套」，也就是選項3「落とし穴」，且聯繫後文中出現的「ひっかかった」，即可排除其他選項。

61 **答案：2**

解析：本文中的「大成する」指成為具有「すばらしい取材能力」的優秀記者。而作者認為，「不当な自負心をもち、尊大になりがち」是影響「取材結果」、阻礙「大成する」的主要因素。所以選項2為正確答案。

62 **答案：2**

解析：由「柔和で、謙虚な人々」、「人に話を聞くにあたっての基本的な作法、つまり、謙虚さを人がらの中に備えている」、「なんらかの形で感謝のこころをあらわす」可知，選項2為正確答案。

問題11

63 **答案：4**

解析：文章A的最後一段和文章B的第一段都明確提到「消費に関する教育」，所以正確答案是選項4。選項1只有文章B中涉及，選項2、選項3只有文章A中涉及。

64 **答案：4**

解析：由文章A中的「若者が不当な契約を結ばされたり、身に覚えのない商品の請求を受けるなどの被害に遭わないためにも、消費に関する教育を早く始めてもらいたいものだ」以及文章B中的「しかし、これは中学校で教えるべき内容だとは思えない」可知，文章A的立場是「好意的」，文章B的立場則是「批判的」，所以選項4為正確答案。

65 **答案：3**

解析：從文章B中「実際に中学校卒業後すぐに社会人になる者は少ない」、「中学校で学ぶべき大切なことは他にもたくさんある」、「早期の消費者教育は、まず普段の生活の中で行われるべきで、各家庭で一番身近な親から教えられ学ぶことが最善の方法ではないだろうか」等表述可知，作者認為有比「中学校」更適合進行消費者教育的場所。所以正確答案是選項3。

問題12

66 **答案：2**

解析：解題關鍵句為「親が自分の子どもの幸福について考えるとき、どうしても、自分の子どもが社会的に優位な地位につくことがそれに直結するという考えに傾くので、子どもに知識のつめ込みを強いることになる」，所以選項2為正確答案。

67 **答案：3**

解析：從上一段中可以找到答案。解題關鍵句為「できるだけ多くの知識を効果的に吸収させようとする」和「『正答』がきまっている問題をできるだけ早く解く訓練をする」，選項3所表達的內容與關鍵句一致，所以是正確答案。

68 **答案：2**

解析：由前文「『自然』の成長を歪まされている子どもたち」、「『自然』なのだから、何も工夫はいらないようなのだが、その点について考えたり、工夫したりしなくてはならないところに、現代の教育の難しさがある」可知，正確答案為選項2。

69 **答案：4**

解析：結合第三段和第四段內容可知，正確答案為選項4。此外，孩子成長的責任不只在於家長，也不能完全拜託家長，因此可以排除選項1。促使孩子自然成長的有效教學法已經被研究出來了，因此可以排除選項2。「子どもが育つ家庭を客観的に評価し研究していくこと」不會剝奪孩子的個性，「多くの知識を効果的に吸収させようとすること」才有可能，因此可以排除選項3。

第十回

問題13

70 **答案：2**

解析：選項1「子供の医療問題」、選項3「若者の住環境」都不符合徵文主題「少子化社会における労働」，故排除。另外，選項4「7,000字」不符合「総字数は8,000字以上12,000字以内」的要求，也可排除。所以選項2為正確答案。

71 **答案：3**

解析：根據原文，「審査結果」會在「当社ホームページにて1月16日（木）正午に発表します」，即1月下旬透過主辦方的官方網站進行結果公示。所以符合要求的只有選項3。

聴解

問題1では、まず質問を聞いてください。それから話を聞いて、問題用紙の1から4の中から、最もよいものを一つ選んでください。

1番 男の人と女の人が電話で話しています。女の人はこのあとすぐ何をしますか。

男：あ、もしもし。高橋だけど。

女：おつかれさまです。佐藤です。

男：今、仕事が終わってこれからそっちに戻るんだけど、何か変わったことはなかった？

女：あの、お客様の藤田さんという方とサニー銀行の鈴木さんからお電話がありまして、課長が戻られたら折り返しご連絡するとお伝えしました。

男：鈴木さんは振込の件だな……悪いんだけど、至急、会計課に行って、振込の記録を確認してもらえるかな？

女：はい。あの、藤田さまも早めに連絡がほしいとのことでしたが。

男：分かった。藤田さんにはこちらからすぐ電話するよ。

女：分かりました。振込の件は、確認でき次第、課長にお電話すればよろしいでしょうか。

男：ああ。頼むよ。

女：はい。それでは、また後ほどご連絡します。

女の人はこのあとすぐ何をしますか。

1 銀行でお金を振り込む

2 鈴木さんに電話する

3 藤田さんに連絡する

4 会計課に行く

▶正解：4

解題關鍵句： 至急、会計課に行って、振込の記録を確認してもらえるかな？振込の件は、確認でき次第、課長にお電話すればよろしいでしょうか。

2番 娘と父親が話しています。父親はこのあとまず何をしますか。

娘：お父さん、まだ寝ないの？

父：うん。高校の同窓会の幹事になっちゃって、みんなに出す案内状を用意してるんだ。

娘：一枚一枚手で書いてんの？　大変だね。

父：まあね。

娘：こんなにあるから、パソコンで作ってプリントするとか、書く内容が変わらないところは、はんこにするとかしたら、どう？

父：うーん。でも、あまりお金はかけたくないから、はんこはなあ……それにパソコンで作ったことなんてないし……

娘：パソコンはちょっと練習すれば、すぐ使えるようになるよ。案内状以外の物も作れるようになるから、いろいろ役立つと思うけど……教えようか。

父：じゃ、やってみるか。でも、今週中に送れるかな。

娘：そうだね……何か見本を用意してくれたら、今回は私が作ってあげてもいいけど。

父：そうしてくれる？　悪いね。

父親はこのあとまず何をしますか。

1　ハンコを作る

2　パソコンの使い方を習う

3　案内状のサンプルを用意する

4　パソコンで案内状を作る

▶正解：3

解題關鍵句：何か見本を用意してくれたら、今回は私が作ってあげてもいいけど。

3番 企業の採用試験会場で、係りの人が話しています。参加者はこれから何をしなければなりませんか。

男：本日は、当社の採用試験にお越しいただき、ありがとうございます。本日は筆記試験と面接を予定しています。まず各会場に分かれて筆記試験を受けていただき、終わった人から待合室で待機していただきます。すでに皆さまからメールで履歴書をお送りいただいておりますので、面接はその内容をもとに行います。面接は一人ずつ行いますので、終わったら、各自解散となります。それでは、今からそれぞれの会場に移動していただきます。

参加者はこれから何をしなければなりませんか。

1　面接を受ける

2　筆記試験を受ける

3　待合室で待機する

4　履歴書を書く

▶正解：2

解題關鍵句：まず各会場に分かれて筆記試験を受けていただき……

4番　大学の図書館で留学生が本の返却期限について聞いています。留学生はどうするつもりですか。

男：貸出期限は5月10日までです。

女：あの、来週からしばらく国に帰るので、期限までに返せそうにないんですが……

男：そうですか。延滞した場合、延滞した日数分、貸出禁止になりますから、なるべく帰国する前に返却するようにしてください。

女：そうですか。ただ、この本は国に持って帰って読みたいんですが……

男：返却するときに、予約が一つも入っていなかったら、また2週間借りられますよ。

女：はあ、でも予約が入っていたらダメなんですよね。

男：そうですね。それが心配なら、貸し出しの延長をすることもできますよ。これは予約の有無に関わらず、1週間延ばすことができますし、インターネットでも手続きができます。

女：そうですか……でも、1週間しか延ばせないんですよね。それでは足りないので、やっぱり帰国する前にもう一度伺います。もし予約が入っていたら、仕方がないですけど。

男：そうですか。分かりました。

留学生はどうするつもりですか。

1　本を予約する

2　一度返却して改めて借りる

3　インターネットで延長の手続きをする

4　本を借りるのをやめる

▶正解：2

解題關鍵句：返却するときに、予約が一つも入っていなかったら、また2週間借りられますよ。
やっぱり帰国する前にもう一度伺います。

5番　男の人と女の人が異文化交流会のスピーチについて話しています。女の人はどのテーマでスピーチしますか。

女：ちょっと、相談があるんだけど。

男：なに？

女：今度、私が住んでいる地域で異文化交流会があるんだけど、そこでスピーチしてほしいって頼まれちゃって……

男：へー。

女：それで、テーマを何にしようか、迷ってるのよね。「言葉」とか「身振り手振り」、「食文化」、あと「家のつくり」なんかどうかなって……

男：どれも面白そうだね、ところで、その交流会に来るのは、どんな人たちなの？

女：地域の主婦とか、子どもたちだって。

男：そうか。じゃあ、ことばとか家のつくりとか、小難しい内容は退屈するだろうね。料理だったらみんな興味あるんじゃない？　作って持って行ったりしてね。それか、「身振り手振り」なら、実際にやってみたり、クイズなんかも出したら盛り上がりそう！

女：それ、いいね。うーん、どっちにしようかな。料理も捨てがたいけど、スピーチのあと食事会あるし、やっぱり子どもたちと一緒に楽しめるほうがいいかな。

男：うん。それがいいよ。

女の人はどのテーマでスピーチしますか。

1　家のつくり

2　食文化

3　ことば

4　身振り手振り

▶正解：4

解題關鍵句：「身振り手振り」なら、実際にやってみたり、クイズなんかも出したら盛り上がりそう！
スピーチのあと食事会あるし、やっぱり子どもたちと一緒に楽しめるほうがいいかな。

6番　男の人と女の人が大学院への進学に関する説明会で話しています。男の人はこのあとまず何をしなければなりませんか。

男：すみません、あのう、大学院への進学を考えてるんですが……

女：専攻はお決まりですか。

男：はい、経営です。大学で経営を勉強したいんですが、実際に仕事を始めてみたら、もっと専門的な知識が必要だと思いまして。

女：そうですか。では、経営学研究科ですね。こちらの研究科案内で当大学の教育理念や教育内容をよくお読みいただき、興味のある研究室の教授にご連絡ください。

男：教授に連絡ですか。

女：はい。教授にお会いになり、研究されたいことを説明して、指導が受けられるかどうか、教授にご相談ください。これは皆さん入学試験を受ける時期の半年ぐらい前ですよ。試験はだいたい秋に始まりますから、ちょうど今ぐらいです。

男：えっ、そうなんですか。何を研究するか、まだあまり考えてないんですけど……

女：そうですか。では、まずはそこからですね。

男：はい。

男の人はこのあとまず何をしなければなりませんか。

1　研究内容を考える

2　研究室を調べる

3　研究科案内を読む

4　教授に連絡する

▶正解：1

解題關鍵句：何を研究するか、まだあまり考えてないんですけど……
では、まずはそこからですね。

問題2では、まず質問を聞いてください。そのあと、問題用紙の選択肢を読んでください。読む時間があります。それから話を聞いて、問題用紙の1から4の中から、最もよいものを一つ選んでください。

1番　卓球部の女の学生と男の学生が話しています。男の学生は監督がどうして怒ったと言っていますか。

女：ねえ、今日の監督、いつにもましてピリピリしてない？

男：そうなんだ。どうも僕たち2年生が原因らしくて。

女：え、そうなの？

男：先輩がきちんと後輩を見ていないからこうなるんだって、さっき叱られたんだ。

女：1年生、何かしちゃったの？

男：昨日の練習の後、ボールを外に出しっぱなしにして帰っちゃったみたいなんだ。

女：え、でもそれって1年生が悪いんじゃないの？

男：僕もそう言ったんだけど、指導が徹底してないって、怒りは僕たちに向けられてるんだ。

女：そんな。でも、ちょっと1年生、甘えたとこあるよね。練習態度も真剣味が足りないっていうか。

男：まあ、そこは監督も注意してたけどね。とにかく、僕たちがいい手本を示すしかないみたいだね。

男の学生は監督がどうして怒ったと言っていますか。

1　2年生がきちんと片付けをしなかったから

2　2年生がまじめに練習をしないから

3　2年生が1年生をしっかり指導していないから

4　2年生が1年生より先に帰ってしまったから

▶正解：3

解題關鍵句： どうも僕たち2年生が原因らしくて。
指導が徹底してないって、怒りは僕たちに向けられてるんだ。

2番　女の人と男の人が習い事について話をしています。習い事を始めたことによる意外な効果は何だと言っていますか。

女：あれ、お弁当作ってきたの？　すご―い。

男：外食続きじゃ体に悪いと思って、料理教室に通ってるんだ。といっても、まだ外食の方が多いけどね。

女：へー。料理教室に通う男性が増えてるって、テレビでもやってた。

男：そうなんだよ。女性ばっかりなのかと思っていたんだけど、意外に男性が多くて驚いたよ。

女：いい気分転換になりそうだね。それに、仕事以外の人と知り合えて、おもしろいんじゃない？

男：うん。あと、仕事の要領がちょっとよくなったんじゃないかなって思う。それで調べてみたら、料理って脳を活性化させてくれるんだって。

女：すごい。いろいろいいことがあるんだね。私も始めようかな。

習い事を始めたことによる意外な効果は何だと言っていますか。

1　友人が増えたこと

2　仕事の能力が上がったこと

3　健康な食生活ができること

4　気分転換ができること

▶正解：2

解題關鍵句：仕事の要領がちょっとよくなったんじゃないかなって思う。

3番　**女の人と男の人が話しています。女の人が男の人にしてほしいことは何ですか。**

男：ただいま。

女：お帰りなさい。今日も遅かったわね。……ねえ、体、大丈夫なの？　なんか、すごく疲れている感じよ。もうちょっと早めに帰ったら？

男：大丈夫だよ。今進めてるプロジェクト、初めてリーダーを任されたんだし、気を緩めるわけにはいかないんだよ。それに、ずっと前からやりたいって思ってたものなんだ。

女：仕事にやりがいがあるっていうのはいいんだけど……無理はよくないよ。この前テレビの特集でやってたんだけど、サラリーマンの「過労死」が後を絶たないんだって。いくら仕事が好きでも、働きすぎて死んでしまったら、元も子もないでしょ？

男：大丈夫だって。まあ、このプロジェクトさえ一段落すれば、ちょっとは余裕が出てくるから、その時に有給をまとめてとろうと思ってるよ。
女：うん、それがいいよ。とにかく体が一番だってこと、肝に銘じといて。

女の人が男の人にしてほしいことは何ですか。

1　たまには休みを取ってほしい

2　有給にどこかへ連れて行ってほしい

3　今のプロジェクトを辞めてほしい

4　健康診断に行ってほしい

▶正解：1

解題關鍵句：その時に有給をまとめてとろうと思ってるよ。
うん、それがいいよ。

4番　小学校の校長先生が話をしています。先生は新しい取り組みを始めてどんな効果を感じたと言っていますか。

男：わが校では、2年前から毎朝15分、授業の前に読書の時間を取っています。児童に本に関心を持ってもらおうと、この取り組みを始めました。この時間は児童も教師もみんなで、好きな本を読みます。この取り組みをはじめてから、変化がありました。今までは授業の後半になるとよそ見をしたりおしゃべりをしたりする児童がいましたが、そのようなことがなくなりました。また、保護者の方々からは、家庭で子どもが宿題でも遊びでも一つのことを続けてできるようになったというお話も伺っております。今後は、読書を通して語彙力や表現力が上がることを期待しています。

先生は新しい取り組みを始めてどんな効果を感じたと言っていますか。

1　児童それぞれに好きな本が増えた

2　児童が本に関心を持つようになった

3　児童に集中力がついた

4　児童の語彙や表現が豊かになった

▶正解：3

解題關鍵句：授業の後半になるとよそ見をしたりおしゃべりをしたりする児童がいましたが、そのようなことがなくなりました。
家庭で子どもが宿題でも遊びでも一つのことを続けてできるようになった。

第十回

5番 **男の人が個人情報の問題について話しています。男の人は一番の問題は何だと言っていますか。**

男：私たちは常に、個人情報が漏れることに対して敏感にならなければなりません。個人情報保護法という法律があるものの、データの流出問題は後を絶ちません。インターネットの普及により、誰でも簡単にいろいろな情報を手にすることができるようになりました。携帯電話やパソコンを使って自分から情報発信をするサービスが増えたことで、さらに多くの問題が生じています。インターネットやこのようなサービスの普及は時代の流れというもので、逆らうべきものではありませんが、それを使うにあたっては十分に気をつけなければなりません。インターネットの危険性を全く考えず、安易に個人情報を流してはいけないのです。そのサービスが安全対策をきちんとしているか、よく確認してから利用するようにしましょう。

男の人は一番の問題は何だと言っていますか。

1　よく考えないで個人情報を公開すること

2　インターネットのサービスが危険だということ

3　個人情報を手に入るサービスが増えたこと

4　個人情報を守るための法律がないこと

▶正解：1

解題關鍵句：インターネットの危険性を全く考えず、安易に個人情報を流してはいけないのです。

6番 **女の人と男の人が冷蔵庫について話をしています。女の人が冷蔵庫を選んだ一番の決め手は何ですか。**

女：最近、冷蔵庫を買ったの。

男：へー、そうなんだ。うちも買い替えを検討してるんだけど、どうやって選んだ？

女：最初は機能にそんなにこだわらなくて、値段で決めようと思っていたんだけど、お店の人の説明を聞いていたらいろいろと目移りしちゃって。

男：冷蔵庫もどんどん進化してるよね。省エネなんて、もう当たり前だし。

女：そうなの。それで、いままでの冷蔵庫は臭いが気になってたから、消臭機能があるものにしたの。予算はちょっと超えちゃったんだけど、長く使うものだし、と思って。

男：僕は食品をなるべく新鮮な状態で保てるものがほしいんだよね。

女：ああ、食品を乾燥から守ってくれるんでしょ。私もそれ、いいなと思ったんだけど、手が出なかった。

女の人が冷蔵庫を選んだ一番の決め手は何ですか。

1　電力を節約できること

2　乾燥を防ぐ機能があること

3　価格が安いこと

4　臭いを消す機能があること

▶正解：4

解題關鍵句：いままでの冷蔵庫は臭いが気になってたから、消臭機能があるものにしたの。

7番　地域政策の専門家が高齢化対策について話しています。専門家はどのような提案をしていますか。

女：この町は今、高齢化に歯止めがかからず、高齢者福祉にたくさんの予算が必要とされています。我々はどのような高齢化対策を取るべきでしょうか。

男：そうですね。もちろん、高齢者福祉がとても重要なテーマであることに変わりはないのですが、ただ、少し視点を変えてみてはどうかと思います。

女：というのは？

男：これは、ある村の事例なんですが、その村の出生率は平均よりもかなり高く、村の人口における子どもの割合も急速に伸びているんです。

女：えっ、何か特別なことをされているんでしょうか。

男：ええ、実はその村は、とにかく子育て世代を呼び込むことに力を注いだんです。例えば、子どもがいる家族に村が運営する住宅を安く提供するなどしたんです。

女：それは魅力的ですね。でも、それでは財政的にかなり厳しいんじゃないでしょうか。

男：確かに、お金の面ではずいぶん苦労したようですが、これまでの予算を見直して、無駄なものを大幅に削減していったそうです。この街でも同じことができると思うんです。

女：そうですか。この街の将来を考える上でも、大変参考になりました。

専門家はどのような提案をしていますか。

1　若者の雇用を確保すること

2　子育て世代を呼び込むこと

3　医療にかかる予算を削減すること

4　高齢者福祉を充実させること

▶正解：2

解題關鍵句：実はその村は、とにかく子育て世代を呼び込むことに力を注いだんです。……この街でも同じことができると思うんです。

問題3では、問題用紙に何も印刷されていません。この問題は、全体としてどんな内容かを聞く問題です。話の前に質問はありません。まず話を聞いてください。それから、質問と選択肢を聞いて、1から4の中から、最もよいものを一つ選んでください。

1番　**社長が留守番電話のメッセージを聞いています。**

女：高橋社長、お疲れさまです。営業部の田中です。明日サクラ工業の工場を訪問なさる件についてですが、製造機械の故障が発生したため、修理の間、訪問を見合わせてほしいと連絡がありました。次のお約束ですが、修理が終わるころ、改めて先方からお電話をいただくことになりました。機械の部品が届いて修理が終わるまで相当時間がかかるとのことです。予約していた航空券やホテルは私がキャンセルの手続きをいたしました。失礼いたします。

メッセージの内容はどのようなことですか。

1　サクラ工業への訪問に関する手続きが完了したこと

2　営業部の田中さんが出張に行けなくなったこと

3　訪問先の都合で出張に行けなくなったこと

4　故障した機械の修理のために工場を訪問することになったこと

▶正解：3

解題關鍵句：訪問を見合わせてほしいと連絡がありました。

2番 化粧品会社の研究員が話しています。

男：当研究所では現在、新しい化粧品開発につながる研究をしています。生後間もない赤ちゃんの肌の細胞を取り出して、細胞一つ一つの分裂や減少するスピードについて数学的な分析を行い、ある法則を見つけ出すことに成功しました。また、大人の肌についても同様の分析を行い、別の法則があることを発見しました。今後、両者を比較して老化の原因を突き止めることができれば、理想的な肌を作る手がかりをつかむことができ、新しい化粧品開発に役立てることができるのではないかと期待しています。

この研究所では何について研究していますか。

1　細胞分裂を止める物質

2　肌が老化する原因

3　化粧品の新しい原料

4　化粧品が肌に与える影響

▶正解：2

解題關鍵句：両者を比較して老化の原因を突き止める。

3番 資料館の音声ガイドで女の人が話しています。

女：こちらに展示されている資料は、この地域の古い民家で発見された、江戸時代後期の庶民の日記です。不用になった紙の裏にびっしりと文字が書かれていることから、当時、庶民にとって紙がとても貴重だったことがわかります。この日記が歴史的資料として重要だとされる理由は、作者自身の生活についてのことが細かに記されている上に、村の出来事も詳細に記録されていることです。さらに、家計簿としての役割も果たしていたようで、これを見ると、当時の庶民の暮らしぶりがよくわかります。若干の汚れや破れが見られるものの、保存状態はよいようで、当時の庶民の生活を知ることができる貴重な資料といえます。

音声ガイドでは主に何について話していますか。

1　展示資料が貴重な理由

2　展示資料から分かった新しい事実

3　展示資料を保存する方法

4　展示資料が見つかるまでの経緯

▶正解：1

解題關鍵句： この日記が歴史的資料として重要だとされる理由は……貴重な資料といえます。

4番 **テレビでレポーターが話しています。**

男：この夏も全国的に暑くなりそうです。企業で節電が定着してきましたが、家庭での取り組みとして人気なのは、緑のカーテンです。これは日の当たる場所に植物を育てて作る自然のカーテンです。植物のツルと葉で日光を遮るだけでなく、葉っぱが水分を蒸発させるので周囲の温度を下げてくれます。最近のガーデニングブームも手伝い、多くの家庭で見られるようになりました。特に人気のある植物は沖縄でよく食べられている野菜、ゴーヤです。涼しくしてくれるように、料理にも使えるなんて一石二鳥ですね。これから本格的な夏を迎えますが、さまざまな工夫で乗り切りたいですね。

レポーターは主に何について伝えていますか。

1　企業での節電の取組

2　企業と家庭の節電方法の違い

3　カーテンの色による印象の違い

4　緑のカーテンの効果

▶正解：4

解題關鍵句： 緑のカーテンです。
涼しくしてくれるように、料理にも使えるなんて一石二鳥ですね。

5番 **新入社員の研修で、講師が話しています。**

女：会社で働く上で欠かせない、最も基本的なビジネスマナーの一つに、電話応対があります。社会人として、必ず身に付けなければならないことです。まず、電話の応対ははきはきと、挨拶もしっかりしましょう。また、慣れないうちにありがちなことで、保留をしたつもりが、間違えて電話を切ってしまい、取引先の方に大変失礼になることもありますから、基本操作は早めにきちんと確認しておきましょう。そのほか、電話応対をしながら、メモを取ることも大切です。そして、最後に、相手が言ったことをもう一度確認することで、ミスを減らすことができます。では、今から実践に移りましょう。

講師の話のテーマは何ですか。

1　電話機の操作方法について

2　電話応対のポイントについて

3　社会人としての心構えについて

4　仕事のミスを減らす方法について

▶正解：2

解題關鍵句：最も基本的なビジネスマナーの一つに、電話応対があります。

6番　大学の先生が講義で話しています。

男：現代では、可愛らしい外見や仕草に癒しを求めて動物を飼う人が増えていますね。最近、この、家庭の中における動物の存在がその家族にどのような影響を与えるかについて研究が進められています。ご存知のとおり、動物は言葉を発しません。ですから、飼い主である人間は彼らの様子や行動を見て何を考えているか常に想像しなければなりません。それによって、人間は違いを感じる力が鍛えられ、感覚が鋭くなるのです。今日はこのことについて、データを見ながら説明していきます。

今日の講義で説明することはどのようなことですか。

1　人間が動物を飼う目的

2　人間と動物の感覚の違い

3　動物の気持ちを想像することの重要性

4　動物を飼うことによる人間の感覚の変化

▶正解：4

解題關鍵句：それによって、人間は違いを感じる力が鍛えられ、感覚が鋭くなるのです。

問題4では、問題用紙に何も印刷されていません。まず、文を聞いてください。それから、それに対する返事を聞いて、1から3の中から、最もよいものを一つ選んでください。

1番　あーあ、なんでカメラを持ってこなかったんだろう……

1　じゃあ、貸してもらってもいい？

2　カメラ持ってきたんだ。

3　せっかくのいい景色ですね。

▶正解：3

2番　入院中は本当に何から何までお世話になりました。

1　何のお構いもできません。

2　お元気になられて本当によかったですね。

3　いえいえ、お世話さまでした。

▶正解：2

3番　あの、ツアーを予約した者なんですが、キャンセルをしたいと思いまして……

1　申し訳ございませんが、こちらのツアーは定員に達しました。

2　かしこまりました。では、お名前をお願いします。

3　承りました。いつがご希望でしょうか。

▶正解：2

4番　こちらのネクタイでしたら、お客様がお召しのシャツによくお似合いかと。

1　試しにつけてみたらいかがですか。

2　よろしければネクタイもどうぞ。

3　じゃあ、ちょっと合わせてみてもいいですか。

▶正解：3

5番　先方との打ち合わせが終わったら、今日はもう、そのまま帰っていいよ。

1　では、明日またよろしくお願いします。

2　では、行き方をお調べします。

3　ちょっと間に合わないと思います。

▶正解：1

6番　読まなくなった漫画、もらってくれるとありがたいんだけど。

1　いいえ、どういたしまして。

2　え、いいの？　じゃあ、遠慮なく。

3　うん、いいよ。あげる。

▶正解：2

7番 **ねえ、あそこにいる猫、毛の色がちょっと変わってるね。**

1　うん、たしかにあんまり見かけないね。

2　そうかなあ。まだ何にもしていないと思うけど。

3　本当だ。たった今変わったところだね。

▶正解：1

8番 **あの、お宅の家賃のお支払いが二カ月滞納してしまって、今週中に振り込んでいただきたいんですが……**

1　お宅が払えないんじゃあ、困りますね。

2　それは振り込んでもらわないといけませんね。

3　ご迷惑をおかけしてすみません。すぐ振り込みます。

▶正解：3

9番 **キャンプのテントは1日しか使わないから、借りればいいと思うんだけど。**

1　へえ、借りられないんだ。

2　うん。貸すことにしようか。

3　そうだね、買うのはやめてそうしよう。

▶正解：3

10番 **もっと早く言ってくれれば、手伝ってあげたものを……**

1　ほんと、そうすればよかった。

2　ずいぶん早かったんだね。

3　手伝ってくれてありがとう。

▶正解：1

11番 **一度や二度の失敗で、そんなに気を落とすことはないよ。**

1　残念ですね、三度目は成功したのに。

2　どうしたらあげられるでしょうか。

3　はい、次こそうまくやります。

▶正解：3

12番 **急で本当に悪いんだけど、明日のバイト、代わってくれないかな？**

1　代わってあげられないことはないけど。

2　急いでたんだからしょうがないね。

3　それは大変だったね。

▶正解：1

13番 **木村さん、勤務中なんだから、そんなところで油売ってちゃだめだよ。**

1　いいえ、何も売ってませんよ。

2　すみません、ここしか場所がなかったんです。

3　すみません、すぐ仕事に戻ります。

▶正解：3

14番 **損失が出るぐらいなら、今回の計画は見送ったほうがいいのではないでしょうか。**

1　そうですね。それで、損失はいくらになったんですか。

2　そうですね。じゃ、これは次の機会にしましょう。

3　そうですね。とにかくやってみたほうがよさそうですね。

▶正解：2

問題5では、長めの話を聞きます。この問題には練習はありません。メモを取ってもかまいません。

1番、2番

問題用紙に何も印刷されていません。まず、話を聞いてください。それから質問と選択肢を聞いて1から4の中から、最もよいものを一つ選んでください。

1番 **パン屋で店員が話しています。**

男：最近、材料費がどれも高くなってきて困ったもんだなあ。どうにかしないと。

女：やはり商品の価格を上げるしかないでしょうか。

男：できればそれは最終手段にしたいんだけどな……

女：今より安いものを使えばコストは下げられるでしょうが、商品の質は落としたくないですからね。

男：それはもちろんだよ。

女：一回に仕入れる量を増やしたらどうでしょう？

男：うーん……卵や牛乳はできるだけ新鮮なものを使いたいけど、そうするしかないかな……

女：あの、材料を直接仕入れれば、質も新鮮さも保障されると思うので、一度仕入れ値を生産者と相談してみてはどうでしょうか。

男：じゃあ、早速いくつか当ってみるか。値段は上げずに、何とかやろう。

問題を解決するために、どうすることになりましたか。

1　パンの値段を上げる

2　材料を安いものに変える

3　材料を直接生産者から仕入れる

4　一度にたくさんの材料を仕入れる

▶正解：3

解題關鍵句：材料を直接仕入れれば、質も新鮮さも保障される。

2番 **スーパーの店主とその妻が話しています。**

男：先月の売り上げ、また落ちてるよ。何とかして利益を上げる方法を考えないと。

女：売れ残りの廃棄が目立ってるね。売れ筋のものがわかれば発注に無駄がなくなるんだけど。

男：でも、そのためには商品管理のシステムが必要だろ？　結構な金額がかかるぞ。やっぱり経費削減しかないんじゃないかな。

女：でも、アルバイトの人数も減らしたし、これ以上人件費は削れないわよ。品揃えを増やすのはどうかしら。

男：スペースは増やせないぞ。改装するにも経費がかかるし。

女：そうよね。じゃあ、営業時間を延ばすとか。

男：それで経費が増えたら元も子もないだろう。

女：そうね。うーん、やっぱり思い切って管理システムを取り入れましょうよ。

男：そうだな。初期費用はかかるけど、長い目で見れば確実に利益につながるだろうし。そうするか。

利益をあげるために、何をすることにしましたか。

1　経費を抑える

2　営業時間を拡大する

3　商品の種類や数を増やす

4　商品の発注の仕方を見直す

▶正解：4

解題關鍵句： 売れ筋のものがわかれば発注に無駄がなくなるんだけど。
やっぱり思い切って管理システムを取り入れましょうよ。

3番　まず話を聞いてください。それから二つの質問を聞いて、それぞれ問題用紙の1から4の中から最もよいものを一つ選んでください。

3番　デパートの店員が石けんの説明をしています。

店員：今日は植物で作られた石けんを4種類ご紹介いたします。色によって香りや効果が異なりますので、体調や目的に合わせてお選びください。まず赤は木の香りが全身の疲れを取り、体を癒してくれます。黄色はスーッとした香りが脳を刺激し、やる気を引き出してくれます。また白は、甘い香りが気持ちを落ち着かせ、深く眠ることができます。赤の効果に、さらに精神的な不安や緊張を解きほぐす効果を加えたのが緑で、さわやかな花の香りをお楽しみいただけます。

女　：ねえ、最近、疲れが取れないって言ってたよね。

男　：うん、いろいろ忙しいからな。

女　：じゃ、体の疲れを癒してくれるのがいいんじゃない？

男　：うん……、でも、今はぐっすり寝たい気分なんだ。

女　：そう。じゃ、睡眠を促す効果があるのがいいね。

男　：そうだね。

女　：私は最近、残業ばっかりで疲れてるの。ストレスもたまってるし。

男　：じゃ、体だけじゃなくて、精神的にもリラックスできるのがいいんじゃない？

女　：そうだね。あ、でも、もし頭がすっきりして、頑張ろうっていう気持ちになったら、仕事の効率、上がるかな。

男　：うん、そうかもね。

女　：そうしたら残業が減って、ストレスもなくなるかもしれないね。じゃ、これにしてみる。

質問1　女の人はどの石けんを買おうと考えていますか。

1　赤

2　黄色

3　白

4　緑

▶正解：2

解題關鍵句： 黄色はスーッとした香りが脳を刺激し、やる気を引き出してくれます。
もし頭がすっきりして、頑張ろうっていう気持ちになったら、仕事の効率、上がるかな。

質問2　男の人はどの石けんを買おうと考えていますか。

1　赤

2　黄色

3　白

4　緑

▶正解：3

解題關鍵句： また白は、甘い香りが気持ちを落ち着かせ、深く眠ることができます。

第十回

JLPT新日檢N1全真模擬試題
參考文獻

ウイリアム・ユーリー（1995）『ハーバード流「NO」と言わせない交渉術』三笠書房

ステファン・シャウエッカー（2014）『外国人が選んだ日本百景』講談社

ニコラス・ブースマン（2001）『90秒で相手の心をつかむ技術』三笠書房

為末大（2007）『日本人の足を速くする』新潮社

宇野邦一（2015）『反歴史論』講談社

榎本博明（2002）『<ほんとうの自分>の作り方』講談社

奥本大三郎（1999）『博物学の巨人　アンリ・ファーブル』集英社

岡崎武志（2001）『古本でお散歩』筑摩書房

岡本太郎（1954）『今日の芸術』光文社

加地倫三（2012）『たくらむ技術』新潮社

加藤秀俊（1975）『取材学　探求の技法』中央公論新社

加藤諦三（1995）『「妬み」を「強さ」に変える心理学』PHP研究所

河合隼雄（1992）『子どもと学校』岩波書店

河合隼雄（1998）『心の処方箋』新潮社

外山滋比古（1971）『ホモメンティエンス』 みすず書房

外山滋比古（1987）『日本語の論理』中央公論新社

外山滋比古（2013）『日本語のかたち』河出書房新社

外山滋比古（2008）『知的創造のヒント』筑摩書房

外出滋比古（1986）『思考の整理学』筑摩書房

岸見一郎（2010）『困った時のアドラー心理学』中央公論新社

吉田秀和（2006）『ソロモンの歌・一本の木』講談社文芸文庫

橋爪三郎（1991）『現代思想は今何を考えればよいのか』勁草書房

橋本治（2001）『「分からない」という方法』集英社

金田一秀穂（2016）『美しい日本語が身につく本』高橋書店
金田一秀穂（2003）『新しい日本語の予習法』角川書店
金田一春彦（1975）『日本人の言語表現』講談社
原島博（1998）『顔学への招待』岩波書店
呉善花（2009）『日本の曖昧力』PHP研究所
佐々木健一（2001）『タイトルの魔力』中央公論新社
佐倉統・古田ゆかり（2006）『おはようからおやすみまでの科学』筑摩書房
佐竹秀雄（2000）『サタケさんの日本語教室』角川書店
佐藤英雄・久保田裕（2002）『知っておきたい情報モラルQ&A』岩波書店
坂東真理子（2011）『日本人の美質』ベストセラーズ
坂東真理子（2009）『美しい日本語のすすめ』小学館
山田ズーニー（2006）『あなたの話はなぜ「通じない」のか』筑摩書房
篠上芳光（2008）『わが子に「お金」をどう教えるか』中央公論新社
緒方俊雄（2011）『「勝ち組」の男は人生で三度、挫折する』中央公論新社
小野有五（1999）『ヒマラヤで考えたこと』岩波書店
上野玲（2008）『日本人だからうつになる』中央公論新社
森永卓郎（2004）『「カネ」はなくとも子は育つ』中央公論新社
森毅（1987）『居なおり数学のすすめ』講談社
森本哲郎（1988）『日本語の表と裏』新潮社
森本哲郎（1995）『日本語　根ほり葉ほり』新潮社
清家洋二（2005）『決められない！——優柔不断の病理』筑摩書房
西垣通（2007）『ウェブ社会をどう生きるか』岩波書店
西丸震哉（1985）『食べ過ぎて滅びる文明』角川書店
斉藤孝（2002）『読書力』岩波書店
斉藤孝（2003）『生きる知恵　生きる力』文芸春秋

斉藤茂太（2005）『いい言葉は、いい人生をつくる』成美堂出版
石田英敬（2010）『自分と未来のつくり方——情報産業社会を生きる 』岩波書店
石田淳（2008）『上司のための戦略的ほめ方・叱り方』宝島社
川北和明（2004）『機械設計』朝倉書店
大岡信（1981）『ことばの力』岩波書店
大森亮尚（2012）『知ってるようで知らない日本の謎』PHP研究所
池上嘉彦（1987）『ふしぎなことば　ことばのふしぎ』筑摩書房
中根千枝（1967）『タテ社会の人間関係』講談社
中埜肇（1989）『空間と人間』中央公論社
町沢静夫（2000）『自己チュー人間の時代』双葉社
長山靖生（2006）『「日本の私」をやり直す』中央公論新社
田村明（2005）『まちづくりと景観』岩波書店
渡部昇一（2000）『松下幸之助　その発想と思想に学ぶ』PHP研究所
渡辺武信（1983）『住まい方の思想』中央公論新社
土居健郎（2007）『「甘え」の構造』弘文堂
藤森照信（1989）『建築探偵の冒険』筑摩書房
奈村莱（1992）『手紙とはがき基本と文例』金園社
内田義彦（2013）『生きることと学ぶこと』藤原書店
日高敏隆（2005）『春の数え方』新潮社
白崎博史（2012）『結婚しない』ポプラ社
畑村洋太郎（2005）『失敗学のすすめ』講談社
畑村洋太郎（2009）『回復力　失敗からの復活』講談社
八幡和郎（2001）『母親とは違う父親の役割はあるのか』中央公論新社
樋口清之（2015）『関東人と関西人』PHP研究所
樋口裕一（2008）『「人間通」の付き合い術』中央公論新社

俵万智（1992）『よつ葉のエッセイ』 河出書房新社

俵万智（2001）『言葉の虫眼鏡』角川書店

俵万智（2001）『101個目のレモン』文藝春秋

平林千春（2004）『ヒトはなぜその商品を選ぶのか？』日本実業出版社

保坂隆（2006）『「頭がいい人」のメンタルはなぜ強いのか』中央公論新社

保坂隆（2013）『平常心を失わない技術』中経出版

牧野知宏（2016）『老いる東京、甦る地方』PHP研究所

妹尾河童（1999）『河童のスケッチブック』文藝春秋

茂木健一郎（2006）『すべては脳から始まる』中央公論新社

養老孟司（2003）『バカの壁』新潮社

養老孟司（1991）『ヒトの見方』筑摩書房

和田秀樹（2009）『１分間をムダにしない技術』PHP研究所

和田秀樹（2004）『数字で考えれば仕事がうまくいく』日本経済新聞出版

鷲田清一（2005）『ちぐはぐな身体』筑摩書房

鷲田清一（2010）『コンビニという文化』筑摩書房

齋藤孝（2012）『「つぶやく」時代にあえて「叫ぶ」』集英社

Memo

Memo

原來如此 系列 J056

JLPT新日檢【N1考題】10回全真模擬試題

業界最豐富的10回模擬試題，充分練習帶你一試合格！

作　　者　楊本明編輯團隊編著
審　　訂　〔日〕大場健司
顧　　問　曾文旭
社　　長　王毓芳
編輯統籌　黃璽宇、耿文國
主　　編　吳靜宜
執行主編　潘妍潔
執行編輯　吳芸蓁、吳欣蓉、詹苡柔
美術編輯　王桂芳、張嘉容
特約編輯　費長琳
法律顧問　北辰著作權事務所　蕭雄淋律師、幸秋妙律師

初　　版　2022年09月
出　　版　捷徑文化出版事業有限公司
電　　話　（02）2752-5618
傳　　真　（02）2752-5619

定　　價　新台幣799元／港幣266元
產品內容　1書

總 經 銷　采舍國際有限公司
地　　址　235新北市中和區中山路二段366巷10號3樓
電　　話　（02）8245-8786
傳　　真　（02）8245-8718

港澳地區經銷商　和平圖書有限公司
地　　址　香港柴灣嘉業街12號百樂門大廈17樓
電　　話　（852）2804-6687
傳　　真　（852）2804-6409

本書圖片由Shutterstock、Freepik提供

捷徑Book站

國家圖書館出版品預行編目資料

JLPT新日檢【N1考題】10回全真模擬試題 /
楊本明編輯團隊編著. -- 初版. -- 臺北市：
捷徑文化出版事業有限公司, 2022.09
　面；　公分. -- (原來如此：J056)

ISBN 978-626-7116-18-0(平裝)

1. CST: 日語　2. CST: 能力測驗

803.189　　111012505